SPEER DER SCHATTEN

DIE ACHT WEHKLAGEN

WARHAMMER
AGE OF SIGMAR

SEUCHENGARTEN
Ein ›Hallowed Knights‹-Roman
Josh Reynolds

SPEER DER SCHATTEN
Ein ›Die Acht Wehklagen‹-Roman
Josh Reynolds

DIE SCHICKSALSFAHRT DES EISENDRACHEN (APRIL 2018)
C L Werner

WARHAMMER
AGE OF SIGMAR

SPEER DER SCHATTEN

DIE ACHT WEHKLAGEN

JOSH REYNOLDS

BLACK LIBRARY

Für Deke, Andy und Greg. Ihr wisst, warum.

EINE PUBLIKATION VON BLACK LIBRARY

Englische Erstausgabe 2017 in Großbritannien herausgegeben von Black Library.
Diese Ausgabe herausgegeben 2018.
Black Library ist eine Abteilung von Games Workshop Ltd.,
Willow Road,
Nottingham, NG7 2WS, UK.

10 9 8 7 6 5 4 3 2 1

Titel des englischen Originalromans: *Eight Lamentations: Spear of Shadows*.
Deutsche Übersetzung: Horus W. Odenthal.
Produziert von Games Workshop in Nottingham.
Titelbild: Johan Grenier.
Vertrieb: EGMONT Verlagsgesellschaften mbH.

Die Acht Wehklagen: Speer der Schatten © Copyright Games Workshop Limited 2018. Die Acht Wehklagen: Speer der Schatten, GW, Games Workshop, Black Library, Warhammer, Warhammer Age of Sigmar, Stormcast Eternals und alle damit verbundenen Logos, Illustrationen, Abbildungen, Namen, Kreaturen, Völker, Fahrzeuge, Orte, Waffen, Charaktere sowie deren charakteristisches Aussehen sind entweder ® oder TM, und/oder © Games Workshop Limited, registriert in Großbritannien und anderen Ländern weltweit.
Alle Rechte vorbehalten.

Druck und Bindung: CPI Group (UK) Ltd, Croydon, CR0 4YY

ISBN13: 978-1-78193-261-2

Kein Teil dieser Publikation darf ohne vorherige Genehmigung des Herausgebers reproduziert, digital gespeichert oder in irgendeiner Art und Weise, elektronisch, mechanisch, als Fotokopie, Aufnahme oder anders übertragen werden.

Dies ist eine fiktive Erzählung. Alle Charaktere und Ereignisse in diesem Buch sind fiktiv und jegliche Ähnlichkeit zu real existierenden Personen oder Begebenheiten ist nicht beabsichtigt.

Besuche Black Library im Internet auf
blacklibrary.com

Finde mehr über Games Workshop und die
Welt von Warhammer 40.000 heraus auf
games-workshop.com

Gedruckt und gebunden in Großbritannien.

Die Acht Reiche entstanden aus dem Mahlstrom einer zerstörten Welt, als das Formlose und das Göttliche sich zu einer Explosion neuen Lebens vereinten.

Fremdartige neue Welten tauchten am Firmament auf, jede davon die Heimat von Göttern und Sterblichen. Der erhabenste dieser Götter war Sigmar. Über unzählige Jahre strahlte sein Licht auf diese Welten und tauchte sie in Herrlichkeit und Pracht, während er sein Reich errichtete. Seine Stärke war wie die Macht des Donners, seine Weisheit grenzenlos. Sterbliche und unsterbliche Wesen knieten gemeinsam vor seinem Thron. Gewaltige Imperien entstanden und eine Zeitlang wurden Niedertracht und Verrat vertrieben. Sigmar forderte Erde und Himmel als sein Eigen und herrschte über ein Zeitalter der Mythen.

Doch die Grausamkeit der Welt ist beharrlich. Wie es vorhergesagt wurde, zerbrach das große Bündnis zwischen Göttern und Sterblichen von innen heraus. Mythen und Legenden fielen ins Chaos. Finsternis legte sich über die Reiche. Folter, Sklaverei und Angst traten an die Stelle einstiger Pracht. Sigmar wandte sich von den Königreichen der Sterblichen ab, denn ihr Schicksal erfüllte ihn mit Groll. Stattdessen konzentrierte er sich auf die Überreste jener Welt, die er vor so langer Zeit verloren hatte. Er grübelte über ihrem verschmorten Kern und suchte nach einem Zeichen der Hoffnung. Dort, in der tiefen Dunkelheit seines Zorns, erblickte er etwas Glorreiches. Er sah eine Waffe, die im Himmel geschmiedet werden sollte. Ein Fanal, das hell genug strahlte, um die endlose Nacht zu durchdringen. Eine Armee, geschaffen aus allem, was er verloren hatte.

Ein ganzes Zeitalter lang arbeiteten Sigmars Handwerker und waren bestrebt, die Macht der Sterne für ihre Zwecke zu nutzen. Als Sigmars Werk vor der Vollendung stand, richtete er seine Aufmerksamkeit wieder auf die Acht Reiche und sah, dass die Herrschaft des Chaos beinahe ungebrochen war. Die Stunde der Vergeltung war gekommen. Mit blitzverhangener Stirn erhob er sich von seinem Thron und entfesselte seine Schöpfungen.

Das Zeitalter Sigmars hatte begonnen.

EINS

DER SCHMIED

Irgendwo in den Reichen der Sterblichen hob der Schmied seinen Hammer. Er ließ ihn auf die Länge weißglühenden Metalls niedersausen, die er mit feuergeschwärzter Hand auf den Amboss presste. Er drehte sie und ließ einen zweiten Schlag folgen. Ein dritter, ein vierter, bis die rauchige Luft der höhlenartigen Schmiede vom Klang roher Schöpfung widerhallte.

Dies war die erste Schmiede, längst vergessen, außer in den Träumen derer, die mit Eisen und Flamme arbeiteten. Sie war ein Ort aus Stein und Holz und Stahl, gewaltiger Tempel und rohe Höhle zugleich, und sowohl ihre Ausmaße als auch ihre Form veränderten sich mit jedem Zucken, mit jedem Huschen des Rauchs, der sie durchwallte. Sie war nirgendwo und überall, existierte sie doch nur in den Niederungen vererbter Erinnerung fernster Ahnen oder in den Geschichten der ältesten sterblichen Schmiede. Gestelle und Regale mit Waffen, wie sie nie von Sterblichen getragen worden waren, glänzten im Licht der Esse, ihre tödlichen Schneiden scharf geschliffen und hungrig darauf, ihrem Daseinsgrund zu dienen. Darunter sah man Werkzeuge, die weniger mörderisch, wenngleich nicht weniger notwendig waren.

Der Schmied machte keinen großen Unterschied zwischen ihnen – Waffen waren Werkzeuge, und Werkzeuge waren Waffen. Krieg war nicht weniger ein Handwerk als das Pflügen der Erde, und das Fällen der Wälder war nicht weniger ein Schlachten, auch wenn dessen Opfer – außer in seltenen Fällen – nicht schreien konnten.

Der Schmied war unglaublich breit und kraftvoll, obwohl doch seine Gestalt verbogen und seltsam verdreht wirkte, so, als habe sie sich unsichtbar waltenden Kräften beugen müssen. Seine mächtigen Glieder bewegten sich mit einer derart zielgerichteten Sicherheit, dass kein Mechanismus sie hätte abbilden können. Er trug oft geflickte Hosen und eine Schürze, welche deutliche Abnutzungsspuren zeigte, und seine bloßen Arme und sein Rücken glänzten überall vor Schweiß, wo sie nicht von tätowierungsgleichen Wirbeln aus Schmutz oder Runennarben bedeckt waren. Stiefel aus scharlachroter Drachenhaut, deren irisierende Schuppen im Licht des Feuers glitzerten, schützten seine Füße, und Werkzeuge jeglicher Art und Größe hingen von dem weiten Ledergürtel herab, der um seine Hüfte geschlungen war.

Ein spatenförmiger Bart aus wirbelnder Asche und ein Schnurrbart aus fließendem Rauch bedeckten die untere Hälfte seiner plumpen Züge. Eine dicke Mähne lohenden Haars floss an seinem Haupt herab, teilte sich über seinen Schultern und knisterte ihm auf der Haut. Augen wie geschmolzenes Metall waren mit einer Ruhe, die nur das Alter bringt, starr und fest auf seine Aufgabe gerichtet.

Der Schmied war älter als die Reiche. Zerschmetterer von Sternen und Schöpfer von Sonnen. Waffen ohne Zahl hatte er schon geschmiedet, und keine zwei von ihnen waren einander gleich – eine Tatsache, wegen der er nicht geringen Stolz empfand. Er war ein Handwerker, und selbst schon, wenn er das Metall nur in seine grobe Form hämmerte, legte er immer ein wenig von sich selbst hinein. Dieses Stück hier brauchte die Kraft seiner Hammerschläge ein wenig mehr als die meisten. Er hob es vom Amboss hoch und betrachtete es eindringlich.

»Bisschen mehr Hitze noch«, murmelte er. Seine Stimme, wenn sie am leisesten war, glich dem Grollen einer Geröllawine.

Er stieß das Stück glimmenden Eisens tief in den Rachen der Esse. Flammen krochen seinen sehnigen Arm entlang, und das Metall, als es sich erneut erhitzte, bog sich in seinem Griff, doch zuckte er nicht zurück. Für solche seiner Art bot das Feuer keinen Schrecken. Zangen und Handschuhe mochten wohl geringere Schmiede tragen. Außerdem gab es im Feuer einiges zu sehen, hatte man keine Furcht, ihm zu nahe zu kommen. Er spähte in die tanzenden Töne von Rot und Orange, und fragte sich, was sie ihm dieses Mal wohl zeigen würden. Formen begannen Gestalt anzunehmen, zunächst nur verschwommen und undeutlich. Er schürte die Glut.

Als die Flammen erneut brüllend aufloderten und mit ihren Klauen gierig nach dem Metall krallten, fühlte er seine Lehrlinge zurückweichen. Er lachte grollend in sich hinein. »Was ist das nur für einen Sorte Schmied, die Angst vor ein bisschen Feuer hat?«

Er drehte den Kopf, warf ihnen einen Seitenblick zu. Vage Traumgebilde kauerten sich im Rauch zusammen. Kleine und große, schwere und spinnwebenfeine. Hunderte von ihnen – Duardin, Menschen, Aelfen, sogar der eine oder andere Ogor – drängten sich in den flüchtigen und schwer zu fassenden Umgrenzungen der Schmiede und beobachteten, wie er seinem Handwerk nachging. Alle, deren Herz danach trachtete, das Metall zu formen, waren, bis auf wenige Ausnahmen, in seiner Schmiede willkommen.

Es gab immer solche, die sich unbeliebt machten und ihr Willkommen verspielten. Das waren dann solche, welche die erste und wichtigste Lektion nicht begriffen und das, was er sie lehrte, zu üblen Zwecken missbrauchten. Nicht viele, zum Glück, doch einige schon. Sie verbargen sich vor seinem Blick, während sie noch seinen Künste nacheiferten. Doch es war gleich – schließlich würde er sie alle finden, und ihre Werke würde er dann dem Feuer zum Fraß vorwerfen.

Die Stimmen seiner Lehrlinge hoben sich zu einem plötzlichen Warnruf. Der Schmied wandte sich um, seine Augen verengten sich verärgert zu Schlitzen. Feuerklauen sprangen aus der Esse hervor, umkrallten sie zu beiden Seiten hin. Tiermäuler aus flackernden Flammen und wirbelnder Asche formten sich. Reißzähne aus Schlacke bleckten sich in rasender Wut und mahlten funkensprühend aufeinander. Eine geschmolzene Klaue griff nach seinem Arm, und seine hornige Haut färbte sich unter ihrer Berührung schwarz. Der Schmied grunzte und zog seinen Arm fort. Der Dämon sprang ihn mit feurigem Brüllen an, und seine Gestalt schwoll machtvoll hervor, so, als wolle er die ganze Schmiede füllen. Große aschene Schwingen breiteten sich aus, und ein gehörnter Kopf brach aus der Esse hervor.

»Nein«, sagte der Schmied schlicht, während seine Lehrlinge flohen. Er ließ das Metall, das er erhitzt hatte, sinken und ergriff die sich windende Flammengestalt, bevor sie noch größer werden konnte. Es galt schnell zu handeln. Sie kreischte, als er sie herumwarf und auf dem Amboss schmetterte. Brennende Krallen gruben sich in seine bloßen Arme und rissen ihm die Schürze in Fetzen. Wild ausschlagende Schwingen schlugen auf seine Schultern ein, doch der Schmied schien unangefochten und unbezwingbar. Er hob seinen Hammer. Die Augen des Eindringlings weiteten sich in plötzlicher Erkenntnis. Er fiepte und zwitscherte protestierend.

Der Hammer donnerte herab. Dann wieder und wieder, schlug nieder, zerbrach, schlug flach, schlug plan, hämmerte die Flamme zu genehmerer Form. Der Dämon schrie und kreischte protestierend, während mit jedem Schlag seine innerste Substanz weiter und weiter litt. All seine Arroganz, all seine Bosheit floh, und zurück blieb nur Furcht, und bald verschwand dann auch diese.

Der Schmied hob empor, was von dem sich schwach wehrenden Dämon noch übrig war. Er erkannte die Signatur, die sich in dessen Seelen-Knüpfungen fand, so leicht wieder, als hätte er sie selbst dort hineingeprägt. Dämonen unterschieden sich kaum von jedem anderen Rohmaterial, insofern sie von

Seiten dessen, der sie beschwor, einer sorgsamen Formung bedurften, um sie für seinen Zweck tauglich zu machen. Der hier war für Stärke und Schnelligkeit geschaffen, und das war es dann auch schon.

»Roh,«, sagte er. »Roh, grob und primitiv. So wenig Gewissenhaftigkeit hat er, so wenig Leidenschaft für seine Arbeit. Keinerlei Kunstfertigkeit. Wie hab ich doch versucht, ihm das beizubringen, aber – ach was. Wir machen schon noch etwas Anständiges aus dir, keine Sorge. Ich habe schon aus schlechterem Material etwas Besseres gemacht.«

Und da er das sprach, stieß er den Dämon in eine Kühlwanne neben dem Amboss. Zischend verwandelte Wasser sich in Dampf, und Teile der Kreatur zerstoben zu Glutfünkchen, die hochwirbelten und über dem Amboss emporschwebten. Was in der Wanne zurückblieb, war bloß ein Stück geschwärzten Eisens, pockig und geädert in zornigem Purpur, und nur die allerleiseste Spur eines fauchenden Gesichts mochte man wie aus Kratzern geformt darauf erkennen. Der Schmied warf es in seiner Hand auf und ab, bis es abgekühlt war, und steckte es dann in die Tasche seiner Schürze.

»Hm, was war das denn nun wieder?«

Es war schon einige Zeit her, dass man ihn an diesem Ort in ähnlicher Weise angegriffen hatte. Dass dies überhaupt geschah, deutete darauf hin, dass hier jemand sehr verzweifelt war. Als hätte derjenige gehofft, ihn so daran zu hindern, etwas Bestimmtes zu sehen. Er sah auf zu der Wolke dahin driftender Aschenglut und griff sich eine Handvoll heraus. Er legte seinen Hammer beiseite und fuhr mit einen dicken Finger hindurch, las darin, wie ein Sterblicher wohl in einem Buch lesen mochte.

Mit einem Grunzen warf er es zurück in die Esse und schürte die Kohlen mit einem heftigen Stoß seiner Hand. Ein verschwommenes Bild nahm in den Flammen Gestalt an. Augenblicke später teilte es sich in acht Einzelbilder auf, die nun deutlicher zu erkennen waren – ein Schwert, ein Streitkolben, ein Speer … acht Waffen.

Der Schmied runzelte seine Stirn, schürte die Kohlen mit

neuer Kraft und Schärfe, bis weitere Bilder vortraten. Er musste sich dessen, was er da sah, sicher sein. In den Flammen zog eine Frau in kristallener Rüstung eine der Acht – ein heulendes Dämonenschwert – aus seiner Hülle aus Fleisch und tauschte donnernde Hiebe mit einem Stormcast Eternal in einer Rüstung von der Farbe einer Wunde aus. Sie zerschmetterte die Runenklinge ihres Gegners, und der Schmied wand sich innerlich, als er sah, wie eines seiner stärksten Werke, so leicht zerstört wurde. Er wedelte mit der Hand und zauberte weitere Bilder aus den flackernd huschenden Flammen hervor.

Da war ein aufgedunsener Pockenkrieger, dessen eine Körperseite von einem zappelnden Kraken weggefressen worden war, der sich dann dort eingenistet hatte. Er schlang schleimige Tentakel um den Schaft eines gewaltigen Kriegskolbens, der in Runeneisen gefasst war, und riss ihn einem sterbenden Ogor aus der Hand. Ein Aelfen-Schwertkämpfer, dessen Augen hinter einer himmelblauen Augenbinde verborgen waren, duckte sich unter dem kräftigen Schwung einer Obsidianaxt, noch immer pulsend vom Hunger des Vulkans, der sie geboren hatte, und wich vor dem massiven Orruk zurück, der sie in Händen hielt.

Wütend stieß der Schmied mit seiner Hand zu und beschwor weitere Bilder herauf. Sie kamen schneller und schneller, umtanzten seine Hand wie die Bruchstücke eines halb erinnerten Traums – er sah Kriege, die noch nicht geführt wurden, und künftige Tode, und er spürte, wie sein Gleichmut immer stärker schwand und sein Gemüt im Zorn Feuer fing. Die Bilder flogen so schnell vorbei, dass nicht einmal er sie alle erfassen konnte. Voller Wut und Enttäuschung griff er nach jenen Bildern, die er zu packen bekam, nur damit sie ihm dann erneut durch die Finger glitten und in die Flammen sprangen. Die Zeit war also da. Er würde sich bereit machen müssen.

Er fuhr sich mit seinen breiten Händen durch seine Haareslohe, knurrte dabei leise. »Dann mache ich mich wohl mal ans Werk.« Er wandte sich um und musterte einige seiner Lehrlinge mit funkelndem Blick. »Du da – hör auf, hier herumzulungern, und such was zum Schreiben. Und zwar zügig. Los!«

Sein Lehrling beeilte sich zu gehorchen. Als er dann mit Meißeln und schweren Folianten aus Stein und Eisen zurückkam, begann der Schmied zu sprechen. »Im Anfang war das Feuer. Und aus dem Feuer kam Hitze. Aus der Hitze kam Form. Und diese Form teilte sich achtfaltig. Die Acht waren der rohe Stoff des Chaos, zu tödlich scharfer Klinge gehämmert und geformt von den eidgebundenen Schmiedemeistern des schrecklichen Seelenschlunds, den erwählten Waffenschmieden des Khorne.« Er zögerte einen Moment, bevor er fortfuhr. »Doch als die Reiche bebten und das Zeitalter des Chaos versank und das des Blutes sich erhob, gingen die Waffen, die man die Acht Wehklagen nennt, verloren.« Im Feuer wechselten Szenen des Todes und Wahnsinns einander ab, immer wieder und wieder, ein Zyklus ohne Ende.

Grungni, Herr aller Essen und Meisterschmied, seufzte. »Bis jetzt.«

Anderswo. Eine andere Schmiede, roher als die des Grungni. Eine Höhle wie eine Wunde, aufgerissen von den blutenden Händen einer Unzahl von Sklaven und dann weiter aus dem vulkanischen Fels herausgeschlagen. Feuergruben und Kühlbecken füllten die weite, flache Kammer. Gestelle säumten die unebenen Wände, und Schlachtäxte, Zornhämmer, Waffen jeder Form und Größe hingen wild und ungeordnet davon herab.

Im Herzen dieser Schmiede, in einem Kreis von Feuergruben, saß ein riesiger Amboss. Und auf diesem Amboss lehnte mit gesenktem Kopf eine ungeschlachte Gestalt. Schweiß rann seinen muskulösen Arm hinab und klatschte zischend auf den Amboss. Seine scharlachrote und messingfarbene Rüstung war mancherorts geschwärzt, als sei sie unglaublicher Hitze ausgesetzt worden. Er atmete tief ein und versuchte die Schwäche zu ignorieren, die von ihm Besitz ergreifen wollte. Er hatte den Dämon mit einem Teil seiner eigenen Stärke ausgestattet, da er gehofft hatte, dass dieser dann dem Herrn aller Essen ebenbürtig sein würde. Oder zumindest mehr als ein paar Augenblicke gegen ihn zu bestehen vermöchte. Er tröstete sich mit dem

Gedanken, dass sich nicht jeder Mensch mit einem Gott einen Zweikampf des Willens liefern und diesen überleben konnte.

»Doch bin ich auch kein bloßer Mensch«, murmelte Volundr von Hephut leise in sich hinein. »Ich bin Schmiedemeister von Aqshy.« Ein Kriegerschmied des Khorne. Schädelschleifer des Seelenschlunds. Er hatte Waffen ohne Zahl geschmiedet, und dazu auch noch die Kriege, in denen sie zu tödlichem Werk geführt wurden. Tausend Helden hatte er herangezüchtet und die Schädel von weiteren tausend hatte er zerschmettert.

Aber nun, in diesem Moment, war er einfach nur müde.

»Nun?«

Die Stimme, kalt und leise, hallte aus den Schatten der Schmiede hervor. Volundr richtete sich auf, und sein Schädelhelm wandte sich dem Sprecher zu, der im Dunkel saß und in ihn verbergende Tracht in der Farbe auskühlender Asche gehüllt war. Qyat von der Gefalteten Seele, Schmiedemeister von Ulgu, war eher Rauch als Feuer, und seine Gestalt war unter seiner wuchtigen Kleidung scheinbar ohne Substanz. »Er hat es gesehen«, grollte Volundr. »Wie ich es vorhergesagt habe, Qyat.« Eine zweite Stimme, hart und scharf wie splitterndes Eisen, mischte sich ein. »Du suchst nur Entschuldigungen für dein eigenes Versagen, Schädelknacker.«

Volundr schnaubte. »Entschuldigungen? Nein. Ich erkläre es euch nur schlicht, Wolant.« Er wandte sich um, und deutete mit einem plumpen Finger auf den zweiten Sprecher, der jenseits der Glut der Feuergruben stand und die Vielzahl seiner muskulösen Arme vor der massiven Brust gekreuzt hielt.

Wolant Siebenhand, Schmiedemeister von Chamon, war eine messinghäutige, achtarmige Monstrosität, die in eine Rüstung aus Gold gehüllt war. Sieben seiner Arme endeten in sehnigen, feuergegerbten Händen. Der achte lief in die plumpe Form eines Hammers aus, der an sein zerfleischtes Handgelenk geschnallt war, um eine lang zurückliegende Verstümmelung auszugleichen. »Wenn du denkst, du hast dort Erfolg, wo ich versagte, nur zu, versuch dein Glück«, fuhr Volundr fort.

»Du wagst es –?, knurrte Wolant und griff nach einem der

vielen Hammer, die von seinem Gürtel hingen. Bevor er ihn jedoch packen konnte, griff Volundr sich seinen eigenen vom Boden und schlug ihn auf den Amboss, füllte die Schmiede mit einem hohlen, laut dröhnenden Echo. Wolant taumelte und griff sich mit seinen Händen an die Schläfen.

Volundr deutete mit seinem Hammer auf den Schädelschleifer. »Du tätest gut daran, dich zu erinnern, in wessen Schmiede du hier stehst, Siebenhand. Deine großen Worte und dein hohles Gepolter dulde ich hier nicht.«

»Ich bin mir sicher, mein fehdelustiger Bruder meinte es nicht im Argen, Volundr. Er ist von aufflammendem und von sich selbst eingenommenem Gemüt, wie du wohl weißt, und daher dem überstürzten Handeln zugeneigt.« Qyat streckte seine Glieder und stand auf. Er überragte die beiden anderen Schädelschleifer wie ein Turm sehnig, bleicher Muskeln, der in schwarzes Eisen gehüllt war. »Aber dennoch, wenn er noch einmal so unhöflich ist, dir zu drohen, dann schlage ich ihm noch eine von seinen Händen ab.«

»Mein Dank, Bruder«, sagte Volundr.

»So wie ich dir ein Auge herausreiße, wenn du mich weiterhin so grimmig anstarrst«, fügte Qyat milde hinzu. Er breitete seine abgezehrten Hände aus. »Respekt kostet Männer wie uns nicht viel, Brüder. Warum also knausrig sein?«

Volundr neigte den Kopf. »Vergib mir, Bruder«, sagte er. So schwach, wie er sich jetzt fühlte, war er kaum in der Verfassung für einen Zusammenstoß mit einer so tödlichen Kreatur wie der Gefalteten Seele. Wolant, der doch nichts als ein Klotz roher Kraft war, war schon schlimm genug. Er setzte den Kopf seines Hammers auf den Amboss auf, beugte sich vor und stützte sich dabei auf den Schaft. »Wolant hat recht. Ich habe versagt. Der Meisterschmied weiß Bescheid. Und jetzt ist ihm klar, dass wir es auch wissen.«

Wolant knurrte. »Hättest du nicht versagt –«

»Aber das hat er, und so müssen nun im Feuer der Widrigkeiten neue Strategien geschmiedet werden.« Qyat presst seine Hände, wie zum Gebet, zusammen. »Der Verkrüppelte Gott darf uns nicht nehmen, was das Unsere ist.«

Wolant lachte. »Das Unsere, Gefaltete Seele?« Er breitete seine Arme aus. »Das meine, wolltest du wohl sagen. Vielleicht auch das Deine, sollte das Glück nicht mir gewogen sein. Oder aber es fällt gänzlich jemand anderem zu, denn wir drei sind nicht allein in dieser Queste. Die anderen Schmiedemeister werden ihre eigene Jagd eröffnen. Die Acht Wehklagen, hungrig darauf, erneut Blut zu vergießen, rufen nach uns, die wir sie geschmiedet haben.« Sieben Fäuste bebten in einer Geste der Herausforderung und des Trotzes. »Nur einer von uns kann Khornes Gunst dadurch gewinnen, dass er sie zurückholt. Oder hast du das vergessen?«

»Keiner von uns hat vergessen«, erwiderte Volundr. »Wir haben unsere Kämpen erwählt und sie in die Reiche ausgesandt, die Acht zu finden. Doch das heißt nicht, dass wir nicht gemeinsam gegen jene außerhalb unserer Bruderschaft vorgehen können.« Er schüttelte den Kopf. »Grungni ist bei diesem Unternehmen nicht unser einziger Feind. Andere suchen ebenfalls nach den Acht. Wenn wir nicht zusammen arbeiten, werden wir –«

Wolant schlug ihn unterbrechend zwei seiner Handpaare klatschend zusammen. »Unsinn. Je größer das Hindernis, desto größer der Ruhm. Ich kam nur aus Respekt vor der Schläue der Gefalteten Seele. Nicht, um mein Schicksal mit dem euren zu verknüpfen. Mein Kämpe wird die Acht Wehklagen für mich holen und die Schädel eurer Diener ebenfalls, wenn sie dumm genug sind, sich ihm in den Weg zu stellen.« Er lachte erneut und wandte sich ab. Volundr blickte ihm nach, wie er auf einen der großen Torbogen zuging, welche die Höhlenwände säumten und fragte sich, ob er vielleicht den Schädel des anderen Schmieds spalten könne, solange er ihm noch den Rücken darbot. Qyat lachte leise glucksend in sich hinein, als könnte er seine Gedanken lesen. »Wäre schön, wenn du seinen Dickschädel auf deinem Amboss knacken könntest. Doch das würde dann bedeuten, dass ich dich dann auch töten müsste, Bruder, solltest du dich entschließen auf solche Art den Eisenschwur zu brechen.«

Volundr grunzte. Der Eisenschwur war das Einzige, was die verbliebenen Schmiedemeister davon abhielt, einander an die Kehle zu gehen. Der Waffenstillstand war ein heikle und zerbrechliche Sache, doch hatte er seit drei Jahrhunderten gehalten. Und er würde fürwahr nicht derjenige sein, der ihn brach. Er machte eine abschätzige Handbewegung. »Es wird befriedigender sein, ihm den Sieg zu entreißen. Mein Kämpe ist bis zum Letzten entschlossen.«

»So wie der meine.«

Volundr nickte. »Dann möge der beste Kämpe gewinnen.« Er wandte seine Aufmerksamkeit den Feuergruben zu und machte eine Geste, welche die Glut anfachte und Funken in die Luft sandte. Rauch ließ er emporsteigen und lenkte seinen Blick auf die Reiche der Sterblichen und suchte dort nach einem ganz besonderen Glutfunken von Aqshys Feuer. Als er ihn fand, ließ er seine Worte ins Feuer fahren, im sicheren Wissen, dass sie gehört würden. »Ahazian Kel. Letzter von Ekran. Todesbote. Höre die Stimme deines Herrn.«

Und in einem Land, wo der Mond kalt brannte und die Toten frei ihrer Wege zogen, hörte Ahazian Kel die Stimme Volundrs. Obwohl sie ihm wie heiße Nägel ins Hirn schoss, beschloss er, sie zu ignorieren. In Anbetracht der Situation nahm er an, dass Volundr ihm dies schon vergeben würde. Nun ja, vielleicht auch nicht. Jedenfalls war es nun geschehen, und Ahazian verwandte keinen weiteren Gedanken mehr darauf.

Stattdessen konzentrierte er sich gänzlich auf die Männer, die gerade versuchten, ihn zu töten. Krieger der Beinernen Reiche, wiederbelebte Skelette, die noch immer die verrotteten Überreste jener Rüstungen trugen, die sie im Leben nicht hatten schützen können, strömten aus den Schatten der großen Steinpfeiler, die sich zu beiden Seiten von ihm erstreckten. Im Mondlicht drängten sie sich eng und dicht auf der breiten Straße. Rostige Klingen lechzten nach seinem Fleisch, während verrostete Schilde in die Reihen seiner Anhänger donnerten und einige dabei zu Fall brachten.

Ahazian dachte nicht weiter über die Misere seiner Blutjäger nach. Die Lebenden waren schließlich nur Werkzeuge, die man für seine Zwecken benutzte, und die Toten waren nur ein weiteres Hindernis zwischen ihm und dem, nach dem er trachtete. Vor ihnen, hinter den Reihen der Toten, am Ende der mit Pfeilern gesäumten breiten Straße, befanden sich die Tore der Mausoleumszitadelle. Zwei riesenhafte, aus Stein gehauene Skelette knieten mit über dem Knauf ihrer Schwerter geneigten Köpfen zu beiden Seiten der gewaltigen Öffnung. Irgendwo erklang eine Totenglocke und weckte die Toten aus ihrem jahrhundertelangen Schlummer.

Gebeinkrieger überfluteten die breite Straße. Sie marschierten entweder einzeln oder in Gruppen zwischen den Pfeilern oder aus der Mausoleumszitadelle hervor. Nicht nur die Toten, die an diesem Ort gelebt hatten, sondern auch jene, die hier vor kurzem erschlagen worden waren, folgten dem Klang der unsichtbaren Glocke. Obwohl ihre Knochen von Schakalen und Aasvögeln, die in den Ruinen hausten, blank genagt worden waren, erkannte er noch immer die Siegel, die ihre geborstenen Rüstungen zierten – die Runen Khornes und Slaaneshs, die unheilvollen Glyphen von tausend geringeren Göttern, alle fanden sie sich in den stummen Reihen des Feindes wieder.

In Shyish gab es nur eine sichere Wahrheit. Eine, der selbst die Götter nicht trotzen konnten. Es war ein Land des Endes aller Dinge, wo selbst die Stärksten schließlich wanken mussten. Es konnte keinen Triumph über das geben, was am Ende doch alles eroberte. Aber das hielt sie nicht davon ab, es dennoch zu versuchen.

Doch nach Eroberung stand Ahazian nicht der Sinn. Nicht heute.

Er stand auf Köpfen und Schultern, die größer waren als selbst der größte Stammeskrieger, der ja an seiner Seite gekämpft hatte. Seine mächtige Gestalt war unter mit rasiermesserscharfen Kanten versehenen Panzerplatten in Scharlachrot und Messing verborgen, und die Schädelmaske seines Helms bog sich aufwärts zur Rune Khornes und zeigte damit klar an, wem seine Gefolgschaft galt. Schwere Ketten umhüllten ihn, und ihre Glieder waren mit Spitzen und Haken besetzt sowie hier und da mit einem Skalp behangen.

Er war von einer Phalanx wilder Stammeskrieger umgeben, die in den Tieflanden dieser Region rekrutiert worden waren. Die Köpfe ihrer ehemaligen Anführer klatschten ihnen gegen die Hüften, und ihre Skalps waren mit ihren Gürteln verknotet. Wenn es denn einen einfacheren Weg gab, andere dazu zu bringen, das zu tun, was man von ihnen wollte, so hatte er den noch nicht gefunden. Die Blutjäger trugen ein wildes Rüstungs-Sammelsurium aus allem, was einem auf dem Zug über tausend Schlachtfelder auch immer in die Hände fallen mochte. All das war verziert mit Totems, welche die Verstorbenen vertreiben sollte, und ihr Fleisch war mit Asche und Knochenstaub bemalt, damit sie für die Geister unsichtbar würden. Keine dieser Schutzmaßnahmen schien im Augenblick besonders gut zu wirken. Doch das schien ihnen wenig auszumachen.

Die meisten der Blutjäger fochten mit wildem Ingrimm an seiner Seite, zerhackten und durchbohrten die stummen Toten. Ahazian bildete die Spitze des Vorstoßes, so wie es sein Recht und wie es ihm eine Lust war. Der Todesbote stürzte wie eine Speerspitze vor, seine Schindaxt in der einen, Schädelhammer in der anderen Hand. Beide Waffen dürsteten nach etwas, was der Feind ihnen nicht bieten konnte, und die Erbitterung darüber durchflutete ihn scharf und heiß. Die Metalldornen in ihrem Schaft schnitten ihm schmerzvoll in die Handfläche, rissen alte Wunden erneut auf, sodass seine Finger bald glitschig von Blut waren. Es war ihm gleich – sollten sie trinken, wenn sie wollten. Solange sie ihm gut und treu dienten, war dies das Mindeste, was er für sie tun konnte. Blut musste vergossen werden, selbst wenn dieses Blut das seine war.

Er spaltete einen Schild, auf dem das Gesicht einer hohnlächelnden Leiche prangte, zersplitterte die Knochen, die sich dahinter schützen wollten. Brutale Kraft reichte aus, ihm etwas Freiraum zu verschaffen, doch das würde nicht lange anhalten.

Was die Toten einmal für sich beansprucht hatten, das hielten sie mit einer tödlich kalten Grimmigkeit, die selbst manche Diener des Blutgottes mit tiefer Ehrfurcht erfüllte. Eine der zahlreichen Lektionen, die ihn seine Zeit in Shyish gelehrt hatte. »Weiter«, fauchte er im Vertrauen darauf, dass die Seinen seine Stimme vernahmen. »Möge Khorne den holen, der zuerst nach Einhalt schreit.«

Die Blutjäger, die am nächsten bei ihm waren, stießen einen lauten Schrei aus und verdoppelten ihre Mühen. Er knurrte befriedigt und drosch seinen Kopf in das Todesgrinsen eines Skeletts und zerschmetterte ihm damit den Schädel. Die zuckenden Überreste fegte er beiseite und stürmte weiter, zog seine Gefolgsleute hinter sich her. Ein Speer traf seinen Schulterpanzer und zersplitterte noch im gleichen Moment, als er das Rückgrat seines Trägers zertrümmerte. Gestürzte Skelette griffen nach seinen Beinen, und er zermalmte sie unter seinen Sohlen zu bloßem Staub. Er würde nicht dulden, dass irgendetwas sich zwischen ihn und sein Ziel stellte.

Was hinter diesem Torbogen lag, war schließlich sein Schicksal. Khorne hatte seine Füße auf diesen Pfad gesetzt, und Ahazian Kel ging ihn bereitwillig. Was sollte er sonst auch tun? Für einen Kel gab es nur die Schlacht. Krieg war für die Ekran die reinste Form der Kunst – war es immer gewesen. Aus welchem Grund er gefochten wurde, war egal. Gründe lenkten nur von der Reinheit eines mit Kunst geführten Krieges ab.

Ahazian Kel, der letzte Held der Ekran, hatte stets danach gestrebt, mit dem Krieg selbst eins zu werden. Und so hatte er sich Khorne hingegeben. Er hatte das Blut all seiner Mit-Kel zum Opfer dargeboten, einschließlich dem des Prinzen Cadacus. Er hielt sein Andenken über alles in Ehren, denn Cadacus war, von all seinen Vettern, am nächsten daran gewesen, ihn zu töten.

Dies hier war schlicht der nächste Schritt auf seiner Reise entlang des Achtfältigen Pfades. Er war ihm von den Felsitebenen von Aqshy bis hin in die Aschenen Tieflande von Shyish gefolgt, und er würde jetzt keineswegs damit aufhören. Nicht bevor er seinen Preis errungen hatte.

Ahazian ließ sich vom Rhythmus der Schlacht in die Mitte der Toten forttragen. Langsam aber stetig schlug er sich einen Weg in Richtung des Torbogens frei. Zerbrochene, zuckende Skelette blieben hinter ihm auf dem Boden zurück. Seine Gefolgsleute schützten ihn vor den schlimmsten Hieben, erkauften ihm das Leben mit dem ihrigen. Er hoffte, dass sie darin Erfüllung fanden – es war eine Ehre, für einen von Khornes Auserwählten zu sterben. Die Räder der Schlacht mit seinem Blut zu ölen, damit ein wahrer Krieger auf eine ihm geziemendere Weise sein Schicksal finden konnte.

Er schwang mit seinem Schädelhammer aus, zerschmetterte ein Skelett zu bloßen Splittern und Spänen, und plötzlich war er durch die Feinde hindurch. Ein paar Dutzend Blutjäger, die stärker waren als der Rest – vielleicht auch nur schneller – kamen mit ihm aus dem Getümmel heraus. Er zögerte nicht, stürmte vorwärts, jetzt im Laufschritt. Die Blutjäger folgten ihm, und kaum einer von ihnen warf auch nur einen Blick zurück. Diejenigen von ihnen, die sich noch immer im Kampf mit den Toten befanden, mussten eben sehen, wie sie zurechtkamen.

Der Vorhof der Mausoleumszitadelle wurde von amethystfarbenen Irrlichtern erhellt, die träge durch die staubige Luft schwebten. In ihrem Schein konnte er seltsame Mosaiken auf Wänden und Boden erkennen, die Szenen von Krieg und Fortschritt zeigten. Durch Zeit und Vernachlässigung verwitterte Statuen lauerten in den Ecken, ihre blicklosen Augen auf ewig emporgerichtet. Ahazian führte seine verbliebenen Krieger durch stille Hallen. Die Blutjäger drängten sich zusammen und raunten miteinander. Im Kampfe waren sie tapfer über alle Maßen. Doch hier, in Dunkelheit und Stille, regten sich rasch und nur allzu bereitwillig alte Ängste. Die Grauen der Nacht, Schreckgespenster, von denen man sich an den Feuern des Stammes erzählte, schienen an diesem Ort beängstigend nahe zu rücken. Jeder Schatten schien eine Legion von Geistern zu beherbergen, deren Rachen vor Wolfsfängen starrten und die nur darauf warteten sich auf die Stammeskrieger zu stürzen und sie in Fetzen zu reißen.

Ahazian sagte nichts, was sie hätte beruhigen können. Furcht hielt sie wachsam. Außerdem war es nicht seine Pflicht, ihre Füße sicher auf dem Achtfältigen Pfad zu halten – schließlich war er kein Schlachtpriester. Wenn sie sich in Furcht zusammenkauern oder fliehen wollten, so würde Khorne sie nach Gutdünken strafen.

Der Schlachtlärm von draußen dämpfte sich zu einem schwach wogenden Murmeln herab. Schäfte kalten Lichtes fielen durch große Löcher im Dach herein, und die amethystfarbenen Nebelfetzen wirbelten dicht um sie und erleuchteten den Weg vor ihnen. Ahazian wischte Schleier von Spinnweben mit seiner Axt beiseite und zertrümmerte umgestürzte Pfeiler und andere Berge von Trümmern, die ihnen den Weg versperrten, mit seinem Hammer und bahnte ihnen so einen Weg.

Die Geister der Toten drängten sich dichter, je weiter sie vordrangen. Stumme Phantome, zerlumpt, fadenscheinig und kaum noch wahrnehmbar, so wanderten sie kreuz und quer. Verlorene Seelen, die den Pfaden ihrer verblassenden Erinnerungen folgten. Diese Geister legten keinerlei Feindseligkeit an den Tag, zu sehr waren sie in ihrem eigenen Leid versunken. Doch ihr eben hörbares Flüstern stahl sich mit irritierend zunehmender Häufigkeit und Dringlichkeit in seine Gedanken, und voller Erbitterung schlug er nach ihnen, wann immer einer von ihnen ihm zu nahe kam. Sie achteten seiner nicht, was nur noch mehr zu seiner Verärgerung beitrug.

Als sie schließlich die inneren Kammern erreichten, hatte sein Gleichmut sich derart erschöpft, dass seine Gefolgsleute geflissentlich von ihm Abstand hielten. Er stellte fest, dass er inständig darauf hoffte, dass sich nun auch bald ein Feind zeigte. Ein Hinterhalt vielleicht. Irgendetwas, an dem er seine Frustration auslassen könnte.

Der Thronraum der Mausoleumszitadelle war eine kreisförmige Kammer, deren Wände sich zu einer hohen Kuppel wölbten, die in einem längst vergessenen Kataklysmus geborsten war. Bahnen von Mondlicht durchzogen die zerstörte Kammer, beleuchteten die gefallenen Trümmer zerbrochener Statuen und legten einen glitzernden Schleier auf all die dicken Stränge und Vorhänge aus Spinnweben und den Staub, der hier jede Oberfläche bedeckte.

»Verteilt euch«, befahl Ahazian. Seine Stimme dröhnte laut und ließ die Stille bersten. Seine Krieger eilten, ihm zu gehorchen. Er schritt auf die breite Empore zu, die das Zentrum der Kammer einnahm. Darauf ruhte ein massiver Thron aus Basalt, auf dem eine massige Gestalt kauerte. Sowohl der Boden rings um die Empore als auch deren Stufen waren mit zerbrochene Skeletten übersät, und ihre verstreuten Knochen glühten schwach von Hexenfeuer.

Ahazian stieg wachsam zum Podium empor. In diesem Reich galt es fast als Gemeinplatz, dass eine stumme Leiche eine gefährliche Leiche war. Aber die zerbrochene Gestalt, die auf dem Thron kauerte, zuckte nicht einmal. Die schwere Rüstung war so dick mit Spinnweben bedeckt, dass sowohl von ihrem scharlachroten Glanz als auch von den Schädeln mit Fledermausflügeln, die sie zierten, kaum etwas zu sehen war. Als er näher kam, fühlte er, wie ihn ob der schieren Größe dieses verstorbenen Potentaten ein Hauch von Ehrfurcht streifte. Diese Kreatur war massiv gewesen, ebenso wie die gewaltige schwarzklingige Axt, die lose im Griff einer fleischlosen Hand hing und deren Schneide auf dem Boden ruhte. Die Leiche trug einen schweren, gehörnten Helm mit einem schartigen Kamm.

Er wischte ein paar der Spinnweben mit seiner Axt beiseite und legte dabei einen langen, klaffenden Riss im schmutzigen Brustpanzer frei, der aussah, als habe eine unglaublich scharfe Klinge das Metall durchdrungen und dann auch das, was dem Toten als Herz gedient haben mochte. »Ha«, murmelte Ahazian zufrieden. Endlich hatte er es gefunden. Er legte seine Schindaxt in der Armlehne des Throns ab und stieß seine Hand in die Wunde. Spinnen quollen daraus hervor, krabbelten seinen Arm herauf oder fielen zu Boden. Er ignorierte das verängstigte Getier und fuhr fort, den modernden Brustraum zu durchgraben, bis sich seine Finger schließlich um das schlossen, was er so lange gesucht hatte. Er riss den Splitter schwarzen Stahls aus der morschen Hülle hervor und gab einen Laut von sich, der halb zwischen einem Aufstöhnen und einem Seufzen lag. Er hielt seine Trophäe ins trübe Licht empor. Ein Splitter, der im Todesstoß frei gebrochen war. Es war das Bruchstück einer Waffe – und nicht nur irgendeiner Waffe, sondern einer, die in den Schattenfeuern Ulgus geschmiedet worden war. Eine der Acht.

»Gung«, sprach Ahazian leise. Der Speer der Schatten. Von manchen auch ›der Jäger‹ genannt, von anderen wieder der Weit-Töter. Einmal geschleudert, würde Gung stets sein Opfer finden, ganz gleich, wie weit es auch floh, ganz gleich, welche Entfernung sich zwischen dem Werfer und seinem Ziel erstrecken mochte. Nicht einmal der Schleier, der die Reiche der Sterblichen voneinander trennte, konnte den Weit-Töter daran hindern, sein Opfer zu durchbohren.

Der Metallsplitter schien in seinem Griff zu zittern, als brannte er darauf, wieder in sein Nest im Leichnam zurückzukehren. »Nein, kleiner Fangzahn, für dich ist die Zeit gekommen, zu erwachen und mich zu dem zu führen, was ich begehre.« Er steckte das Bruchstück in eine Tasche seines Gürtels. Wenn Volundr recht hatte, so würde ihn dieser Splitter geradewegs zum Jäger führen. Das einzelne Teil war in Sympathie mit dem Ganzen verbunden, einer mystischen Anziehung, und das eine rief nach dem anderen. Alles, was er tun musste, war, es von den Überresten seines letzten Opfers möglichst weit zu entfernen.

Als er von der Empore herabstieg, hörte er jähen Donner. Dieser zerdehnte sich zu einem trommelnden Rhythmus, und ihm wurde klar, dass dies der Klang von Hufen auf Steinboden war. Seine Männer wandten sich der Tür zu, als diese plötzlich aufgeschlagen wurde und ein Keil berittener Krieger in die Kammer hineinpreschte. Kohlenschwarze Rösser schnauften und wieherten, als sie auf die verblüfften Blutjäger losgaloppierten. Ihre Reiter trugen Obsidianrüstungen und waren mit langen Speeren und Schwertern bewaffnet. Bleiche, weibliche Gesichter starrten aus einigen der überreich geschmückten, mit hohen Kämmen verzierten Helme heraus, während die Gesichter der anderen hinter tierischen Zügen ähnelnden Visieren verborgen blieben. Ahazian konnte kaum mehr als einen Warnruf ausstoßen, da hatten die Reiterinnen bereits den Großteil seiner überlebenden Männer isoliert und in Stücke gehackt.

Während das Gemetzel noch fortdauerte, löste sich eine der Reiterinnen vom Rest und lenkte ihr Ross auf die Empore zu. Ahazian wartete. Er vertraute auf seine Fähigkeit, sich notfalls den Weg freizuschlagen, aber seine Neugier hatte die Oberhand gewonnen. Die Reiterin glitt mit einem Rasseln von Kettenwerk aus dem Sattel und schritt auf die Empore zu. Als sie näher kam, erhaschte Ahazian einen von ihr ausgehenden Geruch alten Blutes. Er lachte in sich hinein. »Ich hätte nicht gedacht, eine von eurer Art hier anzutreffen.«

»Meine Art findet sich überall. Schließlich gehört uns dieses Land.« Sie schnellte herum und hackte durch den erhobenen Arm eines Blutjägers, der auf sie losgestürzt war. Sie fegte den Sterbenden beiseite und schlitzte einem weiteren den Bauch auf, der auszunutzen wollte, dass sie anscheinend gerade abgelenkt war. Sie wandte sich ihm erneut zu. »Egal wie viel Ungeziefer es auch derzeit heimsuchen mag.«

Ahazian zuckte die Achseln. »Ich bin nur ein schlichter Pilger.«

»Ein lauter vor allem. Ihr Blutgebundenen macht einen gehörigen Lärm, wenn euch danach der Sinn steht.« Die Vampirin lächelte und entblößte dabei ihre Fangzähne. »Allerdings muss man sagen, dass mir so ein wenig Lärm von Zeit zu Zeit durchaus zusagt.« In einer beiläufigen Geste ließ sie ihr Schwert durch die Luft sausen und entledigte einen verwundeten Blutjäger, der auf sie zutaumelte, seines Kopfes. »Schreie zum Beispiel, gehören in diese Kategorie.«

Ahazian ließ seinen Kopf im Nacken kreisen, lockerte seine Schultern. Er freute sich darauf, die Klingen mit ihr zu kreuzen. Die Dürstenden Toten waren vor allem dafür bekannt, fähige Krieger zu sein. »Dann bist du also die Königin dieses Knochenhaufens? Habe ich dich mit meiner Anwesenheit erzürnt?« Er machte einen Schritt vom Podest herab. Seine Waffen zuckten in seinen Händen, begierig auf einen Bissen ins untote Fleisch.

»Ich bin keine Königin, doch diene ich einer. Und sie verlangt nach dem, was du gekommen bist, zu rauben.« Sie streckte ihm ihr Schwert entgegen. »Gib es mir, und vielleicht lasse ich dich dann gehen, während du noch all deine Gliedmaßen hast.« Sie lächelte. »Nun ja, vielleicht aber auch nicht.«

»Sag deiner Königin, dass sie von mir haben kann, was sie mir zu entreißen vermag, und sonst gar nichts.«

Die Vampirin nickte, als hätte sie so etwas auch schon erwartet. »Wenn dies dein Wunsch ist, dann muss ich es dir wohl einfach nehmen.«

»Du denkst daran, mich zu töten, meine Hübsche?« Ahazian winkte sie freundlich mit seiner Axt heran. »Na, dann komm. Lass uns sehen, ob du auch mit gleicher Wonne dein eigenes Blut vergießt, wie du das anderer trinkst.«

Die Vampirin sprang auf die Empore, schneller, als er es erwartet hatte. Sie bewegte sich trotz ihrer Rüstung mit tödlicher Anmut. Ihr Schwert ritzte eine lange Schramme quer über seinen Brustpanzer und warf ihn zurück. Verärgert schlug er mit seinem Schädelhammer nach ihr. Sie bog sich aus seinen Weg, während sie ihre Klinge über seinen nackten Bizeps zog, und sprang zurück, als seine Axt niederfuhr und die Oberfläche der Empore splittern ließ.

»Schnell«, murmelte er anerkennend.

»Schneller als du.«

»Wir werden sehen.« Er schwenkte träge seine Axt. Als seine Augen wie instinktiv ihrer Bewegung hinterher zuckten, schlug er mit seinem Hammer zu. Sie wand sich, fing den Hieb mit ihrer Handfläche auf. Seine Axt biss nach ihrer Hüfte und zwang sie zum Rückzug.

Ihre Gefolgsleute huschten näher an sie heran, Schatten aus schwarzem Stahl, quecksilber-flink. Seine Krieger waren alle tot oder lagen im Sterben. Er war allein. Ein zufriedenes Lächeln stahl sich auf seine Lippen. Hier gab es nicht genug Kampf für alle. Ihre Klingen stachen nach ihm aus einem Dutzend Richtungen, und er hatte Mühe, sie alle abzuwehren. Manche glitten durch seine Abwehr, trafen seine Rüstung oder ritzten sein Fleisch. Er brüllte laut auf vor Wut und schwang seine Schindaxt in weitem Bogen. Ein Blutritter, der langsamer als die anderen war, schrie auf, als der Hieb ihn in die Seite traf. Sie wirbelte fort, die Rüstung eingedellt, die Rippen darunter gebrochen.

Er setzte der verwundeten Vampirin nach, die die Stufen hinabrollte. Die anderen folgten ihm, wie er es gehofft hatte. Er schnellte herum, traf eine mit seinem Hammer ins Gesicht. Sie brach mit zerschmetterten Zügen zusammen. Eine zweite schrie schrill auf, als die Axt über ihren Arm strich. Die Macht des Schlags warf sie quer durch die Kammer.

»Ist das alles, was ihr draufhabt?«, sagte er lachend. »Ich bin ein Kel der Ekran, ihr Blutegel. Mit Blut wurde ich gesäugt, und mein Wiegenlied war das Klirren von Schwertern. Ich bin der Krieg selbst, und kein Wesen, ob lebend oder tot, kann gegen mich bestehen.«

»Zu viele Worte«, sagte die erste Vampirin, und erhob sich hinter ihm. Ihr Schwert glitt ohne Mühe zwischen die Platten seiner Rüstung und hinein in seinen Rücken. Ahazian brüllte auf und sprang vorwärts, entriss dadurch die Waffe ihrem Griff. Die Axt entglitt seinen Händen. Gesegneter Schmerz durchfuhr ihn wie eine Dornenpeitsche, ließ seine Nerven wie in grellem Feuer auflodern. Schmerz war der Lohn des Kriegers, und er hieß ihn willkommen. Er wandte sich um, den Hammer erhoben.

Die Waffe donnerte herab, verfehlte sie nur knapp. Sie sprang auf seinen Rücken, und ihr Gewicht ließ ihn taumeln. Ihre Hand fuhr zum Griff ihres Schwertes. Er wand sich, pflückte sie von seinem Rücken und drosch sie auf den Boden. Dort nagelte er sie mit seinem Hammer fest, während er blind nach seiner Klinge tastete. »Verräterischer Blutegel«, grunzte er.

»Im Krieg ist alles erlaubt«, zischte sie. Ihre Faust krachte in seinen Kiefer, schmetterte ihn zur Seite. Ihre Kraft war, wenn auch seiner nicht ebenbürtig, so doch beeindruckend. Während er noch taumelte, sprang sie auch schon auf die Füße und stemmte ihm den Stiefel in den Rücken, packte den Griff ihres Schwertes und zog es, in einer Fontäne von Blut, frei. Er heulte laut vor Pein auf. Schwer atmend tastete er weiter nach seiner Axt.

Er fand sie, riss sie gerade noch rechtzeitig hoch, um einen ihrer Schwertstreiche zu parieren. Die anderen Vampire umkreisten ihn, lauerten auf eine Lücke. Jede Faser seines Wesens verlangte danach, dass er blieb und kämpfte – dass er seine Überlegenheit bewies oder bei dem Versuch starb. Aber was war der Sinn eines solch geringen Todes? Khorne würde ihn kaum bemerken. Nein, viel besser war es, hier das Feld zu räumen und nach glorreicherer Vernichtung zu suchen. Eine, die es wert war.

Er erhob sich, und sie wichen langsam zurück. Bei der Wunde in seinem Rücken war inzwischen das Blut schon geronnen, und sie begann bereits zu verschorfen. Es brauchte mehr als das, um einen Krieger seines Ranges und seiner Herkunft ernsthaft zu verletzen. Er lachte, tief und lang. »Das war amüsant, meine Hübschen. Aber ich habe wichtigeren Verpflichtungen nachzukommen, als diesem Tänzchen mit euch.«

Ahazian stürzte vorwärts, auf den nächsten der Blutritter zu. Unvorbereitet fielen die Vampire unter einem Wirbel seiner brachialen Hiebe, und dann war er durch sie hindurch. Bevor sie ihn aufhalten konnten, packte er eines der kohlschwarzen Rösser bei seiner groben Mähne und zog sich daran in den Sattel, stieß noch währenddessen seinen Hammer in den Gürtel. Das Tier wand sich unter ihm, versuchte ihn zu beißen, aber ein schneller Schlag brachte es zum Einlenken. Er riss an den Zügeln und stieß ihm die Fersen in die Flanken. Das Tier schoss mit einem schrillen Wiehern der Verzweiflung vorwärts. Er lehnte sich tief über seinen Hals, trieb es zu größerer Schnelligkeit an.

In gestrecktem Galopp brach er aus der Mausoleumszitadelle hervor. Die Toten erwarteten ihn dort draußen schon in vom

Mondlicht erleuchteter Stille. Die Körper seiner Blutjäger lagen überall verstreut umher, einzeln, in Bergen, in wüsten Haufen. Bald würden sie sich erneut erheben und sich ihren Mördern anschließen, um in alle Ewigkeit zu kämpfen – eine ihnen angemessene Belohnung. Ahazian Kel lachte, als er erneut seine Axt packte. Er würde sich mit seiner Klinge einen Weg in die Freiheit schlagen, bevor die Vampire ihm folgen konnten. Sollten sie ihn doch jagen, wenn sie wollten. Sollten sie doch all die toten Seelen dieses Reiches sammeln und ihm auf die Fersen hetzen. Es war ihm gleich. Egal wie, auf die eine oder andere Weise – der Speer der Schatten würde ihm gehören.

ZWEI

VOLKER

Es war nicht das erste Mal, dass die Skaven die Stadt der Geheimnisse angriffen. Und traurigerweise würde es auch nicht das letzte Mal sein. Excelsis zog nun einmal Feinde an wie Dung die Fliegen. Und die einzige Art mit Fliegen umzugehen, war, sie zu zerquetschen. Zum Glück hatte Owain Volker während seiner Zeit im Reich der Bestien einiges Geschick im Zerquetschen von Fliegen aller Größen und Formen errungen.

Der Geschützmeister stand in einem der hastig ausgeschachteten Gräben, die sich zwischen den Skaven und den halb fertiggestellten Mauern von Excelsis dahinzogen. Diese Gräben waren von Duardin-Hacken in die harte Erde geschlagen und dann mit Sandsäcken und hölzernen Laufplanken befestigt worden. Erhöhte Schützennischen verliefen entlang der hinteren Gräben, die es den Schützen der Freigilden – den menschlichen Verteidigern der Stadt – erlaubten, ihrem Handwerk in relativer Sicherheit nachzugehen. Volkers Graben war weiter weg von der Front, da von dort die Artillerie-Mannschaften der Eisenschmiede ihre Munition ohne Angst vor augenblicklichen Vergeltungsmaßnahmen abschießen konnten.

Er entließ einen gemächlichen Atemzug, zog den Abzug seiner Langbüchse zurück. Er hatte Windstärke und Höhe des Standorts einbezogen und entsprechend die Pulverladung kalkuliert; all das war ihm inzwischen in Fleisch und Blut übergegangen. Einen Schuss vorzubereiten war eher ein instinktiver Akt als ein bewusster, und er bewältigte ihn mit beeindruckender Geschwindigkeit.

Die Kugel schoss durch die Bohrung des Laufes und verfolgte eine sichere, stabile Bahn. Als er den Rückschlag des Schusses durch den Eisenholzschaft spürte, hatte die Kugel bereits ihr Ziel gefunden. Der Skaven, ein schwarzbepelzter Unhold in roter Rüstung und mit einem hölzernen über seinem Rücken aufragenden Banner voll herabhängender Schädel, zuckte die Schnauze hochreißend zurück.

Was sich an Rattenbrut in der Nähe befand, floh in alle Richtungen und suchte Deckung, noch bevor der Körper auf dem Boden aufgeschlagen war. Volker runzelte die Stirn. Normalerweise gab es dergleichen reichlich wenig in den wilden Ebenen der Stoßzahnküste. Aber die Skaven waren eingefleischte Buddler und Bauer, obgleich ihnen der Sinn für wahre Handwerkskunst abging. Sie waren in Schwärmen über die erbärmlichen Barackensiedlungen hergefallen, die sich wie wucherndes Krustengetier im Schatten der Bastion entlangzogen – jener großen Mauer, die eigentlich die Stadt beschützen sollte – hatten sie auseinandergerissen und benutzten Holz und Stein für den Bau ihrer primitiven Verteidigungsanlagen.

Jetzt bereitete sich das abscheuliche Rattenvolk in den Ruinen der Elendsviertel auf den nächsten Vorstoß vor. Er hob seine Büchse und trat zurück. »Was denkst du?«, fragte er seinen Gefährten.

»Ein guter Schuss, Junge.« Der Sprecher war ein Duardin, stämmig und mit rundem Gesicht unter dem sorgfältig gepflegten Bart. Makkelsson war ein Paradebeispiel duardinscher Tugenden – ruppig, mit guter Beobachtungsgabe und obendrein einer Sturheit gesegnet, die alle Grenzen der Vernunft überstieg. All das machte ihn zum geborenen Artillerie-Ingenieur. Die Kanone, die er betreute, thronte hinter und über ihnen auf einer gewissenhaft konstruierten, hölzernen Geschützplattform. An der Seite dieser Plattform, am Fuße der Stufen und sorgsam hinter einer Pavese aufgestapelt, befand sich ein stattlicher Haufen von Pulverfässern und Munition.

Die Kanone war eine alte Waffe, ein Überbleibsel des Großen Exodus, und ihr altersgeschwärztes Rohr zierten Szenen längst vergessener Kriege. Makkelssons Kanoniere, sowohl die menschlichen als auch die Duardin, saßen auf der Plattform und schwatzten laut in Khazalid – der alten Sprache der Vertriebenen. Das erste, was jedes Mitglied der Eisenschmiede lernen musste, war die Duardin-Sprache. Auf lange Sicht machte das die Dinge einfacher.

Makkelsson schlug Volker auf die Schulter. »Die Rattenmenschen werden einfach nur panisch und ohne Plan herumrennen, bis irgendwer schließlich den Mumm aufbringt, das Kommando zu übernehmen.« Er lehnte sich gegen die Wand des Grabens und bot Volker die Feldflasche an, an der er gerade selbst genippt hatte. Volker nahm sie dankbar an und wusch sich den Geschmack von Pulver und Rauch aus dem Mund.

»Ich hoffe, dafür brauchen sie länger als letztes Mal.« Volker zog die Feldstecherlinse vom Auge. Das nur ein Auge bedeckende Okulargerät bestand aus einem halben Dutzend goldgerahmten Linsen verschiedener Größe und half ihm, das Ziel zu fokussieren, egal, wie groß die Entfernung war. Er hatte die Linsen in seinem ersten Jahr als Gehilfe der Ingenieure des Eisenschmiede-Arsenals aufs Gewissenhafteste selber geschliffen und eingefasst.

»Die Sappeure sagen, dass sie Dinge da unten in der Tiefe herumkrabbeln hören«, brummelte Makkelsson und stupste den Fuß auf die Laufplanken auf. »Da unten graben die Ratten weiter, während sie uns hier oben Zunder geben. Wenn wir hier oben zu viel Zeit damit verbringen, sie abzumurksen, finden wir nie im Leben alle dort unten wieder.«

»Und? Es gibt keine Ratte auf dieser Welt, die sich ihren Weg durch die Wurzeln der Bastion graben kann.« Volker gab Makkelsson seine Feldflasche zurück. »Wenn nur die Außenwälle fertig wären, dann hätten sie's niemals gewagt auch nur ein einziges Schnurrhaar von sich sehen zu lassen.« Er warf einen Blick zu der Stadt in ihrem Rücken hinüber.

Die dicken, hohen Mauern der Bastion ragten über den südlichen Ebenen auf, massiv, kantig und imposant. Ihre Türme waren mit Belagerungskanonen bestückt, und die Linsen ihrer Zielsucher glitzerten im ockerfarbenen Licht der untergehenden Sonne. Über den Mauern konnte Volker die gewaltigen von Wolken umwebten Umrisse des Speers von Mallus erkennen – ein Trümmerstück der Welt-die-war, das vor vielen Generationen schon ins Meer der Stoßzähne gestürzt war. Die Stadt war um ihn herum gewachsen, hatte sich um die Bucht herum, die sein unbändiger, urgewaltiger Sturz gerissen hatte, immer weiter ausgebreitet. Von ihren wuchernden Häfen bis hin zu den schwimmenden Türmen bot Excelsis reiche Möglichkeiten und Zuflucht für alle.

Doch während das Angebot zwar allen offen stand, so wussten doch nicht alle auch gleichermaßen, diese Großzügigkeit zu schätzen. Am Fuße der Bastion und weit über die Grenze der Verteidigungsgräben hinaus wucherten baufällige Elendsviertel, eine Lage über die andere geschichtet wie schwankende Stapel von Käfigen; ein erdrückendes Netzwerk aus heruntergekommenen Quartieren und ungepflasterten Straßen, stets der Gnade der Elemente oder Schlimmerem ausgeliefert, bis man schließlich die Bastion so weit würde ausdehnen können, dass sie auch schließlich diese Bereiche umfasste.

Die Stadt wuchs mit großer Geschwindigkeit. Mit zu großer, wie nicht wenige meinten. Und die Mauern der Stadt mussten mit jedem Viertel, das hinzukam, niedergerissen und neu errichtet und geweiht werden. Die letzte Weihe hatte vor beinah dreißig Jahren begonnen und war, dank der allzu häufigen Erdbeben, die diese Region erschütterten, noch immer nicht abgeschlossen. Und solange Teile der Bastion ungeweiht blieben, war die äußere Stadt gegen Angriffe verwundbar.

Die Skaven hatten den Zeitpunkt klug gewählt. Nur der Warnung der Hochschule des Arkanen war es zu verdanken, dass die Hüter der Stadt genügend Zeit gefunden hatten, eine angemessene Verteidigung der ungeweihten Bereiche vorzubereiten. Doch auch so hatte man einen kompletten Bezirk der Elendsviertel an die Skaven verloren. Wenn es den Rattenmenschen gelang, das eroberte Territorium zu halten, dann war es fast unmöglich, sie gänzlich auszumerzen. Und Volker war entschlossen, seinen Teil dazu beizutragen, dass diese widerwärtigen Kreaturen ausgerottet wurden. Obwohl er im heiligen Azyrheim, inmitten der Wunder der himmlischen Stadt, zum Manne gereift war, so war doch Excelsis ihm inzwischen zur Heimat geworden.

Der traditionelle Lederrock eines Geschützmeisters war nicht sein einziger Schutz. Ein kunstvoll gefertigter Brustpanzer, geschmückt mit dem stilisierten Zeichen von Sigmars Blitzstrahl, schützte seinen Oberkörper und außerdem trug er schwere Lederhandschuhe und verstärkte Stiefel. Eine von Meisterhand gefertigte schwere Pistole steckte in seinem Gürtel, und zwei Repetierpistolen waren in Holstern tief über seinen Rücken geschnallt. Eine Umhängetasche mit Munitionstrommeln und Pulverladungen lagen neben ihm in Reichweite auf dem Boden. Der Nutzen einer Waffe stand im direkten Verhältnis zur Verfügbarkeit von Munition. Worte der Weisheit seines alten Mentors Oken.

Der alte Duardin hatte ihn alles gelehrt, was er über die Kunst des Schmiedens von Feuerwaffen wusste, und dazu noch ein paar andere Dinge. Oken hatte ihm gezeigt, was es hieß, ein Angehöriger des Eisenschmiede-Arsenals zu sein, und welche Bürde der Verantwortung damit einherging.

Zum Eisenschmiede-Arsenal zu gehören, hieß das Erbe der Triumphe und Niederlagen zweier fast ausgestorbener Kulturen anzutreten, auf dem Grat zwischen zwei untergegangenen Welten zu wandeln und beiden in Worten und Taten ihren Tribut zu zollen. Jenes Meisterwerk einer Langbüchse, die er hier in Händen hielt, war ein Werk präzisester Schönheit, geschaffen im Geiste eben dieser Grundsätze. Niemals hatte sie versagt, so wie er niemals darin versagt hatte, ihr die gemäße respektvolle

Pflege angedeihen zu lassen. Lass deine Waffe niemals im Stich, und sie wird dafür dich niemals im Stich lassen – eine weitere von Oken überlieferte Erkenntnis.

Volker lächelte, als er an den aufbrausenden Alten dachte. Alt war er fürwahr, selbst für einen Vertriebenen. Doch wie es bei vielen Duardin der Fall war, hatte das Alter ihn nur härter und zäher gemacht. Volker erinnerte sich daran, wie sie sich zum ersten Mal über einem Amboss getroffen hatten. Er war damals noch ein Kind gewesen. Er entsann sich, wie Oken gewissenhaft ein zerbrochenes Spielzeug repariert hatte, wie seine dicken Finger sich dabei mit unglaublichem Geschick bewegt hatten. »Willst du lernen, wie's geht?«, hatte er ihn gefragt, nachdem er fertig war, und seine Stimme hatte geklungen, als werfe man in einem Eiseneimer rasselnd Steine umher. Ja, das hatte Volker gewollt.

Sein Lächeln verblasste. Er wünschte sich, dass Oken jetzt hier bei ihm wäre. Den alten Griesgram um sich zu haben, war stets trostreich, doch Volker würde sich hüten, so etwas laut auszusprechen. Trost war etwas, dessen er in diesem Augenblick dringend bedurfte.

Mit seinen kaum dreißig Wintern war er der jüngste Geschützmeister der Eisenschmiede. Einst hatte er gedacht, das würde ihm den Respekt seiner Gefährten eintragen. Stattdessen hatte es für ihn alles nur schwerer gemacht. Herzborg und die anderen Geschützmeister traten ihm mit Ablehnung entgegen, und ihr Ansehen und ihr Einfluss wogen hier am Rand der Zivilisation schwerer als die seinen. Nicht, als hätte er wirklich irgendwelchen Einfluss gehabt.

Volkers Fertigkeiten bezogen sich ausschließlich auf Waffen, nicht auf die Kunst der Politik, der diplomatischen Schachzüge und des Lavierens. Er konnte einer Faulfliege mit einer Muskete die Flügel abschießen, aber er vermochte es nicht, die verdrießlichen und verdrossenen Strömungen und Wirbel der Einflüsse zu befahren, welche die Eisenschmiede beherrschten, ohne dass ihm drei Navigatoren, eine Karte und zahlreichen Fackeln zur Verfügung gestanden hätten.

Ein hinlängliches Indiz hierfür – seine derzeitige Position. Hier als glorreicher Büchsenschütze zu dienen, statt im Kreise anderer Offiziere in der Bastion die Strategien zu schmieden. Oder auch nur seine eigene Artillerieabteilung ins Feld führen zu können. Das traf. Makkelsson bemerkte seine Miene und lachte in sich hinein. »Bist hier besser dran, Junge. Frische Luft. Pulverdampf in deinen Lungen. Das ist gesünder.«

»Gesünder für wen? Ich – ah. Schau mal, wer da ist.«

Makkelsson wandte sich um und zog die Stirn in Falten. »Na gut, jetzt *weiß* ich, dass wir Ärger an der Backe haben.«

Volker lachte. Der alte Bruder Ziska stapfte auf sie zu, wobei die Fülle von Glocken und Ketten einen gehörigen Lärm machte. Der Sigmar-Priester trug hauchdünne Kleidung, die kaum seine muskulöse Gestalt verbergen konnte. Eine Unzahl von Gebetsstreifen, die in seine Roben eingewebt waren, hing an ihm herab. Ausgewählte Auszüge aus dem ›Buch des Blitzes‹ waren auf seinen kahlen Schädel und seine Brust tätowiert, und seine bloßen Füße polterten über die Laufplanken. Ziska war einer der Ergebenen Sigmars, und Volker hatte den Eindruck, dass er nicht alle Pulverfässer beisammen hatte. Wenn man ihn auf die Männer losließ, um sie anzufeuern, dann war ganz gewiss bald mit einem Angriff zu rechnen.

»Und also ließ Sigmar seinen Sturm über das verruchte Reich niedergehen, und der Blitze sandte er viele in seinem heiligen Zorn, auf dass das Land von der Niedertracht befreit werde«, donnerte der Priester und schlug aus Leibeskräften die größte seiner Glocken an. »Derart wird es all jenen ergehen, die es wagen, Azyr und die Macht der Himmel herauszufordern.« So schritt er die Geschützstellungen entlang, und seine Ketten rasselten, und seine Glocken tönten. Er trug keine sichtbaren Waffen, doch war Volker Zeuge gewesen, wie der treffliche Bruder einem Orruk mit jener Glocke, die er da so eifrig erschallen ließ, den Schädel zerschmettert hatte. Sie war aus Meteoreisen geschmiedet und so tödlich wie nur irgendeine Klinge.

Makkelsson schüttelte den Kopf. »Menschlinge«, brummelte er.

»Wir sind eben ein frommes Völkchen«, meinte Volker grinsend.

»Ihr seid fromm«, sagte Makkelsson, »aber er ist *bakrat*.« Er klopfte sich seitlich an den Schädel. »Der hat einen üblen Flöz durch seinen Stein laufen.«

»Aber inspirierend ist er schon.« Ziska hatte begonnen, eine einigermaßen unflätige Hymne zum Vortrag zu bringen, und die Mannschaften der Kanonen klatschten und pfiffen im Takt dazu. »Auf seine ganz eigene Weise«, fügte Volker etwas lahm hinzu. Er wandte sich wieder den feindlichen Linien zu und beobachtete die schwarzen Gestalten, die sich dort in den Ruinen zusammenrotteten. »Jede Wette, dass die bald einen Vorstoß machen.«

»Aye. Die letzte Stunde versuchten sie, dazu den Mut zusammenzuraffen.«

»Hier gibt's zu viel freie Fläche«, meinte Volker. »Die haben den Vorteil einer großen Übermacht und außerdem den Raum, das auszunutzen.«

»Besser eine Ratte im Freien als in den Tunneln«, entgegnete Makkelsson. »Zumindest können wir auf die Art sehen, wie viele wir von ihnen töten.« Der Duardin zupfte mit nachdenklichem Gesichtsausdruck an seinem Bart. »Ich frag' mich was heutzutage so als Preis auf einen Skavenschwanz ausgesetzt ist?«

»Wenn das Kleine Konklave tatsächlich bezahlen würde, dann könnte ich's wohl rausfinden.«

Makkelsson schnaubte. »Wohl wahr. Ein knickriger Haufen ist mir auch noch nicht untergekommen.«

Volker sah ihn an. Makkelsson zuckte die Achseln. »Knickrig für Menschen, meinte ich«, erläuterte er.

Volker lachte in sich hinein und lehnte sich gegen die Wand des Grabens zurück, legte dabei die lange Büchse gegen seine Schulter, den Schaft zwischen seinen Knien aufgestützt. Er zog ein Tuch aus seinem Ärmel und begann die Büchse zu polieren, entfernte überschüssiges Pulver vom Zündmechanismus. Makkelsson kauerte sich nieder und sah Volker bei der Arbeit zu.

»Du behandelst deine Büchse wie einen *rinn*«, meinte er anerkennend. Er fischte eine Pfeife aus seinem Kittel, füllte sie und zündete sie mit einer überschüssigen Zündschnur an. Ein Geruch wie der sauerste Schatten der tiefsten Küstenhöhle erhob sich aus dem Pfeifenkopf. »Oken war dir ein guter Lehrer.«

»Das ist die einzige Weise, wie man etwas tun sollte«, sagte Volker. »Das meint jedenfalls der alte Griesgram.«

Makkelsson lachte, ein tiefer, grollender Laut. »Aye, das ist er.« Er sah sich um. »Und er wird bedauern, dass er das hier verpasst.«

Volker stutzte. »Wirklich?«

Makkelsson runzelte die Stirn und dachte darüber nach. »Wahrscheinlich nicht.«

Ein einzelner auf- und abschwellender Ton erfüllte die Luft. Volker sah auf. »Schätze, da hat irgendwer das Kommando übernommen«, sagte er, streckte die Beine und stand auf. Makkelsson eilte zurück zu seinen Kanonen. Alarmglocken schlugen allerorten die Linien hinauf und hinunter an. Die Laufplanken bebten unter dem Schritt gerüsteter Halbgötter, als die massigen, schwarz gekleideten Gestalten der Söhne Mallus' sich durch die Laufgräben in Richtung Front bewegten. Ein Gefolge von schwarz gerüsteten Stormcast Eternals bezog Stellung in den Geschützgräben, bereit, die wertvolle Artillerie der Eisenschmiede vor jedem Skaven zu schützen, der es so weit schaffen mochte. Volker musterte verstohlen die gewaltigen Krieger.

Es war fast ein Jahrhundert her, dass die Pforten Azyrs aufgestoßen worden waren und Sigmars Sturm in donnerndem Zorn hervorgebrochen war, um die Reiche der Sterblichen zurückzuerobern. Volker konnte sich an die Geschichten seines Großvaters über jene ersten entsetzlichen, aufwühlenden Tage erinnern und über die Halbgötter, die geradewegs in den Schlund des Chaos marschiert waren, begleitet von den Gebeten und Hoffnungen der freien Völker. Die Stormcasts hatten Schlacht um Schlacht gegen die Feinde Azyrs geführt und waren dabei Bündnisse mit alten und neuen Waffenbrüdern eingegangen. Erst als die Reichspfortenkriege schließlich geendet hatten, war es jenen mutigen ersten Kolonisten erlaubt worden, vorzutreten und ihr Geburtsrecht zu beanspruchen.

Heute, da seitdem schon lange Zeit vergangen war, bildeten Excelsis und andere Gründerstädte feste Stützpunkte in den Reichen der Sterblichen. Und so lange Menschen wie Volker die Kanonen bemannten, würden sie es auch bleiben, koste es, was es wolle. Doch es half schon, wenn man Verbündete wie die Stormcast Eternals hatte. Excelsis beherbergte nicht weniger als drei Sturmfesten, die von Kriegern dreier Sturmbanner bemannt wurden, unter ihnen die Söhne Mallus'.

Das Donnern der Kriegsmaschinen ließ die Luft erbeben. Volker hörte Makkelsson einen Befehl grollen und die Kanone spie Tod und Verderben, reihte sich mit ihrem Bellen in den Chor der restlichen Todesmaschinen der Artillerie ein. Weiter entfernt hörte er das schrille Kreischen der Raketenbatterien. Die Geschosse fauchten über ihre Köpfe hinweg und rasten auf die anrückenden Reihen der Skaven zu.

Volker lehnte seine Büchse auf den Rand des Grabens und klappte seine Feldstecherlinse herab. Er arbeitete sich durch die Auswahl an Linsen, bis er die richtige gefunden hatte und lehnte sich dann vor, den Büchsenknauf gegen die Schulter gestützt. Er wählte ein Ziel aus und feuerte – ein weiterer Rudelführer. Nimm ihnen die Anführer und der Rest der Ratten würde wieder in ihre Löcher zurückkrabbeln. Ohne abzuwarten, ob sein Schuss getroffen hatte, lud er nach.

Um ihn herum nahmen die Stormcasts ihre Stellungen ein, die Schilde erhoben, die Schwerter bereit. Er betete, dass sie nicht zum Einsatz kommen mussten. Wenn die Skaven es tatsächlich bis hierher schafften, gab es wenig Hoffnung, sie noch aufzuhalten. Die Geschützplattformen bäumten sich in ihren Halterungen auf, als die Raketenbatterien und Kanonen aus vollen Rohren feuerten. Schützen eröffneten ebenfalls das Feuer, und die Luft füllte sich mit Pulverdampf. Die Skaven rannten förmlich in eine Wand von Geschossen hinein, und diejenigen an der Spitze des Vorstoßes wurden geradezu in Fetzen gerissen. Die Skaven, die jedoch die Front der Gräben erreichten, sahen sich Auge in Auge den Freigildentruppen gegenüber, die durch Gefolge von Stormcasts ergänzt wurden. Jene, die nicht sofort erschlagen wurden, flohen Hals über Kopf über das Brachland zwischen Elendsvierteln und Gräben. In den vorderen Gräben erschallten im Wettstreit miteinander die Kriegsrufe der feiernden Männer der Regimenter von Eisenstieren und der Bronzeklauen.

Volker hob seine Büchse. »Sie ziehen sich zurück«, sagte er.

»Das tun sie immer«, erwiderte eine der Stormcasts. Ihre Stimme dröhnte in ihm wider, wie das Echo verhallenden Donners, vertraut und willkommen, obwohl ihr Akzent ungewöhnlich war. Ihr Name war Sora. Er hatte sie in den Wochen seit dem Einfall der Skaven ein wenig kennengelernt. »Das ist ihre Kernstrategie.«

Volker lachte. »Und eine vorzügliche noch dazu. Na, dann hoffen wir mal, dass sie bei ihr bleiben.«

Sie sah auf ihn herab. »Wenn sie zu weit laufen, können wir sie nicht töten.«

»Dann können sie aber auch nicht uns töten«, hob Makkelsson an. »Und das ist der Teil, auf den's ankommt.« Ein Murmeln der Zustimmung lief zu beiden Seiten die Reihen entlang. Die Stormcast blickte sich wie verwundert um.

»Ich lasse doch nicht zu, dass sie euch was antun«, sagte sie. Sie zog ihren Helm ab und atmete tief durch. Mit ihrer kurz geschnittenen silbernen Stoppelschur und den strahlend blauen Augen erschien sie Volker wie eine Matriarchin aus dem Hügelland. Was sie auch anscheinend gewesen war, bevor Sigmar sie erwählt hatte, in seinem Namen zu kämpfen. Er kam nicht umhin, sich zu fragen, wer sie wohl gewesen war, bevor der heilige Blitz sie vor so langer Zeit hinauf an Sigmars Seite getragen hatte. Volker lächelte.

»Gut, das zu hören, Sora.« Manchmal fragte er sich, ob es ihr nicht zuweilen ein wenig seltsam vorkam, als ›Sohn‹ bezeichnet zu werden. Aber nach allem, was er von ihr wusste, bezweifelte er, dass sie viele Gedanken auf so etwas verschwendete. Sora war eine pragmatische Seele.

Sie blickte ihn einen Moment lang an und lachte dann leise. Sie strich ihm über den Kopf und warf ihn dabei fast um. »Manchmal erinnerst du mich an meinen Enkelsohn, Owain.«

»Aha?«

»Aber dann erinnere ich mich daran, dass er ja längst tot ist, und dann bin ich wieder traurig.« Sora war die Freundlichste der Ehernen, was aber nicht viel hieß. Sie schüttelte sich, als wollte sie alte Wunden dadurch loswerden, und sagte: »Sie kommen wieder.«

»Sie kommen immer wieder. Auch das ist eine Konstante ihrer widerwärtigen Rasse.« Die Stimme des Neuankömmlings war um ein Beträchtliches tiefer als die Soras. Es war nicht so sehr der Widerhall, der sie kennzeichnete, vielmehr drängte sie einfach alle anderen Laute beiseite. Die Stormcasts wandten sich geschlossen um und neigten respektvoll ihre Köpfe. Volker drehte sich ebenfalls um.

Der Lord-Celestant war gekommen. Er schritt den Graben entlang, mit einer Hand auf dem Knauf des Runenschwertes in seiner Scheide und den Hammer locker an seiner Seite gesenkt. Seine Sigmaritrüstung war, trotz Schlamm, Blut und Ruß, der hier alles befleckte, makellos. Seine schwarze Rüstung schien das Licht der Laternen geradezu in sich aufzusaugen. Wenn Sora eine Riesin war, dann war der Lord-Celestant Gaius Greel ein Riese unter den Riesen. Seine mächtige Gestalt passte kaum in den Graben, und er musste vorsichtig gehen, damit die Laufplanken unter seinem Schritt nicht brachen. Als er nähertrat, sanken Männer und Frauen auf die Knie und neigten ehrerbietig das Haupt. Es kam nicht häufig vor, dass einer von Sigmars Auserwählten zwischen sie trat. »Bist du wohlauf, Schwester?«, grollte er mit Blick auf Sora.

»Ich stehe noch, Lord-Celestant.«

»Das sehe ich wohl. Und du, Geschützmeister?« Sein schwarzer Blick glitt zu Volker. Greels Augen waren wie Splitter von Obsidian, die mit Silber gesprenkelt waren. Sein Blick hatte ein greifbares Gewicht, das schwer auf Volkers Seele ruhte. Der Geschützmeister musste hart gegen den Drang zu knien ankämpfen.

»Ich bin unverletzt, dank Sora«, sagte er und musste sich um Festigkeit in seiner Stimme mühen. »Ich danke Euch allen. Die Eisenschmiede steht in Eurer Schuld.«

Greel griff hoch und schnallte seinen Helm los, zog ihn sich mit einer Hand vom Kopf. »Es ist gütig von dir, das zu sagen, Sohn Azyrs.«

»Er ist ein höflicher Junge«, murmelte Sora.

Greel schnaubte. »Wenn du es sagst, Schwester.« Seine Züge hatten unter einer Mähne nachtschwarzen Haares die Farbe von Marmor. Er wirkte eher wie eine Statue, die zum Leben erwacht war, als wie ein Mann. Volker hatte es gehört – dass Greel mehr als einmal in der Schlacht gefallen und noch öfter zurückgekehrt sei. Und derjenige, der jedes Mal daraus wieder hervorgegangen war, war … verändert. Weniger wie ein Mensch, aber mehr als ein Sterblicher. Selbst seine eigenen Krieger schienen sich manchmal in seiner Gegenwart unwohl zu fühlen.

Greel war eine düstere Gestalt, eine ständige finstere Miene schien in seine blassen Züge eingebrannt. Von Nahem konnte Volker erkennen, dass seine schwarze Rüstung von Einschlagkratern und Scharten, welche feindliche Klingen darauf hinterlassen hatten, gezeichnet war. In Silber gefasste Haarlocken und andere Anhänger baumelten von seiner Halsberge und seinem Schulterpanzer herab. Volker hatte von den anderen aus der Eisenschmiede gehört, dass dies Andenken seien, die er von unschuldigen Toten gesammelt habe, als wollte Greel ein lebendes Mahnmal jener werden, die der Krieg so ungerecht aus dem Leben gerissen hatte.

Ein Schrei von den äußeren Gräben zog Volkers Aufmerksamkeit dorthin. Er wandte sich die Büchse hebend in jene Richtung. »Ein neuer Angriff?«

»Flüchtlinge«, sagte Makkelsson durch das Fernglas spähend. »Sieht so aus, als würden sie den Spießrutenlauf wagen.« Er blickte düster drein, während er das sagte. »Arme Narren. Die Freigilde wird sie nicht durchlassen.«

Volker fluchte. Da waren mehr als nur ein paar Leute dort draußen in den Elendsvierteln, die die Skaven erobert hatten, zurückgeblieben. Manchmal, nach einem Angriff, versuchten sie in wilder Flucht zu entkommen. Sie schafften es nur selten. »Schicken sie sie etwa zurück? Das kommt ja vorsätzlichem Mord gleich!« Er schoss herum, funkelte Greel an. »Sag deinen Kriegern, sie sollen ihnen helfen.«

»Das werde ich nicht.«

»Dann sterben sie.«

Greel nickte. »Vielleicht.«

Volker starrte ihn an. »Die Skaven werden sie töten. Oder Schlimmeres.«

»Deine Sorge spricht für dich, dennoch ist sie närrisch.« Der Lord-Celestant der Ehernen ragte vor ihm auf. Seine Züge strahlten Milde aus.

»Besser ein Narr als herzlos«, versetzte Volker.

Greel starrte ihn noch einen Augenblick länger an, bevor er sich dann abwandte.

»Vielleicht hast du recht«, sagte er schlicht. »Doch dieser Disput sollte zu einem anderen Zeitpunkt geführt werden.« Rufe aus den vorderen Gräben schallten zu ihnen herüber. Volker hörte den Knall von Büchsen. Greel zog seinen Helm über. »Augen voraus, Eherne. Der Feind greift an.«

Durch seine Feldstecherlinse beobachtete Volker die erneute Attacke der Skaven. Dies war der größte Angriff bisher, und die Flüchtlinge zerstreuten sich und versuchten irgendwo Schutz und Zuflucht zu finden. Plötzlich erkannte er, dass der vorherige Angriff nur ein Austesten ihrer Stärke und der der vorderen Gräben gewesen war. Die Skaven stürmten wie eine Flutwelle heran, in großen, quiekenden Schwärmen, Tausende von fellbedeckten Körpern, so eng gedrängt, dass es Volker schwerfiel, zu erkennen, wo der eine endete und der andere begann. Die vorderen Reihen trugen primitive hölzerne Schilde mit unheilvollen Siegeln und brutale Speere.

Hinter den Reihen der Speerratten marschierte eine Linie gerüsteter Aufseher, die ihre barbarischen Peitschen über die Köpfe der huschenden Meute schwangen und Befehle kreischten. Um sie herum ergoss sich eine Flut weniger einheitlich ausgestatteter Skaven – unterernährte Biester, die wenig mehr als Lumpen trugen. Sie schäumten aus dem Maul und quiekten schrill, und das chaotische Getöse, das sich daraus ergab, rollte wie eine Bugwelle vor ihnen daher und flutete über die Gräben hinweg.

Volker verschwendete keine Zeit damit, sich ein Ziel zu suchen. Auf diese Entfernung konnte er gar nicht verfehlen. Und jeder tote Skaven war einer weniger, der versuchen konnte, ihn zu töten. Die Artillerieabteilung ließ mit verheerender Wirkung ihre Stimme hören und tilgte die vorderen Reihen der Feinde aus dem Leben. Doch noch immer drängten die Skaven weiter, als wären sie nur allzu begierig darauf, endlich in Reichweite der Geschütze zu kommen. Sie krabbelten und trampelten über die Toten und Sterbenden hinweg, warfen sich gegen die ersten Gräben, griffen die Mannschaften der Donnersalvengeschütze und die Soldaten der Freigilden an. Männer starben, als Welle um Welle haariger Körper über sie hereinbrach.

Die Stormcasts, die in den ersten Gräben stationiert waren, traten vor, um den Rückzug der Sterblichen zu decken. Doch selbst so wackere Kämpfer wie die Söhne Mallus' konnten vom schieren Ansturm einer solchen Masse und Anzahl von Körpern überwältigt werden. Das Knistern und Prasseln zum Himmel aufsteigender Blitze zeigte den Tod mehr als eines Kriegers aus Greels Reihen an. Volker flüsterte still ein Gebet, als ein weiterer azurfarbener Blitz hinauf zum Firmament raste.

Diesmal kannten die Skaven keinen Einhalt; selbst das Sperrfeuer der Raketen reichte nicht aus, sie auseinanderzutreiben. Aber zu allem Überfluss brachten sie auch noch selbst Geschütze in die Schlacht ein. Volker entdeckte Arkebusen-Trupps die in Stellung rückten und ihre schweren Pavesen so aufstellten, dass sie den größten Vorteil aus den eroberten Befestigungen der Freigilden ziehen konnten, während der Rest der Horde an ihnen vorbeiflutete. Verwundete wurden durch die Laufgräben zurück in Richtung Stadt getragen. Frische Einheiten von Schützen und Freigildenkadern des Sturmsegen-Regiments rückten vor, um die Verteidigungsstellungen aufzufüllen. In der Nähe ging ein Pulverfass hoch und erfüllte die Luft mit Rauch und Dreck.

Volkers Hände schmerzten und seine Augen brannten von Hitze und Pulverdampf. Er fuhr fort, unablässig zu laden und zu feuern, rein automatisch und mit schon fast unterbewussten Handgriffen. Außer dem Donnern der großen Kanonen und den Schreien von Menschen und Skaven konnte er wenig hören. Und dann war da das Grollen von Donner. Er hielt inne und wandte sich um. Die Söhne Mallus' schlugen erneut auf ihre Schilde.

»Gedenket Hreth«, brüllte Greel, als er über den Rand des Grabens hinwegkletterte. Seine Krieger wiederholten seinen Ruf und folgten ihm in die Schlacht. Auch Sora. Sie rückten, hinter ihre Schilde geduckt und die Schwerter durch die Lücken gereckt, gegen die anstürmenden Skaven vor. Unter dem Krachen ihrer Warpschloss-Arkebusen nahmen die Skaven die Gräben ein. Mehrere Stormcasts warf es hintenüber, als die Warpsteinkugeln ihre Schilde durchschlugen.

Volker konzentrierte sich ganz darauf, sich einen Skavenschützen nach dem anderen herauszupicken. Seine Finger wurden schon taub, so schnell lud er nach. Die Söhne Mallus' schlugen wie ein Rammbock in die Reihen der Feinde ein. Die Front der Skaven brach, und sie fluteten um sie herum und brandeten auf Volkers Stellung zu. »Makkelsson«, rief er, »die kommen immer noch!«

»Das sehe ich, Junge«, brüllte der Duardin. Neben der schweren Pistole, die er in seinem Gürtel trug, waren er und seine Mannschaft lediglich mit ihren Werkzeugen bewaffnet. Das musste genügen.

Volker stellte die Büchse beiseite und zog eine seiner Repetierpistolen. Die Skaven waren jetzt schon zu nahe heran. Die Freigilde zog sich zurück – hoffentlich, so dachte er, um sich neu zu formieren, und nicht, um sich ganz abzusetzen. In einer rotäugigen Welle stürmten die Skaven vor, und ihr irres Gequieke erfüllte die Luft. Volker trat vom Rand des Grabens zurück, die schwere Pistole im Anschlag.

Als sich die erste spitze Schnauze über dem Rand zeigte, zog er den Abzug durch. Skaven kreischten und fielen, doch immer mehr strömten in den Graben. Er ließ die leer geschossene Pistole fallen und griff nach der zweiten. Er war gezwungen, sie zum Parieren eines Speerstoßes zu nutzen. Seine Faust schoss vor und traf den Angreifer in die Schnauze. Der Skaven taumelte hintenüber. Ein weiterer schoss bereits am Stürzenden vorbei, und er machte sich kampfbereit, aber die Rattenbrut hatte es nicht auf ihn abgesehen.

Der Skaven rannte, mit Augen, die vor Schrecken oder Eifer oder beidem, fast aus den Höhlen quollen, auf den Stoß von Pulverfässern zu. Er trug in seinen Klauen ein zischendes und prasselndes Ding – irgendeine Art von Bombe. Volker wandte sich um, doch zu langsam. Er feuerte. Der Skaven schoss vorwärts, aber die Bombe flog weiter. Volker sah auf, schon einen Warnruf auf den Lippen. Er sah Makkelssons Augen sich weiten. »Oh Kruk«, konnte der Duardin noch sagen, bevor die Fässer in die Luft gingen und die Welt weiß wurde. Die Zeit splitterte und mit ihr Volkers Wahrnehmung. Einen Augenblick lang stand alles still.

Dann schleuderte die Wucht der darauf folgenden Explosion Volker nach hinten, in die Wand des Grabens hinein. Er brach zusammen, die Luft entwich pfeifend seinen Lungen, und sein Schädel hallte von der Explosion wider. Benommen suchte er nach Makkelsson. Das Rohr der alten Kanone war geborsten. Feuer lief die Spur aus verstreutem Pulver und Öl entlang und füllte den Graben mit Rauch. Volker schlug sich gegen den Kopf, um ihn irgendwie klar zu bekommen. Er entdeckte Makkelsson, der mit einem Ausdruck tiefsten Erstaunens auf dem, was noch von seinem Gesicht übrig war, ganz in seiner Nähe lag. Den Rest der Kanonenmannschaft hatte das gleiche Schicksal ereilt wie ihren Kanonier. Sie lagen dort, wohin die

Macht der Explosion sie getragen hatte, und Flammen krochen über ihre zerbrochenen Leiber.

Volkers Sicht trübte sich. Schmerz zog sich sengend über seine Kopfhaut, und er griff hoch. Als er seine Finger zurückzog, waren sie rot. Außerstande, seinen Blick klar zu bekommen, starrte er blind in die Flammen. Irgendetwas bildete sich in dem flackernden orangefarbenen und gelben Lodern heraus. Zuerst dachte er, es wäre eine Kanonenkugel. Aber dann wurde ihm klar, dass es ein Kopf war – ein Duardinkopf, wenn auch verzerrt und aufgequollen. Er wand sich in den Flammen. Nein – er *war* die Flammen und der Rauch ebenfalls. Ein Gesicht, das aus reiner Glut und Schlacke geformt war. Ein Gesicht, das er erkannte, denn es war in jeden Schmiedeofen und ins Gedächtnis eines jeden Sterblichen eingeprägt, der je ein Gewehr in die Hand genommen hatte.

Grungni, Gott des Metalls. Der Meisterschmied.

Eine Stimme dröhnte durch ihn hindurch. Sie sprach nicht in Worten, sondern in Klängen: Hämmer, die auf heißes Metall einschlugen, das Zischen geschmolzenen Goldes, das Röhren der Esse. Volker sank zurück und griff sich an den Schädel. Es war zu laut, zu viel. Er schrie.

Zirpendes Gelächter war die Antwort auf seine Schreie. Dunkle Umrisse rannten die Linie der Gräben entlang, und Klingen blitzten im Licht der Flammen auf. Skaven. Er tastete wild nach der Pistole in seinem Gürtel, aber seine Hände waren taub. Sein eigener panischer Atem donnerte ihm in den Ohren. Er wollte nicht auf diese Art sterben, nicht im Angesicht eines Gottes.

Grungni wandte sich um. Die Flammen sprangen donnernd empor und liefen die Front entlang. Skaven gingen, ohne dass sie auch nur ein letztes Quieken hervorbringen konnte, wie Fackeln in Flammen auf. Der Gott wandte sich erneut um, und die Essenglut seiner Augen bohrte sich in Volker. Er nickte, und seine Mähne rauchigen Haares wirbelte und züngelte. Dann war er fort, gerade so, als wäre er nie da gewesen. Volker ließ sich auf den Rücken fallen. Er hörte eine Stimme, die seinen

Namen rief. Benommen wandte er sich um. Sora kroch auf ihn zu.

Schwärze umfing Volker, noch bevor sie ihn erreichen konnte.

Kretch Warpzahn, Hochoberster Klauenmeister des Riktus-Klans, musterte seine Hauptleute mit zu Schlitzen verzogenen Augen. Sie waren nervös, was gut war. Der Angstmoschus stieg von ihnen in stechenden Schwaden auf. Es war ihnen nicht gelungen, die feindlichen Gräben einzunehmen, und sie kannten nur allzu gut die Konsequenzen ihres Versagens. Er hatte es jedoch nicht eilig, das Urteil zu vollstrecken. Es war befriedigender zuzuschauen, wie ihre Furcht sich zu einem Crescendo aufbaute – manchmal wurden die Schwächeren dabei sogar vom Wahnsinn ereilt.

Er lehnte sich, gehüllt in eine Rüstung, die nun zu groß für seine mittlerweile eingefallene Gestalt war, auf seinem Thron zurück. Dieser Thron war einst der Schädel einer unterirdisch lebenden Monstrosität gewesen; jetzt war er eine Ansammlung aus Knochen und Altmetall, bedeckt mit zackigen Runen, die von den Händen von Sklaven darin eingeritzt worden waren. Jene Hände zierten jetzt den oberen Teil des Throns; mit Tierfett versiegelt dienten ihre Finger nun als Kerzen. Ihr Schein reichte gerade aus, den Kommandobau zu erhellen.

Das trübe Glimmen spiegelte sich auf dem Plündergut von tausend Raubzügen – lediglich ein schwacher Abglanz einer großen, erlesenen Kollektion. Das Licht spiegelte sich ebenfalls in den Augen eines Dutzends mutierter Pestratten wider, die lärmend in den großen, von der Decke des Baus herabhängenden Eisenkäfigen umherhuschten. Die Käfige waren von merkwürdiger Form, und absonderlichste esoterische Mechanismen waren in ihre Unterseiten eingebaut.

Nach den Maßstäben der meisten sterblichen Rassen war Warpzahn alt. Nach den Maßstäben der Skaven war er schlichtweg stein-ur-alt. Seit mehr als einem Jahrhundert hatte er auf der Spitze jenes Knochenhaufens gekauert, den der Riktus-Klan darstellte, am Leben gehalten von starker Magie und einer wilden, rohen Aggressivität, die auch mit dem Alter nicht abgestumpft war. Sein Fell besaß unter seiner Rüstung die Farbe schmutzigen Schnees, und alte Narben zogen sich in Windungen, Schlenkern und einander überkreuzend durch das Feld der sich ausdünnenden Haarwurzeln. Sie zeichneten die Karte eines zügellos gewalttätigen Lebens.

Doch nicht nur Narben bedeckten seine verschrumpelten Glieder – sein Körper war überzogen mit flackernden Adern unheimlichen, grünen Lichts. Ein ölig jadefarbenes Miasma rann ihm aus jeder Pore und färbte die Ränder seiner Rüstung schwarz ein. Teile seiner fleckigen Schnauze waren zu einer einzigen Narbenmasse schimmernden Warpsteins verkarstet. Der Ersatz für eingebüßte Zähne, dem er seinen Namen verdankte, hatte in ihm seltsame Wurzeln geschlagen. Zwar verlieh der Warpstein ihm Kraft, doch nährte er sich auch von seiner Substanz.

Er veränderte ihn auf merkwürdige Weise. Machte ihn stärker. Klüger. Er hatte ihm die Kraft verliehen, sich durch die Hierarchie des Klans immer weiter nach oben zu krallen, bis er sich schließlich an der Spitze fand – allein und unangefochten. Das war ein Platz, nachdem jeder Skaven sich wohl die Klauen lecken mochte.

Ein klares Zeichen seines Status waren die Wachen, die seinen Thron umgaben. Nur wenige Skavenanführer waren mutig genug, größere Leibermassen bewaffneter Untergebener in ihre Nähe zu lassen. Besonders Wachen wie diese – die Todesratten. Graubuckel, die sogar noch größer als die schwarzpelzigen Skaven waren, welche die Reihen der Sturmratten füllten. Sie trugen schieferfarbene Rüstungen über dicken scharlachroten Wämsern, und Schädelhelme mit rasiermesserscharfen Kämmen, die nur ihre Fänge und Schnauzhaare erkennen ließen. Jeder von ihnen war mit einer schweren Sägezahnklinge bewaffnet, die von der Länge die Größe einer gewöhnlichen Klanratte überstieg, und die an der Spitze zu einem Haken gebogen war. Die Griffe dieser Klingen waren nach dem Abbild ihres Gottes geformt, und im Kern jeder dieser Waffen ruhte ein

Haar, das aus der Mähne der Gehörnten Ratte selbst gezupft worden war.

Die Todesratten waren zwar auch nicht loyaler als jeder andere Skaven, aber sie machten wesentlich mehr Eindruck als der Rest. Und selbst in seiner vom Alter geschwächten Verfassung hatte Warpzahn wenig Zweifel an seiner Überlegenheit als Krieger. Hatte er sich nicht einen Ehrenplatz im Rat des Scharlachroten Herrschers verdient? Hatte er sich nicht die Bärte der Flammenpfadkönige geholt, um daraus für sich einen Mantel zu fertigen? Selbst jetzt war er in der Lage, einen jeden zu erdrosseln, der es wagte, ihn herauszufordern. Warpzahn hob seine Klaue und streckte sie. Er fühlte die Stränge des Warpsteins an seinen Knochen entlangscharren. Grünes Licht flackerte kurz unter seiner Haut auf, und seine Hauptleute wichen zurück. Warpstein war wertvoll aber tödlich. Er konnte einem Skaven zu einem Vermögen verhelfen oder aber ihn rattentot machen. Warpzahn zwitscherte amüsiert. Rattentot, der war gut. Die mutigeren seiner Hauptmänner stimmten eilig mit ein, immer bestrebt sich einzuschmeicheln. Mit schroffer Geste brachte er sie zum Schweigen.

»Nun, was habt ihr zu euren Gunsten vorzubringen?«, knurrte er. Seine Stimme hatte inzwischen, da die Warpsteine sich durch seine Stimmbänder gefressen hatten, einen gewissen grollenden Ton angenommen. Sie war tiefer als die jedes anderen Skaven, selbst wenn dieser sich besondere Mühe geben mochte. Bei ihrem Klang warfen sich die geistesgegenwärtigeren seiner Hauptmänner zu Boden und krochen nach bestem duckmäuserischem Vermögen darauf herum. Der Rest folgte einen Augenblick später ihrem Beispiel. Warpzahn achtete sorgsam darauf, welcher als Letzter mit seinem Bauch den Boden polierte und schnippte mit der Klaue dem Anführer der Todesratten zu. Der hünenhafte Skaven hob seine gezackte Klinge und stapfte vor.

Der Skaven, der in seinen Augen keine Gnade gefunden hatte, merkte, dass es ihm an den Kragen ging, quiekte erbärmlich und versuchte zu fliehen, doch zu spät. Die Todesratte stürzte vor, und die schwere Klinge sauste mit tödlicher Endgültigkeit herab. Der Hauptmann fiel mit gespaltenem Schädel und zuckenden Beinen. Warpzahn grunzte zufrieden. »Entweder solltet ihr bessere Kämpfer werden, oder schneller, ja-ja?«, krächzte er und musterte die verbliebenen Hauptmänner.

Alle nickten sie zustimmend, in eifriger Anerkennung seiner Weisheit. Der Gestank von Angst füllte den Bau. Er wies auf einen der Hauptmänner. »Skesh – steh auf. Sag-berichte, ja?«

Zögernd erhob sich Skesh. Die geschmolzenen Überreste zahlreicher Kerzen verklumpten den Steg seines Helms und die Furchen in seinem Schulterpanzer. Seine Rüstung war schlammverdreckt, und der Gestank von Maschinen hing schwer an ihm. Seine Tatzen ballten und lockerten sich knapp über dem Griff einer Kriegshacke, die ihm vom Gürtel hing. »Wir haben meist-großen Fortschritt gemacht, o Klauenherr, ja-ja.« Er begann, seine Tatzen aneinander zu reiben. »Viel Gebuddel und Getunnel und Gegrabe, o meist-schrecklichster aller Gewalthaber.«

»Ja«, meinte Warpzahn. Es war eine offensichtliche Lüge. Skeshs Schmarotzer hatten das Kommando über alle Grabarbeiten der Sappeure. Sie hatten seit dem Beginn der Belagerung Hunderte von Tunneln genagt und gegraben, doch nur wenige davon waren irgendwie von Nutzen gewesen. Die verfluchten Duardin hatten ihre eigenen Tunnel unter der Stadt und waren auf solche Fälle vorbereitet. Skesh war ein Veteran heimtückischen Tunnelbaus, doch auch er hatte seine Grenzen – und hier war er offensichtlich am Ende. Warpzahn erwog, ihn zu töten, beschloss dann aber, ihm seine Lüge durchgehen zu lassen. Skesh würde ihn für diese Gnade dadurch belohnen, dass er seine Bemühungen verdoppelte. »Gut-gut. Du findest meine Huld, Skesh.«

Skesh zuckte überrascht. Die anderen Hauptmänner sahen ihn mit mordlüsternem Blick an, während er liebedienerisch zustimmend vor sich hinbrabbelte. Warpzahn heftete seinen Blick auf einen anderen – ein narbengesichtiger Darbling namens Kleeskit. »Der letzte Angriff war ein Fehlschlag. Erkläre.«

Kleeskit entleerte sein Gedärm.

Warpzahn lehnte sich vor. »War das eine Entschuldigung?« Kleeskit zitterte so sehr, dass seine ganze Rüstung rasselte und klapperte. Vor besagter Gedärmentleerung war sie noch verdächtig sauber gewesen. Warpzahn kannte wenig Nachsicht mit Kriegern, die nicht kämpfen wollten. Er lehnte sich noch weiter vor, bog seine Klaue, um ihn heranzuwinken.

Kleeskit stolperte leise wimmernd vor. Warpzahns Klaue schoss vor, packte ihn bei der Schnauze. Mit einem scharfen Ruck brach er dem anderen Skaven das Genick. Der Körper sackte am Fuß des Throns zusammen.

»Krizk – du bist jetzt der Klauenführer. Enttäuschst du mich, dann grab-kratze ich dir deine Innereien heraus, ja-ja.«

Krizk, ein stämmiger Skaven, der in die geplünderten Überreste einer Rüstung gehüllt war, die wahrscheinlich einmal einem Duardin gehört hatte, wand sich katzbuckelnd und Dankesworte vor sich herpiepsend.

Warpzahn lehnte sich zurück. Er schlug mit der Faust auf seinen Thron. »Ich will, dass die Menschdinger zurückgetrieben werden. Ich will, dass die Sturmlinge zurückgetrieben werden. Ich will, dass die Duardindinger zurückgetrieben und dann massakriert werden. Und ich will-verlange das sofort-jetzt.« Er deutete auf das Häufchen Elend, das für einen Hauptmann herhalten musste. »Du wirst das für mich machen, ja-ja. Und schnell.«

Hastig durcheinander drängelnd und miteinander rangelnd verließen sie den Bau. Warpzahn seufzte. Gar nichts würden sie für ihn tun. Sie schafften es einfach nicht. Aber sie würden den Feind beschäftigt und in seinen Stellungen halten, bis schließlich seine Verbündeten eintrafen.

Er blickte auf, als plötzlich die Ratten in den von der Decke herabhängenden Käfigen alle gemeinsam zu quieken begannen. Die Tiere erstarrten, ihre Kehlen schwollen an und ihre Kiefer waren weit aufgerissen. Dünne Bogen smaragdgrüner Energie schossen aus den Mechanismen unter den Käfigen hervor und schlugen untereinander Funken, bis schließlich alle in ein schimmerndes Licht gehüllt waren.

Das Quieken wurde noch um einiges lauter und dehnte sich zu einem neuen Klang – einer Stimme.

»– *du mich hören?*«

»Ich kann dich hören, Kwell«, antwortete Warpzahn. »Das mit deinem Fernquieker klappt ja besser, als ich erwartet hätte, Renegat. Vielleicht bist du doch ein so guter Erfinder, wie du behauptest.«

»Ich danke dir, o gewalttätigster unter den Despoten. Dieser demütige *Skaven ist erfreut, dass er dich erfreuen kann, und kriecht dir zu Füßen.*« Kwell kicherte. »*Oder auch nicht.*«

Warpzahn unterdrückte ein verärgertes Knurren. Dieser Überläufer von einem Maschinenhexer konnte einen wirklich ganz gewaltig zur Raserei treiben, wenn er es darauf anlegte. Es war kein Wunder, dass die Erzhexer von Skryre einen Preis auf seinen räudigen Kopf ausgesetzt hatten. Aber solange er Resultate brachte, würde Warpzahn davon absehen, ihn für den Lohn auszuliefern. »Ist deine Maschine bereit, Renegat?«

»Ja-ja, ehrwürdigster Klauenherr. Nur noch ein paar Tests – kaum der Rede wert – und wir werden die Menschdinger zermalmen, ja-ja. Und euch wird man zum meist-mächtigsten Kriegsherrn küren, zum scharfsinn-schlausten, zum mutigtapfersten, ja.«

Warpzahn schnaubte. Der Renegat hatte ihm eine Waffe versprochen, die in der Lage war, die gewaltige Bastion zu zerschmettern, welche die Stadt der Stürme beschützte. Doch bisher hatte der Beweis seiner Behauptung auf sich warten lassen. »Mich kümmern nur die Mauern, Kwell. Zerbrich-schmettere sie für mich, oder ich werde dafür sorgen, dass deine Meister erfahren, wo sie dich finden können.«

Kwell zwitscherte amüsiert vor sich hin. Eine der Ratten ging plötzlich durch die Energie, die durch sie hindurchströmte, in Flammen auf und brach zusammen. Einer anderen erging es ähnlich, dann einer weiteren, bis schließlich all die seltsamen Käfige voller sterbender, brennender Ratten waren. Kwells Gepiepse zersplitterte und ging schließlich verhallend im Prasseln der Flammen unter.

Warpzahn grunzte verärgert. So sehr ihn das auch verdrießen mochte, er würde wohl Kwells Fähigkeiten in dieser Sache vertrauen müssen. Excelsis würde fallen, und seine Schätze würden ihm gehören.

Er winkte einer der Todesratten.

»Holt mehr Ratten für die Käfige.«

DREI

DER GROSSE SCHÖPFER

Volker drehte Makkelssons Feldflasche in seinen Händen. Sie war noch immer ganz, obwohl sie von der Hitze der Explosion, die ihren Besitzer das Leben gekostet hatte, schwarz versengt war. Vorsichtig schraubte er sie auf und hielt sie hoch. »Möge deine Seele hinabsteigen und Trost im allertiefsten Glimmen finden, mein Freund«, sagte er, hob sie im Gedenken an Makkelsson, bevor er dann einen kräftigen Schluck nahm.

Er saß am Rande des ungeweihten Teils der Bronzeklauen-Bastion und ließ den Blick über das Schlachtfeld schweifen. Lauffeuer suchten die Ebene heim und brachten für den Moment alle Feindseligkeiten zum Erliegen. Beide Seiten formierten sich neu. Die Skaven schienen nicht die geringste Absicht zu haben, sich zurückzuziehen. Frische Truppen der Freigilde strömten durch die Gräben dort unten, während ihre ausgelaugten und abgeschlagenen Kameraden sich zurück in Richtung Stadt schleppten. Die Söhne Mallus', des Krieges gewohnt, blieben auf ihren Posten zurück. Greel und seine Ehernen würden diesen wilden Teil der Front halten, bis es nichts mehr zu verteidigen gab, und selbst dann würden sie sich nicht zurückziehen, außer es wurde ihnen befohlen.

Volker zog ein wenig Trost daraus. Nicht viel, aber zumindest etwas. Fleisch zerriss, Knochen brachen, aber das Sigmarit hielt stand. Er hob seine Feldflasche erneut. »Auf Sigmars Sturm. Möge der Regen auf Gerechte und Ungerechte gleichermaßen fallen.« Ein weiterer Schluck. Die Flüssigkeit brannte seine Kehle hinab und in die Eingeweide.

In der Nähe krächzte ein Rabe, als wollte er ihm beipflichten. Dutzende schwarze Vögel hockten auf den Kanten der Bastion und blickten mit der versessenen Neugier des Aasfressers auf die Gräben unter ihnen hinab. Plötzlich erhoben sich die Vögel alle miteinander in die Luft und flogen Richtung Meer davon.

Volker blickte über seine Schulter und sah ihnen nach, wie sie im Dunkel verschwanden. Dieser Teil der Bastion lag im Schatten des Speers von Mallus. Der Steintrümmer erhob sich hoch in den Himmel, ein schroff zerklüftetes Mahnmal der Welt-die-war. Ein Grabstein einer toten Welt, vom Chaos verschlungen und wieder ausgespuckt. So erzählte es jedenfalls die Legende. Volker wusste nicht, wie viel er davon wirklich glaubte. Es gab so viele Geschichten und so wenig Wahrheit lag anscheinend in ihnen, egal welche man auch nahm.

Was er sicher wusste, war, dass Excelsis ohne den Speer nicht existieren würde. Der Speer blutete Geheimnisse und Prophezeiungen in den Äther. Wenn man um Mitternacht an den Docks stand, so sagte man, könne man hören, wie der Wind einem Antworten auf Fragen zuflüsterte, die niemand gestellt hatte. Er war sich nicht sicher, wie das gehen sollte – niemand wusste das wirklich. Nicht einmal die Magier und Möchtegern-Propheten, die sich in der Gier, aus seinem unablässigen Weissagungsstrom ihren Profit zu ziehen, in Horden um den Speer drängten.

Er warf einen Blick hoch zu den schwebenden Türmen und Observatorien der Hochschule des Arkanen, die den Speer in langsamem nie enden wollendem Reigen umkreisten. Sie waren schon fast seit den Anfängen dort. Schon kurz nachdem die Stormcast Eternals von den Knights Excelsior jenen Keil aus schwarzem Eisen und dunklem Stein, den man das Consecralium nannte, errichtet hatten, hatte man sie dort zum Schweben gebracht. Die Sturmfeste kauerte inmitten des westlichen Bezirks wie ein hungriger Ghyrlöwe, seine Bollwerke gespickt mit Bliden und Ballisten.

Nicht alle dieser himmlischen Kriegsmaschinen waren auf Ziele außerhalb der Stadtmauern gerichtet. Volker hatte die Geschichten darüber gehört – Gerüchte über brutale Pogrome und Massenhinrichtungen. Über Tausende, die durch das Schwert fielen oder in den steigenden Wassern des Hafens ertränkt wurden, weil sie unter dem Verdacht standen, häretischen Lehren anzuhängen. Über die gewaltige Krypta unter dem Consecralium, wo man die Knochen angeblich Abtrünniger aufbewahrte, um sie bisweilen durch eine Versammlung von Relictoren und Amethystmagiern der Hochschule verhören zu lassen. Selbst im Tod gab es kein Entkommen vor dem Richtspruch Azyrs.

Ein Schauder durchfuhr Volker, und er nahm einen weiteren Schluck aus der Feldflasche. Manchmal fragte er sich, was er sich eigentlich erhofft hatte, als er hierher, zum Rand der Zivilisation gekommen war. Nicht, als hätte es in Azyrheim irgendetwas für ihn gegeben. Ein Leben in den rauchigen Hallen der Eisenschmiede, um dort an zerbrochenen oder defekten Mechanismen herumzubasteln. Vielleicht hätte ihn irgendwann ein höherer Rang erwartet. Aber wahrscheinlicher war, dass er sein Lebtag lang ein niederer Mechaniker geblieben wäre, der am Ende nichts vorzuweisen gehabt hätte als einen krummen Rücken, schlechte Augen und einen Bart, der dringend des Stutzens und Kämmens bedurft hätte.

Er rieb sich die Stoppeln an seinem Kinn und wurde sich plötzlich drüber klar, dass er mal wieder eine Rasur brauchte. Aber dringender noch brauchte er Nahrung. Sein Magen rumorte aufmunternd vor sich hin. Er konnte von hier aus die Kochfeuer und den Duft von gebratenem Fleisch riechen, der aus dem Geäder heraufzog. Die äußere Stadt erwachte mit dem Sonnenaufgang allmählich aus ihrem Schlaf.

»Dachte ich mir, dass ich dich hier oben finde.«

Volker wandte sich um. »Meister Jorik«, grüßte er höflich.

Jorik Grunndrak war der älteste Angehörige des Eisenschmiede-Arsenals in Excelsis – der Meister des Arsenals. Es war Grunndrak gewesen, der ihn in die Gräben beordert hatte. Nicht aus Bosheit, so wusste Volker, sondern um ihn von Herzborg und seinen Spießgesellen fernzuhalten.

Der Feinwaffenschmied war alt. Älter selbst als die Wartkönige, die in der Tiefen Zitadelle unter Excelsis zurate saßen. Dem Gerücht zufolge war er Zeuge gewesen, wie Sigmar die letzten Pforten Azyrs verschlossen hatte, und hatte geholfen, die Runen zu erschaffen, welche die drei Brüder seit fünf Jahrhunderten unbeschadet gehalten hatten.

Jorik stapfte den Rand der Bastion entlang, eine kalte Pfeife zwischen die Zähne geklemmt. Er trug eine schwere mit Runen versehene Rüstung über dicker Kleidung und hatte seine Daumen in den Gürtel gehakt. Er trug keine sichtbaren Waffen, doch das hieß fürwahr nicht, dass er unbewaffnet war. »Tust du dir mal wieder selbst leid?«, knurrte er.

»Ich stoße auf einen alten Freund an.« Volker goss einen Schluck aus der Flasche in sich hinein.

Jorik nickte düster. »Makkelsson. Hab's gehört. Ein guter Ingenieur. Sein Name wird neben jenen seiner Vorgänger eingemeißelt werden, wenn die Kanonen wieder repariert sind.«

Jedes Stück Artillerie der Eisenschmiede trug die Namen jener, die gestorben waren, während ihnen dessen Wartungspflichten oblagen. Volker wusste von mindestens einer Salvenkanone, die auf jedem ihrer Läufe so viele Namen trug, dass kein Raum mehr für irgendeine andere Verzierung blieb.

»Herzborg will deinen Kopf«, fuhr Jorik fort. »Er hat entschieden, dass du für alles verantwortlich bist.« Claudio Herzborg war derzeit der höchstrangige Geschützmeister in Excelsis und ein Spross der alten und höchstehrwürdigen Häuser des Donners. Er war von reinstem azyrischem Blut, und er legte großen Wert darauf, jeden bei jeder sich bietenden Gelegenheit daran zu erinnern. Er umgab sich selbst mit einem Kreis von Leuten gleichen Geistes und verbrachte die meiste Zeit damit, die Galas und Bälle zu beehren, die anscheinend täglich in den Sturmgesteinhallen des Adelsviertels der Stadt gegeben wurden.

Volker nickte. Das hatte er erwartet. »Wirst du ihm ihn geben?«

Jorik lachte. »Nein.« Der alte Feinwaffenschmied setzte sich mit einem Grunzen neben Volker hin. »Es war nicht deine Schuld, weißt du. Ich habe gehört, du seist deinen Pflichten mit aller Gewissenhaftigkeit nachgekommen.« Er lächelte grimmig. »Lord-Celestant Greel war voller Lob.«

»Das war wohl nicht genug.«

»Du bist noch jung und trägst doch schon diese Werkzeuge«, sagte der Feinwaffenschmied. Er machte eine Handbewegung zu ihm hin und Volker reichte ihm die Feldflasche. Der Duardin trank. »Das ist eine schwere Bürde für dich.«

»Ich habe selbst die Spiralbohrung der Büchsen beaufsichtigt«, sagte Volker abwesend. Er deutete auf die Gräben dort unten. »Eine gute Arbeit. Sorgte für gerade genug Rotation, um die Kugel in ihrer Schussbahn zu halten.« Er pochte an seine Schläfe. »Die Berechnungen habe ich da drin gemacht.«

»Und das ist, unter anderem, der Grund, warum du den Rang eines Geschützmeisters führst.«

»Herzborg sieht das nicht so.«

»Herzborg ist ein Trottel«, sagte Jorik. »Und er ist nur wegen seines Blutes und nicht wegen seines Hirns hier. Wenn ich General Synor glauben darf, hat er jeden echten Offizier in der Stadt gegen sich aufgebracht.«

Volker runzelte die Stirn. »Das Gleiche könnte man auch von mir sagen.« Er hatte dieses Getuschel schon im Laufe seiner gesamten Karriere mit anhören müssen – meist von jenen, die von Herzborgs Schlag waren – dass seine Mutter ihre Stellung im Großen Konklave Azyrheims genutzt habe, um ihn in die Eisenschmiede zu bringen, damit sie diese über ihren Sohn besser manipulieren könne. Allerdings gediehen in Azyrheim Gerüchte äußerst gut, sie keimten und sprossen schnell und verbreiteten sich dann fast noch schneller von Mund zu Mund.

»Möglich. Aber das Arsenal kennt die seinen. Dass du hier

bist, ist dafür Beweis genug.« Jorik reichte ihm die Flasche zurück.

»Das sieht Herzborg anders. Genauso wie viele der anderen.«

»Na und? Herzborg sehe ich hier nicht. Ich habe ihn auch nicht in den Gräben gesehen. Das ist es, was hier zählt, Junge, keine Worte.« Jorik schabte den Kopf seiner Pfeife mit einem stumpfen Messer aus. Er klopfte die Klinge gegen den Boden des Kopfes und leerte ihn so. »Außerdem ist es gut, Verwandte von Einfluss zu haben. Kein Duardin, der seinen Bart wert ist, würde deswegen auf einen Mann herabsehen. Schließlich ist es nur vernünftig. Verwandte sind die Einzigen, denen du trauen kannst.« Er nahm die Pfeife zwischen die Zähne. »Ein Lieblingssprichwort meines Vetters Oken.«

Volker sah ihn erstaunt an. »Oken …?«

Jorik nickte. »Wir sind ein alter Klan. Ehrwürdig schon, als die Welt noch jung war. Wir gruben uns den Weg von einer Welt in die andere, so sagt man, immer einem alles verschlingenden Feuer voran. Wir verließen einen von Bergen umschlossenen See und gelangten zu neuen Wassern und neuen Bergen. Gründeten einen neuen Klan aus den Ruinen des alten.«

»Oken sprach nie viel darüber.«

»Das hört sich ganz nach ihm an.« Jorik konzentrierte sich auf das Stopfen seiner Pfeife. »Hab ihn eine ganze Weile nicht mehr gesehen. Ist so gar nicht seine Art, so lange fortzuziehen, ohne vorher gemeinsam einen zu heben.«

Volker schüttelte den Kopf. »Nein, so gar nicht.« Er seufzte. »Ich wünschte, er wäre hier.«

»Ich schätze, so geht's ihm auch.« Er zündete sorgsam seine Pfeife an, kratzte mit der Schneide des Messers den Rand des steinernen Kopfs entlang. Zufrieden zog er an der Pfeife. »Weißt du, wo er ist?«

»Nein.« Volker musterte den Feinwaffenschmied argwöhnisch. Was für eine seltsame Art zu fragen. Auf was zielte Jorik ab? »Weißt du's?«

»Nein«, sagte Jorik. Er zog heftiger an der Pfeife, und Funken tanzten über dem Pfeifenkopf. »Aber ich kenne welche, die es wissen könnten.« Er wandte sich zu ihm, und Rauch kräuselte sich vor seinem Gesicht. »Und sie wollen mit dir reden, Junge.«

Volker spürte, wie ihn bei den Worten des Feinwaffenschmieds eine Kälte überkam. Als er dann sah, welche Form der Rauch annahm, wuchs diese Kälte nur noch an.

Ein Gesicht. Das gleiche Gesicht, das er in den Flammen der zerstörten Kanone gesehen hatte. Und er hatte sich schon halb selbst davon überzeugt, dass eben dieses Gesicht nur eine Halluzination gewesen war, hervorgerufen durch die Anspannung des nahen Todes. Ein Gesicht, das jedem Angehörigen der Eisenschmiede so bekannt war wie das eigene.

Volker sprang auf die Füße, sein Herz hämmerte. »Der große Schöpfer«, flüsterte er. Der Schmiedegott war seit fast einem halben Jahrhundert nicht mehr in den Reichen der Sterblichen gewesen. Manche sagten, er sein Grimnir gefolgt, in welche Dunkelheit auch immer gefallene Götter erwarten mochte. Andere behaupteten, er sei es wahrscheinlich müde geworden, Sigmar als Waffenmeister zu dienen, und war seiner eigenen Wege gezogen. Einige wenige behaupteten, dass es die Runenherren der Vertriebenen wüssten, doch wenn sie es taten, so verrieten sie es nicht.

Augen wie Glutfunken fanden die seinen, und der Mund bewegte sich. Da war kein Laut, aber dennoch hörte er genau, was die Erscheinung sagte. Eine Zeit. Ein Ort. Wie verwehender Rauch dehnte sich das Panorama vor seinen Augen aus. Es war irgendwo in der äußeren Stadt – ein Ort, den die Leute das Geäder nannten. Er wusste – ohne dass ihm klar war, warum –, dass er herausfinden würde, wohin seine Füße ihn tragen sollten, wenn er erst einmal anfing loszugehen. Er zögerte. »Ist das – ist das wirklich er?«

Jorik zog stillvergnügt an seiner Pfeife. »Woher soll ich das wissen? Ich überbringe nur die Nachricht.« Er blinzelte Volker mit einem Auge an. »Würde trotzdem vorschlagen, wenn er was sagt, dann tust du's besser.«

Anderswo.

In seiner dunklen Höhle zerdrückte Volundr, Schmiedemeister von Aqshy, Glutfunken zwischen seinen Fingern und las Zukünfte in der herabrieselnden Asche. Nicht *die* Zukunft, nicht einmal *eine* Zukunft, sondern viele verschiedene. Wege und Schicksale, die nicht eingeschlagen wurden, die sich nicht erfüllten. In den Feuern seines Schmiedeofens waren Leben aller Reiche zu lesen, zum Guten oder Schlechten.

Er wandte sich mit einem Winken seiner Hand um. »Bringt ihn mir.«

Seine Gehilfen eilten vor, schleiften zwischen sich den Sklaven. Es waren große ungeschlachte Scheusale, Abkömmlinge der raxulischen Horden, die einst den Kraterrand von Klaxus heimgesucht hatten. Zottig und rot waren die Tiermenschen, und sie trugen Maulkörbe aus Messing und Leder mit Drähten an ihre Schädel geschnallt, und ihre Hörner waren abgeschliffen worden, und die Stümpfe hatten eine Kappe aus Gold erhalten. Ihre Kittel waren steif von all den Blutspritzern und Flecken, die sie im Laufe der Jahre abbekommen hatten, und die Narben von Feuer und Peitsche hatten tiefe Spuren in ihr Fleisch geschlagen.

Der Sklave war neu – jüngst erst auf einem unbedeutenderen Schlachtfeld eingefangen. Hundert Kriegsherren schuldeten Volundr ihren Zehnten in Fleisch und Knochen für jeden Sieg, den sie mit den Waffen, die von ihm geschmiedet worden waren, errungen hatten. Die meisten der Sklaven wurden zur Arbeit in den Steinbrüchen und Knochengruben herangezogen, aber manche waren für einen wichtigeren Zweck geeignet.

Der Mann kämpfte selbst jetzt noch. Seine Glieder waren gebrochen, sein Fleisch von Narben gezeichnet, aber dennoch kämpfte er. Sein Atem kam in gequälten Stößen durch zerrissene Lippen. Der Gestank des Schlachtfelds klebte noch an ihm, das Blut von Freund und Feind tränkte gleichermaßen die Fetzen seiner Kleidung und die Trümmer seiner Rüstung. Er röchelte Verwünschungen in irgendeiner Hinterweltlersprache – wahrscheinlich ein Dialekt aus den Hügeln von Chamon, vermutete Volundr. »Der Amboss«, sagte er und trat zurück.

Seine Gehilfen folgten seinem Befehl und zwangen Kopf und

Schultern des Gefangenen auf die glühend heiße Oberfläche des Ambosses. Der Mann schrie und wand sich. Volundr hob die Ketten, die er trug, und den zweiten kleineren Amboss, der daran herabhing. »Du warst tapfer«, sprach er. »Und so belohnt Khorne die Tapferen«.

Seine Gehilfen sprangen mit tierhafter Geschwindigkeit beiseite, als er den Amboss in die Luft schwang und dann auf den Kopf des Sklaven herabschmetterte. Knochen splitterten und Fleisch platzte, als der Schädel des Verwundeten am Punkt des Aufpralls barst und in blutige Splitter und Fetzen verwandelt wurde. Das Blut sickerte in die Oberfläche des Ambosses, und das fleckige Metall glühte auf. Volundr sammelte sorgfältig die Knochenteile zusammen und warf sie in die Flammengrube.

Einer seiner Gehilfen winselte ungeduldig. Volundr grunzte und gab ihm ein Zeichen. »Wie du willst.«

Daraufhin stürzten sich die Tiermenschen auf den Körper und begannen ihn gierig zu zerreißen. Sie stopften sich Brocken erkaltenden Fleisches durch die Löcher ihrer Maulkörbe und beschmierten sich Fell und Mähnen mit Blut. Volundr sah den Kreaturen einen Augenblick zu. Fast beneidete er sie um solch schlichte Freuden. Doch die standen ihm nicht an. Nicht mehr.

Er berührte die zernarbte Oberfläche seines Brustpanzers. Er konnte sich noch immer an jenes Gefühl erinnern, wie es war, als der Blitz durch ihn pulste. Der Hammerschlag von Sigmars Zorn, auf ihn herabgerufen durch einen in Eisen gehüllten Toten. Einer von Sigmars Erwählten.

Der Himmelsgott war unbändig zurückgekehrt. Und der Krieg mit ihm. Nicht einer dieser kleinen Kriege aus dem Zeitalter des Blutes, sondern eine Feuersbrunst sondergleichen. Ein Feuer, so gewaltig, dass es sich in jede Ecke eines jeden Reiches verbreitet und alle Augen auf sein hochflammendes Lohen gezogen hatte. Zum ersten Mal seit langer Zeit kannte Khorne den Frieden des absoluten Krieges.

Seine Kämpen waren, bis auf ganz wenige, allesamt fett und faul geworden. Diejenigen, die jetzt davon noch übrig geblieben waren, waren schlank und hungrig darauf, sich zu beweisen.

Sie warfen sich ins Feuer, ungeachtet der Gefahren. Das war alles, was Khorne von seinen Dienern verlangte: dass sie Mut bewiesen und hinter sich Ströme von Blut zurückließen.

»Aber mehr verlangt er von jenen von uns, die den Verstand zu hören ihr eigen nennen«, murmelte er. Das ganze Blut war inzwischen im Amboss versickert. In dem davon aufsteigenden Dampf sah er Ahazian Kel sein Ross unerbittlich über die staubigen Ebenen Shyishs treiben. Dunkle Gestalten verfolgten ihn – die Diener einer toten Königin. Volundr ließ ein tiefes Knurren aus dem Grunde seiner Kehle aufsteigen.

Unannehmbar. Aber da konnte man nichts tun, außer hoffen, dass er gut gewählt hatte. Ahazian wusste, wohin er zu gehen hatte, und er musste den Ort aus eigener Kraft erreichen. Der Eiseneid hinderte Volundr daran, irgendetwas zu tun, um seinem Kämpen dabei zu helfen.

Nicht, dass Ahazian Kel der Hilfe bedurfte. Die Ekran waren am Ende nur von ihrer eigenen Wildheit besiegt worden. Sie hatten jeder Armee, die man gegen sie aussandte, widerstanden, bis Khorne schließlich seine Haken ins Fleisch der Kel geschlagen hatte – jener Kriegerprinzen, welche die Ekran regierten. Langsam aber sicher, mit einer delikaten Feinsinnigkeit, die man sonst selten von ihm kannte, hatte Khorne ihre Kriegerehre zu etwas Wildem und Barbarischen verdreht. Ihr Reich war schließlich in einer Orgie der Gewalt zusammengebrochen, und nur Ruinen waren zurückgeblieben.

Ahazian war nicht der einzige Kel, der überlebt hatte, egal, was er auch selbst behaupten mochte. Aber alle waren wie er – zum Anführer ungeeignet und nur begierig auf die Schlacht. Sie würden sich nie so weit erheben, dass sie große Armeen in Khornes Namen führen würden, aber bei jenen, die das taten, waren ihre Dienste begehrt. Als Krieger kam ihnen kaum jemand gleich. Aber reichten solche Fähigkeiten alleine aus, um die bevorstehende Aufgabe zu erfüllen?

Dass die Acht Wehklagen sich jetzt regten, war wahrlich ein ernst zu nehmendes Vorzeichen. Die Waffen rochen den Krieg, so wie ein Bluthund seine Beute witterte. Obwohl die Schlacht um die Allpforte einen toten Punkt erreicht hatte, so hallten doch die Reiche donnernd von den Schreien der Erschlagenen wider. Der Dreiäugige König rührte sich in seiner Feste, rüstete sich, und die Chaosgötter beobachteten ihn dabei und schmiedeten Pläne.

So wie auch die anderen Schmiedemeister. Sie waren alle ihrer eigenen Wege gezogen, um sich ihre Vorteile zu sichern. Die Zeit des Eiseneids neigte sich dem Ende zu, und bald würden sie einander wieder an die Kehle gehen. Wer auch immer bei seiner Queste den Erfolg davontragen würde, hätte sich danach dem Bündnis der anderen zu stellen. Sie konnten nicht zulassen, dass sich einer von ihnen über die anderen erhob. Lieber Tod als Unterwerfung. Dergestalt beherrschte der Blutgott Herz und Geist seiner Diener. Sogar derer, die erkennbar hoch in seiner Gunst standen.

Volundr runzelte die Stirn. Khorne hatte zu ihm in einem Traum gesprochen. Sein donnerndes Flüstern hatte ihn aus dem Nebel des Schmerzes herausgezogen, der seit Klaxus und der Zerstörung der Schwarzkluft sein steter Begleiter war. Damals hatte Khorne ebenfalls zu ihm gesprochen.

In seinem Traum hatte der Gott ihm Dinge gezeigt – unglaubliche Dinge. Nurgle kauerte sich, geblendet und zerschunden, in seiner Pfarre zusammen, und seine Diener waren in heller Verwirrung. Tzeentch breitete seine Schwingen aus, bereit aufzusteigen, wenn der Verseuchte unterging – so wie Khorne aufgestiegen war, als sein Rivale Slaanesh verschwunden war. Die uralten Bündnisse waren dahin, das alte Gleichgewicht war in Schieflage. Wo einst Vier gewesen waren, waren nun Zwei, wenn Nurgle zugrunde ging.

Und vielleicht bald auch nur Einer.

Das würde dann Khorne sein. Denn war Khorne nicht der Stärkste unter den Vier und der Älteste? Alles, was war, war am Anfang sein gewesen und würde es wieder sein. Und war es da nicht nur angemessen, dass, als der Mächtigste der Vier, sein stärkster Kämpe jene Waffen trug, die auf seinen Befehl hin geschmiedet worden waren?

Und so hatte Khorne seinen Schmiedemeistern befohlen, jene Dinge zu finden, die verloren worden waren, und sie ihm vor seinem Thron aus Totenschädeln zu Füßen zu legen. Schon in diesem Moment wurden irgendwo im schwarzen Meer der Unendlichkeit jene zusammengerufen, die würdig waren, die Acht Wehklagen zu tragen. Und daher würde Volundr die acht Waffen finden und dann Meister aller Schmieden statt nur einer einzigen werden.

Etwas krächzte.

Aufgeschreckt sah Volundr hoch. Ein Rabe saß hoch über ihm und beobachtete ihn aus glitzernden schwarzen Augen. Der Vogel legte den Kopf schief und krächzte erneut. Fast klang es wie Gelächter.

»Ein Spion also?« Volundr hob die Kette und den Kriegsamboss, der daran hing. Der Vogel flog in einem Wirbel von Federn auf. Volundr beobachtete, wie er in die Tiefen der höhlenartigen Schmiede davonsegelte. Unruhe nagte an ihm.

»Reite rasch, Ahazian Kel. Zu unser beider Wohl.«

Volker schritt durch die Wehen des Salznebels, der das Geäder durchdrang, eine Hand auf der Pistole in seinem Gürtel, die Büchse auf die Schulter gelehnt. Der Nebel stahl sich jeden Abend vom Meer aus landeinwärts, um sich durch das Knäuel baufälliger Gebäude, die rings um ihn aufragten, zu winden und in allerkleinste und allerfeinste Ritzen und Winkel zu dringen.

Die Qualität der Bauwerke, welche die kopfsteingepflasterten Straßen säumten, schien stetig abzunehmen, je weiter er sich vom Zentrum der Stadt entfernte. Hier gab es nur noch ein Gewirr von eng gedrängten hölzernen Käfigen, einer auf den anderen gepfercht. Schatten ballten sich schwer in den adergleichen Gassen, und Gaslampen warfen ein dämmriges Licht durch die nebligen Straßen. Brackwassertümpel, widerwärtig glänzend vor Jauche und Talg, sammelten sich in den Senken der Straßen. Dieser Ausfluss gerann in Klumpen an den Rändern der Gossen, direkt neben Bettlern und Säufern und Schlimmerem.

Als er am Eingang der Gasse vorbeiging, hörte er jemanden sich diskret räuspern. Er erhaschte aus den Augenwinkeln ein Funkeln von Stahl und hielt inne. Sie waren ihm wahrscheinlich schon seit ein paar Straßen gefolgt, dachte er. Nicht allzu überraschend. Waffen von guter Qualität erzielten auf den Docks einen hohen Preis. Im Geäder war niemand sicher – oben beherrschten die Dachläufer Dächer und Firste, und unten suchten sich Gassenräuber straflos ihre Opfer. Er schwang seine Büchse von der Schulter, legte sie in seine Armbeuge und seinen Daumen auf den Hahn. »Überlegt's euch gut, Freunde«, sagte er. »Wie viel seid ihr bereit, für das, was ich habe, zu zahlen?«

Augenblicke vergingen. Er erwog schon einen Warnschuss, entschied dann aber dagegen. Das wäre nur eine Verschwendung von Kugeln, die er vielleicht besser brauchen könnte. Er wollte gerade wieder etwas sagen, als er das feuchte Tappen sich zurückziehender Schritte hörte. Die Gassenräuber hatten beschlossen, sich ein leichteres, weniger gut bewaffnetes Opfer zu suchen. Er seufzte, schulterte erneut seine Büchse und ging weiter.

Neben dem allgegenwärtigen Gestank waren die verwinkelten Straßen unter den dämpfenden Schleiern des Salznebels von vielerlei Farben und Gerüchen erfüllt. Selbst jetzt, da die Skaven mit ihren Krallen an der Türe kratzten, ging hier das Leben weiter. Das lag in der Natur dieses Reiches, und die Stadt, die auf seinem Boden errichtet war, stellte in jedem Aspekt ihres Daseins eine wild ausufernde Begeisterung für das Leben selbst zur Schau.

Hier in diesen Straßen mischten sich zwanglos die Abkömmlinge des einfachen Fischervolks, das sich die Stoßzahnküste zur Heimat genommen hatte, mit dienstfreien Freigildenwachen und düster blickenden Duardin. Der Großteil der Stadtbevölkerung lebte und arbeitete im Geäder, ob sie das mochten oder nicht.

An jeder Ecke und Kreuzung waren Marktstände zu finden, an denen selbst Händler aus dem fernen Vindicarum ihre Waren feilboten. Meteore und Funken wechselten schnell ihre Besitzer, wobei die Münzen aus Meteoreisen zu den geläufigsten Zahlungsmitteln gehörten. Doch gab es hier auch exotischere Waren im Angebot – Quecksilberbarren, primitiv geformte Münzen aus Urgold, in allen Regenbogenfarben schillernde Schuppen, die Drachen-Jungtieren entrungen worden waren. Aber über all dem standen die Glimmlinge – kristallene Phiolen voll geheimnissatter Dämpfe und prophetischen Flüsterns, die man aus dem Splitter des Mallus, der die Bucht beherrschte, geerntet hatte. Manche horteten sie, um sie später einzutauschen, während andere sie zur eigenen Erleuchtung zu sich nahmen.

Volker hielt an, um einem dunkelhäutigen Mann in der Tracht der Himmelsblauen Lande dabei zuzusehen, wie er den Stopfen aus solch einer Phiole zog und den Inhalt inhalierte. Die farbigen Dämpfe drangen ihm in die Lungen, und der Mann krümmte sich hustend. Als er sich wieder aufrichtete, zeigte sein Gesicht eine entsetzte Miene. Er schrie und taumelte, griff sich verzweifelt mit der Hand an den Kopf. Seine Freunde eilten ihm zu Hilfe, als er weinend auf das Pflaster sank. Nicht jedes Geheimnis wollte man wirklich erfahren. Volker ging rasch weiter.

Grungnis Botschaft dröhnte in seinem Schädel wie der Schlag einer Pauke. Der erste Schock begann sich inzwischen zu legen, und in Volker regte sich eine gewisse Beklommenheit. Es geschah schließlich nicht jeden Tag, dass man einen Gott traf. Vor allem keinen Gott, der nicht der eigene war.

Die Laterne über einem Durchgang flackerte prasselnd auf und Volker erstarrte. Es klang wie Gelächter. Über ihm krächzte ein Rabe. Er sah auf, doch der Vogel war nirgends zu sehen. Er entdeckte, dass er eine Sackgasse genommen hatte, und hielt an. Die Laternen hier waren ziemlich primitiv, gaben kaum mehr als ein Glimmen her. Aber vor ihm loderten sie plötzlich mit unglaublicher Helligkeit auf, als wollten sie ihm den Weg weisen.

Ein Kälteschauer durchfuhr ihn, als er den Schatten an der

Wand erspähte. Im Licht der Laternen krümmte er sich vor, zottig und riesenhaft. Augen wie Glutfunken trafen ihn, als der Schatten sich umwandte und eine gewaltige Klaue ihn weiterwinkte.

Der Boden bebte unter seinen Füßen und hallte von befremdlichen Erschütterungen wider. Instinktiv umklammerte er das hammerförmige Amulett, das um seinen Hals hing. Normalerweise dachte er nicht oft daran, aber hier und jetzt verlangte es ihn nach dem Trost, den das Siegel Sigmars bot. Das Grollen erstarb. Der Glanz der Laternen hatte sich wieder zu einem sanften Glühen herabgedämpft. Im lichtdurchglühten Dunst glaubte er ein Gesicht zu sehen – Grungnis Gesicht. Der Gott sprach, wie schon zuvor auf dem Schlachtfeld, ohne jedes Geräusch.

Volker nickte langsam. Wenn die Götter riefen, blieb einem Menschen nichts übrig, als zu folgen. Er ging weiter. Hinter ihm erloschen flackernd die Laternen, als er an ihnen vorbeiging. Ein merkwürdiges Glimmen war da vor ihm, und eine neue, diesmal greifbarere Unruhe stieg in ihm auf. Der Weg vor ihm war mit dicken Lagen von Spinnweben bedeckt. Wenn das Licht darauf spielte, erhoben sich aus ihrem Mustergewirr seltsame Farben. Fast schon hypnotisch.

Traumspinnen. Volker verzog angewidert das Gesicht. Er zwängte sich zwischen den Spinnweben unerfüllter Prophezeiungen hindurch, ignorierte die wispernd geraunten Versprechungen und halb erhaschten Visionen, die aus jedem Strang, den er zerriss, aufstiegen. Wenn man den bunten Lockungen der Spinnweben nachgab, geriet man in Gefahr, als eine weitere grinsende, blutüberströmte Leiche in den Gassen von Excelsis zu enden. Spinnen von der Größe einer Ratte ergriffen krabbelnd die Flucht, und ihre schimmernden Körper funkelten noch unheilvoll im Dunkel nach.

Ein Spinnwebstrang streifte seine Wange, und Visionen tanzten ihm vor den Augen. Er sah, wie er aus großer Höhe fiel und etwas Schwarzes, Schreckliches auf ihn zuschoss. Sein Herz dröhnte im Rhythmus des Phantomschmerzes, und er taumelte.

Er schmeckte Asche im Mund. Er bahnte sich mithilfe der Langbüchse seinen Weg, zerriss mit ihr die Spinnweben und stolperte auf das Ende der Gasse zu. Dort war eine Tür, die in einen nicht passenden Rahmen eingelassen war.

Eine gewaltige Hand schoss aus dem Dunkel vor und packte ihn.

»Kein Durchgang«, grollte eine tiefe Stimme. Volker blickte auf. Der Ogor blickte herab. Der Unhold war doppelt so groß wie er und trug primitiv zusammengehauene Eisenplatten über einer fadenscheinigen Hose. Er war kahl, bis auf eine einzige straff geflochtenen Strähne und einen buschigen Schnauzbart, der ein Grinsen rahmte, das eine Unzahl von Zähnen erkennen ließ. Nicht zu entziffernde Brandzeichen bedeckten seine graue Haut – die meisten davon von primitivem Zuschnitt, doch eins davon stach ihm sofort als vertraut ins Auge: die Duardin-Rune für ›Schmiede‹.

»Ich werde erwartet«, sagte Volker zögernd. Er hielt seine Hand geflissentlich ganz weit weg von der Pistole in seinem Gürtel. Der Ogor hielt einen Hammer in seiner anderen Hand, der ganz danach aussah, als könnte er, wenn Volker nicht vorsichtig war, dessen Schädel mit einem einzigen Hieb zu Brei zermalmen.

Der Ogor sagte gar nichts. Stattdessen hob er den Hammer und pochte damit dröhnend gegen die Tür, dass diese in ihrem Rahmen bebte. Dann berührte er sanft mit der Waffe Volkers Schulter. »Wir werden sehen«, sagte der Unhold fast schon fröhlich. »Wenn nicht, schlag ich dir den Schädel ein, ja?«

Volker schluckte schwer und nickte. »Das hört sich vollkommen angemessen an.«

Lange mussten sie nicht warten. Die Tür öffnete sich, und ein verschrumpeltes, bärtiges Gesicht lugte hervor. »Was?«, keifte eine dünne Stimme aus dem struppigen, weißen Haarbusch hervor.

»Er wird erwartet«, grollte der Ogor und sah auf den Neuankömmling herab.

»Ach was?« Das Gesicht wandte sich Volker zu. »Wirst du das?«

Volker erkannte, dass der Mann ein Duardin war. Allerdings

ein sehr, sehr alter. Älter sogar als Jorik oder Oken. So alt, dass alles, was nicht absolut notwendig war, sich abgenutzt hatte, sodass nun nur noch eine dünne Klinge von einem Duardin übrig geblieben war. Axtscharfe Augen musterten ihn argwöhnisch.

»Ja, werde ich.«

»Ja, wird er«, sagte der Neuankömmling und funkelte den Ogor finster an. »Warum hast du ihn aufgehalten?«

»Ich hüte die Tür«, sagte der Ogor geduldig.

»Ja, aber er wird erwartet.«

Der Ogor zuckte die Achseln. »Ich hab doch geklopft, oder?« Er grinste und schob Volker auf die Tür zu und warf ihn dabei fast von den Füßen. »Du wirst erwartet.«

Volker blickte hin und her, versuchte den Sinn hinter diesem Wortwechsel zu ergründen. Der Neuankömmling grummelte ungeduldig. »Kommst du jetzt oder nicht?« Die Tür schwang nach innen auf. Volker musste sich unter dem Türsturz durchducken. Sie war kleiner, als sie aussah.

Hitze hüllte ihn ein, als der Duardin hinter ihm die Tür schloss. Das rote Glühen eines Feuers fleckte roh behauene Steinwände. Von außen war ihm das Gebäude als nichts weiter als eine weitere hölzerne Behausung wie alle anderen in diesem Viertel erschienen, aber von drinnen sah das ganz anders aus: Es war größer, als es eigentlich hätte sein dürfen, sehr viel größer. Er wandte sich um und sah seltsame Runen, die in den steinernen Rahmen der Tür gehauen waren. Sie strahlten in orangenem Licht, und schnell sah er wieder weg.

»Eine Reichspforte?«, fragte er leise. Doch auch so hallte seine Stimme wider.

»Nein«, sagte der alte Duardin. Unter den dicken Fellen, die seinen Körper einhüllten, war er von dürrer Statur. Sein Haar war wild und zerzaust, genauso wie sein Bart, und alte Narben zeichneten seine hohlen Wangen. »Sei nicht so dämlich. Reichspforten sind groß. Laut.« Er wandte sich um und winkte Volker, hinter ihm herzugehen. »Jetzt sei still und folge mir.« Er humpelte davon, bewegte sich in einer Art und Weise, als bereitete der schlichte Akt des Gehens ihm schon Schmerzen.

Volker sah sich um, versuchte die Rauchschleier, die überall hingen, mit seinen Blicken zu durchdringen. Er hatte den Eindruck von gewaltigen Säulen, die sich entlang gekrümmter Mauern erhoben. Die Runen, die sich auf ihnen abzeichneten, glühten vor Hitze, und rote Risse verliefen durch den dunklen Stein des Bodens. Er konnte den Klang von Hämmern hören, die auf Stein und Stahl einschlugen, und das stille Gemurmel von Stimmen irgendwo jenseits der Säulen. Doch bis auf vage Umrisse und das rote Glühen von Schmiedeöfen konnte er nichts erkennen. Schweiß rann ihm das Gesicht und den Nacken herab. Was war das nur für ein Ort?

Der alte Duardin führte ihn einen unebenen Weg entlang. Mehr als einmal stolperte Volker, und er wäre fast gestürzt, als er mit einem geduckten Schatten zusammenprallte. Er wich zurück und entschuldigte sich gegenüber der grummelnden Gestalt. Der alte Duardin packte ihn beim Mantel. »Hör auf, sie zu belästigen, du dämlicher Idiot. Siehst du nicht, dass sie arbeiten?«

»Ich kann gar nichts sehen«, protestierte Volker.

»*Umgi*«, stieß der alte Duardin verächtlich hervor.

Volker riss sich aus seinem Griff frei. »Ich weiß, was das heißt.«

»Dann bist du also nicht vollkommen ungebildet.«

»Warum bin ich hier? Was ist das für ein Ort?«

Der alte Duardin lief rot an und stieß Volker einen dicken Finger vor die Brust. »Dieser Ort ist heilig, *umgi*. Ein Ort nur für jene, die ihn suchen. Und das bist nicht du.« Der Nachdruck in der Stimme des Duardin erstaunte Volker.

»Ich wollte niemanden beleidigen«, begann er in holprigem Khazalid.

»Beschmutze unsere Sprache nicht mit einer derart schlechten Aussprache«, grollte der Duardin mit zu Schlitzen verengten Augen. Speichel befleckte seinen Bart. »Wenn du schon sprechen musst, dann benutze deine eigene Sprache. Du würdest dir nicht die Werkzeuge anderer ausborgen – warum borgst du dir dann einfach so ihre Worte?« Wieder stieß er Volker an. »Bist du etwa ein Dieb?«

Volker schüttelte den Kopf. Bevor er allerdings antworten konnte, kam ihm eine tiefe Stimme zuvor. »Er ist kein Dieb, Vali, mein Sohn. Nicht mehr als Sigmar ein Dieb ist, oder die Sechs Schmiede. Nicht mehr als all die anderen, die diesen Ort aufsuchen, um zu lernen, was ich ihnen vermitteln kann.«

Der alte Duardin – Vali – trat zurück. Er neigte mit zerknirschter Miene auf seinen Zügen den Kopf. Volker drehte sich langsam um. Er konnte die Macht des Wesens, das hinter ihm stand deutlich spüren, wie die Wärme, die einem Glutofen entströmte. Einem Instinkt gehorchend sank er aufs Knie, neigte den Kopf, bevor er noch mehr als den vagen Eindruck einer gedrungenen, massiven Gestalt erkennen konnte.

»Erhebe dich, Sohn Azyrs«, grollte der Gott. Seine Stimme hallte in Volker wider wie die Erschütterungen eines Hammers, der auf Metall einschlug, und sie zog ihn auf die Füße hoch. Er fühlte sich wie versengt und frierend zugleich, wie ein Stück Metall, das man ins Feuer gehalten und dann ins Wasser gestoßen hatte. Formbar und zerbrechlich zugleich, als würde der Gott ihn mit jedem seiner Worte zerbrechen und neu formen.

Da war Wärme und Güte. Die Aufmerksamkeit eines Handwerkers. Aber auch eine lauernde Wildheit, die eine urtümliche Angst bis zu den Wurzeln von Volkers Seele hinabschießen ließ. Er versuchte, sie zu verdrängen und sich ganz auf das zu konzentrieren, was er sehen konnte. Er hatte noch nie zuvor einen Gott getroffen, und in das Gewebe seiner Furcht war ein feiner Faden der Neugier gewoben.

Grungni war eindeutig ein Duardin, aber ein Duardin von der Größe eines Ogors. Er erinnerte Volker an eine der großen Statuen, welche die Tiefen Wege säumten, welche die Vertriebenen unter der Stadt gegraben hatten. Er war in einen fleckigen, oft geflickten Kittel gekleidet, den er über bloßem Oberkörper trug. Seine mächtigen Arme waren über einer Brust vom Ausmaß eines Pulverfasses gekreuzt, und die Masse seines Körpers wurde von O-Beinen getragen.

Es war Letzteres, was Volker am Aussehen des Gottes erstaunte, mehr sogar als die Tatsache, dass sein Bart aus Rauch und seine Mähne aus Feuer bestanden. Es war beinahe unmöglich, zu glauben, dass solch kleine, krumme Beine diese gewaltige Gestalt tragen könnten.

Grungni lachte in sich hinein. »Sie sind vor langer Zeit gebrochen worden.« Er langte herab und klopfte auf seine Hüfte. »Sogar durch meinen eigenen Hammer. Eine Beleidigung, die ich eine Ewigkeit lang versucht habe heimzuzahlen.«

»Wirklich?«, kam es aus Volkers Mund, bevor er es verhindern konnte.

Grungni lächelte. »Das hängt von der Perspektive ab. Man könnte sagen, dass ich sogar noch in diesem Moment dabei bin, es heimzuzahlen.« Sein Lächeln wurde breiter und enthüllte Zähne wie heiße Glut. »Manchen Groll nährt man besser.«

Ein Schaudern durchfuhr Volker. Das Lächeln des Gottes erinnerte ihn an die Mündung einer Kanone in dem Moment, bevor sie Feuer und Rauch spie. »Du hast mich hierher gerufen.« Es war keine Frage. Die Duardin bedrängten die Götter nicht mit Fragen. Sie fragten eben, und die Götter antworteten oder auch nicht, wenn sie das vorzogen. Er war zwar kein Duardin, aber das wusste er doch.

Vali knurrte irgendetwas leise vor sich hin. Grungnis Lächeln erlosch. »Geh, Vali. Ich will mit meinem Gast reden.« Der alte Duardin verneigte sich tief und zog sich dann, noch immer vor sich hergrummelnd, zurück. »Du musst ihm verzeihen. Vali ist alt. Ich halte ihn schon mehr Jahre, als ich zählen kann, an meiner Seite. Vielleicht egoistisch von mir. Aber schließlich bin ich auch alt und eingefahren in meinen Gewohnheiten.«

Volker sagte nichts. Es erschien ihm unhöflich, den Gott zu unterbrechen, solange er sprach. Grungnis Augen zwinkerten und er streckte eine Hand aus. »Darf ich?« Volker reichte ihm die lange Büchse. Grungni nahm die Waffe und untersuchte sie sorgfältig, murmelte dabei leise zu sich selbst, während seine Finger über die Länge der Waffe glitten. »Eine gute Waffe ist das. Alte Technik – duardinisch?«

Volker nickte.

Grungni lachte in sich hinein. »Ich kann fühlen, wie die Erinnerung an ihre Schöpfung noch immer an ihrem Lauf hängt. Von leichter Hand geschaffen, aber mit Geschick. Du solltest stolz auf sie sein.«

»Ich hatte Hilfe«, antwortete Volker mit trockenem Mund.

»Das haben die besten Handwerker, ob sie's nun zugeben oder nicht.« Die Stimme des Gottes wurde traurig, und Volker fühlte es in seinem Herzen. »Einst hatte ich die Hilfe von vielen wie mir.« Er hielt Volker die Büchse hin, und er ergriff sie zögerlich. Das Holz und das Metall waren warm und fühlten sich irgendwie leichter an, als hätte die Berührung des Gottes die Waffe auf schwer zu bestimmende Weise verändert.

»Wir hatten eine Schwester, Grimnir und ich. Aye, und mehr als eine. Auch Brüder. Söhne und … und Frauen.« Er hielt inne und schüttelte den Kopf. »Unsere Stimmen schufen das Reich von Metall und Feuer und die Wurzeln weiterer Reiche. Unser Gesang zog die Steine aus dem Meer hervor, und unsere Hände schufen die Berge.« Grungni runzelte die Stirn. »Oder vielleicht trügt mich da meine Erinnerung. Ich bin alt, wie ich schon sagte, und habe viele Leben gelebt. Älter selbst noch als der, der auf dem Throne Azyrs sitzt.«

Seine Stimme wurde sanft wie das Knistern ersterbenden Feuers. »Manchmal denke ich, ich bin älter als alles, was jemals war. Ich sehe meinen Bruder in den schneebedeckten Norden marschieren, die Axt in der Hand, wie er eine Straße aus den Schädeln seiner Feinde schuf. Dann sehe ich ihn wieder in Feuer gehüllt und in den Abgrund der Legende stürzen. Beide Male ist er es und doch wieder nicht.«

Volker schwieg. Die Worte waren nicht für ihn bestimmt, das wusste er. Dass er hier zugegen war, war nur Zufall. Grungni sprach mit den Schatten an der Wand der Schmiede und den Flammen, die in den unsichtbaren Schmiedeöfen fauchten, aber nicht mit ihm. Nicht mit einem Menschen.

Der Gott lachte leise. »Und was, Owain Volker, ist ein Mensch denn anderes als ungehärteter Stahl, der auf die Flamme und den Schlag des Hammers wartet?«

Volker erstarrte. Hatte der Gott seine Gedanken gelesen, oder waren seine Gefühle so offensichtlich?

»Beides und nichts davon.« Grungnis massige Hand kam vor und packte ihn hinter dem Kopf. Volker stand wie gelähmt da. Die Kraft dieser Hand konnte ihm den Schädel so leicht zerbrechen wie eine Eierschale. Die Hitze von Grungnis Handfläche ließen die Spitzen seiner Haare verkohlen. Der Gott musterte ihn aus Augen, die wie Kleckse geschmolzenen Goldes waren. Schließlich ließ er Volker los und trat zurück, als wäre er zufrieden. »Ja. Oken hatte recht. Da ist Stahl in dir, Sohn Azyrs. Gut.«

»Oken? Ist er hier? Was –?«

Grungni lächelte. »Alles zu seiner Zeit. Doch zunächst komm. Es gibt da andere, die du treffen musst. Die Zeit drängt, und wir müssen über vieles reden.«

VIER

ACHT WAFFEN

Grungni führte Volker tiefer in den Rauch und die Hitze der Schmiede. Der Gott ignorierte seine Fragen, und so verfiel schließlich auch Volker in Schweigen. Er gab sich damit zufrieden, den Lauten der Arbeit zu lauschen, die in den undurchdringlichen Tiefen widerhallten. Es gab viele Orte wie diesen in Excelsis, die tief in den Hallen der Vertriebenen begraben lagen.

Doch dieser Ort war dennoch etwas ganz anderes. Eine verborgene Schmiede – oder etwa nicht? Waren sie überhaupt noch in Excelsis? Es gab hier keine Fenster, und er konnte die Stadt nicht hören; nur den Klang der Hämmer, die auf Metall schlugen, und Stimmen, die sich murmelnd unterhielten. Er erhaschte Fetzen solcher Unterhaltungen, die durch die rauchige Luft trieben, und die seltsamen Akzente der Sprechenden. Tiefes, raues Knurren mischte sich zwischen dem Donnern von Metall auf Metall mit weicheren, samtigeren Klängen. Manche davon waren Duardinstimmen, andere die von Menschen, und dann gab es da jene, die schwerer einzuordnen waren.

War das eine Art von Tempel? Oder war es eine Schule? Aus dem Augenwinkel erhaschte Volker einen Blick auf eine uhrwerkhafte Gestalt, die rasch in die Dunkelheit davonkrabbelte, mit Augen wie Juwelen, die im Licht der Feuer glitzerten. Andere Gestalten, spinnengleich und glänzend, krochen mit leise klackerndem Räderwerk die Wände entlang. Er fasst seine Büchse fester.

Unfähig, sich noch länger zurückzuhalten, räusperte Volker sich schließlich, um die Aufmerksamkeit des Gottes zu erregen. »Warum bin ich hier? Hat es was mit meinem – mit Oken zu tun?«

»Oken ist mein Diener. Einer von vielen.« Grungni warf ihm einen Seitenblick zu. »Wusstest du das?«

»Ich – nein. Nein, er hat nie etwas davon gesagt.«

»Und warum sollte er auch?« Grungni hakte seinen Daumen in den Gürtel. »Er diente mir Jahre ohne Zahl treu und gut. Nicht so lange wie manche, aber länger als andere.«

»Aber was hat das mit mir zu tun?«

Grungni hielt an und sah ihn mit geradem Blick an. »Oken ist verschwunden.«

Er fuhr sich mit der Hand durch den rauchigen Bart, riss etwas davon ab. Er hielt es Volker hin, der voller Ehrfurcht beobachtete, wie sich der Rauch zu einem Gesicht formte – gezeichnet und alt. Der Duardin wirkte wie ein Stück Granit, in das jemand, wie zum Scherz, ein Gesicht gehauen hatte. »Er war in meinem Auftrag auf der Suche nach etwas. Ich glaube, er hat es gefunden.«

Volker sah auf und dann rasch fort. Er konnte den Blick von Grungni nicht lange ertragen. Es lag ein schreckliches Gewicht darin, und eine Traurigkeit, die ihn zu überwältigen drohte. Wie die letzte Glut einer sterbenden Stadt oder ein Leuchtfeuer, das nie eine Antwort erhalten sollte. »Was – was war das?«

»Etwas Gefährliches.«

Volker schloss die Augen. »Lebt er noch?«

»Das ist es, was ich wissen will. Um das herauszufinden, habe ich dich hergerufen.«

Volker runzelte die Stirn. »Warum ich?«

Grungni zuckte die Achseln. »Warum nicht?« Er winkte mit

der Hand. »Ich habe dein Gesicht im Feuer gesehen, Junge, und ich hörte deinen Namen in seinem Prasseln. Man wäre ein Narr, hörte man nicht hin, wenn solche Dinge sprechen. Das gilt besonders für einen Gott.«

Volker schüttelte den Kopf. »Aber –«

»Genug. Es wird Zeit, die anderen zu treffen.« Grungni deutete auf ein Portal, das sich schräg und quadratisch aus dem Dunst erhob. Dies war keine Duardintür mit ihren präzisen Winkeln und sauberen Ecken. Stattdessen bestand der Rahmen aus drei massiven Steinplatten, alle von verschiedener Größe und wie wahllos abgeschrägt. Ein grob gehärteter Vorhang aus Leder hing in dem Rahmen, und Runen waren mit Asche und Ruß auf seine Falten gemalt.

Grungni schob den Vorhang beiseite und trat hindurch. Volker wollte ihm folgen, merkte aber, dass er sich dazu bücken musste. War ihre jeweilige Größe nur ein Spiel des Lichts gewesen oder hatte Grungni einfach seine eigene verändert? Nichts hier war so, wie es schien.

Verwirrt trat Volker in den Raum dahinter. Die Luft war hier anders, rein und dünn. Und auch kalt. Sein Atem erstarrte ihm trotz des Feuers der Esse, die in die Wand hineingebaut war, zu Wolken. Die Flammen legten einen orangefarbenen Glanz über den kleinen, aus Stein geschaffenen Raum, grob behauen aber reinlich, mit dicken Fellen, die den Boden bedeckten. Ein runder Tisch, um den acht Stühle standen, nahm die Mitte des Raumes ein. Drei von ihnen waren besetzt.

Die Frau zog sofort Volkers Blick auf sich. Sie war groß und dunkel, mit einer Mähne straff zurückgebundener sich schlangengleich ringelnder Locken, die ihr über Schulter und Rücken fielen. Sie trug eine mitgenommene Rüstung von der Farbe matten Goldes über Kleidern, die zwar abgetragen aber von guter Qualität waren. Lederhandschuhe bedeckten ihre Hände und Schutzschienen gefertigt aus Hunderten von Münzen ihre Unterarme. Ein goldener Helm in Form eines Gryphhundkopfes mit einer Haube von Bronzefedern ruhte vor ihr auf dem Tisch.

Sie grinste breit, als Grungni Volker an den Tisch führte. »Ein schmucker, adretter Kerl«, sagte sie. Sie neigte sich zur Seite und musterte Volkers Füße. »Aber gute Stiefel. Ich schätze einen Mann, der den Wert guter Stiefel kennt.«

»Danke?«, meinte Volker, unsicher, wie er darauf reagieren sollte.

»Zana«, sagte sie und richtet sich auf.

»Was?«

»Zah-nah«, wiederholte sie, diesmal deutlicher und mit Betonung auf jeder Silbe. Ihr Akzent hatte etwas Fließendes. Der Chamonische Dialekt der celestinischen Himmelssprache hatte diesen fließenden Klang, hart an manchen Stellen, weich an anderen. »Mathos. Zana Mathos.«

Volker blinzelte.

Sie starrte ihn einen Moment an, blickte dann zu Grungni. »Ist er blöde?«

»Ich bin nicht blöde.«

»Oh, gut. Einen Moment machte ich mir Sorgen. Mit tumben Toren sind wir schon reichlich versorgt. Nicht wahr, Roggen?« Sie sah den stämmigen Mann an, der neben ihr saß.

Der lächelte freundlich. »Du musst es ja wissen, Zana.« Er erhob sich und streckte Volker die Hand entgegen. Sein Akzent war rau, als hätte er das Celestinische erst vor ein paar Tagen gelernt. »Ich bin Roggen aus der Ghyrwald-Mark.«

Roggen war unter seiner Rüstung stark muskulös, und seine mächtigen, tätowierten Arme waren nackt von Schulter bis zum Ellbogen und zeigten mehrere schlangenförmige Narben. Eine ähnliche Narbe teilte sein rechtes Auge und verschwand dann in seinem dichten Bart. Seine bronzefarbene Rüstung war mit sich rankenden Weinrebenmotiven verziert, sowie etwas, das wahrscheinlich Sylvaneth-Gesichter darstellen sollte, die Volker mit kühlem Desinteresse ansahen. Der zerlumpte Wappenrock, den er über der Rüstung trug, besaß die Farbe von Baummoos, und sein Helm von der Form eines Hirschkopfes samt geschwungenem, dorngleichem Geweih, ruhte auf dem Tisch vor ihm.

Als Volker seine Hand ergriff, wurde ihm klar, dass Roggens Panzerhandschuh nicht aus Eisen oder Bronze gefertigt war, sondern aus einer Art unglaublich harter Faser. Der große Mann bemerkte seinen Blick und gluckste in sich hinein. »Eisenholz«, sagte er. Er schlug auf die Tischplatte. »Hart wie Metall, aber es lebt und atmet.«

»Und im Frühling verstreut es überall seine Blätter«, warf Zana ein. Sie lehnte sich in ihrem Stuhl zurück und kreuzte die Beine auf der Tischplatte. »Ist auch leicht brennbar.«

Roggen zuckte die Schultern. »Zumindest muss ich sie nicht ausziehen, wenn ich ins Wasser falle.«

»Fällst du denn oft ins Wasser?«

»Fängst du denn oft Feuer?«, entgegnete Roggen. Zana lachte.

»Vielleicht sollten wir ihn fragen«, sagte sie und wies mit dem Kinn in Richtung des dritten Stuhls. »Obwohl er uns seit seiner Ankunft noch nicht einmal seinen Namen genannt hat.«

Auf dem dritten Stuhl saß ein Duardin mit düsterer Miene. Er war gedrungen, muskulös und verwirrend unbekleidet. Sein einziges Zugeständnis an zivilisiertere Gepflogenheiten bestand in einem Lendentuch aus den Schuppen irgendeines großen Tieres und einem breiten Gürtel aus gleichem Material, der straff um seine Mitte saß. Er trug einen Helm in Form eines sich aufrichtenden Drachen, der an der Spitze offen war und dort einen dicken Kamm roten Haares hervorsprießen ließ. Die Flechten seines gewaltigen Bartes waren mit Gold umflochten und am Ende von Eisenhaken eingefasst, die bei jeder seiner Kopfbewegungen gefährlich gegeneinander klapperten.

Ein Fyreslayer, wurde Volker klar. Er hatte bisher noch nie einen dieser seltsamen Duardin getroffen. Er verneigte sich tief als Geste des Respekts. »Owain Volker«, sagte er schlicht.

»Lugash, Sohn keines Runenvaters, Spross keiner Loge«, grollte der Duardin und kratzte an einer der goldenen Runen, die ihm ins Fleisch gehämmert waren. Eine Fülle kurzer Wurfäxte aus Feuerstahl stak in den groben Lederschlaufen seines Gürtels, und ein mit grausam wirkenden Haken versehenes Schlachteisen lag neben einer Axt mit spitz wie ein Schnabel herabgebogenem Blatt vor ihm auf dem Tisch. Seine dicken Finger fuhren, während er Volker anblickte, die Siegel entlang, die in den Schaft der Axt eingegraben waren. »Noch ein Menschling«, sagte er und schaute dabei Grungni fast schon anklagend an.

»Aye, und was stört es dich, Neffe?«, lachte Grungni in sich hinein. »Großneffe eher. Wenn auch ein paar Generationen entfernt.«

»Du bist nicht der Gott der Menschlinge, Schöpfer.«

»Bin ich das nicht? Kannst du mich denn als deinen Besitz ansehen, Kind meines Bruders?« Grungnis tiefe Stimme blieb ruhig, doch Volker konnte die untergründige Warnung in seinen Worten erkennen. »Wessen Gott bin ich dann, Lugash von den –«

»Sprich es nicht aus«, brüllte Lugash und stemmte sich auf die Füße. Seine Runen flammten auf, und Volker wich vor einem Hitzestoß zurück, der jäh von dem Duardin ausging.

Grungni runzelte die Stirn und legte fast zärtlich seine Hände zusammen. Die glühenden Runen wurden kalt und dunkel. Lugash taumelte, als wäre plötzlich alle Kraft aus ihm herausgesogen.

»Wer bist du, mir zu sagen, was ich sagen kann und was nicht? Du bist vom Blut eines meiner Brüder, und so bin ich eidgebunden, dir gegenüber Geduld – und ja, sogar Güte – zu zeigen. Doch meine Geduld hat auch ihre Grenzen. Lass dich nicht vom Feuer meines Bruders zu überstürztem Handeln treiben, so wie es bei ihm geschah.«

Lugash fiel mit mürrischem Gesichtsausdruck auf den Stuhl zurück. Grungni schüttelte den Kopf. »Grimnir war dir sehr ähnlich«, sagte er abwesend. »Fand stets eine Beleidigung, wo keine bezweckt war. Er gierte förmlich danach, so wie ein Säufer nach Bier giert. Beleidigungen waren seine Milch und Unduldsamkeit sein Fleisch. Und nun ist er tot, und seine Kinder sehen zu mir hin.« Er klang müde.

»Tot, doch nicht vergangen«, sagte Lugash.

»Nein, nicht vergangen. Und der Tod ist nicht das Ende.«

Grungni seufzte. »Aber ich habe dich nicht hergebracht, um über meinen Bruder zu sprechen, so faszinierend er auch war.« Er wandte sich der offenen Esse zu und stieß seine Hand in die Flammen. Er packte eine Handvoll heißer Kohlen und warf sie auf die konkave Kuhle in der Mitte des Steins. Feuer flammte auf. Volker starrte darauf und erkannte unscharf umrissene Bilder in den prasselnden Flammen.

»Setz dich, Sohn Azyrs. Meine Geschichte ist lang, und du bist müde.«

Volker wurde plötzlich klar, dass der Gott recht hatte. Er war müde und das schon seit langer Zeit. Adrenalin und Neugier hatten ihn solange auf den Beinen gehalten, doch deren Kraft verbrauchte sich jetzt schnell. Er nahm den freien Platz ein und legte seine Langbüchse auf den Tisch. Grungni nickte zufrieden.

»Vier Kinder aus vier Reichen. Das reicht aus, einen Anfang zu machen, schätze ich.« Er stapfte um den Tisch herum und schwenkte die Hand nacheinander über dem Kopf eines jeden von ihnen. »Chamon, Ghyran, Aqshy und Azyr. Metall, Leben, Feuer und Himmel. Ich habe das Beste aus all dem Schlimmsten gemacht, fürwahr.«

»Das hört sich fast wie eine Beleidigung an«, murmelte Zana.

Grungni lächelte. »Es war nicht als Beleidigung gemeint, Zana. Wie du sicher weißt. Wie lange dienst du mir jetzt, Tochter Chamons?« Er legte die Hand auf den Rücken ihres Stuhls. Zana straffte sich.

»Jahre, mein Herr«, sagte sie ohne eine Spur ihres bisherigen Sarkasmus.

»Du warst ein Vagabund, als du zu mir kamst. Eine Ausgestoßene, die tot mehr wert war als lebend. Und nun ...« Grungni machte eine Handbewegung. »Nun bist du etwas Besseres.«

Der Gott wandte sich um, und Bart und Haar zogen eine Spur aus Rauch hinter sich her. Er wand und ballte sich in der Luft zu seltsamen Formen. Er strich mit der Hand am Rücken von Roggens Stuhl entlang. »Und du, Sohn Ghyrans. Wie lange hast du schon unter meinem Banner gekämpft?«

Roggen klopfte auf den Tisch. »Sechs Jahreszeiten, Schöpfer, und das mit Stolz. Ich bin ein Ritter der Furche, und dergestalt war mein Schwur, da ich zum Schwerte griff.«

Grungni nickte und blickte auf Lugash hinab. »Lugash, Blut meines Bruders. Wir kennen unseren Handel, nicht wahr? Darüber muss nichts weiter gesagt werden.«

Lugash schloss die Augen und murmelte etwas. Er wirkte, als würde er beten.

Zuletzt wandte Grungni sich an Volker. »Diese anderen dienen mir schon seit einiger Zeit. Willst du dich ihrer Schar anschließen?«

Volker zögerte. Was wurde hier von ihm verlangt? Seine Hände fanden wieder das hammerförmige Amulett. Grungni schüttelte den Kopf. »Fürchte dich nicht. Ich bin kein gieriger Gott, Junge. Ich fordere nur deinen Schweiß, nicht deine Seele. Roggens erste Lehnstreue gilt der Herrin der Blätter. Lugash dient dem Andenken meines Bruders. Und Zana …« Er hielt inne. »Wen verehrst du, Mädchen?«

Zanas zuckte die Schulter. Grungni lachte, und der Raum bebte unter seiner Heiterkeit. »Vielleich bin ich es, was? Darin liegt keine Schande.« Er sah Volker an. »Siehst du? Sigmar hat noch immer das Erstrecht an deine Seele, doch ich brauche deine ruhige Hand und dein scharfes Auge, Geschützmeister. Und Oken auch. Was sagst du?«

Volker verstaute das Amulett wieder unter seinem Brustpanzer und nickte. Wenn Oken in Gefahr war, dann hatte er keine Wahl. Der alte Duardin war sein Freund, und ein Volker ließ einen Freund niemals im Stich. Was es auch kosten mochte.

Grungni lächelte. »Gut.« Der Gott griff in seinen Kittel und holte einen Klumpen schwarzen Eisens hervor. Er war mit rohen, roten Adern durchsetzt, und Volker glaubte, er hätte auf einer seiner Flächen so etwas wie ein Gesicht erkannt. Grungni warf ihn in seiner Handfläche hin und her und schleuderte ihn dann in das Feuer in der Mitte des Tisches. Es gab einen Laut, als ob jemand Segeltuch zerrisse, und etwas erhob sich aus den Flammen. Es hatte keine Form, sondern war alle Form –, als ob es eher ein Ding der Möglichkeiten als der Gewissheiten wäre. Ein monströses Maul brüllte tonlos, da Ketten aus Glut es in der Schale festhielten. Seine Elementargestalt wand sich in Krämpfen, lohte in alle Richtungen zugleich.

»Was bei allen neun ehrwürdigen Erzen ist das?«, zischte Zana und machte das Zeichen des Hammers über ihrem Herzen. Volker tat es ihr gleich, fühlte das Gewicht seines Amuletts um seinen Hals.

»Ein Dämon«, sagte Lugash und befingerte seine Axt. »Jedenfalls war es das.«

»Es war eine Botschaft«, sagte Grungni. »Oder eine Warnung, obwohl der Absender dies nicht damit bezweckte. Seht doch.« Er deutete auf das flammenhafte Wesen, das sich krümmte und wand, als polierte Facetten roten Glases aus seiner halbflüssigen Form erblühten. In dem Glas konnte Volker Gesichter erkennen, Bewegungen, Menschen und Orte. Grungni bemerkte seinen fragenden Blick und nickte. »Ein Dämon ist mehr als seine Form. Er ist reine Magie, geschmiedet und geformt vom Geist dessen, der ihn heraufbeschwört. Jene, die von sterblicher Hand in diese Reiche gezogen werden, nehmen etwas von ihrem Meister an – ein Band aus Erinnerung bindet sie aneinander. Und in diesem Band ruht die Saat von Absicht und Ursache.«

Er hob eine breite Hand, und die Form der Schale verzog sich mit quälender Langsamkeit. Volker konnte die Schreie des Dämons nicht hören, aber er konnte sie in seinen Zähnen und Gelenken spüren. Das Wesen streckte sich, und mehr Facetten kamen in seiner brodelnden Substanz zum Vorschein. Bilder schwammen in ihnen. Szenen von vorsintflutlicher Zerstörung, von monströsen Kriegern, die einander auf gemartertem, blutigem Boden bekämpften.

Volker hörte das Klirren ihrer Waffen – doch diese hier waren keine gewöhnlichen, sondern etwas anderes. Ein gewaltiger in Eisen gefasster Streitkolben in den Händen eines mit aufgequollenen Muskeln bedeckten Riesen, traf auf ein massives Tor aus Knochen und Eisen und zerschmetterte es in tausend

Splitter. Volker zuckte instinktiv zurück. Irgendwie fühlte er den Widerhall des Schlages. »Sharduk, der Torbrecher. Geschmiedet aus den Überresten des letzten großen Gargantenkönigs der Goldenen Gipfel. Kein Fallgatter und keine Tür können ihm widerstehen, egal wie dick sie auch sein mögen oder welche Magie sie schützt.« Grungnis Stimme kam von irgendwo hinter ihm.

Eine zweite Facette. Eine ausgezehrte Kreatur mit eingebrannten und ins Fleisch geschnittenen Runen schwang eine rasselnd durch die Luft zischende Kettenpeitsche. Männer und Frauen in amethystfarbener Rüstung starben, und ihre Seele wurde ihnen durch die mit Dornen versehenen Kettenglieder aus dem verdorrenden Fleisch gerissen. »Charu, die Seelenpeitsche. Jedes Glied wurde zu einem einzigen Verderben bringenden Zweck geschaffen. Um Haken in die Seele zu schlagen und deren Macht an denjenigen zu binden, der die Peitsche schwingt.«

Die Peitsche und ihr Träger verblassten und wurden von einem rauflustigen Barbarenanführer ersetzt, der in Felle und eine grob geformte Rüstung gehüllt war. Ein Kamm starren Haars erhob sich auf seinem ansonsten kahl rasierten Schädel, und gab ihm einen tierhaften Anstrich. Sein seltsamer Cestus-Handschuh trug nur noch mehr zu diesem Eindruck bei. Der Panzerhandschuh spannte sich, und die hakenförmigen Krallen, in die jeder der Finger auslief, glühten mit ungebärdiger Glut. »Sonnenreißer, die Kriegsklaue. Ein grobes Ding, von groben Händen erschaffen, doch nicht weniger tödlich als die anderen. Die Glut seiner Berührung reicht aus, um Stein, oder selbst die Schuppen eines Drachen, schmelzen zu lassen.«

Eine weitere Facette erhob sich und trat an die Stelle des Barbaren und seiner flammenden Kralle, und sie zeigte stattdessen einen Krieger, der in eine Rüstung aus teerähnlicher Substanz gehüllt war. Der Krieger hob einen Speer mit breiter, blattförmiger Klinge. Grungnis Stimme wurde hart. »Gung. Der Jäger. Der Speer der Schatten. Flüstere nur einen Namen oder wirf ihn in Richtung eines Ziels, und er wird dieses Ziel suchen, wo immer es sich auch befinden mag, wie groß auch immer die Entfernung zwischen Werfer und Ziel sein mag. Selbst die Membran zwischen den Reichen stellt kein Hindernis für seine Mordlust dar.«

Grungni langte über Volkers Schulter und ergriff die Facette. Er verdrehte ihre Substanz, so wie ein Schmied die Länge eines heißen Eisens verdrehen mochte, fing das flackernde Bild ein und vergrößerte es. »Diese Waffen und fünf weitere ihrer Art, alle gleich an Macht und Boshaftigkeit, wurden – werden – die Acht Wehklagen genannt. Sie wurden in den Feuern von Khornes Zorn von den von ihm erwählten Schmiedemeistern geschaffen.« Der Gott knurrte, während er dies sprach, und Volker spürte eine zeitlose, unvergängliche Wut in ihm.

»Acht Schmiedemeister, einer für jedes Reich der Sterblichen, schufen acht Waffen aus dem rohen Stoff des Chaos, der die Schöpfung anfachte. Acht Waffen, eines Gottes würdig, oder des Kämpen eines Gottes. Aber diese Waffen gingen im Wahnsinn des Zeitalters des Blutes verloren, als die Dunklen Götter gegeneinander Krieg führten und die Pforten Azyrs verschlossen wurden.«

Grungni fuhr fort, die Facette der Dämonensubstanz zu verdrehen und zu formen. Rauch stieg bei dieser Arbeit von seinen Händen auf. »Manche wurden von den Dunklen Göttern selber versteckt, denn solche Waffen, in den rechten Händen, hätten sogar ihnen schaden können. Andere gingen von Besiegtem zum Sieger über, bis sie auf irgendeinem namenlosen Schlachtfeld verloren gingen. Ein paar andere wurden von denen gefunden, die versuchten, sie unschädlich zu machen – meinen Kindern und den Kindern meiner Kinder.«

Die Essenz des Dämons wand sich in Grungnis Griff, brodelte wie geschmolzenes Metall. Aber der Gott fuhr mit seinem Werk fort. »In jenen finsteren Tagen, als die Khazalid-Reiche bröckelten, wurden mehrere der Acht gefunden und an Orten versteckt, wo ihre Schöpfer sie niemals finden sollten.« Grungni seufzte. »Doch nichts dauert ewig. Die Trommeln des Ur-Krieges, des All-Krieges, schlugen erneut und jene schrecklichen Werkzeuge regten sich in ihrem Jahrhundertschlaf. Sie schrien hinaus, auf dass sie erneut getragen würden, und ihr Ruf wurde beantwortet.«

Er hielt die Facette hoch. Sie sah tatsächlich aus wie eine winzige Stadt. Excelsis, so wurde Volker jäh klar. Der Gott hatte es in Miniatur aus der brodelnden Substanz des Dämons geformt. »Die Fundamente von Excelsis waren schon alt, als dieses Reich noch jung war«, sagte Grungni. Er legte seine rauchende Schöpfung mit geschlossenen Augen auf den Tisch. »Schon damals war es eine Ruine. Vielleicht irgendein uralter Kataklysmus. Das war immer die Streitfrage für Grimnir. Ich hatte meine eigenen Theorien.«

Er sah Volker an. »Die Reiche wurden aus dem Lebensblut eines sterbenden Universums geboren. Und in diesem Blut gab es Unreinheiten. Dinge die nicht sein sollten, nicht sein durften, aber dennoch irgendwie existierten.« Während er sprach, klang seine Stimme immer entfernter und tiefer. Das flackernde Licht der Esse wurde zu Sternenstäubchen, die in der Schwärze zwischen den Welten umherwirbelten. Grungnis Form, die vor einem Moment doch noch so fest und solide gewirkt hatte, schien sich zu strecken und dünn wie Rauch zu werden, bis Volker sich schließlich auf der Handfläche des Gottes stehend wiederfand. Er sah auf, und sein Herz donnerte ihm in der Brust.

Grungni sah mit Augen wie Zwillingssonnen auf ihn herab. Sein Bart und sein Haar waren ein himmlisches Inferno, das mit jedem Moment heller erstrahlte. Volker hob eine Hand, um seine Augen abzuschirmen. Er konnte kaum atmen.

»Das ist es, was die Acht Wehklagen sind. Nicht allein Waffen, sondern Unreinheiten – Stäubchen kosmischen Schmutzes, die so lange geschmiedet wurden, bis sie eine tödliche Schärfe angenommen hatten.« Die Stimme des Gottes kam von überall und nirgends, hallte aus ihm selbst heraus wider und donnerte aus der Höhe herab. Ein Hammer, der auf Eisen schlug. Volker sank auf ein Knie, und seine Lungen kämpften gegen die Hitze an.

»Doch ich will sie umschmieden. Ich werde sie zerbrechen und zu einem genehmeren Zweck neu gestalten. Ich werde aus ihnen Pflugscharen machen, wenn es sein muss. All das werde ich tun. Und ihr werdet mir helfen. Ihr werdet mein Hammer sein, und die Reiche mein Amboss.«

Abrupt verschwand die Hitze und wurde durch eine kühle Brise ersetzt. Volker öffnete seine Augen. Er saß noch immer am Tisch. Die anderen sahen so benommen aus, wie er sich fühlte. Die dämonische Essenz erhob sich aus der Mitte des Tisches zu einem Baum, der aus schwarzem Eisen gehärtet war. Rauch drang aus ihm hervor. Unter den Augen erschienen Risse. Ganz unvermittelt, und vollkommen leise, zerfiel er zu Stücken. Volker suchte das Miniatur-Excelsis und sah, dass es ebenfalls fort war, zu einem Haufen schwarzen Staubes neben seinem Ellbogen zerfallen. Er sah Zana an, die auf den Staub starrte.

»Vindicarum«, sagte sie leise.

»Nein, es war Phoenicium, da bin ich sicher«, sagte Roggen mit Nachdruck. Er sah Volker an. »War es doch, oder?«

Volker schüttelte den Kopf. Bevor er aber antworten konnte, sagte Lugash: »Du willst also, dass wir diese Waffen finden.« Seine Stimme klang schroff, und Volker fragte sich, was er gesehen hatte. Warum hatte Grungni ihnen die Gründerstädte gezeigt? Die Fragen häuften sich im Hintergrund seines Geistes, doch er vermochte nicht, ihnen eine Stimme zu verleihen.

»Nein, Neffe. Derzeit nur die eine.« Grungni, der wieder normale Größe angenommen hatte, umrundete den Tisch mit hinter dem Rücken gefalteten Händen. »Meine Diener suchen derzeit nach irgendeiner Spur der anderen. Doch eine ist hier – in Ghur.« Er zeichnete den Umriss eines Speers in die Luft und nutzt dazu den Rauch aus seinem Bart. »Der Speer der Schatten. Einer meiner Diener war auf seiner Spur –«

»Oken«, unterbrach Volker, bevor er sich eines Besseren besinnen konnte.

Grungni sah ihn an und nickte.

»Ja. Er schickte mir vor ein paar Tagen eine Nachricht, dass er herausgefunden habe, wo der Speer sei, und dass er ihn an sich bringen wolle. Aber ... nichts.« Er machte eine Handbewegung, und das Feuer in der Esse flammte hell empor. »Ich kann alle meine Kinder in den Flammen sehen. Aber ihn nicht. Tot ist er nicht, denn das würde ich wissen. Also werdet ihr ihn finden.« Er strich mit seinem feurigen Blick über den Tisch hinweg. »Und mit ihm den Speer der Schatten.«

Grungnis Worten folgte ein Moment der Stille. Sie wurde von einem Lachen Lugashs unterbrochen. Der Duardin klopfte auf den Tisch. »Ihn finden? Wo sollen wir da überhaupt anfangen? Die Spur muss inzwischen doch längst kalt sein.« Er schüttelte den Kopf. »Da finden wir wohl besser einen Todesmagier, Schöpfer.«

»Er schickte eine Botschaft«, sagte Volker.

Lugash warf ihm einen Blick zu. »Und?«

»Von wo hat er sie geschickt?«

Grungni lächelte, offensichtlich zufrieden mit Volkers Logik. »Eine Bibliothek. Aus der größten Bibliothek aller Niederen Reiche – die Bibliotheca Vurmis, in der Stadt Shu'gohl.«

Zana pfiff. »Die Kriechende Stadt.«

»Was ist eine ›kriechende Stadt‹?«, fragte Roggen. »Ist so etwas gefährlich?«

»Hängt davon ab, wie man gefährlich definiert.« Zana kratzte sich am Kinn. »Sie ist auf dem Rücken eines verdammt großen Wurms, soweit ich weiß.«

Volker hatte die Stadt Shu'gohl zwar nie besucht, aber er hatte reichlich Geschichten über sie gehört. Meist von Oken, der schon dort gewesen war, obwohl er nie verraten hatte warum. Sie war erst kürzlich in den Kriegen aus der Hand der Skaven befreit worden und hatte eine zentrale Bedeutung als einer der großen Drehpunkte des Handels in den Steppen erlangt. Tausende Händler, Pilger und Reisende aller Art kamen jeden Tag dort an und ersuchten Beförderung mit den alten Korbaufzügen, die den Rücken des Wurms mit dem Boden tief unten verbanden.

Zara runzelte die Stirn. »Es wird schwer sein, dorthin zu

kommen. Besonders von Excelsis aus. Die Bernsteinsteppen befinden sich mehrere harte Tagesritte von der Küste entfernt, und das meiste Land dazwischen ist Orruk-Territorium.«

»Es gibt Duardin-Straßen, aber die sind auch nicht sicherer als die Wege über Land«, meinte Volker. »Manche sind sogar noch gefährlicher.«

»Du redest, als hättest du Angst, Menschling«, schnaubte Lugash. »Sinkt dir beim Gedanken daran, Feinden näher als die Reichweite einer Kanone zu kommen, der Mut?«

»Nur ein Narr ließe einen Feind so nah herankommen«, erwiderte Volker.

Lugash schoss die Zornesröte ins Gesicht, aber Grungni brachte ihn mit einer knappen Geste zum Schweigen. »Ruhig, Neffe. Du wirst noch reichlich Gelegenheit erhalten, die Klingen trinken zu lassen.« Der Gott runzelte die Stirn. »Ich bin nicht der Einzige, der nach dem Speer sucht. Es gibt andere, die bereits jetzt in diesem Moment auf seiner Spur sind.«

»Könnte einer davon mit Okens Verschwinden zu tun haben?, fragte Volker.

»Möglich ist es.« Müßig zeichnete Grungni rauchige Formen in die Luft. Waffen, dachte Volker, obwohl die Umrisse fast augenblicklich verflogen. »In dieser Sache sind die Vorzeichen nicht klarer als in allen anderen.«

»Vielleicht sollten wir dann der Prophetengilde einen Besuch abstatten«, meinte Zana.

Volker lachte. Das Gildenhaus befand sich im Herzen des Handelsviertels und war das am stärksten befestigte Gebäude der Stadt. Jede Weissagung, die dem Speer des Mallus entrissen wurde, egal wie groß oder klein, ging durch die Prophetengilde. Dort wurden sie verfeinert und verschlüsselt, bevor sie an den Meistbietenden versteigert wurden.

Grungni machte eine wegwerfende Handbewegung. »Die Geheimnisse und Lügen, die sie verhökern, sind keine wahren Prophezeiungen. Eher so etwas wie Hinweise oder kurz erhaschte Blicke. Nutzlos für jemanden, der die Stimme des Feuers hören kann. Schlimmer als nutzlos, denn sie verwirren nur sonst klare Wahrnehmungen.« Er schüttelte seinen rauchigen Kopf. »Nein, der Geschützmeister erkennt das richtig. Ihr müsst der Spur folgen, wo immer sie euch hinführt.«

Keiner von ihnen sprach dagegen. Denn trotz all seiner Ungezwungenheit war Grungni doch immer noch ein Gott, und wenn ein Gott befahl, dann konnten Sterbliche nichts anderes tun, als zu gehorchen. Zana seufzte. »Ich kenne einen Weg, wie wir dorthin gelangen können, und zwar schnell. Dazu müsste man sich aber auf etwas Gefeilsche einlassen.«

»Und darum habe ich dich ausgewählt, Tochter von Chamon«, sagte Grungni. »Du bist die einzige Sterbliche, die ich kenne, die sogar mit dem Tod handelt und lachend daraus hervorgeht.«

Zana lachte auch jetzt. »Na, das war einfach, verglichen mit dem, was ich jetzt im Sinn habe.« Sie lehnte sich zurück. »Die Kharadron haben einen Liegeplatz in Excelsis, nahe den Docks. Eine ihrer Kapitäne schuldet mir einen Gefallen.« Sie runzelte die Stirn. »Allerdings nur diesen einen.«

Volker blinzelte überrascht. Die Ätherschiffe der Kharadron waren heutzutage ein gewohnter Anblick, aber die fliegenden Duardin blieben dennoch weiterhin ein Mysterium. Trotz ihrer gleichen Herkunft hatten sie wenig mit den Klans der Vertriebenen gemeinsam und hielten ihre Vettern sogar für wenig mehr als mittellose Vagabunden. Die Vertriebenen dagegen schienen ihren Vettern eine ähnliche Abneigung entgegenzubringen.

Seiner Miene nach zu schließen, teilte Lugash diese Meinung. »Äther kleckernde Feiglinge«, murmelte er. »Ich frage euch, was für eine Art von Duardin gibt nur den Stein zugunsten des Himmels auf?«

»Die weisen, wenn es sich so verhält, dass der Boden von Arkaniten und Blutgebunden nur so wimmelt«, sagte Zana. »Am Himmel brauchen sie sich wenigstens nur über Harkraken und dergleichen Sorgen zu machen.«

Volker schauderte beim Gedanken an die gewaltigen, tentakelbewehrten Albträume, welche die oberen Äther der meisten

Reiche heimsuchten. Sogar der Himmel Azyrs war nicht frei von diesen räuberischen Monstrositäten der Lüfte. »Der alte Kapitän Brondt wird uns mitnehmen und den ganzen Weg lang darüber jammern.«

Grungni nickte. »Ich werde dafür sorgen, dass es nicht zu deinem Schaden ist, Mädel. Und auch nicht zu seinem, wenn es denn sein muss.« Letzteres sprach er mit einigem Widerwillen aus. Ein Duardin war, Göttlichkeit hin oder her, immer noch ein Duardin, sann Volker.

Zana neigte den Kopf. »Das tust du doch immer, Schöpfer.« Sie grinste, als sie aufblickte. »Aber ich werde dich trotzdem darauf festnageln.«

Grungni ließ ein grollendes Lachen hören und klatschte in seine großen Hände. In seiner Heiterkeit schien der Gott den gesamten Raum auszufüllen, und seine feurige Mähne flammte so hell wie das Feuer der Esse. »Anders wollte ich es auch gar nicht haben. Wenn ihr Oken findet, dann findet ihr auch den Speer der Schatten. So sagen es jedenfalls die Flammen. Bringt beide hierher, wenn ihr könnt.«

Er machte eine Handbewegung, und eine Tür, die Volker vorher nicht bemerkt hatte, schwang auf. Es war eine alte Tür, von klammer Luft mitgenommen und aufgequollen. Eine Meeresbrise wehte durch die Öffnung herein. Volker konnte das Knarren der Taue und die Schreie der Seevögel hören. Grungni rieb sich die Hände. »Du sagtest, Kapitän Brondt sei in der Nähe der Docks, nicht wahr?«

Zana nickte. Obwohl sie offensichtlich nicht zum ersten Mal mit Grungnis Kräften konfrontiert wurde, waren sie und die anderen doch über die beiläufige Art, wie er sie anwandte, verblüfft. Wie sein Volk schien Grungni wenig Zeit für Mysterien und Rätselhaftigkeiten zu haben. Doch auch so kam Volker nicht umhin, sich daran zu erinnern, dass er keineswegs in der Nähe der Docks gewesen war, als er an diesen Ort gekommen war.

»Wie weit dehnt dieser Ort sich aus?«, fragte er ehrfurchtsvoll.

Grungni zuckte die Achseln. »So weit wie notwendig.« Sein Lächeln verblasste. »Seid wachsam und auf der Hut. Es gibt Spione in jedem Reich, die nach Kunde von den Acht suchen. Traut niemandem, außer wenn ihr es müsst.« Mit dieser ernüchternden Verabschiedung erhoben sich die anderen von ihren Plätzen und gingen zur Tür. Roggen sagte etwas, aber Volker achtete nicht darauf. Stattdessen dachte er über all das nach, was geschehen war. Es geschah alles so schnell. Zu schnell, als dass man es wirklich verarbeiten konnte. Vor einem Tag noch waren die Skaven sein größtes Problem gewesen. Und jetzt –

»Das Leben ist am schnellsten, wenn du es am wenigsten erwartest«, sagte Grungni und musterte ihn. »So war das schon immer. Ein beweglicher Geist passt sich an, während die anderen davon überwältigt werden.« Er seufzte. »Die Welt hat nicht die Angewohnheit, um Erlaubnis zu fragen, bevor sie sich verändert.«

»Ich habe dir noch gar nicht dafür gedankt, dass du mich gerettet hast«, sagte Volker. »Vor den Skaven, meine ich.«

»Du wirst mir diese Schuld zurückzahlen, daran habe ich keinen Zweifel«, sagte Grungni mit zu Schlitzen zusammengekniffenen Augen. »Du hast eine Frage. Sprich. Ich will mein Bestes tun, sie zu beantworten, bevor ich dich auf den Weg schicke.«

»Warum hast du Sigmar verlassen?« Es war nicht die Frage, die Volker eigentlich hatte stellen wollen. Irgendwie glaubte er, dass der Gott das auch wusste.

Grungni lächelte. Dieser Gesichtsausdruck schien so leicht auf sein Gesicht zu treten, doch wie ein Edelstein, so war auch er ein Ding mit vielen Facetten. Jedes Lächeln war anders, hatte eine andere Bedeutung. Aus seinen Studien wusste Volker, dass es in den Bibliotheken der Wartkönige ganze Reihen in Metall gebundener Bücher gab, die sich der Übersetzung der Mienen der Götter widmeten. Die Duardin nahmen solche Dinge sehr ernst, so, wie sie es mit den meisten Dingen hielten. »Hab ich das? Ist es das, was er behauptet?«

»Ich – nein. Ich weiß nicht. Man sagt …«

»Oh, ja, man. *Man* ist ja bestens unterrichtet.« Grungni tippte sich an die Schläfe. »Sterbliche, mein Junge, sind äußerst kreative Wesen. Und Geschichten sind auch nur Werkzeuge, wie alle anderen auch. Sigmar und ich sind Verbündete. Ich bin nicht mehr sein Diener, als er meiner ist. Ich habe einen Eid geschworen, ihm zu helfen, aber es liegt an mir, diesen Eid so zu erfüllen, wie ich es für richtig halte.«

»Die Acht Wehklagen«, sagte Volker und begriff, was der Gott ihm sagen wollte.

Grungni nickte. »Sigmar trachtet danach, Menschen neuzuschmieden, ihre Seele und ihren Geist zu läutern. Für so was war ich noch nie zu haben. Aber Waffen, hm … Waffen sind dazu bestimmt, neu geschmiedet zu werden. Mit einem Zweck versehen zu werden.« Funken tanzten in seinen Augen. »Du weißt das so gut wie ich.«

Volker nickte. »Ich werde Oken finden, Schöpfer, und auch den Speer«, sagte er in Khazalid.

Grungni schlug ihm auf die Schulter. Volker versteifte sich, doch die Berührung des Gottes war erstaunlich leicht. »Ich weiß. Darum habe ich dich gewählt, Owain Volker.« Etwas an der Art, wie er das sagte, jagte Volker einen kalten Schauer die Wirbelsäule hinab, und plötzlich trat das Bild, das er im Netz der Traumspinne gesehen hatte, an die Oberfläche seines Bewusstseins – etwas Dunkles, das ihm nach dem Leben trachtete.

Bevor er Grungni danach fragen konnte, zog der Gott eine ihm bekannte Umhängetasche aus dem Nichts hervor – Volkers Munitionstasche. Sie trug das Siegel der Eisenschmiede und enthielt zusätzliche Munitionstrommeln und Pulver. Doch genau wie seine Büchse fühlte sie sich irgendwie leichter an als vorher. Er hob sie erstaunt hoch und bemerkte die goldenen Fäden, die durch das dicke Sackleinen liefen. »Der Nutzen einer Waffe steht im direkten Verhältnis zur Verfügbarkeit von Munition«, sagte Grungni. »Und ich habe dafür gesorgt, dass dein Pulver immer trocken sein wird und dir niemals ausgeht. Nutze es weise.« Der Gott trat mit gekreuzten Armen zurück. »Geh.

Die anderen warten.« Volker schlang sich die Schultertasche um die Brust, verneigte sich und wandte sich dann zur Tür.

Er fühlte das Gewicht von Grungnis Blick während des ganzen Weges auf sich.

Anderswo, im Reich der Bestien, öffnete sich ein lang versiegeltes Tor.

Das *Maul* trug einen simplen Namen und war grob geformt. Es stand seit ungezählten Jahrhunderten hier unangefochten, versiegelt von Gorkamorkas eigener Hand; jedenfalls behaupteten das die Schamanen der großen Orruk-Klans. Die uralte Reichspforte war schlicht nicht mehr oder weniger als der Kieferknochen einer längst ausgestorbenen Monstrosität, die man in die Erde gerammt hatte und die dann durch die Axt Gorkamorkas geöffnet worden waren, auf dass seine Lieblingskinder eine Straße zu neuen Eroberungen hätten. Doch diese Eroberungen erwiesen sich als fragwürdig, und die Toten waren ziemliche Spielverderber, besonders wenn sie den Vorteil zahlenmäßiger Überlegenheit für sich beanspruchen konnten. Und so hatte der zweiköpfige Gott das erneut versiegelt, was er zuvor geöffnet hatte. Und versiegelt war es geblieben, Jahre ohne Zahl.

Bis heute.

Das Knochenportal, dessen Bannsiegel durch Zeit und Wetter flach und glatt geworden waren, begann in einem bleichen amethystfarbenen Glanz zu glühen. Flackernde Stränge von Licht griffen, als es sich allmählich aufschwang, zwischen den Rändern des Portals wie ein neugewebtes Spinnennetz um sich. Da war ein Laut wie das Brüllen eines Tieres, und dann flammte das Licht empor. Die Luft hatte plötzlich die Konsistenz von Wasser, und seltsame geisterhafte Formen sausten aus den Tiefen des Lichts hervor und stießen dabei grässliche Schreie aus.

In dem wild wuchernden, wüst und roh zusammengezimmerten Lager, das um das Maul im Laufe der Jahre angewachsen war, grölten und kämpften Orruks still vergnügt miteinander und ahnten nichts von dem Licht oder dem, was es mit sich brachte. Grünhautstämme aus den gesamten Bernsteinsteppen machten eine jährliche Pilgerfahrt zum Maul und erwarteten den Tag, an dem es Gorkamorka gefallen mochte, die Reichspforte wieder zu öffnen. Nur den Frömmsten – und Gewalttätigsten – war es erlaubt, hier ihr Lager aufzuschlagen, und wenn neue Stämme hier ankamen, brachen unvermeidlich Kämpfe aus. Ganze Kriege waren um die Ehre, eine einzige Nacht nahe des Mauls zu kampieren, ausgetragen worden. Doch als die ersten der kreischenden Geister durch das Lager rasten, waren alle inneren Zwistigkeiten auf der Stelle begraben und wurden durch ein jähes und heftiges Interesse ersetzt.

Anführer brüllten und Rotten von Jungen strömten, freudig ihre Hackebeile schwenkend, aus dem Lager und den Hang hoch, der zum Maul führte. Irgendetwas kam durch die Pforte, und jeder Orruk wollte der Erste sein, der es sah.

Das schwarze Pferd und sein rot-gerüsteter Reiter brachen aus dem pulsierenden Licht hervor. Ahazian Kel gab ein wild jauchzendes Lachen von sich, als sich sein Blick klärte und er die auf ihn zustürzenden Orruks erkannte. Die Orruks brüllten zur Antwort darauf. Ahazian ließ dem Tier die Zügel fahren und griff sich den Hammer aus dem Gürtel.

Schnell wie der Blitz war er durch die Tiefländer Shyishs geritten, durch Stürme von Knochenstaub und heulende Mahlströme tobender Geister. Einige Male war er von fliegenden Gestalten oder dunkel gekleideten Reitern angegriffen worden. Von nichts davon hatte er sich aufhalten lassen.

Der Splitter Gungs hing ihm an einem rohen Ledergurt um den Hals. Er war fast schmerzhaft kalt, der Frosthauch drang ihm durch die Rüstung und biss in das Fleisch darunter. Doch diese Unannehmlichkeit war gut. Sie verschaffte ihm einen klaren Fokus. Er lehnte sich im Sattel vor und streckte die Arme aus. Der erste Orruk starb schnell, mit zerschmettertem Schädel. Der zweite überlebte, verlor aber seine Hand und die Axt, die er darin hielt. Das schwarze Pferd wieherte schrill und wütend und trat mit seinen Hufen aus. Ahazian lachte und folgte seinem Beispiel, schlug wieder und wieder zu. Die Orruks strömten wie eine grüne Flut um ihn, aber rasch durchbrach das Pferd ihre Massen und stürzte den Hang hinab auf das Lager zu. Weitere Orruks versuchten, ihm den Weg abzuschneiden, doch er trieb sein Pferd an, sie niederzutrampeln.

Das Blut sang ihm heiß und rasend in den Adern. Er wollte umdrehen, sich aus dem Sattel schwingen und den Grünhäuten im Kampf entgegentreten. Seine Waffen heulten in seinem Geist, begierig auf Tod. Sie verzehrten sich nach Mord, so wie ein Mann sich nach der Liebe einer Frau verzehrt. Doch da war noch ein anderer Klang in seinem Geist, der mit den Einflüsterungen seiner Waffen rang. Ein leises Singen, wie eine Stimme, die weit entfernt ein Lied erklingen ließ.

Er wusste, ohne zu begreifen, wie, dass diese Stimme Gung gehörte. Der Jäger sang sein Mordlied, eines, das durch alle Reiche widerhallte. Ein Lied, das er dank des Splitters in seinem Besitz nun hören konnte; ein Lied, das ihn geradewegs zu ihm hinführen würde.

Derart abgelenkt war er von diesem Lied, dass er den Orruk nicht bemerkte, der auf ihn zugaloppierte, um ihn abzufangen. Der Koloss brüllte und sprang, landete auf dem Rücken des Pferdes. Das Pferd stolperte, kam beinah zu Fall. Doch die schwarzen Pferde Shyishs waren aus einem zäheren Stoff geformt, und statt zu fallen, bockte es und trat aus. Ahazian kämpfte darum, im Sattel zu bleiben, selbst als der Orruk versuchte, ihm den Kopf abzudrehen. Das Vieh fauchte. Es hatte seine Axt verloren und griff nun nach den Hörnern seines Helms. Ahazian trieb dem Orruk den Schaft seiner Schindaxt in den Bauch. Der mit einer Spitze versehene Knauf biss durch die primitive Rüstung der Kreatur und in seinen Magen.

Wenn sie Schmerz fühlte, so zeigte sie ihn nicht. Stattdessen verstärkte sie ihren Griff. Ahazians Nacken begann zu schmerzen. Flecken tanzten ihm vor den Augen. Er drehte sich, warf sich aus dem Sattel und riss seinen Gegner mit sich. Sie schlugen hart auf dem Boden auf, überschlugen sich wieder und wieder in einem knochenbrecherischen Knäuel. Als sie schließlich in einer Staubwolke zum Halten kamen, stemmte sich Ahazian, die Waffen bereit, auf die Füße. Der Orruk stürzte sich mit blutigem Schaum um die Hauer auf ihn. Ahazian schwang seinen Schädelhammer. Das Vieh duckte sich drunter weg, nahm ihn in seinen Griff. Er drosch die Knäufe beider Waffen wieder und wieder mit aller Kraft auf den Schädel des Orruks. Der Orruk trieb ihn zurück, und seine Hacken gruben dabei tiefe Spuren in den Dreck. Er traf ihn wieder und wieder, bis der dicke Schädelknochen des Viehs schließlich brach. Der Orruk sackte mit einem Gurgeln zusammen.

Ahazian taumelte schwer atmend zurück. Er starrte auf die Kreatur hinab. Ein würdiger Gegner. Gemächlich hob er den Hammer zum Salut. »Möge Khorne deiner Seele die Schlacht gewähren, nach der sie verlangt«, murmelte er. Er wandte sich um und fand sein Pferd in der Nähe stehend. Es blickte ihn finster an, machte aber keinen Versuch zu fliehen, als er es wieder ergreifen wollte.

Er wollte aufsteigen, hielt inne und blickte zu dem Orruk zurück. Sein Magen knurrte. Es war einige Tage her, seit er das letzte Mal gegessen hatte. »Niemals was verschwenden«, murmelte er, als er das Pferd zu dem Körper führte. Es war schon etwas her, seit er das letzte Mal Orruk gekostet hatte.

Er fragte sich, ob das Fleisch so gut war, wie in seiner Erinnerung.

FÜNF

KAPITÄN BRONDT

Das Hafenviertel von Excelsis war das eigentliche Handelszentrum der Stadt. Summend vor Betriebsamkeit und von sprühendem Leben erfüllt, schien es Welten entfernt von dem schäbigen Elend des Geäders oder dem verfeinerten Stilgefühl der Adelsviertel.

Stattdessen war es, wie es dem ältesten Bezirk der Stadt zukam, im Stil der Stämme erbaut, die schon seit Generationen die Wasser der Bucht befischten. Bauwerke aus den versteinerten Knochen der Leviathane, zusammengefügt mit einer Mischung aus sonnenverbackenem Schlamm und Tierdung, dominierten die Stände und Hütten des Hafens.

Grungnis Tür hatte sich zur Rückseite des Ladens eines Fischhändlers in der Schlippenstraße geöffnet. Niemand hatte sie beachtet, als sie dort herausgekommen waren. Aber schließlich waren die Kais genau die Art von Ort, wo man sich besser um seine eigenen Angelegenheiten kümmerte. Der Anblick von frisch erschlagenen Leichen, ob sie nun in der Gosse lagen oder als grausige Warnung von einem Pfahl oder Schild herabbaumelten, war hier nichts Ungewöhnliches.

Der Geruch von gesalzenem Fisch und exotischen Gewürzen

hing schwer in der Luft, ganz abgesehen vom penetranteren Aroma überquellender Gossen. Unter all dem konnte Volker die scharfe Witterung der ältesten Eisenschmiede-Rüstkammern der Stadt wahrnehmen, die selbst nach einem Jahrhundert noch immer Waffen und Rüstungen fertigten. Alles, was Excelsis darstellte, war von der Bucht und dem Speer aus nach außen gewachsen. Hier in den Docks waren die ersten Abenteurer aus Azyr angekommen, die nach einem neuen Leben gesucht hatten. Eine Vielzahl an Sprachen und Dialekten summte durch die Luft wie Musik, darunter auch das raue Knurren ghurdischer Stammesleute und das scharfe Schnarren der Eingeborenen der Heißen Meere Aqshys.

Sie kamen an einem Trio von Lichtwebern vorbei, die zur Unterhaltung einer stetig anwachsenden Menge mit Hilfe kleiner, konkaver Spiegel Formen in die Luft malten. Die Formen waren Teil einer Geschichte – einer über die heldenhaften Taten Tyrions. Die Lichtweber trugen alle die symbolische Augenbinde, auf der das Emblem des Tagessterns prangte, und sangen leise, während sie mit ihren Spiegeln hantierten. Die Menge jubelte und pfiff, als das Bild Tyrions irgendeinem Monster den Kopf abschlug.

Anderswo boten Händler ihre Waren den Seeleuten und dem Fischervolk feil, während tätowierte Angehörige der Schicksals-Günstlinge die Straßen patrouillierten und wachsam nach jedem Mitglied einer rivalisierenden Bande Ausschau hielten. Volker musterte Letztere, besah sich die Zeilen feinster Schrift, welche ihre Gesichter und geschorenen Schädel bedeckten. Man sagte, dass sie sich ihr eigenes Schicksal hatten eintätowieren lassen, so wie es ihnen vom Speer zugeflüstert worden war, und dass die Hand, welche die Nadel geführt hatte, stets die des Brennenden Mannes, des mysteriösen Anführers der Bande, gewesen sei. Wenige hatten ihn je gesehen, und noch weniger gaben zu, dass er tatsächlich existierte. Ganz gewiss nicht die Offiziere der Freigilde oder die Würdigen, aus denen das Kleine Konklave bestand.

Die Bandenmitglieder unterzogen Volker und die anderen

einer flüchtigen Inspektion, zeigten aber kein Zeichen weiteren Interesses. Eigentlich machten sie sogar einen weiten Bogen um die Gruppe. Volker vermutete, dass das zum größten Teil an der Art lag, in der Lugash ihnen finstere Blicke zuwarf. Der Fyreslayer sah ganz danach aus, als stünde ihm der Sinn nach einem Kampf und als wäre er, was die Gegner betraf, nicht besonders wählerisch.

Lugash grunzte leise. »Schaut. Da oben.«

Volker sah in die bezeichnete Richtung. Mehrere Raben saßen entlang eines überhängenden Daches. »Die Vögel?«, fragte er verwirrt.

»Ja«, murmelte Lugash. »Ich habe solche Aasvögel schon einmal gesehen.«

»Na ja, die Stadt steht unter Belagerung.«

»Nicht hier. In Aqshy. Auf der Felsitebene.« Lugash zog die Augen zu Schlitzen. »Die gleichen Vögel, das weiß ich genau.«

»Bist du sicher?« Lugash sah ihn an. Volker hob kapitulierend die Hand. »Na gut. Aber daran können wir jetzt nichts machen. Außer du willst mit Pflastersteinen nach ihnen werfen.« Der Duardin blickte zu Boden, als dächte er darüber nach, schüttelte dann aber den Kopf.

»Wir müssen sie nicht auch noch aufschrecken«, knurrte er. Er sah Volker an. »Beim nächsten Mal könntest du uns aber zeigen, dass deine schicke Waffe auch zu etwas gut ist, Menschling.«

»Zeig worauf, und ich schieße«, sagte Volker. Lugash grinste, und Volker bereute augenblicklich sein Versprechen. Er blickte hoch, aber die Raben waren fort. Müßig fragte er sich, ob es die gleichen Vögel waren, die er zuvor auf der Bastion gesehen hatte. Er drängte den Gedanken beiseite und atmete tief ein, um seine Lungen von den Nachwirkungen des Schmiederauchs zu reinigen.

Das erwies sich als Fehler. Er hustete, als plötzlich der Wind drehte und der Gestank der Gerbereien ihn umhüllte. Tränen traten ihm in die Augen, und er wandte sich den anderen zu. »Ich glaube, der Äther-Liegeplatz liegt näher an der Bucht.«

Er hatte seit seiner Ankunft selten Grund gehabt die Docks aufzusuchen. Selbst die Freigilde hielt sich wenn möglich von hier fern. Es blieb zum größten Teil den Kapitänen und den örtlichen Händlerverbänden überlassen, hier für Recht und Ordnung zu sorgen.

»Wir müssen zunächst mein Ross zurückholen«, sagte Roggen. Er sah sich mit deutlicher Befremdung um. »Da war ein Stall in der Nähe des Hafens. Nachdem ich an Land kam, habe ich es dort zurückgelassen.« Er trug ein paar schwere Satteltaschen über seiner breiten Schulter.

»Es gibt einen Stall an der Maulschellenstraße«, meinte Volker. »Hatte er einen Hai auf dem Schild?«

Roggen nickte eifrig. »Ja, das ist er. Wir müssen es holen.«

»Nein, müssen wir nicht«, sagte Zana. »Es ist auch immer noch da, wenn wir zurückkommen, außer jemand verkauft es, während wir unterwegs sind.« Wie Roggen reiste sie ebenfalls mit leichtem Gepäck. Sie hatte eine Wolldecke zusammengeschnürt und in der Art der Freigilden mit Lederriemen über die Brust gebunden. Innerhalb der Falten dieser Decke fanden sich Proviant und Ausrüstung sowie alles, was sie an Wertsachen bei sich trug.

»Sie verkaufen?« Roggen wirkte entsetzt. »Aber sie gehört mir.«

»Na und?« Zana zuckte die Achseln. »Besitz ist für die Reichen und Vorsichtigen.«

Bevor sie fortfahren konnte, zerriss ein Donnerschlag die Luft. Er hallte durch die Straßen wider und brachte die Händler an ihren Ständen und die derben Lieder der betrunkenen Seeleute zum Schweigen. Dem Donner folgte das durchdringende Krachen von Artilleriefeuer. Zana und Roggen stürzten beide mit Händen an den Waffen auf die Quelle des Geräuschs zu.

Volker lachte in sich hinein. »Das sind die Geschütze der ersten Linie – meist Salvenkanonen. Die Brände müssen wohl inzwischen ausgehen.« Die Angriffe der Skaven kamen an einem klaren Tag mit der Präzision eines Uhrwerks. Sie testeten die Linie der Gräben an, zogen sich zurück und kamen wieder, wenn jemand anderes das Kommando übernahm.

»Du kannst die Art des Geschützes am Geräusch erkennen?«, fragte Roggen verblüfft.

»Du nicht?«

»Sein Volk benutzt so etwas nicht«, sagte Zana. »Die Herrin der Blätter macht sich nichts aus Feuerstein und Stahl. Sie zieht Ranken und Giftdornen vor.« Sie schauderte. »Und dieses Borkenvolk von ihr ist noch schlimmer.«

»Die Sylvaneth?«, fragte Volker. »Ich habe noch nie einen gesehen«, fügte er dann etwas wehmütig hinzu.

»Oh doch, das hast du«, grunzte Lugash. »Du hast es nur nicht gemerkt. Verstohlenes Volk, diese Bäume. Immer da, wo man sie am wenigsten erwartet – oder sie haben will.« Er zog die Stirn in Falten. »Wie das Meer. Wasser – pah.« Er spuckte auf den Boden. »Wie kann man nur aus so was einen Ozean machen?« Er rümpfte die Nase. »Lava. Na, das ist mal eine anständige Flüssigkeit – so heiß, dass es dir die Augäpfel kocht.«

Zana verdrehte die Augen. »Und warum hast du dann deine Heimat verlassen, wenn du sie so sehr vermisst?«

Lugash warf ihr einen finsteren Blick zu. »Das geht dich nichts an, Frau. Ich bin dem Schöpfer gegenüber eidgebunden, genau wie du, Menschling. Obwohl ich nicht so recht weiß, wozu er dich eigentlich braucht.« Er sah weg. »Vielleicht wird er ja senil.«

»Werden denn Götter senil?«, stachelte Zana weiter.

Lugash ignorierte sie. Volker schüttelte den Kopf.

»Zu den Ställen geht's in diese Richtung«, sagte er zu Roggen, den Faden der Unterhaltung wieder aufgreifend, bevor der noch vollständig verloren ging. Er wies in die Richtung. »Wir kürzen durch die Jägergasse ab.« Die Jägergasse war eine beengte und überfüllte Verkehrsader, die das Geäder mit den Docks verband. Sie war ein raues Pflaster voller Schenken und billiger Garküchen, wo Jungspunde aus den Adelsvierteln hingingen, um einem ausschweifenden Lebenswandel zu frönen, und Möchtegern-Revoluzzer Pläne zum Sturz des Großen Konklaves schmiedeten. Eine bis zur Unkenntlichkeit verwitterte Statue markierte die größte Kreuzung – möglicherweise jener Jäger, nach dem das Gebiet benannt war.

»Lass das Tier einfach hier«, sagte Zana, als sie ihnen durch die sich windende Gasse folgte. »Da, wo wir hingehen, nützt es uns wenig. Eigentlich ist es uns da sogar noch eher im Weg.«

»Ohne mein Ross gehe ich nirgendwo hin«, sagte Roggen stur. »Ohne mich fürchtet sie sich. Sie ist sehr sensibel.«

»Ich bin mir nicht sicher, ob wir ein ängstliches Pferd mit auf die Reise nehmen sollten«, meinte Volker. »Oder ein sensibles.« Er war noch nie ein großer Freund von Pferden gewesen, nicht einmal jener aus Räderwerk, welche die Eisenschmiede zuweilen nutzte, um ihre Artilleriezüge zu ziehen. Pferde waren temperamentvolle Tiere mit der Tendenz, ab und zu nach ungeschütztem Fleisch zu schnappen.

Roggen blickte verwirrt. »Pferd?«

Die Türen des Stalles schwangen auf, und Heu wurde durch den Luftzug über den Boden gefegt. Ein ohrenbetäubendes Wiehern hallte durch den Hof, als ein halbes Dutzend Stallburschen schreiend und fluchend herausstürmten. Sie trugen gepolsterte Rüstung und Masken, und sie stolperten heraus in den Hof und zerrten etwas Massiges an schweren Ketten und Riemen hinter sich her.

Der Kopf des Tieres war verhüllt, so etwa, wie es ein Falkner mit seinen Vögeln tat. Doch auch so brachte sein wildes Ausschlagen und Aufbäumen die Stallburschen ganz schön ins Schwitzen. Sie eilten ihm hektisch aus dem Weg, als Roggen nach ihm pfiff. Die schwere Gestalt schoss auf ihn zu, und er wich ihr seitlich aus und riss ihr dabei die Kopfbedeckung fort.

»Oh, zur Hölle«, murmelte Volker, als ihm klar wurde, was das für ein Ding war.

»Genau«, sagte Zana.

Der Halbgryph kreischte schrill, und Volker konnte nur hoffen, dass das eine Art Laut des Wiedererkennens war, als er zu Roggen herumschnellte. Das große Biest war mit bräunlichem, zottigem Fell und bebenden, grünen Federn bedeckt. Dunkles Rüstwerk aus Eisenholz bedeckte die Kreatur stellenweise, und sie trug einen schweren Sattel. Plötzlich ging ihm mit einem mulmigen Gefühl auf, zu welcher Art von ritterlichem Orden

Roggen eigentlich gehörte. Er sah Zana mit geweiteten Augen an. »Du hättest mich wenigstens warnen können.«

»Warum? Mich hat beim ersten Mal auch keiner gewarnt.« Sie seufzte und schüttelte den Kopf. »Und dabei ist er doch so ein sanftes Kerlchen. Mich hat es auch kalt erwischt.«

Volker wandte sich wieder dem Wiedersehen von Ross und Reiter zu. Er hatte schon die Überreste von Gemetzeln gesehen, die eine Schwadron solcher Wesen – und ihrer Reiter – anrichten konnten. Die Berge und Wälder Azyrs waren die Heimat einer ansehnlichen Population von Halbgreifen, und viele der alten Ritterorden Azyrheims, so wie die Myrmiditen und die Söhne Bretons, sandten ihre Aspiranten aus, sich an solche Tiere anzuschleichen und sie für ihre Zwecke zu zähmen.

Die meisten versagten. Nur die entschlossensten Krieger konnten einen Halbgreifen zähmen. Aber selbst dann trugen sie die Narben für den Rest ihres Lebens. Die massigen Kreaturen waren größer als jeder Hengst und weitaus blutlüsterner. Sie konnten einen voll gerüsteten Krieger mit Leichtigkeit zerstückeln, und sie machten wenig Unterschied zwischen Freund und Feind.

Das Tier richtete sich auf äußerst muskulösen Hinterbeinen auf, ließ seine Vorderklaue auf Roggens Schulter sinken und brachte den großen Mann damit fast zu Fall. Es war doppelt so groß wie sein Herr, und Roggen war offensichtlich solches Verhalten von ihm gewohnt. Er ergriff die Spitze des gebogenen Schnabels und bog ihn von seinem Gesicht weg. »Ruhig, Harrow. Gutes Mädchen.« Harrow krächzte erneut schrill auf und ließ dem ein stumpfes Klacken folgen, als ihre wahnsinnigen, bernsteinfarbenen Augen sich auf Volker und die anderen richteten. Der braune Schwanz peitschte umher, während der Halbgreif sich von seinem Reiter wegschob und unter einem Rasseln von Rüstungsteilen wieder auf alle viere herabfiel.

»Haltet dieses Vieh von mir fern«, grollte Lugash. Er hob bedrohlich sein Schlachteisen. »Oder ich schlag ihm den Schädel ein. Wetten, dass ich das tue.«

Der Halbgryph hockte sich mit seitwärts geneigtem Kopf und

halb geöffnetem Schnabel nieder. Sie zischte und ihre Klauen kratzten über das Pflaster. »Jetzt hört schon auf, Waffen in ihre Richtung zu schwenken. Ich hab euch doch gesagt – sie ist sehr sensibel.«

»Sie ist eine verdammt große Mordkatze, das ist sie«, sagte Zana mit zusammengekniffenen Augen. »Warum hast du sie überhaupt mit hergebracht? Oder hast du vergessen, was letztes Mal passiert ist?«

»Das war ein Unfall«, sagte Roggen abwehrend. »Sie wollte nichts Böses.«

»Sie hat Capollino gefressen!«

»Nur sein Bein.« Roggen streichelte dem Halbgryph den Hals und flüsterte beruhigend auf ihn ein. »Und der Schöpfer hat ihm doch ein neues gemacht, oder?«

»Wer war denn Capollino?«, fragte Volker.

»Ein wirklich unglücklicher Bursche«, antwortete Roggen entschuldigend. »Sie wollte nur spielen, wirklich, aber dann hat er angefangen zu schreien … na ja.« Er gab Harrow einen Klaps auf den Schnabel. »Sie wird so schnell aufgeregt. Reiner Instinkt, wisst ihr.« Der Halbgryph schnappte nach seiner Hand. Roggen runzelte die Stirn und bog den Schnabel auf, um seinen Panzerhandschuh freizubekommen. »Na, du machst ja nicht gerade einen guten ersten Eindruck, Harrow. Sei brav.«

»Na, *das* Schiff ist wohl abgefahren«, meinte Zana mit einer Hand auf dem Griff ihres Schwertes. »Sie kommt nicht mit uns, Roggen. Ich weigere mich, mit diesem Vieh in beengter Umgebung zusammen zu sein.«

Roggen runzelte die Stirn. »Du willst doch nicht einen Ritter von seinem Ross trennen?«

»Mit Vergnügen.«

Roggen öffnete den Mund. »Aber sie könnte uns eine ziemliche Hilfe sein«, warf Volker ein. »Vorausgesetzt er kann sie unter Kontrolle halten?« Er warf dem Ritter einen Seitenblick zu, den dieser mit raschem Nicken quittierte.

»Wir versuchen's«, murmelte Roggen stur. Als er den Ausdruck auf Zanas Gesicht sah, fügte er schnell hinzu: »Sie wird sich nur von ihrer besten Seite zeigen.«

»Das hat er auch letztes Mal gesagt«, knurrte Zana. »Aber gut. Es ist dein Begräbnis. Sie kommt in die Ladebucht, und die Götter mögen uns helfen, wenn sie etwas frisst, was sie nicht fressen soll, denn dann werfen sie das Vieh und uns aus dem Schiff. Ohne vorher zu landen.«

Nachdem das geklärt war, folgten sie den sich windenden Straßen hinunter zu den Docks. Harrow trottete neben Roggen dahin, und der stattliche Ritter hielt sie am Zügel. Der Hafen von Excelsis bot unzähligen Schiffen einen Ankerplatz. Ein Wald von Masten erhob sich übers Wasser. Er setzte sich aus den Kauffahrerflotten und den Kriegsschiffen aus Hunderten von aufstrebenden Reichen zusammen, die im Zuge der Rückkehr Sigmars überall gediehen.

Der Äther-Anlegeplatz erhob sich hoch über allen anderen, ein einzelnes neues Bauwerk inmitten der Masse von alten. Ein Turm aus Knochen und Holz, höher als der Mast jedes Schiffes, auf dem ein Aufbau thronte, der deutlich die Handschrift und Gestaltung der Kharadron zeigte – eine ausladende Plattform von gut der Ausdehnung einer der größeren Straßen unter ihr, auf der ein kugelförmiges Wachhaus aus Bronze und Stahl saß. Landebrücken wucherten scheinbar willkürlich aus dem Aufbau hervor.

Ätherfregatten und Panzerschiffe, der Hauptanteil der Kharadronflotten, waren an diesen luftigen Kais verankert, und ihre wuchtigen, klingengleichen Proportionen wirkten neben schlanken Türmen und magischen Flugkörpern der Hochschule des Arkanen irgendwie fehl am Platze. Die Schiffe besaßen schwere Rümpfe aus nietenbesetztem Metall und große, gewölbte Äther-Endrine, und sie glichen darin stark den für die Meere geschaffenen Panzerschiffen, welche einige Klans der Vertriebenen benutzten, bis eben auf die Tatsache, dass diese hier durch die Luft und nicht durchs Wasser fuhren.

In aeronautische Tracht und wetterfeste Uniformen gekleidete Duardin hasteten an der Basis des Turms umher und beaufsichtigten des Ent- und Beladen der Fracht oder stritten sich lauthals mit den Angehörigen der Hafenbehörden. Andere waren in die mächtigen Rüstungen gehüllt, welche die Kharadron Arkanauten-Rüstung nannten. Ihre Gesichter waren hinter stilisierten Masken verborgen und sie hielten mit Ätherflinten vor der Brust hier Wache.

Staunend besah sich Volker die vor Anker liegenden Gefährte. Er hatte die Ätherschiffe der Kharadron schon von Weitem gesehen, aber sie hier so nah vor sich zu haben, war schon etwas ganz anderes. Während die Duardin, mit denen er vertraut war, es vorzogen, in die Tiefe zu graben, griff diese Art hier nach den Weiten des Himmels. »Großartig«, murmelte er.

»Widernatürlich, das ist es«, sagte Lugash mit finster nach oben gerichtetem Blick. »In der Luft schweben. Wie die Vögel. Oder Schlimmeres.« Er spuckte aus. »Das ist kein Leben für einen rechten Duardin.«

»Du meinst, dann lieber halb nackt in einem Vulkan«, fragte Zana nach.

Lugash sah sie an. »Ist nicht meine Schuld, dass deine dünne Menschlingshaut nicht mit dem Wetter klarkommt«, sagte er beleidigt. »Solltest dir eine dickere Schwarte wachsen lassen.«

»Und dann Gold reinhämmern.« Zana blickte auf. »Brondts Schiff ist das größere da – keine normale Fregatte oder Panzerschiff. Das ist ein Langstreckenfrachter. Er hatte, wie ich zuletzt gehört habe, einen gewitzten Endrinisten, der auf die Idee kam ein paar Modifikationen vorzunehmen, was die Beschleunigung der alten Mühle hier gehörig verbessert hat.«

»*Zank* heißt sie, wie du sehr wohl wissen dürftest, Weib«, grollte jemand mit einer Stimme, als rauschte der Wind durch einen Metallschacht. Der Duardin war in eine mitgenommene, mitternachtsblaue Aeronautenausrüstung über brauner Uniform gekleidet. Er trug einen dunklen Mantel aus einem glatt aussehenden Material mit Ärmelaufschlägen und Kragen aus dickem Fell. Das wenige, was man von seinem Gesicht unter dem eisengrauen Haar und Bart erkennen konnte, war von Wind und Wetter zu einem bronzefarbenen Ton gegerbt. Er hatte einen glimmenden Zigarrenstumpen zwischen schwere gelbe Zähne geklemmt. »Und sie ist der beste Frachter der Makaisson-Klasse in der ganzen Flotte, vergiss das nicht.«

Zank bedeutete Schlachterbeil oder so was, dachte Volker. Ein angemessener Name für ein derart bedrohlich wirkendes Schiff. Es hatte einen gewölbten Rumpf, wie er bei Kharadron-Schiffen üblich war, doch besaß es die doppelte Länge der Fregatten, die über und um es angelegt hatten. Merkwürdige Waffen säumten seine Decks und übersäten seinen gepanzerten Rumpf. Eine altertümliche Galionsfigur aus dunklem Gold prangte mit unheilverheißendem Blick am Bug. Sie erinnerte ihn mit ihrem wallenden Bart und breitem Gesicht an Grungni, und eine Sekunde lang schien es, als würde sie auf ihn herabblicken …

»Geschützmeister.«

Volker schreckte auf. »Was?«

»Ich stelle dich vor«, zischte Zana. »Verzeiht, Brondt. Er ist ein bisschen taub.« Sie zog an ihrem Ohr. »Die Artillerie ist halt laut. Wie ich schon sagen durfte, dies hier ist Kapitän Njord Brondt.«

»Weiß sehr gut, was für'n Krach, diese Landbeharker machen.« Brondt beäugte sie mit nur schlecht verhehltem Missfallen. Während Zana sprach, zog er den Stumpen zwischen seinen Zähnen hervor und klopfte die Asche auf den Boden ab. »Nenn mir nur einen guten Grund, warum ich dich nicht an eine Himmelsharpune binden und aus dem Geschützstand abfeuern soll, Weib«, knurrte er.

»Zwei Gründe«, sagte Zana und hielt die Finger hoch. »Erstens, ich habe deinen Quadrathintern vor diesem Harkraken gerettet – erinnerst du dich? Und zweitens, wir sind im Auftrag eines Gottes unterwegs.«

Brondt legte die Stirn in Falten. »Welcher Gott?«

»Ist das nicht egal?«

»Nicht für mich.«

»Ich dachte, ihr Kharadron glaubt nicht an Götter«, meinte Zana.

»Tun wir auch nicht. Heißt aber nicht, dass wir dämlich genug sind, uns ohne Grund mit dem falschen anzulegen.

Also welcher jetzt – Sigmar?« Er zögerte. »Nagash?«, fragte er in leiserem Ton.

»Der große Schöpfer.«

Brondt besah sich das glühende Ende seines Stumpens. »Gut. Was wollt ihr?«

»Eine Mitreisegelegenheit.«

»Wohin?«

»Shu'gohl. Ich weiß, das liegt nicht weit von deiner Route weg.«

Brondt sah über ihre Schulter hinweg auf Volker und die anderen. »Ihr alle?«

»Ja.«

Harrow krächzte.

»Auch dieses ... Ding da?«

»Ja«, sagte Roggen und runzelte die Stirn.

Brondt grinste. »Das wär' dann zwei Gefallen wert.«

Zana legte den Kopf schief. »Einen.«

»Anderthalb.«

»Abgemacht«, sagte er. Er spuckte in seine Hand und hielt sie Zana hin. Zana tat es ihm gleich, und sie schüttelten einander die Hände. »Im Frachtraum ist Platz für Vieh. Und für Passagiere übrigens auch.«

Zanas Kinn sank herab. »Keine Kabinen?«

»Nicht für anderthalb Gefallen.« Brondts Grinsen blieb starr. »Ist trocken und warm da. Besser als auf den Decks schlafen.«

Zana seufzte. »Na gut, du alter mieser Geizkragen. Aber du schuldest mir noch immer einen halben Gefallen, vergiss das ja nicht.«

Brondts Grinsen gefror. »Eine Schuld vergess' ich nie«, grollte er. »Paragraph Sechs, Punkt Drei des Kodex besagt –«

Zana schüttelte den Kopf. »Ich weiß, ich weiß.«

Brondt zog die Stirn kraus, wandte sich dann ab und brüllte einigen seiner Mannschaft etwas zu. In nicht allzu großer Eile schlenderten sie zu ihnen herüber. Brondt stieß mit dumpfem Grollen schnelle Salven von Befehlen hervor und wandte sich dann wider Zana zu. »Sie werden euch eure Quartiere zeigen.«

Er paffte an seinem Stumpen. »Dauert einen Tag oder so, um zur Kriechenden Stadt zu kommen. Wenn nichts dazwischenkommt. Wie letztes Mal.« Bei diesen Worten bedachte er Zana mit strengem, eindringlichem Blick.

»Das war ein Unfall«, protestierte sie.

»Allein die Kosten für die Reparatur –«, begann er und hieb seinen Stumpen in die Luft.

»Ich hab nicht gehört, dass du dich letztes Mal beschwert hättest«, fauchte sie. »Außerdem hast du es Brokrin vor der Nase weggeschnappt, oder? Und die *Drag Ang* hat doppelt so viel Schaden davongetragen wie die *Zank* …«

Brondt wandte sich ab und ließ sie stehen. »An Bord mit euch, bevor ich's mir noch anders überlege.«

Während sie sich von Brondts Besatzung in den Äther-Anlegeplatz führen ließen, blickte Volker Zana an. »Was ist denn letztes Mal geschehen?«, fragte er ruhig.

Zana ignorierte ihn mit versteinertem Gesicht. Er tauschte Blicke mit Roggen. Der stattliche Ritter grinste und tätschelte Harrows Schnabel. »Egal, was passiert ist, ich bin sehr aufgeregt. Das ist das erste Mal, dass ich fliege.«

Volker nickte. »Dann lass uns mal hoffen, dass es nicht unser letztes Mal ist.«

Ahazian Kel saß vor dem flackernden Feuer und kochte sein Abendmahl. Er saß auf dem, was vom Körper des Orruk, der auf sein Pferd gesprungen war, noch übrig geblieben war. Der Rest davon war auf Stöcken aufgespießt und garte langsam über dem Feuer. Er hatte in seiner Jugend in Aschenheim Geschmack an Orrukfleisch gefunden. Am besten kochte man die Biester lebend, aber auch tot besaßen sie diese gewisse köstliche Herbheit.

Seine Waffen waren in Reichweite, und sein Helm lag zu seinen Füßen. Seine zernarbten Züge waren entspannt, und er starrte gedankenverloren ins Feuer und hing Fantasien kommenden Ruhms nach. Müßig spielte er mit dem Bruchstück Gungs, rollte es zwischen seinen Fingern hin und her. Er langte nach einem Stück Orruk und riss einen Brocken des rauchenden Fleisches aus dem Feuer.

»Du bist nah.«

Ahazian sah von seinem Mahl auf. Der Strang Orrukfleisch brodelte am Knochen, perfekt auf den Punkt gebraten. Er hörte mit Kauen auf und schluckte. »Ich weiß.« Er schnipste das baumelnde Bruchstück an. »Es ... singt.«

Volundr nickte. »Qyat von der Gefalteten Seele sang ein altes Lied vom Totschlag, als er Gung formte. Das Echo dieses Liedes hallt noch immer in dem Speer nach, durchdringt ihn und gibt ihm sein Leben. Das Lied wird lauter, je näher du der Waffe kommst.«

Volundrs Gestalt flirrte im Licht des Feuers. Ahazian wusste, er war nicht tatsächlich dort. Nur ein Bannruf, vom Willen des Seelenschleifers und den dämonischen Feuern seiner Schmiede in die Reiche gesandt. Volundr saß da, ließ die Hände zwischen den Knien baumeln und hielt den Kopf gesenkt. Er sah müde aus. Die Feuer seines Blickes glommen nur schwach. Ahazian warf ihm einen Blick zu und nahm einen großen Bissen Orrukfleisch. »Geht es dir gut, Schädelschleifer?«

Volundr machte eine abwehrende Handbewegung. »Es ist nicht wichtig.« Er setzte sich auf und hielt eine Hand übers Feuer. »Du wirst verfolgt.«

»Ich weiß.« Ahazian zerbrach den Knochen und kratzte das Mark mit dem Finger heraus. »Ich hoffe die ganze Zeit, dass sie mich einholen, aber bisher hatte ich noch nicht das Glück.«

»Arroganz ist gut für einen Krieger. Aber es bedarf der Weisheit, sie zu härten.«

Ahazian leckte sich gedankenverloren das Mark von den Fingern. »Wenn du es sagst.«

Volundr grunzte, sichtbar verärgert. »Unsere Feinde sind nicht allein Sterbliche. Du musst vorsichtig sein. Mit dem Verkrüppelten Gott ist nicht zu scherzen.«

»Du sagst das, als würdest du ihn kennen.«

Volundr verstummte. Ahazian wartete. Der Schädelschleifer würde sprechen, wenn es ihm gefiel und nicht eher. Nach einem langen Augenblicken sagte der Kriegerschmied: »Ich wurde als Sklave geboren. In den Sklavengruben der Glutkönige. Du kennst sie?«

Ahazian nickte. »Sie schmiedeten Waffen und Rüstungen für die Diener der Dunklen Götter, bevor die Azyriten die Unheilsschmiede zerstörten und deren Herren in die Flucht schlugen. Verkümmerte Trampel. Wie die Duardin, nur verdreht und grausam.« Er grinste, während er auf einem Mund voller Orrukfleisch herumkaute. »Aber sie machen gute Klingen, das muss man ihnen lassen. Es gibt Kriegsherren, die für eine Axt geschmiedet von einem der Glutkönige eintausend Sklaven böten.«

»Sie haben ihr Schicksal verdient«, grollte Volundr. »Sie waren schwach. Dekadent. Das sah ich deutlich an jenem Tag, als der Verkrüppelte Gott kam und die Unheilsschmiede zerschmetterte.« Er blickte auf seine Hände. »Sie hatten seine Geheimnisse gestohlen und zum Schlimmen gewendet. Er kam über sie in einem Ausbruch von Glut und Flamme, Flüche donnernd und seinen mächtigen Hammer schwingend. Keinen Hammer, sondern einen Schmiedehammer. Und damit zertrümmerte er unsere Ketten und zerschmetterte die große Schmiede. Die Glutkönige flohen lieber in die Tiefen ihrer Berge, als ihm entgegenzutreten.«

Ahazian blinzelte überrascht. »Er … hat dich gerettet?«

»Mehr als das. Er hat mich die Künste gelehrt. Einige zumindest.« Volundr blickte auf. »Und jene Lektionen kamen mir in all den Gefahren und Unbilden, die noch folgen sollten, sehr zugute.« Er lachte rau. »Er war recht zornig, als er von meinem Verrat erfuhr.«

»Warum hast du ihn verraten?« Die Frage war heraus, bevor Ahazian aufging, dass es vielleicht klüger wäre, sie nicht zu stellen.

Volundrs Blick wurde heiß und grell, wie ein Feuer, das man jäh und heftig schürt. »Deine Aufgabe ist es nicht, Fragen zu stellen, Ahazian Kel. Dein Zweck ist allein, das zu suchen und zu finden, wonach es mich verlangt, und es dann zu mir zu bringen.«

Der Ton, den der Schädelschleifer anschlug, ließ Zorn in Ahazian hochflammen. »Und genau das zu tun, habe ich geschworen, Kriegerschmied.« Er warf den Knochen, den er gehalten hatte, ins Feuer zurück. »Und der Eid eines Kel ist wie Eisen selbst.«

Volundr lachte erneut, doch diesmal sanfter. »Und das ist der Grund, warum ich dich erwählt habe, Sohn Ekrans. Enttäusche mich nicht.«

Seine Gestalt flackerte und verblasste wie Rauch im Wind. Einen Moment später war er verschwunden. Ahazian grunzte und griff nach einem weiteren Stück Orruk. Er war noch immer hungrig und hatte das Gefühl, er würde in den kommenden Tagen noch all seine Stärke brauchen.

SECHS

DES SCHÖPFERS WERKZEUGE

Volker wachte jäh auf. Sein Herz hämmerte, seine Augen waren trübe, und einen Moment lang war er sich unsicher, wo er war. Er besah sich die relativ saubere, trockene Umgebung des Heckfrachtraums der *Zank*, der von an den Stützträgern hängenden Ätherlaternen erhellt wurde. Sie warfen ein weiches, rötliches Licht über die Kisten, Fässer und Säcke, die den Laderaum füllten.

Trotz der angenehmen Atmosphäre war es beengt hier, besonders wegen des Halbgreifen. Harrow nahm ein Drittel des Platzes ein. Volker setzte sich vorsichtig auf, da er sich noch immer nicht an das sanfte Schaukeln des Schiffs gewöhnt hatte. Durch die Kiste, auf der er saß, konnte er das sanfte Brummen der Äther-Endrinen spüren. Seine Nase war erfüllt vom Gestank des Halbgreifen. Er roch ein wenig so, wie er sich einen Hühnerstall voll nasser Katzen vorstellte.

Zana saß ihm gegenüber und schärfte mit langsamen, geübten Streichen eines Wetzsteins ihre Klinge. Sie lächelte, als er sich regte, sagte aber nichts. Lugash lag in der Nähe, den Helmrand über die Augen gezogen, seine Waffen unter dem Kopf als improvisiertes Kissen gekreuzt. Er schnarchte lautstark. Roggen hatte sich an die einzig freie Stelle der Frachtbucht zurückgezogen und ging dort mit langsamen Bewegungen mit seiner Klinge Streiche, Abfolgen und Haltungen durch. Keiner von ihnen schien sich besonders an dem Gestank des unruhigen Tieres zu stören, mit dem sie sich den Platz teilten.

Volker sah zu Roggen hinüber, während er versuchte, sich daran zu erinnern, was ihn geweckt hatte. Sein Traum war ein wirres Knäuel der Unruhe gewesen, das einen wirklich tiefen Schlaf verhindert hatte. Da war irgendetwas Dunkles gewesen, das ihn einen Gang voller Licht und Klang entlang verfolgt hatte. Eine böse Macht, beispiellos in ihrer Hingabe an ihr Ziel und in ihrer Entschlossenheit. Aber der Traum war nicht nur schlecht gewesen – er hatte auch von Oken geträumt.

Vielleicht eher eine Erinnerung. Nicht an den Duardin selbst, sondern an seine Stimme, tief und rau, während er sich still mit Volkers Mutter unterhielt. Catrin Volker hatte zunächst nicht besonders viel davon gehalten, dass ihr Sohn in der Eisenschmiede in die Lehre ging. Aber Oken hatte sie überzeugt. Volker erinnerte sich daran, dass sie oft miteinander gesprochen hatten, jene große und spröde Frau und der kleine, stämmige Duardin. Sie kannten einander mindestens seit ihrer Kindheit.

Ehrlich gesagt wusste er gar nicht, wie lange Oken die Familie überhaupt schon kannte. Einmal hatte der Duardin fallenlassen, dass sein Klan der Volker-Familie gegenüber in einer Schuld stehe, die älter sei als Oken selbst, sich dann aber geweigert, dies näher zu erläutern. Aber so waren die Duardin eben, zumindest die Klans der Vertriebenen. Eine Schuld war etwas Beschämendes, das man zwar ehrte, über das man aber nicht in höflicher Runde sprach. Er fragte sich, ob die Gründe, aus denen Grungni ihn ausgewählt hatte, irgendetwas mit dieser Schuld zu tun hatten.

Doch das führte nur zu noch mehr Fragen. Was hinderte Grungni eigentlich daran, diese Wehklagen selbst zu suchen? Warum überhaupt sterbliche Diener benutzen? Göttliches Privileg oder etwas Ähnliches? Doch dann könnte man sich dasselbe auch in Bezug auf Sigmar fragen – warum führte der Gottkönig seine Armeen nicht persönlich in den Krieg, so wie er das in früheren Zeitaltern getan hatte?

Volker fühlte sich unwohl mit der Richtung, die seine Gedanken nahmen, und so lenkte er sich damit ab, dass er die Schultertasche untersuchte, die Grungni ihm gegeben hatte. Er hatte vorher nicht daran gedacht, nicht bevor er endlich der Müdigkeit hatte nachgeben können, die ihm schon seit der Schlacht anhing.

Seine Vermutungen erwiesen sich als richtig; die Schultertasche war die seine, aber irgendwie auf subtile Art verändert. Er konnte fühlen, wie Runenmagie von ihr ausstrahlte, obwohl er außer den in Silber und Gold aufgestickten Insignien der Eisenschmiede keine Zeichen auf ihr entdecken konnte. Grungni hatte irgendetwas mit ihr gemacht, doch was, konnte Volker nicht im Mindesten erahnen.

Er untersuchte die Pulverladungen und die Munitionstrommeln auf Zeichen von Veränderung oder Manipulation, konnte aber keine finden. Normalerweise führte er ständig ein halbes Dutzend Reservemunition für die Repetierpistolen und eine kleine Menge Schrot und Pulver für Büchse und schwere Pistole mit sich, aber die Schultertasche bot ihm jetzt Munition für einige Wochen, wenn er sparsam damit umging. Er hatte alchemische Werkzeuge und die entsprechende Ausbildung, um nötigenfalls mehr Pulver und Schrot herzustellen.

»Wie hältst du es aus, all das zu tragen?«

Er sah Zana an. »Du hast doch sicher auch schon Feldausrüstung mit dir herumgetragen?«

»Ja, aber meine Feldausrüstung klappert nicht herum wie der Wagen eines Eisenwarenhändlers.« Sie warf ihm etwas zu. »Brondt hat uns, während du geschnarcht hast, etwas zum Essen runterschicken lassen.«

Volker fing den Brocken harten, braunen Brotes auf und biss ein Stück ab. Er kaute es bedächtig mit geschlossenen Augen und genoss den sauren Geschmack und die grobe Beschaffenheit. Als er seine Augen wieder öffnete, musterte Zana ihn eindringlich. »Nicht viele Menschen kommen über den ersten Bissen Duardinbrot hinaus«, sagte sie. »Nicht ohne eine Menge Wein.« Sie bot ihm einen Weinschlauch an.

»Mit der Zeit findet man Geschmack daran«, brummelte Volker mit einem zweiten Bissen Brot im Mund. Er schluckte. »Passt gut zu einem bisschen *chuf.*« Er sah sich hoffnungsvoll um. Zana schnaubte und nahm einen Schluck Wein, bevor sie ihm den Schlauch zuwarf. Er wusch sich damit den Mund aus, fuhr herum, als er ein jähes Krächzen hörte. Harrow bewegte sich unruhig in der Box auf der anderen Seite der Ladebucht, klopfte mit Schnabel und Klauen an ihre Seiten. Auf den Latten waren Blutspuren, die Harrow eifrig untersucht hatte, seit die *Zank* die Anker eingeholt und von Excelsis aufgebrochen war.

»Manchmal transportieren sie Vieh«, sagte Zana, während sie zusah, wie der Halbgryph an den Flecken schnupperte. »Sie benutzen sie als Köder für die Wahnflossler. Brondt verkauft das Fleisch in Shu'gohl. Die Wurmleute kriegen nicht viel Fleisch, das keine Federn oder zu viele Beine hat.«

»Du klingst, als wärst du schon mal so gereist«, sagte Volker. Er warf ihr das Brot zurück, gefolgt vom Wein. Sicher fing Zana beides auf.

Sie lachte. »Mehr als einmal. Es ist beengt, sicher, aber es ist auch schnell. Und die Kharadron können immer jemanden gebrauchen, der mit einer Klinge umgehen kann, egal, was sie sonst auch behaupten. Da wir gerade davon reden ...« Sie deutete mit dem Brot auf Roggen. »Das reicht jetzt mit dem Training, Herr Ritter. Komm und iss mit uns, bevor du noch umkippst.«

Roggen ließ sein Schwert sinken und wandte sich um. Wie lange er auch schon mit seinen Übungen beschäftigt gewesen war, dem Ghyraniten sah man keine Spur von Erschöpfung an. Dennoch nahm er dankbar den ihm angebotenen Speis und Trank entgegen. Er biss ein Stück Brot ab, zog eine Grimasse und schluckte dann vorsichtig. »Haben sie das aus Steinen gemacht?«, grummelte er.

»Wahrscheinlich. Dein Schwert ... ist das auch aus Holz?«,

fragte Volker, nachdem er einen Moment die Klinge gemustert hatte, die der Mann trug.

Roggen nickte, während er weiter kaute. »Ist aus der Saatkapsel einer Reißpflanze hergestellt.« Er drehte das dunkle Schwert, sodass Volker es deutlicher sehen konnte. Dicke, aderngleiche Stränge verbanden die geschärfte Klinge mit dem lederumschlungenen Griff. Der Knauf bestand aus einem perlmuttschimmernden, schweren und ungeschliffen wirkendem Stein. »Man muss den überschüssigen Pflanzensaft und die Fasern wegschnitzen und abkratzen, wenn man die Kapsel aufbricht. Dann legt man die Teile in Schichten übereinander, immer mit einer Lage Pflanzensaft dazwischen. Danach muss man es tagelang pressen, bis es flach genug ist, um alles wegzuschnitzen, was nicht Klinge ist.« Er hielt das Schwert hoch. »Das braucht Wochen. Aber wenn man damit fertig ist – hah!«

Er wirbelte um die Achse und ließ die Klinge niedersausen. Sie zischte, als sie die Luft durchschnitt. Er wandte sich um und hob die Klinge. »Sie schneidet so leicht durch Metall, wie sie Holz spaltet.« Er schaute auf das Brot, das er hielt. »Na ja, vielleicht nicht das hier.« Zerknirscht gab er es Zana zurück.

»Das würdest du bei einem Duardin niemals sehen, dass er eine Klinge aus Holz benutzt, egal wie scharf sie auch sein mag«, grunzte Lugash. Der Fyreslayer lag noch immer mit geschlossenen Augen auf dem Deck.

Roggen lächelte. »Wer denkst du denn, hat uns beigebracht, sie zu fertigen?«

»Es gibt Duardin in Ghyran?«, fragte Volker verblüfft. Er hatte zwar Geschichten in der Richtung gehört, hatte aber nie allzu viel darauf gegeben.

»Einige«, warf Zana ein. »Die Wurzelkönige. Ein stolzes Volk aber scheu. Die graben tief und kommen selten ans Tageslicht und dann auch nur, um Handel zu treiben.«

Roggen nickte mit trauriger Miene. »Manche sagen, sie hätten die Welt verlassen, als die Herrin der Blätter in Athelwyrd verschwand.« Er seufzte. »Vielleicht kehren sie eines Tages zurück, genau wie sie. Ein einziges Mal würde ich sie gerne sehen.« Er schob sein Schwert in die Scheide, nahm einen Eimer, der in der Nähe stand, und ging zu Harrow hinüber. Brondt hatte vor dem Abflug widerwillig Futter zur Verfügung gestellt, nachdem Zana darauf hingewiesen hatte, dass ein hungriger Halbgryph ziemlich unangenehm werden könnte. Roggen zog ein Stück schuppigen Fleisches aus dem Eimer und warf es dem freudig zirpenden Halbgryph zu. Das Fleisch glänzte merkwürdig im Laternenlicht, als das Tier Brocken herausriss, und Volker spürte, wie sich sein Magen hob.

»Wahnflossler«, meinte Zana. »Ist ziemlich gut, wenn man es richtig kocht.«

»Du hast wohl zu allem eine Meinung«, erwiderte Volker lächelnd. Zana lachte. Sie hatte ein raues Lachen, wie etwas Abgenutztes. Alles an ihr deutete auf ein intensiv gelebtes Leben hin. Leute von ihrer Sorte hatte er schon vorher getroffen – Söldner und Wanderkrieger. Sie kämpften für jeden, der ihnen Lohn zahlte. Die meisten hatten in der einen oder anderen Armee gekämpft, auch in denen der Freigilden Azyrs. Manche Hauptmänner der Freigilde heuerten ganze Scharen solcher Kriegshunde an, um jene Schlachten für sie zu schlagen, an die sie keine anderen Kräfte verschwenden wollten.

Volker hatte mehr als einmal an der Seite solcher Söldnertruppen gekämpft. Tapfer waren sie, aber sie hatten die beträublich Neigung, ihr eigenes Leben über die Sache zu stellen, für die sie eigentlich angeheuert worden waren. Und dennoch hatte diese Frau hier sich einem Gott verschworen. Und nicht irgendeinem Gott, sondern einem, dessen Eide wie Eisen waren.

»Das sind eben die Schattenseiten eines interessanten Lebens, Geschützmeister. Ich schätze, ich könnte das gleiche über dich sagen.« Sie musterte ihn von oben bis unten. »Du bist jung für deinen Rang. Bist du ein Held oder hast du nur Glück gehabt?«

»Ich habe schon mal Wahnflossler gejagt«, sagte Volker der Frage ausweichend. »Aus der Tarnung heraus. Sie fressen in den Bergen Azyrs Bergziegen und so was. Stürzen sich herab und schnappen sich alles, was sie zwischen die Zähne kriegen können.« Er runzelte die Stirn und dachte daran, wie die gewaltige haiartige Bestie die Wolken durchbrochen hatte und durch die schneeerfüllte Luft herabgetaucht war, den Rachen unglaublich weit aufgerissen. Er hob seine Büchse hoch und blickte ihren Lauf entlang. »So was mach ich auch nicht wieder.«

Zana grinste. »Es ist leichter vom Deck eines Ätherschiffes aus, aber wahrscheinlich auch nicht sehr. Brondt hat es zu einer Kunst verfeinert – schnell den Haken in sie schlagen, dann lass sie sich selbst müde machen, und dann drischst du auf sie ein, bis sie bewusstlos werden. Wenn sie dann tot sind, muss man sie nur noch zerlegen und ihr Fleisch salzen. Hält sich praktisch ewig, hat man mir gesagt.«

»Du hast wirklich ein interessantes Leben geführt«, meinte Volker. Er zögerte. »Was warst du denn vorher?«, fragte er.

»Bevor ich Söldnerin wurde, meinst du?«

Volker errötete. »Ja.«

»Ich habe in der Freigilde gedient, in Vindicarum«, antwortete sie und zog den Wetzstein die Länge ihres Schwertes entlang. »Das Goldgreifen-Regiment. Wurde irgendwann zum Hauptmann befördert.«

»Was ist passiert?«

»Warum glaubst du, dass irgendwas passiert ist?« Sie lachte über diesen Ausdruck. »Aber du hast nicht unrecht – etwas ist *passiert*.« Sie legte ihr Schwert über die Knie. »Und ich wette, es ist das Gleiche, das daran schuld ist, dass du jetzt hier bist, statt in irgendeinem zugigen Zimmer zu stehen und über Karten zu brüten und Taktiken zu diskutieren.«

»Politik«, sagte Volker.

Sie tippte sich an die Seite ihrer Nase. »Gleich beim ersten Mal erraten. Vielleicht bist du ja so klug, wie du aussiehst.« Sie zog den Handschuh aus und fuhr mit dem Daumen an der Schneide ihrer Klinge entlang. »Hab mir Feinde gemacht. Hochwohlgeborene Azyritengören in angenehmen Ämtern, die ihnen ihre Väter und Mütter gekauft hatten.«

Volker zog die Stirn in Falten. Das passte ebenfalls auf ihn, obwohl er es nicht für geraten hielt, darauf hinzuweisen. Er fuhr fort, den langen Lauf seiner Büchse zu polieren. »Sie haben dich rausgeschmissen?«

»Irgendwann.« Sie presste ihren Daumen zusammen. Volker sah einen Blutstropfen hervorquellen. Sie saugte ihn vom verletzten Finger, bevor sie fortfuhr. »Ein Duell zu viel, sogar für Vindicarum. Zu viele tote Azyriten. Und einen Preis auf meinen Kopf noch dazu.«

»Ein Kopfgeld …?«

Zana grinste. »Wie ich schon sagte, ich habe mir Feinde gemacht. Und was ist mit dir Geschützmeister?«

Volker zögerte, hielt den Lappen in der Hand. »Nein, keine Feinde. Aber auch keine Freunde.« Plötzlich fühlte er das Gewicht von Grungnis Feldflasche in seinem Mantel, berührte die Tasche, in der sie steckte. »Nicht mehr jedenfalls.«

»Zähl dich glücklich«, knurrte Lugash. »Freundschaft ist eine Kette von Verpflichtungen, die schwer an den Schwachen hängt.«

Volker warf dem Schicksalssucher einen Seitenblick zu, unsicher, wie er darauf reagieren sollte. Der Fyreslayer war beunruhigend impulsiv und sprunghaft, und sie waren miteinander in einem beengten Raum eingeschlossen. Lugash funkelte ihn an, als wollte er ihn zu einer Antwort herausfordern.

»Gesprochen wie ein wahrer Schicksalssucher«, sagte Zana. »Kein Wunder, dass deine Loge dich rausgeworfen hat.«

»Sie haben mich nicht rausgeworfen«, entgegnete Lugash. »Meine Loge existiert nicht mehr. Ihr Name ist Staub und ihre Taten sind nur noch Asche.«

Zana nickte. »Vielleicht hättest du ja mit ihnen sterben sollen.«

Lugash war auf den Beinen, die Waffen fest umklammert. »Wie war das?«

Zana stand ebenfalls auf. »Du hast mich verstanden.« Sie deutete mit dem Schwert auf ihn. »Bist du weggerannt? Oder vielleicht warst du es auch einfach nicht wert getötet zu werden.«

Volker tauschte mit Roggen besorgte Blicke aus und ließ die Hand zum Knauf seiner Pistole gleiten. Wenn Lugash sie verletzen wollte, dann hatte er vielleicht keine Wahl. Duardin waren zäh – ein einziger sorgfältig platzierter Schuss würde ihn nicht töten. Und Sigmar mochte wissen, was geschah, wenn er den Schicksalssucher mit einem Schuss traf aber nicht tötete.

Adern aus Urgold glitzerten an der muskulösen Gestalt des Duardin wie Risse in einer alten Statue. Sein Bart sträubte sich, und seine Augen waren weit und starr aufgerissen. »Sag das noch mal«, fauchte er. »Sag es mir ins Gesicht.«

»Ich dachte, das hätte ich schon. Aber bei euch Duardin kann man das nur schwer sagen, so missgestaltet wie ihr seid.« Zana ließ einladend ihr Schwert zucken.

Lugash starrte sie stumm an, und die Augenblicke dehnten sich. Dann ließ er aus lückenhaften Zahnreihen ein Grinsen aufblitzen. Er warf den Kopf in den Nacken und lachte. Es war kein angenehmer Laut, und Volker nahm die Hand nicht von der Pistole. Aber es schien, als hätten Zanas herausfordernde Köder genau die beabsichtigte Wirkung gehabt. Der Fyreslayer schüttelte, noch immer in sich hineinlachend, den Kopf. »Du bist tapfer, *umgi*. Wenn es in deinem Volk mehr von deiner Sorte gäbe, dann würden sie uns nicht brauchen, um ihre Schlachten für sie zu schlagen.« Er hielt inne. »Aber vielleicht ist das ja auch gut so.« Er wandte sich um und trat auf das schwere Schott zu. »Ich brauche etwas frische Luft. Hier stinkt es allzu sehr nach Halbgryph.«

Roggen hielt in seinen Übungen schnuppernd inne. »So schlimm riecht sie doch gar nicht.«

Zana lachte in sich hinein und schüttelte den Kopf. »Du bist da gerade ein ziemliches Risiko eingegangen«, sagte Volker. »Er hätte dich töten können.«

»Nein, hätte er nicht. Er suchte Streit, also habe ich ihm Streit gegeben. So sind Fyreslayer eben – kratzbürstig. Sie brauchen Streit und Kampf so wie wir Nahrung brauchen. Wenn sie das nicht kriegen, dann werden sie etwas verrückt.« Sie runzelte die Stirn. »Noch verrückter sollte ich sagen.« Sie sah Volker an. »Wo wir gerade von verrückten Duardin sprechen, kennst du Oken schon lange?«

Volker musste wegen dieser Überleitung grinsen. »Er hat mich alles gelehrt, was ich weiß.« Er deutete auf seine Waffen. »Alles, was ich bin, verdanke ich ihm. Ohne ihn wäre ich nichts, was der Rede wert wäre.« Er lachte in sich hinein. »Nur eine weitere hochwohlgeborene Azyritengöre.«

Zana blinzelte. »Ah. Das wäre ja eine üble Verschwendung gewesen.«

»Will es hoffen.« Volker legte die Büchse beiseite und nahm seine kunstvoll gefertigte Pistole in die Hand. Oken hatte sich seiner Ausbildung angenommen, obwohl er nie gesagt hatte, warum. Und wenn seine Mutter den Grund wusste, so hatte sie ihn ihm nicht mitgeteilt. Ein weiteres Geheimnis. Catrin Volker war gut darin, Geheimnisse zu hüten. Aber schließlich war das ja auch in Azyr praktisch ein Teil des Lebens.

Er hatte sie seit Jahren nicht gesehen. Nicht, seit sie beschlossen hatte, dass ein Leben in Ghur besser zu ihr passte. Ob zum Guten oder Schlechten, jedenfalls blieb sie bei ihrem Entschluss. Er runzelte die Stirn und versuchte, sich auf das Auseinandernehmen seiner Pistole zu konzentrieren. Normalerweise konnte er das mit verbundenen Augen. Aber seit Grungni ihm zum ersten Mal erschienen war, war er gehörig durcheinander.

Ein Geschützmeister zu sein hieß, seine Routine zum Ritual zu machen. Waffen mussten geölt und gereinigt werden, man musste Berechnungen anstellen und sie entsprechend anpassen. Nicht nur für sich selbst, sondern für Leute, die offiziell unter seinem Kommando standen. Artillerie bedurfte der ständigen Überwachung, damit sie im einsatzfähigen Zustand blieb. Zugegeben, man konnte so etwas immer auf Gehilfen abwälzen – wenn man sich Gehilfen leisten konnte – aber es war nicht das Gleiche, als wenn man es selbst tat.

»Er ist vielleicht tot. Grungni hat das zwar nicht gesagt, aber ...«

Volker hielt inne. »Vielleicht«, sagte er und schloss das Zusammensetzen ab. »Vielleicht aber auch nicht.«

»Bist du deshalb mitgekommen?«

Er sah sie an. »Ist das so seltsam? Er ist mein Freund.«

Sie lehnte sich zurück. »Seltsam? Schätze nicht. Jeder weiß, dass ihr Azyriten nicht ganz richtig im Kopf seid. Schätze, ihr verbringt zu viel Zeit damit, von eurem Gott angeschnauzt zu werden.«

»Ich habe Sigmar niemals gesehen, geschweige denn, dass ich von ihm angeschnauzt wurde.«

»Vielleicht stellt Grungni dich ihm vor.«

Er musterte sie. »Warum machst du das?«

»Was?« Sie sah ihn an, ihr Gesichtsausdruck war unergründlich.

Er schüttelte den Kopf. »Ich denke, das war eine gute Idee von Lugash. Ich glaube, ich brauch auch etwas frische Luft. Entschuldige mich.« Er stopfte sich die Pistole in den Gürtel und verließ, wütend über sich selbst, die Frachtbucht. Sie hatte recht, ob er das nun zugeben wollte oder nicht. Oken könnte genauso gut tot sein. Und dies alles wäre für nichts und wieder nichts. Der Gedanke klang in ihm wider wie eine schiefe Note.

Als er die enge Treppe zum oberen Deck nahm, kam ihm etwas anderes in den Sinn. Zana hatte von Oken gesprochen, als würde sie ihn gut kennen. Er hielt inne, fragte sich, ob er zurück nach unten gehen und sie danach fragen sollte. Aber einen Augenblick später verwarf er die Idee wieder; es war egal. Er war ein paar Mal gezwungen, sich gegen die Wand zu drücken, weil Kharadron geschäftig an ihm vorbeihasteten. Die Duardin schenkten ihm keine Beachtung, und die wenigen Male, da er versucht hatte, eine Unterhaltung anzufangen, war er ignoriert worden.

Volker erreichte das Deck, und sofort traf ihn ein kalter Wind. Das Glühen der Äther-Endrinen hielt das Schiff eisfrei, aber das war auch schon alles. Der Wind pfiff eisig und verwirbelte sich im Gestänge und an der Reling. Die Nacht war angebrochen, und die wilden Sterne Ghurs funkelten ihm wie die Augen gewaltiger Bestien aus der Schwärze entgegen.

Das Deck krümmte sich Richtung Bug aufwärts, und überall, wohin er auch schaute, zogen sich Schläuche, Seile und starre Eisenstützen zu den kugelförmigen Äther-Endrinen hoch. Dies war ein Dschungel unergründlicher Maschinerien, und der Ingenieur in ihm brannte darauf, das alles, gleich und auf der Stelle, auseinanderzunehmen, um das Geheimnis der Funktion all dieser Teile zu ergründen.

Das Deck schwankte merkwürdig unter Volkers Füßen. Das fühlte sich irgendwie so gar nicht wie auf einem Wasserfahrzeug an. Er fand einen Ort nahe der Steuerbordreling, wo er allen aus den Füßen war, um sich seine Gastgeber näher anzuschauen. Die Duardin gingen emsig den unterschiedlichsten Tätigkeiten nach.

Er wusste fast gar nichts über die Kharadron. Nach dem Wenigen, was er gehört hatte, unterschieden sie sich von den Vertriebenen so sehr wie die Fyreslayer. Allen Dreien gemeinsam war ihre Abkunft aus den Khazalidischen Reichen, die sich im Zeitalter der Mythen in den Reichen der Sterblichen ausgebreitet hatten. Alle drei hatten sich durch die unterschiedlichen Wege, die ihre Vorfahren eingeschlagen hatten, sehr stark auseinanderentwickelt.

Die Vertriebenen ehrten die Tradition über allem anderen. Sie hielten eisern an Ritualen fest, an die man sich nur noch halb erinnerte, und an Hader, dessen Anfänge Jahrhunderte zurücklagen, so, als wäre es ihnen dadurch möglich, die Funken einer einstigen Größe allein durch die Kraft des schieren Willens zu erhalten. Dagegen hatten die Logen der Fyreslayer in ihrer Isolation ihre eigenen Rituale und eine ihnen eigene Größe entwickelt.

Und von dem Wenigen, was er wusste, schien es, als hätten die Kharadron die ältesten khazalidischen Traditionen um des Überlebens willen abgelegt. Sie hatten alles hinter sich gelassen, was die Duardin zu Duardin gemacht hatte, und waren etwas anderes, wenngleich immer noch Vertrautes, geworden. Seltsame Leute, mit seltsamen Sitten.

Er wandte sich um und entdeckte eine massige Gestalt, die an der gebogenen Spitze des Bugs kauerte. Lugash hatte sich dort hingehockt, nur einen Fingerbreit vom Sturz in die Tiefe entfernt, und starrte in die Dunkelheit. Er fragte sich, woran der Fyreslayer wohl denken mochte. Aber es war wahrscheinlich besser, nicht nachzufragen.

Volker seufzte und lehnte sich über die Reling. Aufgeschreckt flog ein Rabe aus einer Vertiefung im Rumpf auf und segelte mit vorwurfsvollem Krächzen davon. Weit unter ihnen erstreckte sich die grasbedeckte Weite der Bernsteinsteppen von Horizont zu Horizont. Vereinzelt hingeworfene Hügel und zerklüftete Felsflächen stachen aus dem Grasland wie Grabsteine hervor, welche die letzten Ruhestätten eines untergegangenen Reiches kennzeichneten. Die Ghurlande waren voll mit vergessenen Königreichen. Die großen Waaaghs Gorkamorkas hatten sie überrannt, und dem, was übrig geblieben war, hatten die Diener des Chaos den Gnadenstoß versetzt. Nun nannten nur noch einige wenige Nomandenstämme dieses Grasland ihre Heimat. Er konnte das Glimmen ihrer Lagerfeuer von dieser Höhe aus erkennen, Dutzende davon, viele Reisestunden voneinander entfernt. Winzige Glutfunken menschlichen Zusammenlebens, verloren in der Dunkelheit.

Am Ende war es das, worum es ging, dachte Volker. Vielleicht waren aus diesem Grund Städte wie Excelsis gegründet worden. Denn trotz all ihrer Fehler dienten sie den verstreuten Kindern der Menschheit als Leuchtfeuer, die sie heim riefen. Excelsis und die anderen Gründerstädte waren die Saat eines Neubeginns. Eines Neubeginns für alle Sterblichen.

Er blinzelte, als etwas in der Dunkelheit aufglomm. Kein Sternenlicht oder das Glimmen eines Feuers von tief unten, sondern etwas ... Metallisches. Er beugte sich vor. Die Wolken waren dichter geworden und schwache Adern glitzernden Lichtes durchzogen sie.

»Sternenstaub«, murmelte Volker. Er hatte solche Leuchtstäubchen schon als Kind gesehen. Sie wirbelten um die höchsten Gipfel Azyrs und sammelten sich in dicken Wolken.

»So nennt ihr sie da, wo du herkommst?«

Er wandte sich um. Kapitän Brondt stand hinter ihm und kaute auf seinem unvermeidlichen Stumpen herum. Der Duardin trat zu ihm an die Reling. »Wundert mich, dass du hier atmen kannst, Menschling. Die meisten deiner Art kommen mit der Höhe nicht klar.«

Volker atmete tief ein. Darüber hatte er gar nicht nachgedacht. »Das? Das ist gar nichts, verglichen damit, wo ich geboren bin.« Er blickte auf. »Von meiner Wiege aus konnte ich fast die Sterne berühren.«

Brondt grunzte. »Ach, tatsächlich?« Er streckte die Hand aus und fing darin etwas von den funkelnden Stäubchen ein. Sie klebten an seiner Hand wie Staub. »Äthergold, der Atem Grungnis, so nennen das manche. Durch diese Wolken hier verlaufen reiche Adern davon. Durch's ganze Reich, wenn man's genau nimmt.«

»Es ist wunderschön«, sagte Volker.

»Mehr als das. Wenn's das nicht gäbe, könnten unsere Schiffe nicht fliegen. Unsere Städte, die würden vom Himmel stürzen. Unser Volk – unsere ganze Gesellschaft – würde bröckeln, so wie das bei unseren Vorfahren passiert ist.« Brandt blickte auf seine Hand. »Das hier ist einfach alles.«

»Dann baut ihr das also ab?«

Brondt lachte vor sich hin. »Würde eher sagen, wir spekulieren damit. Bevor hier irgendjemand kommt, um es abzubauen, bin ich hier. Ich schau mir die Sache an. Suche nach den Stellen, wo es sich lohnen könnte.« Er seufzte. »Ist'n gutes Leben, wenn man eine bestimmte Neigung und das Naturell dazu hat.« Er wies auf die Wolken. »Wir sind nicht die Einzigen, die danach jagen. Die Harkraken und schlimmeres Zeug nehmen es zu sich. Keinen Schimmer, warum, denn die ernähren sich genauso gut von Fleisch wie vom Äther. Sie können's riechen, auf viele Reisestunden, und einem Schiff, das es an Bord führt, jagen sie schneller hinterher, als du auch nur spucken kannst. Wo wir gerade davon reden –«

Er griff zu und packte Volker beim Mantel, als etwas Monströses plötzlich aus den Wolken unter ihnen hervorstürzte und mit dem Geräusch einer Lawine zu ihnen emporschoss. Volker hatte den vagen Eindruck von Abertausenden dreieckiger Zähne, jeder von der Größe eines Menschen, die einen Rachen so breit wie die Bastion säumten, bevor sich dann ein Wall gesprenkelten Fleisches vor ihnen jenseits der Reling in die Höhe türmte, weiter und weiter, dass es ihm wie eine Ewigkeit schien. Die *Zank* schwankte, ihre Äther-Endrinen stöhnten unter der Belastung, als sie durch dieses plötzliche Auftauchen hin und her geworfen wurde. Alarmsirenen heulten und jähe Warnrufe erhoben sich aus der Mannschaft, als die ungeheure Macht des Wesens, das da an ihnen vorbeizog, einen Orkan ekelhaft stinkender Luft über das Deck peitschte.

Brondt stieß Volker zurück und wandte sich um. »Alle Mann an die Kanonen«, brüllte er. »Mannschaften an die Druckventile! Sieht so aus, als wären wir heute Nacht nicht die Einzigen hier am Himmel!«

Volker starrte nach oben, und die Monstrosität stieg nur immer weiter an dem Ätherschiff vorbei auf. Buckel von Ätherkrustengetier übersäte seinen Bauch, und er glaubte fast, er sähe die zerbrochenen Überreste anderer Schiffe von den gewaltigen Flanken herabhängen, ihre Hüllen geborsten und zertrümmert. »Was ist das für ein Ding?«, rief er, während ein Schwall primitiver Angst in ihm hochschoss. Nichts konnte derart groß sein und dennoch fliegen – es widersprach jeder Logik.

Brondt lachte. »Kein was, Menschling – ein wer!« Er grinste wölfisch. »Das ist der Große König selbst, der mal eben schauen kommt, wer da in sein Territorium eingedrungen ist!«

Anderswo auf den Bernsteinsteppen klaffte das Maul ein zweites Mal in ebenso vielen Tagen auf. Amethystfarbene Blitze krallten hervor und ließen die Leichen, die um es herum lagen, zucken und tanzen. Die Orruks, die bei der Ankunft des Todesbringers mit dem Leben davongekommen waren, hatten sich kurz darauf eilig in die offene Reichspforte gestürzt, weil sie dahinter nach Streit, Mord und Schlachten suchten.

Das alles hatten sie auch gefunden. Und einen hohen Preis dafür bezahlt.

Die monströse Gestalt, die im Maul erschien, gab ein ohrenbetäubend schrilles Kreischen der Herausforderung von sich. Einst war sie eine Fledermaus gewesen. Eine enorm große Fledermaus, größer als solch eine Kreatur je sein sollte, aber noch immer eine lediglich natürliche Kreatur. Jetzt war sie weit jenseits davon.

Der Terrorgheist kreischte erneut, als er aus der Reichspforte hervorbrach. Gefaltete Flügel gruben sich durch blutgetränkte Erde, während die verrotteten Überreste, der wie ein Speerblatt geformten Nase in einem Anfall von Phantomhunger zuckte. Er trug die Fetzen einer einst prächtigen Livree und von Rüstungsteilen, wie es einer Bestie anstand, auf der im Leben einer der längst verstorbenen Herzöge von Gheist in die Schlacht geritten war.

Ihr jetziger Reiter war, genau wie die Kreatur selbst, kalt und tot.

Adhema, die letzte Edle eines gefallenen Königreichs, jedoch dachte von sich selbst keineswegs in solcher Weise. Blut pumpte schließlich noch immer durch ihre Adern, auch wenn es gestohlen war. Hitze erfüllte sie beim Gedanken an die Schlacht oder die Jagd. Das war ihr derzeit an Leben genug.

Ihre Rüstung und Klinge waren mit Spritzern vom teerigen Blut der Orruks übersät, und ihre Nase war von ihrem ranzigen Geruch erfüllt. Sie waren wie hungrige Insekten aus der Pforte hervorgeströmt, und sie war gezwungen gewesen, sich einen Weg durch ihre Reihen zu wühlen. Eine amüsante Ablenkung, doch eine, der sich hinzugeben sie reichlich wenig Zeit hatte.

Sie zerrte an ihren Zügeln, und ihr monströses Reittier kam schwerfällig zum Halten. Das gewaltige Fledertier fauchte protestierend und wand sich unter ihr. Es roch das Blut. Und wo Blut war, gab es Jagdbeute. Sie lehnte sich über ihren Sattelknopf und musterte das primitive Lager. Es war jetzt leer, von den Lebenden verlassen und nur noch von den Körpern der soeben Erschlagenen bewohnt.

Sie kletterte aus dem Sattel und glitt zu Boden. Der Terrorgheist knurrte, doch eine einzige Geste reichte aus, ihn zu beruhigen. Sie hatte wenig Kenntnis der nekromantischen Künste, doch das Wenige reichte aus, einen solch simplen Geist zu kontrollieren. Vorsichtig ging sie durch das Lager und hielt immer wieder an, um die Luft zu schmecken.

Der, den sie jagte, war hier gewesen. Sein ganz eigener Geruch – wie heißes Eisen und geröstetes Fleisch – hing schwer inmitten des Miasmas der Grünhäute. Doch sie hatte keine Ahnung, wohin er gegangen war. Sie kauerte sich nieder und tastete den schwachen Eindruck eines Pferdehufes nach. Die harte Erde trug wenig dazu bei, die Spuren, derer, die über sie schritten, zu bewahren.

Adhema.

Die Stimme hallte wie leiser Donner in ihrem Geist wider. Adhema erhob sich aus der Hocke. Tote Orruks bedeckten in alle Richtungen den Boden; sie waren erst kürzlich getötet worden und das mit erheblicher Gewalt. Der, den sie jagte, war ganz gewiss hier durchgekommen und das erst vor Kurzem. »Ich höre Euch, meine Herrin, und erwarte Eure Befehle«, murmelte sie noch immer das Schlachtfeld inspizierend.

Er war schludrig, dieser Todesbringer. Nur Kraft und wenig Kunstfertigkeit. Ein Wirbelwind des Schlachtens, dem selbst die grundlegendste Raffinesse abging. Doch selbst so kämpfte er mit Schläue. Unter all den Muskeln und dem Metall hauste tatsächlich ein Geist. Das machte ihn gefährlich. Hinter ihr gab der Terrorgheist ein Grollen der Ungeduld von sich. Der Hunger, der ihn im Leben angetrieben hatte, war im Tode ins Unermessliche gestiegen, obwohl er nicht länger Fleisch in seinen Bauch bekommen musste.

Hast du ihn schon gefunden? Neferatas Stimme war wie das Rascheln dunkler Seide. Es sang sich durch Adhemas Blut, wie es das schon viele Male im Lauf der Jahrhunderte getan hatte. Ihr Blut war das von Neferata und Neferatas das ihre, und wann immer sie in die Reiche ging, ging ihre Herrin mit ihr. Wie ein Schatten, der über ihrem Geist lag.

»Nein, Herrin. Er war hier, aber ich habe seine Spur verloren.« Sie blickte auf und beschattete ihre Augen gegen das Licht des bleichen, rötlichen Mondes. Sie spürte ein Aufflackern von

Neferatas Zorn und beeilte sich, ihr Versagen zu entschuldigen. »Es ist einer eurer eigenen Hengste, den er jetzt reitet. Schnellere Rösser als jene, die in Nulahmia gezüchtet werden, gibt es nicht.«

Und wer ließ ihn sich dieses Ross nehmen, Schwester?

Adhema zuckte zusammen. »Er tötete sie, bevor er ihr das Pferd nahm«, murmelte sie.

Ein dunkel glucksendes Lachen taumelte durch ihren Geist. Zumindest war ihre Herrin amüsiert. Das war schon etwas. »Ich kann seine Spur finden, aber das braucht Zeit.«

Etwas, das wir nicht haben.

Adhema runzelte die Stirn. »Wir sind unsterblich. Wenn wir etwas haben, dann doch sicher *das*.«

Neferata seufzte. *Wir sind nicht die einzigen Wölfe auf seiner Fährte, Schwester. Meine Spione an den Höfen der großen Mächte schicken ihre Warnungen – man weiß jetzt von den Acht Wehklagen. Große Pläne geraten in Bewegung, und Spione schleichen sich aus dem Varanturm und der Unentrinnbaren Feste, um diese Waffen zu suchen.*

Adhema spürte, wie ihr ein Anflug elementarer Kälte das Rückgrat herablief. Wenn der Dreiäugige König sich selbst in dieses Spiel eingemischt hatte, war dann nicht wahrscheinlich der Große Nekromant auch nicht weit?

Das ist er, teure Schwester. Wir sind bei diesem Unterfangen seine Instrumente, wobei ich zugeben muss, dass wir ohne sein Wissen handeln. Jedenfalls ist es nicht Archaon selbst, der vorprescht, sondern einer seiner Höflinge. Bisher ist dies noch ein Bauernspiel und nicht eines für König und Königin.

Adhema runzelte die Stirn. Sie machte sich keine Illusionen, was ihre Bedeutung im großen Ganzen betraf, doch fühlte sie bei diesen Worten dennoch einen Stich. »Wie Ihr meint, Herrin.«

Ah, meine teure, süße Adhema. So wild, so begierig darauf, Blut zu vergießen. Doch ich muss wie ein Spieler denken, der seine Züge bedachtsam plant, nicht wie ein Krieger. Er hat Vorsprung, ja, aber die Lösung ist nicht, ihn zu verfolgen, sondern ihm zuvorzukommen.

»Er hat das Bruchstück«, protestierte Adhema. Dass sie darin versagt hatte, das Bruchstück an sich zu bringen, nagte noch immer an ihrem Stolz. Sie hatte nicht damit gerechnet, dass der Todesbringer fliehen würde. Normalerweise kämpften sie bis zum Tod – dem ihren.

Und den verfolgt er auch blind. Er ist ein stumpfes Ding, das einfach in jede Richtung davonpresst, in die der Wind es trägt. Doch du, meine Teure, bist eine Schwertkämpferin. Also denk auch wie eine!

Adhema hielt inne und dachte darüber nach. »Wenn ich ihm folge, riskiere ich eine Konfrontation. Aber es muss einen anderen Weg geben, herauszufinden, wo der Speer schläft – irgendjemand anderes, der uns Hinweise geben kann.«

Die Diener des Verkrüppelten Gottes denken offensichtlich ebenso, denn sie stürmen in diesem Moment schon südwärts über die Bernsteinsteppen. Neferata lachte. *Ganz schön kluge Geschöpfe, diese Himmels-Duardin, solch wunderbare Schiffe zu bauen. Schau, Schwester – da!*

Adhema keuchte auf, als ihre Sicht plötzlich von der eines anderen überlagert wurde. Die Welt drehte sich wie verrückt, wie willkürlich, und in ihrem Schädel hallten die schrillen Schreie von Fledermäusen wider. Durch zahllose Augen sah sie ein seltsames metallgepanzertes Gefährt, das sanft auf seiner Fahrt nach Süden durch die Wolken glitt. Die Welt wurde wieder normal und sie taumelte, griff sich an ihren schmerzenden Kopf.

Entschuldige, Schwester, ich vergesse oft, wie schwer es manchen fällt, die Welt durch andere Augen zu betrachten. Du hast es dennoch gesehen, oder?

»Mehr als ich dachte. Ich weiß, wohin sie wollen.« Adhema straffte sich. »Die Kriechende Stadt.«

Und warum wollen sie das? Neferatas Schnurren verriet, dass sie die Antwort schon kannte.

»Etwas ist dort. Etwas, das sie zum Speer führen wird.« Adhema wandte sich um und schwang sich auf den Hals des Terrorgheists. Das monströse Fledermauswesen stieß ein begieriges Kreischen aus, als sie ihm die Hacken ins zerrissene

Fleisch bohrte und die Zügel anzog. Es schwang sich mit einem einzigen Schlag seiner zerfetzten Schwingen in die Luft.

»Und ich werde es als Erste finden.«

SIEBEN

DER GROSSE KÖNIG

Der Große König.

Die Worte ließen Volker erzittern. Es gab keine Seele in Excelsis, die nicht schon Geschichten über diesen berggroßen Wahnflossler gehört hätte – eine haiartige Bestie, welche den Himmel der Reiche und sogar der Leere selbst so leicht durchschwamm, wie ihre kleineren, meergeborenen Brüder durchs Wasser glitten. Wahnflossler waren gigantisch – sie kamen an Größe leicht einem Ätherschiff der Kharadron gleich oder übertrafen dieses noch. Doch der Große König war noch gewaltiger.

Er war der König aller Wahnflossler, ein titanisches, vorzeitliches Monster, das die Himmel von Ghur heimsuchte, seit das Reich Gestalt gewonnen hatte. Manche flüsterten, dass er von einer uralten Macht, die ihn loswerden wollte, in diesem Reich gefangen gesetzt worden sei. Andere meinten, er sei eine der legendären Gottbestien. Alles, was Volker wusste, war, dass seine bloße Erwähnung sogar Orruks in tief verwurzelter Angst zusammenzucken lassen konnte.

Als der Wahnflossler an ihnen vorüberzog, wurde die *Zank* ungestüm taumelnd von ihrem Kurs abgebracht. Endrinen stöhnten unter der Belastung auf, und das Schiff richtete sich wieder aus. Kharadron in schwerer Arkanautenrüstung eilten zur Reling und bemannten die Ätherkarabiner und die Himmelskanone. Druckventile heulten auf, als das Schiff beidrehte. Der Schatten des Wahnflosslers hing über ihnen wie eine zweite Nacht. Brondt blinzelte zu dem sich hoch über sie auftürmenden Giganten empor.

»Man vergisst immer, wie groß dieser Hundesohn doch ist«, murmelte er. »Wie eine dieser fliegenden Inseln in Ghyran, nur zorniger.« Er wandte sich um und bellte einen Befehl. Ätherkarabiner drehten sich auf ihren Verankerungen und folgten der Bestie, die zu einer Wende ansetzte. Bei dieser Größe, schätzte Volker, hatten sie ein paar Minuten, bevor sie wieder herankam.

»Wir werden doch wohl nicht versuchen, dieses Ding zu bekämpfen.« Volkers Handflächen juckten. Er wünschte, er hätte seine Langbüchse nicht in der Frachtbucht zurückgelassen.

»Jetzt sei nicht dämlich. Wir flüchten, was das Zeug hält.«

»Wohin?«

»Dahin.« Brondt zeigte auf etwas, und Volker, der seinem ausgestreckten Arm folgte, entdeckte in der Ferne ein tanzendes Licht. »Zonbek«, fuhr Brondt fort. »Eine Glimmfeuer-Bake. Wir haben sie entlang der besseren Handelsrouten errichtet. Hält einem die Harkraken und Wahnflossler vom Hals. Meistens jedenfalls.« Er schlug Asche von seinem Stumpen ab. »Gibt mehr Bestien am Himmel als Sterne darüber.« Er warf Volker einen abschätzenden Blick zu. »Du bist nicht von hier. Siehst mir aus wie einer, der aus Azyr kommt. Da ist so was in euren Augen.« Er machte eine Handbewegung, die das unterstreichen sollte.

»Ja, ich komme von da.«

»Ich kann Azyr auf den Tod nicht ausstehen. Die Luft ist zu rein da. Zu kalt.« Brondt grinste. »Aber du scheinst ja in Ordnung zu sein. Bisschen fad, aber das kommt sicher von der vielen sauberen Luft.«

Volker schnaubte. »Aha. Und wo kommst du her?«

»Barak-Mhornar.« Er griff in seinen Mantel und zog eine seltsame Gerätschaft hervor. Sie glich einem Kompass oder einer Taschenuhr oder beidem. Er klappte sie auf und besah sich das rotierende Zifferblatt, während er den gewaltigen Umriss des Großen Königs, der über ihnen wendete, im Auge behielt. »Über dem Helsilbersund, irgendwo bei den Brasslokbergen, je nachdem wie die Ätherströmungen gerade verlaufen.« Er schloss mit einem Klicken die Apparatur und stopfte sie zurück in seinen Mantel. »Ein recht einträglicher Hafen, möcht' ich meinen.«

»So einträglich wie ein Ort, den man die Stadt der Schatten nennt, nur sein kann«, meinte Zana. Volker wandte sich um, als sie zu ihnen an die Reling trat. »Was geht hier vor?«, fragte sie und prüfte die Schnallen ihrer Rüstung. »Werden wir angegriffen?«

»So was in der Art.« Brondt drehte sich zu ihr.

»Wo ist Roggen?«, fragte Volker.

»Noch immer da unten und versucht, sein Vieh zu beruhigen. Wenn es freikommt, so aufgeregt wie es ist, kann es hier ziemlich schnell ziemlich ungemütlich werden.«

»*Ein* Monster reicht uns schon vollkommen«, erwiderte Brondt. Er zeigte nach oben. »Ist'n mächtiger Drecksack. Das waren Himmelsharpunen, die ihm da vom Panzer herabrasseln. Der kennt uns nur zu gut, der alte Deubel. Hab gehört, Brokrin hätt' ihn fast erwischt, so vor 'nem Jahr, aber da wahr wohl eher der Wunsch der Vater des Gedankens.«

Zana starrte auf den fernen Umriss des Wahnflosslers und fluchte. Sie funkelte Brondt finster an. »Kann dieser alte Kahn nicht schneller fliegen? Ihm entkommen?«

»Mag sein. Wenn wir die *zonbek* erreichen, dann dreht er vielleicht ab und sucht sich was anderes, das er drangsalieren kann. Hat empfindliche Augen, der König. Darum jagt er meist auch bei Nacht. Hab gehört, man hat ihn kürzlich anderswo am Himmel gesichtet, deshalb war'n wir auch nicht vorbereitet.«

Zana runzelte die Stirn. Sie sah sich um. »Wo ist Lugash? War der nicht hier oben?«

Volker wandte sich um. »Er war vorhin noch am ... Bug ...«

Am Bug war von der kauernden Gestalt des Fyreslayers keine Spur mehr zu entdecken. »Hast du ...?«

Brondt sah ihn nicht an. »Frag mich nicht. Ich hatte was anderes zu tun, bei so 'nem Riesen-Wahnflossler, der uns mal eben happsnehmen will. Wenn du einen von deinen Leuten verloren hast, dann kannst du mich dafür nicht haftbar zu machen. Paragraph Acht, Zusatz Drei des Kodex besagt klar und deutlich –«

»Den Kodex kannst du dir«, zischte Zana, »oder besser, ich persönlich werde ihn dir, wenn er tot ist –«

»Er ist aber nicht tot«, sagte Volker und lehnte sich über die Reling. Er erhaschte ein Aufblitzen von Rot an der Seite der Äther-Endrin. »Er ist da oben.«

Brondt erbleichte. »Was im Namen des Schöpfers macht er denn da oben?« Er stürzte zur Reling und reckte den Kopf aufwärts. »Komm da runter, du lava-blütiger Dämlack«, brüllte er. »Du wirst noch dafür sorgen, dass wir alle abstürzen!« Brondt drohte dem Fyreslayer mit der Faust und ließ auch gleich einen wahren Sturzbach von Verwünschungen folgen.

Volker sah Lugashs gedrungene Gestalt auf der Kuppe der mächtigen Endrinkugel herumkrabbeln. Er konnte den Duardin lachen hören und fragte sich, ob er sich vom Schiff aus auf die Bestie werfen wollte. Er sah Zana an. »Einer von uns sollte ihm hinterhergehen.«

Sie streckte ihm die geschlossene Faust entgegen. »Gold, Silber oder Kupfer?«

»Was?«

Ein Geräusch wie ein Hurrikan fegte über sie hinweg. Der Große König näherte sich ihnen, und Wolkenfetzen strömten die Reihen seiner Zähne entlang. Volker fluchte. »Egal.« Er ergriff die Reling, bereit, sich darüber hinweg zu schwingen, und wünschte sich noch einmal inständig, er hätte jetzt seine Langbüchse.

»Was machst du da, Azyrit?«, fuhr Brondt ihn an, und packte ihn am Arm. »Bist du übergeschnappt? Auf gar keinen Fall, lasse ich dich da raus klettern.«

»Und was ist mit Lugash?«

»Was soll mit ihm sein? Soll der Irre doch selbst sehen, wie er da zurechtkommt.« Brondt drehte sich weg, als einer der Mannschaft ihm etwas zurief. Er wandte sich wieder um und stieß Volker in Zanas Richtung. »Ihr zwei – bleibt uns bloß aus dem Weg. Das hier ist jetzt unsere Sache, und ihr schießt uns da gefälligst nicht quer.« Er stapfte die Reling entlang und bellte seine Befehle. »Volle Kraft voraus, schließt die Luken und macht die Druckventile klar. Njord, Bron – ich will die Karabiner auf seine verdammte Kehle gerichtet sehen. Er will'n Bissen von uns, dann soll er ihn sich auch verdienen.«

Er wandte sich wieder dem sich nähernden Wahnflossler zu. Dessen Rachen weitete sich, als wollte er das gesamte Schiff verschlingen. »Feuer!«, donnerte Brondt. Es gab ein heftiges Grollen, als die Schiffskanonen Ätherfeuer durch den Himmel schossen. Das sich nähernde Monster bebte, eher vor Überraschung als vor Schmerz, dachte Volker. Er hob seine Pistole, obwohl er wusste, dass sie nicht viel ausrichten würde, und sah Zana ihre Klinge halb aus der Scheide ziehen. Sie warf ihm ein klägliches Lächeln zu, doch bevor einer von ihnen etwas sagen konnte, hüllte ein Strahl unglaublich hellen Lichtes die *Zank* ein.

Es gab ein donnerndes Grollen, als der Große König sich mitten im Schwung drehte, sich von dem Licht und den hämmernden Kanonen wegrollte. Die große Bestie schoss an dem Ätherschiff vorbei, dass es bis in die letzte Niete erzitterte, und tauchte dann mit einem Ausschlagen seines gewaltigen Schwanzes in die Wolken ein. Eine mächtige Bugwelle verdrängter Luft peitschte das Schiff durch, doch es blieb auf seinem Kurs. Brondt schrie triumphierend auf und schlug mit den Fäusten auf die Reling ein. »Hah! Das schmeckt Euch wohl so gar nicht, was, Eure Majestät?« Er wandte sich zu Volker um. »*Zonbek*, genau wie ich gesagt habe.«

Die Glimmfeuer-Bake erhob sich ihnen gegenüber, strahlte durch die Wolken hindurch wie ein in Bernstein eingefangener Sonnenstrahl. Sie war eine Art Turm, der sich auf einer

Anordnung von Äther-Endrinen erhob, die dazu dienten das Gebilde in der Luft zu halten. Landebrücken ragten in einem weiten Rund aus der Basis hervor, und hohe, befestigte Mauern umgaben die zentrale Struktur. Als sie daran vorbeifuhren, konnte Volker erkennen, dass sowohl die Mauern als auch der Bakenturm selbst vor Waffen starrten – und vor Duardin wimmelten.

Brondt winkte den Kharadron auf den Mauern fröhlich zu. »Die halten uns im Licht, bis wir anlegen können.« Er hakte den Daumen in den Gürtel und stieß einen langen, langsamen Atemzug aus. »Das war eng – dachte schon, jetzt hat er uns erwischt.«

»Dachte ich auch. Warum habt ihr das Biest vertrieben?«, knurrte Lugash über die Reling zurückkletternd. Die Runen des Fyreslayers glühten in zornigem Rot, genau wie seine Augen. Er hielt die Axt in der Hand und aus seinen Zügen strahlte reine Mordgier.

Brondt warf dem anderen Duardin einen zornigen Blick zu. »Weil ich's nicht drauf anlege, heute gefressen zu werden, Schicksalssucher. Anders als jemand anderer.«

»Feigling«, spie Lugash hervor.

»Pragmatiker«, konterte Brondt mit zusammengekniffenen Augen. »Es liegt nun mal keine Ehre in einem unrentablen Tod. Besonders nicht, wenn's gegen ein Monster wie das hier geht. Das ist kein Feind, gegen den man kämpft, das ist ein Sturm, vor dem man sich flüchtet.«

»Was du nicht sagst«, meinte Lugash. Er machte einen bedrohlichen Schritt vorwärts, hielt aber an, als Volker zwischen die beiden trat. »Aus dem Weg, Menschling. Dieser *wazzock* und ich haben was auszutragen.«

»Das Einzige, was hier auszutragen ist, dauert gerade mal so lange, wie ich brauche, dich von meinem Schiff zu werfen«, fauchte Brondt und griff nach der entersäbelähnlichen Klinge, die er an der Hüfte trug. Zana packte ihn und zog ihn zurück. Volker hob seine Pistole. Lugash grinste.

»Hast du doch noch deinen Mut gefunden?«

»Hab ihn nie verloren. Ich verschwende nur nicht gern Ressourcen.«

Lugash schnaubte. »Soll das eine Drohung sein?«

Volker spannte die Pistole. »Ja.«

Lugash zögerte. Dann trat er einen Schritt zurück und spuckte Volker vor die Füße. »Ich konnte Urgold im Bauch dieses Viehs reichen. Es sang in meinem Blut.« Er wandte sich ab, und Volker senkte seine Waffe. Das war alles an Erklärung, was sie von ihm hören würden, vermutete er. Er steckte seine Pistole ins Holster und entließ einen zittrigen Atemzug.

Zana pfiff. »Ich habe schon Fyreslayer gesehen, die ohne mit der Wimper zu zucken durch Falbfeuer marschieren. Meinst du, das Spielzeug, das du da hast, hätte dir irgendwas genützt?«

»Nein. Aber es hätte mir genügend Zeit erkauft, mich aus dem Staub zu machen.« Volker verneigte sich vor Brondt. »Entschuldigt, Kapitän. Unser Gefährte ist etwas … sprunghaft.«

Brondt seufzte und tat Volkers Entschuldigung ab. »Du meinst, er ist ein Schicksalssucher. Er ist wahrhaft schlimmer, als dieser zu groß geratene Greif, den ihr da im Laderaum habt.« Er schüttelte den Kopf. »Aber was soll's. Bald seid ihr von meinem Schiff runter, und das war's dann.«

»Gib zu, du wirst mich vermissen«, sagte Zana.

»Du hast noch'n halben Gefallen bei mir gut«, brummte Brondt. »Danach sind wir quitt.«

Ein Ruf von einem Mannschaftsmitglied ließ ein Lachen im Gesicht des grauhaarigen Duardin aufscheinen. »Endlich«, grunzte er. »Schaff besser deinen anderen Freund nach oben. Nicht jeden Tag hat man Gelegenheit, die Kriechende Stadt in all ihrer monströsen Schönheit zu sehen.«

Yuhdak vom Neunfältigen Pfad, letzter Prinz der Terrassenstadt, sackte seufzend in sich zusammen. Sein Kopf schmerzte von der Anstrengung, die gewaltige Bestie zu kontrollieren. Ihr Geist war wie ein Riff urtümlichen Verlangens, und wenn der Hexer nicht vorsichtig war, würde er daran zerschellen. Größere Seelen als seine hatten in einem Zweikampf des Willens gegen die vorzeitliche Monstrosität, die man den Großen König nannte, schon den Kürzeren gezogen.

Der Wahnflossler war uralt, sogar nach den Maßstäben von jemandem, der bereits Jahrhunderte gelebt hatte. Er war das älteste Wesen an diesem Himmel, und er trug die Narben eines Lebens voller beständigen Kampfes. Es verschlang Harkraken und Chimärenrudel und besiegte jeden, der versuchte, in sein Territorium einzudringen – selbst Gorkamorka persönlich, so flüsterte man, habe dabei versagt, den Großen König endgültig zur Strecke zu bringen. Der enorme Wahnflossler jedenfalls jagte noch immer im Meer der Sterne, also war an der Geschichte, so entschied Yuhdak, zumindest ein Körnchen Wahrheit dran.

Er blickte auf, als der Schatten der Bestie über den Grat, auf dem er saß, hinwegstrich und durch die Wolken höher schwamm, zurück in jene Dunkelheit, in der er normalerweise lauerte. Auf seine Art war er ein wunderbares Geschöpf. Er war das Gegenteil von Komplexität – ein glatter, kompakter Geist schlichter Begierden. »Nun ja, ein Fehlschlag, aber zumindest ein ehrlicher«, murmelte er. Es würden sich andere Chancen eröffnen und zwar bald.

Yuhdak strich seine vielfarbigen Gewänder mit eleganter Handbewegung glatt. Seine Rüstung war aus schillerndem Glas gefertigt, jede Facette in einem anderen Farbton. Seine Kriegsmaske war aus gebrochenem Kristall gemeißelt und ahmte eine hohnlachende Dämonenfratze nach. Sie war hinten offen, sodass ihm seine Mähne aus dickem, straff zusammengebundenem Haar über die Schultern fallen konnte. Die Klinge, die er an seiner Hüfte trug, war gebogen und ihre Scheide reich verziert.

Obwohl Magie seine Waffe der Wahl war, so war er doch schon von früh an in den Künsten der Klinge unterwiesen worden, wie es einem Prinzen anstand. Er schätzte, dass es in diesem ganzen primitiven Reich keinen besseren Schwertkämpfer als ihn gab. Und wenn doch, so verspürte er jedenfalls wenig Verlangen danach, diesen kennenzulernen.

Yuhdak kauerte sich hin und begann die rituellen Figuren eines neuen Werks in den Staub zu zeichnen. Die Acht waren schon oft in den Jahrhunderten seit ihrem Verschwinden erneut aufgetaucht. Die Waffen suchten sich einen Träger, um benutzt zu werden, bevor sie schließlich wieder verschwanden. Die Gerüchte und Spekulationen darüber, warum das so war, sprossen vielfältig und üppig unter den Dienern der Verderbten Mächte. Zwischen den Reihen angeketteter Folianten und den umherstreifenden Regalen der großen Bibliothek der Verbotenen Stadt flüsterten die Diener der Fügung Geschichten über jenes Wesen, das als Enigma Daemonicum bekannt war.

Als ein gerissener Gauner ohnegleichen nahm das Enigma selbst unter solchen Betrügern wie der Königin der Füchse oder dem Wechselbalg eine herausragende Stellung ein. So boshaft und verräterisch, wie er war, war dieses Wesen aus der Verbotenen Stadt verbannt worden – das Einzige, das je ein solches Schicksal getroffen hatte –, doch hatte das keineswegs seiner Lust an Scherzen und Streichen Abbruch getan. Seine liebste Posse war es, Gegenstände von großem Wert zu stehlen und sie dann in einem von ihm selbst angelegten Labyrinth zu verstecken.

Solche Bauwerke, oder deren Überreste, fand man über das ganze Reich verstreut – gefaltete Zitadellen und aufgerollte Burgen. In Ghur hatte es angeblich das Heulende Labyrinth errichtet – ein Irrgarten aus Bernstein und Knochen –, um jene Wehklage, die als Markschnitter, das Schwert des Feuers, bekannt war, zu beherbergen. Yuhdak war bei der Entdeckung der Klinge vor fast einem Jahrhundert dabei gewesen und ebenfalls Zeuge ihres Verschwindens in jenen letzten Momenten der Zerstörung des Labyrinths geworden.

Manche sagten, dass jene Klinge nicht die einzige der Acht sei, die das Enigma Daemonicum versteckt hatte. Die Legende berichtete, dass es Sternenbrecher, den schwarzen Hammer der Himmel, den Händen Sigmars selbst entrissen habe, als der Gottkönig versuchte, ihn in den Nachwehen des Diebstahls von Ghal Maraz seinem Willen zu unterwerfen. Man behauptete von Enigma, dass er ihn irgendwo tief in den Schattenregionen Ulgus verborgen habe.

Zum Glück war Gung, der Speer der Schatten, von Sterblichen und nicht von einem Dämon verborgen worden. Das machte die Dinge etwas einfacher. Er hörte das Flattern von Schwingen und erhob sich, als sich etwas in seiner Nähe niederließ. »Ihr seid zurück. Gut.« Er klopfte sich den Staub von den Händen. »Sag mir, Herrin, was sieht Eure Schar?«, murmelte er respektvoll, als er sich zu der dunkel gekleideten Frau umwandte, die nun hinter ihm auf dem Felsengrat stand.

Sie trug einen schlanken Helm, der wie der Kopf eines Raben geformt war und aus dem ihr Haar über ihre Schultern und die schwarzen Federn ihres Mantels fiel. Kettenwerk aus Obsidian kam unter ihren dunklen Gewändern zum Vorschein, schwarz auf schwarz. Seines Wissens trug sie keinen Namen. Die Neunundneunzig Federn dachten nicht länger wie Menschen, und Namen betrachtete man lediglich als affektiertes Getue. Sie war schlicht die Tochter des Königs der Raben und die Herrin des Konvents. Das genügte.

Sie wandte sich um, und ihre dunklen Augen glühten vor uraltem Wissen. »Viele Dinge«, sagte sie. Ihre Stimme war harsch wie das Krächzen eines Raben. »Wir sehen die Kriege, die in den Senken des Mondes wüten, und die großen Flüsse, wie sie die Wurzeln der Berge formen. Wir sehen die Rattenbrut gegen die hohen Mauern einer Stadt an der Stoßzahnküste branden. Und wir sehen die Diener der Schmiedemeister hin und her rennen.«

Yuhdak nickte ermutigend. »Und wohin rennen sie, Herrin?«

Wie ein Vogel legte sie den Kopf schief. »Hierhin und dorthin.«

Yuhdak lachte leise. Er nickte erneut. »So viel hatte ich mir schon gedacht. Könntet Ihr vielleicht ein wenig präziser sein? Was ist mit dem, dessen Spur wir von Shyish aus gefolgt sind?«

Sie starrte ihn an, ohne zu blinzeln. Dann: »Der uns Nächste sucht den Speer der Schatten.«

»Der sich irgendwo in diesem wilden Reich befindet, wenn

man den Weissagungen glauben darf«, sagte er mit weit ausholender Geste. »Aber wir wissen nicht wo. Und ihm einfach zu folgen, hieße, dass wir riskierten, den Speer zu verlieren, denn er wird ihn uns nicht so leicht überlassen. Er ist ein Kel von den Ekran, und die sind nicht gerade dafür bekannt, dass sie der Vernunft gegenüber allzu zugänglich wären. Stattdessen müssen wir ihm zuvorkommen.« Er wandte sich nachdenklich um. Ihm standen viele Mittel der Weissagung zur Verfügung – die Karten, die ihm in Silber verpackt vom Gürtel hingen, der Sand in seinem mit Bannsiegeln bestickten Beutel oder auch die mit Runen versehenen Knochen, die leise in ihrem rechteckigen Kästchen rasselten.

Doch zuweilen brauchte eine Seele keine Weissagung, um den richtigen Weg zu wählen. Stattdessen musste er lediglich auf die Stimmen in seinem Inneren hören und ihnen folgen. Er deutete auf etwas, das wie ein weit entfernter Gebirgszug erschien, sich aber langsam über die Steppen bewegte. »Dort. Da schleicht sie über die Bernsteinsteppen. Shu'gohl, die Kriechende Stadt. Dort befindet sich ein großer Hort des Wissens – die Bibliotheca Vurmis. Was wir suchen, findet sich, wenn überhaupt, dort.«

Sie sah ihn stumm an. Er las die Frage aus ihrer Körpersprache. »Der Duardin«, sagte er schlicht. »Grungnis Diener. Dorthin ging er, bevor Ihr seine Spur verloren habt. Die Antwort wird dort sein.« Einige der Neunundneunzig Federn waren dem Duardin schon seit Wochen gefolgt, hatten sich durch Ruinen und über die Berge an seine Fährte geheftet, während weitere der Schar überall in den Reichen der Sterblichen andere im Auge behielten.

Sie nickte. In einem Augenzwinkern war sie verschwunden. Ein Rabe zog hoch am Himmel über dem Grasland daher, genau in die Richtung, in die er gedeutet hatte. Er seufzte nachdenklich. Sie war eine Prinzessin und er ein Prinz, und doch war ihre Tändelei nur das Spiel eines Augenblicks. Die kurze Verflechtung zweier Schicksale, die sich bald wieder trennen mussten. Er würde sie vermissen, doch so war das eben.

Die Dienste der Neunundneunzig Federn erwarb man sich

im Tausch oder man gewann sie. Er hatte Ersteres getan und eine Handvoll übellauniger Erinnerungen aus seiner Jugend für die Loyalität des Konvents der Raben hingegeben. Als Kriegsmagier war ihnen niemand ebenbürtig, und es gab erbarmungslose Bieterkriege um die Gunst ihrer Dienste.

Derzeit gehorchten sie seinem Befehl, und er würde diesen Vorteil bis zur Neige ausschöpfen. Sie waren seine Augen und Ohren in den Reichen der Menschen und spionierten jeden aus, der ihm seinen Triumph verwehren wollte. Sie waren dem Luftschiff und dessen Passagieren von der Stadt der Azyriten aus gefolgt, und durch ihre Augen hatte er den rechten Moment zum Zuschlagen erkannt.

Er hatte gehofft, die Diener des Verkrüppelten Gottes durch den Absturz ihres Transportmittels aufzuhalten. Und es war immer noch möglich, das zu tun. Sie hatten das Blut des Großen Königs vergossen, und der Zorn der Bestie würde noch tagelang glimmen. Für ein derart simples Untier hatte er ein gutes Gedächtnis. Wenn nötig würde er dem Monster erneut das Ätherschiff zeigen, und dann sollte die Natur eben ihren Lauf nehmen. Jedoch nur, wenn seine Diener die Information fanden, die er brauchte. Ansonsten müsste er diesen Sterblichen folgen und hoffen, dass sie ihn rechtzeitig zu dem führten, was er suchte.

Doch trotz solch kleiner Kümmernisse, erwies sich diese Jagd dennoch als unterhaltsamer als erwartet. Die Acht Wehklagen waren über die gesamten Reiche der Sterblichen verstreut, in manchen Fällen versteckt oder von irgendwelchen unwissenden Idioten geführt. Acht Waffen von großer Macht, die in der Lage waren, in künftigen Kriegen den Ausschlag zu geben. Das dachte jedenfalls Archaon, der Großmarschall des Chaos. Warum sonst würde der Dreiäugige König seinen auserwählten Diener schicken, sie zu suchen?

Dass dies einfach nur ein Spiel sein mochte – ein simpler Zeitvertreib für einen gelangweilten Potentaten –, war Yuhdak auch schon das ein oder andere Mal in den Sinn gekommen. Aber selbst wenn dies der Fall war, würde das dennoch nicht dem Stolz, den er fühlte, Abbruch tun, dass er einer von jenen war, denen die Ehre gewährt wurde, eine solche Queste zu unternehmen. Was auch immer der wahre Zweck dieser Suche sein mochte, er würde erfolgreich sein und sich dadurch möglicherweise würdig erweisen, der Varangarde beizutreten.

Egal wie, die Acht Wehklagen würden Archaon gehören, und mit ihnen könnte der Dreiäugige König einen gewaltigen und schrecklichen Tribut unter seinen Feinden fordern.

ACHT

DIE KRIECHENDE STADT

Adhema klammerte sich an die Flanke des gewaltigen Wurms und grub ihre gepanzerten Finger in dessen dicke Haut. Es war, als würde man einen gewaltigen, atmenden Berg erklimmen. Sie hatte ihren Terrorgheist frei fliegen gelassen, damit er nach Herzenslust in den Ebenen jagen konnte. Um in die Stadt einzudringen, brauchte man mehr Feingefühl, als das kreischende Fledermausmonster aufzubringen vermochte.

Und so kletterte sie jetzt, eine Hand über die andere, eine Armlänge um die andere, und bewegte sich dabei rascher als ein Sterblicher es je vermocht hätte. Es war nicht weiter schwierig, den Wachtürmen auszuweichen, die sich wie Schwammbewuchs an die Flanken des Wurms klammerten. Schwieriger war es, da schon den reflektierenden Lichtstrahlen auszuweichen, die sowohl über das Grasland dort unten als auch über das Fleisch des Wurms hinwegstrichen, um mögliche Feinde ausfindig zu machen. Die Wurmleute waren bereits zu oft angegriffen worden, um in ihrer Wachsamkeit nachzulassen.

Oft war sie bei ihrem Aufstieg gezwungen, anzuhalten und zu warten, bis einer dieser Suchstrahlen wieder weggeglitten war. In diesen Momenten vertrieb sie sich die Wartezeit damit, sich auszumalen, was sie dem Todesbringer antun würde, wenn sie ihn schließlich erwischen würde. Der Diener Khornes war in der Lage, einiges zu ertragen, bevor er am Ende den Geist aufgab. Und schließlich hatte sie die Kunst der Folter während ihrer Zeit bei den Wüstenstämmen der Großen Leere gelernt. Neferata bestand darauf, dass sich ihre Diener eine umfassende Ausbildung angedeihen ließen.

Er hatte bereits einige ihrer Schwesternschaft getötet, und er verdiente dafür einen qualvollen Tod. Schließlich hieß, einen Unsterblichen zu töten, das zu tun, was der Tod verboten hatte. Ihr Feind hatte dieses Gesetz gebrochen und musste daher den Preis dafür bezahlen.

Einst hätten solche Gedanken sie vielleicht angewidert. Vielleicht aber auch nicht. In ihrer Jugend, als ihr Herz noch geschlagen hatte, hatte sie gedacht, dass das Königreich ihres Vaters die Gesamtheit der Welt umfasst hatte, und diese Welt war gut. Sie erinnerte sich daran, dass sie ins Bett geklettert war und die Rücken ihrer Diener dabei als Schemel gebraucht hatte, an die Lektionen im Bogenschießen mit schreienden Zielen – meistens Bauern, manchmal auch ein paar Gesetzesbrecher. Ihr Vater hatte geglaubt, dass Blut der Beste aller Lehrer sei und ihre Schulzeit entsprechend eingerichtet. Das war die Art, wie ihre Familie schon immer Szandor regiert hatte.

Szandor, die Stolze. Szandor, die Grausame. Wo auf jedem Marktplatz, die Galgenkäfige hingen und die Feinde der Aristokratie auf kurzen Pfählen aufgespießt wurden, damit ihr Todeskampf Stunden, wenn nicht Tage dauerte. Szandor, wo man an heiligen Hochtagen Lobeshymnen auf den Ewigen König sang und seinen Dienern ihr Tribut in Fleisch entrichtet wurde.

Szandor, das letzte Aufstöhnen des Widerstands im westlichen Shyish. Dafür hatte Neferata gesorgt. Die Mortarchin des Blutes hatte die Macht Szandors geführt wie ein Schwertkämpfer seine Klinge und dem Feind den Blutzoll von Tagen, Wochen, Monaten abgetrotzt. Bis schließlich die Klinge gebrochen war und sie sie ihrem Gegner ins Gesicht geworfen hatte, um sich die Flucht zu erkaufen.

Doch floh sie nicht allein. Sie nahm die erstgeborenen Töchter aller großen Familien mit. Sie nahm sie und formte sie für ihre Zwecke um, voller Zorn und Tücke. Adhema grinste und leckte sich über die Zähne. Eher über ihre Fänge, denn wie die einer Natter oder eines Wolfes waren sie geschaffen, die Kehle des Feindes zu durchbeißen. Neferatas Beute bestand aus den Waisen tausend gemordeter Königreiche, geeint im Hass auf die Verderbten Mächte. Aber Hass allein war nicht genug. Wie bei allem musste man ihn so lange schleifen, bis er eine tödlich scharfe Schneide bekam.

Trotz all der Jahrhunderte, die dazwischen lagen, konnte sie noch immer die Stimme ihres Lehrers hören, der sie in den Künsten des Krieges unterrichtet hatte. Der Blutdrache selbst, der beste Krieger, den Shyish je gesehen hatte. Wie Neferata ihn von seinem Berg herabgelockt hatte, wusste Adhema nicht. Doch sie war dafür dankbar. Durch seine Hand war auf den Lektionen ihres Vaters aufgebaut worden, und in manchen Fällen waren sie auch gänzlich verworfen worden.

Es lag in der Natur der Zeit, dass das Alte dem Neuen weichen musste. Verstand ersetzte Waffen, und Schläue wurde der Wegbereiter des Blutbads. Für ihre Königin war der Krieg nur ein Spiel angewandter Strategien. Ein künstlerisches Unterfangen, ähnlich der Malerei – jeder Pinselstrich eine weitere Strategie, jeder aufeinander folgende Tupfer von Farbe ein neuer Faktor, den man auf ein Problem anwandte. Die Reiche waren weit, und der Krieg, der in ihnen geführt wurde, war nicht ein einziger monolithischer Konflikt, sondern er bestand aus Tausenden kleinerer, und jeder davon hatte seinen eigenen Zweck und seine eigenen Besonderheiten.

Szandor war einer davon gewesen. Sie hielt einen Moment inne, und blickte zu den gelben Monden empor. In Shyish waren sie silbern und tot, durch Willen und Laune des Ewigen Königs jeder Drohung beraubt. Hier schwollen sie voll obszönen Lebens an. Die Flechtenmönche der Totengrüfte behaupteten, dass ganze Stämme vom Chaos Befleckter, deren Körper zu einer Verhöhnung der Wolfsform entstellt waren, heulend die Schluchten der Tiermonde durchstreiften. Sie hatte in der Vergangenheit bereits gegen solche Geschöpfe gekämpft und es außerordentlich genossen. Sie starben genauso leicht wie jedes andere lebende Wesen auch.

Irgendetwas krächzte über ihr. Stirnrunzelnd blickte sie hoch. Aasvögel – Raben – kreisten am Himmel, und ihre heiseren Rufe drangen zu ihr herab. Ihren Augen, die wesentlich schärfer als die eines Sterblichen waren, erschien etwas seltsam an diesen Vögeln. Sie hinterließen eine Verunreinigung im Gewebe der Luft, als würde allein ihre Natur die Gesetze dieses Reiches beleidigen.

Sie sah zu, wie die Raben kreisten und dann auf die Stadt herabstürzten. Ein träges Grinsen machte sich auf ihren Zügen breit. Das waren keine natürlichen Vögel. Ihre Herrin hatte Recht gehabt. »Na, plötzlich ist die ganze Sache ein Stück interessanter geworden.«

Sie kletterte die Flanke des Wurms hinauf, rascher jetzt und nachlässiger gegenüber den Suchstrahlen, die gelegentlich über sie hinwegstrichen. Männer auf Wachtposten blickten alarmiert auf, als eine tintenschwarze Gestalt in ruckhaften Spurten, immer im Zeitraum eines Augenzwinkerns zum nächsten an ihnen vorbeihuschte, schneller, als sie es wahrnehmen konnten.

Und bald schon war sie außer Sicht und nicht mehr als eine rasch verblassende Erinnerung.

Shu'gohl, die Kriechende Stadt, wand sich unermüdlich über das Grasland der Bernsteinsteppen. Die gewaltige, in Segmente unterteilte Masse des Wurms erstreckte sich von Sonnenaufgang bis Sonnenuntergang und trug dabei eine Stadt mit mehreren Millionen Einwohnern auf ihrem Rücken. Sie verschlang alles, was in ihrem Weg lag mit besinnungslosem Hunger, und an manchen Tagen jagten gewaltige Tierherden vor ihr her und suchten sich in Sicherheit zu bringen.

Shu'gohl war eine von zehn – zehn große Würmer, die in vergangenen Zeitaltern von großen Regenfluten an die Oberfläche getrieben worden waren. Eines Tages mochten sie vielleicht wieder in die von Höhlen durchzogenen Tiefen des Reiches zurückkehren, aber gegenwärtig waren sie zufrieden, hier oben ihres stumpfsinnig endlosen Weges zu ziehen.

Wie Shu'gohl trugen viele der zehn irgendeine Form von Großstadt auf ihrem Rücken und hatten dies schon seit den Tagen vor dem Chaos getan. In den ältesten Geschichten hieß es, dass die Vorfahren der Wurmleute sich in diese fleischigen Höhen geflüchtet hatten, um den Horden Gorkamorkas zu entkommen. Isoliert und ständig in Bewegung hatten sie die Flut des Chaos ignoriert, die über das Reich hinweggezogen war. Bis sich schließlich doch die Augen der Dunklen Götter auf sie gerichtet hatten.

Ein paar von ihnen waren in jenen wild und ungestüm turbulenten Jahrzehnten vor der Öffnung der Pforten Azyrs an das Chaos gefallen. Guh'hath, die sogenannte Messingbastion, hatte Stämme der Blutgebundenen in einer langsamen Verfolgungsjagd Shu'gohls getragen, genauso wie Rhu'goss, die Schlängelnde Zitadelle. Beide uralten Tiere waren durch das Eingreifen der Stormcast Eternals gereinigt worden, und die Würmer selbst zogen danach weiter ihrer Wege, sich nur dumpf und undeutlich bewusst, dass auf ihren Rücken Kriege getobt hatten.

Doch Shu'gohl war trotz allem, was es über die Jahrhunderte ihres Daseins hatte erleiden müssen, die größte aller Wurmstädte. Die Kriechende Stadt war in der Folge ihrer Befreiung von den Skaven des Pestilenz-Klans aufgeblüht und war jetzt erneut einer der Hauptanlaufhäfen für Reisende durch dieses Reich. Sich dies vorzustellen, fiel Volker nicht schwer.

Seine Blicke wurden immer wieder zu dem allgegenwärtigen Sturm hingezogen, der den Kopf des gigantischen Wurmes umflackerte – die Sahg'gohl. Die Sturmkrone. Ein Tempelkomplex war dort vor Äonen errichtet worden, außerdem eine Reichspforte, welche die Stadt mit den Leuchtenden Ebenen in Azyr verband. Die Reichspforte war nun offen und Reisende durchquerten sie frei und ungehindert. »Möge dies immer so sein«, murmelte Volker, hob sein Amulett und berührte es mit den Lippen.

»Götter der Tiefe, das ist ja groß wie ein Berg«, grollte Lugash neben ihm. Er starrte mit staunend geweiteten Augen auf die gewaltig weite, kriechende Fläche hinab. Der Wind fing sich in seinem Bart und ließ die darin eingewobenen Klingen rasseln und klirren. »Was isst der denn?«

»Alles«, antwortete Zana, während sie sich über die Reling lehnte. »Egal was. Er hat mal im Laufe eines Jahrhunderts ein ganzes Königreich verschlungen, Stück für Stück.« Sie zog ihren Helm aus. »Zum Glück ist er langsamer, als der Tag lang ist.«

Volker schüttelte den Kopf. Eine seltsame Redensart. Vielleicht waren die Tage in Chamon länger. Er lugte über die Reling. Shu'gohl war länger, als er mit einem Blick erfassen konnte. Sogar aus dieser Höhe verschwanden seine entfernten Segmente am Horizont. Ein langsames, sonores Mahlen und eine allgegenwärtige Staubwolke, die durch seine schlängelnde Vorwärtsbewegung erzeugt wurde, begleiteten seine ewige Reise. Die Stadt auf seinem Rücken war bloß ein schmaler Streifen künstlicher Schöpfung, der sich zwischen den Borsten erhob, welche die Haut des Wurms bedeckten. Rauch stieg von den höchsten Türmen auf, und Lichtkegel, die von gewaltigen Spiegeln emporgeworfen wurden, streiften über den sich langsam verdunkelnden Himmel.

Das Kharadron-Schiff glitt geräuschlos auf eine Formation der höchsten jener Borstentürme zu. Dort erhoben sich die Himmelsdocks, die aus Borsten, Hautplatten und anderem ähnlichen Material gebaut worden waren. Wie Excelsis hatte auch Shu'gohl die himmelsfahrenden Duardin-Kaufleute willkommen geheißen. Das Andocken war anscheinend ein komplexer Vorgang, der das Ablassen der Sicherungsventile und eine Menge unergründlichen und vielleicht auch sinnlosen Geschreis mit einschloss.

Als die *Zank* dann schließlich an ihre Anlegestelle sank, wurden Lauframpen zu den rohen, schwammbedeckten Landungsbrücken herabgelassen. Brondt verabschiedete sie mit finsterer Miene. »Adieu, viel Glück und ab mit euch«, sagte er mit einer Hand auf dem Knauf seines Entersäbels. Er deutete auf Zana. »Mathos – und du lässt mich bitte für mindestens ein Jahr in Frieden.«

Zana salutierte ihm leichthin. »Einen halben Gefallen, Brondt.«

Er ließ ein spöttisches Grinsen sehen und wandte sich ab, um seinen Ärger an der Besatzung auszulassen. »Er mag mich, ehrlich«, sagte sie und trat beiseite, damit Roggen Harrow vom Schiff herabführen konnte. Der Halbgryph schnappte nach einem unachtsamen Kharadron, was einen Hagel von Flüchen auslöste. Roggen entschuldigte sich überschwänglich und versuchte den Halbgreifen auf das sinnreich konstruierte Netzwerk von Aufzügen zuzutreiben. Volker seufzte.

»Vielleicht hattest du recht mit dem Tier.«

»Nein. Roggen hätte sie niemals freiwillig zurückgelassen.« Zana klopfte ihm auf die Schulter. »Und vielleicht können wir sie, wie du gesagt hast, ja noch gut gebrauchen.«

»Wenn's zum Schlimmsten kommt, können wir sie ja essen«, sagte Lugash an ihnen vorbeistapfend.

Der Aufzug – eine Plattform, die von Seilzügen und dicken Seilen aus Wurmhaar gehalten wurde – trug sie mit einer irrwitzigen Geschwindigkeit zu den Straßen tief unten hinab. Volker spürte, wie das Brot, das er gegessen hatte, wieder aus seinem Magen herauf wollte, doch da waren sie auch schon unten.

Die Stadt war ein Wald aus hohen, schwankenden Borstentürmen, die sich über sich windenden, wimmelnden und engen Straßen erhoben. Brücken und Laufgänge aus Wurmschuppen und Borsten verbanden die Türme miteinander und der Straße. Es war, als blickte man in ein gewaltiges Netz voller Klang und Farben. Spiegel hingen von den Türmen herab und reflektierten kreuz und quer laufende Lichtstrahlen entweder geradewegs in die Straßen hinab oder hoch hinauf in die Höhe. Sogar bei Nacht war es in Shu'gohl hell wie am Tag.

»Fürchten sie das Dunkel denn so sehr?«, fragte Roggen umherschauend. Menschen liefen auf den gesprungenen, unebenen Straßen bald hierhin, bald dorthin. Der Boden unter den Füßen zuckte und zitterte. Mehr als einmal stolperte Volker. Es würde dauern, bis man sich daran gewöhnte.

»Nicht das Dunkel, sondern das, was darin lauert«, sagte er. Er legte sich die Langbüchse über die Schulter. »Die Skaven nahmen mehr als einmal diese Stadt ein. Man fürchtet, dass das wieder passiert. Und nicht ohne Grund, vermute ich.« Er wies auf die Basis eines nahen Turms, wo seltsame haarige Kreaturen angenagelt waren. »Tief im Wurm gibt es noch immer Skaven. Nagen sich da durch, wie sie es bei allem machen.«

»Wir jagen sie in der Blutungszeit«, sagte eine Stimme. Leise aber kräftig, mit einem seltsamen, gutturalen Akzent. Volker und die anderen wandten sich um. Eine Frau in dicken Gewändern und mit einer merkwürdigen Art von Schuppenrüstung kam auf sie zu. Sich ringelnde, wurmartige Zeichen zierten ihre Kleidersäume, und das Hammersymbol Sigmars war in jede Schuppe ihrer Rüstung geprägt. Sie war blass, wie alle Leute in Shu'gohl, und ihr langes Haar war beinah weiß, obwohl Volker sie für jünger als sich selbst hielt. »Wenn die Bauchschäfte heraussprießen und glatt werden, steigen wir in Olgu'gohl hinab und brennen die Verseuchung aus und dämmen sie so für ein weiteres Jahr zurück.«

»Olgu...?«, hob Roggen an, versuchte, die seltsamen Silben richtig auszusprechen und scheiterte dabei. Harrow zirpte und rieb den Schnabel an seiner Schulter. Er tätschelte ihn geistesabwesend.

»Das Wabernde Meer«, sagte die Frau. Sie neigte den Kopf. »Ich bin Nyoka Su'al'gohl. Ich habe dich erwartet.« Sie drückte ihre Faust gegen die Handfläche und verneigte sich. Sie trug schwere, mit Graten versehenen Handschuhe und silberne Glocken ins Haar gewebt, die leise Harmonien erzeugten, wenn sie sich bewegte. »Sahg'mahr segne und beschütze dich.« Sie richtete sich auf. »Der Schöpfer hat eine Botschaft gesandt. Er sagte, ich solle euch in die Bibliotheca Vurmis begleiten.«

»Der – du meinst Grungni«, sagte Volker. Natürlich hatte der Gott dafür gesorgt, dass jemand sie erwartete. Grungni überließ anscheinend wenig dem Zufall.

Sie nickte. »Der Schöpfer, ja. Kommt. Ihr müsst begierig sein, es zu sehen.« Sie wandte sich zum Gehen. Volker und die anderen tauschten Blicke aus. Er räusperte sich.

»Was sehen?«

Sie warf ihm einen Blick zu. »Das Buch.« Sie redete wie mit einem Kind. Er fragte sich, ob alle Wurmleute so kurz angebunden waren. Vielleicht ging in der Übersetzung irgendwas verloren.

Volker zögerte, aber Zana schob ihn beiseite. »Welches Buch?«

»Das Duardin-Buch.« Nyoka runzelte die Stirn. »Warum sonst solltet ihr in eine Bibliothek gehen?«

Zana zuckte die Achseln und sah Volker an. »Da hat sie wohl recht.« Sie machte einen Handbewegung. »Na, dann führe uns.«

Lugash trat zwischen sie. »Wartet einen Moment – warum sollten wir ihr trauen? Sie könnte ein Spion sein?« Er blickte Nyoka finster an. »Führst du uns etwa in einen Hinterhalt?«

»Wenn ich das täte, würde ich das kaum zugeben, nur weil du mich fragst«, sagte Nyoka.

Lugash blinzelte. »Das stimmt wohl.« Er schniefte. »Ich behalte dich im Auge.«

»Gut. So geht ihr auch nicht verloren.« Nyoka winkte ihnen zu. »Haltet euch dicht bei mir. Die Stadt ist zu dieser Jahreszeit überfüllt, und Auswärtige können sich leicht verirren.«

Während sie gingen, studierte Volker die Umgebung mit dem Auge des Ingenieurs. Shu'gohl war, so hatte er gehört, in dem Jahrhundert seit seiner Befreiung enorm gewachsen, sowohl in die Höhe als auch in der Fläche. Die Straßen waren fast so gedrängt voll wie in Excelsis, obwohl es hier wesentlich friedlicher zuging. Freigildenkrieger in grauen Uniformen patrouillierten die Straßen an der Seite der berüchtigten Wurmwacht in ihren dunklen Gewändern und polierten Rüstungen. Die Wachtleute trugen das Gesicht verhüllende Helme, die in die Form sich windender Tentakel geschmiedet worden waren, sowie Kettenüberwürfe als Kapuze, was ihnen den Ausdruck zurückgehaltener Bedrohlichkeit verlieh.

Volker spürte deutlich die Spannung, die zwischen den beiden Gruppen in der Luft lag. Feindselige Blicke und Ansammlungen verdrießlich Schauender an Straßenecken, die sich unter den Blicken der Freigilde rasch wieder zerstreuten. Die Stadt war zwar keineswegs ein Pulverfass, aber besonders freundlich war sie auch nicht.

Wie in Excelsis gab es auch hier reichlich Händler, die das Durchkommen noch stärker erschwerten. Manche davon waren Wurmleute, aber es gab auch andere, unter ihnen grimmig dreinblickende Duardinhändler, die mit Waffen und Werkzeugen handelten, und in farbige Gewänder gehüllte Wüstennomaden, die Gewürze und Salz verkauften. Er sah einen narbengesichtigen Ex-Freigildler, der seltsame Juwelen feilbot, die noch immer nach Meeresgrund stanken, und eine dünne, hohlwangige Frau, die religiöse Traktate verteilte. Sie drückte ihm eins davon in die Hand, bevor er sich vorbeidrücken konnte, und sagte: »Nagash ist alles, Bruder, und alle sind in ihm eins. Im Tod sind alle gleich und alle sind sicher ...«

Lugash stieß einen Fluch aus, der die Frau zusammenzucken ließ. Sie verschwand in der Menge, als sie sich weiter ihren Weg bahnten. Lugash schüttelte den Kopf. »Ihr Menschlinge habt einfach zu viele Götter.«

»Ich verehre nur einen«, sagte Volker und tastete nach seinem Amulett. Die Nagashiten waren nicht die Einzigen, die hier in starker Zahl unterwegs waren. Er sah Hyshiten in weißen Gewändern und mit goldenen Masken, die im Gänsemarsch mit geneigten Köpfen und gekreuzten Armen daherschritten, einen Zirkel von Waldsbräuten mit wild zerzaustem Haar, die an einer nahen Straßenecke unheimliche Lobeshymnen an die Herrin der Blätter sangen.

Nyoka bemerkte seine Handbewegung und lächelte zufrieden. »Du bist einer der Ergebenen?«

»Ich – ja«, erwiderte Volker. »Du ebenso, nehme ich an.« Er deutete auf ihre Rüstung. Sie nickte.

»Ich trage den Hammer in seinem Namen, und das mit Stolz.« Ihre Hände spannten sich, und sie warf den Waldsbräuten einen düster grüblerischen Blick zu. Sie fingen an, wild zu tanzen, und zogen damit eine Menschenmenge an. »Ich habe seine Feinde zu Schrot zermalmt, für die Mühlen der Himmel.« Erstaunt warf Volker Zana einen Seitenblick zu, den sie mit grimmigem Grinsen beantwortete. Nyoka war also eine Kriegerpriesterin. Genau wie der alte Bruder Ziska, aber sie war hoffentlich nicht ebenfalls verrückt. Aber vielleicht musste man auch ein kleines Bisschen verrückt sein, um den Rücken eines Monsters zu seiner Heimat zu machen.

Verrückt oder nicht, jedenfalls verdiente Nyoka – oder die Tracht, die sie trug – Respekt. Die Leute machten ihr den Weg frei, verneigten sich und machten das Zeichen des Hammers. Selbst die Nagashiten traten beiseite, wenn auch mit wesentlich weniger Lächeln. Wie in Excelsis waren auch hier alle Glaubensrichtungen willkommen, aber nur eine wurde hier wahrhaft gepflegt. Das wurde aus den Wegschreinen klar, welche die Straßen säumten.

Volker war nicht der Einzige, der sich für ihre Umgebung interessierte. Roggen starrte offen umher, eindeutig beeindruckt. Er hielt Harrows Zügel straff, und als der Halbgryph plötzlich nach einer Seite zog, wurde er fast von den Füßen gerissen. Das Tier tappte auf einen widerlich riechenden Stand zu, wo ein bebrillter Händler eine Auswahl exotischer Tiere feilbot – Meerwurmjunge, die sie aus ihren runden Gläsern heraus anstarrten, schuppige Peryton-Eier und ein angeketteter Ghyrlöwe war unter den angebotenen Waren.

Der Ghyrlöwe fauchte mit rasselnder dorniger Mähne in Richtung des Halbgreifen, bevor er dann rasch unter den Eierkorb in Sicherheit schlüpfte. Die farbenfrohen Vögel in ihren Käfigen piepsten und krächzten in wachsender Panik, als Harrow sich ihnen näherte, doch der Halbgryph hatte nur Augen für eine Reihe räudiger Wolfsratten in einem schweren hölzernen Käfig. Die Litanei des Händlers geriet ins Stocken und verstummte dann ganz, als Roggen endlich sein Ross in Zaum bekam.

Die Wolfsratten quiekten in ihren Käfigen, schlugen wild mit ihren haarlosen Schwänzen aus, während sie an den Gitterstäben knabberten. Die wilden Rattenwesen waren so groß wie Gryphhunde und auch beinah so bösartig. Roggen machte ein paar Handbewegungen in Richtung des Händlers und griff nach seiner Münzbörse. Volker konnte nicht verstehen, was sie redeten, aber nach dem, was er bisher von Harrows Appetit gesehen hatte, konnte er es sich denken.

»Was macht er?«, fragte Nyoka. Verwirrt sah sie der Transaktion zu.

»Er kauft seinem Tier einen Leckerbissen«, meinte Zana angewidert. Der Händler öffnete den Käfig mit einem Tritt und sprang rasch zurück, als die Wolfsratte daraus hervorbrach. Das geifernde Ungeziefer schoss mit weit geöffnetem Rachen auf Roggen zu. Harrow gab einen Freudenschrei von sich und erwischte das Tier noch im Sprung mit seiner Tatze. Der Hieb des Halbgreifen brach der Wolfsratte die Wirbelsäule, und sie klatschte schlaff auf die Straße. Harrow senkte den Schnabel und hob seine Beute mit Leichtigkeit hoch. Roggen lächelte und tätschelte das Tier.

»Sie war hungrig«, sagte er, als er die Blicke der anderen bemerkte.

»Sie ist immer hungrig«, fuhr Zana auf. Harrow zirpte sie an, während sie ein Stück aus dem Kadaver der Wolfsratte auf jene besonders Vögeln eigene Art verschlang. Zana machte eine rüde Geste.

»Dann sorgt man wohl am besten immer dafür, dass sie genügend zu essen bekommt«, sagte Volker, um jede mögliche Diskussion im Keim zu ersticken. Er hatte versucht, im Kopf ihren Weg zu verfolgen, aber das erwies sich als unmöglich. Die Straßen der Kriechenden Stadt schienen, während der Wurm sich durch die Steppe bewegte, ständig ihren Verlauf zu verändern. Die Lage der Türme und Mauern verschoben sich mit frustrierender Regelmäßigkeit, und die einzigen unveränderlichen Routen waren die Laufgänge und Seilbrücken hoch über ihnen. Er wandte sich an Nyoka. »Wo genau ist eigentlich die Bibliothek?«

Sie wies nach vorn. »Dort. Die Mittelwurm-Torwerke.«

Die Torwerke erhoben sich über die Mitte des Wurms und teilten die wohlhabenderen Stadtviertel von den weniger reichen ab. Die hohen Mauern waren aus gehärteten Sekreten, versteinerten Borsten und dem Holz der Eiseneiche erbaut, das für beträchtliche Summen von den Kharadronhändlern erworben worden war. Das behauptete jedenfalls Nyoka, als sie sie auf die Piazza zuführte, an dem die Eingänge der Torwerke lagen.

Die Menschenmenge war hier dichter, und der Lärm und die Gerüche waren beinahe überwältigend. Nyoka stürzte sich geradewegs und ohne Zögern in das Meer aus Menschen. Beinahe zu spät erkannte Volker, dass dies die Hauptverkehrsachse der Stadt war, als er nur knapp vermeiden konnte vom Wagen einer Eisenhändlerin zerquetscht zu werden. Die Frau, die ihn zog, hielt gerade lange genug an, ihm einen Fluch an den Kopf zu werfen, bevor sie auch schon weiterstürzte. Es gab keine erkennbare Ordnung hier – man drängte eben da hinein, wo man Platz fand, und hielt diesen eroberten Raum auch nur durch großzügigen Einsatz von Ellenbogen und rüder Sprache. Straßenkünstler, in verwirrend grelle Farben gekleidet, woben sich durch die Menschenmenge und trugen so mit ihren Unsinnsliedern und Kunststückchen nur noch mehr zu dem Durcheinander bei.

»Halt deine Hände auf deinem Gepäck, Azyrit«, murmelte Zana dicht hinter ihm. »Ich habe schon mindestens zwei Taschendiebe entdeckt.« Sie stieß jemandem die Ellenbogen in die Brust und warf den Mann aus seiner Reihe. Seine Proteste wurden schnell von der Menge verschluckt.

»Hast du auch Roggen gewarnt?«

»Brauch ich nicht. Nur ein Idiot würde versuchen, sich nah an dieses Tier von ihm ranzuschleichen. Aber du trägst genügend Ausrüstung bei dir, um einem guten Dieb einen Jahreslohn einzubringen.«

Volker waren die Gefahren des Großstadtdschungels nicht fremd, und so nickte er und senkte eine Hand auf den Griff seiner schweren Pistole. Er stieß mit seiner Büchse wie mit einem Spazierstock aus und drängte so die Leute aus seinem Weg. Sie starrten ihn wütend an, aber keiner richtete das Wort an ihn.

Die Piazza war mit gefärbten und polierten Borstenkacheln gepflastert, die so verlegt worden waren, dass sie ein komplexes Mosaik ergaben, dessen Bedeutung sich Volker allerdings entzog. Statuen großer Helden aus der Geschichte der Stadt säumten die Ränder der Piazza und blickten milde auf die Flut der Menschen herab, die sich durch die Tore drängte. Ein paar Soldaten, meist Freigildler, standen Wache, machten aber keinerlei Anstalten, die Flut des Verkehrs einzudämmen.

Als sie die Tore passierten, schaute Volker hoch und erblickte Holzbrücken zwischen den äußeren und inneren Mauern. Die inneren Mauern zogen sich von einem kuppelgekrönten Bauwerk aus wie die Speichen eines Rades nach außen hin. Dieses zentrale Gebäude war um eine riesige Verschorfung auf der Wurmhaut errichtet und mit der Ausdehnung der Stadt immer weiter angewachsen. Hohe rechtwinklige Mauern erhoben sich in einer Sechseckform auf eine gewaltige Kuppel zu, die mit Spiegelplatten bedeckt war. Verstreut zwischen diesen Spiegeln sah man Steinarkaden, von denen jede mit einer der Holzbrücken verbunden war.

Dieses ganze Gebilde kauerte auf einem Sockel aus gehärtetem und zurechtgeschnitztem Sekret, und schräge Steinstufen verliefen an all seinen Seiten herab abwärts. Auf diesen Stufen saßen oder standen noch mehr Wachen und lehnten sich auf ihre Waffen. Sie sahen zu, wie müde und durstige Reisende Wasser aus den Bronzehähnen der großen Fässer nahmen, die über den gesamten Hof verstreut standen. Diese Fässer waren Auffangbehälter für Regenwasser, so wusste Volker. Das Regenwasser sammelte sich in ihnen, und sie waren Gemeinschaftsbesitz – auf ihrem Weg von den Ätherdocks waren sie bereits an Dutzenden davon vorbeigekommen. Er wusste, es gab ähnliche Fässer, wenn auch bedeutend größere, auf der Spitze jedes Borstenturms. Deren Wasser wurde meist gefiltert zu den Pilzfarmen in den Mittelwurmvierteln und den Brauereien und Dampfhäusern der Vorderstadt herabgeleitet. Die Bevölkerung Shu'gohls hatte sich gut an ihre eigentümliche Umgebung angepasst.

Im Zentrum des Innenhofs stand eine Statue. Die Menge brach sich an ihr und floss um sie herum wie Wasser um einen Fels. Die Statue war riesig, geformt aus gehärtetem Wurmsekret und eher in einem symbolischen als realistischen Stil gehalten. Vage Gestalten erhoben sich wie in einer Formation, Speere und Klingen nach außen hin auf irgendeinen anrückenden Feind gerichtet. Andere Gestalten lagen umher, wie verwundet oder tot. Man hatte Kränze aus Haar und Gold zu Füßen der Statue niedergelegt, gemeinsam mit Büscheln seltsamer, bleicher Blüten und Haufen zusammengerollten Pergaments oder gefalteten Papiers. »Was ist das alles?«, fragte Volker, als sie sich dem näherten.

»Gebete, um die Toten zu ehren«, sagte Nyoka.

Volker sah sie an. »Wer waren sie?«

»Sie sind, was ich bin – Angehörige des Vurmitischen Ordens. Der Orden des Wurms«, antwortete Nyoka zur Statue emporblickend. Etwas wie Ehrfurcht lag, während sie sprach, in ihrer Stimme. »Als der Feind über uns kam, verteidigten wir Vurmiten die heiligen Segmente, zum Ruhm von Sahg'mars Licht, so wie es unser Eid und unsere Pflicht geboten. Unter dem Schutz von Vierzig schickten wir die wertvollsten der Bücher in unserem Besitz von hier fort. Der Rest kämpfte hier und gab sein Leben im Namen unseres Herrn Sahg'mahr auf den Stufen der Bibliotheca Vurmis.« Sie legte eine Hand auf den Sockel der Statue, wo offenbar Namen eingemeißelt worden waren. »Ihre Namen – wie auch die Namen derer, die seitdem gefallen sind, wurden hier verzeichnet, auf dass alle, die vorübergehen, sie lesen können.« Sie nahm einen tiefen Atemzug und schien kurz um ihre Haltung kämpfen zu müssen. Sie sah Roggen an. »Dein Tier wird man nicht in die Bibliothek lassen. Es muss hier draußen bleiben.«

Roggen zog die Stirn in Falten und strich Harrow über den Schnabel. »Wird sie hier draußen sicher sein?«

Nyoka lächelte milde und machte das Zeichen des Hammers. »So sicher, als würde Sahg'mahr selbst über sie wachen.« Während Roggen Harrows Zügel an der Statue festband, führte

Nyoka Volker die Stufen hoch und aus dem stärksten Menschengewühl heraus. Volker prüfte seine Schultertasche und stellte sicher, dass alles an seinem Ort war. Als er aufblickte, sah er, dass die Freigildenwache aufgemerkt hatte und ihnen den Weg verstellte.

Lugash trat ihnen mit einem Fluch entgegen. »Ich wusste es. Ein Hinterhalt.«

Nyoka sah ihn erschrocken an. »Das ist nicht mein Werk, das versichere ich dir.«

»Dann sagst du besser diesen Narren, dass sie sich verziehen sollen, Frau. Oder ich helf ihnen dabei.« Er warf den Wachen ein bedeutsames Grinsen zu. »Und ich verspreche dir, dass sie daran keineswegs Gefallen finden werden.«

»Beruhige dich, Narr«, zischte Zana. »Wir sind nicht hier, um Freigildler zu töten.«

»Und wozu seid ihr dann hier?« Die Stimme war streng und scharf. Ein Mann, älter aber in ähnlicher Art gekleidet wie Nyoka, stand am Kopf der Stufen, und seine Hand ruhte auf dem Schaft seines Kriegshammers. Alte Narben zeichneten seine verwitterten Züge, und sein Schädel war glatt geschoren. Ein ausladender, wild wuchernder Bart wallte ihm auf seine breit gewölbte Brust herab. Er blinzelte sie durch ein goldgerädertes Monokel an. »Na?«, fuhr er fort. Er hob seinen Hammer und deutete damit auf sie. »Sprecht jetzt, oder legt gegenüber einer höheren Macht Zeugnis ab. Mir soll es gleich sein.«

Er wartete einen Moment, und dann, mit einem Achselzucken, sagte er: »Dann sei es so. Nehmt sie in Gewahrsam.«

Auf seinen Befehl hin senkten die Wachen ihre Speere und rückten vor.

NEUN

BIBLIOTHECA VURMIS

Adhema glitt durch die gewundenen Schluchten der Regalreihen, welche die Bibliotheca Vurmis füllten. Ihre Nase krauste sich beim Geruch von Staub und Alter. Selbst als Sterbliche hatte sie Bibliotheken nie gemocht. Wenn man Wissen nicht in seinem Kopf zusammenhalten konnte, wozu war es dann gut? Besonders geheimes Wissen. Aber Neferata hatte darauf bestanden, dass ihre Zofen lesen lernten und diese Kunst auch umfassend und oft ausübten. Die großen Bibliotheken von Nulahmia waren vor ihrer Zerstörung Orte großer Schönheit gewesen; uralte, von Lampen erhellte, gewaltige Gewölbe, vom Boden bis zur Decke mit der Weisheit unermesslicher Zeitalter angefüllt.

Wenn diese Bibliothek hier auch nicht so groß wie jene war, so war sie doch nicht weniger beeindruckend. Im zentralen Saal waren Hunderte gebogene, freistehende Regale so eng aneinandergereiht, dass kaum Raum blieb, sich zwischen ihnen hindurchzubewegen. Es gab vier Ebenen, jede davon leicht kleiner als die vorhergehende, die sich zur inneren Wölbung des Kuppeldoms hin erhoben und durch eine Vielzahl von Wendeltreppen miteinander verbunden waren. Und jede dieser Ebenen war mit Regalen bis zum Bersten vollgepackt.

Sie vermutete, dass sich auf einigen dieser Regalbretter auch welche jener Bände befanden, nach denen Neferatas Agenten jetzt das Reich absuchten. Sie suchten bestimmte Bücher zur Ergötzung ihrer Herrin, darunter Gedichtbände, die von den großen Dichtern des Goldenen Zeitalters geschrieben worden waren, sowie die alchemistischen Texte der Chamonitischen Philosophen. Ihre Agenten waren auch hier in Shu'gohl und durchkämmten die Schriftenmärkte der Mittelwurmviertel.

Die Diener Nagashs – und auch die von Neferata als dessen Vertreterin – waren überall. Sie waren nicht lange nach der Öffnung der nach Azyr führenden Reichspforten aus Shyish hervorgeströmt. Tausende – Millionen – von Seelen trugen das Wort Nagashs in die entferntesten Regionen der Reiche. Die in Shu'gohl waren zumeist Sterbliche. Schlichte Todesverehrer, die es nach dem Frieden des Grabes verlangte. Doch auch sie waren von Nutzen.

Sie leckte sich die Lippen. Sie konnte noch immer das Blut dessen schmecken, der sich mit ihr getroffen hatte, um sie zur Bibliothek zu führen. Ekstatisch hatte er es ihr dargeboten, und sie hatte ihm gewährt, wonach es ihn verlangte – Vergessen und das Einswerden mit dem Ewigen König. Seine Genossen würden den Körper gemäß den Traditionen von Shu'gohl entsorgen. Er würde die Flanke des Wurms hinabgeworfen, um jenen Tieren als Fraß zu dienen, die seiner Spur folgten.

Natürlich stellte sie jetzt, da sie hier war, fest, dass sie bereits erwartet worden war. Oder vielmehr Neferata. Sie grinste und fragte sich, ob sie ihre Herrin darüber informieren sollte. Die ersten Raben hatte sie gesehen, als sie durch das offene Fenster am Rand zur Wölbung des Daches geschlüpft war und derweil unten im Hof irgendein Streit ausgebrochen war. Zu viele waren das, und zu still, um natürlichen Ursprungs zu sein. Ihnen haftete der Ruch es Übernatürlichen an – eine schale Fäule, die bis tief in die Seele reichte. Wie etwas, das aller Lebendigkeit beraubt war, aber dennoch immer noch lebte. Ihre Federn waren zu rein, ihre Augen zu glänzend.

Chaos also. Nur die Diener des Chaos konnten so perfekt die

Formen der Dinge nachahmen und es dabei zugleich an allen Feinheiten ihrer Existenz fehlen lassen. Die Götter des Chaos waren verderbte Idioten, und ihre Gefolgsleute waren kaum mehr als verrückte, tollwütige Hunde.

Sie jagten etwas, diese Vögel. Also hatte sie ihrerseits diese Vögel gejagt, war von Schatten zu Schatten geglitten, still wie ein Abendnebel. Selbst in voller Rüstung konnte Adhema vollkommen lautlos sein. Eine Kunst des Blutes. Der Drache hatte sie zu kämpfen gelehrt, aber von Neferata hatte sie das Geschenk der Lautlosigkeit empfangen. Sie erstarrte, als ein unachtsamer Gelehrter beinah in sie hineingelaufen wäre. Der Mann war klein, und seine dunkle Haut war nach Art der ghurischen Seekönigreiche tätowiert. Er konnte sie nicht sehen, da sie nicht gesehen werden wollte, doch hielt er dennoch inne. Irgendein tierhafter Instinkt zwang ihn, sich mit zusammengekniffenen Augen umzuschauen.

Ihre Hand schloss sich fest um den Griff ihrer Klinge, und ihr Durst, der doch erst kürzlich gelöscht worden war, schwoll erneut an, als sein Herzschlag ihr wie eine Pauke in den Ohren klang. Sie hing mit entblößten Zähnen über ihm, nur einen einzigen Augenblick. Dann war sie an ihm vorbei und zog weiter. Der Durst tobte in ihr und verlangte nach Genugtuung, selbst dann noch, als sie ihn zurück in seinen Käfig zwang. Er war eine Bestie, die niemals gezähmt werden konnte, nicht gänzlich. Der Seelenbrand wurde mit jedem Jahr schlimmer, höhlte sie aus und verwandelte sie in einen dürstenden Geist, der in der Ruine ihrer eigenen Leiche hauste.

Ein fairer Handel. Eine Ewigkeit des Dürstens gegen eine Ewigkeit der Rache an jenen, die ihr Volk gedemütigt hatten. Eine Ewigkeit, um das volle Maß der Bosheit an jenen auszuleben, die sich für von den Göttern gesegnet hielten. Eine Ewigkeit des Dienstes für eine Ewigkeit in Herrlichkeit.

Und was für Herrlichkeiten man doch für sie bereithielt. Das Herumschleichen auf der Jagd nach uralten Waffen, solchen, die zu führen man ihr höchstwahrscheinlich niemals erlauben würde. So weit traute Neferata ihr dann doch nicht. Nun gut.

»Dein Wille geschehe«, murmelte sie und ein leichtes Lächeln kräuselte ihre Lippen.

Sie hielt an, beobachtete, wie die Vögel immer aufgeregter wurden. Geschwind und lautlos flogen sie, glitten auf schwarzen Schwingen durch die Regalreihen. Rasch folgte sie ihnen.

Sie hatten gefunden, wonach sie gesucht hatten, und das bedeutete, dass sie es auch hatte.

»Dies ist ein heiliger Ort, und er ist nicht für den gemeinen Pöbel bestimmt«, knurrte der alte Priester und schwang seinen Kriegshammer in einer Geste rechtschaffenen Zorns, die Volker und die anderen auf den Stufen einbezog. Die Krieger der Freigilde formierten sich um ihn herum auf den Stufen, und die Spitzen ihrer Speere glitzerten im reflektierten Licht. Ihre Erscheinung war hart und grimmig, so wie es erfahrenen Soldaten anstand. Die Gedenkzeichen an ihre Feldzüge zeigten an, dass sie Veteranen einiger der schlimmsten Kämpfe waren, die dieses Reich je gesehen hatte – die Löwenfänge, Laschstein und ein Dutzend anderer. Alle trugen sie auch das Zeichen des Hammers deutlich sichtbar an ihrer Ausrüstung oder in manchen Fällen gar auf die Haut tätowiert.

Solch offen gezeigte Ergebenheit wurde in den Freigilden nicht durchweg mit Argwohn betrachtet, obwohl sich das von Truppe zu Truppe unterschied. Sigmar war ihr Herr und Meister, doch war es die Meinung vieler Hauptmänner der Freigilde, dass der Gottkönig es eher vorzog, dass seine Krieger ihre ganze Aufmerksamkeit auf das Schlachtfeld richteten, statt sich um Fragen des Seelenlebens zu sorgen.

»Wenn ihr nicht freiwillig redet, dann ist es vielleicht am besten, dass man euch verhört«, fuhr der Priester mit einer Stimme fort, die kalt und unbarmherzig wie der Wind war. Er hob seine freie Hand, und Volker hörte rasselndes Klirren. Zana fluchte.

»Noch mehr von ihnen«, murmelte sie. Volker blickte über die Schulter und sah ein gedrängtes Knäuel von Uniformen sich durch die Menge auf sie zubewegen. Bisher schenkte niemand der Konfrontation Beachtung, aber das würde sich schnell ändern, wenn erst Schwerter ins Spiel kämen. Volker runzelte die Stirn. Was ging hier vor? Das sah aus, als hätten diese Männer sie schon erwartet.

»Legt eure Waffen nieder oder bereitet eure Seelen auf den Richtspruch vor«, sagte der Priester. Er hob seinen Hammer, bereit den Soldaten den Befehl zum Angriff zu geben.

Nyoka trat rasch mit weit ausgebreiteten Armen vor. »Wartet – Liktor Calva. Dies sind Gäste der Bibliotheca Vurmis. Ich wurde gebeten –«

»Ja, und von wem, frage ich mich.« Mit scharfem Aufklingen seiner metallbeschuhten Füße schritt Calvas die Stufen herab. »Sicherlich nicht von mir. Was merkwürdig ist, denn dieser Ort unterliegt meiner Verantwortung.«

Nyoka erstarrte. »Er unterliegt der Verantwortung des Vurmitischen Ordens, meintet Ihr wohl.«

»Ja, aber ich bin für diesen Orden verantwortlich. Daher sind die Verantwortlichkeiten des Ordens die meinen. Oder wollt ihr mir da widersprechen, Akolythin?« Calvas strenger Blick glitt über die Gruppe hinweg, während Nyoka ihren Kopf neigte. Nicht vor Scham, sondern vor Zorn. Volker konnte erkennen, wie ihre Kiefermuskeln sich spannten. Calva verzog leicht die Lippen, als er Lugash musterte, der ihm dieses Hohnlächeln mit gleicher Münze heimzahlte. »Was für eine merkwürdige Konstellation.« Calva hielt inne, als er zu Volker kam. Seine Augen weiteten sich kaum merklich. »Du bist ein Azyrit.«

»Das bin ich.«

»Aus Azyrheim?«

»Dritter Bezirk«, sagte Volker. Er verneigte sich. »Geschützmeister Owain Volker vom Zweiten Excelsis-Expeditionskorps.«

Calva runzelte die Stirn. »Du gehörst zur Eisenschmiede?«

»Ich habe die Ehre.«

»Über den Gebrauch diese Wortes könnte man wohl trefflich streiten.« Ein Unterton der Abscheu klang darin an. Volker zuckte innerlich zusammen. Nicht jeder Azyrit sah mit Wohlwollen auf die Duardin. Ebenso viele sahen in der Öffnung der

Reichspforten eine Gelegenheit, sich von dem zu befreien, was sie als unreine Elemente ansahen. Calva musterte ihn. »Sigmar in seiner Weisheit behagt es, euer Volk mit so viel Nachsicht zu bedenken. Aber wir sind hier nicht in Azyrheim, und ich bin nicht Sigmar. Nur ein bescheidener Diener des Azyritikerordens.« Er schüttelte den Kopf. »An mich fällt die Aufgabe, dafür zu sorgen, dass die Ergebenen dieser Stadt in die Richtung ziehen, in die der Sturmwind sie bläst, und nicht den vielen Ketzereien anheimfallen, welche die Niederen Reiche plagen.« Er machte einen weiteren Schritt auf Volker zu und ließ seinen Hammer in der Armbeuge ruhen. »Was suchst du hier, Geschützmeister? Warum wieselt dieses Wurmmädchen los, um dich gleich nach deiner Ankunft zu finden und herzubringen? Und warum das ausgerechnet in dieser geheimniskrämerischen Manier?«

Volker war sich nicht sicher, wie er darauf antworten sollte. Woher wusste dieser Mann nur so viel? Er warf Nyoka einen kurzen Seitenblick zu, deren Gesicht vor Wut rot angelaufen war. Er erkannte diese Art von Wut wieder, denn auch er hatte sie schon gespürt, und so fühlte er ein Aufglimmen von Mitgefühl. Er räusperte sich. Bevor er sprechen konnte, kam Lugash ihm jedoch zuvor. »Und was geht dich das eigentlich an, Menschling?«, knurrte der Duardin.

»Ich dachte, ich hätte das schon erklärt – du musst tatsächlich so beschränkt sein, wie du aussiehst, Fyreslayer.« Calva ließ ein dünnes Lächeln sehen. »Ich wurde von der Großen Theogonistin selbst entsandt, um für die Neuorganisation des Wurmordens zu sorgen. Schon allzu lange haben sie zugunsten eines gutartigen Ketzertums die Celestinische Doktrin missachtet, die wahre Himmelsdoktrin. Wenn die Kirche Sigmars ihren Platz als führende Religion der Menschen wieder einnehmen soll, müssen alle seiner Lehre folgen, so wie sie im Zeitalter der Mythen niedergelegt wurde. Aber in Anbetracht der Tatsache, dass dein Volk eine gebrochene Gottheit anbetet, kann ich nicht erwarten, dass du das verstehst.«

Volkers Körper spannte sich an, da er von dem Duardin einen

Wutausbruch erwartete. Stattdessen lachte Lugash leise. »Ja, das tun wir«, erwiderte er. »Aber das tut nichts zur Sache. Wir haben etwas in diesen Hallen der Worte zu erledigen, und du wirst uns nicht daran hindern.« Er zog sein Schlachteisen und scharrte mit ihm an seiner Axt entlang. Die Runen, die in sein Fleisch geprägt waren, begannen zu glühen, und Lugashs Grinsen wurde breiter. »Wobei du es gerne versuchen kannst, wenn du magst.«

»Du lässt dich aus freien Stücken mit dieser … Kreatur ein, Akolyth?« Calva spuckte aus und funkelte Nyoka an. »Vielleicht hätte man dich genau wie die anderen aus dem Orden verbannen sollen. Es wird mir immer deutlicher, dass es deinem Schlag an Rückgrat fehlt, um –«

»Um was?«, fragte Nyoka und erwiderte seinen zornig funkelnden Blick. »Du hast keinen Grund, sie daran zu hindern, dort hineinzugehen. Die Bibliotheca Vurmis steht allen offen, die nach Wissen suchen, Liktor. Das ist einer der zentralen Grundsätze unseres Eides. Wir sind gestorben, um dieses Wissen für alle sicher zu erhalten, nicht um es nur für einige Privilegierte wegzuschließen.«

»Sie starben in Sigmars Namen«, sagte Calva steif.

»Und du entehrst nun ihr Opfer«, entgegnete Nyoka nun gar nicht mehr so leise. Ihre Worte hallten durch den Hof wider. Leute hielten an und bemerkten jetzt die Konfrontation zum ersten Mal. Sie begannen, sich zusammenzuscharen, und ein missmutiges Murren stieg aus ihren Reihen auf. Calva verzog das Gesicht. Was er auch sonst für Charakterfehler haben mochte, der alte Priester war ein guter Beobachter, und er begriff, was hier geschah.

Volker wurde klar, dass die Spannung, die er schon zuvor beobachtet hatte, nicht allein seiner Fantasie entsprungen war. Sie waren mitten in etwas hineingeraten, was sich schon seit längerer Zeit aufgebaut hatte. Das überraschte ihn nun wieder gar nicht. Die Große Theogonistin war für ihre Bemühungen bekannt, den Einfluss der Heilighammer-Kathedralen über die Grenzen der Andachtsbezirke hinweg ausdehnen zu wollen.

Immer wieder ließ sie ihren Sermon über das Große Konklave niedergehen und versuchte es so weit zu schikanieren, dass es ihr endlich nachgab und ihren Hexenjägern größere Handlungsfreiheit einräumte.

»Du wagst es …?«, sagte Calva. Wenn auch leiser. »Vielleicht hast du ja doch mehr Rückgrat, als ich gedacht habe.« Er sah nachdenklich zur Bibliothek hinüber. Dann, mit einem missmutigen Seufzen, trat er beiseite. »Ich weiß nicht, was da vor sich geht. Aber wenn ich herausfinde, dass ihm in seinem Kern Ketzerisches anhaftet, dann werde ich dafür sorgen, dass du in den Feuern der Rechtschaffenheit brennst.« Er machte eine schroffe Handbewegung, und seine Soldaten traten beiseite und gaben ihnen den Weg frei. Volker fühlte Calvas Blicke den ganzen Weg die Treppen hinauf bis hoch zu den Toren der Bibliothek auf sich.

»Jemand hat sie gewarnt, dass wir kommen«, murmelte Zana, als sie das Gebäude betraten.

Volker nickte. »So scheint es. Ist so etwas schon mal vorgekommen?«

»Ein oder zwei Mal. Interessen- und Splittergruppen, Pakte und Lagerkämpfe, Geschützmeister.« Sie grinste schief. »Ein Bündnis ist nicht mit einer Freundschaft gleichzusetzen, und du weißt so gut wie ich, dass es auch in Azyr reichlich an Winkelzügen und Intrigen gibt.« Sie lachte. »Obwohl er ein Gott ist, war Grungni nie besonders gut darin, seine Absichten geheim zu halten. Und es gibt viele in seinen Diensten, die zwei Herren folgen.«

»Du scheinst nicht sonderlich beunruhigt.«

Sie zuckte die Achseln. »Sollte ich? Ich weiß, wem ich diene.« Sie warf ihm einen Seitenblick zu. »Und was ist mit dir?«

»In dieser Sache? Da habe ich keine Zweifel.«

»Gut.«

»Aber trotzdem, wenn andere auf der gleichen Spur sind …«

»Es ist mehr als wahrscheinlich, dass das, was wir suchen, irgendwo in einer staubigen Gruft liegt, verloren und von allen vergessen. So ist das üblicherweise nach meiner Erfahrung. Grabräuberei ist in meinem Heimatland so was wie ein Sport.«

»Ich bin nicht hier, um Gräber zu plündern«, sagte Volker. »Ich will nur einen Freund retten.«

Zana lächelte liebenswürdig. »Allerdings. Und ich wünsche dir viel Glück dabei. Ich, na, ich bin hier, um einen Preis zu verdienen.« Sie rieb zwei Finger aneinander. Volker konnte nicht anders als lachen, trotz aller Sorge, die an ihm nagte.

In der Eingangshalle kamen sie an einer Reihe von Akolythen vorbei, meist Wurmleute mit fahler Haut und schmalen Gesichtern. Aber da waren auch einige Azyriten, die alle das Stern-und-Hammer-Symbol des Azyritikerordens gut sichtbar irgendwo an sich trugen. Alle waren sie gerade mit irgendeiner leisen Unterhaltung oder Beratung beschäftigt und bemerkten die seltsame Gruppe kaum.

Am Ende der Eingangshalle bildete eine Reihe von weiten, doppelflügeligen Türen den Eingang zum Hauptsaal. Ein Paar schwer gerüstete Akolythen, die mit beidhändig geführten Kriegshämmern bewaffnet waren, bewachten diese Türen. Ohne weitere Bemerkung erlaubten sie der Gruppe einzutreten, obwohl der eine dann doch freundlich grinste und Nyoka ein »Gut gemacht, Schwester.« zuflüsterte.

Als sie die Türen durchschritten warf Volker einen Blick auf die gebogen umlaufenden Wände und sah, dass sie mit meisterhaft gefertigten Flachreliefs bedeckt waren, die Szenen darstellten, von denen er annahm, dass sie der Geschichte des Vurmitischen Ordens entstammten. Als er Nyoka danach fragte, nickte sie. »Was ist die Geschichte schon anderes als ein Wurm, der sich durch die Zeit gräbt?«, sagte sie, als würde sie etwas rezitieren. »Darum wurde dieser Platz ausgewählt. Von hier aus konnten wir die Vergangenheit sehen ...«, sie wies in Richtung des Wurmendes, »... und zugleich die Zukunft.« Jetzt wies sie in Richtung des Wurmkopfes.

Volker pfiff beeindruckt durch die Zähne. »Das erinnert mich alles an die Himmelsgalerien in Azyrheim. Bücher und Pergamentrollen, die in den letzten Tagen vor dem großen Exodus gesammelt wurden. Millionen davon, mehr als irgendjemand in seiner Lebensspanne lesen könnte.« Er sah sie an. »Wird man dich bestrafen, weil du uns geholfen hast?«

»Nein«, sagte sie. »Calva ist Liktor, das ist wohl wahr, aber er ist auch ein Auswärtiger. Wir erlaubten ihm, hier zu sein, so wie wir es der Freigilde erlaubten, und sie haben ausschließlich die Autorität, die ihnen der Borstenrat zugesteht.« Sie seufzte. »Wir dachten – meine Leute dachten –, dass es weise sei, jenen Gastfreundschaft zu zeigen, die so viel riskiert haben, um uns von unseren Feinden zu befreien. Doch Dankbarkeit hat auch ihre Grenzen.« Sie zuckte die Schultern. »Wir gehen weiter, wie wir es stets tun. Der Sturm tobt, und wir halten ihm stand. Wenn er dann fort ist, werden jene, die man verstoßen hat, zurückkehren und ihre Ämter wieder aufnehmen.«

»Dann hoffe ich, dass es dann noch etwas gibt, wohin sie zurückkehren können«, sagte Lugash. »Solche Narren reißen mehr nieder, als sie aufbauen.« Seit der Konfrontation hatte der Duardin geschwiegen.

»Es tut mir leid«, sagte Nyoka auf ihn niederblickend.

»Warum? Er ist es, der mich beleidigt hat«, erwiderte Lugash.

»Es tut mir trotzdem leid«, wiederholte Nyoka. »Der Schöpfer ... ist lange schon ein Freund unseres Ordens. Aber es gibt solche unter den Ergebenen, die andere Götter im besten Fall als Ablenkung, im schlimmsten als Diebe sehen.« Sie lächelte sacht. »Sie denken, Grungni will uns stehlen.«

Volker schnaubt. »Aber das ist doch lächerlich.«

»Gar nicht mal«, sagte Roggen. »Die Herrin der Blätter sucht Verehrer aus allen Rassen und Völkern. Genau wie der König der Knochen. Vielleicht haben die Diener des Donnerers zurecht Angst. Es gibt viele, die sich an die Geschichten aus den schwarzen Tagen erinnern, nachdem sich die Pforten Azyrs schlossen und der Gottkönig sein Volk im Stich ließ ...«

Nyoka zog die Stirn kraus. »Er hat uns nicht im Stich gelassen. Nicht willentlich.«

»Und doch ist es geschehen«, sagte der stattliche Ritter. Er zuckte die Schultern. »Mir geht das nicht an die Borke, denn meine Leute haben schon immer an ihrem Glauben an die Herrin der Blätter und ihre Kinder festgehalten. Ihr weihten wir unsere Schwerter in den Tagen, bevor das Chaos kam.«

Er sah sich um. »Ich habe noch nie so viele Bücher gesehen. Stehen in all denen Wörter drin?«

Nyoka blinzelte. »Ja.« Sie schüttelte den Kopf. »Einst gab es noch mehr. Bevor die Skaven die Stadt eroberten. Sie zerstörten unschätzbar wertvolle Manuskripte – Wissen, das nun auf alle Zeit verloren ist.« Sie streckte die Hand empor und fuhr über die Rücken einiger Bücher. »Wir haben getan, was wir konnten. Die Akolythen unseres Ordens suchen das Reich nach verlorenem Wissen ab, um es hierher in Sicherheit zu bringen. Wo wir alle die Möglichkeit haben zu lernen.«

Volker sah sich um. Obwohl es eigentlich für so etwas wenig Platz gab, sah er doch hier und da einige schwere Eichentische, auf denen sich die Bände und Folianten türmten. Schreiber saßen dort, die eifrig daran arbeiteten, die darin enthaltenen Informationen zu kopieren, damit sie einem wohlhabenden oder einflussreichen Mäzen zukommen konnten. Hier und da saßen Männer und Frauen mit dem Anstrich von Magiern und Philosophen in stiller Diskussion irgendeines arkanen Werkes beisammen. »Du hast da ein Buch erwähnt«, sagte er.

»Das Buch, das Oken gefunden hat, ja.« Nyoka lächelte leicht bei seinem Blick. »Ich habe gehört, dass du seinen Namen erwähnt hast. Ich kannte ihn, wenn auch nicht gut. Für einen Duardin war er äußerst gelehrt. Er kam im Laufe der Jahre viele Male hierher. Hat immer wieder nach diesem Buch oder nach jener Pergamentrolle gesucht.«

Volker öffnete den Mund. Schloss ihn wieder. Sie hatte recht, jetzt, da er darüber nachdachte. Oken war tatsächlich gelehrter als die Mehrheit der Duardin. War er deshalb so oft hierhergekommen? Einfach nur, um die Bibliothek zu nutzen. »Das war er wohl«, sagte er schließlich. »Was war mit dem Buch, das er gefunden hat?«

»Oken reiste in der letzten Blutungszeit mit uns in das Wurmmeer und suchte dort nach uralten Ruinen. Er fand nichts außer etwas Gold, auf dem seltsamen Glyphen waren. Er behauptete, es sei ein Buch und schien darüber sehr aufgeregt, obwohl es keinem Buch glich, das ich je gesehen habe.«

»Hast du es noch?«

Nyoka wies mit ihrer Hand. »Folgt mir. Ich habe es aus den Gewölben hochgeschafft, bevor ich zu euch kam.« Sie runzelte die Stirn. »Wahrscheinlich war es das auch, was Calva aufgeschreckt hat.« Sie führte sie durch das Labyrinth der Regale, nickte dabei hin und wieder diesem oder jenem zu.

Während sie so dahergingen, sah Volker zufällig hoch und bemerkte einen Raben, der oben auf den Regalen dahinhüpfte. Er hielt an, fragte sich, wie er wohl dahin gekommen war. Der Vogel beäugte ihn, während er weiterhüpfte, als versuchte er, ihn nicht aus dem Blick zu verlieren. Er wollte es schon abtun, da erinnerte er sich an die Raben in Excelsis. Und dann später auf Brondts Schiff. Er fühlte einen plötzlichen Kälteschauer. Was war, wenn Lugash recht gehabt hatte, als er behauptet hatte, die Vögel seien Spione?

Bevor er aber noch etwas sagen konnte, gesellten sich dem ersten Vogel einige andere hinzu. Vor ihnen hielt Nyoka plötzlich an. »Was –?« Volker schaute über ihre Schulter und sah mehrere schwere Tische auf einer Lichtung im Wald der Regale. Auf einem davon befand sich ein merkwürdiges, aufrecht stehendes Gestell, von dem so etwas wie eine Reihe in Leder gebundener goldener Perlenschnüre herabhingen. Sie wurden von einer schwarz gekleideten Gestalt untersucht. Zwei Akolythen des Ordens lagen anscheinend bewusstlos am Boden. Beide waren bewaffnet gewesen, doch ihre Waffen lagen nun außerhalb ihrer Reichweite da.

»Wer bist du?«, wollte Nyoka wissen. »Was tust du hier?«

Der Eindringling wandte sich um. Es war eine Frau, und sie trug einen schwarzen Helm, der wie ein Vogelschädel geformt war, sowie schwarzes Kettenwerk und Seide unter einem Mantel aus schwarzen Eisenfedern. Ihre Hand glitt, während sie sich umwandte, zum Griff ihres Schwertes, das von ihrer Hüfte hing. Sie zog es mit elegantem Schwung. »Brüder – schlagt eure Schnäbel in ihre Knochen«, rief sie mit einer hohen, klaren Stimme.

Die Raben, die auf den Regalen und in Torbögen hockten,

stoben alle zugleich empor. Krächzend flogen sie auf Volker und die anderen zu. Im Näherkommen machten die Vögel eine erschreckende Verwandlung durch. Ihre Gestalten wurden größer, streckten und verdrehten sich, wurden zu schlanken in Obsidian gerüsteten Kriegern, die klauengleiche, gebogene Klingen trugen. Alle zugleich griffen sie in einer Wolke von Federn und rauen Schreien an.

Lugash lachte gackernd. »Schätze, ich hatte doch recht, was Menschling?«

ZEHN

NEUNUNDNEUNZIG FEDERN

Die schwarz gerüsteten Krieger stürmten heran, schneller als Volker es für möglich gehalten hätte. Er konnte kaum seine Repetierpistole ziehen, bevor schon der erste bei ihm war und dessen Klinge auf seinen Kopf zustieß. Er blockte den Schlag mit der Repetierpistole ab, wurde aber gegen ein Regal zurückgeworfen. »Aufpassen«, schrie er.

»Augen haben wir selbst, Menschling«, grollte Lugash, während er auf einen der Krieger zusprang. Der Schicksalssucher stieß einem von ihnen laut brüllend die Schulter in die Mitte. Während der Krieger noch hintenüber torkelte, ließ Lugash sein Schlachteisen in weitem Bogen sausen und fetzte seinem Gegner die Kehle bis zum Knochen auf.

Volker schlug seinem Feind den Schaft seiner Pistole vor den Kopf, was ihm genug Raum zum Feuern verschaffte. Der Krieger explodierte in einem Wirbel aus Federn, durch den die Schüsse ohne Schaden anzurichten hindurchgingen. Volker wich seitlich aus, als aus diesem Wirbel ein Schwert hervorschoss und in ein Regal hineinschlug.

Zu seiner Linken bekam Zana einen der schwarz gekleideten Krieger bei seiner Kapuze zu fassen und schmetterte ihn mit dem Kopf voran in eines der Regale. Die frühere Anführerin der Freigilde schnellte herum und zog eines der langen Messer aus ihrem Gürtel, als ein weiterer der Rabenmänner auf sie zuschoss. Sie wirbelte unter seinem Hieb durch, und ihr Messer blitzte aufwärts und quer über die Lücke zwischen seinem Helm und seiner Rüstung. Der Krieger taumelte mit ersticktem Gurgeln zurück und hielt sich die Kehle. Zana trat ihm die Beine weg und beugte sich herab, um es zu Ende zu bringen.

Volker verlor sie aus den Augen, als sein Gegner in einem Wirbel aus Federn auf ihn lossprang. Der Rabenkrieger stieß einen Zauberspruch aus, und die schwarzen Federn schossen vor wie Pfeile. Sie fetzten durch seinen Mantel und schnitten ihm ins Fleisch. Er warf sich zur Seite, und sein Angreifer stürzte vorbei. Die Stiefel des Rabenkriegers krachten in eine Regalseite und er stieß sich gezielt davon ab, auf Volker zu, der zu Boden gefallen war. Volker rollte sich auf den Rücken und legte seine schwere Pistole an. Die Augen des Kriegers weiteten sich, als der Hahn der Pistole in einem Blitz niederzuckte. Die Kugel durchschlug den Schädel des schwarz gekleideten Mörders in einer Fontäne von Blut.

Nahe bei ihm stemmte Roggen brüllend einen Tisch hoch und suchte dahinter Deckung, als ein Stoß magischer Energien über dessen Oberfläche hinwegfegte. Der Tisch begann sich zu verformen und zu biegen, als die versteinerten Haare, aus denen er gefertigt war, plötzlich ihre Biegsamkeit wiedererlangten. Fühler aus borstigem Haar wanden sich um den Ritter, während er fluchte und wild nach ihnen hackte. Volker kam auf die Füße und stürzte ihm, dabei erneut durchladend, zu Hilfe.

Lugash preschte mit vor Blut triefenden Waffen an ihnen vorbei. Das Urgold, das in sein Fleisch gehämmert war, glühte in heißem Licht und verbrannte die Federn, die sich in seine Haut gebohrt hatten, zu Asche. Er machte einen Satz auf einen weiteren Tisch und sprang dann in hohem Bogen auf die schwarz gekleidete Frau zu. Sie machte eine Handbewegung, und der Schicksalssucher flog gegen ein Regal. So stark war die Wucht des Aufschlags, dass das alte Regal rückwärts kippte und gegen ein anders stieß. Zum Glück war dieses stabiler und blieb stehen. Lugash stürzte in einer Flut von Büchern und Schriftrollen zu Boden.

Volker hörte Nyoka etwas schreien und die sich windenden Tentakel des Tisches wurden, als ein goldener Glanz sie durchdrang, augenblicklich schlaff. Er warf der Priesterin einen Blick zu, und sie beantwortete ihn mit knappem Nicken. Er legte seine Pistole an. Ihre Augen weiteten sich, und sie warf sich zu Boden, als er auf den Rabenkrieger schoss, der plötzlich hinter ihr emporwuchs. Er half ihr auf die Füße, während der Angreifer zurücktaumelte. »Bist du in Ordnung?«

»Ja. Aber ich wünsche mir, ich hätte jetzt meinen – ah!« Sie bückte sich und griff sich einen Kriegshammer, der einem der am Boden liegenden Priester gehörte. Sie schwang ihn mit Leichtigkeit und traf damit den verwundeten Rabenkrieger, der versuchte, wieder auf die Beine zu kommen. »Sahg'mahr hilft«, rief sie fröhlich. Den Hammer wirbelnd trat sie einem weiteren entgegen. Volker wandte sich um und feuerte seine Repetierpistole ab, perforierte damit aber nur eine Wand, als sein Ziel plötzlich verschwand. Fluchend lud er nach.

Er sah Roggen und Zana Rücken an Rücken im Kampf mit den Rabenkriegern. Anderswo stemmte sich Lugash auf die Füße und Nyoka erwehrte sich eines auf sie herabstürzenden Angreifers mit brutalen Hieben ihres geborgten Hammers. Sie wich einem flackernden Stoß hexerischer Energien aus, der die Luft schwarz versengte. Er schnellte herum und feuerte, zwang seine Angreifer, Deckung zu suchen. Er konnte nicht sagen, wie viele von ihnen es gab. Vier waren sicher tot. Doch es war immer noch mindestens das Doppelte dieser Zahl übrig. Er suchte den Saal ab, suchte nach ihrer Anführerin. Wenn er sie nur –

»Wenn du sie nur erwischen könntest, was?«, murmelte eine leise Stimme in sein Ohr.

Volker erstarrte. Die innere Schneide einer gebogenen Klinge ruhte an seiner Kehle. »Deine Gedanken sind so laut wie Donner, Azyrit. Und deine Absichten leuchten hell wie der Tag. Ich kam nicht darum herum, sie zu hören.« Die Klinge zuckte. »Lass deine Waffen fallen.«

Volkers Repetierpistole fiel klappernd zu Boden. Die Rabenfrau lachte leise. »Alle. Nein – warte.« Volker zögerte. »Nimm die in deinem Gürtel und erschieß den Duardin. Er widert mich an.« Volker runzelte die Stirn. Etwas in ihrer Stimme stahl sich in ihn hinein und hallte seltsam in ihm wider. Trotz aller Anstrengungen, sich zu widersetzen, zuckte seine Hand zur schweren Pistole. Schweißtropfen bildeten sich auf seiner Haut, und er versuchte hart, sich selbst Einhalt zu gebieten. Doch ihre Stimme durchpulste ihn, formte seinen Willen um. Sein Kopf war erfüllt vom Geräusch flatternder Flügel und heiseren Rabengeschreis.

Dann, plötzlich, war es weg. Der Druck auf seinen Geist war verschwunden, und er zog seine Hand von der Pistole fort. Die Klinge war von seiner Kehle verschwunden, und er trat schnell weg, wandte sich dabei um und griff sich seine Repetierpistole vom Boden.

Eine zweite Gestalt stand hinter der Frau in Schwarz, die Schwertspitze in ihren Nacken gepresst. »Hallo«, sagte diese. »Mein Name ist Adhema. Und wie heißt du?«

»Tod«, sagte die Frau und starrte noch immer Volker an.

»Mmmnein. Nein. Das ist ein Titel, den du nicht für dich beanspruchen kannst, kleiner Spatz. Wobei ich dich gerne zum Versuch ermutigen würde, nur um zu sehen, was passiert.«

»Es ist der einzige Name, der dir etwas sagen würde«, erwiderte die Rabenfrau. »Es ist der einzige Name, den du von mir bekommst.« Sie lächelte dünn. »Zumindest heute. Was morgen ist, wer kann das schon sagen?« Sie warf ihren Kopf zurück und stieß ein schrilles Krächzen aus. Volker ließ die Waffe fallen und bedeckte die Ohren mit den Händen. Als der durchdringend grelle Schrei im Saal widerhallte, sprangen die verbliebenen Rabenkrieger empor, warfen ihre Masse ab und damit auch ihre alte Gestalt, die sich wieder in die von Vögeln zurückwand und -krümmte. Der Schwarm stob in einem krächzenden Sturm aus Federn auf. Ihre Anführerin schloss sich ihm einen Augenblick später an, und die ganze Schar wand sich in engen Kreisen in die Höhe, auf ein Fenster in der Rundung der Kuppel zu, durch das sie schließlich verschwand.

»Na, das ist ja etwas, was man nicht jeden Tag zu sehen bekommt«, sagte Roggen und starrte ihnen hinterher.

»Wenn man Glück hat«, sagte Zana. Sie zeigte auf den Neuankömmling. »Solche von ihrer Art hab ich nach meinem Geschmack allerdings schon zu oft gesehen.« Sie legte sich das Blatt ihrer Klinge über die Schulter. »Du bist ein Blutsauger, stimmt's?«

»Und wenn?« Die Frau war groß gewachsen und in eine schwarze Rüstung eigenwilliger Machart gehüllt, deren mit Kämmen versehene Platten waren mit verschnörkelten Ornamenten überladen. Ihr Helm war lang gezogen wie sie und wurde von einem Busch schwarzer Haare gekrönt. Sie stemmte ihr Schwert mit der Spitze zuerst auf den Boden und legte die Hand auf die Parierstange.

Volker ergriff das Wort, bevor Zana etwas erwidern konnte. »Danke«, sagte er.

Die Vampirin musterte ihn und nickte.

»Sehr gern geschehen …?«

»Volker. Owain Volker.« Er verneigte sich leicht.

Sie tat es ihm nach. »Lady Adhema, derzeit von Nulahmia und vom Hof der Königin der Mysterien.« Sie richtete sich mit einem Lächeln zu ganzer Größe auf. »Es war mir ein Vergnügen, Meister Volker. Ein Wanderer auf der gleichen Reise muss dem anderen beistehen, nicht wahr?«

»Wanderer auf der gleichen Reise?«, wiederholte Volker.

»Wie sonst solltest du uns nennen?«, meinte die Vampirin munter. »Schließlich ist es doch der gleiche Weg, dem wir folgen.«

»Was glaubst du, das du weißt?«, wollte Zana wissen.

»Ich weiß viele Dinge. Genau genommen eine unendliche Vielzahl von Dingen. Die Ewigkeit ist ein guter Lehrer.« Sie deutete mit dem Schwert auf Volker. »Zum Beispiel weiß ich, wem du dienst. Dem Verkrüppelten Gott. Grungni.«

»Sollen wir davon vielleicht beeindruckt sein?«, fragte Zana.

»Ein wenig«, erwiderte Zana.

»Ich denke doch, du dienst ihm ebenfalls«, meinte Volker zweifelnd. Adhema lachte. Es war kein angenehmer Klang. Fast wie der Schrei einer erregten Katze.

»Nicht im Geringsten, Sterblicher. Ich diene Ihr-Welche-die-Ewige-Nacht-Erleuchtet.« Adhema zuckte die Achseln. »Andere meiner Art mögen sich diesbezüglich vielleicht verschämt geben, doch – wie meine Herrin mich so oft in letzter Zeit erinnert hat – ich bin nur ein grobes Werkzeug ihres Willens. Und daher teile ich mein Geheimnis bereitwillig mit euch.«

»Und ausführlich«, warf Lugash ein. »Reden alle Vampire so viel über sich selbst?«

»Nur, wenn wir der anregenden Unterhaltung bedürfen.« Sie sah ihn an. »Nur zu, grab einen Tunnel oder was immer dein Volk sonst so macht.«

»Genug«, sagte Volker. Er blickte auf die Leichen. »Wer sind sie? Weshalb waren sie hier?« Er stupste einen der Körper mit seiner Langbüchse an.

»Zu keinen guten Zwecken«, sagte Nyoka und hielt eine Feder hoch. »Sie sind Angehörige der Neunundneunzig Federn. Hautwandler und Hexer. Eines der Kriegskonvente der Seitwärtigen Städte. Sie dienen den Geschichten nach dem König der Raben.«

»Dem –«, begann Volker verwirrt.

»Dem Wandler der Wege«, sagte Zana leise. Sie blickte sich wachsam um, noch immer das Schwert in der Hand. »Sind sie auch sicher fort?«

Nyoka nickte. »Wären sie das nicht, lebten wir nicht mehr.« Sie ließ die Feder, die sie gehalten hatte, fallen und wischte sich die Hand an den Gewändern ab. »Sie lassen keine Zeugen zurück.«

»Woher weißt du dann über sie?«, fragte Lugash und musterte sie argwöhnisch.

»Sie kamen schon einmal. Vor vielen Jahren, als sie in den

Diensten eines anderen standen. Er schickte sie her, etwas zu stehlen. Wir – mein Orden – hielten sie auf. Wir fingen einen, und er feilschte um sein Leben, bot Wissen im Austausch für seine Freiheit.«

»Ihr habt ihn gehen gelassen?«, fragte Lugash ungläubig.

»Nein«, sagte Nyoka sanft. »Aber wir fügten sein Wissen dem unseren hinzu, und das gerne. Wissen ist Macht, Meister Duardin. Es ist unser Bollwerk gegen die Finsternis, selbst in diesen unruhigen Zeiten.« Sie fuhr das Symbol des Hammers entlang, das in ihre Handschuhe eingeprägt war. »Selbst bis zum Ende der Reise des Wurms.«

»Wie auch immer du von ihnen erfahren hast, sie dienen jetzt einem neuen Herrn.« Adhema rollte einen von den toten Körpern mit ihrem Fuß auf den Rücken. »Noch andere Götter außer Grungni verlangt es nach den Acht Wehklagen, und diese Götter haben viele Diener. Einen davon habe ich in dieses Reich verfolgt. Ich hatte angenommen, dass er hierher kommen würde. Stattdessen treffe ich jene an.« Sie zuckte die Achseln. »Zum Glück für euch, was?«

»Noch mehr Glück für uns, wenn wir dich auf der Stelle töten würden, Blutegel.« Lugash hob drohend seine Axt. »Den Toten ist nicht zu trauen. Besonders denen, die reden können.« Er machte einen Schritt auf die Vampirin zu, aber bevor er ihr auch noch allzu nahe kommen konnte, hielt sie ihm ihrer Schwertspitze unter die Nase. Lugash erstarrte. Die Vampirin hatte sich schneller bewegt, als dass einer von ihnen ihrer Bewegung hätte folgen können.

»Und da spreche ich so liebenswürdig mit euch«, meinte Adhema, mit einer seidigen Drohung, die jedes ihrer Worte durchdrang. »Ich kann auch schroffer reden, wenn euch das eher behagt. Vielleicht sollte ich euch ein drittes Ohr schneiden. Das würde eurer Fähigkeit zu hören auf die Sprünge helfen.«

»Oder du könntest ihm verzeihen und dich uns anschließen«, sagte Volker rasch, die erstaunten Blicke der anderen ignorierend. Adhema warf ihm einen Blick zu. »Es ist offensichtlich, dass du hinter der gleichen Sache her bist wie wir. Tja, warum sich dann nicht zusammentun? Die jeweiligen Fertigkeiten vereinen? Wenn wir zusammen arbeiteten, brächte uns das vielleicht weiter als getrennt.«

Adhema grinste. »Und was ist, wenn wir dann den Sieg errungen haben?«

»Lass uns doch zuerst die Siege erringen und dann darüber reden.«

Adhema legte den Kopf schief, als lauschte sie auf etwas. Dann reifte ihr Grinsen zu einem Lächeln heran. Sie hob die Klinge von Lugashs Nase und schob sie mit elegantem Schwung in die Scheide. »Weise Worte von jemandem, der so jung ist.« Sie zog sich den Helm vom Kopf und fuhr mit der Hand durch die zerzausten Locken. Sie hatte ein schmales Gesicht, aristokratisch und hart. Rote Augen trafen seinen Blick. »Ich freue mich darauf, an deiner Seite zu kämpfen … Owain.«

Nyoka räusperte sich. »Vielleicht dienen die Federn einem neuen Herrn, aber sie scheinen nach der gleichen Sache zu suchen wie das letzte Mal.« Sie zeigte auf das Buch, während sie gleichzeitig die bewusstlosen Männer untersuchte.

»Sie waren hinter der gleichen Sache her wie ihr«, sagte Adhema und lehnte sich gegen ein Regal. »Die gleiche Sache, wegen der auch ich gekommen bin.« Sie lächelte über Nyokas betroffenen Gesichtsausdruck. »Ein Geheimnis ist nur so gut wie die Leute, die es hüten.« Sie deutete auf die Perlenschnüre. »Aber was das dort eigentlich genau ist, entzieht sich meiner Weisheit.«

»Es ist ein Perlenbuch«, sagte Lugash leise. »Normalerweise hängen sie an Eisenrahmen. Der von diesem Buch muss verloren gegangen sein.« Er fuhr mit seinen schwieligen Fingern über die mit Runen versehenen Perlen und bewegte dazu stumm die Lippen.

»Shu'gohl verschlingt die Erde, während er dahinzieht«, sagte Nyoka. »Viele Orte ruhen nun in seinen Schlund. Vielleicht sind die Überreste einer Loge deines Volkes darunter.«

»Was steht da?«, fragte Volker.

»Es ist ein alter Dialekt – einer der Fernen Logen, glaube ich.

Jene, die vom Einbruch des Chaos abgeschnitten wurden.« Er runzelte die Stirn. »Es ist unvollständig. Da steht etwas von einer Waffe und einer Festung …« Er las weiter. »Sie waren einst Teil der Lofnir-Loge, aber es gab irgendwelche Unstimmigkeiten, wie es sie immer in Logen einer bestimmten Größe gibt.« Er lächelte bitter, als müsste er an einen persönlichen Witz denken. »Falnekk, der zwölfte Sohn von Hardrekk-Grimnir nahm ein Sechzehntel des Goldes der Loge sowie einen *grumdael* unter dem strengen Blick der Sonne mit, um dort seinen Hort unter den tiefen Wurzeln des *thunwurtgaz* …«

Volker sprach die Worte nach, durchforstete seine Erinnerung nach Übersetzungen in vertrautere Dialekte. Die Worte waren fast wie die ihm vertrauten aber eben auch nur fast. »Ein Artefakt?«

Lugash nickte abwesend. Er blinzelte. »Das kann nicht stimmen. Hier steht, sie gingen zum großen Wald von Gorch und trugen dabei Gold und ein im Kampf gewonnenes Artefakt mit sich.«

Volker runzelte die Stirn. »Ein Wald? Das scheint ungewöhnlich.« Er hatte von Gorch gehört. Es war der größte Wald im Umkreis der Stoßzahnküste, und er erstreckte sich über ungezählte Reisestunden und war außerdem sehr dicht. Jene, denen das Unglück widerfuhr, seine Grenzen zu überschreiten, berichteten, dass es in Gorch ständig Nacht sei, denn kein Licht drang durch seine stetig wucherndes Blätterdach.

»Da muss ein Fehler sein.« Lugash schickte sich an, die Perlen genauer zu untersuchen. Der Duardin klang fast beleidigt. »Rechte Duardin leben nicht zwischen Bäumen.«

»Bis auf die, die es tun«, sagte Zana. Ein plötzliches Klappern schnitt jede eventuelle Antwort Lugashs ab. Das Geräusch ließ sie alle mit gezogenen Waffen herumfahren. Zana lachte. »Da schau mal an, wer sich endlich zeigt.«

»Was ist dies für eine Blasphemie?«, donnerte Liktor Calva. Er stand inmitten der Zerstörung, umgeben von Soldaten der Freigilde und begleitet von mehreren anderen Kriegerpriestern. Er hob drohend seinen Kriegshammer. »Was habt ihr Narren nur getan?«

»Ein bisschen Chaos-Abschaum getötet. Nichts zu danken übrigens.« Lugash zerrte eine der Leichen an Kutte und Federn herbei und ließ sie dann fallen. »Und wo wart ihr eigentlich währenddessen? Ein bisschen die Gläubigen schikanieren?«

Calva funkelte den Fyreslayer finster an, und sein Gesicht lief vor Wut beinah purpur an. Nyoka trat zwischen die beiden. »Unsere Brüder sind verletzt worden. Kümmert euch um sie.« Ein fester Unterton der Autorität klang in ihrer Stimme mit. Volker musterte sie, wie sie dem aufbrausenden Liktor entgegentrat. Vielleicht war sie derzeit ein Akolyth, doch war sie das auch immer gewesen? Oder hatte Calvas Ankunft mehr Veränderungen als nur die offenkundigen mit sich gebracht? Dass sie Grungni kannte, ergab dann auch mehr Sinn.

Die anderen Priester handelten augenblicklich und beeilten sich, den besinnungslosen Männern zu helfen. Calvas wütender Blick fand neue Ziele, aber er unternahm keinen Versuch sie aufzuhalten. Seine Autorität stand offensichtlich auf so tönernen Füßen, wie Volker bereits geargwöhnt hatte. Der Liktor sah sich stirnrunzelnd um. »Die Luft hier riecht nach Hexerei.«

»Sie sind – waren – Hexer«, sagte Nyoka und überreichte ihren Hammer einem der anderen Priester. Er nahm ihn zögerlich an, zuckte kurz vor dem Blut und der Hirnmasse, die daran klebten, zurück. »Und sie haben den Preis dafür bezahlt.«

»Nicht sie«, sagte Calva, Sein Monokel funkelte, als er seinen Blick in Adhema bohrte. »Nehmt dieses *Ding* in Gewahrsam.« Die Freigilde rückte mit gesenkten Waffen vor. Volker schlang die Büchse von seiner Schulter und spannte den Hahn. Das Geräusch war laut, wie er es bezweckt hatte. Die Freigildler erstarrten. Sie kannten dieses Geräusch. Und Calva ebenfalls.

»Schon wieder«, sagte er schwer. »Schon wieder stellst du dich zwischen die Rechtschaffenen und die Sünder. Warum?«

Volker antwortete nicht. Noch richtete er seine Waffe nicht auf irgendjemand im Besonderen. Er wartete einfach nur, mit der Geduld eines Geschützmeisters der Eisenschmiede. »Was tust du, Azyrit?«, flüsterte Zana, die hinter ihm zum Stehen kam.

Volker hatte für sie keine Antwort. Eigentlich wusste er auch nicht, warum er das tat. Vielleicht Dankbarkeit. Oder Pragmatismus – die Vampirin wusste einige Dinge, das war offensichtlich. Er wusste noch immer nicht, warum sie sich überhaupt die Mühe gemacht hatte einzugreifen, aber bis er Grund hatte, das Gegenteil anzunehmen, konnte sie sich als starker Verbündeter erweisen. Selbst wenn nicht, zog er es immer noch vor, sie da zu haben, wo er sie sehen konnte.

»Verhandeln, denk ich«, sagte Roggen. Er lehnte sich mit scheinbarer Ruhe auf sein Schwert. »Und das macht er recht gut.«

Calva knirschte mit den Zähnen, schaute von einer Person zur anderen. Seine Züge durchliefen einige überaus interessante Grimassen und Farbtöne, während er sichtbar um Kontrolle über sein Temperament rang. Dann, mit einen Seufzen, sagte er: »Dieser Ort hat genug Gewalt gesehen. Geh – nimm deinen Blutegel und scher dich fort.«

Er warf Nyoka einen Blick zu, sagte aber nichts. Starrte nur finster. Ein harter Blick war dies, aber auch ein argwöhnischer; nicht mehr ganz so arrogant. Nyoka für ihren Teil nickte nur gelassen. Sie schaute auf Lugash hinab. »Erinnerst du dich daran, was du gelesen hast?«

»Natürlich tu ich das,« knurrte er. Er tippte sich an die Schläfe. »Duardin vergessen nichts.«

»Gut. Dann sollten wir hier verschwinden, bevor der Liktor seine Meinung ändert.« Zana schob rasselnd ihr Schwert in die Scheide. Sie sah Adhema an. »Du könntest Danke sagen.«

Adhema lächelte. »Ich wäre mit ihnen fertig geworden.«

Zana nickte. »Vielleicht wärst du das.« Sie grinste. »Hat dir aber die Mühe gespart. Ein bisschen Dankbarkeit wäre also nett.« Adhema schlug die Hacken zusammen und verbeugte sich spöttisch. Zana sah Volker an. »Sicher, dass du sie nicht erschießen willst?«

Er schüttelte den Kopf. »Nicht heute.« Er ging auf die Tür zu. »Ich fürchte, wir werden sie noch brauchen, bevor wir fertig sind.«

* * *

Ahazian Kel ritt durch den Schatten des großen Wurms, tief über den Nacken seines Rosses gebeugt. Pfeile ragten aus seinem Rücken, seiner Schultern, seinem Arm und, das war ein besonders lästiger, aus seiner Kehle. Er machte das Fluchen schwierig, und, verflucht noch mal, wie brannte er doch darauf zu fluchen.

Die Reiter hatten ihn ganz plötzlich angegriffen. Vurmtai-Nomaden – Wurmreiter. Manche Steppenklans hatten es sich zur Gewohnheit gemacht, den Wanderrouten der Großen Würmer zu folgen und sich das zu nehmen, was nach deren Vorüberziehen übrig blieb, oder die Karawanen zu überfallen, die zu oder von den Wurmstädten fortzogen. Er blickte zu der wogenden Bastion segmentierten Fleisches auf, die den Horizont verdeckte und die Erde unter den Hufen seines Rosses beben ließ.

Es war dunkel wie die Nacht, hier im Windschatten des großen Wurms, Rhu'goss. Uralte Wunden, die Zeichen der Bemühungen tausender Sklaven, überzogen seine Haut. Einst hatten diese Wunden die Herrlichkeit Khornes bezeugt. Jetzt, abgeheilt und verschorft, waren sie nur Zeugen des Scheiterns. Was einst den Göttern gehört hatte, war ihnen genommen und, durch den Sturm Sigmars, wieder schwach gemacht worden. Frische, reine Regenschauer hatten die sauren Sekrete weggewaschen und die nicht heilenden Wunden, die auf Befehl seines Eroberers ins Fleisch der großen Bestie geschlagen worden waren, schließlich geschlossen.

Hoch über ihm konnte er gerade noch die Wachtürme und die Verteidigungsstellungen erkennen, die sich in unregelmäßigen Abständen über die Flanke der Bestie hinzogen. Da sie schon einmal erobert worden waren, waren die Einwohner von Rhu'goss nun entschlossen, so etwas nicht noch einmal geschehen zu lassen. Spiegellichter schienen wie Sterne herab und suchten das Grasland nach jeder Spur einer möglichen Gefahr ab. Große Hörner ließen Warnrufe erschallen, als einer dieser Strahlen über ihn und seine Verfolger hinwegfuhr. Er achtete ihrer nicht weiter.

Ahazian wandte sich um, spähte nach den Vorreitern, die versuchten ihn abzufangen. Sie waren dunkelhäutig, gegerbt von Sonne und Regen, gehüllt in geplünderte Rüstungsteile, die mit Wurmschuppen, Fellen und federbesetzten Bannern, die ihnen über die Köpfe hinweg ragten, verziert und ergänzt worden waren. Ihre Pferde waren gefleckte, langgliedrige Tiere mit zerzausten Mähnen, die durch Panzer aus gekochtem Leder geschützt waren. Die Nomaden waren keineswegs geborene Bogenschützen. Dass sie ihn so oft getroffen hatten, lag weniger an ihren Schießkünsten als an der schieren Anzahl der von ihnen auf ihn abgeschossenen Pfeile. Wie sein eigenes Volk zogen die Vurm-tai eher das Hauen und Stechen einer ehrlichen Schlacht vor. Zu diesem Zweck trug jeder der Reiter auch eine Vielzahl von Waffen mit sich.

Sie würden versuchen, ihn von seinem Ross zu holen oder das Tier schwer zu verwunden. Dann würden sie ihn umzingeln wie Wölfe einen Kluftelch, würden ihn so lange mürbe machen, bis sie schließlich einen tödlichen Schlag anbringen konnten. Ein treffliches Volk. Ein ehrenhaftes Volk. Es war eine Schande, dass er sie würde töten müssen. Aber es war nun einmal notwendig, und außerdem wurde er hungrig. So wie auch sein Ross. Er griff herab und tätschelte dem schwarzen Hengst den Hals. »Zeit zu jagen, meine Hübsche.«

Das schwarze Pferd wieherte begierig. Sie hatten sich, seit er durch das Maul in dieses Reich galoppiert war, einander angenähert. Beide waren sie Jäger und Menschenfresser. Beide waren sie damit zufrieden zu dienen, solange dabei ihre Bedürfnisse nicht zu kurz kamen.

Die Reiter waren jetzt näher heran, schlossen die Zange enger, die Pfeile angelegt, bereit zu schießen. So nah waren sie, dass er das raubtierhafte Grinsen sehen konnte, das sich über ihre wettergegerbten Züge legte, und die alten Narben, die ihre ledrige Haut bedeckten. Wie lange beherrschen sie schon die Schattensteppen im schützenden Donner des Wurms? Ein Jahrhundert? Länger? Dieses Volk, es war niemals erobert worden. Hatte sich niemals irgendeiner Macht gebeugt, ob von verderbter oder anderer Seite. Sie verehrten den Wurm und ihre eigene Stärke.

Es würde ein Vergnügen sein, ihnen eine Lektion ob ihrer Narrheit zu erteilen.

Ahazian riss sich den Pfeil aus der Kehle und zog seine Beine in den Sattel hoch. Dort hockte er, mit einer Hand in der Mähne des Pferdes vergraben, um Balance zu halten, und hob seine Schindaxt. Sein Schädelhammer winselte protestierend, weil er noch im Gürtel verbleiben musste. »Geduld, mein Freund, Geduld«, murmelte er. »Das Gute kommt zu dem, der ... *warten kann.*« Als die beiden Worte seine Lippen verließen, sprang er aus dem Sattel und warf sich mit freudigem Aufschrei auf den nächsten Reiter.

Er prallte auf den verwirrten Nomaden und warf ihn aus dem Sattel. Sie stürzten in einem wirren Knäuel, und Ahazian vergrub seine Axt im Schädel des Mannes. Sein eigenes Ross stürzte sich auf das des Nomaden und schlug seine Zähne in dessen Kehle. Ahazian trat sein Opfer fort, um sich Freiraum zu verschaffen, holte sich seine Axt zurück und zog den Hammer.

Es war schon Stunden her, dass er das letzte Mal Blut vergossen hatte. Es kam ihm wie ein Jahrhundert vor. Er schlug seine Waffen gegeneinander und lachte. »Na, dann kommt, Freunde – kommt und kämpft. Aber singt jetzt schon mal euer Sterbelied; das spart Zeit.«

Ein Pferd galoppierte an ihm vorbei. Er duckte sich unter dem Schwung der Axt weg und drosch dem Tier die Beine unter dem Leib fort. Das Ross rollte schreiend über den Boden. Sein Reiter kam schnell auf die Füße, verletzt aber kampfbereit. Er warf sich auf Ahazian, die einschneidige Axt über den Kopf erhoben. Er war ein großer Mann, schlangendünn, und trug rohes Leder unter dem lockeren Kürass aus Wurmschuppen und geflochtenem Tierhaar. Das einzige Metallteil, das er trug, war sein Helm – eine zerbeulte, kegelförmige Kriegshaube mit einem gewölbten Visier über den Augen. Er stieß irgendetwas in seiner Wurmsprache aus, als er auf Ahazian einhieb. Der Todesbringer zuckte zur Seite und trieb seinem Gegner den

Schädelhammer in den Rücken, zerschmetterte dessen Wirbelsäule.

Pferde umkreisten ihn. Weitere Pfeile flogen, aber nun schon weniger. Krieger glitten aus ihren Sätteln, jauchzten vor Vorfreude. Einige trugen grell bemalte Schilde, die mit Federn und Fell verziert waren, während andere lange Speere mit dünnen, klauenartigen Klingen führten. Die mit den Schilden schlugen mit ihren Waffen darauf und stimmten einen schauerlichen Kriegsgesang an, während der Rest den Kreis um ihn enger zog. Der Wurm zog weiter seines Wegs, ohne des Dramas gewahr zu werden, das sich in seinem Schatten abspielte.

Ahazian drehte sich, versuchte all seine Feinde im Blick zu behalten. Dreißig mindestens. Trotz ihrer Zahl lachte er. Das war ein guter Kampf. Nicht sein bester aber … angemessen. Nicht weit von ihm fuhr sein Ross mit seinem Festmahl an seinem schrill wiehernden Opfer fort, und er lächelte amüsiert. Was für ein wunderbares Tier. Er hoffte, er würde es nicht töten müssen.

Der Lärm der auf die Schilde gehämmerten Waffen begann ihm langsam auf die Nerven zu gehen. Worauf warteten die denn noch? Eine Einladung? Er hob seine Waffen und breitete seine Arme aus und wartete. Ein Krieger trat aus der Menge vor.

»Zig-mah-HAI!«, brüllte der Krieger und schlug seine Axt auf die Front seines Schildes. Zum ersten Mal bemerkte Ahazian die azurfarbenen Zickzackzeichen auf Armen und Rüstung. Primitiv ausgeführte Blitzsymbole. Also Sigmariten. Kein Wunder, dass sie ihn so hartnäckig verfolgt hatten. Die anderen griffen den Ruf auf, stampften mit den Füßen und pfiffen.

Sein eigenes Volk hatte ebenfalls Sigmar verehrt, bevor Khorne gekommen war. Den Schädelspalter, den Hammer der Hexen. Sie hatten Gefangene und Sklaven zu Hunderten ins Feuer geworfen, alles in seinem Namen, aber der Sturmgott hatte sich nicht dazu herabgelassen, zu ihnen zu sprechen. Er zog es vor, dass seine Leute Schafe, keine Wölfe waren. Und die Ekran, was man ihnen auch sonst immer nachsagen mochte, waren fürwahr Wölfe gewesen.

Ahazian streckte sich, ließ seine Halswirbel knacken und seine Schultern rollen, lockerte sich. »Na, kommt schon. Dann lasst uns dem Schädelspalter doch mal eine gute Vorstellung liefern.«

Der Krieger sprang mit erhobener Axt auf ihn zu. Ahazian stürzte ihm entgegen. Seine Axt schnitt durch die seines Gegners, während sein Hammer noch den Schild des Mannes zerschmetterte. Der Krieger torkelte mit einem Ausdruck des Zorns im Gesicht. Keine Furcht, nur Verärgerung. Ahazian trat ihm vor die Brust, brach ihm die Rippen. Er folgte dem verwundeten und zerschmetterte ihm beiläufig das Knie. Der Krieger fiel, und Ahazian nahm seinen Kopf. Er bückte sich, spießte ihn auf die Spitze seiner Axt auf und hielt ihn hoch. Dann schleuderte er ihn dem nächsten Nomaden vor die Füße. »Nächster.«

Einer nach dem anderen kamen sie, um im Schatten des Wurms zu sterben. An Entschlossenheit und Mut mangelte es ihnen nicht. Äxte und Klingen hinterließen ihre Spuren auf seiner Rüstung und seinem Fleisch, doch das hielt ihn nicht auf, noch ließ es ihn langsamer werden. Er stand seinen Mann gegen Hunderte. Da waren dreißig nichts; ein Tropfen Blut in dem Ozean, den er bereits vergossen hatte. Und das er weiter vergießen würde, wenn erst der Speer der Schatten sein war. Das trieb ihn an, schneller und wilder.

Eine solche Waffe zu führen, hieß mit dem Krieg selbst eins zu sein. Auf dem schwarzen Grat der Vernichtung zu tanzen, auf allen Seiten umgeben von weindunkler See. Das war der Traum eines Kel, der einzige Traum, der es wert war, verwirklicht zu werden. Eine Ewigkeit von Tod und Schlachten zwischen den Scheiterhaufen von tausend Königreichen. Er lachte bei dem Gedanken, und umso mehr, als er daran dachte, wie nah das alles war.

Khorne war kein Eroberer, kein König. Er war ein Herr, dem man Lehnstreue schwor. Khorne war ein Sturmwind, eine rohe Kraft, der man folgte und die einen erfüllte. Khorne war der Kriegswind, die blutrote Flut, die sich über alles ergoss und es verschlang. Nur wenn er sich dem Krieg hingab, konnte ein Krieger wahrhaften Sieg erfahren. Nur im Kampf ohne Ziel war die wahre Schönheit der Schlacht zu finden. Es gab kein Ziel, das des Kämpfens wert war. Nur der Kampf selbst.

»Und wenn Krieg das Einzige ist, Ahazian Kel, was tust du dann?«

Ahazian schnellte herum und sein Schädelhammer schoss vor. Er ging geradewegs durch den Kopf des Sprechers, als ob der fragliche Schädel nicht mehr Festigkeit hätte als Rauch. Volundr blickte ihn an. Seine roten Augen glommen in dem monströsen Helm, und seine mächtigen Arme waren über der Brust gefaltet. Er hatte seinen Bannruf aus dem Dampf gewebt, der von den erkaltenden Körpern der Toten aufstieg. Der Kriegerschmied blickte umher. »Ich hätte gedacht, dass du klüger bist, Held von Ekran.«

Ahazian sah sich um. Die Vurm-tai waren tot; dreißig Männer geschlachtet wie Lämmer. Sie hatten ihren Mann gestanden und durch einen Krieger den Tod gefunden. Er spürte ein Aufflackern des Bedauerns. Wäre er klüger gewesen, dann hätte er einen von ihnen am Leben gelassen, damit er späteren Generationen die Botschaft seiner Tapferkeit vermitteln konnte. Dies war der einzige Weg, sicherzustellen, dass einen auch in Zukunft würdige Gegner erwarteten.

»Sie haben mich angegriffen«, sagte er sich erneut Volundr zuwendend. »Vielleicht waren sie des Lebens müde. Schließlich ist es hart in diesen Ländern. Vielleicht haben sie dem einen ruhmreichen Tod vorgezogen.«

»Oder vielleicht hast du sie provoziert.«

Ahazian zuckte die Achseln. »Na und? Ich bin als Sieger hervorgegangen.«

»Die Zeit ist nicht dein Verbündeter, mein Junge.«

Ahazian verzog das Gesicht. »Nenn mich nicht deinen Jungen, Kriegerschmied. Ich habe die Kindheit schon vor langer Zeit hinter mir gelassen.«

»Warum benimmst du dich dann nicht entsprechend?«, fragte Volundr und zeigte umher. »Das Bruchstück singt – hör ihm zu und säume nicht! Benutz sowohl deinen Verstand als auch deine Waffen, oder du wirst versagen.«

»Ich bin ein Kel von den Ekran«, fuhr Ahazian auf. »Ich versage nicht.« Er steckte sich die Axt in den Gürtel und griff nach dem Splitter Gungs an seinem Band aus rohem Leder. Volundr hatte recht – er sang, obwohl er dafür während des Blutvergießens taub gewesen war.

Bilder durchstreiften seinen Geist, schattenhaft und unbestimmt. Orientierungspunkte. Ein Ort – wo? Er blinzelte, versuchte, zu verstehen, was er da sah. Er hörte gedämpfte Geräusche, roch ein Aroma nach Ungeziefer. Fühlte, wie ihn eine widernatürliche Hitze überkam.

»Du siehst es, stimmt's?«

Volundrs Stimme holte ihn wieder in die Realität zurück. »Du siehst, wo der Speer verborgen ist«, fuhr der Kriegerschmied fort. Seine Augen glühten und seine Hände ballten sich zu Fäusten. »Finde ihn – jetzt. Oder stirb beim Versuch.«

»Du hast meinen Schwur«, sagte Ahazian.

»Aye, den habe ich. Aber Schwüre sind zerbrechliche Dinge. Bessere Männer als du haben den ihren schon gebrochen. Der frühere Träger dieser Axt zum Beispiel.« Volundr zeigte auf die Axt in Ahazians Gürtel. »Anhur schwor dem Blutgott einen Eid, und mir auch, und er wurde ihm abtrünnig. Er war stolz und närrisch. Folge nicht seinem Beispiel.«

Ahazian berührte instinktiv die Axt. Die Axt war alt und ungebärdig, erfüllt von einem Hunger, der fast dem seinen gleichkam. Volundr hatte sie ihm zum Geschenk gemacht, als Zeichen des Respekts, so hatte er gedacht. Jetzt war er sich da nicht mehr so sicher. Er kannte den Namen Anhurs gut. Des Scharlachroten Gebieters. Anhur von der Schwarzen Axt, der beinah den Leib des Reiches weit aufgeschnitten und eine Spur der Vernichtung quer durch Aqshy geschlagen hatte.

»Und was ist mit ihm geschehen?«

»Khorne nahm ihn sich.«

»Ihn zu bestrafen oder zu belohnen?«

Einen langen Augenblick schwieg Volundr. Seine nebelhafte

Gestalt verdichtete und lichtete sich wieder, während der Wind an ihr zerrte. Schließlich sagte er: »Ich weiß es nicht. Aber wenn ich du wäre, hätte ich keine Eile, es herauszufinden.«

»Betrachte mich als gewarnt«, sagte Ahazian. Fast beiläufig schlug er mit seinem Hammer umher und trieb den Rauch auseinander. Als sich dabei Volundrs Gestalt auflöste, lachte er leise. Der Schädelschleifer hatte schon ein einschüchterndes Wesen. Aber einen Kel konnte man nicht einschüchtern. Nicht einmal ein Gott.

Etwas krächzte hoch über ihm. Er schaute empor und sah ein paar Raben, die über dem Schlachtfeld ihre Kreise zogen, die schwarzen Augen fest auf die Toten gerichtet. Oder vielleicht auf ihn. Er hob salutierend den Hammer, bevor er sich umwandte, um sich wieder seines nun wohlgenährten Rosses anzunehmen.

Es lagen noch viele Reisestunden vor ihnen, wie Volundr ihm erneut in Erinnerung gerufen hatte, und ihnen blieb nicht viel Zeit.

ELF

GORCH

»Bist du dir dessen sicher?«, fragte Volker. Er trat beiseite, als ein stämmiger Kharadron, der einen Wagen voll beladen mit Ätherausrüstung ziehend an ihm vorbeieilte. Die Himmelsdocks waren von Betriebsamkeit erfüllt. Stets wehten günstige Winde, und die Kharadron waren begierig, auf ihnen zu reiten, wohin immer diese sie auch tragen mochten. Quer über die weite, flache Plattform hoch über den Straßen Shu'gohls, schacherten Händler mit Kapitänen um den besten Preis für eine Passage oder eine Lieferung ihrer Güter. Ätherschiffe trieben über dem großen Wurm hin und her und machten den Luftraum darüber zu einem belebten Ort.

Nyoka nickte. »Es ist besser so, denke ich. Ich habe Calvas Autorität einmal zu oft herausgefordert. Es wird gut sein, wenn ich einige Zeit von der Bildfläche verschwinde.« Sie trug ihre Rüstung und außerdem noch eine Schultertasche und ihr zu einer Rolle verpacktes Schlafzeug über die Schulter geschlungen. In ihrer Hand lag ein schwerer Kriegshammer, dessen Schaft zur Form eines Wurms geschnitzt worden war.

»Besser für dich oder ihn?«

Nyoka lächelte. »Für beide.« Sie seufzte. »Einst hätte mich

vielleicht der gesamte Orden auf diese Suche begleitet. Artefakte von der Art, die ihr – wir – suchen, sind zu gefährlich, als dass man sie unbewacht lassen könnte. Selbst Calva würde dem zustimmen.«

»Hast du ihm gesagt, wohinter wir her sind?«

Während die Freigilden-Krieger Volker und die anderen zurück zum Ätherdock begleitet hatten, hatte Nyoka sich mit dem Rest des Ordens, eingeschlossen Liktor Calva, beraten. Ihrem Ersuchen, Volker und die anderen begleiten zu dürfen, war mit erstaunlich wenig Widerstand von irgendeiner Seite zugestimmt worden.

»Nein. Und er hat nicht danach gefragt. Ich hielt es nicht für besonders klug, ihm freiwillig diese Auskunft zu geben, obwohl ich keine Zweifel habe, dass er es schon früh genug herausfindet.« Sie schüttelte den Kopf. »Er ist kein schlechter Mensch, aber er hat seine Eide abgelegt, genau wie wir die unseren.«

»Dann lass uns hoffen, dass wir niemals herausfinden müssen, welcher davon der Stärkste ist.« Volker wandte sich zu Lugash um, der auf ihn zustapfte. »Hast du ihn schon gefunden?«

»Man muss nur dem Gebrüll folgen.« Lugash deutete mit dem Daumen über die Schulter. »Er ist nicht besonders glücklich, der durchtriebene *wazzock*. Weigert sich, uns an Bord zu lassen. Roggen schickt mich, dich zu holen.«

Volker seufzte. Das hatte er befürchtet. Zana hatte darauf bestanden, dass Kapitän Brondt bereit sein würde, sie dorthin zu bringen, wohin sie wollten. Aber in Anbetracht der Tatsache, dass sie gerade erst angekommen waren, hatte Volker bezweifelt, das Brondt der Idee gegenüber so aufgeschlossen war, wie Zana annahm. Er schulterte seine Büchse und folgte Lugash. Nyoka schloss sich ihnen an.

Adhema saß auf einem Stapel Kisten und sah der Auseinandersetzung zu. »Du kommst gerade rechtzeitig«, rief sie ihm entgegen. »Ich glaube, gleich erschießen sie sie.«

Volker schüttelte den Kopf. Zana stand am Fuß der Lauframpe zur *Zank* und starrte mit offensichtlicher Erbitterung zu deren Kapitän hoch. Brondt dagegen wirkte gelassen. »Ich bin gerade

erst hierher gekommen. Hab' nicht mal die Ladung gelöscht.«
Brondt kaute, während er sprach, auf seinem Stumpen herum.
Einige seiner Besatzung standen vor ihm, zwischen Zana und
dem Ätherschiff. »Wir haben nicht mal neue Vorräte an Bord
genommen.«

»Ein halber Gefallen«, sagte Zana.

»Ohne Fracht, einfach so mir nichts dir nichts abzufliegen ist
zwei Gefallen wert. Mindestens.« Brondt schüttelte den Kopf.
»Ich habe dich als ein Zeichen guten Willens hierher gebracht,
Mathos. Aber damit hat es sich dann auch. Finde gefälligst
deinen eigenen Weg von diesem kriechenden Berg runter.«

Roggen hielt auf Volker zu, und Harrow trabte folgsam hinter
ihm her. »Er wird uns nicht auf sein Boot lassen«, sagte er laut.
Brondt verzog das Gesicht.

»Es ist kein Boot, sondern ein Schiff«, dröhnte er und stieß
seinen Stumpen in Richtung des Ritters.

Zana schnippte ihm mit dem Finger zu. »Vergiss den Ghyraniten. Du warst gerade dabei, mir zu erklären, warum du dich
entschieden hast, deinen Schwur mir gegenüber zu brechen.«

Brondt lief rot an. »Weib, ich bin verdammt nahe dran, dich
als Wahnflossler-Köder zu verwenden.«

»Dann käme ich wenigstens auf dein Boot.«

»Es ist kein Boot!«

»Ist mir egal, was es ist, ich komme jetzt an Bord,«, grollte Lugash. »Wir brauchen ein Transportmittel, Wolkenkraucher, und
du bist derjenige, der uns dorthin bringt, wo wir hin wollen.«
Lugash hob seine Axt, und Brondts Leute wurden unruhig,
sahen einander nervös an. Sie befingerten ihre Waffen, bereit,
sie auf Befehl ihres Kapitäns zu ziehen.

»Und wo ist das, wo du hin willst, Heißsporn?«, feixte Brondt.

Lugash spuckte aus. »Gorch«, sagte er.

Brondt starrte ihn an. »Gorch. Der Wald?«

»Nein, Gorch, das malerische Küstenörtchen.« Lugash verzog
das Gesicht. »Na klar der Wald, was denn sonst?«

Brondts Mannschaft begann untereinander zu tuscheln. Einer
von ihnen machte merkwürdige Gesten und Brondt fuhr auf:

»Lass das, Tagak. Ich dulde nicht, dass meine Besatzung sich mit irgendwelchem abergläubischem Schwachsinn abgibt. Und du, Heißsporn, wenn du wirklich denkst, dass ich ausgerechnet auf Gorch Kurs –«

»Angst, Brondt?« Zana schüttelte den Kopf. »Ich hatte gedacht, ich verhandele hier mit dem Mann, der einst einem Harkraken einen Speer durchs Hirn gejagt hat, aus dessen Schlund heraus.«

»Gorch ist ein Wald, Weib. Da kann man nicht landen. Jedenfalls nicht sicher.« Brondt paffte einen Rauchring in ihre Richtung. »Ich würd' so was nicht riskieren, selbst wenn ihr mich dafür bezahlt. Was ihr nicht tut.«

»Aber ich kann's«, sagte Nyoka.

Alle sahen sie an.

»Du kannst was?«, fragte Brondt argwöhnisch nach.

»Fünfzig Kometen pro Person«, meinte Nyoka. »Fünfundsiebzig für den Halbgreifen.«

Brondt glotzte sie baff an. »Was?« Selbst Volker war verblüfft. Das war nach azyrischem Standard ein kleines Vermögen.

»Dreihundertundfünfundsiebzig Meteore. Das ist ein fairer Preis, möchte ich denken.« Die Priesterin lächelte wohlwollend. »Mehr als genug, die Fahrt nach Gorch zu bezahlen, Kapitän.«

»Wo willst du denn so eine Summe hernehmen?«

»Die Schatztruhen meines Ordens sind wohlgefüllt, wie Euch wohl bekannt sein dürfte. Wir sind desgleichen stets auf der Suche nach lohnenden Investitionen. Wie, sagen wir mal, einen Anteil an einem florierenden Frachtunternehmen.« Nyokas Gesichtsausdruck war gelassen. »Können wir uns auf dieser Basis einig werden?«

Brondt starrte sie an. Er schüttelte sich, atmete tief ein und nickte. »Wir legen ab, sobald die Ladung gelöscht ist. Ihr – äh – habt Ihr vielleicht das Geld bei Euch?«

»Die Hälfte«, sagte Nyoka. »Die andere Hälfte erhaltet ihr bei unserer sicheren Rückkehr.« Sie griff in ihre Schultertasche und zog einen kleinen Beutel hervor. Es klimperte, als sie ihn in Brondts Hand legte. »Erscheint Euch das annehmbar?«

Brondt wog den Sack in seiner Hand. »Annehmbar.« Er sah an ihr vorbei auf Adhema. »Seid Ihr sicher, dass ihr die auch mitnehmen wollt? Den Toten ist nicht zu trauen, wisst ihr. Besonders ihrer Art.« Er wies auf seinen Mund. »Das sind Beißer.«

»Als würde ich dich jemals beißen«, sagte Adhema vom Fuß der Rampe aus. Sie hatte sich so schnell bewegt, dass niemand bemerkt hatte, wie sie dorthin gelangt war. Brondt zuckte zusammen und seine Hand glitt zu seinem Schwert. Seine Mannschaft zog unter einer Kanonade von Flüchen ihrer Waffen. Adhema grinste. »Aus einem Stein kann man schließlich kein Blut pressen«, fuhr sie fort.

»Sie gehört zu uns«, sagte Volker fest. Er ignorierte die Blicke von Zana und Lugash. Brondt zuckte die Achseln.

»Na gut. Ist eure Sache. Ich sag Bescheid, wenn ihr an Bord gehen könnt.«

Die nächsten Stunden vergingen viel zu langsam. Volker saß auf den Ätherdocks und nutzte die Zeit dazu, seine Waffen auseinanderzunehmen und zu ölen. Die anderen taten, wozu immer sie Lust hatten. Ihm war es egal. Er führte nicht das Kommando, und sie waren nicht wirklich seine Freunde. Höchstens Gefährten, strategische Verbündete im schlimmsten Fall. Aber das war ja schließlich nichts Neues. Azyriten kannten sich mit strategischen Verbündeten bestens aus.

Während er so vor sich hinarbeitete, dachte Volker über seine Situation nach und kalkulierte seine Möglichkeiten und Optionen. Es gab Strömungen, die sich seiner Wahrnehmung entzogen; das war ihm in dem Moment klar geworden, als er Grungnis Ruf gefolgt war. Wie lange suchte der Gott schon nach den Acht Wehklagen? Und was würde er mit ihnen tun, wenn er sie dann gefunden hatte?

Dem Gott in dieser Sache zu dienen, erschien als das Natürlichste überhaupt. Die Lektionen des Schöpfers, so, wie sie ihm durch Oken vermittelt worden waren, stellten die Hauptsäulen seines Lebens dar. Aber dennoch kam er nicht umhin, sich zu fragen, warum ausgerechnet er ausgewählt worden war. Warum war überhaupt irgendjemand von ihnen ausgewählt worden? Vielleicht würde Oken das wissen.

»Du runzelst aber mächtig die Stirn, Azyrit«, schreckte Zana ihn aus seinen Gedanken auf. Fast hätte er die Munitionstrommel fallengelassen, die er gerade reinigte.

»Ich runzele nicht die Stirn. Ich konzentriere mich.«

»Sieht für mich aber gewaltig nach Stirnrunzeln aus.« Sie setzte sich neben ihn auf die Frachtkiste, die er sich ausgesucht hatte. Sie sah den Kharadron bei der Arbeit zu und pfiff melodielos vor sich hin. Volker sah sie von der Seite an.

»Hast du nicht auch irgendwas zu tun?«

»Mach ich ja.« Sie nahm einen seiner Lappen, spuckte auf eine Seite ihres Helms und begann ihn zu polieren. Von Nahem konnte Volker zahlreiche Dellen und Kratzer erkennen. Der Helm hatte schon einiges durchstehen müssen. Das war wahrscheinlich auch nicht überraschend. Söldner waren nicht besonders rar. Für ein paar Münzen konnte man ganze Horden von ihnen haben, wenn einem der Sinn danach stand. Aber Einzelgänger waren unter Söldnern eine ganz andere Sache. Man musste schon einiges aufzubieten haben, wenn man allein überleben wollte.

Während sie so vor sich hinarbeitete, klirrten die Münzen, die an ihrem Schutzhandschuh befestigt waren. Volker zeigte auf eine. »Das ist kein Meteor, oder? Urgold auch nicht.«

»Torope-chaw«, sagte Zana geistesabwesend. Als Volker sie verständnislos ansah, seufzte sie und hielt eine Hand hoch, sodass er die Münze deutlicher sehen konnte. »Torope-Gold. Aus der Schwarzmoor-Baronie unten im Süden. Sie graben es aus den Exkrementen der Riesenschildkröten aus, auf denen sie leben.« Sie sah sich um. »Ganz ähnlich wie Shu'gohl. Obwohl es weniger Bibliotheken gibt. Und die Schildkröten sind nicht ganz so groß – so ungefähr die Größe einer kleinen Burg.« Sie machte eine Handbewegung. »Also relativ klein.«

»Schildkröten?«, fragte Volker.

Zana nickte. »Sie brauen dort gutes Bier. Und es gibt da diesen Fischkopfgulasch …« Sie leckte sich die Lippen. »Köstlich.«

»Ich dachte, du kämst aus Chamon«, meinte Volker. »Was machst du dann in einer Baronie in Ghur?« Einen Moment lang dachte er, er hätte vielleicht eine Frage zuviel gestellt. Zana starrte auf die Münzen ihrer Armschiene, ließ sie eine nach der anderen durch ihre Finger gleiten.

»Brauchte mal eine Luftveränderung«, sagte sie schließlich.

»Bist du deshalb nach Excelsis gekommen? War es auf Grungnis Geheiß oder …?«

Sie sah ihn an. »Nein. Ich wollte da sowieso hin. Angelegenheiten.« Ein Grinsen zuckte hoch, so knapp nur, dass er es fast übersehen hätte. »Meine. Nicht die deinen.«

»Du warst es, die sich zum Reden hierher gesetzt hat.«

»Reden, nicht das Herz ausschütten. Was ist mit dir, Azyrit? Warum warst du in Excelsis?«

Volker sah auf seine Uniform hinab. Zana schnaubte. »Nicht diesen Grund. Den wahren.«

Volker lehnte sich zurück. »Azyrheim – warst du schon mal da?«

»Nein.«

»Würde dir gefallen. Jede Menge Arbeit für eine Söldnerin.«

»Das überrascht mich jetzt.« Zana hielt ihren Helm vor sich hoch, untersuchte ihn auf Stellen, die ihr vielleicht entgangen waren. »Ich habe gehört, es sei eine der größten Städte aller Reiche. Die Stadt der Alabasternen Türme. Azyrheim die Ewige. Letzte und Erste.«

Volker schnaubte. »Habe mir sagen lassen, die Mauern seien aus Alabaster, aber ich hab' sie noch nie gesehen. Die Stadt ist viel zu groß, weißt du. Die Mauern erstrecken sich von Sonnenaufgang bis Sonnenuntergang, von Mondaufgang bis Monduntergang. Du kannst dein ganzes Leben dort verbringen, ohne einmal ihren Rand zu sehen. Eine Menge Leute tun das. Sie verlassen nie ihren Bezirk.«

»Hört sich langweilig an.«

»Überhaupt nicht. Das auf gar keinen Fall.« Volker seufzte. »Es ist ein Ort der Wunder und der Kultur. Oder zumindest ist es das, was wir uns selbst einreden, in unseren engen Gemarkungen und Revieren. Mancherorts steht die Zeit still.« Er sah ihren Gesichtsausdruck und lächelte. »Du lachst, aber ... so ist es. Es gibt ganze Bezirke, in denen die Leute seltsam sprechen und sich seltsam kleiden. Fast schon archaisch.« Er zögerte. »Vertraut und doch nicht.«

Zana runzelte die Stirn. »Hast du jemals einen dieser Bezirke besucht?«

»Ein oder zwei Mal. Ihre Handwerker waren allem weit voraus, was ich bis dahin oder seitdem je gesehen habe.« Er hielt den Lauf seiner Repetierpistole hoch. »Aber ich lernte dort so viel ich nur konnte«, fügte er mit einem leicht wehmütigen Ton hinzu, während er die Kammern reinigte.

»Vermisst du's?«

Volker zögerte. »Manchmal. Manche Dinge. Das Geräusch von Drachenschwingen, das die Stille des Morgens zerreißt. Der Geruch des Marktbezirks am Mittag.« Er lachte in sich hinein. »Das Geräusch einer Makaisson-patentierten Unratabsaugpumpe, die volle Kraft unter den höherklassigen Abtritten arbeitet. Gerade das vermisse ich von Tag zu Tag mehr.«

Er begann seine Waffe wieder zusammenzusetzen. »Andere Sachen nicht so sehr.« Er schluckte, als er sich an die Mittwinterprozession der Khainiten erinnerte. Die dunklen Ritter und die flirrenden Aelfenschatten, die über die äußeren Mauern des Anwesens seiner Familie zogen. Er hatte Geschichten darüber gehört, was die Feiernden sich in ärmeren Bezirken einfallen ließen. Von vermissten Männern und Frauen, von Schreien in der Nacht. Er schüttelte den Kopf. »Andere Sachen ganz und gar nicht.« Er blickte sie an. »Vermisst du Vindicarum?«

»Nein.«

»Überhaupt nicht?«

Zana zögerte. Dann, langsam, fing sie an zu sprechen. »Ich kannte ein Mädel da, eine echte Wahrsagerin. Die Leute kamen viele Reisestunden her, um von ihrer Gabe zu profitieren. Einer nach dem anderen haben sie ihr von ihren Sorgen und Nöten erzählt und sie um Einblicke und Rat gebeten. Rette uns, Wahrsagerin, flehten sie. Und sie weinte, dieses Mädchen. Denn das war sie – ein Mädchen.« Sie schielte zum Himmel hoch. »Sie hatte keine Kontrolle über das, was sie zu sehen bekam. Aber sie erzählte es, und sie zogen zufrieden von dannen, zum größten Teil jedenfalls. Und am nächsten Tag kamen mehr von ihnen.« Sie sah weg. »Immer mehr, mit jedem Tag, die nach etwas Hoffnung in einer hoffnungslosen Welt suchten.« Sie verstummte.

Nach einem Augenblick räusperte sich Volker. »Was ist mit ihr geschehen?«

»Sie haben sie getötet«, sagte Zana. »Oder irgendeiner tat es. Sie sah etwas, das ihnen nicht gefiel, und zahlte den Preis dafür. Irgendein reicher Bastard, gerade aus Azyrheim gekommen, der dachte, dass er sich ein besseres Ende seiner Geschichte erkaufen konnte, als das, was ihm bestimmt war.«

»Und was für ein Ende war das?«

Ihr Grinsen war grausam. »Mein Schwert, das ihm seinen fetten Wanst aufgeschlitzt hat.« Sie zog den Speichel hoch und spuckte aus. »Ich habe ihn zum Duell herausgefordert. Er akzeptierte. Ein gnädigerer Tod, als er es verdient hätte.« Sie sah ihn an, und der Blick ihrer dunklen Augen war bis auf die Genugtuung darin leer. »Ihr eigenes sah sie auch, weißt du. Sah es und erzählte es mir, und verdammt, es lief alles exakt so ab wie ein Uhrwerk.« Sie sah ihm geradewegs in die Augen. »Nein, Azyrit. Ich vermisse Vindicarum nicht.«

Sie verstummte und Volker bohrte nicht länger nach. So saßen sie stumm eine Weile da. Volker beobachtete, wie Brondt eine zunehmend hitzige Diskussion mit mehreren anderen Kharadron-Kapitänen führte. Alle trugen sie die Heraldik der Stadt der Schatten, und alle hatten sie denselben schurkenhaften Zug an sich. Einer von ihnen hatte sogar irgendeine Art dunkel gefiederten Vogel auf der Schulter hocken. Immer wieder ließ dieser Vogel, wie in plumper Imitation seines Herrn, sein heiseres Krächzen ertönen.

»Ich frage mich, worüber die wohl reden«, murmelte er.

»Nichts Gutes, so wie ich Brondt kenne«, antwortete Zana. »Wo wir gerade davon sprechen, ich hoffe, du weißt, was du tust, wenn du ihr erlaubst, mitzukommen.« Sie deutete mit dem Kinn zu Adhema hinüber, die in der Nähe ganz oben auf einem Kistenstapel hockte.

»Niemand erlaubt mir, irgendwohin zu gehen, Söldnerin«, sagte Adhema, ohne zu ihnen herüberzublicken. Bei dem ganzen Lärm auf den Ätherdocks war das Hörvermögen der Vampirin beeindruckend. »Ich gehe, wohin ich will, so wie es mir meine Königin befiehlt.«

»Warum gehst du dann nicht allein dorthin?«, fragte Zana.

»Warum sollte ich, wenn die Priesterin so freundlich war, für meine Fahrt zu bezahlen?« Adhema drehte ihren Kopf. Sie hockte im Schatten, außerhalb des Lichts der Sonne. »Außerdem wurde ich eingeladen.«

»Von ihm. Nicht von mir.« Zana stemmte sich auf die Füße. Sie schwenkte gestikulierend ihren Helm. »Und wenn du weißt, was gut für dich ist, dann bleibst du mir aus dem Weg, Blutegel.«

»Und aus meinem auch.«

Brondt stapfte auf sie zu. Er funkelte die Vampirin mit finsterem Blick an. »Du behältst mal deine kecken Hauer schön bei dir, wenn du hier an Bord bist, oder wir werden mal sehen, ob deine Art sich Flügel wachsen lassen und fliegen kann.«

»Ich versichere euch, dass ich gut genährt bin.« Adhema klang fast beleidigt.

»Worum ging es da eben?«, fragte Zana. »Den anderen Kapitänen mal fett unter die Nase gerieben, was du doch für ein Glück hast?«

»Kaum. Ich habe sie vor dem Großen König gewarnt.« Brondt blickte hoch und beschattete die Augen mit seiner Hand. »Das Biest ist noch immer irgendwo da oben. Und da, wo wir hingehen, sind wir weit weg von allen Glimmfeuern.« Er grinste. »Aber wenn er es sich einfallen lässt, seine Schnauze zu zeigen, dann sind wir bereit für ihn.« Er rieb sich munter die Hände. »Es ist ein ganz schöner Batzen auf ihn ausgesetzt, wisst ihr. Jeder Ätherhafen Ghurs hat an dieses zu groß geratene Vieh schon Schiffe verloren. Und den Preis würde ich verdammt gerne einsacken.«

»Du hast ihnen einen Anteil an diesem Preis versprochen, wenn sie über uns wachen, stimmt's?«, fragte Zana. »Sehr clever, Brondt. Äußerst clever.«

»Ich wäre nicht da, wo ich heute bin, wenn ich dämlich wäre.« Brondt stieß einen Finger vor Volkers Brust. »Halt du also deine lange Büchse bereit, Azyrit. Wenn es dazu kommen sollte, will ich, dass du ihm eine Kugel in eines seiner großen schwarzen Augen verpasst.«

»Ich bezweifle, dass das einen solchen Leviathan töten wird«, meinte Volker.

»Töten muss es ihn ja auch nicht. Nur ihn halt ein bisschen zwicken«, sagte Brondt, während er hinfortstapfte.

Volker sah zum Himmel hoch. »Denkt ihr wirklich, das Ding ist noch immer da draußen?«

»Oh ja«, sagte Adhema. »Glaub mir, Schätzchen – wenn so ein Raubtier einmal deine Witterung hat, dann bleibt es dir auf der Spur, egal, wie lange das auch dauert.« Mit einem Satz sprang sie von ihrem luftigen Sitz herunter, sodass Volker zurücktaumelte. »Das war übrigens eine hübsche Geschichte. Vielleicht können du und ich ja irgendwann mal Anekdoten austauschen.« Sie bleckte ihre Fänge. »Wobei ich dich warnen muss – ich bin schnell gelangweilt.«

Volker sah ihr nach, als sie davonging.

»Ist nicht zu spät, sie zu erschießen«, meinte Zana.

»Hab ich gehört«, rief Adhema, ohne sich umzudrehen.

»Solltest du auch«, rief ihr Zana hinterher.

Volker schüttelte den Kopf und schaute zum Horizont – und darüber hinaus, dorthin, wo irgendwo der Wald von Gorch lag. Wenn Oken dort war, würde er ihn finden.

So oder so.

Der Krieger schlief.

Und in seinen Träumen sprach Gung zu ihm.

Der Speer ... hungerte. Nein, besser sollte man sagen, er ... begehrte. Er begehrte danach, benutzt zu werden. Es verlangte ihn nach einem geflüsterten Namen, dem Pfeifen der Luft, wenn er in Richtung seines Opfers geworfen wurde. Er dürstete nach Blut und nach den Schreien seiner Opfer. All diese Dinge begehrte Gung.

Er konnte dieses Verlangen nicht ausdrücken, denn er war eine Waffe, und die Seele einer Waffe ist kaum verwinkelter als die eines Insekts. Ein Ding mit schlichten Begierden und roher Ignoranz. Es war ihm genug, dass er Verlangen verspürte, und in seinem Verlangen sang er. Wie seine Seele, so war auch sein Lied schlicht. Ein bebendes Preislied des Mordens.

Das älteste Lied war dies. Ein Lied, das zu Anbeginn der Zeit gesungen wurde, und dann wieder an ihrem Ende. Ein wunderschönes Lied schien es dem, dessen Kopf nun von seinen Tönen widerhallte. Es schmiegte sich um ihn herum wie der lange, schlanke Leib einer gewaltigen Schlange. Hüllte ihn ein. Drang in ihn ein. Erfüllte ihn. Und unter diesem Lied – langsam, gemächlich, doch unerbittlich folgte sie seinem Lauf – kam eine Stimme. Eine harte Stimme.

Die Stimme einer Waffe.

… nah …

… so nah …

Ahazian Kel setzte sich auf, sein Herz schlug wie eine Trommel. Er hielt mit einer Hand das Bruchstück des Speers umklammert. Ein dumpfer Schmerz strahlte durch seine Finger und seine Handfläche. Er öffnete seine steifen Finger und fauchte überrascht. Das schwarze Bruchstück hatte sich in das blutige Fleisch seiner Hand geschmiegt wie eine Made. Während er es noch betrachtete, wand es sich und versuchte sich tiefer in seine Hand zu graben.

Vorsichtig zog er es heraus. »Du bist aber ein hungriges, kleines Biest.«, grunzte er. Er drückte das Blut aus seiner Handfläche auf das Bruchstück, rieb es in seine Facetten. Es war nicht der erste Traum dieser Art, den er gehabt hatte, seit er das Bruchstück an sich gebracht hatte, aber es war der Lebendigste. Er sah sich um. Sein Lagerfeuer war beinah herabgebrannt. Sein Pferd stand in der Nähe und fraß vom Körper eines der Männer, den er vor ein paar Stunden getötet hatte.

Die Vurm-tai waren seiner Spur gefolgt und hatten ihn angegriffen. Da ihr Geist von Rachsucht erfüllt war, hatten sie enttäuschend leichte Opfer abgegeben. Ein Dutzend ihrer Jüngsten und Tapfersten hatten ihre Stärke mit seiner gemessen und in dumpfem Chor nach seinem Tod gerufen.

Ihre Stimmen waren verstummt. Ihre erkaltenden Körper lagen überall im dichten Gras verstreut, und ihre Rösser waren, bis auf die, die er getötet hatte, in alle Himmelsrichtungen auseinandergelaufen. Er fühlte ein leises Bedauern wegen der Schnelligkeit der Auseinandersetzung. Er hatte sie zu rasch getötet, ohne die Tat wirklich auszukosten. Es hatte Zeiten gegeben, da hätte er mit ihnen stundenlang oder sogar tagelang gespielt. Doch nicht heute. Nicht, da das Lied des Speers in seinem Kopf dröhnte.

Der Speer rief ihn. Zog ihn weiter, quer über die Steppe. Er wünschte – begehrte danach –, im Kampf geführt zu werden, und Ahazian war derjenige, der dies tun würde. Die alten Wunden in seiner Handfläche juckten, nicht wegen der Schnitte seiner Waffen, sondern aus einem anderen Grund. Wegen etwas Einzigartigem. Seine Axt, die noch im Schädel des zuletzt von ihm Getöteten vergraben war, zischte wütend. Ihr Schaft pulsierte in zornigem Rot, aufgequollen vom Blut der erschlagenen Wilden. Die Dornen, die in den Schaft eingesetzt waren, spannten sich, ihre Widerhakenspitzen schimmerten durstig. Wie bei ihrem Herrn, so war auch die Blutlust der Schindaxt selten befriedigt.

»Beruhige dich«, murmelte er. »Ich bin nicht dein erster Träger, und du bist nicht meine erste Axt. Einer von uns wird den anderen überleben. So ist das eben.«

Sein Schädelhammer grollte zustimmend von seinem Platz beim Feuer her. Er war eine alte Waffe und hatte in seinem Leben schon vielen Kriegern gehört. Und wie alle alten Dinge hatte er seinen Teil an unerschütterlichen Gewissheiten. Er strich über seinen Kopf und beruhigte den uralten Hammer. Die Axt jedoch widerstand jedem Versuch, sie zu beschwichtigen. Sie konnte Gungs Mordlied hören, das in den dunklen

Gründen seiner Seele widerklang. Und ihr behagte dies ganz und gar nicht.

Die Axt war auf ihre Art ebenfalls alt. Obwohl sie von Volundr neu geformt und geschmiedet worden war, so war sie doch noch immer die gleiche Waffe, die sie gewesen war. Noch immer die gleiche schwarze Axt, die Anhur, der Scharlachrote Herrscher, bei seiner Eroberung von Klaxus vor fast einem Jahrhundert getragen hatte. Ahazian war nicht unter den Kriegern der Acht Stämme gewesen, die unter Anhurs Kommando gegen die Kraterreiche gezogen waren, doch hatte er später solche getroffen, die dabei gewesen waren. Nachdem Anhur gefallen war, hinfortgefegt von Sigmars Sturm.

Berauschende Tage waren dies gewesen, voller Furcht und Herrlichkeit. Khornes Armeen waren von leichtem Fleisch fett und faul geworden, und die Diener des Wandlers und des Pockenkönigs hatten sich in ihre eigenen Domänen zurückgezogen, vor lauter Angst, diejenigen herauszufordern, die dem Roten Pfad folgten. Ahazian hatte sich damit zufrieden gegeben, die großen Kämpen der Glutländer aufzusuchen und herauszufordern – Krieger wie Gadon den Ochsen oder den Lord-Razulhi von Salamandron. Er hatte sich den Weg durch die blutbefleckten Zelte von Havocwild, dem Hauptmann der Thurn, und die Magmakloster der Flammennessel-Sekte freigekämpft.

Er hatte die Schädel von hundert Helden mit bluttriefenden Händen gesammelt, bevor er auch nur das erste Gerücht über den Himmelssturm oder einen von Sigmars gerüsteten Sklaven gesehen hatte. Und dann waren Helden gekommen und hatten ihn aufgesucht. Kriegsherren kamen zu ihm und versuchten ihn mit dem Versprechen von Ruhm und Reichtum unter ihrem Banner zu sammeln. Einen Kel von Ekran in seinen Diensten zu haben, war ein Symbol, das einen hohen Status unter den ungebärdigen Blutgebundenen anzeigte.

»Und wie sollte es denn auch anders sein?«, murmelte er. »Sind wir nicht die tödlichsten Mörder der gesamten Schöpfung?« Er hielt das Bruchstück des Speers hoch. »Schärfen wir unsere Klingen nicht an würdigen Knochen?« Er rollte das Bruchstück von einer Handfläche in die andere, erfreute sich an dem Gefühl, wie es sich in sein Fleisch grub. Einst hatten sich die überlebenden Kel alle acht Jahre in den Ruinen von Ekran getroffen, um sich ihrer Taten zu rühmen, Geschichten über ihre Siege auszutauschen und die Klingen zu kreuzen. Ein paar wenige waren trotz all seiner Bemühungen noch von ihnen übrig. Und trotz all ihrer eigenen Bemühungen.

Die Zeit, nach Ekran zurückzukehren, kam rasch näher. Er verschränkte seine Finger und presste sie um das Bruchstück zusammen. Es wand sich und zitterte in seinem Griff, wie ein Blutegel, der sich von dem Blut nähren wollte, das von seinen Handflächen tropfte. »Trink nur, mein Kleiner. Trink und dann zeig mir den Weg.«

Zunächst hatte er gedacht, dass er den Speer für sich selbst erringen würde. Eine derartige Waffe würde ihm gewaltige Macht verleihen. Dann hatte er daran gedacht, ihn zu Volundr zu bringen. Der Schädelschleifer war so seltsam, wie Herren nur eben sein können, aber schließlich war er einer der legendären Schmiedemeister. Ahazian war daher bereit, über ein gewisses Maß an Seltsamkeit hinwegzusehen.

Aber je länger diese Jagd dauerte, umso mehr wandte sein Geist sich krummen und abseitigen Wegen zu. Je mehr er über seine Mit-Kel in ihrer Einsamkeit nachzudenken begann. Die größten Krieger, die Aqshy je gesehen hatte. Man erzählte sich, dass sogar Khorgos Khul selbst dies in einem seltenen unachtsamen Moment eingestanden hatte. Die Acht Wehklagen waren die größten Waffen, die je von sterblicher Hand geschmiedet worden waren. War es dann nicht nur angemessen, dass sie von den größten Kriegern, die die Welt je gesehen hatte, getragen wurden?

Und was würden dann solche Krieger tun?

Er runzelte die Stirn. Das waren keine Gedanken, die einem Kel anstanden. Ein wahrer Kel dachte nicht an Eroberung oder das Herrschen. Das waren Werke für Geringere. Einem Kel war allein die Schlacht wichtig. Ein Kel suchte nur nach dem reinen

Herz der Blume des Schlachtens, denn im Krieg allein fand sich der wahre Friede. Aber ... aber. Ein nagender Gedanke, wie eine Wunde, die nicht heilen wollte.

»Was würden wir dann tun? Und wie geht man es am besten an?« Er sprach leise zu sich selbst, zu dem Bruchstück, zu den Waffen. Er konnte nicht sagen, wer von ihnen wohl am neugierigsten auf seine Antwort war. Er öffnete seine Hände und ließ das Bruchstück frei von seinem Band herabhängen. Seine Facetten glitzerten vor Blut – seinem Blut. Er spannte seine Hände, plötzlich begierig darauf, etwas zu töten. Irgendetwas. Er zwang sich auf die Beine und nahm seine Waffen wieder an sich.

Sein Ross wieherte leise vor sich hin und schnüffelte an seinen blutigen Händen. Er schob seinen Kopf beiseite und kletterte in den Sattel. »Dann komm, mein Freund. Die Nacht ist kühl und mein Blut ist heiß. Lass uns etwas finden, das getötet werden muss.« Das Bruchstück zitterte an seiner Brust. Er lachte, leise und grimmig.

»Und dann kehren wir zu unserer Jagd zurück.«

ZWÖLF

GÖTTER UND RATTEN

»Wie geht es, Enkelsohn?«

Jorik Grunndrak, Feinwaffenschmied und Meister des Arsenals von Excelsis, zuckte zurück. Nicht sehr. Nicht einmal sichtbar. Es war mehr wie ein Zucken der Seele. Selbst der unerschrockenste Geist konnte einfach nicht anders, wenn ein Gott ihn ansprach. »Gut geht es, Schöpfer. Das Ungeziefer gibt sich damit zufrieden, wartend in seinem eigenen Dreck herumzuhängen, wie es eben in seiner Natur liegt. Wir geben uns damit zufrieden, es zu töten, wie es nun einmal in unserer liegt.«

Der Laufwerksschmied stand am höchsten Punkt der Bastion der Eisenstiere und ging den Wahrscheinlichkeitsrechnungen der Schlacht nach. Die Flugbahnen der Geschütze rangen mit Bedarfsschätzungen und Kalkulationen des Materials in seinem Kopf um die Oberhand, während er versuchte, zu einem Überblick des derzeitigen Problems zu gelangen. Es war ein altes Problem, doch eines, dass jedes Mal nach einer neuen Lösung verlangte. Die Skaven waren verschlagen. Gerissen. Aber schlicht. Sie wichen vor Stärke, suchten Schwäche, gingen den Weg des geringsten Widerstandes. Wie Wasser in einem Tunnel hatten sie die unfehlbare Fähigkeit, den schwächsten Punkt zu finden und dann genau dort anzugreifen. Der Schlüssel war also, diese Stärke gegen sie zu wenden.

»Es sieht nicht so aus, als hättest du schon viele getötet, Enkelsohn.«

»Nun, sie fressen ihre Toten, Schöpfer. Das macht es schwer, eine Übersicht über die Verluste zu bekommen.«

Hinter ihm lachte Grungni leise. Doch auch so dröhnte sein Klang durch Jorik hindurch. Er wandte sich um und sah den Gott an. Der Schöpfer ragte über ihm in einer Weise auf, wie kein sterbliches Wesen dies je vermochte. Grungni dehnte sich weit durch alle Wahrnehmungsebenen aus, die Jorik besaß – er war nicht einfach nur da, sondern überall, in jedem Moment und in jedem Gedanken. Wie Rauch in einem Kaminschacht.

»Der Junge?«, fragte Jorik und bückte sich, um seine Pfeife an seinem Absatz auszuklopfen. Dort unten hatte General Synor die *Alte Dame* losgelassen. Der dampfgetriebene Panzer rumpelte auf vier eisengepanzerten Rädern über den trümmerbedeckten Boden und zog eine dicke Rauchwolke hinter sich her.

»Zieht in meinem Auftrag seiner Wege.«

Jorik nickte und begann den Kopf seiner Pfeife auszukratzen. »Er ist noch jung. Sowohl in Menschling-Jahren wie auch in unseren.«

»Wir waren alle einmal jung.«

»Das ist wohl wahr.« Jorik fand den Akt des Pfeifenkopfauskratzens äußerst trostreich. Es beruhigte ihn in Momenten wie diesem. Ein schlichtes Ritual, leicht zu bewerkstelligen. Eine Methode, seine Hände zu beschäftigen. »Ich hatte bereits angedeutet, dass ich für seine Abwesenheit verantwortlich bin. Die anderen waren äußerst verstimmt über sein Verschwinden.«

»Waren sie das?«

»Nein«, sagte Jorik. »Eigentlich glaube ich, dass die Narren es nicht einmal bemerkt haben.« Er sah auf die verworrenen Winkel der Gräben und Frontverläufe hinab, als die *Alte Dame* mit ihrer Kanone ein Bellen von sich gab und die windschiefen, hölzernen Bauwerke zum Einsturz brachte und die Skaven darin zermalmte. Herzborg und die anderen Geschützmeister waren irgendwo da unten und gingen, näher an der Schlacht, ihren eigenen Berechnungen nach. Keiner von ihnen hatte auch nur halb den Instinkt und das Talent dafür wie Volker. Er hatte eben einen Kopf für das Algebra des Schlachtenglücks, der Wendungen und Gelegenheiten.

Weitere Kanonen donnerten dort unten, ein Klagelied der Zerstörung. Gewaltige Löcher wurden in die gepeinigte, bereits verstümmelte Erde getrieben. Sowohl Gott als auch Duardin, Kenner solch grausamer Melodien, nickten zufrieden. »Haben eine gute Feuerrate, diese Heldonnerer«, meinte Grungni.

»Hab's den Kanonieren selbst beigebracht«, erwiderte Jorik nicht ohne Stolz.

Grungni lachte in sich hinein. »Du hattest schon immer ein Auge für Zerstörung, Enkelsohn.«

»Warum nennst du mich so?«

»Wie? Enkelsohn?« Grungni zog die Stirn in Falten. »Weil du das in bestimmter Weise bist. Ihr alle, bis auf die Abkömmlinge meines Bruders und meiner Schwestern.« Er beugte sich zu ihm und hüllte Jorik in den Geruch seiner Schmiede ein. Joriks Klinge, die im Kopf seiner Pfeife herumkratzte, rutschte ab. »Du weißt das, Feinwaffenschmied. Also was ist los?«

Jorik grunzte. »Es gibt Gerede.«

Grungni blieb stumm.

Jorik hielt inne, sammelte seine Gedanken. Es war eben gar nicht so einfach, einen Gott zu hinterfragen. Besonders diesen Gott. »Geflüster hauptsächlich. Aus großer Entfernung und undeutlich. Es gibt manche in Azyrheim, die deine Abwesenheit mit Desertion und deine Zurückhaltung mit Verrat verwechseln. Sie sagen, du hättest Sigmars großes Ziel im Stich gelassen, und ihr Misstrauen schlägt auf uns über.«

»Und Sigmar?«

»Sagt nichts.«

Grungni nickte. »Nicht gerade überraschend. Ein Gott weniger Worte ist er. Warum etwas erklären, wenn man es im Beispiel aufzeigen kann? Sein Fehler war immer, dass er erwartet, andere zu sich emporziehen zu können, statt sich auf ihre Augenhöhe herabzulassen.«

»Ist es das, was du tust?« Jorik schnippte einen letzten Rest verkrusteter Asche aus der Pfeife. »Stehen wir denn so viel tiefer als du, Schöpfer?«

Grungni lächelte. »Aber natürlich, Enkelsohn. Ich beuge mich, wie ein Älterer es tun muss, herab zur Höhe eines Kindes. Wie sonst sollen sie verstehen, wenn wir nicht einfach und ohne große Umschweife reden? Eine Lektion, die ich von Grimnir gelernt habe, der stets geradeheraus sprach.« Er seufzte, und eine Rauchfahne drang zwischen seinen Lippen hervor und gesellte sich zu der Wolke um seinen Kopf. »Ich wünschte …« Er verstummte und Jorik fühlte einen plötzlichen Anflug von Traurigkeit.

Götter sollten eigentlich nicht sterben. Und es war immer hart, wenn jemand aus der Familie ging. Ein doppelter Quell des Kummers also. Er begann den Kopf seiner Pfeife mit Flechten und Schwarzblatt zu stopfen. Der Kummer eines Gottes war wie ein Loch im Dach oder in einem Tunnel. Es tropfte daraus auf Gerechte und Ungerechte. Doch der Schöpfer war nicht der Einzige, der jemanden verloren hatte. Es gab kaum einen lebenden Duardin, der nicht einen Verlust erlitten hatte und die Trauer kannte. Jorik hatte Totenlieder für Geschwister, Neffen und Freunde gesungen.

Und da unten starben noch immer mehr. Erkauften Zeit mit ihrem Blut und ihren Knochen. Um Boden zurückzuerkaufen, bezahlten Soldaten einen hohen Preis. Heute war es die Rattenbrut. Morgen würden es die Orruks sein oder irgendein kleiner Anführer, dem die Dunklen Götter ihren verderbten Sermon ins Ohr flüsterten. Sie würden immer wieder kommen, bis schließlich die letzte Mauer fiel und das letzte Banner niedergeworfen wurde. So lag es eben in ihrer Natur.

»So wie es in unserer Natur liegt zu erbauen«, murmelte Grungni, und seine Worte zerrissen die Schatten von Joriks Zweifeln. »Ich weiß dies, denn es ist auch die meine. Risse auszubessern und die Fundamente zu erneuern, egal, was es auch kosten mag. So wie es auch in Sigmars Natur liegt. Darum habe ich meinen zweiten Eid ihm gegenüber abgelegt, seinen Krieg zu führen, so, als wäre es mein eigener.«

Jorik nickte. »So steht es geschrieben, so muss es sein. Und wenn es denn sein muss, dann soll es auch gut geschehen. Denn das ist die Art der Duardin. Dies gilt vor allem andern: Was immer auch kommt, lasst es uns angehen und lasst es uns gut machen.« Er blickte zu dem Gott auf. Grungni konnte diese Schlacht da unten beenden, ganz allein. Mit einem Schwung seines Hammers konnte er die Skaven zerschmettern und sie vom Schlachtfeld treiben. Doch die Götter der Duardin waren nicht wie die Götter der Menschen, und sie taten nicht etwas für ihre Kinder, was diese auch allein tun konnten. »Aber ist es das wert?«

Grungni sah ihn nicht an. Stattdessen starrte er auf das Schlachtfeld weit unten, und das Feuer in seinem Blick schien sich im Gleichklang auf jene einzustellen, die über die zermarterte Erde dort unten wüteten, und mit ihnen anzuschwellen. In jedem Ausatmen von ihm konnte Jorik das Schießpulver und das brennende Holz riechen, als wären die Feuer dort unten die Gleichen wie jene, welche durch seine Adern loderten.

»Wert kann nur die Zeit bestimmen«, sagte Grungni schließlich. »Vielleicht wird der Gang der Zeit dafür sorgen, dass die, die hier starben, die Helden einer noch ungeborenen Generation werden. Oder aber sie werden vergessen. Doch darüber bestimmt allein die Zeit.«

»Und was ist mit deiner Arbeit, Schöpfer? Unterliegt sie auch der Gnade der Zeit?«

»Meine noch am meisten.« Grungni betrachtete seine zernarbten Handflächen. Seine Finger ballten sich zu massiven Fäusten, jede davon von der Größe einer Kanonenkugel und doppelt so tödlich. »Mit diesen Händen gestalte ich die Waffen, die all das bewahren, was ist, oder ich erschaffe eine große Torheit und folge meinem Bruder in die Schmach der Vergessenheit.« Er hielt inne. Lachte. »Diese Worte waren nicht für eure Ohren bestimmt.«

Jorik blinzelte. Grungni machte eine Handbewegung. »Nicht du warst gemeint, Enkelsohn. Sie.« Er zeigte auf eine kleine Schar von Raben, die auf dem Rand der Bastion saßen. Er machte einen Schritt auf sie zu, und die Vögel krächzten heiser, wie zur Warnung. Grungnis Lächeln war schrecklich anzusehen. »Wo sind die anderen fünfundneunzig? Richten irgendwo wieder Unheil an, möchte ich wetten.« Er tat, als wollte er nach ihnen greifen. Die Raben stoben erschreckt auseinander und in die Höhe.

Grungni folgte ihnen, ohne sich zu bewegen. Seine Gestalt weitete sich wie eine Wolke, die einem Kamin entweicht. Er griff empor und wurde dabei noch größer, bis er den am niedrigsten Fliegenden der Vögel mit der Hand fing. Das Wesen schrie schrill auf, fast wie mit menschlicher Stimme, und seine Federn lohten auf und schmolzen ihm von seinem zappelnden Körper. Grungni musterte das bleiche, kreischende Ding, mit einem Blick aus Augen groß und gewaltig und heiß wie Sonnen, und lachte. Der Klang war wie Donner und übertönte zeitweilig den Lärm des Schlachtfeldes.

»Was für ein merkwürdiges Ding du doch bist. Wie Wasser fließt du von einer Form in die andere, wie es dir gerade einfällt.« Jorik beobachtete das Ganze stumm. Denn obwohl Grungni zwar sein Vorfahr war, so war er doch auch ein Gott, mit all den Eigenarten eines Gottes und dessen Temperament. Komm nicht zwischen den Schöpfer und seinen Amboss, lautete, aus äußerst gutem Grund, eine gebräuchliche Redensart bei den Klans der Vertriebenen.

»Und genau wie Wasser kann man, was an dir zuviel ist, verdampfen, bis nur das übrig bleibt, was man braucht.« Grungni zog seine Hand und das, was sie enthielt, nahe an seine Brust heran, während er wieder seine frühere Größe annahm. Jorik erhaschte einen Blick auf etwas Kleines, wie ein Vogeljunges oder ein Stückchen Knochen, und schaute schnell weg. »Listig auf eine schlichte Art. Viel Kunstfertigkeit besitzt der Architekt, aber doch wenig echtes Geschick. So sehr, dass ich mich immer wieder frage, wer ihm diesen Namen gab.«

Er schob das wimmernde Ding in die Tasche seines Schmiedekittels und klopfte sich den Staub von den Händen. »Die Feinde des Lebens marschieren schnell gegen uns, Enkelsohn. Wir haben ein gemeinsames Ziel und Verlangen. Ich hoffe, der Junge, Volker, ist so fähig, wie du behauptest.«

Jorik brachte das Stopfen seiner Pfeife zum Abschluss. »Wäre er das nicht, hätte ich ihn dir nicht empfohlen.« Er warf dem Gott einen Seitenblick zu. »Und du hättest nicht sein Gesicht im Feuer gesehen.«

Grungni lachte und Jorik durchfuhr ein Schauer. Der Klang war wie ein Hammer, der auf heißes Metall niederfuhr. »Nein. Nein, das hätte ich wohl nicht, stimmt's?« Der Blick des Gottes war so heiß wie Drachenfeuer, als er sich erneut der Schlacht zuwandte. »Da unten ist ein Dämon. Zwar nur ein kleiner, aber ich kann ihn bis hier riechen. Was will er wohl, frage ich mich.« Er klopfte auf seine Kitteltasche. »Ich schätze, wir werden es erfahren.«

Jorik machte sich daran, seine Pfeife anzuzünden. Grungni schnippte mit den Fingern, und ein Funke sprang im Pfeifenkopf hoch. Schnell paffte Jorik voller Überraschung. Grungni nickte.

»Ja. Das werden wir wohl bald genug sehen.«

Kretch Warpzahn, Hochoberster Klauenmeister des Riktus-Klans, ließ seinen Blick über die Verheerung schweifen und sank dann mit einem Seufzen wieder in die Polster seiner Sänfte zurück. Wieder ein halbes Dutzend seiner Klauenrotten zu Fetzen zerrissen. Wieder eine Handvoll Klauenführer hingerichtet. Der letzte Angriff seiner Truppen war im Chaos zurückgeworfen worden, und die Gräben wurden noch immer von den Menschendingern gehalten.

Ein Fiasko also. Ein Wort der Menschendinger, um einen vollkommenen Fehlschlag zu beschreiben. Ein gutes Wort, fand Warpzahn. Menschendinger schufen gute Sachen. Und Skaven machten sie besser. Aber im Moment eigentlich nicht. Dieses Mal waren sie näher herangekommen. Aber nicht nahe genug. Nie kamen sie nahe genug.

Warpzahn schaute zur Bastion empor, rümpfte die Schnauze und spuckte aus. Die Luft schmeckte nach Schießpulver und Blut. Der alte Kriegsherr machte eine Handbewegung, und die Sänfte drehte sich unter heftigem Grunzen und Stöhnen der Sklaven, die sie trugen. Warpzahn musterte seine nervösen Untergebenen mit steinerner Miene. »Großes Glück-Glück habt ihr«, knurrte er. »Glück, dass ich Ausweichpläne gemacht habe, ja-ja.«

Seine Untergebenen sahen einander verwirrt an. Ausweichpläne? Warpzahn leckte sich die Schnauze und zirpte. Sie rochen nervös, und das sollten sie auch sein. Ausweichpläne bei Skaven sahen häufig vor, dass man ein wenig die eigenen Reihen ausdünnte. Er lehnte sich nach vorn, und seine Klauenhandschuhe ruhten schwer auf den Armlehnen seines Sitzes. »Euer Versagen kommt nicht unvorhergesehen«, zischte er. »Und nicht ohne entsprechendes Vorausplan-schmieden.« Er machte eine ausholende, wegwerfende Handbewegung. »Wir zieh-kriechen uns zurück, ja-ja. Schaffen eine Pufferzone zwischen uns und den Menschendingern. Verstärk-befestigen diese Ruinen.«

Seine Anführer nickten eifrig. Diese Art der Kriegsführung behagte ihnen mehr. Außerdem würde sie sie beschäftigt halten, sodass sie vorerst nicht einander an die Kehle gingen. Warpzahn hatte im Laufe der Zeit einiges gelernt. Die meisten Skaven-Armeen wurden nicht vom Feind besiegt, sondern eher vom Zwist und Hader zwischen den einzelnen Anführern. Das andauernde interne Gezänke und In-den-Rücken-Fallen führte zu einem Zusammenbruch der Disziplin, der sich dann wie Fäulnis bis hin zum niedersten Sklaven ausbreitete. Armeen konnten so in einer einzigen Nacht auseinanderfallen, wenn man nicht unbedingte Disziplin erzwang.

Und wenn es eines gab, was Warpzahn konnte, dann war es Disziplin erzwingen. Eine zweite Handbewegung ließ seine Offiziere eilig davonkrabbeln, um seine Befehle auszuführen. Er drehte sich in seinem Sitz und warf der Bastion einen letzten

Blick zu. Seine Lippe krauste sich über seine Zähne hoch und sein Schwanz zuckte.

Man sagte, dass diese Stadt voll von Prophezeiungen sei. So etwas konnte für die Rattenklans nützlich sein, vor allem für den Riktus-Klan. Aber für Warpzahn war es eher eine Sache, um seine eigenen Überlegenheit zu beweisen. Seit fast einem Jahrhundert hatte er sich jeder Herausforderung gestellt und war dabei entweder erfolgreich gewesen oder hatte zumindest überlebt. Aber dies war die bisher größte. Und er war entschlossen, sich ihr zu stellen, mit gebleckten Zähnen – und aus sicherer Entfernung.

Er kicherte leise in sich hinein. Es hatte Zeiten gegeben, da hätte ihn nichts davon zurückhalten können, den Angriff selbst zu führen. Doch jetzt war er alt und weise geworden. Sollten doch andere die Attacke führen; er würde dann die Früchte dessen ernten, was sie errungen hatten. Dies war sein Recht und sein Privileg.

Doch jetzt musste er erst einmal wieder mit Kwell sprechen. Um zu sehen, wie weit seine Waffe gediehen war. Er zischte einen Befehl und seine Sklaven trugen ihn fort, zurück in die Ruhe seines Baus. Die Sklaven wimmerten und stöhnten, als sie die Sänfte die steilen Tunnel hinab und in die hastig gegrabenen Höhlungen trugen, die als Warpzahns Feldhauptquartier dienten.

Während die Sänfte dahinschwankte, dachte Warpzahn über die Situation nach. Kwell hatte ihm eine Waffe von unvorstellbarer Macht versprochen. Etwas, das die Mauern von Excelsis zu durchbrechen vermöchte und es den Skaven erlauben würde, die Weissagungen und Prophezeiungen der Stadt zu plündern und an sich zu reißen. Bisher aber hatte Warpzahn von dieser ach so sagenhaften Waffe nicht das Geringste gesehen. Dennoch war er zuversichtlich, dass Kwell seinen Teil ihres Handels einhalten würde. Wenn nicht, dann würde Warpzahn ihn mit eigenen Händen erwürgen.

Dieser angenehme Gedanke wurde vom Geruch nach Angstmoschus und dem nervösen Gequieke der Wachen unterbrochen. Er blinzelte und sah zum Eingang des Baus hinüber. Dort lagen Körper – mehrere der Todesratten in unterschiedlichen Phasen der Verstümmelung. Der Rest seiner Elitekrieger drängte sich so weit es nur irgend ging vom Eingang entfernt zusammen, die Waffen auf das gerichtet, was immer da auch lauern mochte. Als sie die Sänfte entdeckten, begann einer von ihnen eine Erklärung hervorzustottern, aber Warpzahn brachte ihn mit einer Handbewegung zum Schweigen.

Er seufzte und bellte einen Befehl. Die Sklaven kauerten sich nieder und ließen die Sänfte so sacht es ging zu Boden. Warpzahn kletterte herab und grunzte, als seine Gelenke alarmierend knackten und knirschten. Er wurde steif auf seine alten Tage. Zu viel Herumgesitze, zu wenig Gemorde. Er rieb über die ölige Oberfläche des Warpsteins, der seine Schnauze bedeckte, und ging seine Möglichkeiten durch. Dann jedoch, wie immer, schnappte Warpzahn zu und ergriff das Schicksal bei seinen herabhängenden Fetzen und biss zu.

Der alte Skaven stapfte in den Bau, allein und ohne Unterstützung. Die Todesratten quiekten zwar anfeuernd, machten aber keinerlei Anstalten, ihm zu folgen. Das hatte er auch gar nicht erwartet. Er ging langsam, nicht aus Furcht, sondern einfach, weil er keine Eile hatte. »Die waren teuer«, sagte er ohne Bitterkeit. »Viele-viele Warpsplitter.«

»Und was geht mich das an?«, knurrte die Kreatur, die dort auf ihn wartete. Skewerax, die Wandelnde Raserei. Der Kriegsschatten. Der Rattendämon war ein ungeschlachter Albtraum, stark behaart, die muskulösen Glieder von gezackten Platten vernarbten Metalls bedeckt. Unheilbringende Bannsiegel waren in die Platten der Dämonenrüstung geritzt, und seine elegant gebogenen Hörner, von denen jedes größer als eine gewöhnliche Klanratte war, erhoben sich majestätisch über sein edles Haupt. Eine zottige Mähne, verklebt vom Blut Tausender, fiel ihm über die breiten Schultern. Selbst jemand, der von überreicher Lebenserfahrung so abgestumpft war wie Warpzahn, fühlte, wie sich sein Herzschlag beim Anblick eines derart prachtvollen Mörders beschleunigte.

Skewerax funkelte ihn aus der tiefsten Dunkelheit seines Baus finster an. Der Rattendämon nahm den größten Teil des Platzes hinter dem Thron ein und ragte weit darüber auf. Ein spitzer Huf ruhte auf der Sitzfläche, und ein muskelbepackter Arm war über sein Knie gelegt. Mit der Pranke am Ende des anderen Arms stupste er die Ratten in den Käfigen an, was diese dazu brachte, in heller Aufregung durcheinander zu quieken und zu kreischen. Seine Klauen trieften vor Blut, bemerkte Warpzahn. Vom Blut seiner Krieger. Der Dämon hatte sie so leicht getötet, wie ein Sterblicher atmet.

Trotz des Blutes und des Geruchs nach Mordwahn, welcher der Kreatur aus jeder Pore quoll, blieb Warpzahn ruhig. Er hatte bereits ihre Rasereien erlebt und war jedes Mal lebendig daraus hervorgegangen. Der Schlüssel war, nicht in Panik zu verfallen. Obwohl man zugeben musste, dass das leichter gesagt als getan war.

»Warum hast du beschlossen, mir die Ehre deiner Gegenwart angedeihen zu lassen, o Schrecklichster und Prachtvollster?«, fragte er mit niedergeschlagenen Augen. Der Dämon ging, so wie alle seiner Art, wohin immer er auch wollte, und man konnte wenig tun, es ihm zu verweigern. Rattendämonen bissen sich so leicht durch die Realität wie eine Wolfsratte durch Knochen, und sie krochen zu Hunderten durch die Reiche-zwischen-den-Reichen. Skewerax' Anwesenheit war wahrscheinlich eher ein Zeichen dafür, dass die Kreatur gelangweilt war, als dass sie einen wirklichen Zweck damit verfolgte.

»Feigling«, sagte Skewerax barsch.

Warpzahn grunzte und schielte auf die Kreatur. »Nein. Schläue.«. Er tippte an seine Schläfe. »Kannst du's nicht durchbrechen, dann warte. Also – warte ich.« Er zuckte die Achseln. »Ganz einfach.«

»Nennst du mich gerade etwa dämlich, Kriegsherr?«, knurrte Skewerax. Ätzender Geifer troff von der Schnauze des Rattendämons und fraß sich in die Oberfläche des Throns. Warpzahn sah zu, wie der Speichel herabtropfte, und blickte dann auf.

»Nein«, sagte er.

»Doch-ja, das tust du«, fauchte der Dämon. Er lehnte sich über den Thron, legte seine Pranke auf den Boden davor und schob seinen gehörnten Kopf vor. Seine roten Augen loderten vor Zorn. »Du denkst, ich bin dumm-dämlich, dass ich vollkommen bescheuert bin. Aber ich sehe alles, Kriegsherr. Ich rieche, was du verbirgst, ja-ja.« Anklagend schoss seine Kralle vor. Warpzahn rührte sich nicht. Sich zu bewegen, hieße, den Tod zu riskieren, und Warpzahn hatte schon zu lange gelebt, um gerade jetzt zu sterben.

Manchmal fragte er sich, warum er sich überhaupt mit den Besuchen des Dämons abgab. Schließlich gab es Wege, sich einer solchen Bestie zu entledigen, wenn Warpsplitter keine Rolle spielten. Die Gehörnte Ratte hatte viel übrig für die Rattendämonen, aber gleiches galt auch für Verrat. Einmal hatte er in Erwägung gezogen, den Dämon an eine Klinge oder einen Edelstein zu bannen, damit er Skewerax' Macht auf die effektivste Art nutzen konnte. Aber er war irgendwie niemals dazu gekommen. Manchmal – zum Beispiel jetzt – bedauerte er das.

Skewerax kletterte über den Thron hinweg und kroch auf den alten Kriegsherrn zu. Die langen Hörner des Dämons stießen gegen die Rattenkäfige und ließen sie hin und her schaukeln. »Denkst, du bist klüger als ich, Moderfresse. Als ich – der meist-größte Krieger und Sieger dieses Zeitalters!«

Warpzahn wendete den Blick von diesen höllengrellen Augen ab, die er einfach nicht mehr ertragen konnte. »Nein-nein, o Gewaltiger. Aber das hier ist nur eine läppische Sache. Unwichtig. Strategie, ja-ja?«

Skewerax machte ein verdrießliches Geräusch tief in der Kehle. »Strategie?« Aus seinem Mund klang das Wort wie ein Fluch. Warpzahn schielte zu der mächtig und ungeschlacht vor ihm brütenden Kreatur hin.

»Ja-ja, o Mächtiger. Strategie. Ein notwendiges Gehusche, o wildwütigster aller Skaven.« Warpzahn machte eine Handbewegung. »Ein Huschen zur Seite hin, ja?«

»Zur Seite«, grollte Skewerax unsicher. Warpzahn nickte ermunternd.

»Bis die Waffe kommt, ja-ja.« Kwells Waffe. Die Waffe, die diese Belagerung beenden und dafür sorgen würde, dass Warpzahn der Herr des größten Baus jenseits der Verseuchten Stadt würde.

»Jaaaa.« Skewerax kniff die Augen zusammen. »Kwell muss die Waffe haben. Das hat er gesagt. Er würde mich niemals belügen, nein-nein. Nicht Kwell.«

Jetzt war es an Warpzahn zu stutzen. Da war etwas im Klang der Stimme des Dämons, das er überhaupt nicht mochte, als ob sie über zwei verschiedene Dinge redeten. Es würde ihn nicht überraschen, wenn Skewerax irgendeinen Verrat plante – schließlich lag das in seiner Natur. Und er wusste, dass Skewerax in Kontakt mit Kwell stand. Der Dämon war dem Renegaten Patron und Förderer, ganz ähnlich wie es auch Warpzahn selbst war. Vielleicht schafften sie es ja auch beide, Kwell bis zum Winter am Leben zu lassen. Warpzahn hatte da so seine Zweifel, doch die behielt er lieber für sich. Aber würde Kwell den einen Patron für den anderen verraten? Möglich. Es lag nicht jenseits des Bereichs des Möglichen. Aber konnte selbst Kwell so dreist sein? »Und dann bringt er sie hierher?«, fragte er vorsichtig. Wenn die Waffe fertig war, dann bräuchte er sie eher früher als später.

»Hierher? Ja-ja, er muss sie hierher bringen, damit ich die Menschendinger töten kann!« Skewerax bäumte sich auf und seine Hörner bohrten Löcher in die Decke. Die Ratten in ihren Käfigen begannen zu kreischen, als eine grässliche Hitze aus den Augen des Rattendämons hervorquoll. »Wo ist Kwell, Steinschnauze? Warum ist er nicht hier?«

»Vielleicht solltest du ihn das fragen, o Schrecklichstes aller Verhängnisse«, murmelte Warpzahn. »Vielleicht krabbelt-eilt er sich dann mehr, ja-ja.« Der Dämon hatte wahrhaftig ein schlechtes Gedächtnis, und mit seiner Geduld war es auch nicht weit her. Diese Kreatur war zwar auf dem Schlachtfeld äußerst nützlich und ein wirklicher Gunstbeweis der Gehörnten Ratte, aber ansonsten war sie eine echte Plage. Trotzdem hatte Warpzahn während der Jahre, die sie jetzt schon miteinander zu tun hatten, gelernt, wie man mit dem Dämon umgehen musste, damit er sein nicht allzu scharfes Begriffsvermögen auf andere Dinge lenkte, sodass er selbst den täglichen Anforderungen ihrer verschiedenen Unternehmungen ungehindert und ohne Einmischung nachgehen konnte.

Wenn Kwell irgendetwas im Schilde führte, dann mochte es ihn vielleicht aus der Bahn bringen, wenn er ihm Skewerax auf den Hals hetzte. Der Dämon war nicht gerade der subtilste Ränkeschmied. Skewerax war ein Berserker. Nicht gerade dämlich, nein-nein. Aber er dachte in einer geraden Linie, von Verlangen zum Zuschlagen. Vielleicht hatte Kwell gehofft, dass er ihn ohne Warpzahns Einflussnahme leichter manipulieren könne. Dann sollte man ihm diese Flausen wohl austreiben, und zwar schnell.

»Warum sprichst du nicht mit ihm, Großer Verheerer?« Warpzahn zeigte auf die Ratten in den Käfigen. »Ich bin sicher, Kwell ist meist-erfreut, von dir zu hören, ja-ja.«

Skewerax warf den Käfigen einen finsteren Blick zu. »Noch eine Gerätschaft?« Er stupste einen an, versetzte seinen Bewohner dadurch in helle Aufregung. »Warum muss er nur so viele davon machen?« Der Dämon erschien zunehmend gereizt. Ein einfaches Geschöpf, das mit dem unglaublich Komplexen konfrontiert wurde.

»Soll ich dir vielleicht zeigen, wie man damit umgeht, o scharfsinnigster aller Strategen?«

Skewerax knurrte. »Ich bin nicht dumm. Ich kann damit umgehen.« Er machte eine Handbewegung. »Lass mich allein.«

Das tat Warpzahn dann auch, und zwar nicht ohne eine gewisse Erleichterung, obwohl die Respektlosigkeit des Dämons doch an ihm nagte. Skewerax würde einige Zeit brauchen, bis er herausfand, wie man mit dem Fernquieker umging, was ihn zumindest beschäftigt hielt. Und ein beschäftigter Dämon kam ihm nicht in die Quere. Warpzahn rieb sich zufrieden die Klauen.

Bald würde er seine Waffe haben. Und dann war die Stadt sein.

DREIZEHN

JÄGER DES HIMMELS

Adhema beobachtete die Mannschaft des Ätherschiffs dabei, wie sie geschäftig ihren Aufgaben nachging, während die *Zank* hoch über den Bernsteinsteppen dahinglitt. Sie lehnte sich gegen die Reling und schaute zu, wie die Nacht ihren Lauf nahm und der Schatten des Schiffes über das Grasland tief unter ihnen dahinzog. Sie sah, wie eine Herde von Wildpferden vor was immer sie da unten auch verfolgen mochte daher galoppierte. Drei Tagesreisen waren sie von Shu'gohl entfernt, und es lag Blut in der Luft und Tod im Wind. Trotzdem blieb der Herzschlag der Duardin um sie herum stetig genug, dass er sie beinahe in eine Winterstarre lullte. Nur der Geruch hielt sie wach.

Wegen der Höhe oder vielleicht aufgrund irgendeiner merkwürdigen Wirkweise der Äther-Endrinen kristallisierten sich hier die Gerüche. Der saure Felsgeruch der Duardin hing gefroren in der Luft, und es war ihr unmöglich, ihm zu entkommen. Sie beschloss, ihn so gut sie konnte zu ignorieren. Aber das war hart.

Unten mit den anderen in der Frachtbucht war es schlimmer gewesen. Der beizige Geruch des Halbgryph vermischte sich mit dem Gestank des Duardin und dem Blutlied der anderen, und es wurde von Tag zu Tag schlimmer. Drei Tage hier draußen, und sie hatte genug. Dieser enge Raum glich allzu sehr einem Grab, und in einem solchen hatte sie genug Zeit verbracht, dass es für die Ewigkeit reichte. Doch hier draußen war es auch nicht viel besser. Überall diese Duardin.

Es gab zwar Kharadron-Kaufleute in Shyish, doch kam es selten vor, dass sie unter die Grenze der höchsten Berggipfel, wo ihre dort ansässigen Artgenossen wohnten, herabkamen. Die Duardin-Klans von Shyish lebten selten unter der Erde, sondern zogen stattdessen Höhen vor. Es gab für ihren Geschmack, so vermutete sie, zu viele Dinge, die durch das Dunkel der Unterwelt streiften. Manche riskierten es trotzdem – die Duardin der Wüsten und der Ödlande des Südens zum Beispiel. Doch andere suchten Zuflucht auf den Berggipfeln, weit entfernt von den Blicken jener, die dort unten dahinzogen.

Das war wahrscheinlich weise, sah man sich die endlosen Kriege an, die in den Königreichen der Lebenden und der Toten gleichermaßen wüteten.

Jetzt redet sie schon von Weisheit. Wie drollig, Schwester. Und? War es, deiner geschätzten Meinung nach, weise, dein Schicksal mit dem dieser anderen zu verbinden?

»Ich bin nur deinem Beispiel gefolgt, meine Herrin«, flüsterte Adhema. Der Wind trug ihre Worte davon, doch sie wusste, dass Neferata sie dennoch hören konnte. Der plötzliche Einwurf ihrer Königin hatte sie keineswegs aufgeschreckt. Sie hatte so etwas schon erwartet, seit sie Shu'gohl verlassen hatten. »Starke Verbündete sind wie starke Bollwerke, wie du so oft schon bemerkt hast.«

Und, sind sie denn stark?

»Stark genug. Auf dieser Spur sind mehr Jäger unterwegs, als wir erwartet hatten. Daher hielt ich es für gut, die Konkurrenz etwas zu minimieren und dabei gleichzeitig auf einen Streich ein paar mehr Schwerter dazuzugewinnen, die mir den Rücken freihalten würden.« Sie blickte hoch und sah die Wolken aufbrechen wie die Wellen eines Meeres. »Ich sah eine Gelegenheit und habe zugegriffen. Soll ich etwa dafür gezüchtigt werden?«

Vorsichtig, Adhema. Du tanzt gefährlich nah auf dem Grat zur Insubordination.

»In Szandor hat man mir für meine Art zu tanzen oft Komplimente ausgesprochen.«

Daran erinnere ich mich wohl.

Adhema spürte Neferatas Belustigung. »Sie werden gute Dienste leisten, wenn es darum geht, mir vor dem Endkampf die Flanken zu decken. Und wenn wir dann den Sieg davongetragen haben und unsere Feinde ihr Leben aushauchen, dann werde ich mir das nehmen, wonach ich suche. Das ist schließlich nur recht und billig.«

Und wenn sie dann versuchen dich aufzuhalten, wie es nur natürlich ist?

Adhema zögerte für einen Sekundenbruchteil. Sie verspürte keine Loyalität den Sterblichen gegenüber. Und sie sicherlich nicht ihr gegenüber. Aber dennoch, hatte nicht der Azyrit sich zwischen sie und den Kriegerpriester gestellt? Möglich, dass dies nur der kurze Abgleich einer Schuld gewesen war, aber irgendwie glaubte sie das nicht. Ein seltsames Volk, diese Azyriten. Hielten ihre Ehre auf eine Art heilig, die ihr zugleich vertraut und doch fremdartig vorkam.

Ehre war für die Aristokratie Szandors alles gewesen. Selbst die hochgeborenen Damen schälten sich aus Röcken und ließen Frisur Frisur sein, um im Morgengrauen auf schneebedeckten Feldern die Klingen zu kreuzen. Sie schmunzelte, als sie daran zurückdachte, wie sie einmal das Lächeln ihrer Cousine mit einem einzigen glücklichen Hieb verbreitert hatte. Das Mädchen hatte die aufgeschlitzte Wange quasi wie eine Ehrenmedaille getragen – und tat es, um genau zu sein, noch immer.

Aber die Ehre der Azyriten hatte nichts mit der Ehre ihres Volkes zu tun – sie hatte etwas Plebejerhaftes, war rau und schlicht. Er vertraute ihr, weil sie ihm keinen Grund gegeben hatte, es nicht zu tun. Für ihre Art war Vertrauen wie ein Juwel, selten und kostbar. Eins, das man mit niemandem teilte.

»Ich würde ihre Körper kalt neben denen unserer Feinde zurücklassen«, sagte Adhema schließlich.

Gut. Verliere unser Ziel nicht aus den Augen, Schwester. Du musst den Speer an dich bringen – oder dafür sorgen, dass er zerstört wird. Der Jäger ist zu tödlich, als dass man ihn in Hände fallen lassen dürfte, die ihn gegen mich – gegen uns – verwenden könnten.

»Ich werde tun, was getan werden muss, o Herrin.« Adhema streckte sich und genoss den Druck des Windes gegen ihren Körper. Sie fühlte in der Ferne das dunkle Erzittern der trägen Präsenz des Terrorgheistes. Die große Fledermaus folgte dem Ätherschiff, wenn auch in einiger Distanz. Irgendwann würde sie dieses starke Vieh vielleicht brauchen – um ihren Abgang zu machen oder um eine Ablenkung zu schaffen.

Aber vielleicht war das auch nicht nötig.

Wenn es auch sicher ein ganz besonderes Vergnügen sein würde, die Kehle der Söldnerin und des Schicksalssuchers zu öffnen. Sie hatten sie beleidigt, und nur der Tod konnte so etwas sühnen. Sie lachte leise in sich hinein, als sie sich ihre Körper bleich und blutleer und einen silbernen Mond vorstellte.

Lass dich nicht von solchen Dingen ablenken, Schwester.

Neferatas Warnung war wie ein Pflock, der ihr ins Hirn getrieben wurde, und sie zuckte zusammen. Der Königin der Mysterien standen Mittel zur Verfügung, die dafür sorgten, dass ihre Zofen einen klaren Fokus behielten, obwohl sie doch meist sanfteren Methoden den Vorzug gab. »Das werde ich nicht, meine Königin.« Adhema packte die Reling. »Ich werde erfolgreich sein, und der Speer wird dir gehören.«

Gut. Eine sichere Reise, Schwester. Neferatas seidiges Schnurren verklang und ließ nur das vertraute Gefühl der Leere zurück. Adhema seufzte und schüttelte den Kopf, um das Echo der Worte ihrer Herrin loszuwerden.

»Irgendetwas nicht in Ordnung?«

Adhema blinzelte und wandte sich um. Der Azyrit stand hinter ihr und lehnte sich auf seine Büchse. Sie konnte den Geruch in der Luft – Waffenöl und frisches Wasser – förmlich schmecken und die Hitze seines Blutes spüren. Sie leckte sich die Lippen und lächelte.

Vielleicht könnte eine kleine Zerstreuung ja nicht schaden.

Volker erstarrte, als die Vampirin sich umwandte. Einen Moment lang hatten ihre Augen rot geglüht, und plötzlich hatte er sich an die Geschichten erinnert, die er als Junge gehört hatte. Von den Dürstenden Toten und der Gefahr, ihnen in die Augen zu sehen. Instinktiv wandte er den Blick ab. Sie lachte.

»Angst, Azyrit?«

»Nein. Aber Angst zu haben, ist keine Schande. Hält einen am Leben.«

»Vielleicht.« Adhema musterte ihn. »Du dienst dem Verkrüppelten Gott«, sagte sie geradeheraus. »Sehr ungewöhnlich für einen Menschen.«

»Wirklich?«

Adhema zuckte die Achseln. »Ich denke schon. Und ich habe eine ziemlich lange Zeit gelebt.«

Volker sah sie an. »Wie lange?«

»Lange genug. Warum dienst du ihm?«

»Warum dienst du deiner Herrin?«

»Ich habe nur eine Herrin. Du hast zwei Götter.« Adhema wies auf das Medaillon, das gegen den Rand seines Brustpanzers klimperte. Hastig verstaute er es wieder unter seiner Rüstung.

»Grungni ist ein Verbündeter Sigmars.«

»Ist er das? Es gibt Gemunkel, weißt du? Geflüster, dass es sich wohl anders verhalte. Die Toten wispern, und wir hören es.« Sie lächelte dünn. »Sie sagen, der Verkrüppelte Gott habe das alte Bündnis verlassen wie schon andere vor ihm. Dass auch er gegen die Herrschaft des Gottkönigs aufbegehre.«

Volker schüttelte den Kopf. »Das ist nicht meine Sache. Ich bin nur ein Mensch, und ich habe genug anderes, um das ich mir Sorgen machen muss. Die Götter können sich ganz gut um ihre eigenen Angelegenheiten kümmern.«

»Wenn das wahr wäre, dann wärst du nicht hier auf diesem

Schiff und suchtest im Auftrag deines Herrn nach einer der Acht Wehklagen.«

Volker blieb stumm. Tatsächlich hatte er sich auch schon selbst darüber gewundert. Warum hatte Grungni sie eigentlich ausgesandt, statt selbst nach den Waffen zu suchen? Was konnten sie, das ein Gott nicht konnte? Aber während er sich das so fragte, kam ihm auch die Antwort in den Sinn. »Aktion und Reaktion.«

Adhema runzelte die Stirn. »Was?«

»Eine Aktion führt zu einer Reaktion, nicht wahr?« Er unterstrich seine Worte mit Gesten. »Eine Klinge dringt ins Fleisch, ein Mensch stirbt. Ein lautes Geräusch löst eine Lawine aus. Aktion und Reaktion. Wenn Götter handeln, dann reagieren andere Götter. Wenn Grungni offen nach den Waffen sucht, dann werden es auch andere tun. Und das Gewicht ihrer Schritte, die Wut ihres Krieges, ließe die Reiche brechen.«

»Als hätte es solche Risse nicht längst schon gegeben«, sagte Adhema.

Volker zuckte die Schultern. »Stimmt. Vielleicht habe ich ja unrecht. Aber das glaube ich nicht.«

»Und daher tust du, was er von dir verlangt.«

»Es muss getan werden.«

»Woher weißt du, dass er nicht genau diesen Gedanken da platziert hat, so wie ein Schmied einen Nagel einhämmert?« Sie tippte sich an den Kopf. »Die Götter sprechen und die Sterblichen gehorchen. Du kannst nichts daran machen. Das ist wie eine gewaltige Welle, die auf dich herabstürzt, und du kannst nur vor ihr herlaufen. Genau dahin laufen, wohin sie dich haben wollen.«

»Und Nagash ist da anders?«

»Nagash ist … alles«, sagte Adhema schließlich. »Er umfasst ungezähltes Gewimmel. So wie Sigmar auch. Die Götter sind keine Menschen und führen ihr Dasein nicht wie die Menschen, die nur auf ein Leben beschränkt sind. Ich habe Nagash entfesselt gesehen – ein Titan des Todes, der über ein Feld von Leichen dahinschreitet. Wohin auch immer sein Schatten fiel, erhoben sich die Toten und gingen umher, hungrig nach dem Fleisch der Lebenden. Und ich habe Nagash-Mor gesehen, still und schweigend, wie er die Herzen der Sterblichen gegen eine Feder abwog. Und es gibt da auch noch andere Aspekte, so sagte man mir. Das Verlorene Kind, das jene führt, die vor ihrer vorgesehenen Zeit in sanftem Schlaf sterben, und der Schwarze Priester, der denen Beistand gibt, deren Tod zu qualvoll zu ertragen ist. Alle sind sie eins in Nagash und Nagash ist sie alle.«

»Und welchem Nagash dienst du?«, fragte Volker.

»Demjenigen, der für Shyish den Krieg gewinnen kann.« Adhemas Finger trommelten auf dem Knauf ihres Schwertes. »Dem, der die Körper der Feinde erhebt und sie gegen ihre Verbündeten schleudert. Dem, der nicht ruhen wird, bis alles falsche Leben aus dem Reich des Todes getilgt ist.« Sie grinste. »Dem, der in jedermanns Schatten dahinschreitet und in jedermanns Blut watet.«

Volker fühlte, wie ihn bei ihren Worten ein kalter Schauer überlief. Nagashs Name war unter den Heerscharen Azyrs ein Fluch. Der Tod selber war, wenn auch nicht ein Freund, so doch ein naher Vertrauter. Doch der Herr des Todes war ein Schrecken, der jede Vorstellung überstieg. Ein hungriger Schatten an einer Höhlenwand, der seine dunklen Finger immer weiter nach denjenigen ausstreckte, die sich um das Feuer zusammenkauerten. Selbst die Verderbten Mächte, so furchterregend sie auch sein mochten, waren nicht so schrecklich, wie die Wesenheit, die man auf den Bernsteinsteppen als den Geduldigen Jäger kannte. Und doch, welchen besseren Verbündeten gab es gegen die Albtraummächte, die jenseits des Kreises des Feuers lauerten? Stell einen Schrecken gegen den anderen und sieh zu, wer sich als stärker erweist.

Volker musste dem Pragmatismus, der dahinter steckte, seine Anerkennung zollen, obwohl seine Seele doch davor erzitterte. Es hatte etwas davon, eine Salve in ein Handgemenge zu jagen – man wog das Risiko die eigenen Leute zu treffen, gegen den Schaden ab, den man dem Feind damit zufügen könnte. Dieses Risiko bestimmte oftmals den schmalen Grat zwischen Sieg und Niederlage.

Adhema lächelte. »Du verstehst.« Es war keine Frage.

Volker nickte. »Irgendwie schon.« Er zögerte. Dann: »Warum hast du mir geholfen?«

»Vielleicht gefiel es mir einfach nur«, sagte Adhema. Sie lehnte sich gegen die Reling. »Vielleicht nahm ich einfach den Moment als das, was er war, – eine Gelegenheit.«

»Das ist sonderbar tröstlich.« Volker lugte den Lauf seiner Büchse entlang. »Ich bin kein Narr, weißt du. Ich zweifle ernsthaft an, dass in dir auch nur ein Tropfen menschlichen Mitgefühls vorhanden ist. Aber zumindest bist du ehrlich. Das kann ich respektieren.«

Adhema lachte glucksend. »Das war sehr direkt.«

»Ich war noch nie ein guter Lügner.« Er stellte seine Waffe ab. »Und hab nie einen Grund gesehen, es zu lernen. Lügen haben so etwas Schludriges. Sie sind immer auf Sand gebaut.«

»Du hörst dich an wie ein Duardin.«

Volker lächelte. »Lass sie das bloß nicht hören.« Er sah sie an. »Du hast jedenfalls meinen Dank, egal, was deine Gründe waren. Unsere Suche hätte vorbei sein können, bevor sie überhaupt richtig begonnen hatte, hättest du nicht eingegriffen.«

»So sah das für mich auch aus.« Adhema klopfte mit ihren Knöcheln auf die Reling. »Aber du bist doch nicht wegen der Waffen dabei. Warum also?«

»Ein Freund.«

»Ah. Freunde. Ich erinnere mich an so was. Meiner Erfahrung nach mehr Ärger, als es die Sache wert ist.« Sie schüttelte den Kopf. »Ich habe stattdessen Schwestern.«

»Ist das anders?«

»Oh, gewaltig. Besser und schlechter.« Adhema starrte hinaus in die Dunkelheit. »Schwestern des Blutes, nicht des Fleisches, aber trotzdem Schwestern. Wir kennen einander besser, als wir sollten, meine Schwestern und ich.«

Volker folgte ihrem Beispiel und betrachtete die fernen Sterne. »Na, vielleicht spricht einiges dafür. Meine eigene Familie – na ja. Wir verstehen einander ganz und gar nicht.«

»Kann auch Gutes haben.« Adhema richtete sich auf. »Merkwürdig ...«

»Was?«

»Der Geruch deines Blutes. Da ist eine ganz bestimmte Note – eine Schärfe, die einen an klares Wasser und hohe Gipfel denken lässt. Macht meine Zähne ganz neugierig darauf, es auszuforschen.«

Mit einem Mal war Volker sich ihrer Nähe nur allzu deutlich bewusst. Sie roch nach etwas kränklich Süßem, und aus dieser Nähe konnte er die feinen schwarzen Adern sehen, die sich unter ihrer bleichen Haut dahinzogen. Es erinnerte ihn daran, dass sie nicht menschlich war, und das, nach ihrer eigenen Aussage, auch schon viele lange Jahre lang nicht mehr. Er atmete ganz gemächlich ein, zwang sich zur Ruhe. »Lass das doch lieber bleiben. Offen gesagt, ziehe ich es vor, dass mein Blut da bleibt, wo es ist.«

»Aber es ist schwer. Wenn ich die Beherrschung verliere, dann gebe ich dem Tier in mir Nahrung. Es gibt Tage, da wünsche ich mir nichts mehr, als aus meiner Haut zu schlüpfen und auch die letzte Erinnerung dessen, was ich war, hinter mir zu lassen.« Ihr Lächeln war schauerlich. »Dann wäre es leichter. Einfach nur ein Tier zu sein, das lediglich an seiner nächsten Mahlzeit interessiert ist. Aber ich bin nicht geworden, was ich bin, um zu vergessen. Und auch nicht, um zu vergeben.« Sie streifte mit ihren Fingern durch die hauchfeinen Spuren von Äthergold, die wie Nebelfetzen an der Reling entlangtrieben. »Macht mich das zu einem Monster?«

»Ja«, sagte Volker. »Aber was für eine Sorte Monster du bist, liegt an dir.« Er hob seine Büchse und stemmte den Knauf gegen die Hüfte. »Mit dieser Büchse habe ich mehr Leben genommen, als ich zählen kann. Meist die von Feinden. Eins nach dem anderen habe ich sie genommen. Aber zuerst habe ich sie beobachtet. Ich kannte sie, wenn auch nur kurz. Und dann tötete ich sie.« Er lächelte traurig. In schlechten Nächten sah er ihre Gesichter in seinen Träumen – die Freigildler, die von den Blutjägern gefangen worden waren und um einen gnädigen Tod flehten, bevor die Barbaren mit ihrem Festmahl beginnen konnten; der alt gediente Kriegsführer, der seine Leute in einem verzweifelten Angriff gegen das Metallmonster der Eisenschmiede geführt hatte und dessen einziges Verbrechen seine Weigerung gewesen war, sich vor den Hochgeborenen Azyrs zu beugen; die stolze Königin, hoch oben auf ihrer Sänfte thronend, die sich geweigert hatte, dem Willen von Sigmars Erwählten nachzugeben, als sie kamen und von ihr verlangten, dass sie die Götzenbilder ihres Volkes von den Altären stürzen sollte.

Er sah dann ihre Gesichter und schrie innerlich auf, bis sein Geist schließlich erschöpft in die Bewusstlosigkeit des Schlafes stürzte. Oder im schlimmeren Fall blieb er wach und fragte nach der Notwendigkeit all dessen, und ob denn die Gerechtigkeit eine harte und unumstößliche Tatsache sei … oder schlicht eine Fiktion, die die Götter ersonnen hatten, um ihre Launen zu erklären und zu untermauern. Er sah sie an. »Ist es besser oder schlimmer, einen Feind zu töten, der nicht weiß, was auf ihn zukommt? Ein Barberenhäuptling, der mit den seinen zecht. Ein Tiermensch, der an einem Tümpel trinkt. Ein Orruk, der zum Rhythmus der Stammestrommeln tanzt. Sie hörten niemals den Knall des Schusses, der sie tötete. Sie begriffen niemals, die Verheerung, die ihm folgte.«

»Dort, wo ich herkomme, betrachtet man das als eine Gnade. Meine Königin – und der, dem sie dient – ziehen es vor, dass der Feind die volle Narrheit seines Widerstands erkennt. Den Tod kann man nicht besiegen, nur hinausschieben.« Adhema strich sich eine Haarlocke aus dem Gesicht. »Selbst euer Donnergott weiß das.«

Volker berührte sein Amulett. Bevor er aber etwas erwidern konnte, hörte er Nyoka sagen: »Der Tod ist nur ein Teil des Lebens unter dem Leib des Himmels.«

Er wandte sich um. Die Priesterin neigte ihm zum Gruß den Kopf und musterte dann Adhema. Die Vampirin richtete sich zu voller Größe auf. »Kommst du, um nach uns zu sehen, Priesterin? Um sicherzugehen, dass ich ihn nicht mit meinem tödlichen Zauber umgarnt habe?«

Nyoka lachte in sich hinein. »Ich glaube nicht, dass du von der Art bist, die einen Mann umgarnt, Schwester. Du dünstest allzu sehr den Trieb des Raubtiers aus, und selbst der stumpfste Geist muss erkennen, dass er dir ins Gesicht geschrieben steht.«

Adhema legte die Stirn in Falten, wenn auch nur kurz. Dann erwiderte sie das Lächeln. »Ich würde das als Beleidigung auffassen, wüsste ich nicht, dass du die Wahrheit sprichst.«

»Lügen dienen in dieser Welt keinem Zweck.« Nyoka trug ihren Hammer, obwohl sie ihn nur locker umfasst hielt. Sie schwang ihn leicht. Nur als Erinnerung, nicht als Warnung. »Manche behaupten, dass Vampire zu Fleisch erweckte Lügen sind. Ich glaube das nicht, denn ich denke, dass der Tod Lügen nicht mehr liebt als Sahg'mahr.«

»Der Tod ist die letzte Wahrheit«, erwiderte Adhema.

Die beiden sahen einander an. Volker sah zwischen ihnen hin und her. Er räusperte sich.

»Wolltest du etwas Bestimmtes, Nyoka?«

Nyoka warf ihm ein breites Grinsen zu. »Zana bat mich, dir zu sagen, dass Lugash den Rest des Perlenbuchs übersetzt hat.« Der Fyreslayer hatte ein bemerkenswertes Gedächtnis bewiesen, und so hatten sie die meiste Zeit der Reise damit zugebracht, das, was er gelesen hatte, mit dem wenigen, was man von Gorch wusste, in Einklang zu bringen. Nyokas Beitrag war am wertvollsten gewesen, denn sie hatte es geschafft, unter anderem mehrere Karten aus dem Besitz ihres Ordens an sich zu bringen. »Da ist eine Festung im Herzen des Waldes. Ein großer Baum, der ausgehöhlt wurde, um eine Zitadelle daraus zu schaffen.«

»Das ergibt irgendwie Sinn«, sagte Volker unsicher.

Adhema gab ein bellendes Gelächter von sich. »Nur ein Mann wie du würde so denken.«

Bevor er etwas darauf erwidern konnte, hörte er ein schrilles Pfeifen vom Achterdeck der *Zank*. Die Mannschaft begann aufeinander einzubrüllen, während andere unten umherliefen. Volker ging zum hinteren Teil des Schiffes und fragte sich, was der Aussichtsposten wohl gesehen haben mochte. Eine schmale

Planke ragte aus dem Achterdeck vor und war über stählerne Spanndrähte mit den Äther-Endrinen und der Hülle verbunden. Am Ende der Planke befand sich eine kleine Kuppel, in der ein Mannschaftsmitglied sitzen und den Himmel beobachten konnte. Momentan beeilte sich besagtes Mannschaftsmitglied, wieder zurück an Deck zu kommen, indem er die Spanndrähte als Halt benutzte. Er deutete auf etwas hinter sich und schrie dabei Worte, die der Wind jedoch hinwegriss.

Adhema zischte. Volker warf zuerst ihr, dann dem dicken Wolkenschweif, den die *Zank* hinter sich herzog, einen Blick zu. Ein Meer von Purpur- und Blautönen, die durch das Schwarz des Himmels wogten. Und noch etwas anderes. Etwas, das sich, während er hinsah, sehr schnell unter den Wolken dahinbewegte, etwas, das dann wie der Gipfel eines schwarzen Berges die Oberfläche durchbrach. Es erhob sich begleitet von einem allgegenwärtigen Grollen höher und höher, bis es schließlich hinter ihnen her die Wolken durchpflügte.

Volker starrte es einen Moment lang an, bis er schließlich verstand, was es war. Kein Berggipfel, sondern die Spitze einer gewaltigen Rückenflosse. Ihm wurde flau.

Da draußen in der Dunkelheit brüllte der Große König.

»Ich wusste es!«

Brondt stapfte über das Deck, mit Zana und den anderen im Schlepptau. Der Kharadron zündete seinen Stumpen an und grinste zu der sich ihnen nähernden Form hinüber. »Ich wusste es. Ich wusste, dass der Hundesohn mit uns noch nicht durch ist.« Er griff sich ein Sprachrohr, das in der Nähe der Reling hing. »Alle Mann auf die Stationen. Bemannt die Sicherungsventile. Der Große König ist zurück – und ich will, dass wir ihm ein Willkommen bereiten, das er niemals vergisst!«

Der Große König brüllte und der Himmel bebte. Wolken teilten sich, und die Sterne erzitterten am Firmament. So fühlte es sich jedenfalls Yuhdak, als er die Zügel seiner zauberischen Energien fester anzog. Gewaltige Haken aus knisternder Energie bohrten sich tief in das Fleisch des titanischen Wahnflosslers und ließen Gallonen von Sekret durch den Himmel spritzen. Der Leviathan brüllte erneut auf, drehte aber schließlich, angespornt durch den Schmerz, bei. Doch auch dann gab sich Yuhdak nicht dem Triumph hin. Ein einziger Moment der Ablenkung würde reichen, ihn vom Rücken der titanischen Kreatur zu werfen.

Er stand auf der Kuppe seines Schädels, die Beine gespreizt, die Füße fest aufgestemmt, dort verwurzelt durch die Kraft seiner Magie. Seine Gewänder flatterten im Wind, und die Facetten seiner Rüstung waren mit Frost überzogen. Nur seine Zauberei hielt den Atem in seinen Lungen in dieser Höhe davon ab zu gefrieren. Er konnte in der Ferne das sanfte Glühen seiner Beute sehen – ein Luftschiff, das die Diener des Verkrüppelten Gottes trug. Der Große König brüllte erneut, eine gewaltige, sturmgewordene Verkündung seiner Absichten, die seinen titanischen Lungen entwich. Das Tier würde bald die Witterung des Äthergoldes aufnehmen. Und dann würde es vorwärtsschießen, begierig seine Beute zwischen die Zähne zu bekommen. So das Schicksal es wollte.

Raben hockten auf seiner Schulter und hoch auf dem steinernen Äther-Krustengetier, das sich überall auf dem Rücken der Bestie wie ein kleines Gebirge erhob. Sie krächzten irgendwelche hilfreichen Vorschläge heraus, während Yuhdak hart damit zu kämpfen hatte, den Großen König genau in die gewünschte Richtung zu lenken. Der endlose Hunger, der den Geist des Tieres überschwemmte, brach gegen seine geistigen Verteidigungswälle und drohte, ihn zu überwältigen. »Bitte, seid still, meine Freunde«, zischte Yuhdak. »Das ist schon schwierig genug, auch ohne eure gut gemeinten Beiträge.«

Das Kharadron-Luftschiff kreuzte den Horizont Richtung Süden. Mit Kurs auf den großen, von Spinnen heimgesuchten Wald von Gorch. Er sah hinüber zur Anführerin des Schwarms. »Bist du sicher, dass sie dorthin wollen?«

Sie starrte ihn an, ohne zu blinzeln. Er seufzte. »Ja, natürlich. Vergib mir. Ich wollte einfach nur sichergehen, bevor wir uns ihrer entledigen. Es wird immer schwerer, die Kontrolle über unseren – ah! Jetzt hat er die Witterung.« Die magischen Ketten flammten in einem blendenden Aufglühen hoch, als der Große König plötzlich mit einem Grollen vorwärts schoss, das alle Knochen im Leib erzittern ließ. Yuhdak ließ der Bestie ihren Willen. Die Ketten und Haken lösten sich auf, und er taumelte leicht zitternd zurück.

Sie streckte die Hand aus, um ihn zu stützen, und ihre schwarzen Augen musterten ihn eindringlich. »Du bist krank.«

»Müde. Einfach nur müde. Es ist, als versuchte man einen Sturm zu beherrschen.« Er winkte sie zurück. »Ich denke, es ist Zeit zu gehen. Der Große Festungsbaum erwartet uns.«

Doch noch während er das sagte, klaffte die Luft weit feuerlodernd auf. Der Große König bäumte sich auf und brüllte, während Explosionen seine Flanke überzogen. Yuhdak wandte sich mit einem Fluch auf den Lippen so weit um, wie er es nur irgend wagte. Er hatte die erste Regel im Umgang mit den Wolkenbewohnern vergessen – vertrau niemals dem ersten Anschein.

Runde, bauchige Formen summten aus den Wolken hervor, stiegen auf, sanken dann wieder ab, wie die Bügel einer Falle. Kharadron-Geschützboote, mindestens ein Dutzend. Er hatte so etwas schon vorher gesehen, aber nur aus der Ferne während der Blockade von Barak-Zon. Die zweisitzigen Schiffe waren ziemlich schnell und im Schwarm auch ziemlich tödlich.

»Sie haben uns erwartet.« Die Anführerin des Schwarms sah ihn an.

»Uns oder den Großen König«, meinte Yuhdak. Verärgert jagte er dem Biest einen Stoß zauberischer Energien ins Hirn. Der Wahnflossler schoss vorwärts, und seine Flossen schrammten den Himmel entlang. »Sie wollen einen Kampf – nun gut. Dann kriegen sie auch einen Kampf.« Er wandte sich zur Anführerin des Schwarms um. »Geh. Erinnere die Duardin daran, was es heißt, sich den Dienern des Schicksals entgegenzustellen.«

Sie nickte und sprang in die Luft, wobei sich ihre Gestalt verzerrte und schrumpfte. Die Neunundneunzig Federn erhoben sich alle zugleich in den Himmel, und der ganze Schwarm stürzte gemeinsam auf die sich nähernden Schiffe zu. Sie würden eine hinreichende Ablenkung abgeben, bis er die Abgesandten des Verkrüppelten Gottes vernichten konnte. Danach würde er sich vielleicht den Geschützbooten zuwenden und den Großen König auch sie verschlingen lassen.

Yuhdak hockte sich nieder, nahm einen tiefen Zug aus dem Reservoir seiner Macht. Er würde jedes Jota an Kraft, das ihm zur Verfügung stand, benötigen, um die Bestie zu kontrollieren und sie davon abzuhalten, sich auf die angreifenden Kampfschiffe zu stürzen. Wild ausschlagende, himmelsblaue und kirschrote, mit grausigen Widerhaken versehene Ketten sprossen aus der Luft um ihn hervor und bohrten sich ins Fleisch des Großen Königs. Er hatte gehofft, die Dinge dem Schicksal überlassen zu können. Aber manchmal brauchte es eben eine direktere Herangehensweise.

»Komm, mein Freund – lass uns gemeinsam jagen.«

VIERZEHN

DUELL

»Haha! Dann klopfen wir uns das Fleisch mal schön weich!« Brondt schlug aufgeregt auf die Reling ein, als die Nacht vom Aufblühen der Explosionen erhellt wurde. »Jede verdammte Münze wert, die Jungs. Schaut sie euch an – der Stolz des Grundkorps!« Seine Mannschaft schien ähnlich guter Dinge zu sein wie er. Sie jubelten, als die kleinen Formen den Wahnflossler umschwirrten und Feuer spuckten.

Die gewaltige Bestie wälzte sich durch die Wolken und warf sich in die Kurve, um der Ballung der Schiffe auszuweichen, die sie da so plötzlich angegriffen hatten. Zana lachte. »Geschützboote. Schau dir an, wie sie das Biest umschwärmen.« Sie grinste. »Du hast die anderen Kapitäne nicht einfach nur gewarnt, du hast die Rechte am Bergelohn an die verdammte Grundstok-Gesellschaft verkauft, stimmt's Brondt?«

Brondt erwiderte ihr Grinsen. »Auf so was soll dieses Rindvieh Brokrin erst mal kommen! Der Große König ist groß genug, dass wir alle unseren Teil davon bekommen können – von der Beute und vom Ruhm. Das Grundkorps versucht schon so lange, ihm heimzuzahlen, was er sie gekostet hat – sie brauchten einfach nur den richtigen Ansporn.«

»Die Bereitschaft, meinst du«, sagte Volker, und ihm ging auf, was der Kapitän da sagen wollte. Er fühlte einen kurzen Anflug von Ärger, den er aber schnell niederkämpfte. Es lag da ein gewisser brutaler Pragmatismus im Vorgehen des Kharadron und er kam nicht umhin, dafür Respekt zu empfinden.

Brondt warf ihm einen Blick zu. »Aye, zwei Goldklumpen auf einen Schlag, wie man so schön sagt.« Er lachte und schlug Volker fröhlich auf den Arm. »Jetzt zieh mal nicht die Stirn so kraus, Azyrit. Das ist mal ein glorreicher Tag – der Tag, an dem wir die Himmel sicher machen für jeden ehrlichen – oh, verflucht.«

Die Explosion erhellte den Himmel. Eines der Geschützboote ging plötzlich in seltsam gefärbten Flammen auf und stürzte unter dem Kreischen gemarterten Metalls vom Himmel. Brondt ergriff die Reling, und alle gute Laune war auf einmal aus seinem Gesicht wie weggewischt. »Zauberei«, knurrte er. »Kruk!« Er schlug mit der Faust auf die Reling. »Ich wusste, das war zu gut, um wahr zu sein. Ich wusste es.« Er wandte sich an Zana. »In was hast du mich da reingezogen, Weib?«

»Was hab denn ich damit zu tun?«, protestierte sie.

»Dafür wollen die garantiert einen Gefahrenzuschlag! Ganz davon zu schweigen, dass die verdammten Schützen ganz gewaltig Platz in den unteren Laderäumen wegnehmen.«

»Nicht, wenn sie alle sterben«, sagte Adhema sanft. Sie starrte ins Dunkel. »Was ziemlich wahrscheinlich ist in Anbetracht der Tatsache, dass uns jetzt ein Schwarm Raben angreift.«

»Raben?« Volker schob sich an Brondt vorbei und klappte seinen Feldstecher herunter. Er klickte durch die Reihe der Linsen, bis er die richtige fand. Das ferne Bild sprang zu fokussierter Schärfe. Er sah mehrere Vögel ein Geschützboot umschwärmen und mit unglaublicher Wildheit nach dem Piloten hacken und krallen. Er fluchte und wandte sich den anderen zu. »Das sind die Gleichen wie in der Bibliothek. Die Gestaltwandler. Da bin ich mir sicher.«

»Die was? Was denn jetzt schon wieder?« Brondt sah von Volker zu Zana. »Das hast du wohl auch mal so vergessen zu erwähnen, was, Weib? Meinst du nicht, dass das etwas ist, was ich wissen sollte, hä?«

»Erste Regel des Handels, Brondt – stell immer alle Fragen, bevor du den Vertrag unterzeichnest«, erwiderte Zana. Sie sah an ihm vorbei. »Sieht für mich aus, als wollten sie mit dem Manöver dem Koloss zu Hilfe kommen.« Sie runzelte sie Stirn. »Aber warum?«

Volker hob seine Langbüchse und stützte sie auf die Reling auf. Durch seinen Feldstecher konnte er ein auf Hexerei hindeutendes, unheimliches Glühen sehen, das vom Kopf des Wahnflosslers hochflammte. »Da ist jemand auf seinem Kopf.«

»Was?«, stieß Brondt verdattert hervor, drehte sich um und spähte in Richtung des sich nähernden Leviathans. »Das ist Betrug!«

»Das ist das Leben in den Reichen«, sagte Zana. »Er kommt näher Brondt. Hast du noch irgendwelche Tricks im Ärmel? Vielleicht irgendeine Armada oder auch zwei?« Sie umklammerte hilflos ihr Schwert. Nyoka und die anderen schauten gleichermaßen verdutzt drein. Selbst Adhema schien vollkommen perplex im Angesicht dieser Situation. Aber es geschah schließlich auch nicht jeden Tag, dass eine Vampirin sich plötzlich am falschen Ende der Nahrungskette wiederfand, vermutete Volker.

Brondt funkelte Zana finster an, reagierte dann seinen Grimm aber stattdessen am Sprachrohr ab. »Ich brauche mehr Geschwindigkeit, Thalfi«, donnerte er. »Volle Kraft voraus, Endrinmeister, und zur Hölle mit den Sternen.« Eine knisternde Stimme gab eine Antwort, und das sanfte Glühen der Äther-Endrinen wurde allmählich heller. »Alle Mann an die Repetierkanonen und Ätherkarabiner. Alles klar zum Gefecht.« Die Mannschaft beeilte sich zu gehorchen und schob sich hastig an Roggen und den anderen vorbei.

»Ich muss nach Harrow sehen – wenn er sich losreißt …«, sagte der Ritter und eilte hinab zu den Unterdecks.

»Lass bloß dieses Vieh, wo es ist. Wir brauchen dich vielleicht hier oben«, rief Zana ihm hinterher. »Oder weck zumindest

Lugash auf, wenn du schon da unten bist!« Als er keine Anstalten machte anzuhalten, schüttelte sie angewidert den Kopf. »Na ja, schätze wir werden ihn sowieso nicht brauchen. Es gibt ziemlich wenig, was einer von uns gegen dieses Ding machen kann.« Sie warf Adhema einen Blick zu. »Nicht mal du.«

»Rede du nur weiter so, und du wirst schnell sehen, was ich so machen kann, Sterbliche.«

»Still«, sagte Nyoka, und wieder hatte ihre Stimme den scharfen Klang von Autorität. »Zwietracht ist der Wurm, der das Fleisch verderben lässt. So sprach Gu'ibn'sahl der Weise zum Konklave des Dritten Segments.«

»Hast du irgendeine Ahnung, wovon sie da spricht?«, fragte Zana Volker. Er deutete auf den Großen König.

»Sie sagt, wir hätten Wichtigeres, um das wir uns sorgen sollten, als umeinander.«

Die Luft bebte, als der Große König immer näher kommend durch die Wolke pflügte. Volker ignorierte die Erregung der Gefahr, die sich in seinem Innern zitternd ballte, und versuchte sich ausschließlich auf die winzige Gestalt zu konzentrieren, die oben auf der Kreatur stand. Es war ein Mann, dachte er, aber er war von einem flirrenden Schleier seltsam gefärbter Flammen umgeben. Er änderte die Haltung seiner Büchse und ignorierte dabei die Stimmen, die sich hinter ihm im Streitgespräch erhoben. Er hörte ein leises Murmeln, und ihm wurde klar, dass Nyoka begonnen hatte zu beten. Der Fluss der Worte spendete ihm Trost und er begann sie leise im Einklang mit ihr vor sich hin zu sprechen.

Er war schon zuvor Hexern gegenüber getreten, jedoch immer auf dem Schlachtfeld und stets aus einiger Entfernung. Das war die beste Art mit jemandem umzugehen, der merkwürdig glühte und dabei eine Menge schrie. Und der dort hinten kontrollierte den Großen König, wenn man aus den geisterhaften Ketten und feurigen Peitschen irgendwelche Schlüsse ziehen durfte. Und hetzte durch Schmerz und Zauberei einen Wahnflossler auf sie.

Der Große König öffnete weit seinen Rachen, verdeckte

den Horizont. »Öffnet die Steuerbordventile«, brüllte Brondt, und hielt das Sprachrohr so fest umklammert, als wollte er es erdrosseln. Die *Zank* machte einen Satz zur Seite, als das Äthergas aus den Steuerbordventilen strömte. Volker justierte die Ausrichtung seiner Büchse nach, zählte langsam abwärts. Die Entfernung stimmte jetzt, gerade so. Aber er musste sicher sein. Ein verwundeter Hexer war ein gefährlicher Hexer.

Die gewaltige Masse kam näher und trug den Gestank des Todes mit sich. Einen Moment sah Volker nichts anderes als Zähne. Metall kreischte und das Dröhnen der Endrinen wurde unregelmäßig. Das Deck bebte unter seinen Füßen. Er hörte das Grollen der Repetierkanonen, und die Dunkelheit wurde jäh von auflodernden Flammen zerrissen. Ein Geschützboot schoss aus allen Rohren feuernd an der *Zank* vorbei. Einige der kleineren Schiffe waren noch immer da und nahmen am Kampf teil, aber sie schienen unfähig, den Leviathan aufzuhalten.

Das Ätherschiff erzitterte, als ein gewaltiger Zahn auf die Aussichtskuppel niederkrachte und sie vom Rumpf losriss. Ätherkarabiner bellten, während Brondt seiner Besatzung Befehle zubrüllte. Explosionen liebkosten die Flanken des Monsters. Der Wahnflossler schoss an der *Zank* vorbei, und ließ sie bis hinein in die letzte Niete erbeben. Die Kharadron feuerten aus jeder ihnen zur Verfügung stehenden Waffe und versuchten so, der Bestie die Lust auf den Angriff auszutreiben, aber ob es nun am Einfluss der Zauberei oder auch nur an seinem eigenen schieren Hunger lag – der Große König war entschlossen, sie zu verschlingen. Er warf sich bebend durch die Wolken und löschte mit der gewaltigen Masse seines Leibes die Sterne aus, den Mond, den Boden unter ihnen, immer eins nach dem anderen, da er sein Opfer umkreiste, um ihm den Weg abzuschneiden.

Das Ätherschiff rollte, legte sich hart in die Kurve, sackte wieder weg, bewegte sich so schnell, dass die strapazierten Endrinen aufheulten wie verlorene Seelen. Die Wolken wurden vom feurigen Atem der Repetierkanonen erhellt. Druckventile hielten die *Zank* außer Reichweite der gewaltigen Kiefer, wenn auch nur knapp. Das Deck schlingerte, stampfte und gierte, warf die Mannschaft und auch Zana und die anderen wild umher und gegen die Reling. Volker band sich mit dem Zipfel seines Mantels an der Reling fest, wand es um das Metall und schlang es zu einem Knoten. Und bei all dem hielt er seine Büchse beständig auf das Ziel ausgerichtet, wartete auf seine Gelegenheit zum Schuss.

»Splittergeschosse – behärkt die Wolken«, brüllte Brondt, der anscheinend mit schierer Willenskraft seinen festen Stand auf dem Deck hielt. »Macht den Tag zur Nacht – legt los!«

Volker hörte das grollende Rattern und Klackern ineinandergreifender Maschinenteile. Abdeckplatten im Rumpf sprangen beiseite und Mannschaftsangehörige rollten unter Deck die Munition zu den Geschützen. Mit stotternder Wucht tauchten Gebilde in die Wolken ein, gefolgt von Detonationsgeräuschen, welche die Knochen erbeben ließen. Der Wahnflossler brüllte auf in wilder Wut, als die Wolken sich in Feuerstürme verwandelten. Volker blinzelte Tränen aus den Augen, als eine gewaltige Hitzewalze über ihn hinwegrollte. Die Farbe blätterte vom Heck der *Zank* ab, und das Metall verfärbte sich schwarz. Doch der Große König tauchte aus all dieser Feuersbrunst wieder empor, mit weitaufgerissenem Rachen und ungeminderter Gier.

Inbrünstig fluchend zerrte Brondt sein Sprachrohr hinter sich her und zog seine Repetierpistole. »Steinhelm, schaff deine Schützen hier hoch, aber mit Volldampf. Ich –« Er wurde von einem plötzlichen schlingernden Stoß unterbrochen, als der Große König nah an ihnen vorbeischoss und dabei das Schiff fast aus seiner Bahn riss. Mit jedem Kreis, den er um sie zog, kam der Wahnflossler näher.

Volker drängte Brondts unablässiges raues Befehlsbellen beiseite und konzentrierte sich ganz auf seine Berechnungen. Er verfolgte den Weg des Wahnflosslers, nahm Maß, rechnete Windstärke und Entfernung mit ein. Wartete auf den richtigen Moment. Er blinzelte. Da.

Der Große König tauchte herab, wie das schwarze Ding aus seinen Träumen. Er war zu groß, dass Volker ihn wirklich wahrnehmen konnte, außer als eine gewaltige Flutwelle aus Zähnen und zernarbtem Fleisch. Die Gestalt auf seinem Kopf jedoch, die ließ sich leichter verfolgen. Man musste dazu nur durch all die Farben hindurchsehen. Ein Zittern lief durch seine Beine. Die *Zank* wendete in der Luft mit dem Laut eines sterbenden Tieres. Eine der Endrinen zog eine Spur von Äthergas hinter sich her. Irgendetwas war da, wenn man nach dem Fluchen von Brondt gehen durfte, in der allerjüngsten Vergangenheit beschädigt worden. Geschütze schickten donnernd ihre Ladung in den Rachen der Vernichtung. Der Große König nahte unbarmherzig. So unentrinnbar wie der Tod.

»Azyrit, was machst du denn da – wir müssen nach unten«, sagte Zana und packte ihn bei der Schulter. »Wenn wir hier oben sind, wenn das Ding zuschlägt ...«

»Ich konzentriere mich«, sagte Volker und drängte sie beiseite.

»Und wir gehen unter«, schrie Zana. Er ignorierte sie, tat einen langsamen, gemächlichen Atemzug und zog den Abzug durch. Die lange Büchse donnerte, aber das Geräusch verlor sich im Todesbrüllen der *Zank*. Das Ätherschiff drehte sich in der Luft, verlor seinen Halt am Himmel und stieß fauchend Äthergas aus. Volker verlor das Gleichgewicht und wurde, als sein Mantel riss, mit knochenzermalmender Gewalt quer über das Deck geworfen und prallte gegen Zana. Sie stieß gegen die Reling und fiel beinah darüber hinweg. Volker hatte nicht so viel Glück.

Zana erwischte seine Hand, kurz bevor er vom Deck segelte. »Halt fest, Azyrit!« Sie klammerte sich an die Reling. Volker konzentrierte sich ganz und gar darauf, bloß nicht ihre Hand loszulassen – und seine Büchse. Alles schwankte und bebte, und er konnte nicht länger sagen, wo oben und unten war. Das Schiff schien sich zu überschlagen und stürzte abwärts auf die große grüne, sich dehnende Weite zu. Sein Magen hob sich und seine Beine schlugen wild über der Leere aus.

Irgendwie kam der Große König unter sie. Der Wahnflossler brannte lichterloh, ob durch Zauberei oder die Waffen der Kharadron, konnte er nicht sagen. Was immer auch der Grund sein mochte, jedenfalls schienen die Flammen, die über seine Haut hinwegkrochen, den Leviathan keineswegs zu behindern. Er stürzte sich aufwärts, auf sie zu, und sein Maul wurde größer und größer. Volker wollte die Augen schließen, aber er konnte den Blick nicht von diesem gähnenden, zähnestarrenden Abgrund wenden.

Und dann, war er fort. Schoss an dem Schiff vorbei aufwärts, auf die kalten Weiten des Firmaments zu, vielleicht, um nach etwas zu suchen, was die Flammen zu löschen vermochte. Ein letztes, verächtliches Ausschlagen seines breiten Schwanzes erwischte das stürzende Schiff und ließ es noch weiter und schneller abwärtstrudeln. Er hörte Zana schreien und Brondt Befehle brüllen, und dann hörte er nur noch das Heulen des Windes und den wilden Schlag seines eigenen Herzens, während der Boden immer weiter auf sie zustürzte.

Ahazian zog die Zügel an. In der Ferne erhoben sich die Bäume von Gorch wie der Wall einer unglaublich großen Festung. Man sagte, dass selbst die kleinsten dieser Bäume den höchsten Belagerungstürmen sowohl an Größe als auch an Robustheit glichen. Und daher so wenig Licht den grünen Baldachin durchdringen konnte, dass die Wurzeln der Bäume und alles, was darunter auch lebte und wucherte, dies in immerwährendem Dämmerlicht taten. Seine Träume waren schon seit einiger Zeit grün gewesen. Grün und flüsternd, wie die beständige Bewegung haariger Körper, hin und her, und dabei immer gerade außerhalb des Blickfelds.

Aber die Träume hatten sich verändert, genauso wie das Lied. Der Jäger flüsterte nicht länger vom kühlen, dunklen Wald, sondern stattdessen von – ja, von was denn eigentlich? Er wusste es nicht. Aber sein Kopf hallte von dessen Lärmen und Dröhnen wider, und seine Nase brannte vom Gestank verschütteten Öls und übel riechender Körper.

Ahazian war kein Narr. Jemand war vor ihm zum Speer gelangt. Es gab zwar noch andere Möglichkeiten, aber das war die wahrscheinlichste. Verärgert trieb er sein Ross unerbittlich über die Bernsteinsteppe und rastete nur, wenn das Tier Nahrung brauchte. Zum Glück gab es reichlich Orruks und Nomaden in diesen Ländern, und alle hatten sie mehr Mut als Verstand.

Doch jetzt stellte sich jemand zwischen ihn und sein Ziel. Ein schwerer Streitwagen aus Knochen und schwarzem Eisen stand nahebei im blutigen Gras. Ein Gespann von nachtschwarzen Rössern scharrte mit den Hufen in der Erde. Knochige Verkrustungen überzogen ihr Fleisch, und ihre Mähnen waren verklebt und starr, sodass sie wie Stacheln abstanden. Die Pferdedinger schnaubten, als er mit seinem eigenen Ross näher herankam, und sein Reittier erhob herausfordernd seine Stimme.

Das bräunliche Gras zischte im Wind. Steintrümmer von etwas, das in einem anderen Zeitalter von einem nun in alle Winde zerstreuten Volk erbaut worden war, durchbrachen seine Oberfläche. Große Holzpfähle ragten daraus in merkwürdigen Winkeln hervor. Bronzescheiben, verziert mit seltsamen, rebenartigen Symbolen hingen von ihnen herab. Vielleicht waren dies die Überreste einer Mauer oder einer Grabstätte. Was immer sie auch gewesen sein mochten, es scherte Ahazian wenig. Sie gaben einen idealen Ort für einen Hinterhalt ab, wie die zerbrochenen Pfeile, die noch immer aus seiner Rüstung ragten, bewiesen, und das war auch schon alles, was er wissen musste. Raben hüpften heiser krächzend zwischen den Steinen umher und beobachteten seine Annäherung mit ungeheurem Interesse.

»Die Vögel meinten, du würdest hier vorbeikommen. Sie führten mich zu diesem Ort.«

Ahazian wandte sich um, als der Besitzer des Streitwagens, nach Tod und Mord stinkend, zwischen den nächstgelegenen Steinhaufen heraustrat. Seltsame Amulette und Totems hingen um seinen Hals – Todesfetische und Schrumpfköpfe. In den Brustpanzer seiner schwarzen Rüstung waren Schlachtszenen eingraviert. Sein Helm war wie ein Schädel geformt, und der Schaft seiner Axt war ein menschlicher Oberschenkelknochen. Die Axt lag über seiner breiten Schulter, als er sich nun Ahazian in den Weg stellte. Der Krieger machte eine Handbewegung zu den Raben hin.

»Vor langer Zeit lernte ich die Sprache der Aasvögel. Heute ist mir dies zugutegekommen.«

»Ob das so gut für dich war, wird sich noch herausstellen«, entgegnete Ahazian. Seine Waffen zuckten, rochen den Tod. Er glitt aus dem Sattel und klopfte seinem Ross auf die Flanke, damit es weg und ihm aus dem Weg trottete. Er ließ seine Schultern kreisen, lockerte sie und ließ die Halswirbel knacken.

»Ich kenne deine Witterung, Todesbringer«, grollte der schwere, breitschultrige Krieger, während er ihn wachsam musterte. »Ich bin Skern, der Galgengänger. Sag mir deinen Namen, damit ich ihn nachher in meine Klinge ritzen kann.« Er hob, um seine Worte zu unterstreichen, seine Axt.

»Ahazian Kel, ein Kel der Ekran, und der Untergang eines jeden, der sich zwischen mich und mein Ziel stellt.« Ahazian musterte seinerseits den Krieger. »Wir haben uns schon einmal getroffen, im Seelenschlund.« Der großen Waffenschmiede zwischen den Welten, wo die Werkzeuge zu Khornes Kriegen geschaffen wurden. Wo Ahazian von den Acht Wehklagen erfahren hatte und auf seinen jetzigen Weg geschickt worden war.

Skern lachte. Ein Geräusch, das wie das Klackern von Knochen gegen einen Grabstein klang. »Ja. Ich hätte mir schon damals deinen Kopf genommen, wenn die Schmiedemeister uns nicht getrennt hätten.«

»Mag sein.« Das hier war ein altes Ritual, und zwar eines, das Ahazian nur zu gut kannte. Zwei Todesbringer konnten einfach nicht im Frieden aufeinandertreffen. So war es der Wille Khornes. Kein Krieger konnte sich dem widersetzen. Und kein Krieger, der diesen Namen wert war, würde dies überhaupt wollen. »Und wem von ihnen dienst du, Galgengänger? Dem Gestank nach, würde ich Zaar sagen, dem Bluthund von Shyish.«

»Aye, so wie du dem Schädelberster dienst.« Skern lachte glucksend. »Zu lange schon habe ich nur den Toten ihr staubiges Mark genommen. Den Geschmack vom Blut eines Lebenden in meinem Mund, das wäre etwas.« Er hob seine Axt und streckte sie aus. »Deines vorzugsweise.«

»Wir dienen der gleichen Sache, Bruder. Khorne leitet uns.« Ahazian packte seine Waffe in festem Griff. Jetzt erinnerte er sich auch an diesen Kerl da – einer der Todesbringer, den die Schmiedemeister zu sich gerufen hatten, genau wie ihn selbst. Da waren noch andere gewesen, jeder von ihnen erwählt von einem Rivalen Volundrs, um ihnen auf der Suche nach den Acht Wehklagen zu dienen. Nur ein Kämpe würde überleben, so wie auch nur ein Schmiedemeister Erfolg haben konnte.

»Und Khorne ist es egal, wessen Blut vergossen wird. Aber Zaar nicht, und er sähe gerne deinen Herrn in den Augen des Blutgottes gedemütigt. Er sähe gerne, dass ich mir diesen Anhänger nähme, den du da trägst, und mir in seinem Namen den Preis hole.« Er wies auf das Bruchstück des Speers, das an dem Band aus rohem Leder herabhing.

»Und was sähest du gerne, Skern Galgengänger?«

»Blut, Ahazian Kel. Frisch vergossen und von der Klinge meiner Axt tropfend.« Skern stürzte vor und wirbelte seine Axt über dem Kopf. Ahazian tauchte zur Seite weg und wich dem Hieb aus. Er kam im klirrenden Zusammenprall von Rüstungen wieder hoch und schwang seinen Schädelhammer, in der Hoffnung, den Kampf schnell beenden zu können. Mit jeder Sekunde der Verzögerung entfernte sich seine Beute weiter von ihm.

Aber vielleicht war es das ja gerade. Die Vögel beobachteten stumm mit wissendem, grausamem Blick von ihrem Felstrümmer aus. Nicht nur die Diener Khornes waren auf der Jagd nach den Acht Wehklagen. Und einige der anderen waren für ihre feine Raffinesse bekannt.

Skern fing den Kopf des Hammers mit seiner Handfläche auf und hielt ihn fest. Ahazian blockte die Axt des Hünen mit seiner eigenen ab, und einen Augenblick standen sie da, maßen ihre Kraft mit der des anderen. Skern beugte sich vor. »Fast hätte ich dich in den Tieflanden erwischt, bevor du aus Shyish geflohen bist«, knurrte er. »Ich wollte mir da schon das Bruchstück nehmen, aber du hattest das Maul schon erreicht.«

»Ich bin nicht geflohen, und du hättest dir einfach mehr Mühe geben müssen.« Ahazian warf seinen Kopf nach vorn und ihre Schädel krachten aufeinander. Verdattert stolperte Skern zurück. Ihre Äxte trennten sich mir sirrendem Scharren. Ahazian schnellte herum und trieb seine Schindaxt in Skerns Unterarm. Die Hand des Kriegers verkrampfte sich und seine Axt fiel zu Boden. Er brüllte auf und traf Ahazian mit einem Schlag, der dessen Zähne erzittern und ihn rücklings zu Boden stürzen ließ. Seine Waffen entglitten durch die Macht des Hiebs seinem Griff. Ihre enttäuschten Schreie gellten wild durch seinen Geist und löschten jeden anderen Gedanken aus.

Skern nahm seine Axt mit seiner unversehrten Hand wieder auf, wirbelte sie herum und hieb, als der Todesbringer versuchte, auf die Beine zu kommen, ein Stück der Rune ab, die Ahazians Helm zierte. Ahazian taumelte benommen zurück. Skern drang mit erhobener Axt auf ihn ein.

»Ich werde mir deinen Schädel an den Gürtel hängen, um deine Tapferkeit zu ehren.«, sagte Skern.

»Zähl niemals deine Schädel, bevor du sie dir geholt hast«, zischte Ahazian. Er stieß den Fuß in kraftvollem Bogen vor und fegte Skern die Beine weg. Ahazian sprang auf den gestürzten Todesbringer, griff nach seinem Hals und schlug ihm gleichzeitig die Axt aus der Hand. Er riss ihm mit einem Kreischen wegplatzender Nieten die Halsberge herunter, legte den ledrigen Hals darunter frei und schloss seine Finger um Skerns Gurgel. Skern griff wild nach seinem Kopf und Hals aus, versuchte ihn von sich herunter zu wuchten oder ihn zu blenden, aber Ahazian hielt ihn nieder. Erdrosselte ihn. Langsam aber sicher. Das war zwar nicht so befriedigend wie mit der Axt oder dem Hammer, aber es war dennoch effektiv.

Volundr hatte ihn vor so etwas gewarnt, dass die anderen Schmiedemeister auf brutale Gewalt zurückgreifen würden, wenn List versagte. Die Schädelschleifer konnten einander nicht direkt angreifen, denn sie hatten vor Khornes Thron einen Eid abgelegt, ihren Zorn aufeinander bis zu jenem Zeitpunkt zurückzuhalten, an dem Khorne der unbestrittene oberste Herrscher war. Aber sie konnten immer noch, wenn es ihnen beliebte, das Blut ihrer Diener vergießen, auch wenn sie damit ganze Meere füllten. Das Bruchstück Gungs war von unermesslichem Wert, und er hatte gewusst, dass er nicht der Einzige war, der danach suchte. Dass Skern entschlossen genug war, ihn so weit und lange zu verfolgen, war für ihn allerdings etwas überraschend – aber eine gewisse sture Beharrlichkeit war schließlich allen Todesbringern eigen.

Skern schlug mit seinen Fäusten auf seine Arme und Schultern ein, während Ahazian dessen Kehle noch fester zusammenpresste. Das Feuer in den Augen des Todesbringers flammte hell empor. Aufgeben war für einen wie ihn ein Gräuel – noch etwas, was ihnen allen eigen war. Aber Ahazian hatte schon stärkere Feinde erwürgt. Er hatte die Kinder seiner Schwester noch in ihren Kindsbetten erdrosselt und seinen Großvater auf dessen eigenem Thron. Im Vergleich dazu war Skern gar nichts.

Und bald genug war dies dann auch bewiesen. Das Feuer flackerte, verblasste und war ausgelöscht. Ahazian wartete, zählte die Sekunden. Wartete, bis die Fäuste sich lösten und erschlafften wie eine sterbende Spinne. Bis die Rüstung mit einem Klirren in sich zusammensackte. Bis die Genickknochen brachen. Dann stand Ahazian schwer atmend auf. Er griff sich Skerns Axt und ließ sie niedergehen, trennte dem anderen Kämpen den Kopf von den Schultern. Man wusste ja nie. Dann befreite er die Pferde vor Skerns Streitwagen und trieb sie auseinander. Die Tiere hätten sich zwar auch irgendwann selbst befreit, aber es gab keinen Grund, ihnen nicht dabei zu helfen.

Er trieb die Axt in einen Steinhaufen und hing Skerns Kopf daran auf, damit sein Geist den Aasvögeln dabei zusehen konnte, wie sie sich von seinem Körper nährten. Er schaute zu den schwarzen Vögeln hoch, die ihn von oben her beobachteten. »Und – lief das so, wie ihr gehofft habt?«, fragte er, als er seine Waffen wieder an sich nahm. »Habt ihr ihn hierher geführt, damit er mich umbringt – oder damit ich *ihn* umbringe?«

Die Raben krächzten wie zum Hohn. Ahazian machte einen Schritt auf die Vögel zu, und sie stoben in die Lüfte, verzogen sich unter wildem Flügelschlag und einem Wirbel von Federn. Der Todesbringer starrte ihnen hinterher, aber nur einen kurzen Moment.

Schließlich galt es eine Queste zu vollenden und eine Waffe zu erringen.

FÜNFZEHN

SPINNENNEST

Volker schlug ein Augenlid auf. Die Welt hatte aufgehört im Kreis um ihn herumzuwirbeln, aber bei seinem Magen war die Botschaft noch nicht angekommen. Blut tropfte ihm in die Augen, und sein Kopf fühlte sich an, als hätte jemand versucht, ihn wegzutreten. Er lag gegen die Reling gelehnt, und alles war grün. Er roch feuchte Baumrinde und etwas anderes – einen scharfen Geruch. Er erinnerte ihn an Excelsis und dunkle Gassen.

Spinnweben. Er hustete, versuchte sich daran zu erinnern, wie man atmet. Da waren Spinnweben in den Bäumen. Die Welt bestand nur noch aus einem Baldachin von Schlingpflanzen, darin eingestrickten Zweigen und dichtem, alles durchwebendem Blattwerk. Und da waren dicke Lagen von Spinnweben, die alles im Übermaß umhüllten. Ihre weiße Substanz war so dicht, dass sich Regenwasser mancherorts darin gesammelt hatte und schal und faulig wurde. Um diese sauren Tümpel waren Flecken schwammiger Pilze gewachsen und ausgewuchert wie ein krebsartiger Entzündungsherd, der sich von Baum zu Baum ausbreitete.

Volker stemmte sich hoch. Zum Glück hatte er bei dem Absturz seine Langbüchse nicht verloren, aber die Waffe hatte sich in der Reling verheddert. Er sah sich um, suchte nach den anderen. Die *Zank* hing über ihm, von dem monströsen Baldachin in steilem Winkel gehalten. Zweige ergossen sich über das Deck, einer über dem anderen zu dicken Knäueln verschlungen, und Schlingpflanzen verdeckten den Rumpf wie ein schwerer Vorhang. Nur die Dichte des Blattwerks und die Stärke der überdimensionalen Äste hatte das Ätherschiff davor gerettet, auf dem Boden tief unten aufzuschlagen. Als Volker versuchte sich hinzustellen, hätte er beinah die Balance verloren. Das Deck war in steilem Winkel gekippt, mit dem Bug nach unten gerichtet, und die Galionsfigur war im Blätterdach verschwunden. Ein donnerndes Knirschen erfüllte die Luft, als das Deck sich leicht verschob, und ein Schmerz durchfuhr ihn.

Er stöhnte und rollte sich weg. Die Seite, mit der er gegen die Reling geprallt war, schmerzte, aber so weit er das erkennen konnte, schien nichts gebrochen. Er hörte das Geräusch von Regen, der auf Metall prasselte. Er blickte hoch. Etwas mit zu vielen Augen und zu vielen Beinen blickte zurück.

Die Spinne hatte die Farbe von verrottetem Holz und die Maße eines großen Hundes. Sie klackerte mit ihren Beißzangen und krabbelte auf ihn zu. Er rollte sich von ihr weg, tastete wild nach seiner schweren Pistole, fand sie. Er riss sie heraus, aber seine Sicht verschleierte sich, gerade als er den Abzug zog. Die Spinne wurde kein bisschen langsamer, als die Kugel an ihr vorbeischoss und pfeifend vom Rumpf abprallte. Volker fluchte und taumelte zurück, löste die unter dem Lauf der Pistole verborgene eingebaute Klinge aus. Die lange Klinge sprang genau in dem Moment, in dem das Vieh auf ihn zuschnellte, mit einem Klicken heraus. Die Spinne traf Volker und warf ihn glatt gegen den gewölbten Rumpf. Die Klinge drang ihr in den Bauch, Volker drehte sie und trieb sie so weit hinein, wie er nur konnte. Sekret spritzte hervor, bedeckte seine Hände und klatschte ihm ins Gesicht. Es gab ein schrilles Geräusch – kaum wie ein Schrei – und die Kreatur zuckte wild. Sie zappelte von ihm hinab, rollte das steil geneigte Deck abwärts und verschwand dann unten im dichten Blattwerk. Weiteres Getrappel. Weiteres Gezische.

»Nicht bewegen«, sagte Brondt, irgendwo ganz in der Nähe. »Bewegst du dich, bist du tot, bevor du schreien kannst.« Volker erstarrte. Die Haare richteten sich auf seiner Haut auf, als das Geräusch lauter wurde. Der Duardin hockte in den Zweigen, die das Deck bedeckten. Sein weißes Haar war voller Blut und klebte ihm an der Kopfhaut fest. Er zielte mit seiner Pistole knapp an Volker vorbei. »Nicht bewegen«, wiederholte Brondt. Er blinzelte Blut aus den Augen. »Manchmal können sie Gift spucken.«

Volkers Hand zuckte zu seiner Schultertasche. »Ich sagte, nicht bewegen«, knurrte Brondt.

»Sie kommen näher«, stammelte Volker. »Und du kannst nicht richtig sehen.« Er packte die Tasche in festem Griff. Er hörte ein Zischen. Brondt feuerte, und Volker rollte sich seitwärts, riss die Schultertasche herum. Etwas Schweres fiel von der Tasche herunter und krabbelte über das Deck. Volker stieß mit der Pistolenklinge zu und nagelte die Spinne auf dem Deck fest.

Dort ließ er sie, rollte wieder herum, gerade als eine zweite Spinne auf ihn zukrabbelte. Eine Wurfaxt spaltete sie in zwei Teile. Volker warf einen Blick über die Schulter und sah Lugash durch das Blattwerk auf ihn zuklettern, den Schaft seines Schlachteisens zwischen den Zähnen und einer anderen Wurfaxt in seiner freien Hand. Der Fyreslayer grinste fröhlich mit der Waffe im Mund und ließ die Axt fliegen, holte damit eine dritte Spinne aus der Luft. Er nahm sein Schlachteisen wieder in die Hand und lachte wild. »Ein rechter Spaß, Menschling, was?« Kharadron aus der Mannschaft, manche verwundet aber alle bewaffnet, folgten ihm. Sie nahmen mit stur eingespielter Routine ihre Positionen ein, zielten mit Salvenkanonen und zogen ihre Entermesser.

»Nein«, antwortet Volker und zog seine Pistole aus dem Körper der von ihm getöteten Spinne. Er konnte Schüsse und das Jaulen der Ätherkarabiner hören. Die Netze, die sich entlang des Baldachins zogen, wimmelten von achtbeinigen Gestalten, die alle auf das abgestürzte Schiff zueilten. Ein Krächzen von unten herauf erinnerte ihn an Harrow. Er hatte also überlebt. Er hoffte, dass der Halbgryph sich nicht allzu stark bewegte, damit er nicht das Schiff noch weiter aus der Balance brachte.

Er schob seine Waffe in den Gürtel und zog seine Repetierpistolen. Sorgsam zielend feuerte er die komplette Ladung der Waffe in eine Ballung von Spinnen hinein ab, sodass die haarigen Körper zu feuchten Klumpen zerplatzten. Rasch lud er nach und feuerte erneut. Weitere Spinnen starben. Aber noch immer kamen sie zu Hunderten. Zu viele. Er blickte zurück zu Brondt. »Hält Euer Schiff vielleicht noch irgendwelche anderen Tricks bereit, Kapitän?«

Der Duardin kauerte sich mit mehreren anderen mitgenommen aussehenden Besatzungsmitgliedern miteinander flüsternd nahe einer Äther-Endrin zusammen. Er funkelte Volker finster an. »Alle unsere Tricks haben wir an den Großen König verbraucht, mein Junge. Jetzt ist nichts mehr übrig als Fäuste und spitze Stöcke.« Er stand auf und zog seinen Entersäbel. Er rieb sich Blut aus dem Gesicht und verschmierte es in Haaren und Bart. Er grinste wölfisch, und einen Moment lang schien der Unterschied zwischen Kharadron und Fyreslayer gar nicht mehr so groß zu sein. »Und manchmal ist das auch besser so.«

Die erste Welle von Spinnen kroch in unheimlicher Stille über die Reling. Dann drang plötzlich von unten her das laute Dröhnen von Rumpfluken, die aufgestoßen wurden, gefolgt vom Donner vieler Ätherkarabiner. Die Bäume hallten wieder vom Bellen der Duardinwaffen, und plötzlich erinnerte sich Volker wieder an die Grundstok-Schützen, die Brondt an Bord gebracht hatte. Brondt lachte laut und spaltete dabei eine Spinne.

»Sind jedes Goldstück wert, die Jungs«, sagte er. »Hatte gehofft, die verstehen, was hier vor sich geht, bevor die Viecher über uns alle drüberwimmeln.«

»Ich dachte, du sagtest, dir wären die Tricks ausgegangen?«, fragte Volker und lud die Repetierpistole nach.

»Das? Das ist kein Trick. Das ist einfach nur ganz normale Duardin-Genialität.«

Lugash lachte und trat eine Spinne über die Reling. Der Fyreslayer war mit Körpersäften bedeckt und grinste breit. »Ich erinnere mich noch daran, wie ich mit meinen Brüdern Magmaspinnen gejagt habe, als ich gerade mal ein Kind war. Unser Runenvater versprach immer demjenigen einen Klumpen Gold, der die meisten getötet hatte…« Er lachte, und einen Moment lang schien er Volker ein völlig anderer Duardin zu sein, als der, den er im Lauf der letzten Tage kennengelernt hatte. Der Moment verging jedoch so rasch wieder, wie er gekommen war. Lugash wollte gerade eine Spinne zerteilen, doch da kam Adhema ihm zuvor. Aus dem Nichts schoss sie mit funkelnder Klinge vor.

Die Vampirin bewegte sich schneller, als das Auge folgen konnte, und ihre Klinge machte mit dem verbliebenen Spinnengetier kurzen Prozess. Als sie damit fertig war, wandte sie sich um, schnappte sich den Saum von Volkers Mantel und wischte damit ihre Klinge sauber. »Pfft. Reine Zeitverschwendung. Ist kaum der Mühe wert.« Ob sie damit die Spinnen meinte oder die Tatsache, dass sie ihnen zu Hilfe gekommen war, konnte Volker nicht sagen. Bevor er aber nachfragen konnte, sah er, wie Zana sich den Weg durch die zerbrochenen Zweige und Schlingpflanzen freihackte, die das Deck überzogen, gefolgt von Nyoka und Roggen. Harrow kam hinter dem Ritter her, laut schreiend, das Fell aufgeplustert und die Federn starr vor Aufregung.

»Halt dieses Viehzeug unter Kontrolle«, fauchte Brondt, als der Halbgryph nach einem Kharadron schnappte. Roggen packte den Schnabel des Tieres und murmelte leise auf es ein. Nyoka drängte sich an Zana vorbei und mischte sich unter die Mannschaft, um sich um die Verwundeten zu kümmern.

Weiter unten bewegten sich die Schützen durch die Äste und dichteren Teile des Blätterdachs und bildeten grob einen schützenden Kreis um das Schiff. Gewehrfeuer erklang nur noch spärlich. Die Spinnen hatten sich zurückgezogen oder waren gestorben, sodass die unmittelbare Umgebung von ihrem Gekrabbel frei war. Volker überprüfte seine Ausrüstung auf Schäden, während die anderen sich neu bewaffneten oder sich aus den Lebensmittelvorräten der *Zank* bedienten. Er blickte auf, als Nyoka sich niederbeugte, um seine Wunden zu untersuchen.

»Mir geht's gut«, sagte er. »Meist nur Beulen und Quetschungen.« Der Schnitt an seinem Kopf war nicht allzu tief und bereits getrocknet. Sogar der Schmerz ließ allmählich nach.

»Ja.« Sie hob sein Medaillon mit einem Finger an. »Sahg'mahr hilft.«

Er nahm ihr das Medaillon wieder ab und stopfte es unter seine Rüstung zurück. »Ja. Hoffen wir, dass er das auch weiterhin tut.«

Sie lächelte ihn an. Ihr Lächeln war seltsam, zugleich unschuldig und weise. Sie glich keinem der Ergebenen, die er je getroffen hatte. Es lag in ihr eine Ruhe, die ihn an das Zentrum des Sturms erinnerte. »Das wird er. Das tut er immer.« Sie wandte sich um und zog die Stirn kraus. »Der Wald von Gorch«, sagte sie und blickte auf das wogende grüne Meer aus Ranken, Ästen und Blättern. »Die Legenden besagen, dass seine ersten Schösslinge durch das Blut Gorkamorkas getränkt wurden und so größer und stärker wuchsen, als Bäume es eigentlich sollten. So groß, dass sie drohten, den Himmel zu verdecken, bis schließlich Gorkamorka seinen Speer durch die Sonne schleuderte und ihn in Ignax, die Gottbestie von Aqshy trieb. Als er dann daran Ignax durch den Tunnel des Sonnenlichts nach Ghur zerrte, da sengte der lohende Kampf der Bestie die Wipfel des Waldes weg und hemmte sein Wachstum für immer.«

»Wohl nicht allzu sehr«, meinte Volker.

»Nein.« Sie fasste ihn bei der Schulter. »Aber genug. Die Götter tun, was sie können. Nicht mehr und nicht weniger.« Sie ging davon, um nach Kapitän Brondt zu sehen, der äußerst unsachgemäß mit irgendeinem Lumpen an seiner verletzten Kopfhaut herumtupfte.

Während Nyoka seinen Kopf bandagierte, legte ihnen Brondt die Situation unverblümt dar. »Wir sind erledigt«, meinte er. Er strich sich mit dem Daumen über die Kehle. »Kein Zeichen von den Geschützbooten und keine Möglichkeit, irgendwie Hilfe zu bekommen, außer einer zieht los und findet irgendwo welche.«

»Kannst du die *Zank* wieder in die Luft bringen?«, fragte Zana. »Was ist mit den Endrinen?«

»Die sind hin«, grollte Brondt und zupfte auch schon wieder an der Bandage, die Nyoka doch erst gerade richtig zusammengeknotet hatte. »Nicht für immer, aber für's Erste hängen wir fest.« Er wandte sich um und versetzte der zerbeulten Äther-Endrin einen Tritt. »Hängen kopfüber in einer Laubdecke fest, die von Grungni-verdammten Spinnen und wer weiß von was sonst noch nur so wimmelt.« Er gab der Endrin einen weiteren Tritt, begleitet von einer Salve von Flüchen.

»Wie lange wird es brauchen, sie zu reparieren?«, fragte Volker.

»Stunden. Vielleicht Tage.« Brondt schüttelte den Kopf. »Wenn überhaupt.« Er spuckte über die Reling.

Volker streckte sich und blickte über das Blätterdach hinweg. Er blinzelte. »Dann können wir ja auch gleich den langen Weg nehmen.«

»Wohin?«, fragte Zana. »Wir wissen doch nicht mal, wo wir sind.«

»Wir sind in Gorch.« Volker sah Lugash an. »Jetzt müssen wir nur noch einen Baum in dem Wald finden. Dürfte doch nicht so schwer sein.«

Lugash nickte gemächlich. Er spähte über das stille Blattwerk hinweg. »Der *thunwurtgaz* – das Kernholz. Der größte Baum im ganzen Wald. Einfach nur den Wurzeln und Zweigen folgen, dann finden wir ihn auch irgendwann.« Er blinzelte. »Könnte schon was dauern. Ein paar Tage, mindestens.«

Zana lachte. »Du meinst laufen?« Sie warf Adhema einen Blick zu. »Kannst du nicht irgendwelche Fledermäuse rufen, die uns tragen?«

Adhema lachte verächtlich. »Mich? Klar. Dich? Nein.« Sie

spähte in die Dunkelheit. »Wir müssen wohl nach unten klettern.«

»Ich fürchte, da hat sie recht«, meinte Volker.

»Dann werden wir jetzt also einfach – was? – einen kleinen Waldspaziergang machen? Hatte ich bereits erwähnt, dass ich Wälder hasse?«

»Hin und wieder«, erwiderte Volker. Seit sie Shu'gohl verlassen hatten, hatte sie sich fortwährend darüber beklagt, wenn auch in scherzhaftem Ton. Jetzt war ihr der Humor offenbar ein wenig sauer geworden.

»Wollte es nur noch einmal feststellen«, sagte Zana. Sie schulterte eine Rolle Seil, eine aus einer ganzen Reihe, die sie den Lagerräumen des Schiffes entnommen hatten, und blickte erneut über das Blätterdach hinweg. Roggen und Lugash trugen ähnliche Seilrollen, obwohl der Ritter seine am Sattelhorn aufgehängt hatte. »Ist ein langer Weg, wenn Lugash recht hat.«

»Ich habe recht«, fuhr Lugash auf. Er tippte sich an die Stirn. »Ist alles da oben, Weib. Genau da, wo ich's hingesteckt habe.«

»Na, das ist ja tröstlich«, sagte Nyoka. Sie lächelte den missmutig dreinblickenden Schicksalssucher milde an. »Und wenn du's vergisst, dann hilft doch sicherlich Sigmar.«

»Lasst uns hoffen, dass wir ihn nicht behelligen müssen.« Volker nahm eine weitere Seilrolle auf und blickte Roggen an. »Das muss sich für dich doch wie Zuhause anfühlen.«

»Nein«, sagte der Ritter ins Blattwerk starrend. »Nicht alle Wälder sind gleich. Dieser hier ist … hungrig. Aber geduldig.« Er zog seinen Helm über. »Wir werden vorsichtig sein müssen. Wir sind hier nicht willkommen.«

»Heißen Wälder denn überhaupt irgendwo Leute willkommen?«, fragte Zana.

Roggen warf ihr einen Blick zu. »Einige schon. Obwohl heutzutage weniger.« Er beugte sich herab, um Harrows Sattel zu prüfen. »Ein Wald ist wie ein Tier. Man muss sehen, dass er sich an dich gewöhnt, bevor du seinen Pfaden folgen kannst. Du musst seine Stimmungen erkennen lernen, bevor du das sicher kannst.«

»Sicher ist ein relativer Begriff«, sagte Zana.

Roggen nickte. »Ja. Wenn wir uns leise bewegen, sollte alles gut gehen«, sagte er und tätschelte Harrow die Flanke. »Ich bin schon durch Spinnennester wie dies hier gereist. Fasst nicht die Spinnweben an, wenn es geht. Jede kleinste Erschütterung lockt sie zu Hunderten herbei.« Er schwang sich in den Sattel. »Wir gehen zuerst und markieren den Weg.«

Volker runzelte die Stirn. »Bist du sicher, dass das klug ist? Sie ist ziemlich schwer.«

Roggen lächelte. »Sie ist ziemlich leichtfüßig. Und wir haben das schon oft getan.« Er gab Harrow einen sachten Stups mit den Hacken und der Halbgryph sprang geräuschlos vom Deck ab. Das große Tier bewegte sich mit katzenhafter Gewandtheit, sprang von Ast zu Ast, bis es die geneigte Fläche von etwas erreichte, was wie eine gewaltige Brücke aus Holz unter ihnen erschien.

»Das hier ist für seine Mörderkatze wahrscheinlich einfach nur ein kleiner Abendspaziergang«, murmelte Zana. Volker lachte in sich hinein, während er sich die Büchse über die Schulter schlang und eine Seilrolle aufnahm. Er blickte Brondt an, der ihm eine schwere, pistolenartige Gerätschaft in die Hand drückte. Volker steckte es mit einem Dankesnicken in seine Schultertasche.

»Wenn du den Ort gefunden hast, dann feuere das da in die Luft ab. Wenn wir können, kommen wir dann und sehen nach euch.« Er umklammerte Volkers Unterarm mit festem Griff. »Möge der Schöpfer an deiner Seite gehen, Azyrit.«

»Und an deiner, Kapitän.«

»Pass auf die Spinnen auf, Brondt«, rief Zana, während sie über die Reling stieg.

Ihr Abstieg ging langsam und allmählich voran, begleitet von einer Menge gedämpften Fluchens. Sie benutzten dabei Seile, Schlingpflanzen und übergroße Blätter als Halt. Adhema war die Einzige, die keinerlei Schwierigkeiten hatte. Wie eine Echse kletterte sie hinab, und ihre Rüstung gab dabei kaum ein Klirren oder Klappern von sich. Als sie den großen Übergang aus Holz erreichten, den sie von oben aus gesehen hatten, sah Volker, dass er tatsächlich in irgendeiner Weise zu einer gewaltigen Brücke gestaltet worden war, die einen Baum mit dem anderen verband.

»Sie haben Hitze und Luft benutzt, um die Zweige zu Hochwegen umzugestalten«, sagte Lugash und blickte sich interessiert um. »Weiß nicht, warum sie sich überhaupt die Mühe gemacht haben, wenn es doch wahrscheinlich guten Stein unter all dem Dreck da unten gibt.« Er runzelte die Stirn. »Sie haben mit diesem Wald gemacht, was wir normalerweise mit Gebirgen machen – haben Tunnel aus Wurzeln und Zweigen und Streben, Brücken und Säulen aus den Bäumen gemacht.« Er schüttelte den Kopf. »Die müssen ganz schön verquer gewesen sein, das kann man nicht anders sagen. Aber es ist nicht ungewöhnlich, dass eine Loge in der Isolation ein bisschen wunderlich wird.«

»Ich habe gelesen, dass es tief unter uns irgendwo heiße Quellen gibt«, sagte Nyoka. »Ganze Ozeane wogen und brodeln da unter der Erde, aber sie liegen so tief, dass wohl kaum ein Sterblicher sie jemals erreichen kann. Meere, die den Reichtum der dunklen Tiefen in ihren Wassern bergen. Vielleicht sind sie deshalb hergekommen.«

Lugash zuckte die Achseln. »Vielleicht. Aber verquer ist es trotzdem.« Er schaute sich eine Reihe Markierungen an, die in die Seite geschnitzt worden waren. Volker konnte ihren Sinn nicht erkennen, obwohl sie dem Tiefenwelsch ähnelten, das die Klans der Vertriebenen benutzten, um ihre Tunnel zu markieren. Lugash streckte sein Schlachteisen aus. »Von hier aus gehen wir Richtung Osten. Haltet euch dicht beieinander.«

Der Astpfad schwankte und knarrte sanft unter ihnen, als sie Lugash folgten. Dies alles erinnerte Volker an die Steinbrücken, die er unter Excelsis gesehen hatte – die geheimen Straßen der Vertriebenen, die sich viele Reisestunden weit in alle Richtungen durch das erdrückende Dunkel erstreckten. Die Seiten dieses Weges waren roh behauen aber glatt und schwarz gesengt. Sie erhoben sich zu mehr als Mannshöhe und waren mit Schnitzwerk verziert, das Figuren, Karten und andere weniger klar erkennbare Dinge darstellte. Ein Abschnitt wurde von einer aufwendig und kunstreich gefertigten Wandschnitzerei dominiert, welche die Errichtung des Weges und die Kämpfe der Erbauer gegen Spinnen und andere, schlimmere Dinge darstellte. Riesige Fledermäuse hatten in den höchsten Zweigen geschlummert, aber auch Monster mit den Köpfen von Hirschen und den Körpern von Falken.

Der Pfad führte eher durch die Bäume, als dass er sich um sie herum wand. Tor- und Rasthäuser, jetzt verlassen und still bis auf das leise Gekrabbel unsichtbarer Insekten, umgaben den Weg in regelmäßigen Abständen. Das Holz der Bäume war, ohne es aber dabei zu zerbrechen oder zu zersplittern, weggebogen und nach außen gedrängt und dann zu einem Hohlraum mit gewölbten Wänden, Brüstungen und Geländern kultiviert worden. Das Innere dieser Höhlungen war riesig und anscheinend leer, wenn man von den dicken Teppichen und Schleiern aus Spinnweben absah. Weitere Schnitzereien zierten die Wände, sowie auch Statuen, die man aus dem Inneren des Baumes herausgehauen und mit großer Sorgfalt geformt hatte. Aber es fand sich kein Widerklang irgendeines Lebens oder der Tätigkeit, die sie einst erfüllt haben mochten.

Oft bemerkte Volker an diesen Orten Stufen, die sich aufwärts wanden und zu irgendwelchen Plätzen führten, die sich ihrer Sicht entzogen. Hitze stieg aus unsichtbaren Tiefen auf und machte die Luft drückend warm. Eisenroste waren in den Boden der Rasthäuser eingelassen, und eine feuchte Wärme wehte zeitweise, während die Gruppe darüber hinwegschritt, aus ihnen empor. »Sie haben die Hitze aus irgendeiner unterirdischen Quelle hierher geleitet«, sagte Lugash, als Volker ihn danach fragte. »Eine leichte Sache, in einem Berg. In einem Wald ist es schwerer.« Er warf den Statuen einen finsteren Blick zu, als zweifelte er ihre Schicklichkeit an.

Das schiere Ausmaß all dessen war atemberaubend. Nur Duardin konnten auf die Idee verfallen, aus einem Wald eine Stadt oder eine Festung zu formen. Jeden Baum, jeden Ast langsam und beständig im langen Lauf der Jahre miteinander zu verbinden. Sie hatten ihre Umwelt sorgsam geformt und sie mit größerer Entschlossenheit, als er jemals gesehen hatte, ihrem Willen unterworfen. Aber so waren sie eben. Die Duardin waren wie Felsen im Meer, unveränderlich und unbeweglich. Wenn sie sich etwas in den Kopf setzten, dann hatte die Welt keine andere Wahl, als sich ihrem Willen zu beugen oder daran zu zerbrechen.

Aber nun war dieser Wille verschwunden. Und an seiner Stelle war etwas anderes erwachsen, das jetzt die Früchte ihrer früheren Arbeit für sich beanspruchte. Der Wald war nicht gezähmt worden, jedenfalls nicht vollständig, und jetzt war seine Wildheit erneut erwacht. Monster gingen hier jetzt um, an den luftigen hohen Orten und in der Tiefe.

Häufig hörten sie das angriffslustige Glucksen von Troggoths aus dem Inneren eines zerstörten Baumbauwerks oder das donnernde Trampeln und Tapsen gewaltiger Füße. Einmal mussten sie anhalten, weil eine Gruppe von Garganten unter ihnen dahintrottete, sodass der Baumweg bebte und in gefährliches Schwanken geriet. Die Kolosse waren mit spiralförmigen Tätowierungen und rituellen Wundnarben bedeckt und trugen Schleier aus Schlingpflanzen und Spinnweben. Volker war nicht besonders überrascht. Wo sollten Riesen auch sonst leben als in einem riesenhaften Wald?

»Sie jagen irgendetwas«, murmelte Lugash, als die gewaltigen Bestien im Dämmerlicht verschwanden. »Nicht uns, aber irgendetwas.«

»Solange wir es nicht sind, ist es mir egal«, sagte Zana. »Kommt, gehen wir weiter.«

In jener ersten Nacht rasteten sie im hohlen Wulst eines ehemaligen Rasthauses. Eine tiefe Kammer war in den Stamm des Baumes gegraben worden, deren Wände mit Hitze und Klingen geglättet worden waren. Runen und Piktogramme bedeckten das Innere, doch Lugash weigerte sich, ihnen deren Bedeutung zu erklären. Der Schicksalssucher warf noch nicht mal einen Blick darauf, als er in dem eisernen Becken, das in die Grube im Zentrum der Kammer eingelassen war, mithilfe von Holz und anderer Vegetation ein Feuer entzündete.

Gerade hatten sie sich eingerichtet, da fing es an zu regnen, und die Tropfen prasselten rhythmisch auf das Blätterdach nieder. Adhema ließ sich in gehöriger Entfernung vom Feuer nieder, wo nur noch der allerleiseste Schein hindrang. Volker sah immer wieder zu ihr hinüber und ihm kam es vor, als lauschte sie auf etwas, das niemand außer ihr hören konnte. Falls die Vampirin bemerkte, dass er sie beobachtete, ließ sie sich davon jedoch nichts anmerken.

»Sie redet mit Geistern«, murmelte Nyoka neben ihm. Die Priesterin saß mit untergeschlagenen Beinen, den Rücken gerade und ihren Hammer auf den Boden neben sich gelegt, vor dem Feuer. Sie hatte die Augen geschlossen, und Volker fragte sich, woher sie wusste, wen er anblickte.

»Und du?«

»Nur mit einem Geist«, sagte sie, ohne die Augen zu öffnen. Donner grollte in der Ferne, und sie lächelte, als hätte sie gerade eine Antwort auf eine unausgesprochene Frage erhalten. Mit einem Schaudern wandte Volker sich ab. Die anderen redeten leise miteinander. Roggen und Zana teilten die ungezwungene Vertrautheit alter Gefährten. Selbst Lugash war ein wenig aufgetaut. Oder vielleicht hatte er einfach immer noch gute Laune vom Spinnentöten.

»Was denkst du ist mit ihnen geschehen? Mit dieser Loge, meine ich«. Zana biss von dem getrockneten Fleisch ab und kaute nachdenklich auf dem Stück herum. »Sind sie noch hier?«

»Nein.« Lugash zog bedächtig einen Wetzstein an der Schneide seiner Axt entlang. »Wenn ja, dann wären es diese dreckigen Spinnen nicht.« Er hielt mit einer schwermütigen Miene auf seinen Zügen inne. »So viele Ferne Logen gibt es nicht mehr. Sie gingen ins Feuer und wurden vergessen, außer in den Aufzeichnungen ihrer Sippe. Wir suchen noch immer nach ihnen, obwohl viele glauben, sie sind nur noch Asche im Wind.«

»Und was denkst du?«

Lugash schärfte jetzt weiter seine Axt. »Ich denke, es ist egal, was ich denke. Es ist so, wie es ist, und kein Wunsch oder Gedanke kann das ändern.«

Bevor noch irgendjemand darauf antworten konnte, grollte irgendetwas draußen in der Dunkelheit. Augenblicklich war Lugash auf den Füßen und legte den Kopf schief. »Trommeln«, knurrte er. Adhema lachte leise in sich hinein.

»Hast du sie endlich auch gehört? Dann sind sie jetzt wohl nah genug für sterbliche Ohren.« Träge streckte sie sich. »Du hast recht. Es sind Trommeln. Die trommeln sich schon eins, seit die Sonne untergegangen ist.«

»Wenn die Duardin doch fort sind, wer ist denn da draußen und schlägt die Trommeln?«, fragte Zana.

»Grünhäute«, antwortete Roggen und fütterte Harrow ein Stück getrocknetes Fleisch. »Wir sind an ein paar Markierungen vorbeigekommen, die Fluchzinken von ihnen waren.« Er blickte sich um. »Hab ich vergessen, das zu erwähnen?«

Lugash lachte rau. »Musstest du nicht erwähnen. Ich habe sie auch gesehen.«

»Aber ich verdammt noch mal nicht!« Zana setzte sich auf. »Das ist jetzt wieder genau so etwas, wie damals, als du im Schleiermeer vergessen hast, zu erwähnen, dass wir von diesen einäugigen Biestern verfolgt wurden.«

»Ich wollte dich nicht beunruhigen«, protestierte Roggen.

»Die hätten mir fast den Schädel eingeschlagen!«

Bevor die beiden so weitermachen konnten, wandte Volker sich schnell an Roggen. »Orruks?«, fragte er. Er hatte schon gegen Orruks gekämpft, und er verspürte wenig Verlangen danach, dieses Erlebnis zu wiederholen. Lugash schnaubte auf.

»Grots«, stieß er hervor. »Spinnenreiter.« Er wies auf die Netze, die ringsum an den Bäumen hingen. »Benutze deine Augen, Menschling.«

»Es würde schon helfen, wenn du deinen Mund benutzen und uns wissen lassen würdest, dass wir in feindliches Gebiet marschieren«, sagte Volker. »Was hat die denn so in Aufregung versetzt? Wir – oder etwa Brondt und die anderen?« Er verspürte bei dem Gedanken ein ungutes Gefühl. Die Kharadron waren hart und bis zu den Zähnen bewaffnet, aber gegen Feinde, wie den Spinnenreiter-Stamm hieß das wenig. Sie würden heranstürmen und wieder heranstürmen, so lange, wie ihr Schamane es ihnen befahl.

»Nein«, sagte Adhema. »Da liegt etwas anderes in der Luft.«

»Sie hat recht«, knurrte Lugash. »Sie sind auf dem Kriegspfad. Wir stellen für sie keine ausreichende Bedrohung dar, dass sie sich dermaßen aufregen.« Er klang enttäuscht.

»Was immer es auch sein mag, lasst uns einfach hoffen, dass es sie so lange beschäftigt, bis wir das gefunden haben, weswegen wir hergekommen sind«, meinte Volker. Den Rest der Nacht verbrachten sie, bis auf das dumpfe Trommeln, in Schweigen.

Es dröhnte durch den Wald wie der Herzschlag von etwas Riesigem, Unsichtbaren, Hungrigem.

Neferata, Königin der Mysterien, Bewahrerin des Letzten Hohen Hauses und Mortarchin des Blutes, sah die Welt durch die Augen ihrer Dienerin und seufzte. »Noch immer fährt sie unbeirrt fort, unsere Schwester. Ich schätze, ich sollte nicht überrascht sein. Sie ist von einer gewissen rohen Vitalität erfüllt.« Sie lehnte sich auf ihrem Diwan zurück und griff nach einem mit zerstoßenem Eis und Blut gefüllten Kelch. Im rechten Maß erfrischend.

Das rechte Maß war eben alles. Zu viel oder zu wenig und die Balance war zerstört. Alles geriet in heillose Verwirrung. Neferata glaubte an Balance. Aus der rechten Balance erwuchsen Möglichkeiten, und mit Möglichkeiten ergaben sich Gelegenheiten. Und Neferata hortete Gelegenheiten wie ein Geizhals seine Schätze. Ihre Schatzkammern und Schatullen an Gelegenheiten quollen über, und sie setzte sie ein, spielte sie aus, wucherte mit ihnen, wann immer es ihr zum Vorteil gereichen mochte. Aber in erster Linie sammelte sie sie.

So war es auch hier der Fall. Die uralten Waffen, die man die Acht Wehklagen nannte, waren in Dämonenstahl geschmiedete

Gelegenheit. Das Potenzial, das sie repräsentierten, war in der Tat gewaltig. Mit nur einer davon mochte ein Einzelner den Ausgang einer Schlacht verändern. Mit zweien, den eines Krieges. Mit allen acht gar könnte man – nun ja. Vielleicht dachte man besser gar nicht weiter darüber nach, bis schließlich der fragliche Tag kam. Neferata nippte an ihrem Kelch und zog die Möglichkeiten in Betracht.

Eine riesige, mit Blut gefüllte Schale stand vor ihrem Diwan. Wenn sie dies wünschte, so konnte sie in diesem Blut sehen, was auch ihre Diener sahen. Sklaven, all ihres Fleisches und ihres Geistes beraubt, füllten diese Schale unaufhörlich aus Tonkrügen auf, die sie auf ihren knöchernen Schultern herbeibalancierten. Geisterhöflinge sammelten sich am Fuße der Empore, auf der ihr Diwan stand, ihre leisen Stimmen zu einem unablässigen murmelnden Singsang erhoben. Unter sie mischten sich die Vertreter der unterschiedlichen sterblichen sowie der Beinernen Reiche, die um eine Allianz oder eine Gunst baten.

Skelettkrieger, die zerfetzte Kettenhemden und von Schlachten gezeichnete Kettenhemden trugen, standen mit den fleischlosen Händen an den Knäufen ihrer schartigen Klingen zu beiden Seiten ihres Diwans Wache. Ihre Zofen glitten durch die Menge lebender und toter Seelen und sprachen leise mit den einen und ignorierten andere. Sie würden die Gesuche einsammeln, die am meisten ihrer Aufmerksamkeit wert erschienen, damit sie diese später in aller Ruhe erwägen konnte.

Doch im Moment galt ihr Interesse ausschließlich Adhemas Suche. Die Blutritterin war zwar schlau und wild, wurde aber leicht das Opfer ihrer Launen. Diese Neigung würde ihr, wenn nicht jetzt, so doch irgendwann einmal zum Verhängnis werden. Aber nicht heute. Das Ätherschiff der Duardin war im dichten Wald von Gorch abgestürzt, und Neferata fand, dass ihre Gabe der Voraussage sich dort weniger klar und scharf erwies, als ihr lieb war. Fast als ob etwas sie daran hindern wollte, die Schatten jener gewaltigen Bäume zu durchdringen.

»Da ist ein Geist, eine Macht. Sie ist hungrig und sich ihrer selbst bewusst, wenn auch nur schattenhaft.« Sie sprach beiläufig. Die Zofe, die am Fußende ihres Diwans saß, machte eine Handbewegung.

»Die Spinne in ihrem Netz«, murmelte sie.

Neferata runzelte die Stirn und nickte. »Vielleicht, Naaima. Gorkamorka ging mit seiner Macht schon immer verschwenderisch um und gab davon jeder Kreatur, die von seinem Blut kostete. Aber was soll man schließlich auch viel Verstand von einer Verkörperung der Zerstörung erwarten?«

»Dies ist nicht die einzige Macht, die ins Düster blickt«, fuhr Naaima fort. Sie tauchte ihre Hand in die Schale und zeichnete die blutroten Umrisse von Vögeln auf den Stein des Podestes. »Die Krähen sammeln sich.«

Neferata seufzte. »Ja. Das war zu erwarten. Wenn einer der Vier sich bewegt, dann tun das die anderen auch, um seine Pläne zu durchkreuzen oder ihm beizustehen, je nachdem, welche Laune sie gerade sticht. Khorne hat seine Absichten über das ganzen Rund aller Reiche herausgebrüllt, und seine Brüder – und Diener – reagieren darauf. Mancher flinker als der andere.« Naaima zeichnete eine weitere Figur aus Blut – drei Ovale, eines davon über den beiden anderen. »Und die Götter sind darin nicht allein. Der Dreiäugige König sucht ebenfalls nach den Waffen.«

»Das war zu erwarten. Seine Diener durchkämmen die Reiche nach jedwedem Objekt, welches das Glück in ihrem Sinne wenden mag, so wie es auch die meinen tun. Die Acht sind lediglich neue Punkte auf ihrer langen Liste.« Die Relikte der Jahrhunderte lagen weit über die Reiche verstreut – das versprengte Treibgut untergegangener Königreiche, die Grüfte uralter Helden, selbst mancher Einsatz aus den verwinkelt maliziösen Spielen dämonischer Wesenheiten. Jedes einzelne davon mochte den Schlüssel zum Sieg in einem der tausend Kriege, die in den Reichen tobten, in sich bergen. Ihre Diener waren in die Reiche der Sterblichen geströmt, um dort nach Artefakten und arkanen Folianten zu suchen, oder aber nach Informationen, die zu ihnen wiesen. Ihre Armeen schlugen in ganz Shyish ihre Schlachten um den Besitz lang verborgener Schätze aus Hügelgräbern oder verlorenen Bibliotheken. Und ihre Feinde kämpften nicht minder hart, um zu verhindern, dass sie sie in die Hände bekam.

Sie massierte sich nachdenklich die Schläfen. Adhema war weder dumm noch ein Unschuldslamm. Sie konnte sich ihrer Haut erwehren und recht gut selbst auf sich aufpassen. Sie war nicht die einzige von Neferatas Zofen, die nach dem Verbleib der Acht Wehklagen suchte. Aber sie war diejenige, die ihrem Ziel am nächsten war. Neferata beugte sich vor und winkte einem Sklaven zu, damit er ihre Schale auffüllte.

Mit dem Speer der Schatten in ihrem Besitz konnte sie, eines nach dem anderen, das Rückgrat der Armeen brechen, welche Shyish heimsuchten, indem sie sie ihrer Anführer beraubte. Schlag den Kopf ab, und die Schlange stirbt, wie man so schön sagte. Ohne ihre Anführer waren die Diener der Dunklen Götter nicht mehr als Schafe auf dem Weg zur Schlachtbank. Wilde, angriffslustige Schafe vielleicht, aber am Ende doch nur Schafe. Es juckte sie in den Händen, diese Waffe zu halten, einen Namen auszusprechen und dann zu sehen, wie er starb.

Dies war eine Macht, die einer Königin anstand.

Kälte rann über ihre Hand. Sie blickte hinab auf ihren Kelch und sah, dass sie ihn zerquetscht hatte. Mit verdrießlich geschürzten Lippen reichte sie ihn an einen der Sklaven weiter. »Bringt mir einen anderen. Irgendetwas Älteres. Ich befinde mich in eher besinnlicher Laune.« Geziert streckte sie ihre Hand aus. Als wäre ein Windstoß in sie gefahren, stob auf diese Einladung von ihr ein Pulk von Geisterhöflingen vor, und ihre gespenstischen Münder saugten begierig an ihren Fingerspitzen, verzweifelt bemüht, einen Hauch vom Geschmack des Lebens zu erhaschen, wie weit dieser auch von seiner ursprünglichen Quelle entfernt sein mochte.

Neferata sah ihnen mit huldvoller Nachsicht dabei zu, wie sie an dem Blut leckten. Dann, mit schroffer Geste, verscheuchte sie die Geister und diese wirbelten davon. Sie blickte hinab auf die Schale und sah, dass das Blut bereits wieder trübe geworden war. Wo auch immer Adhema war, Neferata konnte ihr jetzt nicht mit Rat zur Seite stehen. Sie seufzte und lehnte sich verärgert zurück.

»Kämpfe gut, Schwester. Oder gehe mutig unter. Beides ist dem Versagen vorzuziehen.«

SECHZEHN

DIE WALDZITADELLE

Die Zeit verging im grünen Zwielicht Gorchs, ohne dass man es so recht wahrnahm. Die Tage waren kürzer als in Ghur und die Nächte länger. So schien es Volker jedenfalls. Der Wald hatte sie in sich aufgenommen, und die Außenwelt hätte genauso gut nie existiert haben können. In den Schatten der riesigen Bäume gerann die Luft zu formlosen Wolken, aus denen Regen rann oder tückische Böen durch das Blättermeer herabwehten. Tiere jagten einander durch die wogenden, schwankenden und knarrenden Ruinen eines längst untergegangenen Königreiches.

Roggen und Harrow streiften der Gruppe voran und spähten das Blätterdach über ihnen nach Zeichen einer Gefahr aus und prüften die Stärke der Baumwege, die vor ihnen lagen. Trotz ihrer Robustheit war das Baugefüge in keinem guten Zustand. Viele Male musste die Gruppe von ihrem Weg abweichen, weil in der Baumstraße ein breites Loch klaffte oder ein dickes Gestrüpp von Dornenranken die Weiterreise versperrte, das sogar Lugashs erbitterten Versuchen widerstand, ihnen einen Weg hindurchzuhacken.

Und dann waren da die allgegenwärtigen Spinnweben. Wohin Volker auch blickte, überall sah er die Anzeichen dieser Verseuchung. Ganze Wegstrecken waren mit weißen Schleiern überzogen, und dichte, glatte Wände aus dieser Substanz streckten sich zwischen den riesigen Bäumen hin wie organische Bollwerke. Aber jene, die sich über ihnen unter dem Blätterbaldachin entlangzogen, waren am schlimmsten. Volker konnte vage krabbelnde Formen von Spinnen jeder Größe dort kreuz und quer umherhuschen sehen. Manchmal schien es, als würden die Spinnentiere ihnen folgen. Als würden sie vielleicht den Anordnungen der weit entfernten Trommler folgen.

Wie nach einem Uhrwerk fing das Trommeln mit jeder Nacht erneut an. Manchmal schwoll es zu einer aufpeitschenden, lärmenden Kakofonie an, die jeden anderen Laut erstickte. Ein anderes Mal war es einfach nur ein feiner Druck, gerade eben jenseits der Hörschwelle. Es schien, als würde man nach etwas suchen. Und das machte ihm Sorgen.

Aber da gab es noch andere Dinge, neben den Geräuschen und den huschenden Schatten. Da lag ein vertrauter übler Geruch in der Luft, ranzig und scharf. Nach all den Wochen kannte er ihn nur zu gut. Skavengestank. Es gab da diese gewisse durchdringende Note, die ihren ganzen abscheulichen Apparaturen anhaftete, und hier fand er sie wieder, hauchfein, vage aber dennoch unverkennbar. Mehr als einmal entdeckte er Brandspuren und Blutspritzer an versteckten Plätzen. Er erwähnte es den anderen gegenüber nicht, obwohl er vermutete, dass Lugash es bereits wusste. Der Duardin hatte oft so einen argwöhnisch konzentrierten Gesichtsausdruck, wenn er auffällig häufig das Blätterdickicht über ihnen und die Äste unter ihnen absuchte. Nach Feinden, die dort, versteckt vor ihren Blicken, lauern mochten.

Volker verstand das. Manchmal war es, als ob der Wald selbst ihn bedrängte und bedrohte. Ihn in einer Art beobachtete, wie ein Raubtier sein argloses Opfer ausspähen mochte. Ein Gefühl wuchs immer stärker in ihm an – eine drängende Sorge, dass sie zu spät sein könnten. Dass irgendetwas oder irgendjemand ihr Ziel schon vor ihnen erreicht hatte. Mehr als einmal im Laufe der Tage erwischte er sich dabei, dass er nach Raben Ausschau hielt, die irgendwo in den Bäumen hockten.

Am vierten Tag, als das schwach einsickernde Sonnenlicht sich verdüsterte und die Schatten aus ihren Ruhenestern im Blätterdach hervorkrochen, um freier umherzustreifen, schwärmten plötzlich Glühwürmchen aus verborgenen Baumhöhlen hervor. Sie tanzten im flimmernden Wellen durch die schwüle Luft, und warfen einen bleichen Schein über die alten Duardin-Pfade. Einen Moment lang schien eine Bedrohung durch Skaven oder gestaltwandlerische Hexer unsagbar entfernt.

»Wunderschön«, sagte Volker. Er ging mit der Langbüchse in der Armbeuge ruhend neben Roggen und Harrow her. »Manchmal vergisst man es.«

»Es liegt Schönheit in allem, mein Freund«, sagte Roggen. »Sogar in unserer toten Gefährtin.« Er ruckte mit dem Kopf in Richtung Adhemas, die schweigend hinter ihnen herschlich. Hinter ihr schritt Nyoka an der Seite von Lugash, beide in eine leise Unterhaltung vertieft. Zana folgte ihnen, pfiff leise vor sich hin, die Hand auf dem Knauf des Schwertes.

»Wenn du's sagst«, meinte Volker und Roggen gluckste leise lachend.

»Ich habe noch nie an der Seite eines Vampirs gekämpft. Es gibt ziemlich wenige von ihnen in den Jadekönigreichen. Zumindest von denen wir wissen.« Er griff nach seinem Weinschlauch, der von seinem Sattelhorn herabhing. Er bot ihn Volker an, nachdem er selbst einen kräftigen Schluck genommen hatte. Volker nahm dankbar an. Sie hatten an Vorräten mitgenommen, was sie nur konnten, aber es war nicht abzusehen, wie lange die noch reichen würden. Harrow schien damit zufrieden zu sein, Spinnen zu fressen, aber Volker konnte von sich nicht gerade dasselbe behaupten. Als er das Roggen gegenüber erwähnte, zuckte der stattliche Ritter die Achseln.

»Wenn's zum Schlimmsten kommt, können wir einen oder zwei Kokons aufhacken. Da wird wohl was drin sein, was man irgendwie essen kann.« Er drückte den Korken zurück in den Weinschlauch und hängte ihn wieder an seinen Platz. »Da, wo ich herkomme, lernt man, mit dem auszukommen, was der Wald zu bieten hat.«

»Ich war noch nie in Ghyran. Obwohl ich gehört habe, dass wir da nicht so willkommen sind, wie wir es einmal waren.« Er warf Roggen einen fragenden Blick zu.

»Wir sind nicht immer so gut mit den Azyriten klargekommen, das stimmt wohl«, meinte Roggen wohlgemut. »Als ihr zuerst zu uns kamt, fingt ihr sofort an, eure großen Städte zu bauen und die Luft mit Rauch und Lärm zu erfüllen. Nicht gerade die besten Nachbarn.« Er zog seinen Helm ab und hing ihn an den Sattel.

Volker zuckte unbehaglich mit den Schultern. »Und jetzt?«

»Nach Grünsteinaue ist es besser geworden.«

»Grün...?«

Roggen machte eine Handbewegung. »Das letzte Gefecht der alten Ghyranitischen Orden. Als das, was sie waren und darstellten, hatten sie das Ende ihres Weges erreicht, aber sie waren nicht fähig, das zu erkennen. Die Jadekönigreiche veränderten sich, und sie waren von ihren Herren im Stich gelassen worden. Also entschlossen sie sich, dem Willen von Göttern und Menschen gleichermaßen zu trotzen.« Er lachte traurig vor sich hin. »Fünfhundert Krieger der alten Ritterorden traten in der Grünsteinaue zu ihrem letzten Gefecht an. Ihre Gegner aus Freigilden und Eisenschmiede waren sechzig zu eins in der Überzahl. So viele Pfeile wurden abgeschossen, dass sie die Sonne verdunkelten.« Einen Moment verstummte er. »Später schworen manche, sie hätten einen Dämonen mit hundert Gesichtern und Gewändern in allen Farben gesehen, der zwischen den Toten tanzte und den Erfolg seiner List und Tücke feierte, mit denen er sie in den Untergang geführt hatte.« Er seufzte. »Aber ich glaube, das ist nur so eine Geschichte, die Menschen, die schuldig geworden sind, einander erzählen.« Er schaute Volker an. »Jetzt ist alles besser.«

»Warst du ... warst du dort?«, fragte Volker.

Roggen lachte. »Bei der Herrin, nein. Ich war damals noch ein Kind. Mein Großvater aber ... er sah den letzten Ritt des Ordens der Sieben Blätter, als sie mit gesenkten Lanzen den Geschützreihen entgegenritten. Mächtige Krieger, aber am Ende wohl nicht mächtig genug.« Er streichelte Harrows Nacken. »Es liegt in der Natur des Lebens, dass das Alte dem Neuen weichen muss. Die Reiche können nicht so, wie sie sind, weiter existieren. Das Leben ist aus der Balance geraten. Also müssen wir tun, was wir können. Und zwar alle, vom Größten bis hin zum Geringsten.« Ein Lächeln legte sich über seine bärtigen Züge. »Die Fundamente des Sieges werden immer auf dem Heldenmut der kleinen Leute erbaut.«

»Ein wahres Wort.«

»Ja, das ist es wohl«, meinte Roggen. Er hielt Harrow kurz, als sie eine Biegung des Weges passierten. »Bei der Herrin«, entfuhr es ihm.

Volker erstarrte, als er erblickte, was Roggen hatte innehalten lassen. Die Stangen waren durch tiefe Krater im Holz des Weges vor ihnen getrieben worden. Die Schädel auf ihrer Spitze waren alt und unterschiedlichen Ursprungs – manche davon menschlich. Andere gehörten Orruks oder Troggoths. Doch meist ... gehörten sie Duardin. Zu Hunderten säumten sie den Pfad vor ihnen. Am schlimmsten war, dass einige immer noch ihre Bärte hatten. In jeden Schädel waren irgendwelche kruden Grünhaut-Symbole geschnitten oder als Warnung gemeinte Bildzeichen gemalt worden.

Lugash blieb bei diesem Anblick stumm. Er stapfte an ihnen vorbei, durch das Dickicht des Todes hindurch, den Blick starr voraus gerichtet. Die anderen folgten ihm langsamer, wählten ihren Weg zwischen den Pfählen hindurch so, dass sie nichts berührten und die Ruhe des Todes nicht störten. Adhema befingerte einen dürren, verrottenden Flechtzopf, der von einem kleinen Schädel herabhing. »Schätze, jetzt wissen wir, was mit ihnen geschehen ist.«

Lugash wirbelte mit grimmiger Miene herum. Seine Runen flammten so hell auf, dass Adhema zurückzuckte und ihre Lippen die Fangzähne entblößten. Einen Moment lang dachte Volker, er würde die Vampirin angreifen. Gleiches galt für Adhema, denn sie hatte ihr Schwert halb gezogen. Aber der Schicksalssucher sagte nur: »Rühr sie nicht an. Rühr keiner von euch sie an.« Seine Stimme war ruhig. Hart. Er spuckte zu Füßen der Vampirin auf den Boden, wandte sich um und trottete weiter.

Noch mehr Schädel hingen von einem Netzwerk aus Schlingpflanzen und geflochtenen Skalps über dem Baumweg herab, klapperten leise inmitten verwitterter Kokons in der warmen Luft. Fetische und Fluchtotems waren dazwischen eingewoben, und das ließ einen Schauer des Unbehagens in Volker aufsteigen. Die Grots hatten ebenfalls ihr Territorium markiert.

Die Spinnweben, die sich über den Weg zogen, wurden so dicht, dass sie gezwungen waren, sich ihren Weg wie durch Geäst frei zu hacken. Dadurch aufgestörte Spinnen kletterten rasch höher und ließen die Reisenden ungehindert durch einen Korridor aus Spinnweben und Klumpen von Kokons aller Größen und Formen passieren.

Verschrumpelte Mumien, denen die Spinnen all ihre Lebenssäfte entzogen hatten, hatten zu allen Seiten hin ihre Münder weit zu stummen Schreien aufgerissen. Die braunen Gestalten hingen zu Hunderten schlaff in den weiß glitzernden Strängen der Netze. Volker hielt den Blick entschlossen nach vorn gerichtet und versuchte, die leeren Blicke der Toten zu ignorieren. Schließlich erreichten sie einen gewaltigen Durchgang, der sich über dem Baumweg erhob.

Das Portal war aus einem Baumstamm gehauen und so zugeschnitten, dass es eine stilisierte Darstellung Grimnirs ergab, dessen lodernde Mähne sich von seinem grimmigen Gesicht weg und nach oben hin kräuselte. Ein Ausdruck von Wut verzerrte sein breites Gesicht, und man betrat den Durchgang durch den im Zorn geöffneten Mund des Gottes. Es gab kein Fallgitter und keine Tür, die ihnen den Weg versperrt hätte. Nur weitere Spinnweben.

Der Durchgang öffnete sich zu einer gewaltigen Piazza, die von riesigen gebogenen Säulen durchbrochenen Holzes umringt war. Es schien, als wären hier mehrere Bäume zusammengebogen und dann sorgfältig zum Raum des Platzes ausgehöhlt worden. Über der Piazza wuchs der dadurch entstandene Gesamtbaumstrang, auf diesen massiven Pfeilern ruhend, dann wieder ungehindert weiter hoch empor. Weitere Tore, genauso geformt wie das erste, säumten den Säulenring, wobei der weit geöffnete Mund jeweils den Anfang oder das Ende eines weiteren Wegs darstellte. Dutzende Laufgänge aus verwobenen Schlingpflanzen und Latten grob zurechtgehauenen Holzes erstreckten sich wie ein Netzwerk über der Piazza hin.

Weitere Statuen waren in die Basis der Säulen und die Innenwände der Durchgänge geschnitzt. Alte Fyreslayer starrten aus finster blickenden, hölzernen Augen auf die schweren Massen der Spinnweben, die sich wie Vorhänge über jede freie Fläche spannten. Selbst hier hatte der Spinnenbefall um sich gegriffen. Im Licht der tanzenden Glühwürmchen sah Volker, dass die Netze belebt waren – Hunderte von Kokons zogen sich über und um sie herum her, als sie die Piazza durch Grimnirs weit geöffneten Mund betraten. Regenwasser von den Güssen des letzten Tages rauschte wie in kleinen Wasserfällen aus der Höhe herab, lief die Stränge der einzelnen Netze entlang und sammelte sich in Tümpeln quer über den gesamten geborstenen Boden der Piazza.

Überall sah man Zeichen der Zerstörung. Ganze Bereiche der Netze waren vollkommen weggebrannt, und einige der Tore waren schwarz verschmort. Zahlreiche Haufen großer, glimmender Holztrümmer wurden schon wieder halb von neuen Spinnweben verdeckt, die um und über sie gewoben wurden. Und in dem ganzen Schutt und den Trümmern lagen dürre, tätowierte grüne Gestalten gemeinsam mit den Kadavern von Spinnen und anderen Tieren. »Was ist hier nur geschehen?«, murmelte Zana.

Lugash knurrte. »Ein Kampf.« Mit der Klinge seiner Axt hob er einen zerrissenen Strang verkohlten Netzes an. »Und riecht ihr das? Das ist kein normales Feuermal.«

Die anderen sogen die Luft durch die Nase ein. Volker runzelte die Stirn. »Warpfeuer. Die Rattenbrut war hier.« Einen Moment lang stellte er sich Skaven vor, die durch das Netzwerk der gewaltigen Baumstraßen krabbelten und wie eine Flut haariger Körper durch das Blätterdach quollen.

Lugash nickte grimmig. »Ja, und vor gar nicht so langer Zeit.« Er sah sich um und schnüffelte. »Und leider schon alle tot.«

»Allerdings«, meinte Adhema. Lugash sah sie stirnrunzelnd an. Anscheinend zufrieden, dass sie sich nicht über ihn lustig machte, wandte er sich wieder ab.

»Die meisten von ihnen sind in schlimmem Zustand. Verbrannt, zu Asche verkohlt und durchbohrt. Die Rattenbrut kann, wenn sie will, ziemlich effektiv sein.« Das sagte er widerwillig und scharrte dabei mit den Klingen seiner Waffen aneinander, dass ein sirrendes Geräusch entstand. »Ich wette, das war der Grund für das Getrommel. Die Rattenbrut hat angegriffen und die Grünhäute haben sie zurückgeschlagen.«

»Oder sind mit allem anderen, was den Skaven in den Weg kam, vernichtet worden«, meinte Adhema. Sie zeigte aufwärts. »Da oben ist zumindest ein gargantgroßer Kokon in den unteren Netzen und reichlich Grots. Sieht so aus, als übernähmen die Spinnen die Rolle von Aasvögeln.«

»Wie auch immer«, knurrte Lugash. Glühwürmchen umschwärmten den Schicksalssucher, ihr Licht ließ ihn leichenblass erscheinen. Er hob sein Schlachteisen. »Wir sind hier.« Er sprach leise, fast schon ehrfürchtig. Er scharrte seine Waffen aneinander und deutete dann nach vorn.

Ein Durchgang, der größer als alle anderen war, dominierte hinter dicken Lagen flatternder Spinnweben die Piazza. Anders als die kleineren Tore war dieses nicht wie ein Gesicht geformt, sondern wie eine gewaltige stilisierte Flamme. Zu beiden Seiten der Flamme standen große hölzerne Statuen – eine stellte Grimnir dar, die andere einen riesigen Salamander – vielleicht Vulcatrix, der Ur-Salamander, der sich bedrohlich gegen den Gott aufrichtete. Die Statuen sahen einander an, als machten sie sich zum Kampf bereit.

Jenseits des Durchgangs befand sich das, was vielleicht das Ziel ihrer Reise war. Sie hielten inne und starrten auf das gewaltige Gebilde, das sich ringsum und hoch über sie empor türmte. Das Kernholz von Gorch. Der Herdbaum der untergegangenen Loge. Lugash murmelte leise vor sich hin, und seine

Stimme hallte unheimlich in den Ruinen wieder. »Das ist ja unglaublich«, meinte Volker.

»Es ist ein Baum«, meinte Lugash platt.

Vielleicht war es ja ein Baum, aber einer, der so groß wie der Speer des Mallus war, ein Berg aus Borke und Ästen, der sich mit unerbittlicher Macht aufwärts in den ockerfarbenen Himmel reckte und dessen höchste Zweige sich viele Reisestunden weit nach außen hin erstreckten. Seine Rinde war bearbeitet worden; man hatte hineingegraben und Teile hinzugefügt – Zinnen und Tore überzogen seine Oberfläche, durch Baumwege und schwankende Brücken aus Schlingpflanzen miteinander und mit anderen, kleineren Bäumen verbunden.

Große Plätze, ähnlich dem, auf dem sie gerade standen, waren im Norden und Süden zu sehen. Die Plätze dienten als Innenhöfe der Zitadelle und bewachten die Hauptzugangsrouten. Tief unter diesen Plätzen waren die Wurzeln des gewaltigen Baumes irgendwie zu immensen Straßen geformt worden, wie Volker sie noch nie gesehen hatte. Diese Wurzelstraßen erstreckten sich vom unteren Teil des Herdbaumstammes aus in alle Richtungen hin quer durch den Dschungel. Dem Verlauf der Straßen folgend glitt sein Blick zurück zu den Rändern des Platzes.

Die Höhe war nicht so schwindelerregend, wie er zuerst geglaubt hatte. Eigentlich befanden sie sich nicht höher als die Bastion. Von dort aus, wo er stand, konnte er uralte Bäume sehen, die Überlebenden von Feuer und Flut, die entzweigerissen worden waren. Ihr Fall hatte das Blätterdach verändert, hatte klaffende Löcher in das Grün gerissen und dabei einige der Baumwege zerstört.

Er runzelte die Stirn, als er sich die Zerstörung unter ihm im schwachen Licht der schwärmenden Glühwürmchen besah. Der Boden wies deutlich erkennbare Spalten und Krater auf, wie von gewaltigen Karrenrändern. Auch war er wie durch große Hitze verbrannt. Die Spuren führten über etliche zermalmte Wurzelstraßen hinweg und geradewegs auf den Stamm des großen Baumes zu. Dann knickten sie scharf ab, liefen nach

Westen hin, wenn man nach den umgestürzten Bäumen und der aufgerissenen Erde gehen konnte. Er hatte schon einige Kriegsmaschinen der Skaven gesehen, die eine ähnliche Spur der Zerstörung anrichten konnten, aber keine davon so groß wie diese gewesen sein musste.

Aber es ergab Sinn. Seiner Erfahrung nach, gingen die Skaven nirgendwo ohne irgendeine Art von Kriegsmaschine hin. Wenn sie eine von dieser Größe in den Wald gebracht hatten, besonders eine, die solche Zerstörungen anrichtete, dann war es kein Wunder, dass die Spinnenreiter-Stämme sich dadurch provoziert fühlten, und zwar derart, dass sie noch immer auf der Jagd waren.

»Mir ist diese Spur schon vorher aufgefallen«, murmelte Roggen hinter ihnen. »Sie hat schon einige Male unseren Weg gekreuzt. Ein paar Tage alt, mindestens. Wie die meisten Spuren hier.«

»Deine Augen sind beeindruckend«, sagte Volker zu dem Ritter hinblickend. Harrow hing ein schlaffer, grüner Arm aus dem Schnabel. Während er zusah, verschlang der Halbgryph sein Mahl mit vogelgleicher Befriedigung.

»Ich bin es gewohnt, Spuren im Grün zu lesen. Besonders solche, die so aussehen, als hätten Dämonen aus Eisen und Feuer sie hinterlassen. Sie haben den Wald im Süden betreten und im Westen wieder verlassen.« Roggen zog die Stirn kraus und drehte sich im Sattel, um die spinnwebenüberzogenen Äste über ihnen genauer zu studieren.

Volker folgte seinem Blick. Hunderte dunkler Gestalten, in dicke, klebrige Kokons gehüllt, hingen dort über dem Platz. Gelegentlich zuckte einer davon. Er konnte ein Schaudern nicht unterdrücken. Wenn das die Skaven gewesen waren, dann hatten sie diese Schlacht nicht gewonnen, ohne einen hohen Preis dafür zu bezahlen. »Ich frage mich, wonach sie wohl gesucht haben?«

»Vielleicht nach dem gleichen wie wir«, meinte Roggen leise. »Sie kamen mit einem bestimmten Ziel, und zwar erst kürzlich. Das kann doch kein Zufall sein.«

»Natürlich kann es das«, grollte Lugash laut. »Das hier ist keine Saga, Bestienreiter. Wir sind nicht die Heroen irgendeines prahlerischen Liedes. Ich –«

Er wurde von einem donnernden Fauchen aus der Tiefe unterbrochen. Der Platz bebte leicht, so als griffe etwas Großes von unten danach. Der Duardin wandte sich mit schreckgeweiteten Augen um. Ein mit Trümmern bedeckter Bereich bewegte sich, brach plötzlich mit Macht auf, und eine gewaltige Gestalt richtete sich daraus empor. Ein riesiges Gesicht, wie die verzerrte und aufgeblähte Verhöhnung eines menschlichen Antlitzes, durchbrach die dicken Spinnweblagen, die es bedeckt hatten, und brüllte in lautem Zorn auf.

Finger wie Bootsstangen schlugen in den Boden des Platzes und gruben tiefe Schluchten hinein. Lugash stürzte zurück, weg aus der Reichweite der um sich greifenden Klauen. Der Gargant stemmte sich hoch, bis er sich gewaltig über ihnen auftürmte. Blut verklebte seine hageren Glieder und seine breite Brust. Sein Oberkörper war mit Brandspuren bedeckt, und der eitrig faulige Gestank einer Entzündung wehte von ihm herüber. Die kleinen Augen quollen über vom Wahnsinn eines verwundeten Tieres. Dicke Stränge von Spinnweben klebten am Körper des Garganten und Spinnen krabbelten ihm über Schultern und Bauch. Volker wurde klar, dass die Spinnen wohl gerade dabei gewesen waren, den Riesen einzuspinnen, und sie ihn dabei aus dem Schlaf geweckt hatten.

Die Kreatur trug einen primitiven Harnisch aus Leder und Holz, von dem ihm ein Großteil wie durch eine heftige Hitze ins Fleisch gebrannt und geschmolzen worden war. Auf seinem Rücken befand sich etwas, das einmal eine primitive Sattelplattform gewesen sein mochte, jetzt aber kaum mehr als eine schwarz verschmorte Ruine darstellte. Verbrannte Körper, klein und dürr, klatschten in deren Trümmern hin und her, oder waren auch zum Teil in die versengte Haut des Garganten eingebrannt, sodass sie fast wie schwarzer Schorf anmuteten. Zackige Spinnentattoos und Narbenzeichnungen zierten das Fleisch des Garganten unter den zahllosen Wunden.

Der Gargant gab ein Gebrüll von sich wie ein großer Affe und drosch die Fäuste auf den Boden, dass der Platz erzitterte. Volker hob seine Büchse und fragte sich, ob er die Bestie damit überhaupt erledigen konnte. Der Gargant stürzte, auf die Fäuste gestemmt und von der Kraft seiner Arme getrieben, vorwärts, und die Spinnweben und Spinnen wurden von seiner Haut weggerissen. Lautes Aufbrüllen ließ die Netze erbeben, und Augen glitzerten in den Höhlen der oberen Zweige und unter den Blättern. »Das hat dann wohl alles aufgeschreckt«, murmelte Volker und schwang seine Büchse herum. Er schoss, tötete eine Spinne, die gerade Nyoka anspringen wollte. Die Priesterin wirbelte herum und nickte ihm dann ihren Dank zu.

»Wir müssen hier raus«, bellte Zana, während immer mehr Spinnen überall hervorquollen.

»Nicht, wenn uns dieses Ungeheuer den Weg versperrt«, sagte Adhema und spießte eine Spinne auf ihrer Klinge auf. Der Gargant kam jetzt näher heran und ließ den Ast beben, zerquetschte alle Spinnen, die ihm in den Weg kamen, unter seinem Tritt. Roggen hob seinen Helm und setzte ihn sich auf.

»Jetzt werdet ihr sehen, warum ich sie mitgenommen habe«, knurrte er. Er beugte sich herab und murmelte dem Halbgryph etwas zu. Harrow schrie herausfordernd auf. Roggen richtete sich auf und zog seine Klinge. »Ruhm und Tod«, donnerte er und schlug Harrow seine Fersen in die Flanken. »Phoenicium hält stand!«

Der Halbgryph sprang den Baumstamm herab und setzte mit großen Sprüngen auf den Garganten zu.

Die riesige Bestie brüllte auf und breitete ihre langen Arme aus. Wie mit der Macht einer Mörserladung schmetterte Harrow in ihn hinein, ließ den Garganten rückwärts in die zerborstenen Überreste des nächstgelegenen Torhauses taumeln.

»Nicht ohne mich«, fauchte Lugash und stürzte sich in den Kampf. Der Gargant schrie auf und schlug im Versuch, den Halbgryph von sich herabzubekommen, wild um sich. Harrows Klauen hatten sich tief in ihn gegraben, und alles, was die Bestie tun konnte, war zu verhindern, dass der Schnabel des Tiers an seine Kehle kam. Lugashs Schlachteisen bohrte sich ins Knie des Garganten und der Schreckenssucher zog sich daran die Axt wirbelnd empor.

Volker zerquetschte eine Spinne mit dem Schaft seiner Büchse, wandte sich um und holte mit einem Hieb eine zweite mitten aus der Luft. Sie waren zwar nicht größer als streunende Katzen, aber vielleicht brauchten ja auch die größeren länger, bis sie über die Netze zu ihnen hochkamen. Er wollte nicht dabei sein, wenn sie dann ebenfalls hier eintrafen. Sie mussten das hier schnell beenden. Er stürmte auf den Kampf zu, lud im Laufen nach. Das war schwierig, besonders mit den überall herumschwärmenden Spinnen, aber er hatte das auch schon unter schwierigeren Umständen getan. Er wich einer herankrabbelnden Spinne zur Seite aus und trat sie über den Rand des Platzes hinweg.

Hinter sich konnte er hören, wie Zana und die anderen sich die Spinnen mit Tritten, Klingen und Hieben vom Leib hielten. Das wilde Umsichschlagen des Garganten würde aber ihre Bemühungen sinnlos machen. Die Bestie wand sich, versuchte Harrow abzuschütteln, die ihm nun am Rücken hing und ihren Schnabel in seinen Nacken geschlagen hatte. Roggen stieß mit seiner Klinge nach dem Kopf des Garganten, während Lugash der Kreatur weiter munter ins Bein hackte. Obwohl sie schwer verwundet war, weigerte sich die Bestie zu fallen. Stattdessen kauerte sie sich auf Knie und Hand, und mit der freien Hand versuchte sie weiterhin, den Halbgreifen zu erwischen, während ihr Blut auf die Bäume unter ihnen hinabregnete.

Am Ende würden sie sie töten. Aber dann würde der Platz schon von Spinnen nur so wimmeln. Der Gargant stöhnte laut, und stammelte wirr in seiner eigenen Sprache. Drohungen vielleicht. Oder vielleicht Flehen. Niemand konnte das sagen, und es war auch keine Zeit, es herauszufinden. Keine Zeit für Gnade oder Zögern. Nur Zeit, den Abzugshahn durchzuziehen und zu beten.

Volker ging so nah heran, wie er nur konnte, hob seine Büchse und presste den Lauf an den Schädel des Garganten.

In dem Moment, bevor der Hahn niederfuhr und das Pulver aufflammte, rollte die Kreatur ihre von Todespein erfüllten Augen in seine Richtung. Er sah darin nur animalisches Leid. Und dann gar nichts mehr, als das Echo des Schusses verhallte und der Gargant mit wütendem Seufzen zusammensackte. Harrow hackte noch immer schrill krächzend auf den Körper ein.

»Du hast ihn getötet«, brüllte Lugash auf. Ergrimmt schwang er seine blutige Axt. »Wer hat dich denn überhaupt gebeten, dich da einzumischen, Menschling?«

Volker riss seine schwere Pistole aus dem Gürtel und schoss dem Schicksalssucher eine Spinne von der Schulter. Er steckte die Waffe weg und begann seine Langbüchse nachzuladen. »Was hast du vorhin gesagt? Das ist keine Saga, richtig? Wir haben für so was keine Zeit.« Er wandte sich um. »Also los – gehen wir!«

Zana und die anderen rannten, verfolgt von einer Horde Spinnen, den Ast entlang. Während sie begannen, die Leiche des Garganten zu erklimmen, schlang Volker seine Büchse über und griff in seine Schultertasche. Er zog einen kleinen mit Wachs versiegelten Tontopf und ein Stück in Öl getränkte Zündschnur hervor. Schnell kratzte er etwas Wachs ab, steckte die Zündschnur hinein und drehte sich zu Lugash um. »Lugash – gib mir einen Funken.«

Der Schicksalssucher zog scharrend seine Waffen übereinander, ein Funke sprang hervor. Die Lunte entzündete sich und brannte herunter. Volker drehte sich um, schätzte die Entfernung ab und schmiss den Topf in hohem Bogen. Er traf genau neben der im Tode ausgestreckten Hand des Garganten auf und ging in Flammen auf. Die Spinnen zogen sich zurück, als die lodernde Flüssigkeit aus dem Topf über den Platz spritzte und sich weiter ausbreitete.

Volker wandte sich um und scheuchte Lugash den Garganten hoch. »Na los, das hält sie nicht ewig auf. Das Lohfeuer brennt auch nicht besonders lange.«

»Was war das für ein Zeug?«, wollte Zana wissen, als sie Volkers Hand ergriff, um ihm hochzuhelfen. »Ich hab noch nie etwas gesehen, das so schnell brennt.«

»Das wirst du auch nicht diesseits von Aqshy und des Kessels.« Volker blickte nicht zurück, als sie an der zerstörten Sattelplattform vorbeikletterten. »Es gibt dort eine Art Wasser, das sofort in Flammen aufgeht, wenn auch nur ein Zündfunke daran kommt. Wir haben versucht, größere Mengen davon zu verwenden, aber es ist zu unberechenbar. Selbst für die Eisenschmiede.«

»Und du trägst das so einfach mit dir herum?« Sie klang entsetzt. Volker zuckte die Achseln.

»So gefährlich ist es nun auch wieder nicht.«

Zana warf einen Blick über die Schulter. Die Flammen hatten jetzt die Spinnweben erreicht und griffen stetig um sich, verschlangen alles, was das Warpfeuer der Skaven verschont hatte.

»Es bringt Unglück, gesunde Bäume zu verbrennen«, sagte Roggen, während Harrow ihnen mit noch immer bluttriefendem Schnabel voranlief.

»Es brennt auch nicht lange. Dafür ist es zu heiß. Selbst bei genug Brennbarem um es herum, wird es gleich ausgehen. Ein weiterer Grund, warum wir es nicht benutzen.«

Sie eilten mit Lugash an der Spitze rasch über den Platz auf das Haupttor zu. Volker konnte durch die Bäume das Dröhnen von Trommeln widerhallen hören. Die Glühwürmchen schwärmten aufgeregt durcheinander und das Spinnennetz erzitterte von der Masse der krabbelnden Körper. »Da schlagen sie wieder ihre verfluchten Trommeln«, sagte Zana. »Ich glaube, wir haben mehr aufgeweckt als nur diesen Garganten. Wir machen besser, dass wir hier aus dem offenen Gelände rauskommen, und zwar schnell.«

»Zu spät, fürchte ich«, meinte Nyoka. Die Priesterin zeigte mit ihrem Hammer auf ein jähes Aufflammen von Bewegung innerhalb des Hauptdurchgangs. Einen Augenblick später quoll eine Flut von Spinnen aus den zerfetzten Wehen der Spinnennetze hervor, auf deren Rücken sich die gebeugten Gestalten von feder- und knochengeschmückten Grots festklammerten. Volker wurde flau. Das waren viel zu viele für sie.

»Wir müssen einen Ort finden, wo wir uns zum Kampf stellen können, oder wir werden überrannt«, rief Zana. Sie sah Volker an. »Oder hast du noch so eine Feuerbombe in deiner Trickkiste?«

»Nur noch eine«, sagte er. In Wahrheit hatte er eine oder zwei, aber das würde ihnen wenig gegen diese Flut nützen. Es waren einfach zu viele, und sie waren zu schnell. Er suchte in seiner Schultertasche nach der pistolenähnlichen Gerätschaft, die Brondt ihm gegeben hatte und feuerte sie in die Luft ab. Es gab eine Kaskade vielfarbigen Lichts, die kurzzeitig die Schatten zurückwarf und die Grots in Verwirrung stürzte. Als das Licht dann erlosch, jagten die Grots ihre Spinnen die schrägen Trümmerplatten hinauf und die Netzstränge entlang und drangen rasch von allen Seiten gleichzeitig auf die Truppe ein.

»War es das?«, fragte Zana und funkelte ihn an.

Er warf das rauchende Gerät beiseite. »Hoffentlich. Wenn Brondt es geschafft hat, sein Schiff in Gang zu bringen, dann haben wir vielleicht eine Chance, lange genug zu überleben –«

»Das bringt uns aber nicht nach drinnen, oder hast du das vergessen, Menschling?«, fuhr Lugash auf. »Mich hält man hier nicht auf, und ganz bestimmt keine Horde räudiger Grots.« Er hob seine Waffen. »Ich geh da rein und wenn ich mir den Weg durch jede Spinne in diesem verfluchten Wald hindurchhacken muss.«

»Und dabei draufgehst«, warf Zana ein. Der Schicksalssucher warf ihr einen grimmigen Blick zu, doch bevor er etwas erwidern konnte, kam Roggen ihm zuvor.

»Überlasst das ruhig mir, meine Freunde«, sagte der Ritter. »Ganz schön dämliche Viecher, wenn sie denken, sie können uns so leicht aufhalten, was, Mädchen?« Er tätschelte Harrows Nacken. »Wir haben schon härtere Äcker gepflügt als den hier.« Er beugte sich in seinem Sattel vor, und seine Eiseneichenrüstung rasselte dabei leise. »Ich werde euch den Weg bahnen. Wartet nicht auf uns.« Harrow fauchte und spannte die Muskeln, und ihr Schwanz peitschte umher. Roggen ergriff mit seiner freien Hand den schweren Streitkolben, der an seinem Sattel hing, und hob mit der anderen sein Schwert. Er stieß

Harrow sacht die Füße in die Flanken. »Hopp! Zeit, dir dein Futter zu verdienen, du faules Vieh.«

Harrow schoss vor, viel schneller, als es ein Tier von dieser Größe eigentlich sollte. Der Halbgryph schrie schrill auf, und seine Klauen gruben sich in das Holz des Platzes und wirbelten eine Wolke aus Splittern und zerrissenem Spinngewebe auf. Sie sprang mit weit aufgerissenem Schnabel auf die nächste Spinne zu. Der Grot auf ihrem Rücken riss grauenerfüllt die Augen auf, als der Halbgryph niederfuhr und kurzerhand Spinne samt Reiter zerfetzte. Das restliche krabbelnde Spinnengetier ließ sich nicht lange bitten und stürmte zum Angriff.

Roggen bog und wand sich im Sattel, hieb nach den Grots und ihren monströsen Reittieren aus, die von allen Seiten über ihn hereinbrachen. Sein Streitkolben schmetterte nieder und zermalmte grüne, federgeschmückte Schädel, während gleichzeitig sein Schwert in kraftvollen Schwüngen haarige Glieder durchtrennte. Die Grots stießen schrille, klickende Schreie aus und trieben ihre Spinnentiere an.

Harrow wartete nicht auf sie. Katzengleich stieß der Halbgryph zu, zerfetzend und reißend. Langsam aber stetig wandte sich das Kampfgetümmel von dem Weg ab, da Roggen mit seinen Bemühungen gezielt die Aufmerksamkeit der Grots auf sich selbst und damit von den anderen weg lenkte.

»Kommt schon«, knurrte Lugash und stürzte auf den gähnenden Durchgang zu. Er rannte durch das Chaos, schlug nach jeder Spinne, jedem Grot, der versuchte, ihm den Weg zu versperren. Volker folgte ihm mit grollender Repetierpistole. Spinnen zappelten und starben, von Bleisalven entzweigerissen. Er schlang seine Waffe um und zog ohne Innehalten nach ihrem Gegenstück.

Zana und Nyoka folgten ihm, und ihre Waffen erledigten jeden Feind, der den Schüssen oder Lugashs rammbockgleichem Ansturm entkommen war. Einen Moment später passierten sie den Durchgang und ließen ihren Gefährten in dessen einsamen Kampf zurück.

Sie trafen dann jedoch auf Schwierigkeiten, sich nicht in

Spinnwebsträngen zu verheddern, über welche die Spinnenreiter so mühelos vorgedrungen waren. Volker stieß seinen Gewehrkolben durch das Gewebe und fetzte es beiseite. Er und die anderen hackten und rissen sich den Weg hindurch frei, bis sie schließlich die Eingangshalle erreicht hatten. In ihrem Rücken hörte Volker das Klirren der Waffen und Harrows fauchende Schreie.

»Was ist mit Roggen?«, fragte Nyoka zum Platz zurückblickend.

»Du hast ihn gehört. Er macht das schon.« Zana blinzelte. »Ich kann hier nichts sehen. Lugash?«

»Nichts zu sehen«, grollte Lugash.

»Wartet mal.« Volker wandte sich um und suchte in seiner Schultertasche nach einem Glühsack. Der kleine Beutel war mit einer Paste gefüllt, die aus dem Sekret eines bestimmten Wurmes gewonnen wurde, den man nur in den Meereshöhlen unter Excelsis fand. Wenn man Druck auf diese Paste ausübte, dann glühte sie. Er drückte den Glühsack und warf ihn nach links. Ein blasses, gelbes Licht verbreitete sich und drängte die Düsternis zurück.

Die Eingangshalle war kaum mehr als eine Flucht breiter Stufen, die aus der inneren Rinde gehauen waren und sich zu einem schmalen Treppenabsatz erhoben. Große rostige Kohlebecken, jedes von der Größe mehrerer Männer, waren in die Kante dieses Absatzes eingelassen, wobei ihre klauenbewehrten Füße den Rand umfassten. Die Kohlebecken waren mit Staub und Spinnweben überzogen und schon viele Jahre nicht mehr entzündet worden. Die Mauern hinter ihnen waren mit grobem Gekritzel bedeckt – das Werk der Grots. Die Grünhäute hatten die gesamte Halle mit ihren primitiven Bemühungen verunziert – grässliche Piktogramme und Handabdrücke überzogen die Wände. Die Statuen, die einst vor dem inneren Tor an der gegenüberliegenden Seite des Treppenabsatzes Wache gestanden hatten, waren von ihren Podesten herabgehauen und zu Trümmern zerhackt worden.

Spinnennester ballten sich in den Ecken, und Spinnweben

hingen wie Vorhänge vom niedrigen Dach und den Wänden herab. Wo sich nicht der Gestank der Skaven breitgemacht hatte, hing überall dick der Mief von Grots und Spinnengetier. Denn es war offensichtlich, dass die Rattenbrut ebenfalls hier durchgekommen war. Brandspuren zogen sich wellig über die Wände, und Körper hingen stumm und klein in den Spinnweben. Stufen und Treppenabsatz waren blutgetränkt, voller Flecken von tiefdunklem, rötlichen Schimmer.

Weitere Pfähle säumten die Stufen, jeder von einem Duardinschädel gekrönt oder mit Klumpen blutgetränkten Goldes behangen. Manche, denen die Schädel einstmals gehört hatten, waren wohl in jenem Gefecht auf dieser Treppe gefallen, denn Knochen und Gold lagen überall auf den Stufen verstreut. Ein niedriger Torbogen, der wie eine flackernde Flamme geformt war, öffnete sich auf dem Treppenabsatz. Jenseits davon – Dunkelheit.

Lugash führte sie die lange Treppenflucht hoch, während sich sein Stirnrunzeln mit jedem Schritt vertiefte. Die Runen, die in sein Fleisch gehämmert waren, blitzten und warfen Funken, als baute sich in ihnen eine schier vulkanische Hitze auf. Nyoka streckte ihre Hand nach seiner Schulter aus, berührte ihn dann aber doch nicht – nicht ganz. »Wir werden dein Volk rächen«, sagte sie. »Gryhm'neers Kinder sind Sahg'mahr so teuer wie seine eigenen.«

Lugash sah sie nicht an. »Grimnir erprobt uns mit Schmerz und belohnt uns mit Feuer«, sagte er. »So ist es recht. Die Toten sind die Glut und dies hier …«, er hob seine Axt, »… ist das Licht meiner Flamme.« Er schüttelte sich und stapfte weiter voran. »Außerdem war dies nicht meine Loge. Sie waren nicht von meiner Sippschaft. Mögen andere sie rächen. Ich habe meine eigenen Geister, mit denen ich meinen Frieden machen muss.«

Nyoka blinzelte und sah die anderen unsicher an. Zana schüttelte den Kopf. »Vergiss es, Priesterin. Leichter überzeugt man Blei davon, dass es Gold ist, als dass man einen Schicksalssucher tröstet.« Sie sah sich mit zusammengekniffenen Augen um. »Wartet mal … Fehlt da nicht einer?«

»Der Blutegel«, sagte Lugash, ohne sich umzuwenden.
Volker blickte suchend umher. Sie hatten recht.
Da war keine Spur von Adhema.

SIEBZEHN

DIE HALLEN DES KERNHOLZES

In den Hallen des Kernholzes griff Volker nach einem weiteren Glühsack und warf ihn über den Treppenabsatz in den Durchgang hinein. Das sanfte Glühen erhellte einen schmalen Laufgang, der aus dem Holz der inneren Baurinde gehauen war. »Gebt mir eine dieser Lampen«, sagt er auf die eisengefassten Laternen deutend, die zu beiden Seiten des Torbogens hingen. Zana brachte ihm eine, und er schüttete den Inhalt des Glühsacks hinein und verschmierte ihn an der Innenseite der Fassung. »So hält es etwas länger. Ein alter Bergarbeitertrick.«

»Nicht bei irgendeinem Bergarbeiter, den ich kenne«, erwiderte sie.

Volker zuckte die Achseln. »Du kennst einfach nicht die richtige Sorte Bergarbeiter.« Er hakte die Laterne an den Lauf seiner Büchse und hob sie an. Das Licht flutete hervor und beleuchtete zahllose Risse und Spalten, welche die innere Rinde des Kernholzes zeichneten.

»Wohin, denkst du, sind sie gegangen? Wieder nach draußen?« Nyoka sah sich mit dem Hammer in festem Griff um. Die Priesterin schien an diesem dunklen, beengten Ort ganz zu Hause. Zana dagegen wirkte so, wie Volker sich fühlte.

Trotz seiner Bewunderung für das Tiefenvolk hatte er wenig für Tunnel und eng umschlossene Orte übrig. Er wandte sich um, ließ das Licht der Laterne über ihre Umgebung gleiten, auf der Suche nach irgendeiner Spur der Vampirin.

Von Adhema war nirgendwo etwas zu entdecken. Vielleicht war sie höher hinaufgeklettert als sie zu sehen vermochten oder aber an ihnen vorbeigeglitten. Nein. Sie würde in der Nähe bleiben. Vielleicht war sie ihnen vorausgeeilt oder folgte ihnen, aber sie war in der Nähe. Darauf hätte er einen Jahreslohn verwettet. »Halt das mal.« Er gab Zana seine Büchse und lud rasch seine Repetierpistole nach.

Entfernte Schreie hallten aus den großen, spinnwebenverhangenen Löchern, die Wände und Decken wie alte Wunden zeichneten. Die Spinnweben bebten, und Volker wusste, Verstärkung war unterwegs. »Sie haben mitbekommen, dass wir hier sind.« Er steckte seine Pistolen in ihre Halfter und nahm seine Büchse zurück. »Keine Zeit, sich um Adhema Gedanken zu machen. Sie muss eben selbst auf sich achtgeben, genau wie Roggen.« Er sah Lugash an. »Wir müssen weitergehen.«

»Aye, und wohin?«, fragte Lugash sich umblickend.

»Wer ist denn hier der Fyreslayer? Wo würdest du wohl einen verflucht großen Speer verstecken?«, fragte Zana.

»Im Hort«, sagte Lugash nach einem Moment und schritt tiefer in die Düsternis. »Alles, was irgendeinen Wert hat, ist immer im Hort. Und der muss im Herzen dieses Ortes sein. Folgt mir.«

Sie folgten also dem Schicksalssucher durch den Torbogen und auf den Laufgang. Der freihängende Weg verlief durch die riesige Galerie, deren obere Bereiche sich in der Dunkelheit verloren oder hinter enormen Spinnweben verborgen waren. Der Raum stank nach Grünhäuten und Spinnen. Im Licht der Laterne konnte Volker gewaltige Stützstrukturen erkennen, die aus der inneren Baumrinde gehauen waren. Alle waren sie in der Form von Duardin-Göttern oder -Monstern gestaltet, und sie zogen sich in einer Wölbung hin, die dem Verlauf der Außenhülle des uralten Baums folgte. Kleinere, filigranere

Schnitzarbeiten waren unter und zwischen diesen riesigen Bildnissen zu sehen, doch war es unmöglich, davon Einzelheiten zu erkennen. Auch sie waren von den Spinnenreitern nicht verschont worden, und so hingen Kaskaden von Spinnweben über sie herab, welche entweder die kleineren Figuren mit den größeren verbanden oder aber sie zur Gänze verdeckten.

Es zeigte sich, dass der Laufgang nur einer von vielen war – ein halbes Dutzend weiterer erstreckte sich in alle Richtungen ins Dunkel hinein, und alle waren sie mit einer kreisförmigen Plattform verbunden, durch die eine Wendeltreppe weiter in die Tiefe des Baumes hinabführte. Die oberen Ausläufer dieser Treppen strebten zu den höchsten Ästen des Baumes hinauf, und dort oben waren ebenfalls weitere Laufgänge zu erkennen. In die Höhe spähend konnte Volker hier und da Andeutungen von Stützpfeilern oder Vorsprüngen erkennen – hohe Kammern und Außengalerien, die allesamt Spuren des Spinnenbefalls zeigten.

Als er Lugash das enge Treppenhaus hinab folgte, fragte er sich, wie lange es wohl dauern mochte, einen Ort wie diesen ausgiebig zu erforschen. Wahrscheinlich länger, als einem Sterblichen an Zeit zur Verfügung stand, erkannte er schließlich mit einem Anklang von Traurigkeit.

Lugash hielt jäh inne. »Hier«, sagte er. »Die *Salamazgalbarak* – die Straße des Salamanders.« Die Öffnung schmiegte sich an die Wand des Treppenhauses. Sie war wie das fauchende Maul eines Salamanders geformt, und Volker musste sich bücken, um sich nicht an den vorstehenden Fängen Splitter einzureißen. Der Weg war breiter, als er erwartet hatte, und es schien, als verliefe er durch die tiefsten Ringe des Kernholzes.

Er führte zu einer großen Galerie, die mit allerlei Balkonen und verbindenden Laufgängen versehen war, die sich wie Wurzeln auf- und abwärts wanden. Treppen wurden zu Leitern, und Leitern wurden zu Tunneln, die aber alle in Windungen auf eine zentrale Kammer zuliefen, welche in das Herz des Baumes eingebettet lag. »Dies war der erste Raum, den sie gegraben haben – dies ist immer der erste Raum, den wir graben«, sagte Lugash. »Der Hort ist, auf mehr als nur eine Weise, das Herz jeder Loge. Unsere Zitadellen wachsen von ihm aus nach außen hin, Generation um Generation.«

Überall gab es Zeichen des Kampfes. Pockennarbig verheerte, verkohlte Wände und Böden, die zu Asche zerfielen. Getrocknetes, verschmiertes Blut und zerrissene Spinnweben. Volker hatte oft genug gegen die Skaven gekämpft, um die Spuren von Arkebusenfeuer und Warpflammen zu erkennen. Sie hatten sich ihren Weg herein erkämpft, wahrscheinlich mithilfe von gepanzerten Tieren und Geschützeinheiten. Mochten die Spinnenreiter auch von noch so grausamer Wildheit erfüllt sein, so hatten sie es doch am Ende nicht mit der besser bewaffneten und ebenso zahlreichen Rattenbrut aufnehmen können.

»Schwer zu glauben, dass dieses Ungeziefer so weit gekommen ist«, meinte Zana mit Blick auf die Spuren und die Zerstörungen an den Wänden.

»Sie können verflucht hartnäckig sein, wenn sie etwas wollen«, erwiderte Nyoka. »Und außerdem diszipliniert.« Ein leichter Schauer durchfuhr Volker, als er sich an die Zeit in den Gräben und die quiekenden Horden erinnerte, die durch den Rauch auf sie zuwimmelten.

»Ist wahrscheinlich gut so«, sagte Zana. »Sonst wären wir vermutlich nie so weit gekommen. Die Skaven müssen die Grünhäute aber so richtig verdroschen haben.« Ein Schrei hallte plötzlich von irgendwo her, und sie wirbelte mit gezogenem Schwert herum. Der Schrei verklang, nur sein Echo wurde von Mauern und zerbrochenen Statuen hin und hergeworfen. Sie warteten mit kampfbereiten Waffen, aber kein Grot zeigte sich.

»Anderswo beschäftigt«, murmelte Zana.

»Ich bin sicher, Roggen geht es gut«, sagte Volker.

»Sahg'mahr wacht über ihn«, erwiderte Nyoka. »So wie er über uns wacht.«

»Nicht wegen Roggen mache ich mir Sorgen. Sondern wegen diesem verdammten Blutegel. Die führt Übles im Schilde.« Zana zog die Stirn in Falten und gestikulierte mit ihrem Schwert in Richtung Volker. »Es war ein schwerer Fehler, dass du sie mitgenommen hast, Azyrit.«

»Wieso soll das jetzt meine Entscheidung gewesen sein?«, protestierte er. »Wer hat denn hier den Befehl?«

»Na ja, irgendjemand muss ihn wohl haben, aber jedenfalls nicht ich«, fuhr Zana auf. Beide schauten sie zu Nyoka hin, die von ihrem Austausch belustigt zu sein schien.

»Ich bin nur eine bescheidene Priesterin. Kein großer Führer oder so was.«

»Still, ihr alle«, fauchte Lugash. Er war am Eingang zu jenem Balkon stehen geblieben, von dem man zum Herz des Baums herabschauen konnte. Das schwere Geländer war zerbrochen worden, wahrscheinlich durch eine Waffe der Skaven. Lugash sank in die Hocke. »Es gab hier einen Kampf«, sagte er und zerrieb einen Klumpen Dreck zwischen den Fingern. »Ein Dutzend Duardin, den Fußspuren nach. Wir haben ihren Weg jetzt schon mehrmals gekreuzt. Müssen sich den Weg herein freigeschlagen und sich nach oben durchgekämpft haben. Zähe Bande.«

»Oken«, sagte Volker. Sein Herz machte einen Sprung. Wenn Oken bis hierher gekommen war, dann hatte er vielleicht den Speer schon gefunden. Volker berührte eine der Schmauchspuren an der Wand, die offensichtlich von Pulver stammten, und leckte an den Rückständen auf seinem Fingern. »Das war offensichtlich er.«

»Wie kannst du das sagen?«, fragte Zana.

»Ich erkenne die Mischung.« Er harkte hoch und spuckte aus, um den Geschmack aus dem Mund zu bekommen. »Wir sind auf der richtigen Spur.«

»Sie müssen den Angriff der Skaven als Ablenkung ausgenutzt haben. Die Grots werden so damit beschäftigt gewesen sein, die Rattenmenschen zu bekämpfen, dass sie einer solch kleinen Gruppe keine Beachtung geschenkt haben.« Zana sprach in sachlichem Ton. Kalt rational. »Guter Plan.«

»Aber er ist nicht aufgegangen«, sagte Nyoka. Sie fuhr mit der Hand die Wand entlang. Den Kopf hatte sie schief gelegt, so, als lauschte sie auf irgendetwas. »Die Skaven haben sich den Weg von oben herab erkämpft und von unten herauf und haben sie so von beiden Seiten eingeschlossen.«

»Von hier aus sind sie dann weiter vorgedrungen«, knurrte Lugash. »Seht – sie haben einen Laufgang zerstört und hinabgestürzt. Haben ihn benutzt, um den Weg abzukürzen. Ganz schön riskant.«

»Nicht für Oken«, meinte Volker. Der Balkon hatte am Anfang einer der sich windenden Laufgänge geendet. Jemand hatte Sprengstoff am gegenüberliegenden Ende angebracht, ihn dann wahrscheinlich mittels einer Pulverspur entzündet, um den Laufgang auf die nächste Ebene herabstürzen zu lassen und so eine behelfsmäßige Rampe zu errichten. Das war ein schwieriger Abstieg gewesen, aber wahrscheinlich war das der Möglichkeit vorzuziehen, sich durch eng verschlungene und wimmelnde Korridore durchzukämpfen. »Schaut, Felsklauen.« Er stupste den metallenen Steighaken an, der tief ins geborstene Holz getrieben war. »Und sie haben die Seile zurückgelassen.«

»Sie hatten erwartet zurückzukommen«, sagte Zana.

»Das sind sie aber nicht«, erwiderte Lugash.

»Darum sind wir ja hier«, sagte Volker und streckte die Laterne über den abgestürzten Laufgang aus. Er nahm eins der Seile und zog prüfend daran. »Und darum gehen wir auch da hinab.« Er hakte die Laterne am Gürtel fest, schlang sich die Büchse um und nahm eines der Seile. »Bleibt hier oben, wenn ihr wollt, aber das Licht nehme ich mit mir.«

Zana lachte in sich hinein. »Und deshalb bist du es, der das Kommando hat.«

Yuhdak vom Neunfältigen Pfad, letzter Prinz der Terrassenstadt, zog seine Klinge aus dem Körper eines Grot und seufzte. Überall hinter ihm, angefangen bei dem Punkt, an dem er sich Eintritt verschafft hatte, lagen kleine grüne Körper mit den Spuren mannigfaltiger Tötungsmethoden über die hölzernen Korridore verstreut. Schleier zerrissenen Spinngewebes flatterten um ihn her, als er über die letzte Leiche hinwegstieg und weiter vordrang.

Seine Landung war nicht gerade die Leichteste gewesen. Die Kugel des Sterblichen hatte ihn in den Kopf getroffen. Das Kristall seines Helms war gesprungen und stellenweise zerbrochen, und seine Ohren klingelten noch immer. Nur die Zauber, die in seine Rüstungen gewirkt und in seine Gewänder gewebt waren, hatten ihn gerettet, als er von seinem Sitz oben auf dem Kopf des Großen Königs herabgeglitten war.

Er war durch das Blätterdach von Gorch gestürzt und von hungrigen Spinnen angefallen worden. Hunderten von Spinnen. Er hatte sie aus den Bäumen gebrannt und ihre Netze mit ihnen. Die Überlebenden hatten die Natur des Feuers erkannt und waren geflohen. Er war ihnen gefolgt, im Vertrauen darauf, dass der Wandler der Wege ihm den rechten Pfad weisen würde, selbst, als die Herren des Waldes sich an seine Fersen geheftet hatten.

Yuhdak hatte sich mit Klinge und Hexerei den Weg durch den Dschungel freigekämpft, bis er schließlich die höchsten Zweige jenes Ortes erreichte, den er gesucht hatte. Die Duardin hatten den Wald kolonisiert, einen Baum nach dem anderen. Sie waren entlang der Äste gereist, hatten Höhlungen geschaffen, um Hochbrücken zu errichten, oder entlang der Wurzeln, die sie geglättet und abgeflacht hatten, um Straßen zu erbauen, die sich zwischen den gewaltigen Rindentürmen erstreckten. Ein arbeitsames Völkchen, wenn auch blind gegenüber den größeren kosmischen Wahrheiten.

Jeder Zweig, jede Wurzel wand sich hin zu diesem Ort – dem ältesten und größten Baum in einem Wald ähnlicher Bäume. Höher als die höchsten Zinnen der Terrassenstadt, mit Wurzeln, die sich tiefer hinabbohrten, als die Skaven je graben konnten, war dies ein Ort, der keinem anderen glich. Aber wie der Rest dieses Reiches, so hatte auch er gelitten. Die Duardin, die ihn ausgehöhlt und ihn in eine Zitadelle verwandelt hatten, waren längst verschwunden und ein neues Volk hatte ihn sich zu eigen gemacht.

Yuhdak wirbelte herum, sein Schwert zuckte vor und entledigte einen sich anschleichenden Grot seines Kopfes. Zwei weitere mit Steinklingen in den Händen sprangen ihn aus ihren Grablöchern in Wand und Decke heraus an. Ein anderer brach aus den Spinnweben hervor; tätowierte Hände umfassten den Schaft eines primitiv gefertigten Speeres.

Die dürren Gestalten fielen eine nach der anderen, schlossen sich ihren Vorgängern an, während die Bannsiegel auf seiner Klinge mit jedem Tod immer heller erglühten. Die Waffe wand sich flehentlich in seinem Griff. Der Dämon, der in dieses Eisen gebannt war, war ein Geschöpf schlichter Begierden und rohen Hungers. Jedenfalls war er das einst gewesen. Mit jedem Leben, das er nahm, wurde er stärker, und stemmte sich gegen die Bannsiegel, die ihn dort gefangen hielten. Bald mochte er sogar Yuhdak Widerstand leisten, oder schlimmer, er würde versuchen, sich in seiner Hand gegen ihn zu drehen. Das einzig Verlässliche an Dämonen war, dass man ihnen nicht vertrauen konnte, selbst wenn man den Fuß auf ihrer Kehle hatte.

Das Ding in der Klinge winselte in plötzlicher Erregung. Das Heft wand sich in Yuhdaks Griff. Er flüsterte besänftigend auf es ein und wünschte sich, sein Mordschwarm wäre hier. Er hatte seit seinem Sturz vom Großen König keinen einzigen Raben mehr gesehen. Er glaubte nicht, dass sie ihn im Stich gelassen hatten. Aber schließlich waren sie, wie auch der Dämon in seinem Schwert, wenig vertrauenswürdig. Die Klinge jaulte erneut auf. So unwahrscheinlich dies auch war, irgendwas schien sie erschreckt zu haben.

Und dieses Etwas beobachtete ihn. Yuhdak konnte die Last seiner Blicke auf sich spüren. Es war weder Dämon noch Bannruf. Noch war es einfach ein Tier. Sondern etwas anderes. Er wandte sich um und hob die Hand. Hexenfeuer kroch seine Finger entlang und warf ein seltsames Licht in die entferntesten Ecken des Raumes. In seinem flackernden Schein konnte er die barbarischen Zeichen erkennen, mit denen die Wände beschmiert waren. Wenn sie nicht gerade damit beschäftigt waren, sich gegenseitig zu fressen, waren die Grots von einer manischen Kreativität besessen. Schließlich gab er seiner Neugier nach und untersuchte die Kritzeleien.

Die Symbole waren leicht zu entziffern. Seine glühenden Finger zogen die Zeichen nach, die sich auf das Wetter und große Schlachten bezogen – meist Hinterhalte. Aber da war noch etwas anderes, ein Symbol, das wieder und wieder auftauchte. Das einer Spinne. Nicht ganz unerwartet, wenn man die Natur der bei diesem Grotzweig dominierenden Bestialität in Erwägung zog. Aber doch war da etwas …

Er berührte eines der achtbeinigen Symbole und erstarrte. Was immer ihn auch beobachtete, tat dies nicht länger nur passiv. Stattdessen musterte es ihn mit dem kühlen Blick des Jägers, der sich seine Beute auserkoren hatte. Das Schwert zitterte in seiner Hand, der Dämon schrie in seinem Kopf seine Warnung heraus. Yuhdak wirbelte herum und hieb durch Schatten hindurch. Schatten mit zu vielen Beinen, zu vielen Augen.

In der Dunkelheit sprach etwas.

Yuhdak schauderte, als die schreckliche Stimme die Mauern seiner Seele entlangscharrte. Es war nicht die Stimme eines denkenden Wesens, sondern die einer Naturmacht. Sie schlug auf ihn ein und er taumelte zurück, schüttelte wild den Kopf, um seinen Verstand zu klären. Die Stimme fuhr fort, in ihn hineinzusensen, seine Gedanken wegzuspleißen. Er versuchte, sich zu widersetzen, aber sie war zu mächtig. Dieser Ort gehörte ihr, so wie alle Orte, die diesem gleich waren, ihr gehörten.

Er fiel auf das Knie und schnitt rasch Bannsiegel in die rohe Borke des Bodens. Als er sich, noch immer zeichnend, umwandte, sank sie fort, so wie der Klang eines fernen Sturms. Aber sie verzog sich nicht ganz. Heftig atmend versuchte er seine wild verstreuten Gedanken zu sammeln.

Da waren Spinnen, die ihn beobachteten. Hunderte von Spinnen. Meist recht kleine, kaum länger als sein Finger, doch auch einige größere darunter, von der Größe einer Faust. Alle hingen sie in ihren Netzen, und ein Glitzern lag in ihren starr auf ihn gerichteten Augen. Und was immer er da vorhin auch gefühlt hatte, beobachtete ihn jetzt durch diese Augen. Er fühlte einen Kälteschauer, als ihm klar wurde, mit was er es da zu tun hatte. Der Spinnengott. Kein wirklicher Gott, aber dennoch kam er dem an jenen Orten, wo er beschloss, seine Netze zu weben, so gut wie gleich. Eben an Orten wie diesem.

Wahrer Gott oder nicht, er war genauso ein Raubtier wie der Große König. Und genauso gefährlich.

Yuhdak zwang sich, ruhig zu bleiben. Es lag kein Gewinn in Panik. Fortzulaufen, zu fliehen, würde nur für seine sichere Niederlage sorgen. Stattdessen musste er denken. Musste er –

Die Last der Aufmerksamkeit des Gottes verlagerte sich jäh. Yuhdak starrte mit angespannten Sinnen in die Dunkelheit, als er das vertraute Krächzen und Flattern von Schwingen hörte. Ein Strom von Vogelkörpern erfüllte den Korridor, schoss vor und stürzte sich auf die Spinnen. Die Raben wirbelten um Yuhdak herum, ein Orkan von Federn und Klauen. Er fühlte, wie sich die schreckliche Präsenz des Spinnengottes mit der instinktiven Wachsamkeit eines Tieres, das sich etwas Neuem gegenübersieht, zurückzog.

Dann war sie weg, krabbelte fort zu den dunklen Orten, wo sie leichtere Beute fand. Er blickte auf, als die Anführerin des Schwarms ihre Hand ausstreckte. »Bist du verletzt?«, fragte sie und zog ihn auf die Füße.

»Nur mein Stolz. Und dein Schwarm?«

Sie zuckte die Schultern. »Wir leben fort. Die Kharadron tun das nicht. Es geschieht alles, wie der Große Rabe es will.« Sie starrte das Netz an. Zum ersten Mal hörte er ein Aufflackern von Emotionen in ihrer Stimme. »Wir haben den Zorn von etwas sehr Altem auf uns gezogen. Es hat sich zurückgezogen, doch es weilt noch immer in der Nähe.«

»Der Spinnengott«, sagte Yuhdak. »Ein Aspekt von Gorkamorka.« Er hielt inne. »Denke ich.« Er fühlte die alte Lockung verbotenen Wissens. Ein Teil von ihm verzehrte sich danach, diesen Ort und die Präsenz, die er hier gefühlt hatte, zu studieren. Die Stränge dieses Netzes auseinander zu pflücken, um zu sehen, was da in seinem Zentrum hocken mochte. Aber es gab einige Kokons, die man besser nicht entwirrte.

Er fuhr mit der Hand durch die Luft und murmelte ein paar Worte. Die Luft pulsierte und seine Sinne mit ihr. Er konnte die Magie des Speers spüren, die das alte Holz wie feuchte Fäule durchsickerte. Die Waffen waren Artefakte göttlicher

Huld, geschmiedet in der Hitze des Gotteszorns und gekühlt in Blut. Sie konnten mit menschlichen Mitteln nicht verborgen werden. Jedenfalls nicht lange.

»Ist er da?«, fragte sie mit einer Hand auf dem Knauf ihres Schwertes. Ihre Krieger standen nun um ihn herum, obwohl er nicht bemerkt hatte, dass sie ihre Gestalt verändert hatten. Ihre schwarzen Augen bohrten sich erwartungsvoll in seine.

»Das muss er sein«, sagte Yuhdak argwöhnisch. »Wo ist der Kel? Nah?«

»Nicht nah genug«, antwortete sie. »Wir haben ihn in die Irre geführt, tun es noch, haben ihn in den Weg eines anderen geschickt. Der Sieger wird leichtes Fleisch sein.« Sie zog ihr Schwert. »Wir sollten weitergehen.« Sie zeigte geflissentlich auf die dicken Lagen von Spinnweben, die an der Wand klebten. In den höheren Strängen sammelten sich bereits weitere Spinnen.

Yuhdak nickte. »Das werden wir.« Er streckte die Handfläche flach über dem Körper eines Grot aus. Er sprach drei dunkle Worte. So etwas wie Rauch erhob sich von dem dürren Leichnam – die letzten Erinnerungen und Gedanken der toten Kreatur, die in ihrem erkaltenden Fleisch gefangen waren. Rasch formte er sie in die grobe Entsprechung einer Spinne um und ließ sie frei. Das glühende, weiße Spinnentier krabbelte davon.

»Komm. Es wird uns auf sicheren Pfaden zu dem führen, was wir suchen.«

ACHTZEHN

DIE GRUBE DES SPINNENGOTTES

Die Kletterei war beschwerlich und brauchte länger, als Volker gedacht hatte. Die Luft wurde stickiger und wärmer, je tiefer sie kamen, und der Gestank der Grünhäute wurde stärker. So wie es aussah, waren Oken und seine Gefährten während ihres Abstiegs einige Male gezwungen gewesen, sich zu verteidigen. Tote Spinnen hingen verstümmelt in ihren Netzen, und ihre grünhäutigen Reiter baumelten neben ihnen. Aber sie waren nicht allein – am Ende eines Seiles war am Fuß des Abstiegs ein toter Gefährte Okens zusammengesunken; ein Pfeil ragte aus seinem Körper. Für einen Duardin war er klein gewesen, und sein Bart war, aus Gründen, die er mit sich in den Tod genommen hatte, grell-grün gefärbt.

»Vor ein paar Tagen«, murmelte Nyoka die Leiche untersuchend. »Nicht viel länger.« Sie sah die anderen an. »Er war einer von denen, die zusammen mit Oken die Bibliotheca Vurmis besucht haben.«

Als Volker sich niederkniete, um den Körper zu untersuchen, ergriff Zana seinen Arm. »Nicht. Wenn diese Grünhäute auch nur ein bisschen wie die Grots der Quecksilbersenke sind, dann tauchen sie ihre Waffen in Gift. Deshalb lieber kein Risiko eingehen.«

Widerstrebend stand er auf und sah sich um. Er wusste nicht, was er erwartet hatte. Etwas mehr vielleicht als nur etwas, das wie die Öffnung einer gewaltigen Zisterne aussah und das Zentrum der großen halbkugelförmigen Kammer einnahm. »Ist das ein Hort?«, fragte er. In den merkwürdigen Proportionen der Kammer, hallte seine Stimme mit einem eigenartigen Echo wider.

Der Raum war geformt wie ein Sechseck, wobei in jede der Seiten etwas geschnitzt war, was Volker für herausragende Ereignisse in der Geschichte der Loge hielt, von ihrer Gründung bis zur Geburt des ersten Runensohnes. Jede Seite war der Zisterne im Zentrum zugewandt. Schwere Ketten hingen von der konkaven facettierten Decke an einem komplizierten Seilzugsystem in die Zisterne herab. Der schwere Klotz des Mechanismus, der dieses System kontrollierte, war umgeben von einem Dickicht von Pfählen, gekrönt mit Schädeln, welche die matten Helme von Fyreslayer-Kriegern trugen.

Die gesamte Bodenfläche der Kammer war mit weiteren Pfählen gespickt, auf denen Köpfe saßen, und sich hebend und wieder senkende Spinnweben erstickten die oberen Bereiche. Lugash schien in sich selbst zusammenzusacken, als er an der Spitze ihrer Gruppe in dieses grausige Feld des Todes hineinschritt. »Grünhäute haben komische Vorstellungen von Geistern und den Toten«, sagte Zana leise, während sie die Schädel musterte. »Wahrscheinlich dachten sie, sie würden sie damit ehren und nicht entweihen.«

»Warum sind sie alle auf diese Grube hin ausgerichtet?«, fragte Nyoka leise. »Schaut doch – kein einziger sieht nach außen. Als ob …« Sie runzelte die Stirn. »Wie in Anbetung von etwas.«

»Sie starben bei der Verteidigung des Horts«, sagte Lugash mit schwerer Stimme. »Einige haben wahrscheinlich überlebt, indem sie durch geheime Tunnel entkommen sind und alles trugen, was sie nur konnten. Aber der Rest hat sich hier zu einem letzten Gefecht gesammelt.« Seine Miene war starr, als wäre auch sie aus Holz geschnitzt. »Wie oft noch müssen wir so sterben, Vater?«, fragte er plötzlich mit lauter Stimme. »Wie viele Male müssen deine Söhne und Töchter in Verteidigung der Ruinen sterben, die du uns als dein Vermächtnis zurückgelassen hast?«

Volker folgte seinem Blick. Über ihnen, gerade eben durch die Spinnweben erkennbar, war eine Schnitzerei, die nur Grimnir darstellen konnte. Mit finsterem Blick sah der Gott beschützend auf den Hort herab – oder auf das, was davon übrig war. Lugash schüttelte den Kopf und fluchte leise. »Sie haben es nicht mal mitgenommen.«

»Was?« Volker ging zum Rand der Zisterne und sah hinab. Etwas glitzerte dort unten in der Tiefe. Er stellte seine Laterne ab, sodass ihr Licht die andere Seite der Grube erreichte und dort weitere Pfähle aus der Dunkelheit schälte. Weitere Schädel. Alle starrten sie hinunter in die Grube.

»Es ist eine alte Sitte, die in diesen Tagen kaum noch praktiziert wird. Das Gold der Loge wird auf eine Waage gehäuft. Ist es zu leicht, dann weiß die Loge, es ist Zeit, den Weg des Krieges zu beschreiten. Ist es zu schwer, wird es Zeit für die Loge, ihre Söhne und Töchter auszuschicken, um neue Logen zu gründen. Eine stete Flamme brennt am längsten.« Lugash blickte auf. »Die Ketten wurden gekappt – seht ihr? Das Gold wurde in den Eingeweiden des Baumes versenkt, wo niemand so leicht an es herankommen konnte. Die letzte Handlung des Runenvaters dieses Ortes, schätze ich.«

»Für die Spinnenreiter sollte es ein Leichtes gewesen sein«, meinte Zana und spähte über den Rand hinweg. »Aber was wissen diese kleinen Wilden schon von Gold?«

»Oder etwas anderes ist zuerst dorthin gelangt.« Volker musterte die Ketten und sein Blick glitt dann zum Rand der Grube, wo weitere Ketten zu sehen waren, die aus den knorrigen Astlöchern am Randwulst der Zisterne hervorquollen. Sie erstreckten sich weit hinab in die glitzernde Tiefe unter ihm. »Weitere Ketten, die nach unten führen. Noch ein Flaschenzugsystem?«

»Der Abzugsschacht«, sagte Lugash und musterte sie. Er deutete auf einen anderen, kleineren Mechanismus in der Nähe –

eine Ansammlung von Zahnrädern, Treibriemen und Hebeln. »Das wird die Bedienung sein. Sie öffnet da unten einen Schacht. Wird wahrscheinlich das Gold tief hinab in einen unterirdischen Fluss oder etwas ähnliches stürzen lassen.« Er runzelte die Stirn. »Sie werden keine Zeit gehabt haben, das zu öffnen. Das könnte unser Weg nach unten sein.« Die grüblerischen Furchen auf seiner Stirn vertieften sich. »Was –?«

Volker folgte seinem Blick. Eine warme Brise flutete über ihn hinweg, und er konnte etwas in der Tiefe glitzern sehen. Zerrissene Lichtbahnen durchdrangen die Düsternis und ließen riesige Gräben im Bauch der Zisterne erkennen, als habe dort etwas gewaltige Wunden in ihre Oberflächen gerissen.

»Sie sind von unten her in den Hort durchgebrochen und haben ihn ausgeweidet. All das Gold …« Lugash spähte mit blankem Blick hinab in die glitzernden Tiefen. »Diese Massen«, fuhr er wie geistesabwesend fort. »Und sie haben sie einfach … zurückgelassen.«

Ein Kälteschauer durchfuhr Volker, als ihm klar wurde, was Lugash da sagte. Die Skaven hatten sich von unter her durchgearbeitet und ihren Weg in den Hort gegraben. »Vielleicht waren sie nicht hinter dem Gold her.« Wenn der Speer bei dem Gold gewesen war, dann war er wahrscheinlich mit allem anderen in den Tiefen versenkt worden.

»Du denkst, dass Gung da unten ist«, meinte Nyoka. Es war keine Frage.

Er überprüfte die Ketten, und fand, dass sie stabil genug waren. »Es gibt nur einen Weg, es herauszufinden«, sagte er. Und vielleicht auch, um herauszufinden, was mit Oken geschehen war, obwohl diese Hoffnung mit jedem verstreichenden Moment schwächer wurde. Er fragte sich, was er tun würde, wenn der alte Duardin tot war. Er drängte den Gedanken beiseite. Er würde später darüber nachdenken … wenn es ein Später gab.

»Du kannst nicht allein da runter gehen«, protestierte Zana.

»Ich gehe mit dem Menschling«, sagte Lugash. Er zog an einer der Ketten, prüfte ihre Festigkeit. »Ich bin der Einzige, der weiß, was ihn da unten erwarten könnte, wenn überhaupt noch etwas in dem Hort ist.« Er sah sie an. »Einige Logen haben für Möchtegerndiebe ein paar kleine Überraschungen hinterlassen.«

»Wir sollten alle da runter gehen«, sagte Zana störrisch.

»Psst.« Nyoka wandte sich um und griff ihren Hammer fester. »Hört ihr das?«

»Was?«, fragte Volker. Dann hörte er es auch. Das beständige Donnern, das in den Höhlungen des Baumes widerhallte.

»Trommeln«, murmelte Lugash. »Trommeln im Dunkel. Sie müssen den Menschling und seine Bestie erledigt haben. Jeder Stamm von Spinnenreitern hier wird jetzt hinter uns her sein, und nach dem, was die Skaven ihnen angetan haben, werden sie wahrscheinlich nach einem Kampf lechzen. Ihre Häuptlinge suchen irgendeinen Sieg, um ihre eigene Haut zu retten.«

»Einen Sieg stellen wir wohl kaum dar«, meinte Volker. »Wir sind schließlich mal eben sechs Leute. Na ja – vier.«

»Aus Grot-Sicht ist das einfach nur eine für sie günstige Zahlenverteilung.« Lugash grinste freudlos. »Sie werden etwas Zeit brauchen, um entsprechend mobil zu machen. Wenn wir gehen wollen, sollten wir das jetzt tun.«

»Nein – das werdet ihr nicht.«

Ein Aufblitzen grellen Lichts warf sie zurück. Da war das Kreischen zerreißender Luft und der Geruch von heißem Metall. Ein glitzernder Orkan azurfarbenen Feuers schoss heran, umgab sie und trieb sie vom Rand der Zitadelle zurück. Das Hexenfeuer bildete um sie Schlieren und Wehen, ringelte sich zu vagen ekelerregenden Formen, bevor es dann zu flirrenden Funken zerstob. Volkers Blick klärte sich. Eine schimmernde Gestalt schritt umgeben von krächzenden Raben auf sie zu.

»Das Schicksal ist ein rechter Spaßvogel«, sagte der Neuankömmling beinah sanft. »Dass ich euch gerade hier antreffe, kann nichts anderes als der Ausdruck kosmischen Humors sein – ein Jux, ein Streich, eine Posse als Ausdruck des grenzenlosen Humors, wie er nur dem Geist eines Gottes entspringen kann.« Er legte seinen Kopf schief. »Meint ihr nicht auch?«

Er war hochgewachsen, fast schon auf eine abnorme Art, und über blauen Gewändern in eine kristalline Rüstung gehüllt. Ein Schwert lag ihm lose in der Hand, und ein Auge war durch einen großen Riss im Helm sichtbar. Raben hockten ihm auf der Schulter und hüpften zu seinen Füßen.

Volker schwang die Büchse herum und feuerte. Der Hexer wischte mit der Hand durch die Luft, und unglaublicherweise blieb die Kugel mitten im Flug, in der Mitte zwischen Mündung und Ziel, in der Luft stehen. Der Arcanit machte Handgesten und untersuchte die Kugel von jeder Seite aus. »Tausend Kreise zieht ein einzelner Stein. Du wirfst ihn einfach so, und siehst nur die Bahn, die du für ihn vorgesehen hast. Als legtest du sie allein durch deinen Glauben fest. Doch kann er aus dieser Bahn gebracht werden, etwa … so.« Die Finger zuckten, und die Kugel sauste zur Seite. Sie traf einen Schädel auf einem Pfahl, ließ ihn in scharfkantige Splitter zerplatzen. »Das Schicksal ist kein Werkzeug, das für die Hand der Unwissenden bestimmt ist. Die Götter erlauben nur einem echten Handwerksmeister, dass er etwas daraus formt.«

Volker ignorierte die Tiraden des Hexers und begann nachzuladen. Die anderen fächerten mit bereiten Waffen aus. Der Hexer und seine Raben sahen ihnen dabei zu, anscheinend nicht in Eile, sich um sie zu kümmern. Er lachte nur leise. »Ich frage mich, ob ihr es spürt? Wir werden beobachtet – wir alle. Eine schreckliche Weisheit wohnt an Orten wie diesem, und sie findet uns – unzulänglich« Der Arcanit schritt auf sie zu, das Schwert locker in der Hand. »Der Gott aller Spinnen hat seinen Schatten über diesen Ort gelegt und verbirgt ihn vor den Augen von Göttern und Menschen gleichermaßen. Da mag es angemessen scheinen, dass erst Ungeziefer wie die Skaven kommen musste, um ihn zu finden.«

Volker zögerte, denn er erinnerte sich daran, dass Grungni gesagt hatte, er sei nicht in der Lage Oken zu sehen. Sagte der Arcanit die Wahrheit? War hier wirklich etwas anderes, das sie beobachtete? Das Echo der Trommeln wurde lauter und die schrillen Schreie der Grots kamen näher. Die Luft in der

Kammer war träge und schwer, und die Schatten schienen sich erwartungsvoll zusammenzuziehen.

Der Arcanit musterte ihn. »Du. Du bist derjenige, der auf mich geschossen hat. Vor unserer jetzigen Begegnung, meine ich.« Er berührte den Sprung in seinem Helm. »Eine Dreistigkeit, die ich unter anderen Umständen verzeihen könnte. Aber heute ist mir die Gnade ein knappes Gut.« Der Arcanit streckte eine vergoldete Klaue aus und begann zu sprechen. Die Luft bebte unter der Macht seiner Worte und ein kränkliches Glühen durchdrang seine Hände, als er mit ihnen Gesten zu vollführen begann.

Die Welt verlangsamte sich zu einem behäbigen Kriechen, als Volker seine Büchse anlegte und hoffte, dass sein nächster Schuss mehr erreichen würde als sein letzter. Aber noch während sein Finger sich um den Abzug legte, wusste er, dass er nicht in der Lage sein würde, ihn rechtzeitig durchzuziehen.

Irgendetwas fiel von oben auf den Arcaniten herab. Keine Spinne, wie Volker zuerst dachte, aber etwas ähnlich Gefährliches. Adhema brachte den Zauberer zu Fall – auf seinem Rücken, einen Arm gegen seinen Nacken gedrückt, zwang sie ihn zu Boden. Ein schrilles Aufjaulen, Schreck und Schmerz zugleich, entfuhr ihm. Sein Bannspruch durchschnitt die Luft und die Vampirin sprang zurück.

Sie glitt auf Volker zu und lachte rau. Pfeile spickten ihre Rüstung, und da waren Schnitte auf ihren marmorweißen Wangen. »Gern geschehen, übrigens«, warf sie ihm über die Schulter zu.

»Was denn?«, fragte Volker ungläubig.

»Dass ich Verstärkung gefunden habe natürlich«, krähte sie. Einen Moment später wimmelten Wände und Decke von flinken Gestalten. Spinnenreiter-Grots fluteten in die Kammer, und ihre heulenden Schreie erfüllten die Luft. Der Hexer taumelte auf die Füße und schickte eine Welle magischen Feuers über den ersten Knäuel krabbelnder Gestalten hinweg. Er bellte einen Befehl, und seine Raben vereinten sich zu schwarzgerüsteten Kriegern, die sich mit blitzenden Klingen auf die Grots stürzten. Einige trennten sich vom Schwarm und stürmten auf

Volker und die anderen zu. An ihrer Spitze war die Frau, die den Angriff in der Bibliotheca Vurmis geführt hatte.

Adhema fing sie mit gekreuzten Klingen ab, Sekundenbruchteile, bevor sie Volker erreicht hätte. »Hallo, Schätzchen. Wollen wir unseren Tanz zu Ende führen?«

Die Rabenfrau blieb stumm, doch die Wildheit, mit der sie Adhema begegnete, sprach Bände. Die beiden tauschten eine Reihe brutaler Hiebe aus, bevor sie wieder auseinander stoben.

Adhema warf Volker einen Seitenblick zu. »Du wirkst überrascht, mich zu sehen, Azyrit.«

»Ich dachte, du hättest uns im Stich gelassen«, sagte er.

»Nur kurz. Jemand musste die Grünhäute in der Zitadelle beschäftigt halten, und ich bin ziemlich schnell zu Fuß.« Sie parierte die Klinge der Rabenfrau und warf sie zurück. Volker wollte feuern, doch die Arcanitin war bereits in einem Wirbel von Federn und Schatten verschwunden. Er versuchte dem Raben mit dem Gewehrlauf zu folgen, aber das war unmöglich.

Die Kammer war zum Schauplatz einer Dreifrontenschlacht geworden. Die schwarz gekleideten Krieger und ihr sanftzüngiger Herr waren größtenteils mit den Grots beschäftigt, aber einige davon fochten auch mit Zana und Nyoka. Die Priesterin duckte sich unter einem Hieb weg und ließ den Rabenkrieger unter einem machtvollen Schlag zurücktaumeln. Sie schnellte herum, ließ ihren Hammer hoch und umher wirbeln, schmetterte ihn dem Arcaniten ins Knie, traf ihn dann, als der sich noch vorwärts krümmte, mitten ins Gesicht. Lugash wütete wild lachend und mit Funken sprühenden Runen unter den Grots. Volker versuchte den Hexer ins Visier zu bekommen, aber der Arcanit bewegte sich zu schnell – wie eine Luftspiegelung flackerte er in die Sichtbarkeit und war wieder verschwunden.

Fluchend gab er es auf. »Hältst du hier die Stellung?«, fragte er mit Blick auf Adhema. Sie nickte, noch während sie einen Grot mit einem lässigen Streich ihres Schwertes enthauptete.

»Bis es mich langweilt«, sagte sie, trat eine Spinne in hohem Bogen durch die Luft. »Also beeil dich besser.«

»Sie hat recht«, rief ihm Zana zu. Sie ließ ihren Kopf in Richtung der Ketten rucken. »Die Priesterin und ich halten dir den Rücken frei. Du und der Schicksalssucher gehen runter.« Sie riss ein Messer aus dem Gürtel, stieß es in einen Grot und pflückte die Grünhaut von seiner Spinne herunter.

Volker nickte und eilte auf den Rand der Grube zu, rief dabei nach Lugash. Der Schicksalssucher troff von Blut und Körpersäften, jedoch nicht seinen eigenen. »Dachte schon, du hättest es vergessen, Menschling«, sagte Lugash grinsend. »Dachte schon, ich müsste mir den Speer selbst holen.«

»Falsch gedacht.« Volker schlang seine Büchse um und packte die Kette. »Jetzt aber los.« Lugash gluckste in sich hinein und glitt die Kette hinab ins Dunkel. Volker wartete, bis er verschwunden war, bevor er ihm dann folgte. Die Kettenglieder waren groß genug, dass er mehrere Finger zwischen sie zwingen konnte.

»Kommst du, Menschling?«, rief Lugash zu ihm hoch.

Volker nahm einen tiefen Atemzug und stieg dann hinab.

Grungni hielt das weiße Ding in seinen Handflächen und sah zu, wie es sich wand und wandelte, als könnte es, wenn es seine Gestalt verzerrte, ihm entkommen. Er lächelte beinahe sanft und schnalzte mit der Zunge. »Nein, nein, meine kleine Seele. Du kannst mir nicht entkommen. Ich bin hinter und vor dir, zugleich und plötzlich. Wie weit du auch immer fliegen magst, wie lange du auch leben magst, ich werde immer da sein. Ich halte aus bis zum stotternden Verflackern des letzten Stern. Denn das ist meine Natur, und diese Verzerrung des Fleisches ist nun die deine.«

Das Ding schrie. Ein kleiner Laut, ein Jammern des Unbehagens, das sich über Oktaven streckte. Grungni schloss seine Finger und brachte es zum Verstummen. Er überlegte, was er mit ihm tun sollte. Er hatte ihm, auf ganz eigene Weise, die Frage gestellt und hatte erfahren, was es wusste – erbärmlich wenig eigentlich. Obwohl es in seiner Erfahrung die kleinen Dinge waren, die schließlich am Ende den größten Ausschlag gaben.

»Was willst du damit tun, Großvater?«

Er sah hinab und sein Lächeln verblasste. »Ich weiß es noch nicht, Vali. Vielleicht will ich mich daran versuchen, es neuzuschmieden, so, wie mein Bruder es getan hat.«

»Ist so ein Ding solch eine Mühe wert?«, fragte Vali verdrießlich. Der alte Duardin zog die Stirn zu Donnerwolken kraus, und seine verkniffenen Züge geronnen zum vertrauten Ausdruck des Missmuts.

Grungni seufzte und steckte das weiße Ding in seine Schürze. Es brüllte ganz erbärmlich, flehte einen gleichgültigen Gott um Erlösung an. Irgendwo lachte dieser Gott wahrscheinlich gerade. Es lag in seiner Natur, das zu tun, da er in Streichen und Possenreißen ganz groß war.

»Frag besser, ob irgendeine Arbeit auch nur irgendeine Mühe wert ist. Die Antwort lautet unfehlbar … möglicherweise. Wir wissen es nicht, bevor wir es nicht getan haben.«

Grungni blickte auf seinen Gefolgsmann hinab und fühlte ein Aufflackern von – nein, nicht wirklich Schuld, aber von etwas, das dem sehr nahe kam. Vali war alt. Älter, als er sein sollte, und das lastete auf ihm. Mit jedem Jahrzehnt wurde er ein wenig knorriger und knotiger, und sein Körper zog sich in sich zusammen, als suchte er in den Tiefen nach mehr Brennstoff, der ihn am Leben erhalten könnte. Einst war er gütig gewesen, dieser Vali. Ein großer Lehrer und Lernender in einem. Doch jetzt …

»Dies ist nicht der Mühe wert«, sagte er. Es war nicht ganz ein Hohnlächeln. Ein Hohnlächeln schickte sich nicht in Anwesenheit eines Gottes. Und Vali klammerte sich an die Schicklichkeit, wie ein Ertrinkender sich an eine Planke klammern mochte. »Es ist eine Verschwendung. Wir könnten neue Waffen in der Zeit schmieden, die wir darauf verwenden, nach diesen … wehklägliche Gerätschaften zu suchen.« Er verzog das Gesicht. »Narrheit.«

Grungni prustete. Vali hatte so seine Art, ihn einen Narren zu nennen, ohne es offen auszusprechen. »Wenn es das denn wäre, so wäre es meine Narrheit. Außerdem ziehe ich es vor, es als ein Spiel zu sehen.« Er seufzte und sah sich in seiner Schmiede um. Die erste Schmiede und die letzte. Essen loderten hell von Feuern, die vor Jahrtausenden entzündet worden und seither nie erloschen waren. Und sie würden es auch niemals, wenn er dabei nur irgendetwas zu sagen hätte. In diesen Feuern hatte er aus dem Kern einer sterbenden Welt die ersten Waffen aus Sigmarit erschaffen. Er lächelte, als er sich an der Befriedigung vergangener Tage erfreute.

»Habe ich dir jemals erzählt, wie ich Sigmar getroffen habe, Vali?«

»Schon oft«, antwortete Vali freiheraus.

Grungni blinzelte. »Ach. Jedenfalls ist er ein guter Junge. Vielleicht ein wenig dickköpfig, mit rauen Kanten, aber da ist ein guter, reicher Kern in ihm.« Er runzelte die Stirn. »Nicht wie bei dem anderen, der sich im Zentrum allen Seins wie eine fette Spinne versteckt.« Er seufzte. »Obwohl auch in ihm etwas schimmert. Das ist wohl, so glaube ich, die Art der Sterblichen. Sie tragen überreich an Möglichkeiten, auch wenn sie es selbst nicht sehen.«

Vali spuckte aus. »Der Dreiäugige König hat den Anspruch auf Sterblichkeit schon längst verloren. Bevor es die Reiche überhaupt gab.« Er schüttelte den Kopf und ballte die Fäuste. »Hätte ich doch nur seinen Kopf hier über einen Amboss gebeugt und einen Hammer in meiner Hand.«

»Und würdest du ihn töten, Vali?«

»Ohne zu zögern.«

Grungni blickte ihn stumm an, dachte über die Worte seines Dieners nach. Valis Sippe, so erinnerte er sich, war von Archaon in jenen letzten schicksalsträchtigen Tagen vor dem Ende des Neuanfangs erschlagen worden. »Und was wäre, wenn auch er neugeschmiedet werden könnte? Würdest du ihn dann auch töten oder etwas Besseres aus ihm machen?«

Vali schüttelte den Kopf. »Er ist gänzlich durchgerostet. Er und seine ganze Sippschaft.«

»Man sagt, es finde sich Wert selbst inmitten von Rost.«

Vali schnaubte. »Wer sagt das?«

»Tja, ich. Ich hab's gesagt.« Grungni seufzte. »Geh jetzt, Vali. Es gibt bestimmt etwas, um das du dich kümmern musst. Irgendeine arme Seele in dieser riesengroßen Schmiede, die gemaßregelt werden muss.« Er wandte sich ab, um einen Hammer aus der Fülle derer auszuwählen, die ein Regal in der Nähe ausfüllten. Er hörte, wie Vali in einer Wolke verdrießlichen Gemurmels davonschlurfte.

»Du bist grausam zu ihm, Alter.«

»Wen nennst du alt, Weißbart?«, erwiderte Grungni und schlug auf einen Amboss ein. Funken tanzten durch die Luft, verwandelten sich zu neuen interessanten Formen. Sie tänzelten um den kuttenverhüllten Kopf des Duardin, der in der Nähe auf einem alten, splittrigen Schemel saß und an einer langen Pfeife zog. Eine überquellende Flut weißen Barthaares ergoss sich aus der Kapuze heraus und über die breite Brust. Starke Arme, strotzend vor alten Muskeln waren über der Brust gekreuzt. Ein schwerer Fuß war auf einem umgedrehten Eimer aufgestützt.

»Stimmt. Ich vergesse immer, wer von uns älter ist. Bist du mein Großvater oder bin ich der deine?«

Grungni zuckte zusammen. »Ich wünschte mir, du würdest mir keine Rätsel wie dieses stellen.«

»Ein Rätsel ist ein Wetzstein für den Geist, Schöpfer. Das weißt du.« Rauch stieg aus dem Kopf der Pfeife empor. Einen Moment lang sah Grungni winzige Gestalten darin arbeiten, kämpfen, tanzen, und spürte einen Anflug von etwas, das Traurigkeit sein mochte. Der alte Duardin schwenkte die Hand und die Bilder zerstreuten sich. »Und Wehmut dient nur dazu, den Geist abzustumpfen.«

»Wie starke Getränke. Und dennoch sprechen wir ihnen zu.«

Der Pfeifenraucher lachte in sich hinein. »Das tun wir.« Das Lachen erstarb, und die alte Gestalt beugte sich vor. »Die Welt bewegt sich schneller, als ich es gewohnt bin, Schöpfer. Manchmal schneller, als wir es erwarten. Jahre fallen wie Regen, und die Menschlinge sprießen wie Korn.«

»Poesie, mein Freund?«

»Daran kann nichts falsch sein.« Der Weißbart schniefte. »Und eine gute Singstimme nenne ich ebenfalls mein eigen. Schlag mir eine Melodie mit deinem Hammer, wenn du mir nicht glaubst.«

»Verzeih mir, alter Freund«, sagte Grungni mit ausgesuchter Höflichkeit. »Und, bist du gekommen, um hier mit deiner Stimme zu prahlen, oder wolltest du mir auch noch etwas mitteilen?«

»Beides.« Die schweren Stiefel stampften zu Boden. Das Geräusch, das sie dabei machten, war lauter, als es sein sollte. Dem Alten hing eine gewisse Schwere an. Er war irgendwie realer als die Welt um ihn herum. Wo er ging, da bog sie sich zu gefälliger Gestalt, und die Zeit floss in Rinnsalen daher, statt wie ein reißender Sturzbach dahinzuströmen. Er war eine Unmöglichkeit. Oder vielleicht – eine Unreinheit. Etwas Altes, das an eine neue Küste getaumelt war, triefend vom Blut einer toten Welt.

Als Grungni den Alten anblickte – wirklich anblickte, statt ihn nur einfach mit seinem Blick zu streifen – da sah er nicht den Funken einer Eintagsfliege, der rasch im Lauf der Jahre erlosch, sondern ein fauchendes Licht, das selbst der endgültigen Dunkelheit widerstehen würde. Ein Feuer so alt wie die Zeit und so heiß wie der Kern eines Reiches. Dieses Licht war so hell, dass selbst ein Gott nicht lange in es hineinblicken konnte, ohne zu blinzeln. Das tat er jetzt, langsam und mit viel Bedacht.

Der Alte sprach, freiheraus und ohne Zögern. »Trommeln dröhnen im Varanturm. Der Kriegsruf mag ein Jahr dauern oder ein Jahrhundert. Keiner vermag das zu sagen. Die Hand des Todes streckt sich vom amethystfarbenen Reich her aus, sammelt die Seelen wie ein Geizhals die Münzen. Ratten nagen an den Wurzeln aller Reiche, krabbeln zwischen den Wänden von allem, was ist, und suchen nach Krumen vom Tisch der Götter. All diese Dinge geschehen, und sind schon immer geschehen. Aber jetzt richten sich die Augen einiger auf dich, Schöpfer, und deine Pläne.«

»Soll das eine Anklage sein, Weißbart?«

Der alte Duardin zuckte die Schulter. »Eine Warnung. Ein Strang des Schicksals verwirrt sich nur umso mehr, je stärker du daran ziehst. Und dies ist in der Tat ein gewaltiger Ruck.«

»Man darf nicht zulassen, dass die Acht Wehklagen in die Hände des Feindes fallen.«

»Sie waren schon vorher in seinen Händen.«

Grungni hielt inne. Er fuhr mit der Handfläche über die Oberfläche des Ambosses und fühlte die Restwärme seiner früheren Schläge. »Jetzt ist nicht vorher. Und unser Feind ist nicht, wer er damals war.«

Grungni wandte sich um und tiefe Falten krausten seine Stirn. »Vorsicht, Alter. Ein gewisses Maß an Vertraulichkeit will ich gerne dulden, aber ich bin noch immer der, der die Sonne schmiedete und das Rückgrat der Welt in seine Form hämmerte.«

»Bist du das? Oder bist du nur sein Schatten, der auf die ferne Wand einer Schmiede geworfen wird?« Der alte Duardin klopfte sich auf die Brust. »Möglich wäre es, dass wir am Ende alle doch nur Schatten sind. Das zu sagen, liegt natürlich nicht bei mir.« Er rollte sein Gewicht auf die Füße und stand mit leisem Ächzen auf. »Wobei ich wetten möchte, dass einem Schatten nicht so die Knochen schmerzen.« Er deutete mit dem Stiel seiner Pfeife auf Grungni. »Ich werde Augen und Ohren offen halten, Schöpfer. Wenn ich irgendetwas sehe oder höre, was mit deiner Suche zu tun hat, werde ich dir Kunde schicken.«

Grungni nickte. »Meinen Dank, Großvater.«

Der alte Duardin lacht. »So alt bin ich nun auch wieder nicht, glaube ich.«

Einen Moment später war er verschwunden. Grungni bemühte sich erst gar nicht, zu sehen, wie er ging. Es gab selbst für die Macht eines Gottes Grenzen, und wenn der Alte nicht gesehen werden wollte, dann wurde er nicht gesehen. Stattdessen wandte er seine Aufmerksamkeit dem Amboss zu und dem Hammer in seiner Hand.

Das eine schlug auf das andere nieder, und Grungni lauschte darauf, was die Funken zu sagen hatten.

NEUNZEHN

IM NETZ ARACHNARÖKS

Das Netz stank.

Volker hatte sich ein Tuch um das Gesicht gebunden, aber das nützte wenig, den Geruch abzuhalten. Außerdem erschwerte es den Abstieg, da es zunehmend stickig wurde. Er war froh, dass er Handschuhe und Stiefel trug. Wenn er die nicht gehabt hätte, dann hätten ihm die Netzstränge die Haut aufgerissen. Die Kette war rutschig in seinem Griff und mehrmals wäre er beinahe gefallen.

Lugash schien diese Schwierigkeiten nicht zu haben. Seine Runen dampften, und die Spinnweben schienen vor seinen Klingen zurückzuweichen. Er benutzte seine Axt wenn nötig als einen behelfsmäßigen Steighaken und ließ sich allein kraft der Stärke seiner Arme und Schultern tiefer hinab. Volker bekam das Gefühl, dass dies nicht das erste Mal war, dass der Schreckenssucher so etwas tat.

Als er das erwähnte, funkelte Lugash ihn finster an. »Du redest zu viel, Menschling.«

»Entschuldige – ich wollte einfach nur die Zeit totschlagen.« Und sich selbst davon abhalten, darüber nachzudenken, was da oben wohl vorgehen mochte, obwohl er dabei reichlich wenig Erfolg hatte.

»Mach nur weiter so, dann stehen wir bald bis zu den Knien in Spinnen.«

»Spinnen haben keine Ohren«, sagte Volker und riss seine Hand aus dem Netz frei. Er schüttelte sie, um die abgerissenen Spinnwebfäden loszuwerden. Über ihnen erleuchtete ein Aufblitzen von Hexenfeuer kurzzeitig den Schlund der Zisterne, und er murmelte ein stilles Gebet.

»Was?«

Volker machte eine beiläufige Bewegung. »Keine Ohren.«

»Wie hören sie dann?«, wollte Lugash wissen.

»Sie spüren Vibrationen. Durch ihre Haare.«

Lugash starrte ihn an. »Das ist doch lächerlich.«

»Sie haben auch einen Geruchssinn. Durch ihre Tasthaare.«

Lugash blinzelte.

»Auf ihren Beinen«, fuhr Volker fort. Er versuchte sich auf die Kette zu konzentrieren, eine Hand nach der anderen. Er bekam allmählich Krämpfe in Armen und Beinen.

»Sie riechen ... mit ihren Beinen«, sagte Lugash betont langsam.

Volker nickte und hielt an, um sich auszuruhen. »Die gemeine Spinne ist tatsächlich sehr faszinierend. Irgendwie so wie ein äußerst komplizierter Mechanismus.« Er sah sich um. »Deswegen mache ich mir übrigens auch keine Sorgen, dass wir sie auf uns aufmerksam machen könnten. Sie wissen schon, dass wir hier sind.« Er schnipste gegen einen Strang, was diesen zum Zittern brachte. »Sie haben uns in dem Augenblick gefühlt, in dem wir unseren Abstieg begannen.«

Lugash knurrte irgendetwas tief in seiner Kehle. Volker bat ihn erst gar nicht, es zu wiederholen. »Danke.«

Lugash sah ihn nicht an. »Wofür?«

»Dass du mir hilfst. Dass du Oken hilfst.«

Lugash lachte rau. »Denkst du, das ist es, warum ich das tue?« Er blickte auf, und ein ungläubiges Hohnlächeln verzerrte seine harten, derben Züge. »Irgendeiner von uns?«

Volker runzelte die Stirn. »Nein – ich weiß, ihr macht das auf Grungnis Befehl, aber –«

Lugash warf den Kopf zurück, lachte lauthals. »Ich diene nicht dem Schöpfer, Menschling.« Er grinste wild. »Die Frau, ja, und der Monsterreiter ebenfalls, aber ich bin Lugash. Ich diene nur dem Gedenken meines Volkes.«

»Aber warum –«

»Bist du taub?«, knurrte Lugash. »Du bist hierhergekommen, um einem Freund zu helfen, ich kam her, um meinem Volk zu helfen«, fuhr er fort. Er löste seine Axt und ließ sich zum nächsten Strang hinab.

»Was meinst du damit?«, fragte Volker. Obwohl ihm der Ton des Fyreslayers nicht gefiel, war er dennoch fasziniert. Lugash hatte kaum drei Worte hintereinander gesprochen, seit sie sich getroffen hatten. Und die meisten davon waren Beleidigungen gewesen.

»Ich habe einen Eid abgelegt. Mein Volk ist verstreut. Sie haben kein Ziel, nichts, was sie in das kommende Zeitalter führen könnte. Sie errichten Mauern aus Traditionen um sich herum, und sie ersticken dahinter. Das Feuer in unseren Bäuchen ist schwach geworden, und wir handeln nur noch nach Routinen, aus stumpfer Gewohnheit.« Lugash hielt mit gesenktem Kopf an. »Wir kämpfen, aber wir wissen nicht warum. Wir wissen nur, dass wir immer gekämpft haben.« Während er sprach, begannen die Runen, die in sein Fleisch gehämmert waren, sanft zu glühen. »Ich würde gerne sehen, dass mein Volk eins wird. Also diene ich dem Schöpfer, und gemeinsam können wir vielleicht die Seele meines Volkes wieder heilen.«

Volker starrte auf den Schicksalssucher hinab. Lugash schüttelte sich und blickte auf. »Ich erwarte nicht, dass du das verstehst, Menschling. Dein Gott lebt schließlich noch.« Er blickte nach unten. »Da – schau!« Von unten her drang das Glitzern von Gold herauf und liebkoste ihre Augen.

Es lag einzeln oder in Haufen über das dichte Netz verteilt, welches über die Überreste einer enormen zerbrochenen Plattform gewoben war. Berge von Münzen und Barren verschoben sich sanft in den Strängen des Spinngewebes, glitten in Kuhlen und Täler von übereinandergeschichteten Netzlagen. Von unten her drang gerade eben hörbar das gedämpfte Murmeln von Wasser herauf. Große Löcher waren unter und über dem Netz in die Zisterne gebohrt worden. Ihre Ränder waren geschwärzt. Risse liefen aufwärts und von diesen Löchern fort, wie parallele Riefen; das fortwährend geschundene Holz war mit einer teerigen, glitzernden Substanz verschmiert, die Volker nur allzu gut kannte.

»Das waren die Skaven«, sagte er, als er den Glühsack in das Gold unter ihnen warf. »Da ist überall Schmiermittel von ihren Maschinen über die Wand verspritzt. Sie haben sich mit Warpmalmern einen Weg hier herein gebohrt, haben sich durch das Holz gegraben, bis sie die Zisterne erreicht hatten.« Er sah davon ab, das allzu Offensichtliche auch noch auszusprechen. Sie waren zu spät.

Der Speer der Schatten, wenn er denn jemals hier gewesen sein sollte, war fort.

Lugash fauchte einen Fluch und sprang hinab, landete inmitten einer Sturzflut von Münzen. Das Geräusch hallte laut in dem runden Raum wider, und das Netz verschob sich. Kokons wurden inmitten des Goldes sichtbar. Vertrocknete Schnauzen und Schwänze ragten mancherorts daraus hervor, aber manche Kokons waren auch prall und hart. Als Volker ebenfalls neben ihm auf dem sacht auf und ab schwankenden Netz landete, schlitzte Lugash einen davon auf. Ein verschrumpeltes, mumifiziertes Gesicht starrte sie leer an. Nicht ein Tropfen Blut war noch in dem unglücklichen Duardin darin zurückgeblieben. Sogar sein Bart war mürbe und brüchig geworden.

»Dreckige Spinnenbrut«, stieß Lugash hervor.

Volker fing an, einen anderen Kokon auseinanderzureißen; sein Herz war ein Eisklumpen in seiner Brust. »Hilf mir, die anderen zu öffnen. Vielleicht ist einer noch am Leben.«

»Möchte ich bezweifeln«, knurrte Lugash, doch er kniete sich nieder, um ihm zu helfen. Einen nach dem anderen rissen sie die Kokons auf und legten die verdorrten Überreste von Duardin und Skaven frei. Manche der Skaven waren noch am Leben, jedenfalls solange, bis Lugash ihrem Gequieke mit brutaler Geschwindigkeit ein Ende machte. Volker wurde immer hektischer. Alles sprach dafür, dass Oken es nicht einmal bis hierher geschafft hatte – dass er tot in einem Spinnennetz irgendwo in diesem Wald hing. Aber Volker konnte, wollte das nicht akzeptieren. Noch nicht.

»Noch nicht«, zischte er und riss einen Kokon auf. Etwas glitzerte im Licht des Glühsacks. Die eisernen Ränder einer Brille. Volkers Herz machte einen Satz. »Oken …«, flüsterte er. Dann lauter: »Oken!«

Der Duardin war alt, sein Bart und sein Haupthaar hatten die Farbe von Eis und waren kaum von den Spinnweben, die sie umsponnen, zu unterscheiden. Grelle Narben zogen sich über die zerbrochenen Züge, Andenken an eine explodierende Kanone. Hinter den Brillengläsern blinzelten Augen. Oken ächzte. »Junge …«, murmelte er.

»Ich bin's, alter Mann«, sagte Volker. »Alles ist gut – wir holen dich hier raus. Lugash, komm, hilf mir.« Der Schicksalssucher stürmte kopfschüttelnd auf ihn zu.

»Der hat das Glück des Schöpfers auf seiner Seite.«

»Vielleicht wachen die Götter doch über uns«, meinte Volker. Doch während er das sagte, regte sich etwas träge in den Tiefen des Netzes. Ein tiefes, beunruhigendes Klackern hallte durch die Grube, und die Stränge des Netzes begannen zu zittern und zu beben. Volker wandte sich von dem halb geöffneten Kokon ab und zog eine seiner Repetierpistolen. Er spannte den Hahn und spähte in die Dunkelheit. Ein Gestank erhob sich aus ihren Tiefen, wie von Leichen, die in der Sonne aufquollen. Er warnendes Geräusch.

Das Netz wölbte sich und zerriss mit einem leisen Laut. Etwas erhob sich, Augen blinzelten gegen das Licht des Glühsacks an. »Arachnarök«, kam es von Lugashs Lippen, fast nur ein Ausatmen. »Hol ihn da raus, Menschling. Ich halte sie auf.«

»Du bist stärker als ich. Du bist derjenige, der ihn die Ketten hochschaffen kann.« Volker visierte den gewaltigen Leib an, fragte sich, ob er den letzten verbliebenen Topf Lohfeuer aus seiner Schultertasche herausholen konnte, bevor die gigantische Spinne über ihnen war. »Außerdem – es ist nur eine Spinne.«

»Eine große Spinne«, sagte Lugash.

»Schaff ihn einfach die Ketten hoch, Lugash.«

Der Schicksalssucher sah ihn an, einen Moment nur. Dann nickte er. »Da ist Gold in deinen Adern, Menschling. Und Eisen in deinem Rückgrat.« Er begann die Netzstränge wegzuhacken, die Okens Kokon festhielten.

»Pulver und Munition in meinem Gewehr reicht mir schon«, murmelte Volker und hielt seine Augen fest auf das näher kriechende Arachnarök gerichtet. Er bezweifelte, dass die Repetierpistolen ihre Haut zu durchdringen vermochten. Aber wenn er nur eines ihrer vielen Augen treffen konnte …

Das Monster schlug zu, bewegte sich schneller, als er gedacht hatte. Genau wie der Gargant, gegen den sie draußen gekämpft hatten, war die Kreatur verwundet. Irgendetwas hatte sie verbrannt, und zwar schlimm. Aber sie war noch immer schnell und tödlich. Er wich keinen Fingerbreit und feuerte. Die Repetierpistole bäumte sich auf, zerriss das Dunkel. Die Arachnarök zuckte mit einem Laut, der wie ein Kreischen klang, zurück. Volker tastete in seiner Tasche nach einer zweiten Munitionstrommel, zählte stumm die Sekunden. Eins … zwei … drei … Er stieß die Trommel hinein und ließ sie einrasten. Zahnräder griffen und er ließ den Lauf hochschnappen, während die Spinne schon wieder auf ihn zuschnellte.

»Drecksstück – zurück«, fauchte er. Ein weitere Feuerstoß, eine weiteres Beinahe-Kreischen. Das Licht des Schusses tat ihr anscheinend mehr weh als der Schuss selbst, vermutete er. Er lud nach, hielt das Vieh im Blick, wie es ganz behäbig um ihn herumschlich. Als er fertig war, griff er in die Schultertasche nach einem weiteren Glühsack. Er zerdrückte die Paste gegen seinen Kürass und verschmierte sie über das Metall. Das Glühen wurde heller, und die Spinne wich mit böse glitzernden Augen zurück.

»Menschling – hier rüber«, rief Lugash mit einer Hand an der Kette. Er hatte Okens Kokon über der Schulter und seine Axt in der freien Hand.

»Ich dachte, ich hätte dir gesagt, du sollst machen, dass du die Kette hochkommst«, schrie Volker zurück.

»Und wann habe ich angefangen, auf dich zu hören?«, fauchte Lugash. »Ich hab eine Idee.«

»Na dann, wenn du eine Idee hast«, meinte Volker.

Die Arachnarök hatte aufgehört, ihn zu umkreisen. Sie machte sich bereit für den nächsten Sprung. Er griff in seine Tasche, tastete nach einem Tontopf. Als er ihn fand, murmelte er ein Dankgebet zu allen, die gerade zuhören mochten. Grungni vielleicht. Sigmar hoffentlich. Er zielte sorgfältig auf die Arachnarök, sah, wie sie schon in Vorfreude zitterte. Er hatte nur eine einzige Chance.

Er warf das Lohfeuer, legte seine Pistole an und feuerte. Die Explosion ließ ihn kurzzeitig taub werden, aber er war schon auf genug Schlachtfeldern gewesen, als dass er sich dadurch um Sekunden wertvoller Zeit hätte bringen lassen. Er handelte, trotz klingelndem Kopf, trotz tanzender Lichtpunkte vor seinen Augen, bevor auch nur der erste Feuerspritzer hochflammte. Die Arachnarök schlug erregt um sich, geschockt, vielleicht auch geblendet von dem plötzlichen Lichtblitz. Es würde sie nicht lange aufhalten.

Als er über die rutschenden Haufen Goldes auf die Ketten zutaumelte, spürte er, wie das Netz, vom Leiden des Spinnenviehs in Erschütterung versetzt, unter ihm bebte. Hitze strich über seinen Rücken und bäumte sich donnernd auf, leckte gierig nach Kokons und Holz. Er machte auf Lugashs Drängen hin einen Satz, um die Kette zu packen. Er erwischte sie, während Lugash auf die Kettenglieder einhackte, und Flammen sich rasend schnell über das Netz ausbreiteten. Der alte Mechanismus begann zu rasseln, als die Kette aufwärts schoss und Volker mitsamt dem Schicksalssucher von den Füßen und mit wahnwitziger Geschwindigkeit emporriss. Volker war voll und ganz damit beschäftig, seinen Halt nicht zu verlieren, während unter ihnen die Arachnarök kreischend vor den Flammen zurückwich.

»Mach dich bereit zu springen«, schrie Lugash, als sie sich dem Rand der Zisterne näherten. Volkers Herzschlag dröhnte ihm wie Donner in den Ohren. Wie Donnergrollen rasselte auch die Kette, während sie emporjagte, und dann sprang Lugash und Volker folgte. Seine behandschuhte Linke klatschte herab, suchte nach Halt auf dem Holz. Er fand ihn im letzten Moment, grub seine Finger tief in die Borke. Er schaute zur Seite und sah, dass Lugash sich mit der Axt am Rand festgehakt hatte. Der Schicksalssucher lachte wild. »Das ist ein Spaß, was?«

»Nein«, stieß Volker zwischen zusammengebissenen Zähnen hervor. Er blickte nach unten. Das Feuer wütete dort durch das Netz und verschlang Strang um Strang, Lage um Lage. Die Arachnarök konnte er nicht sehen, doch er hoffte, das bedeutete, dass das Vieh entweder verreckt war oder sich tiefer in die Zisterne zurückgezogen hatte. Er spannte seine Muskeln an und zog sich über den Rand der Zisterne. Lugash krabbelte, noch immer den Kokon haltend, ebenfalls heraus.

Die Schlacht um den Hort wütete noch immer. Volker entdeckte Zana und Adhema, die versuchten, sich einen Weg zu dem Zauberer zu bahnen, der gerade eine Kugel von Hexenfeuer auf eine über ihm sich türmende Spinne schleuderte, die doppelt so groß wie er selbst war. Nyoka kämpfte in der Nähe am Rand der Grube, und ihre Stimme durchschnitt wie ein Messer den Tumult des Kampfes. Ihre Gebete wogten auf und ab wie ein Lied, und ihr Hammer zermalmte mit wilder Hingabe einen grünen Schädel nach dem anderen. Eine schwarz gekleidete Gestalt schoss auf sie zu.

Volker schwang die Büchse herum und feuerte. Der Rabenkrieger zuckte verwirrt weg. Nyoka wirbelte herum und drosch ihm die Füße unter dem Leib weg, dass er über die Kante der Zisterne stürzte. Sie nickte ihm dankend zu. »Rechtzeitig zurück«, sagte sie und streckte ihm die Hand entgegen. Volker ergriff sie und zog sich auf die Füße.

»Wir müssen hier raus«, sagte Volker. Pfeile klapperten über den Boden zu seinen Füßen, und er duckte sich rasch hinter den Bedienungsmechanismus der Zisternenketten. Spinnen krabbelten auf ihn zu, und ihre Reiter geiferten praktisch schon vor lauter Vorfreude, über einen Feind herzufallen, dem sie zahlenmäßig so sehr überlegen waren.

Aber gerade bevor die Spinnen sie erreicht hätten, stoben diese plötzlich auseinander und zogen sich rasch zurück. Hörner erklangen, und die Grots stießen schrille Warnschreie aus. Die Kammer bebte, als ein Hitzestoß aus der Zisterne fuhr. Volker wandte sich um, und ein Fluch erstarb ihm auf den Lippen.

Die Arachnarök schoss aus der Grube hervor, ihr haariger Körper brannte und ihre riesigen Beine schmetterten mit ballistengleicher Wucht nieder, dass der hölzerne Boden splitterte. Sie stieß einen Schrei der Wut und des Schmerzes aus und schlug blind um sich. Flammenspritzer ergossen sich rings über den Boden und schwärzten das Holz. »Sieht aus, als hätte sie noch immer Kampfgeist in sich«, sagte Lugash mit Blick auf die Kreatur. »Aber nicht mehr lange.« Bevor Volker ihn aufhalten konnte, rannte er auf das Biest zu. Volker angelte sich Okens Kokon und zog ihn in Deckung.

»Er bringt sich selbst um«, sagte er.

»Uns bleibt nichts anderes zu tun, als dem Pfad zu folgen, den uns die Götter bereitet haben«, erwiderte Nyoka. Sie lugte zu der Spinne hoch, als die über sie hinwegstakste. »Aber das ist schon eine ziemlich große Spinne.«

Die Kreatur heulte auf, und eines ihrer Beine schoss herab und verfehlte den Hexer nur knapp. Er rollte sich auf die Füße und hieb nach der monströsen Spinne, die Flammen ignorierend, die seine Gewänder hochleckten. Das Monster drehte sich, wandte sich ihm zu. Volker grunzte befriedigt auf, in der Hoffnung, dass sie einander umbringen würden – oder ihm zumindest Zeit zum nachladen lassen würden.

Rauch, der von lichterloh brennenden Spinnweben und flackerndem Holz aufstieg, flutete die Kammer. Überall, wohin die Arachnarök trat, verbreitete sie Feuer. »Falsches Mischungsverhältnis«, murmelte er zu sich selbst. Das Feuer erlosch nicht, wie das eigentlich hätte passieren sollen. Stattdessen brach in der gesamten Kammer rasch ein Inferno aus. Brennende Spinnwebfetzen trieben von oben herab und das Atmen fiel zunehmend schwerer. Er sah Zana auf sich zutaumeln und dabei nach den Flammen auf ihrer Kleidung schlagen. Er griff sie und zog sie in Deckung.

Zwischen Hustenanfällen fragte sie: »Das ist nicht dein Werk, oder?«

»Falsches Mischungsverhältnis«, sagte er. »Wo ist Adhema?«

»Sieht zu, dass sie keinem in die Quere kommt«, sagte die Vampirin von der Spitze des Bedienungsmechanismus herab. »Die Vögelchen schwirren gerade ab, Schätzchen.« Sie deutete in die Kammer.

Volker sah einen Wirbelwind von Raben, der sich in Richtung der Tunnel und in Sicherheit erhob. Manche schafften es nicht und wurden von den Flammen oder den zuschnappenden Beißwerkzeugen der Arachnarök erwischt. »Wo ist der Hexer?«

»Hab ihn aus den Augen verloren, als die Spinne hier uneingeladen auftauchte. Wenn er klug ist, dann ist er längst auf der ...« Sie wirbelte herum und sprang von ihrem hohen Sitz ab, als eine Klinge mit sattem Sirren ins Holz fuhr.

»Niemand hat mich je der Klugheit bezichtigt«, sagte der Arcanit und trat aus dem Rauch. Er gestikulierte und eine Flammenfront trieb Volker und die anderen zurück, trennte sie von Adhema. In den Flammen bleckten hasserfüllte Fratzen hohnlachend ihre Zähne, schnatterten Flüche und zischelten von Geheimnissen. Der Hexer zog seine Klinge aus dem Mechanismus frei, als Adhema sich auf ihn stürzte. Er parierte ihren Schlag, machte eine Handbewegung, spuckte Silben und sie schrie auf, als amethystfarbenes Licht sie erfasste. Ihr marmorweißes Fleisch wurde plötzlich von schwarzen Rissen zerfurcht, und ihre Rüstung ächzte schrill auf und begann sich in Rostflocken wegzuschälen. Sie taumelte zurück, griff sich an den Kopf. Ihr Haar färbte sich weiß, und ihr Gesicht schrumpfte in sich zusammen.

»Aber vielleicht bin ich ja in meiner Narrheit nicht allein«, fuhr er fort. Er hob das Schwert und wollte es in Adhemas Herz versenken. »Zuerst du und dann die anderen.«

Der Rauch hinter ihm wallte hoch und riss auf, spuckte eine gewaltige katzenhafte Gestalt aus. Der Hexer wandte sich um, und seine Augen weiteten sich sichtlich. Dann stürzte er hintenüber, begraben unter der Masse des fauchenden Halbgreifen. Roggen beugte sich im Sattel vor und ließ seinen Streitkolben niederfahren, schmetterte das Schwert aus dem Griff des Zauberers, dass es klirrend über den Boden schlitterte. »Verzeiht meine Saumseligkeit, meine Freunde. Ich habe ewig gebraucht, einen Weg durch diesen Irrgarten zu finden.«

Der Ritter sah reichlich mitgenommen aus. Seine Rüstung war verbeult und von Schrammen gezeichnet, sein Helm fehlte ganz. Haare und Arme waren blutverklebt, aber seine Stärke schien ungemindert. Harrow war ebenfalls von Blut und Wunden bedeckt. Zerbrochene Pfeilschäfte ragten aus ihrem Fell und ihr Schnabel hatte eine tiefe Kerbe. Der Halbgryph schnappte nach dem Kopf des Hexers. In diesem Moment verschwamm die Gestalt wie Mondlicht und verwandelte sich in einen leuchtenden Nebel, der sich bald zwischen Rauch und Flammen verlor.

»Feiglinge«, sagte Roggen. »Ständig laufen sie weg.« Er glitt aus dem Sattel, torkelte leicht, fing sich wieder. Er atmete schwer. »Vielleicht auch gar nicht so schlecht. Eine Pause könnten wir brauchen.« Er warf Adhema einen Blick zu. Ihr Haar war wieder dunkel geworden, doch schwarzes Geäder kroch noch immer über ihre Wangen. »Haltet ihr stand, meine Dame?«

»Ich halte stand«, keuchte sie und ignorierte die angebotene Hand. »Nur mein Stolz wurde verletzt.«

»Ich bin sicher, der heilt ziemlich schnell«, sagte Zana. Adhema zischte.

Die Vampirin blickte Roggen an. »Du hast mir Mühe und Schmerz erspart, Sterblicher. Das werde ich dir nicht vergessen.« Sie legte den Kopf schief. »Es sei denn ich vergesse es.«

Roggen neigte bestätigend seinen zottigen Kopf. Bevor er etwas sagen konnte, kreischte die Arachnarök wieder auf, erinnerte sie daran, dass sie ja auch noch, so unglaublich das auch sein mochte, lebendig und gefährlich war. Die riesige Spinne torkelte wieder in Richtung der Grube zurück, und Flammen tropften von ihrem massiven Körper herab. Sie war tot, aber sie wusste es noch nicht. Eine muskulöse Gestalt klammerte sich an ihrem Bauch fest und hackte munter auf sie ein. Lugash, erkannte Volker verblüfft.

All die Flammen, die um ihn herum loderten, schienen den Fyreslayer überhaupt nicht zu stören, während er seine Klingen in das Fleisch der Arachnarök trieb. Das Monster torkelte, krachte gegen einen Stützpfeiler. Holz splitterte und glomm auf. Lugash wurde heruntergeworfen. Er rollte über den Boden, wich knapp dem umherzappelnden Bein der Arachnarök aus, die versuchte, ihr Gleichgewicht wiederzufinden. Wieder kreischte sie auf, ein schriller Aufschrei der Verwirrung und Todespein von knapp jenseits der Hörschwelle.

Aus einem Instinkt heraus, schaffte sie es, den benommenen Schicksalssucher auszumachen. Sie ragte über ihm auf, als er benommen auf die Beine kam. Volker hob seine Büchse, wusste aber, dass es zwecklos war. Bevor er jedoch den Abzug durchziehen konnte, erzitterte die Kammer. Die Decke bekam Risse, nicht von der Hitze der Flammen, sondern durch Einwirkung von oben her.

Einen Moment später, riss eine Explosion die Kammer auf, dass die Decke barst und riesige Splitter brennenden Holzes herabgeschleudert wurden. Eines der größten Stücke durchbohrte die Arachnarök wie ein gut gezielter Speer und nagelte die Riesenspinne am Boden der Kammer fest. Der plötzliche heftige Luftzug ließ das Feuer hochlodern, erstickte dabei aber gleichzeitig große Teile davon. Staub und Splitter regneten herab und vermischten sich mit dem Rauch.

Schwere Leitern, aus Ketten und Metallplatten gefertigt, klirrten von oben herab. An ihrem Ende mit Gewichten versehen, fielen sie zu Boden und verankerten sich dort. Gestalten in Rüstungen und mit Waffen auf dem Rücken kletterten rasch herab. Als sie am Boden aufkamen, nahmen sie augenblicklich eine Verteidigungsformation ein. Jeder Grot, der bisher noch nicht geflohen war, wurde mit gnadenloser Effizienz von den Grundstok-Schützen niedergeschossen. Die gerüsteten Kharadron schwärmten aus und sicherten die Kammer.

Einen Moment später kletterte Kapitän Brondt zu ihnen herab. »Ihr seid also noch am Leben? Gut.« Er stapfte auf sie zu und grinste breit mit seinem Stumpen zwischen den gebleckten Zähnen und einer Bandage um den Kopf. »Das wäre dann ein Gefallen, den du mir schuldest, Mathos. Für eine glatte Drei gibt's dann auch eine Passage aus diesem Wald obendrauf.«

»Drei? Du mieser Gauner!« Zana war augenblicklich auf den Beinen. »Zwei und ich sag nichts mehr über diese Nacht in Haar-Kesh.«

Brondt erbleichte. »Du hast geschworen, dass du dieses Geheimnis mit dir ins Grab nimmst«, sagte er. Er zeigte mit dem Stumpen auf sie. »Zweieinhalb, und ich vergesse, dass du dein Wort gebrochen hast.«

»Zwei, oder ich brech' mehr als das.« Mit elegantem Schwung steckte Zana ihr Schwert in die Scheide.

Brondt verzog das Gesicht. »Na gut. Zwei.«

Die beiden ignorierend, sank Volker neben dem Kokon auf die Knie. Nyoka war bereits dabei, vorsichtig die groben Stränge von Okens noch immer halb bewusstloser Gestalt zu entfernen. Der alte Duardin regte sich mit einem Stöhnen. »O-Owain?«

»Ich bin's, Alter.«

»Dachte … träume …« Oken ließ die Worte zu einem benommenen Gemurmel ineinanderfließen. »Spinne …«

»Sie ist tot. Und du lebst.«

»Gung«, sagte Oken. Fest ergriff er Volkers Arm und versuchte sich trotz Nyokas Protest hochzuziehen. »Sie haben ihn mitgenommen, Junge,« krächzte er, die Augen weit aufgerissen, mit wildem Blick. »Die Skaven haben den Speer der Schatten. Und die Götter mögen dem Narren helfen, der ihnen in den Weg gerät.«

ZWANZIG

WARP-RAD

Die massive Ansammlung aus verrostetem Eisen, Bronze und Stahl raste durch die Bernsteinsteppen und hinterließ dabei eine Spur brennenden Grases. Wenn sie irgendetwas glich, dann am ehesten noch einem gewaltigen Rad, das sich um eine zentrale Kugel drehte. Das Rad hatte den Durchmesser einer Burgmauer und war ringsherum mit Eisenzähnen versehen, die sich überall, wohin sich die Maschine bewegte, tief in die Erde gruben und sie aufrissen. Sie brüllte wie ein verwundetes Tier, während sie sich immer weiterpflügte und dabei aus unterschiedlichen Rohren und Öffnungen grünlichen Rauch ausstieß, der die Luft über dem verbrannten Grasland verpestete.

Eine Herde von Wildpferden galoppierte in wilder Flucht vor der monströsen Maschine daher; ihre panischen Schreie gingen in dem mechanischen Höllenlärm unter. Einige der Tiere waren langsamer als der Rest, wurden von dem Rad ergriffen und überrollt, ihre zappelnden Körper zu blutigem Brei zermalmt. Andere wurden von den gelegentlichen Warpfeuerstößen aus den tropfenden Kanonenläufen entzündet, die aus der zentralen Kugel ragten. Wütendes hochloderndes Buschfeuer verbreitete sich in der Spur des über die Steppen sausenden Rades.

»Nun?«, zischte der Maschinenhexer Kwell, einst vom Klan Skryre, nun aber sein eigener Klan, und blickte seinen Assistenten an. Das Gerät, das derzeit durch die Steppen dahinkreischte, war die Krönung seiner bisherigen Arbeit aber auch das beständige Objekt seiner Frustration. Er saß auf seinem Thron in der Kommandokammer. Pfeifende Rohre, funkensprühende Kabelstränge und rüttelnde Kontrollmechanismen, jeder davon ein unersetzlicher Teil des wunderbaren Ganzen, füllten den Raum. Seine Rattengehilfen wieselten kreuz und quer, um die gewaltige Maschine intakt und auf Kurs zu halten.

Genau wie Vex es eigentlich sollte. Kwells Assistent rieb sich mit einer behandschuhten Klaue die von Geschwüren überzogene Schnauze. »Überall Spinnen«, grunzte er. Der Akolyth trug eine schwere Schutzbrille über den Augen, um sie vor dem Licht des Antriebs zu schützen. Er war selbst für einen Skaven hässlich. Seine Ohren waren zu rohen Stummeln verbrannt, und der Großteil seiner Haare waren fortgesengt, sodass er nur noch ein vernarbtes, verkrümmtes Wrack war. Ein Werkzeuggürtel voller Zeugs, das er größtenteils den anderen Akolythen gemopst hatte, hing ihm quer über die Brust, und ständig spielte er damit herum, sehr zu Kwells Verärgerung. »Muss sie ausbrennen, ja-ja.«

»Nein-nein«, zirpte Kwell voller Frust. »Narr! Idiot! Kein Feuer. Zu viele Gase, zu viel Druck – tötest uns womöglich alle.« Verzweifelt rang er seine Klauen. »Umgeben von Idiot-Trotteln, ja-ja! Die Strafe der Großen Ratte, ihr alle! Bin gestraft. Verflucht!«

»Sind doch nur Spinnen«, murmelte Vex.

»Uneinnehmbar ist diese Maschine«, fauchte Kwell. Speichel spritzte auf die Linsen von Vex' Schutzbrille. »Sabotage, das war es. Lüg mich nicht an!« Anklagend zeigte er mit seiner Kralle auf seinen Assistenten. »Ich weiß-fühle, dass du lügst.«

»Lüg nicht, nein-nein, o meist-imponierendster aller Mentoren«, versicherte ihm Vex salbungsvoll. Vex tat alles salbungsvoll. Dies war, was Kwell betraf, seine einzige angenehme Eigenschaft. Kwell glaubte ihm, denn Vex war zu dämlich, um das Werk eines Genies, wie es das Warp-Rad darstellte, die Ausgeburt von Kwells wunderbarem Intellekt, zu sabotieren. Die größte Waffe, die das Reich je gesehen hatte oder jemals sehen würde. Er ließ sich in die vermodernden Kissen seines Kommandothrons niedersinken und kaute gedankenverloren auf seiner Kralle herum. Trotz einiger Pannen war doch der erste Test der Warp-Maschine ein totaler Erfolg gewesen.

Die Baumzitadelle zu knacken, war ein Klacks gewesen, auch wenn dabei einige Hindernisse zu überwinden gewesen waren. Na ja, die Einstellungen des gyroskopischen Stellantriebs brauchten noch etwas Feinschliff. Die Bastion von Excelsis zu ersteigen, würde ein weitaus heikleres Unterfangen sein, als einfach nur den Stamm eines übergroßen spinnenverseuchten Baumes hochzurollen. Und die Warpfeuer-Kanonen hatten auch nicht ganz zu seiner Zufriedenheit funktioniert.

Aber alles in allem war er zufrieden. So wie auch Warpzahn sicherlich zufrieden sein würde. Er zupfte, verärgert von dem Gedanken, an seinen Schnauzhaaren. Warpzahn – dieses heruntergekommene, herablassende Vieh – verdiente eine solch glorreiche Waffe nicht. Das grausame Geschick hatte dem Hochobersten Klauenmeister eine Fülle ungerechtfertigter Gaben in die Hände gespielt, und Kwell brannte darauf, ihm zumindest eine davon zu entreißen.

Eine kleine Bewegung zog seine Aufmerksamkeit auf sich. Seine Klaue klatschte herab und zerquetschte die Spinne. Seine gute Laune löste sich in Luft auf. Überall waren Spinnen, kauerten in Leitungen, woben ihre Netze in kostbaren Mechanismen, legten ihre Eier, fraßen seine Ratten, vergifteten seine Sklaven. Das Warp-Rad war von achtbeinigem Ungeziefer überschwemmt. Von den Grots mal ganz zu schweigen. Irgendwie, wie genau mochte allein die Große Ratte wissen, hatte es eine Horde dieser dürren Grünhäute geschafft, an Bord zu kommen. Jetzt war der Großteil von Kwells Mannschaft, statt die Spinnen auszurotten, damit beschäftigt, Grots zu jagen.

Kwell zerrieb die zappelnden Überreste der Spinne zu Brei. »Sorg für eine Lösung, Vex. Oder ich sorg für eine Lösung.«

Vex verbeugte sich respektvoll winselnd. Er eilte auf die Brücke, fauchte dabei auf seinem Weg die Sklaven an, die an das Schott gekettet waren. Kwell sank in seine Kissen zurück, die Schnauze frustriert gekraust. Dank dieses Befalls lagen sie hinter dem Zeitplan.

Die einzige Lösung war, zu seinem Bau an den Löwenfängen zurückzukehren und eine komplette und systematische Ungezieferverrichtungsmaßnahme durchzuführen, eine Ebene nach der anderen. Das Warp-Rad musste von diesem Befall gereinigt werden, bevor man es wieder ins Feld führte. Warpzahn würde das nicht mögen. Umso mehr Grund, es zu tun.

Plötzlich zuckte er zusammen. Ein seltsamer Laut fuhr bebend durch den Rumpf. Er erschreckte seine Sklaven, was zu einem jähen Ausstoß von Angstmoschus führte. Er hielt sich die Nüstern zu und stemmte sich mit wütendem Zischen aus seinem Thron hoch.

Er hatte die ganze Zeit gesungen, seit sie ihn da in der Dunkelheit gefunden hatten. Genau wie Skewerax es gesagt hatte. Kwells Lippen krausten sich beim Gedanken an den Dämon. Sein anderer Patron. Sicher war Skewerax einflussreich, aber er war auch dumm und allzu schnell bereit, sein Wissen mit anderen zu teilen. Ein Narr, wenn auch ein mächtiger. Und mordgierig – extrem mordgierig.

Er tappte zu der Leiter, die ins Herz der Kriegsmaschine hinunterführte, und glitt sie mit verdrießlichem Zirpen hinab. Sklaven und Rattengehilfen krabbelten ihm aus dem Weg, als er die schmale Rampe entlangeilte, die zum Maschinenraum führte.

Zwei gerüstete Sturmratten mit Atemmasken bewachten die Kammer. Der schwarz bepelzte Krieger trat auf Kwells Wink hin beiseite, wenn auch nur zögernd. Er zischte sie verärgert an, unterließ es aber, sie zu züchtigen. Immerhin waren sie Warpzahns Krieger und vor dem hatten sie mehr Angst als vor Kwell. Vielleicht würde sich das bald ändern, doch momentan war der Maschinenhexer zufrieden, wenn auch nicht glücklich.

Denn schließlich wäre es ihm ohne Warpzahns großzügige Lieferung entbehrlicher Körper kaum möglich gewesen, das letzte Element dieser glorreichen Maschine zu erlangen. Er schlüpfte in die Kammer, und der Übermalm-Oszillations-Rotator pulsierte wie zur Begrüßung in seinem Gehäuse. Das maßstabgetreue Astrosphärum war aus siebenhundertvierundachtzig Einzelteilen zusammengesetzt, jedes einzelne von den geschicktesten Sklaven nach seinen exakten Spezifikationen handgefertigt.

Das große Astrosphärum surrte beständig vor sich hin, ein Ring um den anderen, während auch die Plattform selbst rotierte, dank der Mühen der Sklaven, die an ihrem Fuß angekettet waren. Es war die Rotation des gyroskopischen Astrosphärums, die das Warp-Rad fortbewegte, es auf seinem Kurs und in Balance hielt. Aber es war das Artefakt innerhalb des Astrosphärums, welches das Warp-Rad zur gefährlichsten Kriegsmaschine innerhalb der Reiche der Sterblichen machte.

Der Speer hing freischwebend in einem der schwingenden Ringe des Astrosphärums. Er war ein langes, schwarzes Schlangending, aus schwarzem Holz und noch schwärzerem Eisen gefertigt. Er schien das Licht zu trinken, und wohin sein Schatten fiel, da sackten die Skaven apathisch in sich zusammen. Die Klinge war breit und blattförmig wie bei einem Jagdspeer – sowohl zum Zustechen wie zum Werfen gedacht. Seltsame Symbole, die vor blauer Hitze glommen, waren entlang der Klingenschneide eingeritzt, und da waren Aushöhlungen beiderseits, die Augen glichen.

Manchmal kam es ihm vor, als schaute der Speer ihn an.

Das Lied der Waffe veränderte sich, als er die Kammer betrat, und wurde fast schon spöttisch. Kwell knirschte verärgert mit den Zähnen. Unbelebte Objekte sollten nicht in der Lage sein zu blicken, zu lachen oder zu singen, aber dennoch tat der Jäger all dies. Das Lied wurde durch eine schwache innere Vibration hervorgerufen, dachte er, obwohl ihm deren Ursache ein Rätsel blieb. Er griff sich einen herumliegenden eisernen Disziplinierungsstab und gab der Waffe damit einen Stoß. »Kusch! Sei still!«

In seinen Ketten drehte der Speer sich in seiner Achse, und sein Lied erhob sich zum Grollen eines gereizten Tieres. Kwell stieß nochmals zu. Den Speer konnte man zwar nicht verletzen – er war schließlich nur ein Artefakt, ein Gegenstand – aber trotzdem fühlte er sich besser, wenn er ihm ab und zu mal einen ordentlich Klaps gab.

Er warf den Stab mit zufriedenem Grunzen beiseite. Der Speer sang noch immer, jetzt jedoch leiser. Für eine Waffe war er ganz schön temperamentvoll. Noch so eine Sache, die Skewerax vergessen hatte zu erwähnen. Genau wie den Duardin, der in Gorch versucht hatte, ihnen ihren Preis zu stehlen, oder die Spinnen, die jetzt die Maschine verseuchten.

Wenn man's so bedachte, hatte der Dämon eine ganze Menge weggelassen. Kwell starrte die Waffe an, musterte sie mit dem Auge des Ingenieurs. Das stumpfe Metall der breiten, blattförmigen Klinge reflektierte kein Licht und absorbierte keinerlei Wärme. Sie war absolut kalt. Kälter als die Wasser von Gjoll, kälter selbst als die Leere zwischen den Sternen. Ein kaltes Feuer, immerzu hungrig, niemals verblassend.

Diesem Speer wohnte eine schreckliche Kraft inne. Eine Wildheit, die selbst Skewerax anerkannte und respektierte. Kwell wusste wenig über die Herkunft der Waffe – nur, was sein Patron ihm mitzuteilen geruht hatte –, jedoch wusste er genug, um zu erkennen, dass bei seiner Schöpfung die Hand eines Gottes mitgewirkt hatte. Aber seine Herkunft interessierte ihn ansonsten reichlich wenig.

Nein, das für ihn Interessante war, dass der Speer ein transdimensionales Objekt war, das alle Reiche zugleich bewohnte. So viel hatte Skewerax ihm mitgeteilt, allerdings in Worten mit weniger Silben. Wirf den Speer, und er würde sein Ziel treffen, wo immer es sich auch befinden mochte. Er würde den Schleier zwischen den Reichen durchstoßen und endlose Weiten überwinden, um sein Opfer aufzuspüren. Aber er kehrte dann nicht wieder in die Hand seines Trägers zurück – ein echter Konstruktionsfehler, fand Kwell.

Daher hatte er ihn verbessert. Er hatte Monate für die Berechnungen gebraucht, während seine Agenten – und Skewerax – schon nach dem Aufenthaltsort des Speers forschten, aber er hatte sie schließlich vollendet, während das Warp-Rad durch Gorch donnerte. Dadurch, dass der Speer mit dem Übermalm-Oszillations-Rotator verbunden war, würde er sich seinen Weg durch die Reiche fressen und das Warp-Rad dabei in seinem Sog hinter sich herziehen. Es gäbe keine Festung, die er nicht zerschmettern, kein Königreich, das er nicht zu Trümmern malmen konnte. Und Excelsis würde das erste Ziel sein.

Warpzahn hatte ihn angewiesen, eine Waffe zu erschaffen, die in der Lage war, die Bastion zu durchbrechen. Und Skewerax hatte ihn beauftragt, den Speer der Schatten zu finden und an sich zu bringen. Kwell hatte, wie jeder halbwegs intelligente Maschinenhexer es tun würde, beide Aufgaben miteinander kombiniert und so wertvolle Zeit und Energie gespart. Nur ein Skaven von seiner umfassenden Genialität hätte sich so etwas ausdenken können – eine selbstgetriebene Waffe, die in der Lage war, in der Spanne eines Wimpernschlags die Reiche zu durchqueren und dabei alles zu zerschmettern, was ihr in den Weg kam. Und bald wäre er auch schon in der Lage, seinen ersten wahren Testlauf zu starten.

»Gewisssss«, zischte er den Speer anblickend. »Wir werden dich nicht an ein Menschending oder einen Duardin verschwenden, nein-nein. Wir schleudern dich auf einen Stadt-Bau, ja-ja, und du bringst uns dorthin. Das Warp-Rad wird die Mauern von Excelsis zerschmettern und dann – die Mauern jeder anderen Menschendinger-Stadt in den Reichen der Sterblichen!« Er warf den Kopf zurück und gackerte wild, schüttelte in heller Aufregung seine Tatzen. Sein Lachen verwandelte sich jedoch in Fluchen, als von oben eine Spinne auf sein Gesicht fiel, und seine Träume von Zerstörung waren vergessen, als er mit dem krabbelnden, strampelnden Spinnentier kämpfte und versuchte es zu zerquetschen.

Und im Nest seiner Ketten summte der Speer vor sich hin und dachte schneidend scharfe Gedanken.

* * *

»Sei gegrüßt, Ahazian Kel.«

Ahazian zog hart die Zügel seines Rosses an, brachte so das Tier dazu, wild auf die Hinterbeine zu steigen, als plötzlich vor ihm etwas flirrend Gestalt annahm. Eine grell farbige menschliche Form, kristallin und augenscheinlich mit großer Kunstfertigkeit hergestellt, außer da, wo sie schwarz verkohlt und stark beschädigt war. »Hexer«, faucht er. Er konnte den Geruch von Magie spüren, der von dem Arcaniten aufstieg.

»Barbar«, entgegnete der Arcanit. Er stand in Ahazians Weg, die Hände über dem Knauf der gebogenen Klinge gekreuzt, die vor ihm aufgepflanzt war. »Gibt es sonst noch irgendwelche Beleidigungen auszutauschen oder können wir jetzt wie zivilisierte Männer miteinander reden?«

»Ich sehe hier nur einen Mann«, meinte Ahazian und beruhigte den aufsässigen Hengst. »Aber sag, was du zu sagen hast, Hexer, und zwar schnell. Es gibt tatsächlich solche unter uns, die Dinge zu tun haben.«

»Ja. Du suchst den Speer der Schatten. Genau wie ich.«

»Und wer bist du?«

»Yuhdak vom Neunfältigen Pfad.«

»Nie von dir gehört.«

Yuhdak lachte leise in sich hinein. »Nein, schätze nicht. Aber ich habe von dir gehört, Ahazian Kel. Letzter Held der verlorenen Ekran. Meuchler eigenen Bluts und Königsmörder.«

Ahazian zuckte die Schulter. »Und?« Das Bild des Hexers flimmerte im Steppenwind wie der Rauch eines Feuers. Ein Bannruf also. Das war zu erwarten gewesen. Solche Kreaturen waren von Natur aus Feiglinge, die es vorzogen, andere das Kämpfen für sie übernehmen zu lassen. »Ich weiß, wer ich bin, und wer du bist, ist mir gleich. Sag, was du willst, oder geh mir aus dem Weg.«

»Ich will einen Handel mit dir eingehen.«

Ahazian runzelte die Stirn. Kurz erwägte er, einfach durch dieses Bildgespinst hindurchzureiten und seinen Weg fortzusetzen, aber dann beschloss er doch, die Kreatur bis zum Ende anzuhören. »Was für eine Art Handel?«

»Eine, die uns beiden zum Vorteil gereichen wird.«

»Sprich gerade heraus oder lass es sein.«

»Nun, dann werde ich meine Worte schlicht halten. Wir suchen dieselbe Sache. Mit meiner Hilfe wirst du sie finden und in Khornes Namen in Besitz nehmen.«

Ahazian grunzte. »Und was springt dabei für dich heraus?«

»Der Dreiäugige König wünscht, die Acht Wehklagen seinem Arsenal hinzuzufügen. Nachdem du sie an dich gebracht hast, wirst du all jene deiner Wahl unter Archaons Kommando führen.«

Ahazian lachte. »Und warum sollte ich das tun? Ich diene ihm nicht.«

»Und wem dienst du?«

Ahazian schüttelte heftig den Kopf. »Das ist meine Sache.«

Yuhdak nickte liebenswürdig. »Tut nichts zur Sache. Beides hat nichts miteinander zu tun. Der Herr, dem du heute dienst, muss nicht notwendigerweise der Gleiche sein, dem du morgen dienst.« Der Arcanit machte eine einladende Handbewegung. »Denk darüber nach, Ahazian Kel. Du bist ein Krieger ohne Kriegsherr. Archaon könnte dieser Kriegsherr sein, und die Kriege, die du in seinem Namen führen würdest, wären fürwahr glorreich. Besonders, wenn du dabei eine der Acht führen würdest.«

»Und wer bist du, dass du mir solch ein Angebot machen könntest? Sitzt du geradewegs zu seiner Rechten, Scharlatan?«

»Ich bin kein Scharlatan, Kel. Ich bin ein Pilger der Fügung, ein Studierender des Schicksals. Ich versuche nicht, das, was ist, zu verbiegen oder zu verändern. Und ich mache keine Angebote – ich zeige lediglich Möglichkeiten auf. Ein weiser Mann sollte stets alle Möglichkeiten im Blick behalten, damit er nicht kalt erwischt wird.«

»Und ein tapferer Mann bedarf der Weisheit nicht, denn Mut ist eine schärfere Klinge als jede andere.« Ahazian richtete sich im Sattel auf. »Was bringt dich zu diesem Angebot?«

»Du bist misstrauisch?«

»Dir gegenüber?« Ahazian lachte. »Natürlich.«

Yuhdak lachte in sich hinein. »Weise.« Er deutete auf seine geschwärzte Rüstung und die zerfetzten Gewänder. »Mein Pfad war ... schwierig. Ich kann die Hindernisse nicht allein überwinden. Daher bedarf ich der Hilfe, um die Queste, die der Dreiäugige König mir aufgetragen hat, zum erfolgreichen Ende zu führen.«

»Wenn Archaon diese Klingen haben will, dann soll er doch mit dem Blutgott darum schachern.« Ahazian lächelte. »Oder mit mir.« Er blickte sich um, bemerkte die dunklen Punkte, die hoch oben durch die Luft schwebten. Raben, die alles eifrig beobachteten. Kreisten. Und er dachte: Aha, das Wesen dieses Spiels hat sich also erneut verändert. Dann sei dem so.

»Nun ja, je eher man sie an sich bringt, umso eher können die Verhandlungen beginnen«, sagte Yuhdak. Er griff hoch und berührte die gesprungene Oberfläche seines Helms. »Idealerweise so schnell wie möglich. Ich biete dir meine Hilfe, Sohn des Khorne. Nimmst du sie an?«

Ahazian sann über dieses Wesen vor sich und über die Launen des Schicksals nach. »Mir scheint«, so sagte er, »dass nicht ich es bin, der Hilfe braucht, sondern du. Sonst wärst du nicht zu mir gekommen.« Er lehnte sich über sein Sattelhorn. »Das ist etwas, mit dem ich nicht ganz unvertraut bin, denn viele suchten entlang der langen, staubigen Straße vergangener Jahre meine Hilfe. Und ich sage dir das Gleiche, was ich auch ihnen gesagt habe – mein Arm ist deiner, für den richtigen Preis.«

Einen langen Augenblick verharrte Yuhdak schweigend. »Archaon –«, begann er dann.

»Ist nicht hier, Arcanit. Du willst meine Hilfe? Also, was hast du anzubieten? Wirst du mir helfen, mein Ziel zu erreichen?«

»Unser Ziel ist das gleiche.«

Ahazian schüttelte den Kopf. »Ich sagte nicht, welches Ziel.« Er lachte und richtete sich auf. »Ich ertappe mich, dass ich über die Zukunft nachdenke, Hexer. Zu viel Reiten, nicht genug Töten. So etwas weicht die Gewissheiten eines Mannes auf und lässt den Weg, der vor ihm liegt, schwammig werden. So etwas bringt ihn ins Grübeln über seine – wie nanntest du das noch – seine Möglichkeiten?«

»Ah.« Yuhdak entließ seinen Atem. »Ich hörte, die Kels der Ekran seien ein unbeirrbarer Haufen.«

»Klatsch und Gerüchte«, entgegnete Ahazian geradeheraus.

»Wie du meinst«, murmelte Yuhdak sich tief verneigend. »Dann wollen wir unsere Schicksale verbinden, so wie es schon die Götter einst taten. Wer vermag schon zu sagen, ob dies geschieht, wie sie bezweckten, oder nicht? Ich jedenfalls nicht. Ich ich wäre auch nicht so närrisch, es versuchen zu wollen.«

»Und der Speer?«

»Khorne ist am Ende immer noch ein vernünftiger Gott. Und du bist ein vernünftiger Mann. Wir werden darauf zurückkommen, wenn es so weit ist.« Yuhdak hob seine Klinge. »Sind wir uns dann also einig, Ahazian Kel?

»Das sind wir, Yuhdak vom Neunfältigen Pfad.«

Und während er das noch sagte, flirrte der Bannruf und verschwand. Ahazian fühlte, wie die flache Seite einer Klinge gegen sein Bein klatschte, und blickte herab. Sein eigenes Spiegelbild, in die Länge gezogen und durch die gesprungenen Facetten von Yuhdaks Helm verzerrt, blickte zu ihm hoch. Irgendwie, während er durch den Bannruf noch abgelenkt war, hatte es der Arcanit geschafft, sich an ihn heranzuschleichen, und das so leise, dass nicht einmal seine Macht es bemerkt hatte. Ahazian knurrte, und fast schon ärgerte ihn sein Entschluss.

»Gut«, sagte der Hexer, und Ahazian konnte dabei fast sein Grinsen heraushören. »Ich denke, dieses Bündnis wird uns beiden zum Gewinn gereichen, mein Freund.«

Volker beugte sich vor und füllte Okens Krug. »Trink langsam, Alter. Es gibt noch genug, wo das herkam.«

Sie saßen erneut in der Frachtbucht der gerade reparierten und reichlich mitgenommenen *Zank*, die langsam ihren Kurs über den Himmel über den Bernsteinsteppen entlangkroch. Die Endrinen brummten nicht so stetig wie zuvor, sondern klapperten und stöhnten. Das Ätherschiff glitt auch nicht so elegant wie zuvor durch den Himmel, stattdessen schwankte und ruckelte es.

Wie Brondt und seine Besatzung es geschafft hatten, das Schiff wieder in die Luft zu bringen, ganz zu schweigen davon, es auch nur irgendwie stetig fliegen zu lassen, hatte sich Volker nicht getraut zu fragen. Schließlich war es schwierig genug gewesen, den Kharadron-Kapitän dazu zu überreden, anstatt nach Shu'gohl zurückzukehren, wie er es vorgehabt hatte, stattdessen der schwarzen Spur zu folgen, welche die Skaven hinterlassen hatten. Nur das Versprechen, ihn später dafür zu bezahlen, hatte ihn schließlich murrend zum Weitermachen veranlasst.

Oken sah schon besser aus, als noch vor ein paar Stunden. Die Farbe war ein wenig in sein Gesicht zurückgekehrt, obwohl er noch immer anormal dünn wirkte. Aber schließlich war er nie besonders beleibt gewesen. Er war breit, so wie alle Duardin, doch das Alter hatte ihn seiner Masse beraubt. Zottiges Haar von der Farbe im Schnee verstreuter Eisenspäne wurde von einem einfachen rohen Lederband aus seinen scharf geschnittenen Zügen herausgehalten, und sein Bart war geflochten und von einer Kupferzwinge gehalten. Seine Brille saß in prekärem Balanceakt auf dem Grat einer Nase, die nach einem Schlag zuviel jede Form verloren hatte. Seine Hände zitterten leicht, während sie den Krug umfassten.

Brondt hatte etwas aus den Vorratskammern der Mannschaft herbeigeschafft – einen starken Met, der im nördlichen Hügelland Chamons gebraut worden war. Goldene Flocken trieben darin, und er roch stark nach Honig. Oken schnupperte daran. »Nicht gerade meine Hausmarke«, grunzte er. »Aber man nimmt, was man kriegen kann.« Er nahm einen tiefen Schluck, blickte dann Volker an. »Schätze, Grungni hat dich geschickt.«

»Gern geschehen, übrigens«, sagte Zana. Sie saß mit den anderen in der Nähe; nur Roggen war auf der anderen Seite der Frachtbucht und kümmerte sich um Harrow. Der Halbgryph hatte zahlreiche Wunden davongetragen, doch schienen sie ihm wenig auszumachen. Ihr grollendes Knurren bildete die leise Untermalung ihrer Unterhaltung.

»Ich verschwende meinen Dank nicht an jemanden, der für

seine Mühen Gold erhält«, sagte er mit wachsamem Blick in ihre Richtung. Sie verzog den Mund zu einem schiefen Grinsen und salutierte ihm. Sie gab der Geste verächtlich einen leicht anstößigen Anstrich, und Oken lachte in sich hinein.

»Leg los, Graubart«, knurrte Lugash. »Jetzt hast du deine Lippen benetzt, dann nutz sie jetzt auch. Wo ist dieser vermaledeite Speer?«

Volker warf dem Schicksalssucher einen finsteren Blick zu, aber Oken schien der Ton des anderen Duardin wenig auszumachen. »Ich habe es doch schon gesagt. Die Skaven haben ihn. Mag der Schöpfer allein wissen, wie sie davon erfahren haben. Aber sie haben davon erfahren, und sie kamen in großer Zahl – Hunderte von ihnen, die durch Zweige und Wurzelwerk schwärmten und alles abfackelten, was ihnen in den Weg kam.« Oken schloss die Augen und nahm einen weiteren Schluck Met. »Wir haben uns von ihnen ferngehalten, versuchten Vorsprung vor ihnen zu bewahren, aber da wimmelte auch schon der Wald vor Grots. Wir waren gezwungen höher zu klettern, um nicht in ihr Kreuzfeuer zu geraten.« Er runzelte die Stirn. »Das haute nicht hin. Am zweiten Tag haben wir Thunor und Kjarlsson verloren. Zu dem Zeitpunkt waren die Skaven überall, krabbelten ihrer verfluchten Maschine hinterher.«

»Wir haben die Spuren gesehen – was war das?«, fragte Volker.

»So eine Art Rad, aber gepanzert und riesig – größer als eigentlich möglich. Es überrollte die Garganten wie nichts und hinterließ meilenweit eine Spur zerquetschter Spinnen. Selbst die Riesenspinnen waren ihm nicht gewachsen. Es wälzte sich weiter, setzte die Bäume in Brand und zerriss die Spinnennetze. Wenn Gorch nur etwas trockener wäre, dann wäre der ganze Wald in Flammen aufgegangen.«

Oken leerte seinen Becher und streckte ihn zum Wiederauffüllen aus. Erst, als Volker das getan hatte, fuhr er fort. »Wir erreichten die Kernholzzitadelle, als der Angriff gerade begann. Wir waren entschlossen, das auszunutzen, und stahlen uns hinein. Die Skaven schafften es vor uns.« Erschöpft sackte er zusammen. »Wir bekämpften sie im Hort, aber sie hatten ihn, bevor wir es überhaupt merkten. Und dann …« Er verstummte. »Ich schätze, keiner der anderen hat überlebt.«

Volker schüttelte den Kopf.

»Ein Jammer. Waren lauter gute Jungs. Ihre Geister werden in den Tiefen Hallen des Sangs bedürfen.« Oken blickte auf. »Die Rattenbrut hat den Jäger. Der Schöpfer allein mag wissen, was sie für Pläne damit haben, aber wir müssen sie finden und aufhalten, bevor sie sie in die Tat umsetzen können.« Er leerte seinen Becher und stellte ihn beiseite. »Oder schlimmer, jemand anderes findet ihn vor uns.« Er zog die Stirn kraus. »Er … sang, da unten in der Dunkelheit. Nicht so, dass man's hören konnte, aber fühlen konnte man es, tief in den Knochen. Ein widerwärtiges Gefühl.«

»Die Grots hatten Angst davor«, sagte Nyoka leise. Sie sah sich um. »Die Pfähle, erinnert ihr euch?« Oken nickte und tätschelte ihr zärtlich die Hand.

»Aye, meine Dame. Das waren sie. Sie konnten es selbst hören. Darum versuchten sie, die Geister ihrer Feinde dort zu fesseln, damit sie darüber Wache hielten und ließen dieses Riesendrecksvieh von einer Spinne dort unten in der Grube zurück.«

»Wovor hatten sie Angst?«, fragte Volker. »Vor dem Speer?«

Oken schüttelte den Kopf. »Nicht vor dem Speer, sondern vor dem, nach dem er rief, wer immer das auch sein mochte.« Er runzelte die Stirn. »Die Waffen suchen sich einen starken Träger. Wie Parasiten, die ständig auf der Suche nach einem stärkeren Paar Hände, einem schärferen Verstand und einem kräftigeren Körper sind. Sie winden sich in der Hand eines Kriegers, wenn sie an seinem Gegner Gefallen gefunden haben.«

»Du sagst das so, als wären sie lebendig«, meinte Volker.

»Das sind sie auch, auf ihre Art. Nicht klug aber … gerissen. Die Schläue eines Tieres. Darum haben die alten Khazaliden in ihrer Weisheit beschlossen, die Waffen, die sie hatten, wegzuschließen, statt zu versuchen, sie zu benutzen. Man kann keiner

Waffe trauen, die ihren eigenen Kopf hat.« Oken zog die Brille ab und hielt sie hoch. Das Glas war zerkratzt und gesprungen, und er seufzte. Er faltete sie sorgsam zusammen und ließ sie in seinen Mantel gleiten. »Und die Thunwurtgaz-Loge dachte ebenso. Aber jetzt ist er frei und in der Hand des Feindes. Die Rattenbrut wird ihn nicht lange in ihrem Besitz halten können, genauso wenig wie die Grots es konnten. Wahrscheinlich singt er immer noch – ruft nach jemandem, einem, der ihn führen kann …«

Volker runzelte die Stirn. »Ich glaube, ich weiß, wer ihn sich holen will.« Rasch schilderte er Oken ihr Zusammentreffen mit den Gestaltwandlern in der Bibliotheca Vurmis und dem Hexer, der auf dem Rücken des Großen Königs ritt. Der alte Duardin schüttelte mit säuerlichem Gesichtsausdruck den Kopf.

»Wir müssen ihn als Erste in die Hände bekommen. Wenn dieser Chaosabschaum ihn kriegt, und im schlimmsten Fall weiß, was er ist, dann könnten sie auf den Gedanken kommen, ihn auf Sigmar zu schleudern, oder auf Grungni.«

»Oder Alarielle«, sagte Roggen leise. »Die Herrin der Blätter wurde in den letzten Jahrhunderten schon schwer verwundet. Ich will nicht erleben, dass sie wieder verletzt wird.«

»Wie ritterlich von Euch«, murmelte Adhema und stellte ein schiefes Grinsen zur Schau. »Doch dabei entgeht euch natürlich das offensichtliche Ziel.«

Volker sah sie an. »Wer? Nagash, schätze ich.«

Adhema lachte. »Nein, du Narr. Der Dreiäugige König.« Sie beugte sich vor, ihr Gesicht halb im Schatten. »Dies ist kein Krieg zwischen zwei Seiten, nicht einmal drei oder vier. Der Feind ist nicht geeint, und es gibt welche in seinen Reihen, die Archaon genauso gerne wie wir von seinem Thron stürzen sähen. Es könnte sein, dass unsere Feinde seine Feinde sind.«

»Na und?«, grollte Lugash. »Was soll das schon? Sie sind noch immer unsere Feinde.«

»Wie du meinst«, sagte Adhema sich gemächlich zurücklehnend. »Dennoch könnte es weise sein, alle Möglichkeiten im Auge zu behalten. Nur für den Fall.«

»Und wen sucht deine Herrin zu töten?«, fragte Oken.

»Man sollte denken, das wäre offensichtlich«, sagte Adhema. »Jeden, der sich ihr in den Weg stellt. Ein Speer, der jedes Ziel treffen kann, sogar eins in einem anderen Reich? Meine Herrin könnte den Lauf ganzer Kriege mit einem einzigen Tod verändern. Effizient, nicht wahr?«

»Das hängt ganz vom fraglichen Tod ab«, sagte Roggen.

Adhema lächelte träge und zuckte die Achseln. »Vielleicht sehen wir diese Dinge anders als du.« Ihr Lächeln erlosch. »Jeder der Acht hat seinen eigenen Zweck. Gung tötet, Sharduk zerbricht und so weiter und so fort. Wer anders als die Königin der Mysterien könnte besser dafür sorgen, dass sie aufs Rechte ihrer Bestimmung folgen?«

»Ich könnte mir da einige Leute vorstellen«, sagte Volker.

Adhema lehnte sich zurück. »Das kann ich mir denken, Schätzchen. Angefangen bei dir selbst.« Sie sah sich um. »Lasst uns doch die Maskerade drangeben. Wir sind keine Freunde. Wir sind bestenfalls Verbündete aufgrund der Umstände. Die Götter würfeln uns umher, und wir tanzen nach ihrem Kommando. Das hier ist dabei einfach nur das allerneueste Spiel. Und ich habe die Absicht, es zu gewinnen.«

»Du liegst falsch.«

Volker blinzelte, als ihm plötzlich klar wurde, dass er es war, der gesprochen hatte. Er räusperte sich. »Du liegst falsch«, wiederholte er. »Es ist kein Spiel. Nicht für mich. Nicht für uns – für keinen von uns. Vielleicht für sie. Den Feind. Aber nicht einmal Nagash hält das für ein Spiel. Das hier ist ein Krieg um das Schicksal aller Dinge, und alle, die jemals gelebt oder gestorben sind, sind darin die Kämpfer. Und die Götter können ohne uns nicht gewinnen, genauso wie wir nicht ohne sie überleben können.« Er sah sich um. »Einige von uns sind wegen des Lohns dabei – wegen Ehre – wegen Versprechungen, die gegeben wurden, und unerfülltem Verlangen. All diese Dinge können nachher geklärt werden. Aber jetzt, in diesem Moment, haben wir ein gemeinsames Ziel, und der Feind steht vor uns. Und das ist genug.« Er zögerte. »Oder sollte es jedenfalls sein.«

Adhema lachte leise. »Schöne Worte.« Sie streckte sich liegend aus, die Hände hinter dem Kopf verschränkt. »Weck mich auf, wenn ihr den Feind findet, Azyrit. Vielleicht habe ich bis dahin entschieden, auf wessen Seite ich stehe.«

EINUNDZWANZIG

DIE LÖWENFÄNGE

Kwell schaute zu der Monstrosität auf, die sich drohend über ihm erhob. Sie war nicht wirklich da, sondern nur ein Gespinst des Warplichts, aber er hielt es für angeraten, sich dennoch zu verbeugen. Vorsicht war die Rüstung des Klugen. Besonders gegen ein Geschöpf wie Skewerax, die Wandelnde Raserei.

Das Abbild des Rattendämons war zwar nicht so beeindruckend, als wenn man solch einem Wesen in Fleisch und Blut gegenüberstand, aber imposant war es dennoch. Das Bild erhob sich aus einem knisternden Netz von Warpblitzen, das von Kwells Mechanismus geschaffen wurde. Kwells Sklaven und Wachen duckten sich und hämmerten ihre Schnauzen gegen den Boden des Maschinenraums oder bissen sich in die Schwänze, um nicht zu schreien, während das grüne Licht sie umspülte. Einer der unglücklichen Sklaven, die auf der Empore des Übermalm-Oszillations-Rotators gearbeitet hatten, war nun komplett verrückt geworden und wand sich besinnungslos, während ihm Schaum aus dem Maul triefte und die anderen ihn achtlos zu Brei zertrampelten. Kwell ließ eine Linie pulverisierten Warpsteins über die Knöchel seines Handschuhs rieseln. Er schnupfte sie hoch und dachte beruhigende Gedanken.

Leicht war das nicht. Der bloße Anblick Skewerax' reichte schon aus, einen geringeren Skaven in den Mordwahn zu treiben. Er hockte auf mächtigen Beinen, die furchtbaren Klauen über die Knie gelegt und starrte Kwell aus Augen an, in denen göttlicher Wahnsinn glomm. Zwar trennten sie ganze Reiche, doch spürte Kwell noch immer die schreckliche Macht dieses Blicks.

»Nun?«

Das Wort kam aus dem Mund des Dämons wie ein Ballistengeschoss. Kwell griff sich mit den Klauen einen kurzen Moment an die Nase, schnüffelte und versuchte seine Fassung wiederzuerlangen. »Wir haben ihn gefunden, o Mächtiger Fetzer-Reißer. Genau da, wo du sagtest.« Na ja, so ganz genau da war es nicht gewesen, aber Kwell sah keine Notwendigkeit, das besonders hervorzuheben. Skewerax kannte wenig Nachsicht gegenüber Entschuldigungen und noch weniger gegenüber Vorhaltungen. Mit der Brut der Großen Gehörnten Ratte argumentierte man nur auf eigene Gefahr.

»Ja-ja, 'türlich war es das. Bin ich nicht der findigste Kriegskämpfer, der meist-genialste Denk-Tüftler?« Skewerax schlug sich mit großer Inbrunst auf die Brust. »Keiner kommt mir gleich. Keiner kann sich mit meiner Durchtrieben-Schläue messen.«

»Ganz wie du meinst, o Meist-Mörderischster«, sagte Kwell und ließ den Kopf unterwürfig auf und ab hopsen. Seiner bescheidenen Meinung nach war bei dem Rattendämon der Sinn für Strategie, sobald es über solch genial taktischen Anweisungen wie »Krabbelt-eilt« hinausging, bestenfalls dürftig ausgeprägt. Aber wenn es um einen Patron ging, durfte man nicht wählerisch sein. Besonders wenn der Patron so freigiebig – und dämlich – wie Skewerax war.

Er sah zu dem fraglichem Geschenk, um ganz sicherzugehen, dass es auch da war, wo es sein sollte. Der Speer hing noch immer in seinen Ketten, seine schwarze Spitze sog das Licht auf.

Das Abbild von Skewerax beugte sich vor. »Gib ihn mir.«

Kwells Schnauze zuckte. »Wie du befiehlst, o beflissenster aller Bluttäter.« Er hielt inne. »Du meinst jetzt?«

Die Augen des Dämons verengten sich. »Jaaaa.«

Kwell zögerte. »Aber es wird etwas dauern.«

»Nein. Wirf ihn«, fauchte Skewerax erzürnt. Sein gespaltener Schwanz zuckte umher. »Wirf ihn, Trottel-Narr.«

»Auf dich, o meist-gewaltiger Gebieter der Schmerzen?«

Kwell zuckte schon rein präventiv zurück, wohl wissend, was als Nächstes kommen würde. Skewerax kreischte los, entblößte seine Fänge in einer Grimasse schierer Erbitterung. Seine Klaue schoss vor, als wolle er Kwell erdrosseln. Dem Dämon ging Warpzahns Geduld gänzlich ab. Der alte Kriegsherr war gemessen an der Wandelnden Raserei förmlich ein Ausbund an Gleichmut. Nicht dass Kwell einen von ihnen besonders gemocht hätte, aber wenn er einem den Vorzug geben musste, so war seine Wahl klar.

Dennoch – man konnte es sich einfach nicht leisten, einen Dämonenpatron zu verspotten. Es war nur der puren Gnade von Skewerax zu verdanken, dass Kwell es geschafft hatte, so lange zu überleben. Die Welt war ein gefährlicher Ort für einen Skaven-Renegaten; besonders wenn man seine zahlreichen Verbrechen berücksichtigte. Er schniefte sich einen weiteren Klumpen pulverisierten Warpsteins die Nase hoch.

Er zischte vor Vergnügen und seine Lider flatterten. Es war schließlich nicht seine Schuld, dass der Sprengstoff, den er benutzt hatte, um seine Rivalen auszuschalten, einen kompletten Bezirk von Seuchenstadt hatte zusammenbrechen lassen. Und die Überreste hatte in Flammen aufgehen lassen. Und sie dann verloren in der Leere hatte dahintreiben lassen. Na, es hatte eine ganze Reihe unvorhersehbarer Faktoren gegeben, die da ins Spiel gekommen waren. Schludrige Maurerarbeit. Pfusch am Bau. Unsachgemäßes Material. Sabotage. Jedem, der nur einigermaßen seine Sinne beisammen hatte, musste glockenklar sein, dass er ein Opfer der Umstände geworden war.

»Kwell!«

Kwell blinzelte und sah auf. Der Rattendämon war jetzt mit

dem Kreischen durch. Skewerax hielt nun stattdessen einen zappelnden Skaven in grell geschmackloser Rüstung in einer Klaue. Kwell gab sich gar nicht erst mit der Frage ab, wo der Neuankömmling so plötzlich herkam. Skewerax hatte nun einmal diese Tendenz in Bauten zu gehen und dort das Kommando zu übernehmen. Der sich windende Gefangene war wahrscheinlich einer der unglücklichen Kriegsherrn des alten Warpzahns. »Ja, o Haltlosester?«

»Du wirst den Speer auf diesen hier werf-schleudern – wie heißt du, Trottel-Narr?« Skewerax fauchte und schüttelte sein Opfer, dass man förmlich glaubte, dessen Knochen rasseln zu hören. Der Skaven wimmerte irgendetwas, zuckte und gab den Geist auf. Skewerax blinzelte und bedachte den in seinem Griff baumelnden Kadaver mit einem wütenden Blick. »Warte einen Augenblick – ich hole einen anderen«, grummelte der Dämon, nach einer Zeitspanne, die man wohl als einen Moment betroffenen Schweigens bezeichnen konnte.

»Ich könnte ihn dir auch persönlich bringen«, warf Kwell ein. Der pulverisierte Warpstein sang mittlerweile in seinen Adern, knisterte durch sein Mark und verlieh ihm Mut und List in gleichem Maße. »Das wird zwar etwas dauernd, aber du wirst meist-erfreut sein, ja-ja.«

Skewerax sah ihn an. Der Dämon hatte nur ein schwaches Verständnis für das Konzept von Zeit. »Warum?«, grollte er. Lange Perlenketten glitzernden Geifers baumelten ihm von seinen schmalen Kiefern herab.

Kwell deutete auf den Speer. »Schau, o mächtiger Herr des Krieges – durch mein Genie haben wir diese höllische Waffe in eine Quelle der Macht verwandelt!« Er warf den Kopf zurück und stieß ein gackerndes Lachen aus. »Seine die Reiche verformenden Kräfte wurden nach meinem – nach UNSEREM – Willen verformt.« Er hob seine Fäuste und hüpfte aufgeregt von einer Tatze auf die andere.

»Was?«

Kwell hielt inne, eine Klaue erhoben. »Wir können ihn schleudern – und ihm folgen«, erklärte er gestikulierend. »Der

Speer reißt ein – irgendeine Art von Loch in die Membran zwischen den Reichen, ja-ja? Durch das wir dann hindurchrollen und alles in unserem Weg zerquetschen können!« Ein weiteres gackerndes Lachen, wilder als das erste. »Keine Festung kann uns widerstehen, keine mystische Barriere, kein durch Bannzauber geschütztes Portal! Ich – wir, WIR – werden die Mächtigsten sein!«

»Löcher nagen können wir schon lange, Kwell«, tat Skewerax eindringlich kund. »Warum brauchen wir eine neue Art zum Löchernagen?«

Kwell zuckte zusammen. »Größere Löcher«, erwiderte er zögerlich. Dann mit mehr Bestimmtheit: »Größere, gewaltigere, überwältigendere Löcher, ja-ja. An unwirtlichen Orten für den Feind.«

Skewerax starrte ihn nur an. Dann: »Ich werd' einen neuen Kriegsherrn finden. Dann schleuderst du den Speer nach ihm. Und dann hab ich den Speer, ja-ja?«

»Oder eben, wir bringen ihn dir einfach, und dann sieh-schaust du es selbst. Ich werde ihn benutzen, die Wälle von Excelsis zu zerschmettern.« Kwell schüttelte seine Fäuste gen Himmel, die Schnauze zurückgeworfen, die Schnauzhaare zitternd vor loderndem Eifer und Warpsteinpulver. »Das Warp-Rad wird die Menschendingstadt zerroll-schmettern, mächtiger Skewerax, und du wirst da sein, um den Sieg ihren unwürdigen, haarlosen Klauen zu entreißen, ja-ja!«

»Was ist ein Warp-Rad?«

Kwell zuckte erneut zusammen. »Eine … Waffe?«

»Noch eine Waffe? Du hast *zwei* Waffen?« Skewerax Züge schwollen an, und die Ratten in ihren Käfigen wurden von Furcht geschüttelt. »Gib mir die Waffen!«

»Ich bring sie dir vor-meist-eilig, o gewaltiger Koloss des Krieges«, erwiderte Kwell und zappelte auf eine Weise mit den Armen, von der er hoffte, dass sie besänftigend wirkte. »Sobald wir die Befalls-Ausmerzungs-Maßnahmen abgeschlossen haben. Was jeden Moment sein kann, ja-ja, schnell-eilends.« Er zögerte. »Relativ jedenfalls.«

»Relativ?«, fauchte Skewerax.

»Sobald wir alle diese Krabbel-Spinnen erledigt haben.«

Skewerax Antwort wurde vom Äther verschluckt, da die Ratten in den Käfigen, die den Fernquieker mit Kraft versorgten, eine nach der anderen zerplatzten. Kwell wischte sich das Blut von den Gewändern und seufzte erleichtert. Mit etwas Glück waren sie zu dem Zeitpunkt, da man eine neue Verbindung herstellen konnte, schon unterwegs.

Außerhalb der schützenden Hülle des Warp-Rads brodelten die Löwenfänge vor wilder Geschäftigkeit. An der äußeren Hülle wurden Reparaturen ausgeführt, während noch die letzten Körper der Grots, die es als blinde Passagiere in das Gefährt geschafft hatten, zu Brei verarbeitet und an die Rattenoger verfüttert wurden, die zum Bedienen der großen Blasebälge gebraucht wurden, welche ständig die Feuer der großen Essen anfachten. Rauch blähte sich in dunklen Wolken aus den verborgenen Abzügen auf, während das Warp-Rad repariert, mit Vorräten befüllt und neu für den kommenden Kriegszug bewaffnet wurde. Schon bald würden sie bereit zum Aufbruch sein.

Kwell rieb sich die Hände vor Aufregung und blickte zu dem Speer empor. »Schnell-bald, ja-ja, wirst du uns auf die Schlachtfelder bringen. Und mein Genie wird allen offenbar werden.« Er bleckte die Zähne.

»Selbst dumm-dämlichen Dämonen und ungeduldigen Kriegsherrn.«

»Sag mir, Hexer, wie schlimm hast du deinen letzten Kampf verloren?« Ahazian Kel hockte neben Yuhdak und starrte über die Steppen hinweg in Richtung der Löwenfänge. Die fangzahnförmige Felsformation erhob sich hoch über das umgebende Grasland, und spie aus all seinen zahlreichen Höhlen und Klüften Rauch in die Luft. »Muss wohl ziemlich schlimm gewesen sein, wenn man den Zustand deiner Rüstung und deiner Gewänder betrachtet. Waren das die Skaven?«

»Nein.«

Ahazian nickte. »Gut. Der Gedanke, du seist so schwach, würde mir gar nicht behagen.«

»Schwäche liegt im Auge des Betrachters.«

»Ja. Und ich sage, du siehst schwach aus.«

Einer der Raben stieß ein warnendes Krächzen aus. Ahazian schaute zu ihnen hoch. Der Schwarm musterte ihn wachsam und Ahazian erwiderte dies. »Gibt es tatsächlich neunundneunzig von ihnen?«

»Weißt du, ich habe sie nie wirklich gezählt«, entgegnete Yuhdak. Er wandte sich um, den Kopf schief gelegt. »Schätze, das sollte ich irgendwann, nur um sicherzugehen, dass man mich nicht betrügt.«

»Aber es könnten mehr sein«, meinte Ahazian. »Also besser nicht, außer du legst es darauf an, wegen zusätzlicher Klingen höher belangt zu werden.«

Yuhdak starrte ihn an. »Danke, ja. Darf ich die vielleicht mit der Frage nach deiner Meinung über unseren Feind behelligen?«

»Es gibt eine Menge von ihnen.«

»Du kannst also zählen. Fein.«

Ahazian gluckste in sich hinein. »Vorsicht, Hexer. Eines Tages könnte ich vielleicht Anstoß nehmen, und wo wärst du dann?«

»Wieder da, wo ich auch begonnen habe, schätze ich.«

Noch immer in sich hineinlachend sank Ahazian auf seine Hacken nieder und spähte zu dem fernen Felsgebilde. Es wirkte wie ein schroffer Hauer aus Stein, geformt wie die eines Tieres. Einst war es die Wolfsfänge genannt worden, aber wann und warum man den Namen änderte, konnte Ahazian nicht sagen, und es war ihm auch egal.

Die Felsformation erhob sich über einen kleinen Buckel rauen Steins, eine Insel inmitten des Grasmeeres, das sich ringsumher erstreckte. Die Skaven hatten erst gar nicht versucht, ihre Anwesenheit zu verbergen – die felsigen Hänge waren mit Tunnelöffnungen und Bohrlöchern überzogen. Rauch stob aus unsichtbaren Abzugsschächten empor, ringelte sich um ein Netzwerk aus klapprigen Laufgängen und Brücken, das sich zwischen den natürlichen Steintürmen und -zacken der Felsformation aufspannte.

Eine schwere Palisade aus schludrig zusammengeschustertem Holz und Stein zog sich über den Hang hin, aber es gab eine Öffnung, ein schwarzer Pfad direkt in das Herz der Festung. Etwas sehr Großes war dort hindurchgegangen, wahrscheinlich diese große Kriegsmaschine, die er dort hinter den höchsten Klippen kauern sah. Die Rattenbrut hatte eine widerliche Faszination für solche Konstruktionen, als könnte Bewaffnung ihre zahlreichen Unzulänglichkeiten wettmachen. »Das ist ein Nest«, sagte er schließlich. »Wahrscheinlich eine Zwischenstation oder ein Depot, so wie diese Maschine aussieht. Die Skaven haben eine Schwäche für solche Dinger. Unnützes Ungeziefer mit unnützen Plänen.«

»Du meinst so wie eine Versorgungsroute?«

»Genau. Was bringt es denn, einen Feind zu töten, wenn du nicht seine Vorräte und Kinder frisst?« Ahazian machte eine abfällige Handbewegung. »Kein Sinn für Tradition, diese Rattenbrut.«

Yuhdak nickte. »So sieht es aus. Was denkst du also?«

Ahazian sah zur Sonne hoch, zog die Witterung ein und spuckte aus. »Ein frontaler Angriff wäre das einfachste.«

Yuhdak wartete, schwieg. Der Todesbringer lachte in sich hinein. »Nein, hatte mir schon gedacht, dass dir das nicht besonders gefällt.« Er klopfte mit der Schneide seiner Axt auf den Boden. »Aber es ist die wirksamste Methode, um unser Ziel zu erreichen. Ich lenke die Aufmerksamkeit auf mich, und du stürzt dich rein und erledigst das Töten.«

»Wo ist der Speer?«

Ahazian griff nach dem Bruchstück. Sein Lied war lauter geworden und nun hallte es in jedem Knochen seines Körpers wider. Ein Mordlied, fesselnd und göttlich zugleich. Der Speer schrie inzwischen nach ihm, verlangte danach, dass er ihn fand und ihn endlich richtig führte. Er schüttelte den Kopf. »Nah. Er ist dort irgendwo. Ich schätze, um ihn zu finden, wirst du mir folgen müssen, was?«

Yuhdak nickte bedächtig. »Schätze schon.«

Ahazian stand auf und näherte sich seinem Ross. Der kohlschwarze Hengst wieherte vor Vorfreude. Kameradschaftlich schnappte er nach ihm. »Ein letzter Ritt noch, mein Freund«, sagte Ahazian und tätschelte ihm den Hals. »Und dann werde ich dich vielleicht freilassen, damit du galoppierend die Steppen durchstreifst und dich ganz nach deiner Lust vollfrisst.« Vielleicht auch nicht. Wenn ein Mann einmal ein Pferd gefunden hatte, das seiner würdig war, war es närrisch, es gehen zu lassen.

Er schwang sich in den Sattel. »Beeil dich, Hexer. Oder ich töte sie alle, bevor du noch Gelegenheit hast, dieser knurrenden Klinge, die du da an der Hüfte trägst, zu trinken zu geben.«

Yuhdak breitete die Arme aus. »Es kommt, wie es kommt, Barbar. Ich werde auf den Schwingen der Schatten nahen, mit einer Armee in meinem Rücken.« Er begann zu gestikulieren, murmelte leise dazu, und Ahazian fühlte, wie die Luft schal und schwer wurde. Undeutliche Umrisse wurden sichtbar und tollten stumm um sie her. Nimmergeborene, angezogen von der Witterung sich zu Erfüllung neigender Schicksale und ergriffener Gelegenheiten.

Ahazian verzog das Gesicht und spuckte aus, brachte dann sein Ross dazu, in einen Trab zu verfallen. Sollte der Hexer doch mit Dämonen spielen, wenn er wollte. Ahazian zog seine eigenen Werkzeuge vor. Er ritt den Hang hinab und wandte dann sein Pferd in Richtung der Löwenfänge. Das Lied des Speers erhob sich tosend und löschte jeden Gedanken aus. Er griff seinen Schädelhammer, und mit einer Waffe in jeder Hand spornte er sein Ross zum Galopp an. Der schwarze Hengst stürzte sich vorwärts, rannte so schnell er konnte, mit größerer Geschwindigkeit als jedes normale Tier erreichen sollte. Die Pferde der Toten eilten schnell. Ahazian lachte.

Er lachte noch immer, als er durch die erste Posten von Skaven-Wachen brach, die auf dem geschwärzten, niedergewalzten Gras ihr Lager errichtet hatten. Die Rattenbrut starrte ihn nur sprachlos an, als er sie niederritt. Große Gongs ertönten irgendwo auf den äußeren Hängen der Felsenmasse, als man dort seine Annäherung bemerkte. Er beugte sich tief in seinem Sattel und lehnte sich nach links, schwang seinen Hammer, um ihn einem Skavenkrieger in die Brust zu schmettern. Das Ungeziefer flog durch die Luft und landete mit lautem Knirschen, als Ahazian vorübergaloppierte. Mit einem lässigem Schwung seiner Axt schlug er einem weiteren den Kopf ab.

Von überall kroch Rattenbrut hervor. Sie krabbelten und wimmelten, als er die Steinmassen erreichte, die Hänge und Vorsprünge der Felszacken herab. Gongs tönten und Hörner schallten. Ahazian schlug seine Waffen gegeneinander und stieß ein wortloses, herausforderndes Gebrüll hervor, das alle Augen auf ihn zog.

Als er die Schattenlinie der Felsformation passierte, sah er die ersten der Raben herabstürzen, und den Vorsprüngen und Höhlungen entgegengleiten. Er schmetterte einen auf ihn gezielten gezackten Speer noch im Flug beiseite. Sein Ross bäumte sich auf und wieherte schrill in seinem Zorn. Skaven stürmten auf ihn zu und quiekten erbittert. Ein, zwei Dutzend, Hunderte. Eine Flut haariger Leiber flutete brodelnd aus den Gängen des Baus.

Und dann gab es nichts mehr zu sehen außer Blut und Mord.

»Wir kommen gut voran«, sagte Volker, während er sich über die Reling lehnte. Die Spur dort unten war weiterhin so klar und deutlich zu erkennen wie eh und je, seit sie Gorch verlassen hatten. Die Skaven waren, trotz all ihrer Gerissenheit, nicht gerade die subtilsten Kreaturen. Ihre Kriegsmaschine hatte eine schwarze Schneise quer durch die Steppe gezogen und Flammen und Brand hinter sich zurückgelassen, die den Horizont mit Rauch verhüllten. Steppenbrände wüteten dort unten und verschlangen das Grasland. Es würde Tage brauchen, bis sie sich verzehrten und schließlich erloschen.

»Wir wären 'nen ganzen Zahn schneller, wenn die Endrin nicht auf dem letzten Loch pfiffe.« Brondt klang mürrisch. »Hat mich ein Jahrzehnt gekostet, genug zusammenzukratzen, um den Kasten zu bezahlen. Das ist jetzt dann wohl futsch.«

»Grungni wird sich um das kümmern, was er dir schuldet, Brondt. Das tut er stets.« Zana fuhr mit einem Stein über die Schneide ihres Schwertes. Sie saß auf der Reling, gegen einen Stützträger gelehnt. »Vertrau mir.«

»Lieber vertrau ich dem Blutegel«, meinte Brondt.

Zana lachte, musste dann husten, als das Ätherschiff durch eine Rauchsäule flog.

Volker musterte sie und fragte sich, nicht zum ersten Mal, wie die beiden einander wohl begegnet waren. Aber er sagte nichts. Oken, noch immer in seine Felle gehüllt, trat zu ihm an die Reling. Er wirkte alt und schwach. »Eine feine Besatzung, mein Junge. Ich wette, du bedauerst inzwischen, dass du nicht in Azyr geblieben bist, was?«

Volker lächelte. »Noch nicht.«

Oken lachte in sich hinein. »Das kommt schon noch.« Er seufzte. »Also ich bedaure es schon manchmal.« Er lehnte sich mit halb geschlossenen Augen gegen die Reling. »Ich bin erschöpft. Ganz zerschlissen und roh von diesem Leben.«

»Aber du lebst«, meinte Volker sanft. »Grungni hat mich dir hinterhergesandt.«

»Grungni hat dich dem Speer hinterhergesandt«, sagte Oken schlicht. Er sah Volker an, und sein Blick war hart. »Verwechsle niemals Pragmatismus mit Mitgefühl. Vom einen haben die Götter im Überfluss, vom anderen aber eher beklagenswert wenig, so musste ich feststellen.«

Volker berührte das Amulett um seinen Hals. »Hätten sie kein Mitgefühl, so würden sie wohl jetzt kaum für uns kämpfen. Und sie würden uns kaum dazu bringen, für sie zu kämpfen.«

Oken schüttelte den Kopf. »Stur. Genau wie deine Mutter.«

»Du trägst genauso Schuld wie sie.«

Oken lachte. »Das stimmt wohl.« Er schüttelte den Kopf. »Vielleicht hätte ich dir nicht so viel von unserer Art beibringen sollen.« Er klopfte Volker auf den Arm. »Hab dich wahrscheinlich damit versaut. Einen zerbrechlichen Geist und zerbrechliche Leiber habt ihr Menschen.«

Volker lächelte. »Du hast mich davor bewahrt, jemand zu

werden, den wahrscheinlich keiner von uns gemocht hätte, schätze ich. Noch ein verzogenes Azyritengör, das versucht, seinen Namen in das Herz der Welt zu ritzen.« Er lachte. »Und jetzt steh ich im Dienste eines Gottes.«

»So wie wir alle«, warf Nyoka hinter ihnen ein. Sie lächelte auf Oken herab. »Es freut mich, dass du überlebt hast, Oken. Dieses raue Reich wäre ärmer dran, wenn es einen Gelehrten wie dich verloren hätte.«

»Und das ist aus deinem Munde ein schönes Kompliment.« Plötzlich gab Oken ein Grunzen von sich und taumelte. Sein Gesicht wirkte weiß und ausgezehrt. Volker beeilte sich, ihn zu stützen, doch der Duardin winkte ihn zurück. »Mir geht's gut, Junge. Kein Grund, einen Aufstand zu machen.«

»Du bist noch immer vom Gift Arachnaröks geschwächt. Du solltest dich ausruhen.« Nyokas Worte klangen entschieden. Oken runzelte die Stirn in ihre Richtung.

»Nicht du jetzt auch noch. Ich bin kein Bartling. Ich brauche kein Kindermädchen.« Er schob sich an ihnen vorbei. »Ich geh nach unten. Nicht, weil du's sagst, denk das bloß nicht. Sondern nur, weil ich des Ausblicks müde bin.« Er zog die Felle enger um sich und stapfte davon.

»Er ist stark. Er wird sich mit der Zeit erholen.«

»Wenn wir die Zeit haben.« Er blickte sie an. »Hörst du Sigmars Stimme?«

»Manchmal.«

»Und jetzt?«

»Nein.« Sie wandte den Blick ab. »Ich höre ihn in meinen Träumen, glaube ich. Eine mächtige Stimme, die dröhnt wie der Klang einer Glocke, gegossen aus Sternenlicht und Donner. Er hat mir Dinge gezeigt in meinen Träumen. Hat mir gezeigt, was sein muss und was sein wird.«

»Ist das nicht das Gleiche?«

»Nicht immer«, sagte sie. Sie rieb sich das Auge, als schmerze es sie. »Darum, glaube ich, bin ich auch mitgekommen. Er hat vor eurer Ankunft zu mir gesprochen und mir gesagt, dass ich gehen müsse. Dass, wenn ich's nicht täte, das, was sein muss, umgeschrieben würde. Das ich auf das vorbereitet sein solle, was kommen würde, und bereit, das zu tun, was getan werden muss.«

»Ich denke nicht, dass ich das verstehe.«

»Ich auch nicht. Aber ich glaube daran.« Sie schenkte ihm erneut ein gelassenes Lächeln. »Du machst dir Sorgen.«

»Du denn nicht?«

»Nein.« Sie hob ihren Hammer und hielt ihn ins Licht. Volker sah dort einen zusammengeringelten Wurm mit dem Gesicht eines Gottes; Sigmars Gesicht auf dem Körper eines großen Wurms. Ihn schauderte – kein Wunder, dass Calva so aufgebracht war. Nyoka fuhr fort, sich seines Unbehagens offenbar nicht bewusst. »Sorge ist für die, denen es an Glauben mangelt, Owain. Mein Glaube leitet mich durch alles. Dass Sahg'mahr nicht zu mir spricht, heißt nicht, dass er mir nicht den Weg weist. Selbst als die Reiche voreinander verschlossen und in den Ketten des Chaos gefangen waren, selbst da war er bei uns.« Sie brachte den Hammer an ihre Lippen und küsste das dort eingeprägte Gesicht. »Wir müssen nur zuhören und an unserem Glauben festhalten.«

»Leichter gesagt als getan«, erwiderte Volker.

»Wenn es leicht wäre, dann wäre es ja keine Sache des Glaubens.« Nyoka klopfte leicht mit dem Kopf des Hammers gegen ihre Brust. »Denk immer daran.« Wieder lächelte sie breit. »Glaube ist die Straße, auf der die Gerechten zum Sieg marschieren.«

»Den habe ich schon einmal gehört«, sagte er und lachte, als plötzlich die Alarmglocken erklangen. Jemand hatte etwas entdeckt. Volker sah eine finstere Felsformation, schroff und kantig, die sich aus dem Grasland vor ihnen erhob. Er sah sich nach Brondt um. »Kapitän ...?«

»Ha! Dacht ich's mir.« Brondt stand in der Nähe und lehnte sich über die Reling. »Sie haben die Löwenfänge wieder bevölkert, dieses Gezücht. Ich wusste doch, dass die Azyriten nicht tief genug gebuddelt hatten. Auf eins kann man sich bei dieser Rattenbrut verlassen, und das ist, dass es immer mehr von ihnen gibt, als man denkt.«

»Die Löwenfänge«, murmelte Volker. Er war noch nie dort gewesen, aber er hatte schon Geschichten über diese fangzahnartigen Felstrümmer gehört, die sich aus der Steppe erhoben. Die freistehende turmhafte Hochebene glich wahrhaftig dem Maul eines Ungetüms, mit schiefen Türmen aus Stein anstelle der Zähne. Sie war von Tunneln ausgehöhlt, die durch den Tritt vieler Füße geglättet worden waren. Sie war, in der einen Form oder anderen, seit dem Zeitalter der Mythen immer wieder besetzt worden, unter wechselnden Namen, so wie es den Besetzern gerade in den Sinn kam.

Während der Reichspfortenkriege waren sie die Wolfsfänge genannt worden, bevor drei Krieger vom Löwenbanner aus Sigmars Sturmschar den Opfertod gestorben waren, um es von seinen Bestienherren zu befreien. Die hundert Hordensteine, die im Schatten der Felsformation errichtet worden waren, wurden gestürzt und die Wolfskönige mit ihnen, doch als die Bestienhorden verschwunden waren, hatten die Skaven sich dort breitgemacht. Die Rattenmenschen hatten sich von unten her hineingegraben, noch während die Truppen Azyrs ihre Verteidigung errichteten. Als die Rattenbrut schließlich in die halb fertiggestellte Zitadelle hineingebrochen war, hatte ein neuer Krieg auf der Asche des alten gewütet.

Es war nicht gerade die Art von Sieg gewesen, über den die Barden sangen. Eher ein mürrisches Patt. Die Löwenfänge waren, nach dem, was Volker zuletzt gehört hatte, als ausgebrannte Ruine zurückgeblieben. Offenbar reichte so etwas den Skaven. Brondt blickte ihn an. »Deine Leute sind tüchtig, wenn's ums Zerstören geht, aber nicht, wenn sie was durchziehen sollen. Es braucht mehr als nur'n paar Tunnel einstürzen zu lassen und eine Horde Ungeziefer abzufackeln, um der Rattenbrut den Garaus zu machen.«

Volker kam plötzlich ein Gedanke, und er begann, die Entfernung zu berechnen. Er fluchte. Nyoka stieß ihn an. »Was ist? Was siehst du?«

»Die alten Handelsstraßen.« Volker deutete voraus. »Die Löwenfänge und Excelsis sind in gerader Linie verbunden.

Darum mussten wir die Bestienhorden überhaupt von dort vertreiben – das war der einzige Weg, die alten Handelsrouten zu den Wurmstädten wieder einzurichten. Und darum wollten es auch die Skaven haben. Zumindest war das, was jeder dachte. Aber dann haben sie keinerlei Raubzüge unternommen, von denen man groß gehört hätte.« Er sah Zana an. »Was wäre, wenn sie etwas anderes im Schilde geführt hätten?«

Sie stöhnte. »Natürlich. Sie suchten nach einem Ort, wo sie dieses Ding bauen konnten. Und das nahe genug an Gorch lag, dass sie es benutzen konnten, um sich den Speer zu schnappen.« Sie rieb sich das Gesicht. »Das müssen sie schon seit einiger Zeit planen.« Sie schüttelte den Kopf. »Grungni wird darüber gar nicht glücklich sein. Wenn die Rattenbrut schon so lange von der Waffe weiß, dann ist es ziemlich wahrscheinlich, dass sie auch nach den anderen suchen.« Sie zog die Stirn in Falten. »Es wäre sogar möglich, dass sie einige davon schon in ihre Hand gebracht haben.«

»Aha? Hört sich für mich an, als machte es das nur einfacher, sie zu finden.« Lugash kam über das Deck auf sie zu und kratzte sich mit seinem Schlachteisen die Wange. Der Schicksalssucher war, seit sie Gorch verlassen hatten, auf dem Schiff herumgestreift, unfähig, zur Ruhe zu kommen. Volker wusste, wie er sich fühlte. »Skaven sind raffiniert, aber nicht so raffiniert.« Er lugte über die Reling. »Was meint ihr, wie viele da unten sind?«

Eine Explosion erleuchtete den Himmel, und ließ eine zerrissene Narbe aus Rot und Gelb durch die Schwärze zucken. Zana stieß einen Pfiff aus. »Jetzt wohl weniger, denke ich.« Eine weitere Explosion folgte der ersten.

»Sieht aus, als wären wir nicht die Einzigen, die ihnen gefolgt sind.«

ZWEIUNDZWANZIG

DIE SCHLACHT UM DIE FÄNGE

Volker sah Brondt an, als eine weitere Explosion den Himmel erhellte. Wer immer da auch – was immer da auch – die Löwenfänge angriff, ging dabei nicht zimperlich vor. »Wir müssen schnell da runter.«

»Bist du übergeschnappt oder was?«, wollte Brondt wissen. »Ich hab dieses Ding gerade wieder an den Himmel gebracht – ich bring's da nicht wieder runter, nur damit es vollkommen hin gemacht wird!«

»Das musst du auch nicht. Nicht lange jedenfalls.« Zana hatte einen nachdenklichen Ausdruck auf dem Gesicht.

»Du hast einen Plan, schätze ich.« Brondt schüttelte den Kopf. »Was red' ich denn da? Natürlich hast du den. Aber leider ist uns inzwischen so ziemlich alles, was brennen oder explodieren kann, ausgegangen.«

»Du hast immerhin noch eine Abteilung von Grundstok-Schützen an Bord«, meinte Zana. »Und deine Mannschaft.« Sie kratzte sich am Kinn. »Außerdem, wenn die Skaven erst einen Blick drauf kriegen, wie dieser Trümmer hier aus den Wolken herausbricht und beidreht, werden die laufen, was das Zeug hält. Wenn sie nicht gerade damit beschäftigt sind, die zu bekämpfen, die schon da unten sind. Alles, was wir tun müssen, ist den Speer finden – eine Schlacht müssen wir dabei nicht gewinnen.«

Brondt paffte einen Augenblick lang stumm an seinem Stumpen. Dann: »Das kannst du ihnen selbst beibringen. Steinhelm ist nicht Mitglied meiner Besatzung, und ich kann ihm nicht befehlen, irgendwas zu tun, was er nicht tun will.«

»Ich dachte, was der Kapitän sagt, gilt«, meinte Zana.

»Und wenn er Käpt'n bleiben will, dann sorgt er besser dafür, dass er immer nur das Richtige sagt.«

Der Artillerie-Hauptmann der Schützen war ein schroffer, stämmiger, kahlrasierter Duardin namens Steinhelm. Er hatte einen kurz gestutzten, kupferroten Bart, der wie ein Spaten geformt war und an dem er unablässig herumzupfte, als Zana ihre Sache vorbrachte. Steinhelm hatte einen harten Blick, einen, wie Volker ihn normalerweise bei einem Freigilden-Offizier erwartet hätte – eine Art von stumpfer Hinnahme der Welt und all ihrer offensichtlichen Fehler. Besonders jener, die gerade dem besagten Offizier gegenüber standen.

Steinhelm legte die Stirn in Falten, als Zana schließlich ihre Ansprache beendete. Der Donnerhund hielt seinen Helm unter einem Arm und zupfte wieder an seinem Bart. »Das ist Selbstmord. Schlimmer noch, keiner bezahlt uns dafür.« Er bedachte Brondt mit einem finsteren Blick, der daraufhin nur zu Zana hinüberblickte und auf sie zeigte.

»Die Grundstok-Gesellschaft kann den Azyriten die geleisteten Dienste in Rechnung stellen«, sagte Zana. Sie schlug mit den Knöcheln vor Volkers Brust. »Er ist ein Geschützmeister. Er ist Zeuge.« Sie grinste. »Besser noch, er ist euer Arbeitgeber.« Sie brachte Volker, der gerade protestieren wollte, zum Schweigen. »Außerdem – ich denke, es ist eure Pflicht gegenüber der Gesellschaft. Du siehst ein Feuer, du löschst es. Du siehst einen Skaven – sssst.« Sie fuhr mit dem Daumen quer über ihre Kehle. »Ist reine Nachbarschaftshilfe.«

Steinhelm lachte. Es war kein angenehmes Geräusch. Er blickte Brondt an. »Ist was dran, was sie sagt, dein Mensch.«

»Nicht meiner.« Brondt nickte dennoch. »Und die Wurmstädte haben noch immer einen Preis auf Skavenschwänze ausgesetzt«, gab er in nachdenklichem Ton hinterher.

Wieder lachte Steinhelm. Er spuckte in seinen Helm und streckte ihn aus. Zana tat es ihm gleich. »Dann haben wir eine Abmachung«, sagte Steinhelm. »Wir töten Ratten für dich, aber der Rest …«

»Darum kümmern wir uns schon, keine Angst«, knurrte Lugash und strich mit dem Daumen über die Schneide seiner Axt. Ein Blutstropfen bildete sich an seinem Daumen, und er steckte ihn in den Mund. Dann sah er seinen Daumen an. »Obwohl ich immer noch nicht so recht weiß, wie.«

»Wie bei den Hörnern eines Stiers«, sagte Volker. »Wir nehmen sie zwischen die Hörner, greifen auf zwei Achsen an – eine Gruppe vom Boden aus, die andere aus der Luft.« Bevor Brondt protestieren konnte, fuhr er fort. »Ich habe schon gesehen, wie Kharadron-Truppen auf Festungsmauern abgesetzt haben. Auf dieser Kriegsmaschine zu landen, dürfte auch nicht schwieriger sein.«

Oken lachte und schlug sich auf die Knie. Er war mit den anderen wieder zurück an Deck gekommen, da er sich die Vorbereitungen nicht entgehen lassen wollte. »Gesprochen wie ein wahrer Azyrit. Warum einen Ort angreifen, wenn du zwei angreifen kannst?« Er warf sich hustend nach vorn, und Volker eilte zu ihm. Der alte Duardin packte ihn am Handgelenk. »Mir geht's gut. Hab noch ein bisschen Gift in mir. Hör auf, dir Sorgen zu machen.«

»Ich mach mir keine Sorgen«, sagte Volker.

Oken schnaubte. »Du warst schon immer einer, der sich Sorgen macht. Darum gibst du auch einen guten Geschützmeister ab.«

Volker zögerte. Dann: »Wir haben nicht groß Gelegenheit gehabt, um –«

Mit einer Handbewegung brachte Oken ihn zum Schweigen. »Hab ich dir das nicht besser beigebracht? Es gibt den richtigen Ort und die richtige Zeit, aber nicht tief in der Mine.«

»Wir sind aber in der Luft.«

»Ist das gleiche«, entgegnete Oken wegwerfend. Er blickte Volker an und tippte sich an die Schläfe. »Konzentrier dich, Junge. Augen auf das Ziel. Alles andere ist nicht wichtig.«

»Augen auf das Ziel«, erwiderte Volker. Er wandte sich um. »Ich führe den Angriff auf die Maschine an. Kapitän …?«

»Aye, mein Junge. Wir kümmern uns drum.« Brondt blies Rauch durch seine Nasenlöcher aus. »Vor'n bisschen Gehaue und Gesteche sind wir noch nie zurückgescheut.«

»Ich komme auch mit«, sagte Zana, bevor Adhema sprechen konnte.

Lugash schlug seine Waffen gegeneinander. »Und ich ebenfalls, Menschling.« Der Schicksalssucher bebte beinah vor Aufregung.

Roggen kreuzte seine Arme. »Ich gehe mit Steinhelm. Im Freien wird Harrow von größerem Nutzen sein als mitten in so einer engen Maschine.«

Nyoka hielt ihren Hammer in der Armbeuge. »Ich begleite Roggen.«

»So wie ich«, sagte Adhema schließlich. Sie grinste Zana an. »Drei und drei, wie? Das gibt uns allen die gleiche Chance, das zu finden, was wir suchen.«

»Und wenn du es zuerst findest, bist du herzlich eingeladen, zu versuchen, damit zu entkommen«, sagte Volker und schnitt damit jede mögliche Diskussion ab. Er stieß den Kolben seiner Langbüchse auf das Deck. »Ich schlage vor, recht schnell zu laufen.« Er sah sich um. »Und ich schlage vor, dass wir uns bereitmachen. Und beten.«

»Deine Gebete kannst du dir sparen, mein Junge«, meinte Brondt unverblümt. »Die Erfahrung hat mich gelehrt, dass die Götter meist auf der Seite dessen stehen, der die meiste Feuerkraft hat.«

Volker nickte. »Und wenn nicht das, dann die größte Treffsicherheit.«

Als der Beschluss nun einmal gefasst war, ging alles recht schnell. Die *Zank* schwenkte nach Osten, manövrierte so, dass sie sich den Löwenfängen aus dem Schutz der Wolken nähern würde. Adhema wimmerte leise, als die Sonne über das Deck kroch. Die Tage waren hier heller, das Licht heftiger als in Shyish. Das Alter gab den vom Seelenbrand Befallenen Stärke. Sie konnten im Licht wandeln, wenn auch nicht für lange. Rüstung half da. Schatten noch mehr.

Aber trotz dieses Ärgernisses war sie aufgeregt. Die Aussicht auf eine Schlacht hatte stets diese Wirkung auf sie. Besonders dann, wenn der Sieg in Reichweite schien. Sie leckte über ihre Fangzähne und schwelgte in den Gedanken an künftige Feste. Vielleicht würde Neferata ihr, als Belohnung für ihre treuen Dienste, erlauben, den Speer zu schleudern. Ihr fielen da hundert mögliche Ziele ein, und sie stellte sich gerade eines davon vor, als der stattliche Ritter sie darin unterbrach. Roggen beugte sich vor, und seine Hände umfassten die Reling. Seine Augen richteten sich auf die Flammen dort unten. »Die Herrin der Blätter kennt keine Nachsicht mit jenen deines Schlages. Etwas, das nicht tot ist, es aber sein sollte – das ist ihr ein Gräuel.«

»Und was denkst du?« Ungerufen kam die Frage über ihre Lippen. Neugier vielleicht. Der Ritter hatte sie gerettet. Ein unwillkürlicher Akt der Tapferkeit oder einfach nur ein willkürlicher Drang nach Vernichtung? »Bin ich ein Gräuel?«

Roggen grinste. Ihm fehlten ein paar Zähne. Nicht aufgrund von Vernachlässigung, dachte sie. Eine lange Chronik der Gewalt war in seine Züge eingeprägt. Auf den ersten Blick eine interessantere Geschichte als die des Azyriten. »Mir nicht. Aber ich bin nur ein schlichtes Gemüt. Ich kämpfe. Ich urteile nicht.« Eine weitere Explosion unter ihnen erregte seine Aufmerksamkeit, und er lehnte sich angespannt vor. Sein Herz machte dabei einen Satz, und sie fühlte etwas, das nah an Verbundenheit herankam, während sie sich gleichzeitig doch schon den Geschmack seines Blutes auf ihrer Zunge vorstellte.

»Schlichtheit ist das Beste«, sagte sie. »Überlass das Urteil den Göttern.«

»Ja«, sagte er und riss den Blick von dem Schauspiel weg. »Komm. Wir gehen nach unten. Es ist fast so weit.«

Sie bot ihm mit eleganter Geste den Vortritt. »Nach dir.«

Unten, in einem Raum, den die Kharadron eine Einsatzbucht nannten, erwartete Nyoka sie bereits zusammen mit Sturmhelm und seinen Schützen. Der Duardin funkelte sie an, doch keiner von ihnen erhob Einspruch. Sie stellte mit einiger Belustigung fest, dass sie um sie einen gleich weiten Bogen machten wie um den Halbgryph. »Raubtiere vom gleichen Schlag«, murmelte sie. Der Halbgryph grollte sie an und schlug heftig mit dem Schwanz aus. Tiere kamen nur selten mit dem Geruch der Untoten klar.

Während die *Zank* in die gewünschte Position schlingerte, schrammte ihr Rumpf an den zerklüfteten Felsen der Löwenfänge vorbei und die Duardin-Schützen machten sich bereit. Der Signal-Orbus zum Start ihrer Mission erhob sich über der Frachtluke, und Steinhelm bellte seinen Kriegern Befehle zu. Es gab mehr als ein Dutzend von ihnen, die auf zwei Einheiten aufgeteilt waren. »Ich will einen raschen Sturzflug sehen. Eisenwallformation mit Nhar als Zentrum. Haltet die Augen weit auf. Wenn ihr irgendetwas seht, das größer als eine Arkebuse ist, gebt sofort Meldung. Wir wissen schließlich alle, wie sehr die Rattenbrut ihre kleinen Spielzeuge liebt. Keulenfaust …?

»Ich halt euch die dicken Brocken vom Hals, Artillerie-Hauptmann«, antwortete ein schwerer Duardin, der hinter dem Schutzschild einer Ätherkanone hockte. »Ich und Helga.« Er gab seiner Kanone einen zärtlichen Klaps. Adhema prustete verhalten und tauschte einen Blick mit Roggen aus.

Der stattliche Ritter saß in seinem Sattel, die Zügel in beiden Händen. Er tätschelte dem Halbgreifen den Hals, um das unruhige Tier zu besänftigen. »Ich denke, wir übernehmen die Spitze.«

»Aye, wenn Ihr wollt«, meinte Steinhelm. »Kommt uns nur nicht in die Quere. Ich will die Einsatzzone frei. Und keine Patzer.« Er wandte sich um und durchbohrte einen der Krieger mit seinem Blick. »Und das gilt doppelt für dich, Wutbolzen Drengi. Denkst du, ich seh' nicht, wie du da deine Haumesser befummelst. Wir halten uns aus jedem Handgemenge, allem

Gehaue und Gesteche raus. Das gilt für Grünhäute und Menschlinge.«

Drengi, ein eher klein gewachsener Duardin murmelte etwas vor sich hin, nickte dann aber, als Steinhelm ihn mit festem, strengem Blick beharrlich anstarrte. »Aye, Artillerie-Hauptmann. Kein Gehaue.«

»Ich schätze, ihr habt nichts dagegen einzuwenden, wenn wir dagegen uns Derartigem voll hingeben werden«, bemerkte Adhema. Ihr scharfes Gehör hatte das pfeifende Klirren leichten Beschusses erfasst, der von der Unterseite des Rumpfes abprallte. Die Skaven hatten mittlerweile begriffen, dass es eine neue Partei in diesem Spiel gab. Steinhelm sah sie mit finsterem Blick an. Dann lächelte er.

»Oh, ganz und gar nicht – stecht und haut, wie es euch beliebt. Bleibt uns nur aus der Schusslinie.« Er zuckte die Achseln. »Oder auch nicht. Eure Entscheidung.« Der Signal-Orbus flammte erneut auf und erfüllte die Bucht mit scharlachrotem Licht. »Na, dann mal los. Macht euch bereit. Die Luken auf in drei … zwei … und …«

Die drei Luken, die in die Krümmung des Rumpfes eingelassen waren, schwangen mit lautem Rasseln und dem Knirschen unsichtbarer Zahnräder auf. Der Lärm der Schlacht war nun nicht länger gedämpft, und Adhema konnte das Prasseln des Warpfeuers und die Schreie der Sterbenden hören. Die Landschaft unter ihnen war ein verschwommenes Geschmier aus Sandbraun, das von grünen Schlieren und azurfarbenen Blitzen zerrissen wurde. Roggen ließ Harrow die Zügel schießen, bevor noch der erste Donnerhund sich überhaupt bewegt hatte, und der Halbgryph sprang mit heftigem Fauchen durch die offene Luke. Adhema folgte ihm wild lachend.

Sie kam sanft auf dem Boden auf und war schon in Bewegung, bevor sich noch der Staub von Harrows Landung gelegt hatte. Sie ließ sich ganz in den Rausch der eigenen Geschwindigkeit fallen und ignorierte, wie die Rattenbrut zuckend und zu Stücken zerhackt hinter ihr zurückblieb. In Shyish hatte man die Skaven als Abschaum betrachtet – Nagash hatte sie des Lebens unwert erklärt, und daher waren sie gänzlich auszurotten. Vertilgt, wie man es mit Ungeziefer eben tat.

Hinter ihr hörte sie das Klappern der sich abrollenden Landungs-Strickleitern. Sie blickte hoch und sah, wie die Schützen herabsausten und ihre Schutzhandschuhe beim Abstieg Funken schlugen. Nyoka war unter ihnen, und ihre Lippen bewegten sich unablässig, im Gebet, wie Adhema vermutete. Ein leichter Schauder durchfuhr sie. Gebete hatten auf dem Schlachtfeld nichts zu suchen. Der Schindanger des Mordens gehörte Nagash allein, und da tat Gesinnung und Neigung der Kämpfenden nichts zur Sache.

Sie wich zur Seite, als Roggen an ihr vorbeigaloppierte und laut brüllend seinen Kriegsschrei ausstieß. Der Halbgryph stürmte über ein Trio von Skaven hinweg, um sich dann auf einen röhrenden Rattenoger zu stürzen. Skaven wimmelten überall umher, warfen dabei Wolken von Staub auf, während sie gegen schwarzgewandete Krieger oder dämonische Gestalten kämpften. Der Gestank des Chaos hing schwer über den Hängen, und Warpflammen wüteten in den Tiefen der Löwenfänge, ließen dort Munitionsdepots hochkochen und in wild reißenden Querschlägern über das Schlachtfeld wüten.

Ein grelles Gackern ließ sie herumfahren, und sie sah manisch hopsende, rosafleischige Dämonen die Laufgänge und Brücken entlangeilen. Die Kreaturen waren fette Albträume mit lüstern hohnlachenden Gesichtern auf ihren breiten Oberkörpern und mit massigen Klauenhänden, die am Ende überlanger Arme wild hin und her schlappten. In stotterndem Spurt stürmten sie auf gebogenen Beinen vorwärts, glucksten und kreischten. Eine Masse von wimmelnden, schlaksigen Gliedern hopste mit erregtem Quieken auf sie zu.

Sie duckte sich unter dem ersten Ansturm des Dämons weg und zog die Klinge durch dessen Torso, teilte ihn in der Mitte. Rosa färbte sich purpurn, bevor es dann blau wurde, und die glucksende Monstrosität brach in zwei sich balgende Hälften auseinander. Sie trat sie beiseite und wandte sich um, als der

Schatten der *Zank* über sie dahinglitt und auf den runden Umriss der Skaven-Kriegsmaschine zuschwebte.

Yuhdak gestikulierte und ein Skaven kreischte auf, als sein Zauber ihn in eine weitere, noch monströsere Kreatur verwandelte. Sein Fleisch platzte und brodelte, schoss daraus zu schorfigen Tentakeln hervor, während sich sein Torso noch teilte und einen Schlund dolchgleicher Zähne enthüllte. Das Skavending fiel über seine Kameraden her, zerriss und verschlang sie mit widernatürlichem Hunger. Yuhdak überließ das Geschöpf seinem Fraß, drang weiter vor, und Warpfeuer sprühte von seinen Fingerspitzen.

Zu Zeiten wie dieser, da es kein größeres Ziel zu verfolgen galt, als auf einer Welle des Chaos durch die Reihen der Feinde zu reiten, fühlte er eine seltsame Art von Frieden über sich kommen. Er fühlte die Stränge der Knüpfungen, die ihn mit den von ihm beschworenen Dämonen verbanden, zucken und summen, während die Kreaturen in ihren Verheerungen schwelgten. Die wimmelnden geringeren Dämonen waren aus rohem Warp gestaltet und nur allzu begierig, sich an den stofflicheren Bewohnern der Reiche der Sterblichen zu ergötzen. Sie dienten dazu, die Skaven beschäftigt zu halten, während die Neunundneunzig Federn sich pragmatischeren Dingen widmeten.

Er hatte schon früher erwogen, diese Kreaturen zu beschwören, aber ein solches Werk war ermüdend, und er hatte nicht die geringste Absicht, mehr Pakte als absolut notwendig mit den Nimmergeborenen zu schließen. Auch wenn es Adepten geben mochte, die allein durch schiere, rohe Kraft Dämonen aus dem Reich des Chaos hervorzerren konnten, so gehörte er jedenfalls nicht dazu. Stattdessen paktierte er mit ihnen – oder, wenn das zu nichts führte, dann setzte er ein Pfand aus. Dies für jenes, wie du mir, so ich dir. Ein Gefallen hier, ein Gefallen da. Rechte Tasche, linke Tasche. Zum Glück waren geringere Dämonen kaum in der Lage über die eigene unmittelbare Befriedigung hinauszudenken.

Yuhdak wandte sich um und entfesselte mit einem Fingerzucken eine Fontäne glitzernder Flammen. Ein klapprig wirkender Wachturm bäumte sich auf und bog sich, wurde zu etwas Schrecklichem und Hungrigem. Es zermalmte und zerbiss die Skaven, die ihn besetzt hatten, zu einer roten, feuchten Masse mit splittrigen Zähnen, bevor es sich schwankend auf ein neues Opfer stürzte. Yuhdak lachte fröhlich auf. Es gefiel ihm ohne Ende, neues Leben in die Welt zu setzen.

Ein anderes, neues Geräusch unterbrach seine gute Laune. Das harte Bellen von Duardin-Geschützen. Er schnellte herum, suchte das Schlachtfeld ab und fluchte, als er den vertrauten Umriss entdeckte, der über ihm durch den Himmel glitt. Er hob die Hände, denn er wollte den Rumpf des Schiffes in Hexenfeuer baden und es so lodernd zu Boden stürzen lassen. Doch bevor er den Bannspruch loslassen konnte, traf ihn etwas in den Bauch, trieb ihm die Luft aus den Lungen und die Worte aus seinem Geist.

Er schwankte, zerrte sein Schwert aus der Scheide und trieb seinen Angreifer zurück. Worte peitschten nach ihm – heilige Worte, ausgestoßen in einem keuchenden Strom von Silben. Die Frau drang erneut auf ihn ein, den zweihändigen Hammer hoch erhoben. Eine blendende Aura umgab sie, und ließ ihn zurückzucken. Die Macht Azyrs floss durch sie hindurch, und es bereitete seiner Seele Schmerzen, ihr nahe zu sein. Er erkannte sie, wenn auch nur schwach – eine Priesterin also. »Vampire, irre Duardin und jetzt auch noch eine Fanatikerin – der Verkrüppelte Gott wählt sich seltsame Werkzeuge«, sprach er zurückweichend.

»Es steht uns nicht an, die Götter infrage zu stellen«, sagte sie. Sie folgte ihm auf dem Fuße. »Ich kenne deinen Gestank. Du hast deine gefiederten Meuchelmörder losgeschickt, Hexer, um unseren heiligen Schrein zu entweihen. Dafür musst du jetzt Rechenschaft ablegen.«

»Wer bist du, dass du glaubst, über mich richten zu können?«

»Der Richtspruch über dich wurde längst gesprochen«, gab sie mit einem Gleichmut zurück, der ihn erzürnte. »Und ich bin die Strafe.« Ihr Hammer schoss vor, schneller fast, als sein Auge folgen konnte. Verblüfft wich er ihm rückwärts aus. Sie stieß nach, gönnte ihm keine Atempause, keine Gelegenheit sich zu sammeln. Sie wirbelte herum, traf ihn in die Seite. Er schlitterte weg, kaum in der Lage sich auf den Beinen zu halten, und stieß einen einzigen scharfen Pfiff aus.

Ein rosafarbener Albtraum sprang sie aus dem Rauch heraus an. Sie traf ihn ins Gesicht und schlug ihn zu Brei. Sein widernatürliches Fleisch rauchte, wo ihre Waffe ihn getroffen hatte, und er taumelte zurück und sackte mit kläglichem Seufzen in sich zusammen. Zwei weitere Dämonen warfen sich glucksend auf sie. Als sie miteinander kämpften, wurde das Licht, das aus ihr herausstrahlte, heller, fast schon blendend grell, und Yuhdak fühlte in seiner Seele einen Schauder.

Das hier war keine simple Fanatikerin. Dies war etwas anderes. Wenn sie sich bewegte, bewegte sich etwas mit ihr – eine mächtige Gestalt, die sie lenkte und ihr Kraft verlieh. Eine Gestalt, die aus Sternenlicht und dem Klang klirrender Schwerter geformt war. »Wandler, schenke mir Stärke«, murmelte er. War dies hier eine Prüfung? War er aus einem anderen Grund als dem offensichtlichen hierher gesandt worden? Das Schwert in seiner Hand heulte, als es das Götterlicht spürte.

Ein Dämon ging grell in Flammen auf und zerfiel. Sie schritt über seine lodernden Überreste. »Dem Richtspruch kann man nicht entgehen, man kann ihn nur aufschieben.« Ihre Stimme traf ihn wie ein Eisendorn und er erstarrte. »Mag sein, dass Sigmar mich hierher geführt hat, damit ich das Werkzeug seines Zorns bin. Doch ich stelle keine Vermutungen an. Ich folge einfach nur seinem Willen.« In einem Wirbel von Gewändern und dem Rasseln von Rüstwerk sprang sie vor, den Hammer erhoben.

Die Luft teilte sich, als mehrere schwarze, gefiederte Gestalten an ihm vorbeischossen, und die Priesterin abfingen. Die Raben stießen nieder und hackten zu, brachten sie ins Wanken. Einige wanden sich zu zweibeinigen Gestalten, griffen mit ihren Klingen an, statt mit Schnabel und Krallen. Die Priesterin wirbelte hierhin und dorthin, hielt sie durch das schiere Momentum ihrer Bewegungen zurück.

Ein Rabe stieß herab, schoss auf ihr Gesicht zu. Einen Augenblick später schrie sie auf. Der Hammer entglitt ihrem Griff und sie taumelte und griff sich vors Gesicht. Ein Schwertstreich schlug Funken an ihrer Rüstung und ließ sie zu Boden gehen. Schwarze Stiefel nagelten ihre Arme fest. Yuhdak lachte leise.

»Dann ist es sein Wille, dass du stirbst, schätze ich.« Raben ließen sich auf seinen Schultern nieder, als er auf sie zuschritt und seine Klinge hob.

Ahazian Kel fluchte und zerteilte den Schädel der Sturmratte mit einem einzigen Hieb. Ohne sich überhaupt zu bemühen, die Axt freizubekommen, hievte er den zappelnden Körper hoch, warf ihn auf die anderen Skaven und brachte einige damit zu Fall. Einen Moment später war er über ihnen und der Schädelhammer sauste abwärts. Ein Überlebender versuchte fortzukrabbeln und quiekte in heller Panik. Ahazian holte ihn mit zwei Schritten ein. Er stapfte auf seinen Rücken und nagelte die schwarz bepelzte Rattenbrut am Boden fest. »Das war das beste Pferd, das ich jemals gestohlen habe«, knurrte er, bevor er ihm den Kopf abschlug.

Er wandte sich um und beobachtete, wie die schwarze Pferdekreatur zum letzten Mal ausschlug. Die Arkebusen der Skaven hatten tödlich genau gezielt, und selbst die Rösser der Toten waren gegen mit Hochgeschwindigkeit abgefeuerte Warpstein-Kugeln nicht immun. Das Tier lag inmitten der Überreste seiner Mörder, auf die es sich in seinen Todeszuckungen geworfen hatte. Ahazian spürte ein Aufflackern des Bedauerns. Doch das wurde bald schon von dem unerbittlichen Lied ausgelöscht, das durch seine Seele hämmerte. Das Lied des Jägers, das Mordlied. Es zerrte an ihm, zog ihn hin zu der sich hoch auftürmenden radgleichen Kriegsmaschine, die bedrohlich aus dem Netzwerk von Hängebrücken und provisorischen Laufgängen aufragte, welches sich über die umgebenden Felsen spannte.

Skaven wimmelten in seinem Schatten. Gepanzerte Sturmratten hatten sich, die Schilde in den Boden gerammt, zu disziplinierten Phalangen geordnet und erwarteten ihn mit gesenkten Speeren. Er lachte leise. Schildwälle hatte er schon früher durchbrochen. Arkebusenfeuer durchpflügte den Boden zu seinen Füßen und ließ Staub aufsteigen. Er blickte auf und kniff die Augen zusammen. Skaven glitten die hohen Vorsprünge herab, um sich in bessere Positionen zu manövrieren. Während sie dies versuchten, sanken schwarz gewandete Gestalten mit zuckenden Klingen zwischen ihnen herab. Die Neunundneunzig Federn rückten, noch während die Körper zu Boden sanken, weiter vor. Die Raben glitten über ihm dahin, krächzend und nach weiteren Opfern Ausschau haltend.

Ahazian grunzte und schüttelte den Kopf. Er machte einen Schritt auf die Sturmratten zu, doch eine ausgelassene Horde von Albträumen kam ihm zuvor. Die rosafleischigen Dämonen tollten vorbei und erfüllten die Luft mit öligen Flammen, deren Färbung dem Hirn eines Wahnsinnigen entsprungen sein musste. Die Flammen prallten gegen die erhobenen Schilde der Skaven, brachten diese dazu, Hals über Kopf zu fliehen, und badeten sie in Spritzern geschmolzenen Metalls.

Mit verärgertem Knurren trabte Ahazian durch das Gemetzel und überließ die Dämonen ihrem Zeitvertreib. Sollten Yuhdaks Lieblinge sich doch an den Früchten des Schlachtfelds gütlich tun. Auf ihn wartete jedenfalls größerer Lohn. Das Bruchstück klapperte gegen seinen Brustpanzer und zerrte an seiner Schnur aus rohem Leder. Er folgte dem Zug und tötete alles, Skaven oder Dämon, was ihm in den Weg kam.

Dämonen krochen über den Rumpf der Maschine und wurden ohne viel Federlesen von den Scharfschützen der Skaven abgeschossen oder von den Waffen der Maschine zu öligen Flecken verbrannt. Doch immer mehr rosafarbene Albträume schwangen sich glucksend durch die Halteseile, die das gewaltige Rad fest an den Felsen verankert hielten, oder erklommen die Felszacken und suchten nach Skaven, die sie verbrennen oder erdrosseln konnten. Yuhdak hatte eine kleine Armee versammelt, doch einige schwanden bereits in die Leere zurück, der sie entsprungen waren. Dämonen konnten sich nicht lange in den Reichen halten, selbst an Orten wie diesem, so besudelt er auch sein mochte.

Als er die Maschine erreichte, stürzte er die primitiven hölzernen Stufen hoch, immer zwei mit einem Schritt, zur nächsten offenen Luke hin. Arkebusen feuerten von den oberen Laufgängen herab, und eine Kugel traf seinen Schulterpanzer und warf ihn fast von den Beinen. Er knurrte und warf sich durch die Luke, gerade rechtzeitig, um die Skaven daran zu hindern, diese zu schließen.

»Zu spät«, grollte er. Sofort flohen die Skaven in die entgegengesetzte Richtung, bissen und krallten nacheinander, um der Erste zu sein, der das nächste Schott erreichte. Ahazian folgte ihnen. Dies war die Richtung, in die das Bruchstück ihn zog. Die langsamste Ratte starb zuerst, dann die nächst-langsame. Peitschentragende Aufseher trieben panische Klanratten durch verstopfte Korridore in seinen Weg. In wildem Taumel fegte er durch sie hindurch, und seine Waffen summten in seinem Griff, denn das Gemetzel gefiel ihnen wohl. Besonders die Axt schien sich sehr zu ergötzen.

Ahazian packte seine Waffen fester, und fühlte, wie die Dornen sich ihm liebevoll ins Fleisch gruben. »Sorgt euch nicht, meine Freunde, ich werde euch nicht vergessen, wenn ich erst den Speer gefunden habe. Ihr werdet Blut schmecken – Meere davon – wenn der Jäger mein ist. Wie werden ein tiefes, klaffendes Loch in die Reiche graben, ihr und ich.«

Er drang weiter vor, hackte sich durch quiekendes Skavengezücht und zertrampelte die Ratten, die fliehend seinen Weg kreuzten. Alarmsirenen kreischten und buhlten gegen das Lied des Speeres um seine Aufmerksamkeit. Und dann, rascher, als er es erwartet hatte, war er da.

Der Speer schwebte frei in einem Nest von Ketten und schrie über dem Podest, das von einer Reihe gebeugter Sklaven gedreht wurde, unter einem surrenden, von Warplicht umflackerten Astrosphärum, seinen Namen heraus. Während die Ringe des Astrosphärums einander durchdrangen, sah Ahazian, wie sich seltsame Ausblicke verzerrten, sich verdichteten und dann zu flackernden Protuberanzen verblassten. Einmal dachte er, dass er den vertrauten Anblick der Felsitebenen von Aqshy erkannt hatte, aber er tat das als eine weitere typische Scharlatanerie der Skaven ab. Etliche Sturmratten stürmten vor, um ihn abzufangen. Der große, schwarz bepelzte Skaven sprang ihn hackend und kreischend an.

Ahazian trat ihm entgegen, das Lied des Speeres auf den Lippen.

Überall waren Feinde. Einfach nur … überall.

Kwell hatte den Eindruck, dass sein Körper vor lauter Angst so stark vibrierte, dass es ihn gleich zerreißen würde. Alarmsirenen heulten, und seine Assistenten rannten hin und her im Versuch geschäftig zu wirken. Einen Buckel machend kauerte er sich in sich selbst zusammen, knabberte an seinem Schwanz und versuchte sich zu konzentrieren. Das Warp-Rad bebte, und ganze Funkenschwärme stürzten von den Rattenkäfigen über ihm herab und trugen den Gestank von verbranntem Fell und Fleisch mit sich. Die Schlacht dort draußen forderte ihren Tribut von seinem Bau. Er konnte es selbst durch die dicke Hülle des Warp-Rads hören. Und das sollte wahrhaftig nicht der Fall sein. Das bedeutete, dass einige der Rumpfplatten noch nicht wieder angebracht waren.

Außerdem bewegten sie sich nicht. Und das war wichtiger als die Rumpfplatten. Solange das Warp-Rad sich bewegte, konnte nichts ihn aufhalten. Kein Feind konnte sie fangen, und jeder der es dann an Bord schaffte, konnte von seinen Kriegern umzingelt und getötet werde. Aber wenn sie sich nicht bewegten … nun ja. Darüber durfte man gar nicht erst nachdenken.

Kwell spuckte seinen Schwanz wieder aus und griff nach dem Quiekerrohr. »Vex! Wo bist du, Trottel-Narr? Hast du sie schon umzingelt?«

»Nein, meist-ehrwürdiger Zauberer«, kam die statik-knisternde Antwort. Vex klang nervös. Kwells Angst verdoppelte sich. Er hatte seinen Assistenten ausgeschickt, um persönlich das Kommando über die Verteidigung zu übernehmen. Dass Vex überhaupt Zeit hatte, ihm zu antworten, war sicher ein Zeichen, dass er sich irgendwo verkroch, statt sich um seine Pflichten zu kümmern. Verständlich aber ärgerlich.

»Warum nicht?«

»Sie haben – äh – uns umzingelt.« Ein Krachen hallte durch das Quiekerrohr, das Kwell zusammenzucken ließ. »Aber wir formieren uns neu, Euer Meist-Gnädig-Großmütigkeit! Wir werden sie uns eilends-rasch packen, ja-ja.« Eine erneute Explosion folgte dieser Prahlerei. Und Schreie. Meist-viel-zahlreiche Schreie. Und dämonisches Gekicher.

Kwell schleuderte das Rohr mit panikerfülltem Fauchen in die Ecke. Er zeigte seiner Mannschaft die gebleckten Zähne, im Versuch sich seiner Überlegenheit zu versichern. Er begann allmählich zu argwöhnen, dass einige aus ihren Reihen für seine derzeitige missliche Lage verantwortlich waren. Das war schließlich die traditionsreiche Art, wie man im Klan Skryre in den Rängen aufstieg.

Er zog sich eine Knöchelbreitseite des Warpsteinpulvers durch die Nase hoch, um seine Genialität zu steigern. Der Staub lohte durch ihn hindurch, während seine Gedanken sich verdichteten. Das Warp-Rad saß momentan an dieser Stelle fest. Außer … ja. Ja! Das würde funktionieren. »Geniiiiiie«, quickte er.

Der Speer war die Antwort. Wohin er flog, würde das Warp-Rad folgen. Wenn er nur die Maschine in Bewegung setzen konnte, dann konnten sie entkommen, möglicherweise sogar relativ unversehrt. Zuallererst musste das Warp-Rad geschützt werden. Und mit ihm sein Schöpfer.

»Beruf-nachrichtigt die Ingenieure«, krächzte er. »Schlag-peitscht die Sklaven! Aktiviert den Übermalm-Oszillations-Rotator! Setzt das Warp-Rad in Bewegung, zackig-jetzt!«

»Es fängt an sich zu bewegen, mein Junge«, schrie Brondt. »Jetzt müssen wir uns sputen. Wenn sie uns kriegen, bevor wir am Boden sind …« Er brach ab. Volker musste den Gedanken erst gar nicht zu Ende führen. Die *Zank* hing genau über der Kriegsmaschine in der Luft. Durch die offene Luke unter ihm konnte er sehen, wie sich die gewaltige radgleiche Maschine bebend in Bewegung setzte und darauf vorbereitete, sich aus den Löwenfängen fortzuwälzen. Provisorische Laufgänge spannten sich und rissen, ließen dabei glücklose Skaven und kichernde Dämonen gleichermaßen auf den tief unter ihnen liegenden Boden zustürzen. Die großen, mahlenden Räder begannen den Boden zu durchpflügen, während Abgasschächte giftigen Rauch nach draußen spien.

Er schluckte und packte dann die Leiter. Die mit Gewichten versehenen Enden schlugen, da sie keinen Halt am Boden finden konnten, unter ihnen schwer gegen den Rumpf. Mit einen raschen Stoßgebet machte er sich an den Abstieg. Auf halbem Weg nach unten ließ er los und ließ sich auf die Hülle des Warp-Rads fallen. Die Vibrationen ließen seine Beine beben, zerrten an seinem Rückgrat und warfen ihn auf alle viere. Er krabbelte langsam auf die Luke zu. Er hörte, wie die anderen hinter ihm herabkletterten, aber er hielt seine Aufmerksamkeit starr auf die Luke gerichtet. Gerade als er danach griff, quietschten plötzlich die Angeln und sie flog auf. Eine fauchende Rattenschnauze schaute heraus. Volker sprang.

Er krachte in den Skaven hinein und gemeinsam flogen sie durch die Luke. Das Wesen gab ein ersticktes Krächzen von sich und schlug wild nach ihm aus. Als sie auf die Rampe unter ihnen prallten, krallte es nach der Klinge, die er im Gürtel stecken hatte. Volker schlang den Arm um seinen Hals, spannte sich an und drehte. Knochen brach und der Skaven lag still.

Er hörte ein Pfeifen und wandte sich um. Zana hockte oben in der Luke. »Gut gemacht, Azyrit. Ich dachte, Geschützmeister machten sich nicht gerne die Hände schmutzig.«

Er schob den Kadaver beiseite. »Wir arbeiten eben mit dem, was gerade da ist.« Er stemmte sich auf die Füße, während die anderen herabkletterten.

Lugash landete auf der Rampe und gab der Leiche einen

beiläufigen Tritt. »Sauber gemacht, Menschling.« Er trat über den Körper hinweg und wog seine Wurfaxt in einer Hand. Irgendwo gellten Alarmsignale. »Hört sich an, als kämen wir etwas spät zum Fest.«

»Oder gerade rechtzeitig«, meinte Zana. Sie trat mit gezogenem Schwert zum Rand der Rampe.

Volker sah zum Schott hoch. »Brondt …?«

Zana schüttelte den Kopf. »Wir haben's kaum selbst geschafft. Das Ding rollt bereits aus den Löwenfängen raus. Fühlst du's? Wir sind auf uns allein gestellt. Wir können von Glück reden, wenn die *Zank* auf uns wartet, wenn wir hier wegmüssen.« Sie sah sich um. »Also, wenn du ein blutlüsterner magischer Speer wärst, wo wärst du dann?« Sie lief den Korridor hinab, hinter Lugash her. Volker hob seine Langbüchse und folgte ihnen.

»Irgendwo unter schwerer Bewachung«, sagte er.

»Gut«, knurrte Lugash.

Einen Moment später fanden sie die ersten Leichen, und Volker wurde klar, dass der Skaven, den er umgebracht hatte, lediglich versucht hatte, dem Massaker zu entkommen. Der Gestank des Todes hing schwer über allem, Wandung und Deck waren mit Blut bespritzt. Zerfleischte Skaven lagen in unterschiedlichsten Verstümmelungsgraden überall umher. Jemand – oder etwas – hatte geradewegs durch sie hindurch eine Bresche geschlagen.

Sie folgten der Spur der Toten durch die schwankenden, ratternden Korridore der Kriegsmaschine. Gelegentlich ging Funkenregen nieder, wehte durch die Korridore, und mehr als einmal war Volker gezwungen, sich an der Wand der Maschine abzustützen, wenn diese plötzlich ungestüm in irgendeine andere Richtung schoss. Das Innenlicht flackerte und ganze Abschnitte der Korridore waren in Dunkelheit gehüllt, lediglich beleuchtet von Warpstein-Tumoren, die auf dem Fleisch der in Käfigen gefangenen Ratten glitzerten, die man über jeder Kreuzung fand.

Volker, der nur zu gut den Klang einer rund laufenden Maschinerie kannte, schien es, dass die ganze Konstruktion nur einen einzigen Schritt davon entfernt war, auseinanderzufliegen. Die feuchten Korridore, lecken Druckventile und die rätselhaften Anzeigen mit zitternden Zeigern in dicken, klobigen Fassungen, das alles in scheinbar wahlloser Art miteinander verbunden, taten ihm auf eine seltsame Art tief in der Seele weh, die fast eine spirituelle Qualität hatte. »Wieso hält dieses Ding überhaupt in einem Stück zusammen?«, murmelte er, während sie sich den Weg durch ein Dickicht von schlampig zusammengeflickten und miteinander verbundenen Schläuchen aus verstärktem Gedärm suchten. Irgendeine Art von schwach glühender Schmiere sprudelte durch die Schläuche, wohin und zu welchem Zweck mochten allein die Götter wissen.

»Das Glück der Dämonen ist mit der Rattenbrut«, erwiderte Lugash und schob ein lockeres Rohr beiseite. Es brach und ließ einen Schwall übel riechender Dämpfe entweichen, die augenblicklich, die nächstgelegene Wandfläche zersetzten. »Genau wie bei den Orruks, nur schlimmer. Ich habe schon gesehen, dass sie Flammenwerfer aus drei Ratten, ein paar Bälgen und einer Handvoll Warpstein zusammengestückelt haben.«

»Sie würden es nicht schaffen, irgendwas anständig zu vernieten, selbst wenn ihr Leben davon abhinge«, sagte Volker, als sein Fuß durch ein Segment des Laufgangs stieß. Zana packte ihn, bevor er hinfallen konnte. »Schaut euch das an – was für eine schlampige Bauweise. Ich bin überrascht, dass es bei dem Gerüttel nicht von selbst auseinanderfällt.«

»Das könnte schon noch passieren. Fühlt ihr, wie das Ding rasselt und bebt? Und hört die Alarmsignale – ich glaube, irgendetwas läuft da ziemlich falsch.« Zana sah sich um. »Hört ihr das?«

Volker hörte es. Es klang wie ein lecker Heizkessel, der gerade zu vollen Touren auffuhr. Aber da war noch ein anderes Geräusch darunter – ein tiefes, wildes Summen, das in seinen Knochen und an seiner Schädelbasis widerklang, und er fühlte einen Kälteschauer, als er sich daran erinnerte, was ihm Oken über den Speer erzählt hatte. Wie es ihm fast so vorgekommen war, als würde er singen. Die Luft wurde schmierig dick, und

Funken widerwärtiger Farben tanzten ihm vor Augen. Ein Gefühl der Übelkeit stieg in ihm auf.

Lugash leckte sich die Lippen und spuckte aus. »Hexerei.«

»Schlimmer«, entgegnete Volker. »Wir sollten uns beeilen.«

»Wir wissen nicht mal, in welche Richtung wir müssen«, ermahnte ihn Zana.

»Folgt dem Gestank«, meinte er, nur halb im Scherz.

Einige Male liefen ihnen panikerfüllte Skaven über den Weg, die in die eine oder andere Richtung türmten. Die Rattenbrut lieferte ihnen nur selten einen Kampf, und Volker fühlte sich an den alten Spruch von Oken erinnert – von Ratten, die eine überflutete Miene verlassen. Die Skaven flohen zu den Luken, bekämpften einander, um bloß der Erste zu sein, der es durch die Öffnungen schaffte. Aber wohin sie eigentlich wollten, da die Maschine sich doch bewegte, war ihm auch nicht wirklich klar.

Die Spur des Todes endete vor dem Eingang von etwas, das wie ein Maschinenraum aussah. Ein Haufen von Leichen lag um das Schott herum, und gelblicher Dampf aus mehreren geborstenen Rohrleitungen lag schwer in der Luft. Das Geräusch war so laut geworden, dass Volker fürchtete, seine Zähne würden so stark klappern, dass sie ihm schließlich ausfielen. Sich windende Bögen prasselnder Energie zuckten durch die Dampfwolken, als sie vorsichtig die Kammer betraten.

Volkers Blick wurde auf der Stelle zu der schwankenden Masse des gewaltigen Astrosphärums gezogen, welches die Mitte der Kammer beherrschte. Von seinen rotierenden Ringen troff greller Rauch, in dem Blasen flackernden Lichts Gestalt annahmen. Die Luft bebte von sich ständig wandelnden Phantombildern – Orte und Dinge, die Volker nicht identifizieren konnte. Er fühlte sich von einer heißen Brise Aqshys angeweht, dann von einem kalten Wind wie aus den Tiefen Shyishs, der einen frösteln ließ.

Im Herzen des Astrosphärums wand sich eine dunkle Form, wie ein Schatten, der in einem Käfig aus Licht gefangen war. Während sie zitterte und bebte, sprühten Funken aus dem Astrosphärum und die Bilder verblassten, nur um durch andere ersetzt zu werden – Dschungel erhoben sich aus ablaufenden Lavafluten, Burgen wurden zu Staub, und schwarze Pyramiden wuchsen an ihrer Stelle hoch, wirbelnde, sternengeborene Paläste drehten sich, lösten sich auf, um nackten rohem Land, bedeckt mit Hügelgräbern, Platz zu machen. Ein Bild nach dem anderen, schneller und schneller. »Der Speer«, murmelte er, als ihm klar wurde, auf was er da starrte. »Sie benutzen ihn als Energiequelle?«

»Skaven, Menschling, musst du da noch groß fragen?«, meinte Lugash. »Doch nicht mehr lange – schau!«

Sie waren nicht die einzigen Eindringlinge – eine gewaltige, scharlachrot gerüstete Gestalt kämpfte sich durch die Menge verzweifelter Skaven, schlug eine Bresche durch sie in Richtung des Podestes und des Astrosphärums. »Das ist nicht der, den ich erwartet habe«, sagte Zana und duckte sich weg, als ein Skavenfetzen satt auf die Wand hinter ihr klatschte. »Wer in der silbernen Hölle ist das?«

»Ist das wichtig?«, sagte Volker. Er wirbelte herum und trieb einem Skaven, der gerade auf ihn zusprang, den Schaft seiner Büchse in die Schnauze. Andere der Rattenbrut bemerkten sie jetzt ebenfalls und schienen es vorzuziehen, sie zu bekämpfen, statt von der Hand des gewaltigen Kriegers zu sterben.

»Nicht besonders«, meinte Zana, indem sie eine gezackte Klinge parierte und ihren Ellbogen gegen eine pelzige Luftröhre stieß. Sie trieb, als der Skaven daraufhin zurücktaumelte und sich an die Kehle griff, ihr Schwert durch dessen Herz. »Lugash – schaff uns etwas Raum.«

»Mit Vergnügen.« Der Schicksalssucher stürmte mit funkelnden Runen vor. Die Skaven stürmten auseinander, und ihr plötzlich aufflammender Kampfeifer schien vergessen. Volker rückte schnell in Richtung eines Deckbereichs vor, der aufgerissen worden war, wahrscheinlich von der Axt des scharlachroten Kriegers. Er hatte zuvor schon Blutgebundene gesehen, wenn auch gewöhnlich nicht so nah. Von den Dienern des Blutgottes hielt man besser genügend Abstand. Er war jetzt allerdings nahe genug, um den Pesthauch alter Gemetzel zu spüren, der diesen hier umgab – ein Todesbringer, wie manche der Steppenstämme sie nannten.

Als Volker mit der Langbüchse seine Position einnahm, kletterte der Todesbringer gerade auf das Podest und stieß seine Waffe in das Astrosphärum. Axt und Hammer kamen zwischen die wirbelnden Ringe, und in einem Regen von Funken stemmte er sie auseinander. Der Mechanismus, der die Bewegungen des Geräts kontrollierte, jaulte protestierend auf und mahlte sinnlos gegeneinander, wobei er Zahnräder und Warpfeuer ausspie, während der Todesbringer ihn immer weiter auseinander zwang. Metall verbog sich heftig, als er die Schäfte von Axt und Hammer so verkantete, dass sie die Ringe des Astrosphärums verkeilten und auseinanderhielten. Dann, mit einem gutturalen Lachen, griff er nach dem Speer.

»Jetzt will er einen Speer«, knurrte Lugash.

»*Den* Speer«, korrigierte ihn Zana, während sie ihr Schwert aus einem sterbenden Skaven frei zog.

»Das sehe ich«, sagte Volker. Er balancierte seine Büchse auf einem Teil der geborstenen und hochgebogenen Platten aus und legte an. »Und jetzt muss ich mich konzentrieren.«

Lugash fluchte, stürzte vorwärts und hackte Skaven aus seinem Weg. »Setz du dich da nur hin, Menschling, doch ich hole mir jetzt den Speer.« Zana fluchte und packte nach ihm, aber er war zu schnell. Er warf sich auf den monströsen Krieger und stieß laut brüllend seine Herausforderung hervor.

Volker verschwendete keinen Atemzug auf den Versuch, ihn aufzuhalten. Er konnte nur hoffen, dass der Schicksalssucher ihm nicht in den Weg kam. Er zielte – und feuerte.

DREIUNDZWANZIG

DER JÄGER

Adhema kroch über einen Vorsprung hoch an der südlichen Seite der Löwenfänge, und der Geschmack arkanen Blutes füllte ihren Mund. Sie hatte sich an den Rabenkriegern sattgetrunken, um ihren wachsenden Hunger zu stillen, und dieses Blut war mit Hexerei gewürzt gewesen. Es war ein seltsamer Geschmack, dem jenes spezielle Saure fehlte, den man sonst bei solch verderbten Wesen fand; vielleicht lag das ja an der Form, welche die Verderbnis in diesem Fall annahm. Das war etwas, das sie zu einem anderen Zeitpunkt unbedingt näher untersuchen musste, erkannte sie, während sie hoch über der Schlacht ihren Weg nahm.

Die Skaven waren größtenteils in dem Moment geflohen, als ihre große Kriegsmaschine davonzuruckeln begann. Eingekeilt zwischen Dämonen und den Duardin-Schützen, hatten sie was sie auch immer an Kampfesmut besitzen mochten rasch verloren. Dadurch hatte sich der Kampf zwischen drei Parteien nun auf zwei reduziert, und Steinhelm konnte seine Zielgenauigkeit rein auf die umhertollende, gestaltwandlerische Dämonenbrut richten.

Trotz ihrer Verachtung für die wolkenwühlenden Duardin,

musste Adhema doch zugeben, dass diese auf ihre eigene Art einen furchtbaren Gegner abgaben. Steinhelms Krieger hatten am Boden eine geschlossene Feuerlinie gebildet und hielten die Dämonen mit einer Effizienz in Schach, die zweifellos großer Erfahrung und Routine entsprang. Doch selbst so war der Ausgang für jemanden offensichtlich, der einen Funken Verstand und Klarsicht besaß. Bei all ihrer Tüchtigkeit, schien es doch unabwendbar, dass sie schließlich überwältigt oder zum Rückzug gezwungen würden.

Sie blickte hoch, um am Himmel nach der *Zank* zu suchen. Das Ätherschiff hatte die Verfolgung der langsam dahinrollenden Kriegsmaschine aufgenommen. Sie fragte sich kurz, ob die anderen es an Bord geschafft hatten und ob sie wohl den Speer gefunden hatten. Er war jedenfalls in keiner der Höhlen gewesen, die sie während des Kampfes durchsucht hatte. Sie zischte vor steigender Frustration und wandte ihre Aufmerksamkeit wieder der Schlacht zu. Eine goldbraune Gestalt erweckte ihre Aufmerksamkeit, und sie sprang von dem Vorsprung hinunter und den Hang hinab, um ihr zu folgen.

Der Halbgryph sprang mit animalischer Anmut von Felsen zu Felsen. Sein Fell war zwar mit Blut und Körpersäften verklebt, doch seine Kraft war ungebrochen. Roggen kauerte tiefgeduckt im Sattel, eine Waffe in jeder Hand. Der Ritter hatte mit brutaler Freude gekämpft, und in Adhema hatte sich eine vorsichtige Anerkennung seiner Kampfkünste geregt. Ein Teil von ihr wünschte sich, sie könnte einmal miterleben, welches Gemetzel eine ganze Einheit solcher Krieger anrichten könnte.

Der Ritter schien ein neues Opfer gefunden zu haben. Voller Neugier folgte sie ihm von oben her. Der Halbgryph machte einen Satz, warf einen Dämon zu Boden und zerquetschte ihn. Roggen ließ Streitkolben und Schwert wirbeln, trieb die anderen zurück und erkämpfte sich so einen Weg zu – ah.

Adhema ging in die Hocke und lächelte. Die Priesterin, Nyoka, war am Boden, umringt von Rabenkriegern, und ihr Gesicht war eine rote Maske. Roggen hatte sie erblickt. Harrow preschte zwischen die gefiederten Krieger und trieb sie auseinander. Ein Schwall von Hexenfeuer warnte sie vor der Anwesenheit des kristallbehelmten Hexers – Yuhdak, wie er sich selbst nannte.

Sie hockte sich tiefer und beobachtete, wie Harrow von dem Energiestoß mit rauchendem Fell zu Boden gerissen wurde. Roggen machte sich aus dem Sattel frei, als die Rabenkrieger durch den über das Feld dahintreibenden Rauch auf ihn eindrangen. Rasch sprang Adhema die Felsen hinab, stieß auf einen von ihnen nieder. Ihre Klinge wurde durch den Rücken des Kriegers und zur Brust wieder heraus getrieben, bevor er sie überhaupt wahrnahm. Sie konnte nicht sagen, warum sie sich überhaupt die Mühe gab, hier einzugreifen. Je weniger von Grungnis Dienern überlebten, desto weniger musste sie hinterher töten.

Doch der Gedanke missfiel ihr. Er rieb sich knirschend an den Splittern der ihr verbliebenen Ehre. Zumindest stand sie in der Schuld des Ritters und hatte etwas gutzumachen. Er hatte sie gerettet, also würde sie ihn ihrerseits retten. Das war nur gerecht.

Sie kreuzte gerade die Klingen mit einem zweiten Krieger, als Roggen einen dritten erledigte. Er hatte sie noch gar nicht bemerkt, da seine Blicke ganz auf Yuhdak gerichtet waren. Er zerschmetterte den Schädel des Gegners und sprang brüllend auf den Hexer zu. Yuhdak machte eine Handbewegung, und als der Streitkolben niederging, hüllte plötzlich purpurnes Feuer Roggens Hand und Unterarm ein. Die Waffe zerplatzte wie eine überreife Frucht, und der Schaft wickelte sich um den Arm des Ritters. Er grub sich in sein Fleisch, und bleiche Dornen sprossen aus ihm hervor.

Adhema zuckte zusammen, als Roggen aufschrie und niederstürzte und sein Arm von der rohen Hitze der Umwandlung aufloderte. Das Fleisch seiner Hand rann herab wie Wasser und verschmolz mit der Waffe, während hauchfeine Rippen und Klumpen blinzelnder Augen daraus wucherten.

»Nein«, fauchte Roggen und hob sein Schwert. Es ließ es niederfahren und durchschlug mit einem einzigen mächtigen

Schlag seinen Unterarm. Sie blinzelte überrascht, unwillkürlich beeindruckt. Nur wenige Sterbliche hatten den Mumm, zu solchen Maßnahmen zu greifen. Sein missgebildetes Glied wand sich wie ein sterbender Fisch und bildete mit Gelenken versehene Beine aus, und der blutende Stumpf spaltete sich in ein blutegelgleiches Maul voll glitzernder Zähne. Seine Wunde gegen die Brust drückend, hackte er auf den Klumpen wabernden Fleisches ein.

»Faszinierend«, sagte Yuhdak, der all dem zusah. Er streckte die Hand aus. Werfeuer umzuckte seine Finger, und azurfarbene und purpurne Funken wirbelten durch die Luft. »Was machst du, so frage ich mich, wenn ich auch noch deinen anderen Arm verwandle? Nagst du ihn dir dann ab wie ein Tier?«

»Wenn ich muss«, keuchte Roggen bleich vor Schmerz. Der Geruch seines Blutes, wie süßer Nektar und feuchte Baumrinde, trieb zu ihr herüber. Sie fegte die Klinge ihres Gegners beiseite und packte ihn bei der Kehle. Eine rasche Drehung des Handgelenks war genug, sein Genick zu brechen. Sie wollte zu Yuhdak, also ließ sie den Körper einfach fallen.

Bevor sie allerdings bei ihm war, stieß Harrow, ihr Fell geschwärzt und ihre Federn weggebrannt, ein Krächzen aus und sprang. Ihr eisenharter Schnabel packte Yuhdaks Schulter, und er gab einen überraschten Schrei von sich, als der Halbgryph ihn von den Füßen riss und wegschleuderte. Bevor er wieder aufstehen konnte, war die Bestie über ihm, und ihre Krallen gruben sich durch Rüstung und Gewänder. Yuhdak schrie und schlug mit der Klinge um sich. Harrow brüllte auf und fuhr zurück, glitt dann verwundet zu Boden.

Yuhdak kam taumelnd auf die Füße. »Dreckiges Vieh«, zischte er und gestikulierte mit seiner blutigen Klinge. »Ich werde dich in etwas Nützlicheres verwandeln, du Bestie.«

»Nichts wirst du tun«, brüllte Roggen vorwärtsstürzend. Ihre Klingen trafen klirrend aufeinander. Selbst verwundet, während das Blut aus ihm strömte, war Roggen schnell. Und stark. Jeder Hieb ließ den schlankeren, leichteren Hexer zurückwanken. Doch für jeden Treffer, den Roggen landete, verbuchte Yuhdak zwei. Und das, so sah Adhema, forderte seinen Tribut. Einige Augenblicke später, nach einem heftigen Hieb, taumelte der Ritter und sank mit sich bäumender Brust auf ein Knie. Yuhdak hob seine Klinge.

Adhema stürzte durch den Rauch hindurch vor. Ihre Klinge glitt hoch, zwischen den Platten von Yuhdaks Rüstung hindurch. Er grunzte verblüfft und wollte sie mit einem Rückhandschlag treffen. Doch gewandt duckte sich Adhema unter dem Hieb weg und durchbohrte ihn erneut. Ein weiterer Stoß und der Hexer torkelte. Sie grinste, als die sie umkreisenden Dämonen durchsichtiger wurden und zu verblassen begannen.

Sie folgte ihm, als er wegstolperte. »Du bist zwar nicht der, hinter dem ich her bin, aber nach der Schmach, die du mir im Wald zugefügt hast, werde ich mich deiner annehmen. Vielleicht raffe ich hinterher das, was von deiner Seele übrig ist, zusammen, und mache es zu meinem Jagdhund.«

»Nein«, zischte Yuhdak. Er riss die Hand hoch, und sein Blut flog durch die Luft. Der Stoff der Realität brodelte und riss entzwei, enthüllte kichernde, grinsende rosa Gesichter. Lange Arme, die in übergroße Tatzen ausliefen, reckten sich und krallten nach der Vampirin, griffen nach ihren Armen und Beinen, zerrten sie unerbittlich auf das Loch in der Luft zu. Einen Augenblick später erhob sich eine Stimme, und die Gesichter waberten und verschwanden, als der Zauber gebrochen wurde. Aus dem Gleichgewicht gebracht, taumelte Adhema und wandte sich, nach dem Grund ihrer Rettung suchend, um.

Nyoka war auf den Knien, lehnte sich auf den Schaft ihres Hammers, ein Auge war eine verquollene Masse, aber das andere glühte vor innerem Feuer. Die Stimme heiser und vor Schmerz gebrochen, stieß sie krächzend die Worte eines Gebets hervor. Die verbliebenen Dämonen flirrten und zerplatzten wie Seifenblasen. Adhema begegnete ihrem Blick und nickte zum Dank.

Als sie sich wieder umwandte, war Yuhdak verschwunden. Fauchend stieß sie einen Fluch aus, und wirbelte umher, nach irgendeiner Spur von ihm suchend. Doch der Hexer war fort.

Nyoka schleppte sich zu Roggen, der schlaff am Boden lag. Adhema ging zu ihnen hinüber. Der Blutgeruch des Ritters hing schwer in der Luft. Nyoka hatte einen Teil ihrer Gewänder abgerissen und benutzte ihn, um den verstümmelten Arm des Ritters zu verbinden.

»Wird er überleben?«

Nyoka blickte auf. »So Sahg'mahr will.« Sie lächelte schwach. »Aber er ist stark. Wie ein Baum. Er kann es sich leisten, einen Ast oder zwei zu verlieren.«

Adhema schnaubte und bleckte ihre Zähne. »Das muss reichen, schätze ich.« Sie hörte ein Klirren und sah, wie sich klobige Umrisse durch den Rauch auf sie zubewegten. Steinhelm und seine Grundstok-Schützen – jene, die den Kampf mit den Dämonen überlebt hatten. Eine jähe Explosion ließ Adhema sich umwenden.

Die Skavenmaschine war nicht weit gekommen. Sie schwankte auf ihrer Achse, stieß Feuer und Rauch aus und schien kurz davor zu stürzen. Adhema blickte zu Nyoka hin, als eine weitere Explosion die große Maschine erschütterte. »Besser, du betest gleich weiter, Priesterin. Ich habe das Gefühl, dass Volker und die anderen das brauchen können.«

Volker feuerte. Einen Moment später fluchte er, da Lugash sich gegen den Todesbringer warf, ihn zurückschleuderte und damit aus der Bahn der Kugel. Die Kugel traf stattdessen den Rand des Astrosphärums, wurde in das Innere des Geräts abgelenkt und durchschlug die Ketten, die den Speer festhielten.

Die große schwarze Klinge schwang herab, durchschnitt die Luft mit einem nachhallenden Zischen, das man als Laut der Befriedigung hätte deuten können. Lugash brüllte auf und griff danach, während sein Schlachteisen in der Schulter des Todesbringers stecken blieb. Der Todesbringer packte seine Hand, zerrte den Schicksalssucher beiseite und schleuderte ihn mit dem Gesicht voran auf die Empore. Der Khornitenkrieger versetzte dem benommenen Duardin einen knochenzermalmenden Tritt in die Seite, sodass er über das Deck rollte. Dann drehte er sich um und griff nach dem Speer. Gung wand sich in seinen Ketten, streckte sich dem Krieger entgegen.

»Zana«, schrie Volker, während er seine Büchse beiseite warf und seine Repetierpistolen zog. Skaven stürmten in verzweifelter Flucht vorbei. Die ehemalige Freigildnerin stürzte bereits mit blankem Schwert auf die Empore zu. Ihre Klinge sauste herab und zog eine blutige Wunde über den muskelbepackten Arm des Kriegers. Er brüllte auf und griff nach ihrer Kehle, fing ihren nächsten Hieb mit seiner bloßen Hand auf. Das Schwert brach in seiner Faust, als sie sich unter dem Griff seiner Klaue wegduckte. Noch immer den gezackten Stumpf des Griffes haltend, attackierte sie ihn erneut und versuchte, ihm was von ihrem Schwert übrig war in die entblößte Kehle zu stoßen.

Der Todesbringer schmetterte die zerbrochene Spitze ihrer Klinge herab, durch ihren Unterarm. Münzen brachen klirrend aus dem Armschutz heraus, und Zana schrie laut auf. Sie riss das Messer aus ihrem Gürtel und stieß es ihrem Gegner in die ungedeckte Hüfte. »Erschieß ihn, Volker«, keuchte sie.

Der Todesbringer brüllte auf und fegte sie mit einem Hieb seiner Hand von der Empore, wo sie neben Lugash auf dem Boden liegen blieb.

Volker feuerte auf ihn. Beide Repetierpistolen brüllten Feuer spuckend auf, durchsiebten die Luft mit Bleikugeln. Der Todesbringer zuckte mit einem Aufbrüllen vor Schmerz und Verblüffung zurück. Um sich schlagend und wild ausgreifend fiel er hintenüber. Während Volker noch seine geleerten Waffen fortschleuderte und nach der schweren Pistole in seinem Gürtel griff, schlüpfte der Speer der Schatten zielsicher in die Hand seines neuen Trägers. Die Finger des Kriegers schlossen sich um den schwarzen Schaft, und er riss ihn mit einem triumphierenden Fauchen aus dem Griff der verbliebenen Ketten frei. »Mein«, heulte er. »Endlich mein.«

Er wandte sich Volker zu, und seine Augen glühten voll schrecklicher Heiterkeit. Er befühlte einen der Einschusskrater, die jetzt seine Rüstung überzogen. »Das lief nicht so, wie du es dir gedacht hast, was?«

Volker sagte nichts. Er zog den Hahn seiner Pistole durch.

Der Todesbringer zögerte. »Denkst du tatsächlich, dass du mich mit deiner lächerlichen, mickrigen Pistole schlagen kannst, kleiner Mann?«, fragte er verächtlich. »Ich bin Ahazian Kel. Ich habe das Feuer der Tollanischen Kanonade und die Donnerwagen von Kursk überlebt. Was soll ein Gewehr, oder zwei, mir antun, was tausend nicht konnten?«

»Hängt davon ab, wessen Finger am Abzug ist«, sagte Volker, so ruhig er konnte.

Ahazian lachte in sich hinein. »Mag sein. Aber ich muss dir gar nicht nahe kommen, um dich zu töten.« Er hob seinen Speer und blickte auf Zana herab. »Wie nannte sie dich – Volker? Ja.« Er flüsterte der zitternden Klinge etwas zu. Volker verspürte ein Gefühl, als würde sich tief in seinem Innern etwas umdrehen, als hätte sich dort etwas losgerissen. Die arkanen Runen, die in Gungs breite Klinge geprägt worden waren, glühten in kaltem Feuer. Die Zeit schien sich zu verlangsamen. Volker legte seine Pistole an, und sein Finger zuckte am Abzug. Ahazian Kel wirbelte den Speer herum. Er verließ seinen Griff mit hungrigem Zischen. Die Luft teilte sich vor ihm, schälte sich vor seiner hasserfüllten Klinge weg.

Alles hielt an. Volker starrte den Speer an, so nah und doch so weit weg. Seinen Tod, in der Zeit eingefroren. Seit tausend Jahren hatte Gung nicht mehr seinen Hunger gestillt, und jetzt wollte er sein Mahl wahrhaft genießen. Zeit und Raum hatten für ihn keine Bedeutung, und sie falteten sich und flatterten um ihn weg wie zerrissene Schleier. Er kroch auf ihn zu, stahl sich durch die Momente zwischen ihnen, wie ein Ghyrlöwe durch hohes Gras pirschte. Volkers Glieder wurden ihm bleiern, schwer von den Jahren, die er noch nicht gelebt hatte. Alles, was er tun konnte, war den Abzug bis zum Ende durchzuziehen. Donner hallte. Feuer sprang aus dem Lauf seiner Pistole und verdrängte für einen kurzen Augenblick die Schatten, welche sich an den Speer klammerten.

Gung wand sich näher, glitt zischelnd wie eine große schwarze Schlange auf ihn zu. Die Zeit verengte sich. Volker beobachtete, wie die Pistolenkugel langsam, ganz fest und sicher auf ihrer Flugbahn rotierend, an dem Speer vorbei glitt. Er machte einen Schritt zurück. Dann noch einen. Es war, als würde er durch Schlamm schwimmen. Und mit jedem Schritt kam der Speer näher. Näher. Bis er zuletzt die Hitze seiner Klinge spüren konnte. Die Zeit streckte sich bis zum Punkt des Zerreißens, schnellte dann zurück. Nur eine Chance.

Volker stürzte sich auf die schwankenden Ringe des Astrosphärums, auf die verschwommenen Bilder fremder Orte, fremder Reiche. Der Speer zischte über seine Schulter, mit einem Fauchen der Enttäuschung. Er nahm die Stufen der Empore zwei auf einmal. Gung warf sich ihm mit hungrigem Aufheulen hinterher. Volker packte den dornenbewehrten Schaft von Ahazians Axt, die noch immer die bebenden Ringe verkeilte, und warf sich nach vorn, riss die Axt frei, während er fiel.

Er fühlte einen Ruck, als würde er in verschiedene Richtungen gleichzeitig gerissen. Farben erfüllten seine Sicht, und er war in Hitze und Eis gleichzeitig gehüllt. Frost bedeckte seinen Mantel, und ein feuriger Hitzehauch verbrannte seine Haut. Er sah Sterne, rote Wolken und Amethystwüsten, alle ineinander verlaufend und dann im Zeitraum eines Blinzelns verschwunden. Etwas Schwarzes und Hasserfülltes schoss durch den wabernden Irrsinn auf ihn zu. Es war kein Speer, nicht wirklich. Es war etwas anderes, das sich in die Maskerade eines Speers hüllte. Ein Stäubchen kosmischen Schmutzes, das sich durch jedes Reich erstreckte und nach seinem Tod hungerte.

Verzweifelt griff er mit der Hand um sich und bekam einen der sich jetzt wieder drehenden Ringe zu packen. Das Metall brannte sich durch seinen Handschuh und ließ seine Hand Blasen schlagen, aber dennoch lockerte er seinen Griff nicht, sondern zerrte sich nach oben, auf die pulsende Öffnung im Stoff des Raumes zu. Sein Arm und seine Schulter protestierten, und er fühlte Muskeln tief drinnen reißen. Am höchsten Punkt seiner Rotation ließ er los und fiel durch das Loch. Irgendwo unter ihm – oder vielleicht auch über ihm – hörte er einen frustrierten Schrei, als sich Gung tiefer in die sich stetig verschiebenden Reiche stürzte.

Volker prallte heftig aufs Deck und rollte schlaff weiter; seine Uniform dampfte, sein Herz hämmerte. Seine Pistole hatte er bei dem Sprung verloren, und die Axt ebenfalls. Er versuchte sich hochzustemmen. Als er das tat, hörte er einen Schrei. Mit trübem Blick suchte er die Kammer ab und sah, wie Ahazian Kel zurücktaumelte und sich ans Auge packte. Volkers letzter Schuss hatte getroffen. Der Todesbringer sank noch immer heulend auf ein Knie. Blut strömte zwischen seinen Fingern hervor und sammelte sich am Boden zu einer Pfütze.

»Noch am Leben, Azyrit?«

Volker blickte auf, in Zanas mitgenommen aussehende Züge. Sie wischte sich das Blut vom Kinn und bot ihm ihre unverletzte Hand dar. Er ergriff sie, stöhnte auf, als die Verbrennungen an seiner Hand eine Welle grellen Schmerzes hochflammen ließen. »Wir müssen hier raus«, hustete er und lehnte sich gegen sie. Der Arm, mit dem er sich festgeklammert hatte, hing schlaff an seiner Seite herab. Noch während er sprach, knirschte das rotierende Portal auf der Empore. Energie schlug daraus hervor, fegte durch Boden und Wände hindurch, verwandelte Metall zu Schlacke. Volker stieß Zana beiseite und warf sich über sie, als ein Ausbruch von Energie die Luft genau an der Stelle durchpeitschte, wo gerade noch ihre Köpfe gewesen waren. Sie schrie auf, als er gegen die Klinge stieß, die noch immer ihren Unterarm durchbohrte. »Dieses Ding da wird gleich hochgehen«, sagte er als eine Art Entschuldigung.

»Du musst es wissen«, sagte sie und versuchte, sie beide auf die Füße zu zerren. Alles um sie herum brach in sich zusammen. Leitungen barsten und Rohre platzten, spien giftige Dämpfe in die Luft. Das Astrosphärum drehte sich inzwischen wild und haltlos schwankend und heftig schlingernd auf seiner Empore und schickte Warpblitze in alle Richtungen. Ein heftiger Wind riss an ihnen, als versuchte das Astrosphärum, sie in den schimmernden, wirbelnden Schlund zu reißen, der beständig innerhalb seiner rotierenden Ringe anwuchs. »Komm schon, Azyrit – steh auf!«

Volker musste einen Schrei unterdrücken, als er sich seinen verletzten Arm stieß. Einen Moment später konnte er sich allerdings nicht mehr beherrschen, als eine rot-gerüstete Hand durch den Rauch und Dampf brach und seinen Arm packte. Ahazian Kels grausige Züge folgten einen Moment später. »Der Speer«, fauchte er. »Wo ist er, du Made?«

Er zerrte Volker von den Füßen und warf ihn mit schrecklicher Gewalt zu Boden. Irgendetwas brach in Volker, und er fühlte sich wie ein durchbohrter Wasserschlauch. Als er sich herumrollte, sah er, wie Zana ein Messer auf Ahazians Armschiene niedersausen ließ. Die Klinge zerbrach, und der Todesbringer packte sie bei der Kehle, warf sie gegen die Wand. »Wo ist mein Speer?«, brüllte der Krieger.

»Hier gibt's keine Speere, du Abschaum. Nur Äxte.«

Ahazian wandte sich um und schwankte, als eine von Lugashs Wurfäxten sich ihm in die Brust pflanzte. Der Schicksalssucher stürmte durch den Rauch, den blutbefleckten Mund zu einem wilden Grinsen verzogen, den Bart wild im Wind flatternd. »Dachtest du, wir wären miteinander fertig, Dämonenbrut? Wir fangen gerade erst an!« Mit der Axt in der Hand trieb Lugash, mit einem wilden Hieb nach dem anderen, den Todesbringer zurück. Trümmer flogen um sie herum durch die Luft, während sie miteinander rangen, wurden sie in den Sog des Astrosphärums gezogen.

Zana kroch auf Volker zu. »Was braucht es, damit er endlich stirbt?«, zischte sie, als sie versuchte, ihn mit ihrem unversehrten Arm hochzuziehen. Volker fluchte und griff sich an die Seite. Der Wind zerrte heftig an ihnen, blies sie beinah von den Füßen. Er sah die Leiche eines Skaven vorbeisegeln und in den Wirbel fliegen; die Götter allein mochten wissen, wohin seine Reise ging.

»Mehr, als wir haben. Hoffentlich kann Lugash ihn beschäftigt halten.«

Der Körper des Schicksalssuchers fegte an ihnen vorbei und verschwand im Rauch. Volker vermochte nicht zu sagen, ob er noch lebte oder nicht. Er und Zana starrten Ahazian an, der gegen den Sog des Wirbels ankämpfend auf sie zutaumelte, blutend, mit einer leeren Augenhöhle und bis auf den Knochen klaffenden Schnitten, doch er hielt sich noch immer auf den Beinen. Der Todesbringer streckte und spannte seine Hände.

»Ich werde dich nicht töten, Sterblicher. Gung wird dich finden, früher oder später. Die einzige Frage ist, wann er dich findet, nicht, ob er dich findet. Aber am Ende wirst du um seine Ankunft beten, das schwöre ich dir.«

Volker sah Zana an. »Kannst du Lugash finden und ihn zur Luke schaffen? Irgendeiner Luke?«

»Ich – ja, vielleicht. Was hast du vor?«

»Ihm geben, was er will. Ich muss das tun.« Er bekam den Splitter zu fassen, der ihren Unterarm durchbohrte und zerrte ihn heraus. Sie heulte vor Schmerz auf, als er sie auf das Schott zustieß, sich dann abwandte und sich vom Sog des Wirbels erfassen ließ. Das Stück Stahl in seiner Handfläche verborgen haltend, stolperte er auf den Todesbringer zu. Ahazian taumelte verblüfft zurück, als Volker in ihn prallte.

»Bist du verrückt?«, knurrte er.

»Nein, nur verzweifelt«, keuchte Volker. Er ließ das Metallstück hochzucken und rammte es in die zerstörte Augenhöhle des Todesbringers, drehte es so tief hinein, wie er nur konnte. Ahazian brüllte laut in Höllenqualen auf und schlug auf Volker ein, dass er zu Boden stürzte. Schmerz durchschoss seinen Arm und seinen Kopf, doch noch während er fiel, schlug er dem Todesbringer die Beine unter sich weg. Ahazian stürzte und torkelte dann weiter rückwärts, unfähig, Halt zu finden. Er bekam die Ränder des Astrosphärums zu fassen, und einen Moment dachte Volker, der Todesbringer könnte es schaffen, sich aus dem brüllenden Sog der Leere freizureißen. Doch dann bogen sich die Ringe des Astrosphärums und barsten, und Ahazian Kel war fort.

Einen Moment später war Volker dabei ihm zu folgen. Sogar jetzt, da das Astrosphärum in sich zusammenbrach, war der Sog noch immer da, wuchs sogar noch an. Und er war nicht in der Lage, die Kraft aufzubringen, um dagegen anzukämpfen. Er schloss die Augen und begann ins Vergessen zu sinken.

Mit einem Ruck schossen seine Augen wieder auf, als er jäh und schmerzhaft zum Halten kam. Er drehte sich, blickte zurück und sah, dass Zana mit ihrer unversehrten Hand den Saum seines Mantels gepackt hielt. Lugash hielt ihren verwundeten Arm, und hatte die Axt tief in den Rahmen des Schotts gerammt. »Das sind dann zwei Gefallen, die du mir verdammt noch mal schuldest, Azyrit«, rief sie. »Und jetzt dreh dich, du großer Klotz.«

Trotz der schwarzen Punkte, die am Rand seines Sichtfelds umhertanzten, tat Volker, wie ihm geheißen. Langsam zogen sie sich in den Korridor hinaus, wobei der aus der Leere kommende Sturm mit zunehmender Wildheit an ihnen zerrte. Im Innern der Kammer brachen Warpblitze aus den Überresten des Geräts hervor, peitschten über Wände und Boden. Metall wellte, bog und ballte sich zusammen, als es aus seinem Rahmen gerissen und in den strudelnden Wirbel im Herzen des Astrosphärums gezogen wurde.

Während die Kriegsmaschine sich um sie herum in Trümmer riss, taumelten sie auf die nächste Luke zu. Volker konnte nicht sagen, ob sie Teil der Decke oder Teil der Wand war, da alles um sie herum blitzschnell die Lage zu verändern schien. Lugash schlug die Luke ein und ließ dabei blutige Abdrücke auf dem Metall zurück. Der Schicksalssucher war eine einzige Ansammlung oberflächlicher Wunden. Sein Helm war verschwunden, und eine blutige Wunde hatte die Haare auf seinem Kopf rot verklumpen lassen.

Er gab ein bellendes Lachen von sich und streckte eine Hand nach draußen, als wollte er jemandem außerhalb der Luke ein Signal geben. Einen Moment später bekam er Volker zu fassen und zog ihn hoch. »Greif zu, Menschling – dein Leben hängt davon ab.«

Verschwommen sah Volker eine herabbaumelnde Leiter und das vertraute Gesicht von Brondt, der ihm eine Hand entgegenstreckte. Die *Zank* hielt mit der Kriegsmaschine Schritt, wenn auch nur so gerade. Ätherrauch quoll aus den Endrinen des Schiffes und trübte die Luft. »Deine Hand, mein Junge, gib mir deine Hand«, schrie Brondt über dem Brausen des Windes. Volker griff zu und stürzte fast. Der Boden raste unter ihm vorbei, wurde von der Kriegsmaschine in ihrem wilden Weiterrollen zu Trümmern zermalmt, selbst noch in ihrem Todeskampf. »Wir können nicht lange Schritt halten«, brüllte Brondt. Lugash fluchte, bekam Volker zu packen und schleuderte ihn aus der Luke. Volker erwischte die Leiter und versuchte sich festzuhalten, aber sein Arm verweigerte die Zusammenarbeit. Brondt packte ihn und zog ihn hoch. »Wo ist Zana?«, wollte der Kharadron wissen.

»Ich hab sie«, fauchte Lugash. Er sprang aus der rasselnden, zitternden Luke; Zana klammerte sich an seinem Hals fest. Er kletterte hinter Brondt und Volker die Leiter hoch.

Zana grinste von Lugashs Rücken aus zu Volker hoch.

»Ein Riesenspaß, was, Azyrit? Kein Moment der Langeweile in Grungnis Diensten.«

»Ist das immer so?«, fragte er. Die *Zank* bewegte sich langsam von der Kriegsmaschine fort. Das gewaltige Gefährt sank in sich selbst zusammen, als würde ihm im Zusammenbrechen die Luft entweichen. Er zuckte zusammen, als das Metall aufkreischte und sich aufbäumte.

»Manchmal ist's schlimmer«, sagte Zana. Sie schreckte auf, als die Kriegsmaschine ein Kreischen sich verbiegenden Metalls und herausplatzender Nieten von sich gab. Volker blinzelte die Sterne vor seinen Augen weg und ließ sich gegen die Leiter sacken, fühlte sich müder, als er sich jemals erinnerte gewesen zu sein. Er blickte zu Zana hinab, als eine weitere Explosion Brocken des sterbenden Kriegsungetüms der Skaven in alle Richtungen schleuderte. »Zwei Gefallen, wie?«

»Zwei«, erwiderte sie. »Und die werde ich einfordern, Azyrit, verlass dich drauf.«

»Schön zu sehen, dass du zufrieden bist«, rief Brondt herab. Er grinste zu Zana herunter, und ihr eigens Lächeln verblasste. »Und da wir von Gefallen reden, du schuldest mir jetzt drei, Mathos.«

* * *

Währenddessen wurde Kwell an Bord des sterbenden Warp-Rads, als sein Thron anfing, sich aus dem Boden zu lösen, allmählich klar, dass irgendetwas fundamental und geradezu katastrophal schief gelaufen war. Metall stöhnte auf und barst. Seine Mannschaft quiekte in heller Panik. Deckplatten wurden aus dem Rahmen und aus der Kommandokammer herausgerissen, tiefer in das Warp-Rad hinein. Alles bebte, rüttelte und klapperte, löste sich langsam in seine Bestandteile auf.

Nieten platzten aus dem Rumpf und pfiffen vorbei. Mehrere seiner Krieger fielen, Kopf und Brust von den umherschießenden Nieten durchbohrt. Ihre Leichen rollten wild über den Boden und wurden zu dem hin gezogen, was da auch immer im Bauch der Kriegsmaschine wachsen mochte. Kwell umklammerte fest seinen Thron, als wäre er in der Lage, ihn allein durch die Kraft seines schieren Willens an seinem Platz zu halten.

Ein Teil des Außenrahmens krachte irgendwo in der Nähe herab. Der massive Träger bog sich mit einem Kreischen und hätte ihm dabei beinah den Kopf abgerissen. Er konnte jetzt auch das vertraute Röhren des Übermalm-Oszillations-Rotators hören. Irgendetwas hatte eine Überspannung hervorgerufen. Und anstatt das Warp-Rad durch die Dimensions-Membran zu schleudern, wurde es jetzt hineingezogen – nicht als Ganzes sondern Stück für Stück. Er schlug mit einer Tatze auf seinen Thron ein.

»Sabotage«, kreischte er. Sein Thron schwankte heftig rückwärts, vom Sog des Oszillations-Rotators erfasst. Das war wie in der Verseuchten Stadt; alles wiederholte sich. Jemand versuchte, ihm seinen wohlverdienten Ruhm streitig zu machen. »Warst du das?«, wollte er von dem Rattengehilfen wissen, der sich gerade an seinem Thron festklammerte. Der Skaven zirpte protestierend. Kwell hockte sich auf seinen Thron und trat die unglückliche Kreatur fort. Der Skaven quiekte erbärmlich auf, als er in sein wohlverdientes Schicksal davongerissen wurde. Einen Moment später folgten ihm mehrere andere Mannschaftsmitglieder, die sich größtenteils noch an ihre Sitze oder einen Teil der Wände klammerten.

Das Brummen wurde lauter. Der Oszillations-Rotator nagte weiter am Stoff der Reiche. Kwell ging die entsprechenden Berechnungen durch. Ganz klar Sabotage – aber wer mochte davon profitieren? Warpzahn? Nein. Skewerax? Möglicherweise. Dämonen waren hinterhältig, selbst die dämlichen. Vielleicht sogar ganz besonders die Dämlichen. Aber das Warp-Rad war dennoch zum Untergang verdammt.

Bei diesem Gedanken hätte er sich am liebsten den Schwanz zu einem blutigen Stumpen zerbissen. Er hatte wertvolle Monate daran verschwendet, dieses Gerät zu bauen, nur damit es ihm jetzt, am Vorabend seines größten Triumphes entrissen wurde. Irgendjemand würde dafür bezahlen. Aber zuerst – entkommen. Schnell warf er sich in seinen Sitz und griff nach den Gurten. Sein Sitz war als einziger damit ausgestattet, und das aus sehr gutem Grund. Es war der einzige Sitz, der mehr war, als er zu sein schien.

Der erste Grundsatz eines Maschinenhexers: Immer einen Fluchtweg haben. Er zog die Gurte fester und zerrte die Polsterung aus dem Rahmen, wodurch ein schwerer Schalter sichtbar wurde. Er zögerte. Er hatte dies nur einmal an Sklaven ausprobiert, und das war für sie nicht gut ausgegangen. Aber was hatte er schließlich für eine Wahl? Er blickte auf, als sich das Dach der Hülle wegschälte und den freien Himmel erkennen ließ. Er bleckte voller Angst die Zähne und zog den Hebel herab. Dicke Funken verbrannten seine Tatze, als versteckte Auswurfmechanismen zum Leben erwachten. Warpsteinfedern zogen sich mit einem Kreischen zusammen. Kwell schloss die Augen, als sein Thron aufwärts in den Himmel geschleudert wurde.

Während er selbst so in Sicherheit katapultiert wurde, gab sich seine Erfindung schließlich dem Unvermeidlichen hin und explodierte mit ohrenbetäubendem Kreischen. Rasch verblassende Blitzspuren schossen hinter den Trümmerbrocken her über die Steppe, brannten tiefe Spuren sengender Verheerung durch das Steppengras.

Er schoss, vom Druck und Aufwind der Explosion erfasst, in taumelndem Flug hoch in den Himmel, und seine Tatzen tanzten wild über die Kontrollen des Schleudersitzes. Er musste den Fallschirm auslösen, bevor die Erdanziehung ihn mit ihrem hinterhältigen Griff erfasste. Als sich Himmel und Erde mit irrwitziger Geschwindigkeit gegeneinander kehrten, erblickte Kwell plötzlich das Ätherschiff, das von dem Scheiterhaufen seines Genies davonsteuerte.

Ein feiner Hauch der Befriedigung durchdrang die alles verschlingende Furcht. Er hatte am Ende doch recht gehabt. Es war Sabotage gewesen. Sie würden alle dafür bezahlen. Er schüttelte dem verschwindenden Luftschiff eine Faust hinterher, während er auch schon den Hebel packte, der den Fallschirm auslösen sollte.

Ein weiterer magenverdrehender Ruck, und er wirbelte in sanftem Schwung der Erde entgegen. Da unten blieb von seinen genialen Plänen nur ein rauchender, mit Trümmern überzogener Krater zurück. Die Kriegsmaschine, und alles, was sie enthalten hatte, war fort.

Aber Kwell lebte noch. Und wenn er noch lebte, dann konnte er –

Etwas krächzte über ihm. Er drehte sich in seinem Sitz um. Ein Rabe saß auf der Spitze seines Throns und beobachtete ihn aus einem perlengleichen, schwarzen Auge. Das Tier krächzte abermals, und er fragte sich, warum sich das so sehr nach Gelächter anhörte. Weiteres Krächzen antwortete von überall um ihn herum.

Kwell wandte sich um, und sein Skrotum zog sich zusammen. Der Rest der Raben erwartete ihn.

VIERUNDZWANZIG

SIEBEN WAFFEN

Einige Tage später legte Owain Volker seine Hand mit der Handfläche nach oben auf einen Amboss.

Nach ihrer Rückkehr nach Excelsis war er tagelang immer wieder in Bewusstlosigkeit gesunken und wieder daraus aufgetaucht. Selbst jetzt schlief er noch mehr als gewöhnlich. Doch er fühlte sich immer noch müde. An einigem davon trug der Schmerz die Schuld, so dachte er. Die Pein heilender Knochen und gemarterten Fleisches. Aber der Rest lag an den Träumen. Genauer gesagt, an den Albträumen. Von etwas, das nach ihm das dunkle Meer der Unendlichkeit absuchte. Manchmal war es der Große König. Zu anderen Zeiten Ahazian Kel.

Aber meist war es Gung. Der Speer der Schatten hatte seine Witterung aufgenommen und war nun auf der Jagd nach ihm.

»Wird das funktionieren?«, fragte er.

»Wenn nicht, würden wir damit nicht unsere Zeit verschwenden«, meinte Vali. Der alte Duardin packte ihn mit schraubstockgleichem Griff beim Handgelenk und legte eine Rune, die aus Gold gewirkt war, in die Mitte seiner Handfläche. »Und jetzt halt still«, sagte er. Er blickte hoch, zu Grungni. Der Gott stand in ihrer Nähe, wartete, den Hammer über der Schulter.

»Du kannst anfangen, Großvater.«

Volker schloss die Augen und zwang sich, nicht zurückzuzucken, als der Gott seinen Hammer hob. Es gab ein Geräusch wie das Bellen einer Kanone, und Schmerz durchfuhr ihn, seinen Arm hinauf und hoch in sein Hirn. Er wankte, doch Vali weigerte sich, ihn fallenzulassen. Der Hammer schlug erneut zu, und wieder, und Volker konnte nicht anders als schreien, während die Rune ihm tief ins Fleisch getrieben wurde. Nach dem dritten Schlag erlaubte man ihm niederzusinken. Er hielt seine Hand. Trotz des Schmerzes war nichts gebrochen.

Vali blickte mit verächtlich verzogenem Gesicht auf ihn herab. »Kein Durchhaltevermögen.«

Volker bekam den Amboss zu fassen und stemmte sich auf die Füße. Er gab sich nicht die Mühe zu antworten. Stattdessen starrte er die Rune an, die nun ins Fleisch seiner Hand eingebettet war. Sie flackerte merkwürdig und nahm mit jedem Biegen und Strecken seiner Finger eine neue Färbung an. Der alte Duardin trat zurück und wandte sich an Grungni. »Wenn du fertig bist, dann gibt es Pflichten, denen ich nachkommen muss.«

»Geh, Vali.« Grungni beobachtete seinen Diener davonstapfen, dann sah er herab zu Volker. »Gung wird dich jagen, bis er dich hat. Das ist sein Daseinszweck. Aber seine Gefangenschaft hat ihn geschwächt, und dein flinker Geist und Handeln haben dafür gesorgt, dass er nun im Meer zwischen den Reichen verloren ist. Er wird nach dir suchen, aber diese Rune wird sozusagen deine Witterung verändern. In welchem Reich du auch stehst, der Speer wird denken, du seist in einem anderen. Und so wird er sein Opfer jagen aber nie erreichen.«

Volker sah den Gott an. »Runen wie diese hier halten nicht ewig, oder?«

Grungni runzelte die Stirn. »Nein. Aber vorläufig wird es reichen.«

Volker nickte und versuchte, nicht darüber nachzudenken. »Die anderen?«

Grungni stellte den Kopf seines Hammers auf den Amboss. »Sind mehr oder weniger in einem Stück. Roggen ist nach Hause zurückgekehrt, damit er in vertrauter Umgebung heilen kann. Ich bot ihm eine Hand aus Silber an, um die, die er verlor, zu ersetzen, aber er hat abgelehnt. Er meinte, er würde den Samen einer neuen Hand selbst säen und zurückkehren, wenn sie ihm gewachsen ist.« Er schüttelte den Kopf. »Ein seltsames Volk.«

Volker schüttelte seine Hand aus, um den Schmerz loszuwerden. »Zana und Nyoka?«

Grungni beugte sich auf dem Schaft seines Hammers vor. »Irgendwo. Beide scheinen trotz allem nicht geneigt, derzeit meine Dienste zu verlassen.« Er hielt inne. »Die Priesterin erholt sich, obwohl man mir sagte, dass man sich an ein fehlendes Auge erst einmal gewöhnen muss.«

»Hast du ihr ebenfalls ein neues angeboten?«

Grungni lächelte. »Ja. Sie schien von meinem Vorschlag wenig angetan. Vielleicht wird Sigmar, wenn er dazu kommt, ihr ja sagen, dass es schon in Ordnung ist, Geschenke anderer Götter anzunehmen.«

»Und Oken?«

»Ist hier, Junge.« Oken trat aus den Schatten der Schmiede, wobei er sich schwer auf seinen Gehstock aus Eisen und Bronze stützte. »Noch heil und in einem Stück, und ich könnte da ein paar aufzählen, bei denen das weniger der Fall ist.« Er blickte zu Volker auf. »Ich dachte, ich hätte dir gesagt, du sollst vorsichtig sein.«

»Ich bin nicht tot.«

»Das ist aber nicht das Gleiche.« Der Duardin schüttelte den Kopf. »Mir ist nicht entgangen, dass du nicht nach der Vampirin gefragt hast.«

Volker runzelte die Stirn. Adhema war verschwunden, bevor sie zurückgekommen waren, um nach Roggen und den anderen zu sehen. Sie hatte sich einfach … verzogen. »Nein, das habe ich nicht.« Dann: »Irgendeine Spur von ihr?«

Oken schnaubte. »Nein. Obwohl ich keine Zweifel habe, dass

sie wieder auftaucht wie ein Stückchen Dreck in einem Räderwerk.« Er sah Grungni an. »Wie lange?«

Der Gott seufzte. »Ich weiß es nicht. Wenn er in Bewegung bleibt, vielleicht für immer.«

»Du weißt es nicht?«, fragte Oken. Er zog die Stirn in Falten und rieb sich das Gesicht. »Verzeih mir, Schöpfer, ich wollte nicht ...«

Grungni lächelte. »Aber das hast du, und es ist verständlich.« Das Lächeln verblasste. »Es gibt vieles an diesen Waffen, über das selbst ich nichts weiß. Es sind Geheimnisse, und ich mag keine Geheimnisse. Man muss sie studieren, bevor man sie neu schmiedet.« Er sah Volker an, und es lag ein kühl musternder Zug in seinem Blick. »Solange er lebt, wird Gung ihn suchen. Und solange Gung ihn sucht, kann niemand anders ihn für sich beanspruchen.«

»Ich bin also ein Köder«, sagte Volker mit plötzlich trockenem Mund. »Ein Köder und dazu noch ein narrensicherer.« Er betrachtete die Rune in seiner Handfläche und fragte sich, wie so ein kleines Ding ihn vor dem dunklen Hunger, der ihn jagte, verbergen sollte.

»Aye«, sagte Grungni, Okens finsteren Blick ignorierend. »Das bist du. Ist das eine Bürde, der du gewachsen bist, Geschützmeister?«

Volker zögerte. Dann nickte er. »Das ist sie, Schöpfer. Aber was mir auch an Zeit verbleibt, gehört dir.« Er ließ die Muskeln seiner Hand prüfend spielen und zog dann seinen Handschuh über. »Es gibt sieben andere Waffen da draußen. Sieben Versuche, das Schicksal für die eine oder andere Seite zu wenden.« Er lächelte dünn.

»Ein Geschützmeister braucht nur einen.«

Und warum hast du beschlossen, lieber zu verschwinden, als zu bleiben?

Neferatas Stimme durchbohrte die Geräusche des nächtlichen Excelsis. Adhema erhob sich lächelnd. Sie stand hoch über dem Geäder, die Füße auf nassen Schieferschindeln und labte sich an den Gerüchen, die sich unter ihr entfalteten. Es war lange her, seit sie zuletzt eine Stadt besucht hatte – eine richtige, lebendige Stadt.

»Eine Entscheidung ganz aus der Laune des Moments heraus, meine Herrin. Eine, von der ich vermute, dass Ihr mit ihr übereinstimmt, wenn Ihr mich bis zum Ende anhört.« Als Neferata nicht antwortete, sprach Adhema weiter. »Der Speer ist fort. Einmal geschleudert, wird er nicht erlauben, dass man ihn aus der Bahn seines Ziels reißt, bis er schließlich getötet hat. Ihr selbst habt mir das gesagt.«

Also willst du heimlich dem Azyriten bis zu seinem beinah sicheren Ableben folgen?

Sie spürte die Belustigung ihrer Herrin und erlaubte sich ein höfliches Auflachen. »Nein. Grungni wird schon irgendeine Art finden, ihn am Leben zu erhalten, darüber habe ich keinen Zweifel. Aber was ich sehen will, ist, was sie wohl als Nächstes tun ...«

Stille. Dann ein leises Lachen. Adhema schauderte. Da lag Boshaftigkeit in diesem Lachen, gemischt mit einer leichten Bewunderung. *Die anderen Waffen*, murmelte Neferata. *Und wirst du ihnen helfen, die Wehklagen in Besitz zu nehmen, Schwester? Wirst du für sie den Schutzengel spielen?*

»Wenn es sein muss«, sagte Adhema stirnrunzelnd. »Grungni wird versuchen, sie alle zu erlangen. Nichts wird ihn darin aufhalten, und sie auch nicht. Für Sterbliche sind sie äußerst entschlossen.«

Dann bewunderst du sie.

Es war keine Beschuldigung. Nicht ganz. Aber beinahe. Adhema zischte. »Sie sind Mittel zum Zweck, meine Herrin – sonst nichts. Sie werden die Waffen für uns suchen und sie an einen sicheren Platz bringen, und dann werden wir sie uns holen, wie es unser gutes Recht ist.«

Und du weißt, wo dieser Platz ist?

Adhema lächelte und blickte hinab.

In einer gewundenen, engen Gasse unter ihr stand ein Ogor im Halbschlaf Wache. Sie hatte darüber nachgedacht, zu versuchen selbst dort einzudringen, aber sie sah keinen Nutzen darin, sich jetzt schon derart dreist ins Blickfeld zu rücken. Sie wusste, wo der Eingang war, und das war für den Augenblick genug. »Ich hätte da vielleicht ein paar Ideen«, sagte sie. Sie schniefte. »Ich werde das im Auge behalten, und sie dazu. Und wenn der rechte Augenblick gekommen ist ... nun ja.« Sie zuckte die Achseln.

Ein guter Plan, Schwester. Aber hast du die Geduld dafür? Wäre es nicht besser, wenn ich jemand anderen ausschicken würde ... jemand mit mehr Feingefühl für solche Dinge?

»Nein«, fauchte Adhema. Sie umklammerte den Griff ihres Schwertes. »Das ist meine Queste. Ich werde Euch diese Waffen bringen, meine Königin, egal, welche Hindernisse sich auch auftun. Das ist mein Schwur, auf die Asche Szandors.« Sie blickte hoch zum Mond. »Lasst mich das tun«, bat sie leise.

Die einzige Antwort war ein spöttisches Lachen, das bald in der Nacht verklang und sie unsicher und gereizt zurückließ. Die Königin der Mysterien genoss ihre kleinen Scherze so sehr. Adhema schüttelte den Kopf und fuhr fort, die Gasse unter ihr zu beobachten.

Ein paar Augenblicke später seufzte sie auf.

Neferata hatte recht gehabt. Sie hatte nicht die entsprechende Geduld.

Etwas klapperte auf einem benachbarten Dach. Sie wandte sich um und suchte nach der Quelle des Geräuschs. Einen Moment später lächelte sie. »Ha«, murmelte sie. Zwei rasche Schritte brachten sie zum Rand des Daches. Jenseits der Kluft hatte eine Bande von Dachläufern langsam aber sicher die Schieferschindeln weggebogen, sodass sie nun durch die Dachsparren in das darunter liegende Gebäude einsteigen konnten. Sie waren jung und dünn. Kinder noch, aber raubtierhaft. Wie Straßenkatzen mit gegenständigen Daumen.

Sie landete laut hinter ihnen, was sie herumfahren ließ. Einer rutschte aus und glitt weg, wäre beinah gestürzt. Sie packte den Jungen beim Knöchel und zog ihn zu ihrer Höhe hoch.

Während er über der Kante baumelte, blickte sie in ihre verkniffenen, ausgemergelten Züge und lächelte.

»Hallo, Kinder. Ich bin Adhema. Und es gibt da etwas, was ihr für mich tun könnt.«

Kretch Warpzahn, Hochoberster Klauenmeister des Rictus-Klans, seufzte und rückte sich auf seinem Thron zurecht. Er rieb sich müde die Schnauze. Es waren ein paar aufreibende Tage gewesen, seit er den Rückzug vor Excelsis angeordnet hatte. Die erwarteten internen Hackereien hatten ihren Tribut gefordert, und allmählich gingen ihm sowohl die Untergebenen als auch die Geduld aus.

Natürlich war das alles Kwells Schuld. Als seine wunderliche Kriegsmaschine nicht wie versprochen aufgetaucht war, kam Warpzahn schließlich zu dem unliebsamen Schluss, dass Excelsis für absehbare Zeit wohl ungeplündert bleiben würde. Er hatte das Lager abgebrochen und sich in Richtung Inland zurückgezogen, zu den Löwenfängen und zu dem Versorgungslager, das er dort aufgebaut hatte, nur um es brennend und voller Leichen vorzufinden. Nun ja, nicht ausschließlich voller Leichen – es gab einige Überlebende, und einer davon duckte sich jetzt vor ihm nieder.

»Wo ist Kwell?«, grollte er und blitzte den niederkauernden Skaven finster an.

»Beinah sicher tot-ausgelöscht, meist-Hochoberster Klauenmeister«, brachte die winselnde Kreatur hervor. Der Technohexergehilfe stank nach verbranntem Haar und Angst, und seine Augen waren hinter gesprungenen Schutzbrillengläsern verborgen. Er und seine Gefolgsleute waren an diesem Morgen ins Lager getaumelt und hatten ausgesehen, als kämen sie geradewegs aus einem Krieg. »Du musst keine Angst-Sorge deswegen haben, nein-nein. Er hat für sein meist-enttäuschendes Versagen jemals mit seinem Leben bezahlt.«

Warpzahn klopfte gedankenverloren mit einer Tatze gegen den Zahn aus Warpstein. »Dein Name ist Vex, nicht wahr?«, knurrte er schließlich.

»Ähm …« Vex blinzelte zu ihm hoch, und die Knopfaugen hinter den dicken Gläsern der Schutzbrille verliehen ihm ein eulenhaftes Aussehen. »Ja?«

Warpzahn beugte sich vor. Vex fuhr auf, wollte sich zurückziehen, doch das wurde von den schweren Gestalten der Sturmratten, die hinter ihm standen, verhindert. Warpzahn bog seine Klaue und winkte ihn zu sich. Vex zögerte. Einer der Sturmratten stieß ihn mit der Klinge seiner Waffe an. Der Maschinenhexer kroch Angstmoschus verströmend vorwärts. Warpzahn fasste Vex mit fast zärtlichem Griff bei den Schnauzhaaren.

»Was ist mit der Waffe?«, zischte er leise.

Vex blinzelte. Schluckte. »Waffe, Meist-Verehrter?«

Warpzahn nickte nachdrücklich. »Die Waffe, Vex. Kwell versprach mir eine Waffe. Und für eine Waffe hab ich ihn bezahlt, ja-ja. Wo ist die Waffe, Vex?« Während er sprach, begann er Vex' Schnauzhaare zu verdrehen. Vex traten die Tränen in die Augen und verschmierten die Innenseite seiner Schutzbrille.

»Zerstört«, quiekte er.

Warpzahn fauchte und riss ihm eine Handvoll Schnauzhaare aus. Mit grellem Kreischen brach Vex zusammen und hielt sich die blutige Schnauze. Warpzahn ließ die Schnauzhaare auf ihren früheren Besitzer herabrieseln. Er ließ sich seufzend in den Thron zurücksinken. »Zerstört«, murmelte er.

Das hatte er befürchtet. Als er den Kontakt zu Kwell verlor, hatte er vermutet, dass irgendetwas schiefgegangen war. Aber wenn man Vex glauben konnte, dann war jenes Versagen ein Ding mit vielerlei Schalen. Und Warpzahn war entschlossen, diese besagten Schichten eine nach der anderen wegzupellen, bis er schließlich herausfand, was Kwell vor ihm verborgen hatte. Bisher hatte er entdeckt, dass es in der Tat zwei Waffen gegeben hatte. Eine, für die er bezahlt hatte, sowie eine andere – irgendein uraltes Artefakt – das Skewerax gesucht hatte. Und Kwell hatte mit dem hemmungslosen Optimismus, der einem Maschinenhexer eigen ist, beschlossen, beide zu einer zu kombinieren und dies dann vor seinen beiden Gönnern zu verbergen. Warpzahn sah auf Vex herab. »Was ist mit der anderen?«

»Andere, o Beherrscher des Schmerzes?« Vex blickte auf. Es war ein verschlagener Blick. Schlecht verborgen. Warpzahn griff in Richtung der verbliebenen Schnauzhaare. Vex bedeckte seine Schnauze mit der Tatze und wich zurück. »Oh, die andere – ja-ja, die andere, sie ist ver-futsch-schwunden. Verloren-weg in der Schwarz-Leere zwischen Welten!«

»Eine Schande«, murmelte Warpzahn. »Hättest du gewusst, wo sie ist, hätte ich dich vielleicht verschont.« Vex' Augen weiteten sich, und die Verschlagenheit wich jäher Verzweiflung.

»Es gibt noch andere«, quiekte er und warf flehentlich die Tatzen hoch.

Warpzahn zögerte. »Andere?«

»Andere Waffen, o Eure Meist-wohl-hoch-Schrecklichkeit. Viele Waffen. Skewerax hat das gesagt, ja-ja, Skewerax – er ist es, der gesagt hat –«

Warpzahn griff mit verblüffender Schnelligkeit zu und packte Vex bei der Kehle. »Schnell-sprich, ja-ja«, knurrte er, und seine Krallen gruben sich in die Kehle des sich niederduckenden Skaven.

»Er kann nicht sprechen, wenn du ihn erwürgst«, grollte eine tiefe Stimme. Warpzahn seufzte und ließ Vex los. Der Maschinenhexer quiekte jämmerlich und kroch davon, warf dabei dem Neuankömmling ängstliche Blicke zu. Die Sturmratten zeigten sich ebenso nervös, und der feine Geruch ihrer Furcht kitzelte Warpzahn in der Nase. Er blickte auf.

»Skewerax«, sagte er grüßend.

»Wo ist meine Waffe?«, zischte der Rattendämon, und der Geifer rann ihm von den Fangzähnen. Wie ein bedrohlicher Schatten ragte er über dem Thron auf, und seine Klauen gruben sich in dessen Rückenlehne. »Warum ist Kwell nicht hier?«

»Nach dem, was der hier sagt, ist Kwell tot.« Warpzahn deutete auf Vex, der sich auf dem Boden zu einem winzigen Knäuel zusammengerollt hatte.

»Das ist keine Entschuldigung«, sagte Skewerax. »Meine Waffe?«

»Verschwunden, jenseits der Reichweite eines jeden Skaven.« Warpzahn lachte. »Auch meiner.«

Skewerax beugte sich vor, und säurehaltiger Speichel spritzte auf Warpzahns Rüstung. »Wo?«

»Ist das wichtig?« Warpzahn sah den Dämon an. »Schließlich gibt es da noch andere. Oder war das ein Lüge von ihm?«

Der Rattendämon wich mit zusammengekniffenen Augen zurück. »Und wenn nicht?«

»Dann solltest du mir das besser sagen, o Mächtiger, sodass wir sie zusammen in unseren Besitz bringen, zum Ruhme des Rictus-Klans und aller Rattenklans.«

Der Dämon starrte auf ihn hinab, als besann er sich. Dann, langsam, kroch ein Lächeln über die vernarbten Züge des Rattendämons.

»Nun gut. Hast du jemals von den Acht Wehklagen gehört?«

Ahazian Kel brach aus den glimmenden Trümmern hervor. Metallsplitter ragten überall aus seiner blutigen Gestalt und seine Rüstung war schwarz und schwelte. Er zerrte mit einem Ächzen den verbogenen und verdrehten Helm von seinem Schädel und enthüllte übel mitgenommene Züge und eine blutig rohe Augenhöhle, wo der Schuss des Azyriten ihn getroffen hatte. Nur ein Glückstreffer. Er warf den Helm beiseite und sah sich um, blinzelte mit seinem unversehrten Auge.

Es war kein Hinweis darauf zu entdecken, wie weit er gestürzt oder wie lange er begraben gewesen war. Die Warpkräfte hatten die Kriegsmaschine zerrissen und sie quer durch die Reiche der Sterblichen verstreut. Er war von der Explosion des Warp-Portals erfasst und irgendwohin geschleudert worden – an einen Ort, der ihm nicht vertraut war. Die Luft schmeckte nach verbranntem Metall, und die Landschaft war zerklüftet und loderte. Seltsame Vögel mir schillernden, silbrigen Federn zogen über ihm ihre Kreise, und ihre rauen Stimmen klangen zu ihm herab. Die Überreste einer Reihe von Bäumen, die durch die jähe Ankunft der Kriegsmaschine der Skaven zerbrochen waren, ragten aus den Trümmern auf, und ihre kupferfarbenen Zweige schimmerten gespenstisch im Licht der Feuer, während die Blätter schwarz verdorrten und vom Wind hinfortgetragen wurden.

Vielleicht Chamon oder irgendwo in Aqshy. In der Ferne sah er Zeichen von Betriebsamkeit – große Rauchwolken, die den blassen Himmel verunreinigten. Er konnte das stumpfe Brummen von Maschinen hören, und dann und wann ließ ein Grollen die Luft erbeben. Vielleicht eine Mine. Was immer es auch war, es gab dort Menschen und Nahrung. Ganz zu schweigen von Waffen.

Ahazian schwankte auf den Beinen, und seine Hände griffen instinktiv nach den Waffen, die nicht da waren. Er hatte keine Waffen. Keinen Speer. Er knurrte wütend auf und griff sich an die schmerzende Augenhöhle. Dafür würde der Azyrit bezahlen. Alle würden sie bezahlen. »Ich schwöre es«, knurrte er, und funkelte mit seinem unversehrten Auge umher. Er war ein Kel der Ekran, und sein Schwur war aus Eisen.

Eine verräterische Stimme in seinem Innern flüsterte ihm zu, dass er ebenso den Schwur geleistet hatte, Gung an sich zu bringen, und man sah ja, wie das ausgegangen war. Wut flammte erneut in ihm auf und brannte den Schmerz aus seinen Wunden und die Müdigkeit aus seinen Gliedern. Er hatte versagt, und der Verlust seines Auges, seiner Waffen, war der Preis für dieses Versagen. »Volundr«, sprach er. Dann lauter: »Volundr! Wo bist du Kriegerschmied?«

Volundr musste es gesehen haben. Musste lauschen. Aber er gab keine Antwort. Kein Laut, außer dem Knistern der Flammen und den Schreien der Vögel. Ahazian grunzte, erneut von Müdigkeit erfasst. Aufgegeben also, verlassen. Dann war das so.

Er machte erste Schritte in Richtung des Rauchs am Horizont und schob die Trümmer aus seinem Weg. Er würde den Speer wiederfinden. Er hatte noch immer das Bruchstück, konnte noch immer das Echo vom Lied des Jägers in seinem Kopf hören. Wenn er erst einmal seine alte Stärke wiedererlangt hatte, würde er erneut seine Jagd beginnen. Und dann würde er auch die anderen eine nach der anderen finden. Aber die würde er dann nicht fernen Herren oder treulosen Verbündeten übergeben.

Stattdessen würde er sie selbst einsetzen. Er hatte lange genug die Kriege anderer geführt. Er hatte im Schatten geringerer Krieger nach Frieden gesucht und den Preis dafür bezahlt. Nur die Kels von Ekran wussten, wie man richtig Krieg führte, und Ahazian würde dafür sorgen, dass sich alle Reiche daran erinnerten, warum sein Volk einst so gefürchtet gewesen war. Ja, selbst die Höflinge des Chaos in den hohen Hallen des Varanturms würden es erfahren und erzittern. Die letzten Kel von Ekran würden gegen den Dreiäugigen König selbst marschieren und jeden Irrglauben an Zweck und Vernunft von sich werfen. Die Reiche würden erneut in Krieg ertränkt – Krieg, ewig und nicht endend.

Ahazian hielt an und hob seine blutigen Züge zum Himmel. Irgendwo, hoch dort oben, zwischen Sternen, die glühten wie heißes Metall, das in dunklen Wassern auskühlte, saß Khorne auf seinem Thron aus Schädeln. Das behaupteten zumindest die Weisen des Blutes.

»Khorne, noch nie habe ich zu dir gebetet. Ein Gott, der Gebete braucht, ist kein Gott. Aber wenn du mir jetzt zuhörst, dann erbitte ich hier und jetzt eine Gunst von dir. Gewähre mir Rache – gewähre mir eine Ewigkeit des Lachens unter dem Sternenhimmel. Gewähre mir dies, und ich will die Reiche in Blut ertränken. Und wenn du das nicht tust, dann streckst du mich besser jetzt gleich auf der Stelle nieder, denn ich vergesse niemals.« Er breitete seine Arme aus, wartete.

Hinter ihm krächzte ein Rabe. Ahazian senkte die Arme und wandte sich um. Schwarze Vögel hockten auf den Trümmern, beobachteten ihn. Seine Finger ballten sich zu Fäusten. »Seid ihr gekommen, euer Werk zu vollenden, Aaskrähen?«

Metall kreischte. Lauschend erstarrte Ahazian. Er hörte zischende Stimmen und das Klirren von Waffen. Der Wind drehte sich und er witterte einen beißend ranzigen Geruch.

Den Geruch von Ungeziefer. Seine aufgesprungenen Lippen verzogen sich zu einem roten Grinsen, als er den Vögeln seinen Dank zunickte. »Entschuldigt. Es scheint, als hätte unser Bündnis noch immer Bestand.« Einer der Vögel senkte wie zustimmend seinen Schnabel.

Der erste der Skaven brach blitzschnell aus der verdrehten Trümmermasse hervor. Er trug zerfetzte gelbe Gewänder unter rostigem Kettenwerk und einen runden, primitiv geschmiedeten Schild aus Bronze und Gold. Als er ihn sah, kam er schlitternd zum Halten, und seine Tatze zuckte knapp über der Klinge, die er in seinem breiten Gürtel trug. Den kruden Insignien nach, die er auf seinem Schild geschmiert hatte, war anzunehmen, dass er einem anderen Klan als dem angehörte, gegen den er zuvor gekämpft hatte. Aasgeier also, die versuchten, das Wrack nach allem, was irgendeinen Wert hatte, auszuplündern.

Weitere Skaven schlossen sich dem ersten an, umschwärmten das Wrack – ein Dutzend, zwei Dutzend, dreißig, vierzig – nach allen Seiten hin. Der Klang ihres Gekreischs war ohrenbetäubend, und ihr Gestank löschte sogar den beißenden Geruch der Flammen aus. Rote Augen funkelten ihn an, und die Krieger zirpten miteinander, wobei jeder den anderen anstachelte, als Erster zu gehen.

Ahazian spie aus, wischte sich das Blut vom Mund fort und streckte sich. Er ließ den Nacken kreisen und lockerte seine Schultern. Er ließ seine Knöchel knacken und beschied die Skaven mit einen grausigen Lächeln. »Na, kommt schon. Worauf wartet ihr denn?« Er machte eine einladende Handbewegung. »Lass uns loslegen, Ungeziefer. Manche von uns haben heute noch was vor.«

Die Skaven stürmten auf ihn zu, alle zugleich.

Und Ahazian Kel sprang ihnen entgegen.

Yuhdak lehnte sich mit einem Seufzen gegen den rauen Fels. Das Bild, das er heraufbeschworen hatte, verblasste, so wie auch der Gedanke daran, seinem Verbündeten beizustehen.

Zwischen ihnen erstreckten sich Reiche, und außerdem war Yuhdak erschöpft. Er streckte sich auf der Suche nach einer bequemen Position. Er hatte eine so große Strecke wie nur möglich zwischen sich und die Gefahr gebracht, doch selbst hier konnte er noch immer die Rauchsäule sehen, die vom endgültigen Schicksal der Kriegsmaschine der Skaven kündete.

»Eine Schande. Aber schließlich sind die besten Bündnisse unvermeidlich auch die kürzesten.« Er zog mit gedämpftem Grunzen seinen Helm ab und bot seine Züge dem Wind dar. Er glich noch immer dem Prinzen, der er in seiner Jugend einst gewesen war, wenn auch nur vage. Sein Gesicht hatte keine wirkliche Form, und jene, die es betrachteten, konnten es daher zwangsläufig auch nicht beschreiben. Als wäre es eher die Idee eines Gesichts als die eigentliche klar ausgeformte Sache. Yuhdak dachte selten darüber nach. Es war ein Gesicht, sein Gesicht, und das war alles.

Er legte seinen Helm ab und lehnte sich zurück. Sein Körper schmerzte und seine Wunden pochten. Das war gut, denn es hieß, dass er am Leben war. Schmerz war der Keim der Hoffnung – Hoffnung, dass es enden würde, Hoffnung, dass ihn auf der anderen Seite eine Belohnung erwartete.

Hoffnung war das wahrhaftigste Geschenk des Wandlers der Wege. Alle Pläne und Machenschaften, alle Intrigen und Ränke wurden aus der Hoffnung geboren. »Wenn wir noch hoffen, ist das Leben lebenswert«, murmelte er. Ein uralter, abgedroschener Spruch, aber dennoch wahr, und einer, an den er sich in den ganzen langen und stillen Jahren seiner Kindheit geklammert hatte. Er betupfte das Blut, das die Facetten seiner Rüstung verschmierte, und schüttelte den Kopf. »Ach, meine Brüder, wenn ihr mich jetzt nur sehen könntet. Was würdet ihr vom stillen, sanften Yuhdak denken?«

Lachen würden sie wahrscheinlich, dachte er. Seine Brüder waren harte Schatten gewesen, gerissen und grausam. Er hatte sie geliebt, so wie sie nichts als sich selbst geliebt hatten. »Aber ich war sie, und sie waren ich, also wäre es vielleicht eher angebracht zu sagen, dass ich mich selbst liebte.« Er lachte leise und zuckte dann innerlich zusammen. Die Vampirin hatte ihn beinah getötet. Einem wilderen Teil seiner selbst verlangte es danach, sie zu finden und den Gefallen zu erwidern.

Aber er war kein Wilder. Rache war nichts, außer sie diente einem größeren Zweck. Der Dreiäugige König hatte ihn das neben anderem gelehrt. Archaon war ein Philosophen-König, weise und durchtrieben. Die Unermesslichkeit der Schöpfung begriff er mit Leichtigkeit, und sein Denken vollzog sich in den Begriffen von Zeitaltern, wo andere schon über Jahrhunderte stolperten.

Raben krächzten über ihm. Er blickte auf und die Anführerin der Schar sah zu ihm hinab. Sie hockte über ihm und hielt etwas in ihrer Hand. »Hallo.«

»Hallo, meine Dame. Ich freue mich, zu sehen, dass du überlebt hast.«

»Streck deine Hand aus«, antwortete sie.

Das tat er und sie ließ anmutig ein blutiges Auge in seine Handfläche fallen. Yuhdak umfasste es sanft, fühlte den Strängen des Lebens nach, die es noch immer mit seinem Besitzer verbanden. »Die Priesterin«, stieß er leise hervor. »Du nahmst ihr ein Auge. Ich hatte es vergessen.«

Die Rabenfrau lächelte. »Ein Geschenk, von einem Diener an einen gütigen Herrn. Eins von vielen.«

Yuhdak nickte geistesabwesend. »Ein gutes Geschenk, meine Dame. Überdies eines, das ich dankbar trefflich zu verwenden gedenke.« Er rollte die Handfläche über das Auge, leise vor sich hinflüsternd. Ein Stück Knochen oder Fleisch war genauso gut, als hätte man einen Haken ins Herz gebohrt. Und Augen wurden nicht ohne Grund das Fenster zur Seele genannt. Er hielt es hoch und besann sich. Dann, als er seine Entscheidung getroffen hatte, griff er hoch und pflückte sich sein eigenes Auge heraus. Natürlich war das mit Schmerz verbunden. Aber Schmerz war der unvermeidbare Preis des Sieges.

Mit seinem verbliebenen Auge blinzelnd, rollte er die zwei lockeren Kugeln miteinander und murmelte vor sich hin. Das Rollen wurde schneller und heftiger, bis beide mit schmatzendem Geräusch ineinander gepresst wurden. Funken tanzten über seine Hände, als er sie fest ineinander faltete und seine Handflächen zusammenpresste. Seine Diener sahen ihm stumm und mit unergründlichem Gesichtsausdruck zu.

Er streckte seine geöffneten Hände aus. Wo vorher zwei Augen gewesen waren, war jetzt nur eines. Mit zitternden Fingern presste er es in die Augenhöhle zurück, zuckte zusammen, als die zerrissenen Nerven sich wieder zusammenfügten. Blendender Schmerz durchströmte seinen Schädel, aber nur einen Moment lang. Dann blinzelte er – seine Sehkraft war wiederhergestellt.

Die Welt hatte sich auf fein bestimmbare Weise verändert. Seine Umgebung wurde vom Geist von etwas anderem überlagert, und er hörte das Murmeln vertrauter Stimmen. Er setzte sich wieder hin. »Ah. Da bist du.« Was der frühere Besitzer des Auges mit seinem verbliebenen sah, das würde auch er sehen. Ein Spion im Feindeslager und dazu noch unaufspürbar. Er rieb sich den rohen Rand der Augenhöhle, massierte ihn. Es würde natürlich etwas dauern, bis er sich daran gewöhnte. Aber das war es wert. »Du hattest zwei Geschenke erwähnt?«

Einer ihrer Krieger trat vor und zog den schlaffen Körper eines Skaven hinter sich her. Die Kreatur war bewusstlos, dem Geruch nach zu schließen möglicherweise halb tot. Nach den Gewändern und der arg mitgenommen Rüstung schloss er, dass es sich um einen Maschinenhexer handeln musste. Der Rabenkrieger ließ das Wesen vor ihm fallen. Yuhdak beugte sich vor und fragte sich, was der Wandler der Wege ihm wohl damit sagen wollte, dass er ihm diesen wenig beeindruckenden Preis darbot. »Was für ein merkwürdiges Ding.«

Er blickte zu der Rabenfrau auf und lächelte.

»Das Glück kommt in den seltsamsten Formen, nicht wahr?«

Von Ahazian Kel war keine Spur zu finden.

Egal, wie oft er die Glut anfachte oder in die Flammen seiner Esse starrte, Volundr konnte seinen Kämpen einfach nicht finden. Wenn der Kel nicht tot war, dann war er gut verborgen.

Oder irgendwo in den Reichen verloren. Der Schädelschleifer gab ein Grollen des Verdrusses von sich.

Es war alles schief gelaufen, und das so schnell. Zu viele bewegliche Teile, das war das Problem. Was komplexe Mechanismen betraf, war er nie allzu gut gewesen. Aber das traf auch auf seine Mit-Schmiedemeister zu. Zaar war momentan ebenfalls ohne einen Kämpen. Der Gedanke verschaffte ihm Befriedigung, wenn auch nicht viel.

Wütend geworden schwang er seinen Kriegsamboss und ließ ihn mit einem gewaltigen Aufbrüllen in die Flammen niedersausen, dass die Glut quer durch die Schmiede flog. Volundr trat dahinrollende Kohlenstücke beiseite, wandte sich um und suchte nach seinen Sklaven. Es würde ein angemessenes Opfer gebraucht werden, um die Reichweite seiner Sicht zu vergrößern. Er würde Ahazian Kel, oder was von ihm übrig war, finden und den Todesbringer für sein Versagen zur Rechenschaft ziehen.

»So klein und doch so wütend.«

Volundr erstarrte. Eine vertraute Stimme war das, wenngleich unerwartet. Es lag eine Traurigkeit darin, aber auch Wut. Das eine hatte er erwartet aber nicht das andere. Er wandte sich von seinem Schmiedeofen ab und umklammerte die Ambosskette fester. »Was tust du hier?«

»Dieser Ort gehörte einst mir«, sagte Grungni mit schwerer Stimme. »Ich habe seine Grundmauern gelegt und seine tiefsten Rauchabzüge gegraben. Hundert Lebensspannen hat mich das gekostet. Es sollte die größte Schmiede aller Reiche sein, und ihre Essen sollten vom Lebensblut Aqshys selbst befeuert werden.«

»Ich erinnere mich«, sagte Volundr.

»Aye. Du hast mir zugesehen, wie ich die Grundsteine gelegt habe. Ein kleiner Junge warst du da. Ein dürres Ding, das noch die frischen Spuren der Peitsche auf seiner Haut trug. Aber da war schon Kraft in dir.«

Volundr streckte seine muskulösen Arme aus. »Und Kraft habe ich noch immer, Verkrüppelter. Bist du gekommen, dich mit mir zu messen?« Er hob seinen Kriegsamboss und versetzte ihn in spielerischen Schwung. »Ich bin bereit. Ich werde dir entgegentreten, Hammer gegen Hammer, Gott der Würmer.«

Grungni entgegnete nichts. Doch seine Gestalt schien anzuschwellen, die Schmiede auszufüllen, und seine Augen sogen alle Hitze der Feuergruben auf. Diese flackerten und erloschen, eine nach der anderen. Volundr trat instinktiv zurück. »Hammer gegen Hammer also?« Grungnis Stimme war wie das Grollen eines Feuerbergs kurz vor dem Ausbruch. »Bist du bereit dazu?« Eine gewaltige Hand legte sich auf den großen Amboss vor Volundr. Die dicken Finger, jeder davon so groß wie Volundrs Arm, glühten vor Hitze. Das alte Metall begann zu zischen und zu brodeln. Der Finger des Gottes versank in dem Amboss, bis das ganze Ding schließlich zusammenbrach.

Volundr fühlte ein Aufflackern der Furcht. Wahrscheinlich angemessen, wenn man in Betracht zog, dass das letzte Mal, als er Furcht verspürt hatte, ebenfalls in Anwesenheit des Verkrüppelten Gottes gewesen war. Aber er widerstand dem Drang, ihr nachzugeben. Er war der Schmiedemeister des Khorne, und Furcht war nur die Nahrung für das Feuer, das in einem brannte. »Ich werde gegen dich kämpfen, Schöpfer, das werde ich.«

»Nenn mich nicht so, Junge. Das Recht darauf hast du an dem Tag verspielt, als du deine Seele ins alles verschlingende Feuer geworfen hast. An dem Tag, da du gewählt hast, den eisernen Kragen sturer Gefolgschaft über Loyalität und Ehre zu stellen.« Grungnis Blick flammte so lodernd hell auf, dass er beinah das Augenlicht raubte. Volundr starrte in das Licht, auch wenn es in seinen Augen brannte und sein Fleisch versengte.

»Egal, was man der Kette für einen Namen gibt, so fesselt sie doch genau so gut«, sagte er nur flach.

»Ich habe deine Ketten zerbrochen.«

»Und mich erneut in Ketten geschlagen, auch wenn du sie anders nanntest.«

Grungni verstummte. Die Präsenz des Gottes versengte die Wände, dass sie schwarz wurden, und ließ die Steine des Bodens wie Wasser fortfließen. Sein Blick schlug auf Volundr ein wie die Hitze der Sonne. Dann sagte er schließlich: »Du kannst nicht gewinnen. Ich werde das nicht zulassen.«

»Unser Sieg war gewiss am Tage, als Sigmar das Feld betrat«, sagte Volundr. »Alle Dinge haben ein Ende, und selbst das heißeste Feuer erlischt irgendwann. Das hast du mich gelehrt.« Er beschattete seine Augen gegen die Glut und lachte bitter. »Das hast du mich gelehrt, und dafür danke ich dir, alter Gott. Aber manche Lektionen sind mehr wert als andere.«

»Gung ist außerhalb deiner Reichweite.«

Volundr zuckte die Achseln. »Na und? Es gibt sieben weitere Waffen zu erringen, und irgendwann wird der Speer der Schatten sein Ziel finden, egal welche Hindernisse du in seinem Weg errichtest. Und an diesem Tag, oder an einem anderen, werde ich ihn für mich beanspruchen.« Tiefer schwarzer Donner grollte irgendwo über ihnen. Volundr blickte auf. »Deine Anwesenheit wurde bemerkt, Verkrüppelter Gott. Khorne hat deinen Gestank gerochen und kommt von den blutroten Sternen herabgeeilt, um seinen Ursprung zu finden.«

Weiterer Donner. Das Dach der Schmiede barst, und Staub und Fels prasselten herab. Die Feuergruben flammten zu bösartigem Leben hoch, zischte wie erzürnte Schlangen. Die Flammen hatten die Farbe frischen Blutes. Grungni blickte auf und zog die Stirn in Falten. Seine großen Hände ballten sich zu hammergleichen Fäusten. Volundrs Körper spannte sich an, und der Moment dehnte sich. Ein Teil von ihm, jener Teil, der von dem Leben, das er sich erwählt hatte, schon vor langer Zeit zum Wahnsinn getrieben worden war, wollte sehen, was geschehen würde. Was konnte wohl glorreicher sein als zwei Götter, die miteinander Krieg führten?

Aber ein rationalerer Teil von ihm flüsterte ihm zu, dass eine solche Auseinandersetzung ihn und alles, wofür er gearbeitet hatte, verzehren würde. Die Götter würden ihn in ihrem Kampf zerschmettern, ohne mehr Gedanken an sein Schicksal zu verschwenden als an eine Ameise.

Grungni lachte, gemächlich und hart. »Nicht hier. Nicht jetzt. Aber bald, Gierschlund.«

Volundr hörte, wie der Himmel im Zorn über die Schmähung zerriss und aufbrüllte. Alles zitterte und rüttelte jetzt, bebte in Vorfreude auf Khornes Nahen durch blutverschleierte Himmel. Grungni Lächeln war schrecklich anzusehen. »Bald genug werde ich dir nehmen, und zwar in gleichem Maße, wie du von mir genommen hast. Aye, dir und deinen Brüdern.«

Es war Stahl in diesen Worten. Duardinstahl. Ein Schwur, in allem außer vom Namen her. Die Worte klangen durch Volundr wider, und er fühlte einen Eiseshauch, der sein Herz und sein Blut erkalten ließ. Grungnis Blick fiel auf ihn und fror ihn auf der Stelle fest. Nicht heiß waren sie jetzt, diese Augen, sondern so kalt wie eine verwaiste, längst erloschene Esse. So kalt wie die höchsten Gipfel und die Stille zwischen den Sternen.

Das war also der Blick des Gottes, der ihn gerettet hatte. Des Gottes, den er betrogen hatten, dessen Güte er mit Füßen getreten, dessen Geheimnisse er gestohlen hatte. Volundr hielt diesem Blick ohne ein Wimpernzucken stand, und der ferne Khorne brüllte beifällig auf.

Einen Moment später war der Verkrüppelte Gott verschwunden. Irgendwo, hoch über ihm, schrie Khorne in jäher Enttäuschung auf, weil ihm seine Herausforderung verweigert worden war. Ihm sogar ins Gesicht zurückgeschmettert worden war. Sigmar hätte gekämpft. Nagash hätte gekämpft. Doch Grungni war weder Kriegsgott noch Todesgott und hatte kein Interesse an einem Kräftemessen. Er war ein Gott des Handwerks und Geschicks und so alt wie die Reiche selbst. Listig und weise war Grungni.

»Listig magst du sein, aber dieses Spiel hat gerade erst begonnen, alter Gott«, knurrte Volundr. Er griff nach seinen Werkzeugen und schürte die Flammen. »Ich will meine Fähigkeiten gegen deine setzen, und dann werden wir sehen, wer hier der wahre Meisterschmied ist.«

Und während er sprach, loderten die Feuergruben hoch, schleuderten Funken in die Luft und warfen unheimliche

Schatten auf die groben Steinwände. Schatten der Vergangenheit und Zukunft. Schatten der Möglichkeiten. Alle tanzten sie zum Klang der Hämmer, die klirrend auf die Ambosse einschlugen.

Tanzten, wie zur Feier kommender Schlachten.

ÜBER DEN AUTOR

Josh Reynolds hat bereits einige Geschichten für die ›Age of Sigmar‹-Reihe geschrieben, darunter ›Hallowed Knights: Seuchengarten‹ und die Novelle ›Hammerhal‹. Er ist außerdem der Autor des Primarchs-Romans ›Fulgrim: Der Palatin-Phönix‹ sowie des Warhammer-40.000-Romans ›Fabius Bile: Primogenitor‹. Er lebt und arbeitet in Sheffield.

DEIN NÄCHSTES BUCH

WILLKOMMEN IN DER WELT VON
WARHAMMER AGE OF SIGMAR

JETZT EINSTEIGEN

HAMMERHAL
& ANDERE GESCHICHTEN

GROSSARTIGE GESCHICHTEN AUS DEN REICHEN DER STERBLICHEN

Ein Auszug aus
HAMMERHAL
von Josh Reynolds

Finde diesen und viele weitere Titel auf **blacklibrary.com**

Das göttliche Bewusstsein von Sigmar Heldenhammer, dem Gottkönig, raste die himmlischen Gipfel von Azyr hinunter und hinein in die verwachsenen Wipfel von Ghyran, dem Reich des Lebens. Sein Bewusstsein, gehüllt in Sturmwinde und Regen, stieg hinab durch die riesigen Wolken aus schwebenden Sporen und passierte die zerschmetterten Hüllen von Himmelsinseln und Sturmriffen vor den grünen Inseln unter ihm.

Ghyran war ein pulsierendes Reich. Überall fand sich Leben in den unterschiedlichsten Formen. Es wuchs und breitete sich mit einem Eifer aus, der aller Logik trotzte, wobei es stets dem ewigen Lied von Alarielle, der Immerkönigin, antwortete. Er konnte hören, wie ihre Stimme von jedem Winkel dieses Reiches widerhallte, als die Göttin des Lebens versuchte, alles zu richten, was im Argen lag, und die Wunden des Krieges zu heilen. Aber es gab Orte, die selbst ihr Lied nicht erreichen konnte. Orte, an denen andere, dunklere Götter herrschten.

In wenigen Momenten ragten die Nimmergrünen Berge um ihn herum in all ihrer Wildheit auf. Sigmar war dort aber wieder auch nicht. Ein Splitter seiner göttlichen Macht ritt auf

Sturmwinden durch die dunklen Pinienhaine des Fluchwaldes, der die Hänge der Berge bedeckte.

Langsam gewann der Wind an Form. Er verband sich mit dem Licht der Sterne und dem Grollen von weit entferntem Donner, um die Gestalt eines Mannes anzunehmen. Sie war in eine goldene Kriegsrüstung gewandet, die mit himmlischer Heraldik bossiert war. Es war eine Form, die der Gottkönig in vergangenen Zeiten oft angenommen hatte, als Frieden in den Reichen der Sterblichen herrschte und die Götter alle an einem Strang zogen. Vereinigt in einem Pantheon.

Aber alle Dinge kamen an ihr Ende. Einer nach dem anderen hatten die Götter Sigmars Große Allianz verlassen oder ihn betrogen. Die Glut eines alten, wohl bekannten Zornes flammte bei dem Gedanken auf und irgendwo über den Berggipfeln erklang Donnergrollen. Selbst Alarielle hatte sich zu guter Letzt zurückgezogen, tief in die verborgenen Lichtungen von Ghyran, um dort zu schlafen und zu träumen.

Und als die alte Allianz zerbrach, hatte Krieg die Sterblichen Reiche bis in ihre Grundfesten erschüttert. Die Verderbten Mächte – die vier Dunklen Götter des Chaos – hatten die Schwelle zur Realität aufs Heftigste bestürmt und kein Reich außer dem seinen war vor ihrer Aufmerksamkeit sicher gewesen.

Ghyran hatte mehr als nur seinen Teil dieses Konfliktes gesehen. Der Seuchengott, Nurgle, hatte das Reich des Lebens für sich beansprucht und die unbändige Schöpfung in Stagnation gewandelt. Die Diener der Immerkönigin aber hatten an der Seite von Sigmars Gefolgsleuten gekämpft, wenn auch nur widerwillig. Sie hatten die stinkenden Diener Nurgles an mehreren Fronten zurückgeschlagen und den Griff des Seuchengottes um das Reich geschwächt.

Aber dennoch, wo einer der Dunklen Götter schwächer wurde, erstarkte ein anderer. So war die Natur der Verderbten Mächte. Sie führten genauso bereitwillig gegeneinander Krieg wie gegen Sigmar oder die anderen Götter der Sterblichen Reiche. Und wo Nurgle seine Pläne vereitelt fand, war sein großer Rivale Tzeentch ohne Zweifel darauf bedacht, einen Vorteil zu suchen.

Und hier, in den Nimmergrünen Bergen, machte der Architekt des Schicksals seinen Zug. Sigmar konnte die unzähligen Stränge der Möglichkeiten und Gelegenheiten spüren, die sich durch den Fluchwald wanden. Jeder Baum des Waldes strahlte eine Aura der Korruption aus. Jeder von ihnen schien eine schwarze Wunde in der Realität zu sein und jenseits von ihnen konnte er geschwürartige Wege sehen, die sich zu Orten jenseits sogar seiner Sicht erstreckten.

Etwas Gewaltiges und Monströses wartete dort just jenseits der Bäume und beobachtete ihn. Es hatte seine Ankunft vorausgesehen und sein Gelächter war wie ein hartnäckiger Juckreiz im hinteren Bereich seines Geistes. Ein wisperndes Murmeln verfolgte ihn, als er weiterzog. Es piesackte und verspottete ihn. Sigmar sehnte sich danach, sich der lachenden Präsenz zu stellen, von der er wusste, dass es Tzeentch war, so wie er es früher vielleicht getan hätte. In jenen frühen Tagen hatte er seine Macht gegen die der Verderbten Mächte getestet. Aber er hatte durch harsche Erfahrungen gelernt, dass es in solchen Konfrontationen nichts zu gewinnen gab. Also ignorierte er es stattdessen und zog weiter. Er eilte nun schneller durch den Wald und suchte, was seine Aufmerksamkeit selbst im Hohen Sigmaron in seinem Heimatreich Azyr erregt hatte.

Er spürte einen Geist, ähnlich dem seinen, der ihn überrascht erkannte, als sein Bewusstsein eine weite Lichtung betrat. Verzerrte Bäume erhoben sich wie die verfallenen Zinnen einer geschliffenen Zitadelle und warfen seltsame Schatten auf die bestialischen Gestalten, die unter ihren Zweigen umhertollten. Die Tiermenschensippe stank nach Tzeentch; sein verderbender Einfluss auf sie war offensichtlich. Die Tzaangore hatten vogelartige Gesichtszüge und trugen Hörner. Bedeckt waren sie mit primitiven Totems und sie trugen Waffen aus Knochen, Elfenbein und Kristall. Einige von ihnen waren einst Menschen gewesen, bevor die Magie des Tzeentch sie zu neuen und schrecklicheren Formen verzerrt hatte. Andere waren einfache

Tiere gewesen, die von verdorbenen Riten erhoben worden waren, um auf zwei statt vier Beinen zu laufen.

Was auch immer ihr Ursprung war, die Tiermenschensippe frohlockte zu der misstönenden Musik von hockenden Trommlern und wirbelnden Dudelsackspielern und kreischte und heulte im Takt mit der Kakofonie. Die Bäume um die Lichtung schienen sich zusammen mit dem dröhnenden Lärm zu biegen und zu krümmen. Ihre Rinde warf unter der Berührung des verderbten Weihrauchs Blasen, der aus den vielfarbigen Lagerfeuern aufstieg, die in der Lichtung verstreut waren.

In ihrem Herzen erhob sich eine Ansammlung aus kristallinem Felsen aus der Erde. Es war ein Wandelsteinmann – eine üble Wucherung stagnierender Magie, die die Diener Tzeentchs zu Ehren ihres dunklen Meisters errichtet hatten, und um seine endlosen Ränkeschmiede voranzutreiben. Er erhob sich wie eine gangränöse Krone in die Luft, deren milchige Facetten das Licht auf unheimliche Art und Weise einfingen. Die Formation aus fossiler magischer Energie ragte über den Tzaangoren auf und warf das Schlagen ihrer Trommeln zurück. Schillernde Partikel durchzogen ihn wie Glühwürmchen, von denen Sigmar wusste, dass es sich um eingefangene Zauber handelte.